De kustmoorden

W0395523

J.D. Barker bij Boekerij:

Horen, zien, zwijgen
Het vijfde meisje
Vergeef me
De kustmoorden (met James Patterson)

boekerij.nl

James Patterson
& J.D. Barker

De kustmoorden

Je hebt het slachtoffer nooit eerder gezien.
Maar de politie zegt van wel.

BOEKERIJ

ISBN 978-90-225-9307-3
ISBN 978-94-023-1664-3 (e-book)
NUR 330

Oorspronkelijke titel: *The Coast-to-Coast Murders*
Vertaling: Ralph van der Aa
Omslagontwerp: DPS Design & Prepress Studio, Amsterdam
Omslagbeeld: Rekha Garton / Arcangel Images
Zetwerk: Mat-Zet bv, Huizen

© 2020 by James Patterson
© 2021 Nederlandse vertaling Meulenhoff Boekerij bv, Amsterdam

De vertaler bedankt Wim van de Pol voor zijn hulp.

Niets uit deze uitgave mag openbaar worden gemaakt door middel van druk, fotokopie, internet of op welke andere wijze ook, zonder voorafgaande schriftelijke toestemming van de uitgever.

DEEL 1

LOS ANGELES, CALIFORNIË

De geest is zo breekbaar als dun glas.

– dr. Barton Fitzgerald

1

Michael

Waar zul jij zijn als je leven ophoudt?

Ik was in de buurtsuper, in een mango aan het knijpen.

Zestien minuten geleden werd ik gebeld door de vrouw die in het appartement onder het mijne woonde in Wilshire Village, een mosterdgele kolos op Glendale Avenue, Los Angeles.

Ik liet mijn mandje in het gangpad staan en legde de kleine kilometer naar huis rennend af, waar ik buiten adem en zwetend aankwam. In de hal stond de postbode naar de snel groter wordende plas water onder de rij brievenbussen te staren. Het water sijpelde langs de trap naar beneden.

Ik stormde langs hem heen naar boven terwijl ik mijn best deed om niet uit te glijden.

Toen ik voor mijn deur stond ging mijn telefoon weer. Opnieuw de buurvrouw.

'Ik zie het, mevrouw Dowell. Er is zeker een waterleiding gesprongen of zo.' Zoiets gebeurde 's winters in het oosten van het land. Ik had nooit geweten dat het ook in Californië voorkwam.

Het water liep onder mijn deur door de gang in, en de hele overloop stond blank.

'Michael? Het loopt vanaf het plafond langs mijn muren,' zei mevrouw Dowell. 'Mijn schilderijen, mijn meubels... Heb je de conciërge gebeld?'

Ik rommelde met mijn sleutels, vond de goede en stak die in het slot. 'Ik dacht dat u dat had gedaan.'

'Waarom zou ik de conciërge bellen? Jij woont daar.'

Omdat de conciërge hier een half uur geleden had kunnen zijn om het water uit te zetten. 'Ik zal hem bellen zodra we hebben opgehangen, mevrouw Dowell, beloofd.'

Ik duwde de deur open en stapte naar binnen. Ik stak mijn hand al uit naar het lichtknopje toen ik me bedacht – mijn voeten stonden in een laag water van minstens een halve centimeter.

Zuchtend vroeg mevrouw Dowell: 'Wie gaat dat allemaal betalen?'

De hardhouten vloer glinsterde in het licht van de ondergaande zon. Er stroomde een kleine rivier vanuit de slaapkamer achter in het appartement naar de huiskamer, de gang door en de voordeur uit.

Ik hoorde gespetter en geborrel. 'Volgens mij komt het uit de badkamer,' zei ik tegen haar.

Ze zei: 'Je geeft geen antwoord op mijn vraag.'

'Ik zal de schade betalen, hoe groot die ook is. Maakt u zich daar maar geen zorgen over.'

'Mijn schilderijen zijn van onschatbare waarde.'

Ik heb die schilderijen van u gezien. We gaan wel een keer samen naar de vlooienmarkt om nieuwe te kopen.

De slaapkamer was het enige gestoffeerde vertrek in het appartement en ik waadde erdoorheen. Mijn schoenen lieten een spoor van papperige voetafdrukken achter.

In de badkamer stroomde het water uit de kraan van de wastafel. En uit de kraan van het bad. Het klaterde als een waterval over de witte porseleinen rand van beide.

'Mevrouw Dowell, ik ga ophangen zodat ik de conciërge kan bellen. Ik bel u straks terug.'

Ik keek over mijn schouder naar de slaapkamer achter me, in het volle besef dat ik de kranen niet had laten openstaan en dat iemand anders dat dus had gedaan.

Er was niemand in de kamer, alleen langgerekte schaduwen.

Ik draaide me om naar de wastafel en deed de kraan dicht.

Er lag een handdoek in, waardoor het water niet kon weglopen. Ik wist dat ik die daar niet had neergelegd.

Op dat moment had ik het appartement uit moeten vluchten. Ik wou dat ik dat gedaan had, want wat er vervolgens gebeurde was veel erger dan een onbekende die mijn woning was binnengedrongen.

Ik deed de paar stappen van de wastafel naar het bad en keek in het water dat over de rand stroomde, naar wat onder het golvende oppervlak lag en slechts verlicht werd door het licht van de schemering. Ik werd aangestaard door een prachtig gezicht. Haar groene ogen waren opengesperd, haar mond stond een beetje open en haar blonde haren dreven langzaam mee met het stromende water.

Ik kon alleen maar naar haar staren, naar dat naakte, levenloze meisje in mijn bad. Ze had een gladde, gave huid met alleen op haar neus een paar lichte sproetjes.

Op een gegeven moment moet ik de kraan hebben dichtgedraaid, maar dat kan ik me niet herinneren. Ik weet alleen nog dat ik op de rand van het bad ging zitten en dat mijn ademhaling me in de steek liet.

2

Michael

Mijn mobiele telefoon trilde in mijn hand. Mevrouw Dowell weer.

Ik drukte de oproep weg en belde zelf iemand.

Niet de conciërge.

Ze pakte na drie keer overgaan op. 'Ik heb een getal tussen de een en de vijf in mijn hoofd.'

'Niet nu, Meg, er is iets gebeurd...'

'Ho ho, je kent de regels, Michael. Kies een getal.'

Ik schudde mijn hoofd. 'Meg, dit is echt...'

'Heb je enig idee hoe vaak ik je de afgelopen week gebeld heb? Je hebt niet één keer opgenomen. Je hebt me niet teruggebeld. Je hebt niet eens de moeite genomen om een berichtje te sturen met *Hé, ik leef nog maar ik heb het erg druk*, ratelde Megan verder. 'Negentien keer. Zo behandel je je zus toch niet? Dr. Bart wordt donderdag begraven, en jij kiest deze week uit om van de radar te verdwijnen? *No bueno*, grote broer. Dr. Rose hijgt de hele tijd in mijn nek. "Waar is je broer? Komt hij naar huis? Heb je hem nog gesproken? Hij komt toch wel?" Het is al erg genoeg dat je niet met haar wilt praten, maar mij kun je niet buitensluiten. Ik weet dat je hier niet heen wilt komen voor de begrafenis, maar je zult wel moeten, Michael. Ik kan die begrafenis niet aan zonder jou, dat trek ik gewoon niet. Ik weet dat jullie het niet goed met elkaar konden vinden, niet altijd tenminste – nou oké, nooit –, maar als je er niet bij bent, vergeef je dat jezelf niet. Dit is echt zoiets wat je de rest van je leven zal achtervolgen. Je zult er spijt van krijgen en het niet meer goed kunnen maken. Als je het niet voor jezelf wilt doen, doe het dan voor mij en dr. Rose. Ik weet dat ze een bitch kan zijn, maar ze heeft ons wel opgevoed. En ze is er heel slecht aan toe. We moeten er ook aan denken hoe het overkomt. Wat betekent het voor haar als je er niet bent? Je weet hoe mensen op de universiteit praten, haar collega's. Ze zit niet te wachten op...'

'Megan...'

'Zeg alleen dat je komt, dan hou ik erover op. Ik zal er niet meer over beginnen. Je mag zelfs mijn verjaardag overslaan, mijn volgende tien verjaardagen als je wilt. Als je nu maar komt. Het is te belangrijk om...'

'Drie.'

Megan zweeg.

'Het getal waar je aan denkt is drie.'

'Hoe doe je dat?'

'Meg, je moet heel goed naar me luisteren. Er is iets gebeurd.'

'Is alles goed met je?'

Het meisje staarde me uitdrukkingsloos aan vanuit het bad. Het golvende water vervormde haar gelaatstrekken en vormde een glinstering rondom haar bleke huid. Ze zag er heel kalm en vredig uit en had prachtige groene ogen. Uit haar mond kwam een belletje omhoog, dat aan het oppervlak verdween.

Nee, het ging helemáál niet goed.

'Er ligt een meisje in mijn bad.'

Megan antwoordde: 'Wat zeg je dat op een droevige toon.'

'Mijn appartement staat blank. Mevrouw Dowell... Ik weet niet wie...' Ik praatte snel en onsamenhangend. Mijn hart ging als een bezetene tekeer.

'Rustig aan, Michael. Haal diep adem.'

Dat deed ik. Twee keer zelfs. 'Ze is dood, Meg.'

Megan zei niets.

'Ik... ik weet niet wie het is.'

Mijn zus bleef zwijgen.

'Meg?'

'Je zit met me te fucken, hè? Net als die keer dat je zei dat je over die kerel heen was gereden bij die truckstop in Kansas City omdat hij een T-shirt droeg van New Kids on the Block. Of de keer dat je zei dat je een prostituee had gevonden die in je cabine lag te slapen en dat je had besloten haar te houden. En de keer dat je zei dat je een lifter had meegenomen in Nevada en hem in Utah, Colorado én Missouri had afgezet. Dit is echt niet het moment voor grapjes, Michael. Ik moet tegen dr. Rose kunnen zeggen dat je naar huis komt.'

'Ik... ik weet niet hoe ze is overleden. Ik zie niets bijzonders aan haar. Ze ziet eruit alsof ze slaapt, maar dat is niet zo, niet onder water. Ze haalt geen adem. Ik wil haar niet aanraken. Ik weet dat ik dat niet moet doen, en ik heb het ook niet gedaan.'

'Jezus christus, is het echt zo? Heb je de politie gebeld?'

'Ik heb jou gebeld.'

'Je moet meteen de politie bellen. Je moet ophangen en ze bellen.'

Dat deed ik.

3

Michael

'Mag ik een andere broek aandoen?'

Ik zat in mijn huiskamer op de bank.

Vanuit een hoek van de kamer keek rechercheur Garrett Dobbs fronsend op van zijn telefoon. 'Wat?'

'Toen ik op de rand van het bad zat, zijn mijn broek en onderbroek helemaal doorweekt geraakt. Kan ik me even omkleden?'

'Nee. Later. Ik wil je dat je nog een keer vertelt wat er precies is gebeurd. Begin bij toen je hier vanmiddag wegging,' zei Dobbs.

De rechercheur leek me ergens midden dertig. Zijn bruine haar was aan de zijkanten kortgeknipt en van boven langer, en het zat een beetje in de war. Hij droeg een zwarte trui, zwarte jeans en zwarte hoge schoenen. Zijn badge hing aan een metalen ketting om zijn nek. Hij deed geen poging het zwarte pistool dat aan zijn riem was bevestigd te verbergen. Ik wist te weinig van vuurwapens om te kunnen zeggen wat voor soort of model het was. Het zag er best zwaar uit.

Hij kwam me bekend voor maar ik kon hem niet plaatsen. Toen wist ik het weer. 'U bent footballer geweest, hè? Een running back, als ik het me goed herinner. U was snel. Ik had altijd gedacht dat u naar een profclub zou gaan.'

Een andere rechercheur, van wie me nog niet was verteld hoe hij heette, leunde grijnzend naar binnen. 'Dobbs was echt supersnel, tot hij zijn achillespees scheurde. Toen was hij nog maar net zo snel als alle andere gewone stervelingen.'

Dobbs liet zijn telefoon zakken. 'Hij is twee keer gescheurd. Na de tweede keer werd ik als een risico gezien en wilde niemand meer met me in zee. Resultaten…'

'Resultaten uit het verleden bieden geen garantie voor de toekomst,' zei de andere rechercheur. 'Dat zegt hij altijd. Doet me denken aan een financiële reclame.'

Dobbs zei: 'Ik hoorde dat dat een keer over me gezegd werd. Dat is zeker blijven hangen. Als je zoiets over jezelf hoort, laat het je niet meer los. Ik heb het seizoen nog afgemaakt, maar we wisten allemaal dat football voor mij verleden tijd was.'

'Wilkins?'

Dat werd gevraagd door een van technisch rechercheurs bij mijn bed. De andere rechercheur, Wilkins, liep de kamer door.

Dobbs draaide zich weer naar mij toe. 'Je hebt een goed geheugen. Ik heb al een eeuwigheid niet meer gespeeld.'

'Sommige dingen blijven kennelijk hangen.'

Mijn ogen dwaalden af naar de technisch rechercheur. Door de openstaande slaapkamerdeur zag ik dat hij zich vooroverboog en met gehandschoende handen een vrouwenhandtas van de vloer naast de andere kant van mijn bed oppakte, die hij voorzichtig op mijn gekreukte blauwe sprei legde. Ik had die tas niet gezien toen ik binnenkwam. Hij boog weer voorover en hield nu een zwart jurkje, panty's, een beha en twee zwarte pumps vast. Hij legde alles op het bed. Een tweede technisch rechercheur legde overal kleine genummerde bordjes naast – 4, 5, 6, 7, 8 en 9. Ik vroeg me af waar nummer 1, 2 en 3 voor waren gebruikt. Een derde technisch rechercheur fotografeerde alles vanuit verschillende hoeken.

Dobbs observeerde me terwijl ik hen observeerde en maakte weer een aantekening op zijn telefoon. 'Je zei dat je haar niet kende?'

'Klopt.'

Hij hield zijn hoofd een beetje schuin. 'Het heeft er alle schijn van dat je haar wel kent.'

'Ik heb geen idee wie ze is.'

Hij gaf een knikje in de richting van mijn voordeur. 'Er zijn geen braaksporen. Je zei dat de deur op slot zat toen je thuiskwam, hè?'

'Ja.'

'Met het pinslot, het deurslot of allebei?'

'Alleen het pinslot, dat andere gebruik ik nooit.'

Twee andere technisch rechercheurs waren het water aan het opdeppen met grote gele sponzen, die ze uitknepen in witte emmers. Op afplaktape die op een van de emmers was geplakt, stonden in zwarte blokletters een zaaknummer, mijn achternaam en mijn adres, plus het getal 2; op de andere emmer stond dezelfde informatie maar dan met het getal 3. Ik stelde me voor dat weer een andere technisch rechercheur dat water ergens in een laboratorium onderzocht, één druppel op een glaasje per keer.

'Hé, Dobbs, we hebben een legitimatiebewijs.' Wilkins rommelde in de handtas en hield een rijbewijs omhoog. 'Alyssa Tepper. Ze is tweeëntwintig en woont in Burbank.'

Dobbs knikte naar mij. 'Alyssa Tepper. Zegt die naam je iets?'

Ik schudde mijn hoofd.

Wilkins floot. 'Moet je zien.' Hij hield een honkbalplaatje omhoog. 'Van Joe DiMaggio uit 1936, van World Wide Gum.'

Dobbs liep naar hem toe. 'Is het veel waard?'

'In perfecte staat kunnen die dingen wel negentigduizend dollar opleveren, maar bij deze is de achterkant beschadigd. Het papier is half weg en de linkerhoek is gescheurd. Dan is het nog steeds aardig wat waard, maar lang niet zoveel.' Hij legde het plaatje op het bed naast de andere spullen die hij in de handtas had gevonden.

Dobbs boog zich naar hem toe en zei iets wat ik niet kon verstaan.

Wilkins knikte en haalde zijn mobiele telefoon tevoorschijn om iemand te bellen.

Ik kende dat honkbalplaatje.

4

Michael

Ze vonden een sleutel in haar handtas. Hij paste op het pinslot in mijn voordeur.

Dat was twee uur geleden.

Toen de conciërge van het gebouw eindelijk kwam opdagen, lieten de geüniformeerde agenten voor de deur van mijn appartement hem niet binnen. Hij keek me aan vanuit de gang en ik wendde mijn blik af.

Het water was opgeruimd, de emmers waren weggehaald.

Dobbs was in mijn slaapkamer of in de badkamer. Hij had de deur van de huiskamer dichtgedaan zodat ik beide vertrekken niet meer kon zien. Er waren daar minstens twaalf andere mensen.

Hij had me achtergelaten op de bank. Dezelfde agenten die mijn conciërge de toegang weigerden, hadden duidelijk opdracht gekregen ervoor te zorgen dat ik het appartement niet verliet.

Toen mijn slaapkamerdeur eindelijk openging, reden twee medewerksters van de lijkschouwer een brancard naar buiten, met een dichtgeritste zwarte zak erop.

Dobbs liep achter hen aan en keek toe terwijl ze de gang op gingen. Vervolgens kwam hij naast me op de bank zitten. 'Is je broek nog nat?'

'Vochtig. Het gaat wel, hoor.'

Hij gooide een spijkerbroek naar me toe, gevolgd door ondergoed, sokken en een afgedragen sweater. Alles was afkomstig uit mijn koffer, die op de slaapkamervloer had gestaan. Een technisch rechercheur stond achter hem met een grote, doorzichtige plastic zak.

'Trek deze kleren aan. Alles wat je nu aanhebt gaat hierin. Heb je iets in je zakken zitten?'

'Ik heb al twee keer gezegd van niet. Een van de agenten heeft me gefouilleerd voordat u hier was.'

Hij keek omlaag naar mijn spijkerbroek. 'Keer je zakken binnenstebuiten. Ik moet het zien.'

Ik deed wat hij vroeg, ook al was ik gefrustreerd. Hij moest zijn werk doen, net als iedereen.

Dobbs leek overtuigd te zijn en knikte. Hij knikte naar de technisch rechercheur. Die kwam naast me staan en hield de doorzichtige plastic zak open.

Ik fronste mijn wenkbrauwen. 'Hier?'

'Als je het vervelend vindt kunnen we naar de gang of de keuken gaan. De badkamer en de slaapkamer zijn verboden terrein.'

Ik dacht aan de conciërge, die in de gang stond. Waarschijnlijk waren mevrouw Dowell en God mocht weten wie nog meer daar ook. Ik ging met mijn rug naar Dobbs zitten, met mijn gezicht naar de bankleuning, en trok mijn kleren uit. Alles ging in de zak en ik deed de kleren aan die Dobbs voor me had gepakt.

De technisch rechercheur trok het koord van de zak strak en haalde een stift tevoorschijn. Hij schreef mijn naam, een zaaknummer en het getal 47 op de zak. De schoenen die ze naast mijn bed hadden gevonden hadden nummer 8 en 9 gekregen. Dat betekende dat er veel bewijs was dat ik nog niet gezien had.

Ik ving door de openstaande slaapkamerdeur een glimp op van de open lades, het kale matras en spullen die uit mijn kast waren gehaald en bij de muur waren gezet – alles van kleding tot sportspullen, fotoalbums en meerdere dozen die ik nog niet had uitgepakt sinds ik hier was komen wonen.

Toen Wilkins me zag kijken deed hij de deur dicht.

Dobbs vroeg: 'Was hier iemand toen je wegging?'

Ik had dit al een paar keer besproken, niet alleen met hem maar ook met de agenten die als eersten ter plaatse waren. Hij doet gewoon zijn werk, hield ik mezelf voor. Ik haalde diep adem en begon bij het begin. 'Ik kwam gisteravond laat thuis en heb tot iets na tweeën vanmiddag geslapen.'

'Waar was je gisteravond?'

'Aan het werk.'

Dobbs keek op zijn telefoon. 'Je zei dat je vrachtwagenchauffeur bent en lange ritten maakt, klopt dat?'

Ik knikte. 'Voor Nadler Distribution. Ik haal hier in Californië wijn op en vervoer die naar het oosten. Daar laad ik speciaalbier in en dat neem ik mee terug.'

'Hoe vaak ben je op reis?'

'Drie keer per maand.'

'Hoe laat was je gisteren thuis?'

'Ik arriveerde even na middernacht bij het distributiecentrum. Tegen de tijd dat ik klaar was met het papierwerk en alles had uitgeladen was het bijna drie uur. Ik was rond half vier thuis.'

'Ben je tussen het distributiecentrum en je appartement nergens gestopt –

bij een avondwinkel voor iets te eten of sigaretten, of misschien bij een kroeg of zo?' Dobbs had zijn telefoon er weer bij gepakt, ongetwijfeld om wat ik deze keer zei te vergelijken met mijn eerdere antwoorden.

Ik schudde mijn hoofd. 'Ik had onderweg al gegeten. Ik rook niet en ben niet zo'n kroegtype. Ik was moe. Alles deed pijn – dat krijg je als je een week lang in een vrachtwagencabine slaapt. Het enige wat ik wilde was douchen en in mijn eigen bed slapen. Ik ben rechtstreeks naar huis gegaan.'

'Alleen?'

'Alleen,' zei ik knikkend.

'Heeft iemand je gezien? Kan iemand het bevestigen?'

'Bij Nadler zullen de gegevens over mijn aankomst, het uitladen enzovoort geregistreerd staan. Er hangen camera's.'

Dobbs zei: 'We zullen die informatie natrekken, maar dat bedoel ik niet. Kan iemand bevestigen dat je alleen thuis bent gekomen?'

'Om half vier 's nachts?'

Hij knikte.

Ik keek naar mijn handen. 'Nee. Op dat tijdstip is het hier uitgestorven.'

Dobbs typte iets in op zijn telefoon. 'Laten we iets verder teruggaan. Hoe ben je naar huis gegaan? Waar staat je auto?'

'Ik heb gelopen, het is niet zo ver. Ik hou ervan om mijn benen te strekken na een lange rit.'

'Je hebt gelopen,' herhaalde hij.

'Ja.'

'Ik wil de exacte route weten.'

Die vertelde ik hem. Ik vermoedde dat hij de beelden van verkeerscamera's ging bekijken.

Hij keek naar de voordeur. 'Je hebt geen alarmsysteem. Maak je je geen zorgen over je spullen als je zo vaak lang van huis bent?'

Ik haalde mijn schouders op. 'Ik heb weinig van waarde. Niets onvervangbaars.

'Hoelang woon je hier al?'

'Een jaar of twee.'

'Maar je hebt niks aan de muren hangen. Je meeste spullen lijken nog in dozen te zitten. Je hebt weinig meubels. Een paar basale dingen in de keuken. Een tandenborstel, een scheermesje… bijna niets persoonlijks,' bracht Dobbs naar voren.

'Zoals ik al zei, ik ben niet vaak thuis.'

'Dit gebouw wordt ook nauwelijks beveiligd. Er hangen geen camera's.'

'Ik hecht aan mijn privacy. Het lijkt soms wel of alles wat mensen doen onder een vergrootglas ligt en wordt geregistreerd en opgeslagen.'

Hij keek weer op zijn telefoon. 'Als we op je socialmedia-accounts kijken, komen we dan Alyssa Tepper tegen?'

'Die heb ik niet,' zei ik. 'Ik heb u al verteld dat ik haar niet ken. U hebt mijn telefoon. U kunt hem bekijken, dat kan me niet schelen.'

Dobbs keek even naar me op. 'We hebben je telefoon, ja.' Hij keek weer naar zijn aantekeningen en zei toen: 'Dus je bent rond half vier thuisgekomen, hebt je gedoucht en bent naar bed gegaan? Verder niets? Met niemand contact gehad?'

'Ik was moe.'

'Dat zei je, ja. En toen?'

'Ik heb tot een uur of twee vanmiddag geslapen. Toen ben ik opgestaan en heb ik weer gedoucht om wakker te worden. Na de lunch ben ik naar de film geweest.'

'Welke film?'

'De laatste van Marvel.'

'Ik wil je kaartje zien.'

'Mijn kaartje?'

'Ja, je bioscoopkaartje.'

'Dat heb ik weggegooid.'

Dobbs tikte weer op zijn telefoon. 'Kun je inloggen bij je betaalrekening zodat ik de aankoop kan zien?'

'Ik heb contant betaald.'

'Je hebt contant betaald,' herhaalde Dobbs zacht. 'Vertel me iets over de film.'

Ik fronste mijn wenkbrauwen. 'Ik heb een dood meisje in mijn bad gevonden en ik moet u iets over een film vertellen?'

Hij glimlachte. 'Het hoeft niet heel gedetailleerd, alleen de grote lijnen. Ik vind die films van Marvel te gek.'

Gefrustreerd deed ik mijn ogen even dicht en wreef langs mijn slapen. *Hij doet alleen maar zijn werk.*

Ik vertelde hem over de film – dat wil zeggen, wat ik me ervan kon herinneren.

Toen ik klaar was zei hij: 'Kun je me ook iets over de film vertellen wat ik niet zoals iedereen in de trailer heb gezien?'

De waarheid was dat ik kort na het begin van de film in slaap was gevallen. Ik had het grootste deel gemist. Ik was alleen maar naar de bioscoop gegaan om even het huis uit te zijn en te ontspannen. Wanneer je een week lang in je eentje opgesloten zit in een vrachtwagencabine, is het soms fijn om de deur uit te gaan en omringd te zijn door mensen. Parken, bibliotheken, alles wat de afzondering doorbreekt. Soms is het een film. Ik vertelde hem de waarheid.

Dobbs bekeek zijn aantekeningen. 'Dus ook al had je bijna tien uur geslapen en stond je pas om twee uur op, je kon je ogen niet openhouden – vat ik het zo goed samen?'

Ik knikte.

'Heeft iemand je gezien? Iemand die je kent?'

'Nee.'

Hij zuchtte. 'Hoe laat was die film afgelopen?'

'Om tien voor zes. Ik keek hoe laat het was op weg naar de uitgang.'

'En waar ben je toen naartoe gegaan?'

'Naar de Big Six Market op de hoek van Sixth Street en Rampart.'

'Lopend?' vroeg Dobbs.

'Ja.'

'En toen werd je gebeld door de buurvrouw?'

'Mevrouw Dowell zei dat er water lekte, dus ben ik meteen hierheen gekomen. Toen heb ik haar gevonden.'

'En toen heb je de politie gebeld.'

'Dat klopt.'

'Nadat je je zus had gesproken.'

'Ja, die belde ik eerst.'

Daar had hij me eerder over doorgezaagd, omdat hij niet begreep waarom ik haar eerder had gebeld dan de politie. Nu zei hij: 'Ik wil dat je heel goed nadenkt voordat je me deze láátste keer antwoord geeft. Begrepen?'

Ik knikte.

Hij keek me recht aan. 'Weet je zeker dat je mevrouw Tepper niet kent?'

Ik wendde mijn blik niet af en zei zonder enige aarzeling: 'Dat weet ik zeker.'

Dobbs schudde zijn hoofd, keek weer op zijn telefoon en scrolde door zijn aantekeningen. Na bijna een minuut niets gezegd te hebben kwam hij overeind. 'Sta op. We gaan een eindje rijden.'

5

Michael

Rechercheur Garrett Dobbs liet me plaatsnemen op de achterbank van een witte Ford die voor mijn gebouw tussen twee busjes van de LAPD geparkeerd stond.

Hoewel het bijna één uur 's nachts was, waren er nog verrassend veel van mijn buren wakker. Ze hadden de deur van hun appartement openstaan terwijl ik langsliep. Harvey Wilfong van twee deuren verder had een tuinstoel in de gang gezet en had zich daarop geïnstalleerd met een sixpack bier. Ik glimlachte ongemakkelijk naar iedereen, maar de meesten wendden hun blik af. Mevrouw Dowell bleef me aankijken, met zo'n teleurgestelde blik in haar ogen dat ik snel naar mijn handen keek.

De Ford was een onopvallende burgerauto; alleen het zwaailicht bij de bestuurdersplaats maakte duidelijk dat het een politiewagen was. Er zat geen afscheiding tussen de achterbank en de voorste stoelen. Aan het dashboard was een stokoude Panasonic-laptop bevestigd. De vloer lag bezaaid met fastfoodverpakkingen en de achterbank was bedekt met een soort zwart vinyl. Er staken twee metalen bouten tussen de zittingen uit, ongetwijfeld bedoeld om handboeien aan vast te maken. Rechercheur Dobbs had me niet geboeid. Hij had me ook niet op mijn rechten gewezen. Ik had verwacht dat hij dat zou doen toen we mijn appartement verlieten.

'Wie is Megan?' vroeg Wilkins, die op de bijrijdersstoel ging zitten. Hij hield het plastic tasje vast waar mijn telefoon in zat.

'Mijn zus.'

'Ze heeft je wel tien keer gebeld.'

'Mag ik haar terugbellen om te laten weten wat er aan de hand is?'

Wilkins gooide het zakje naast zich op de stoel en maakte zijn gordel vast. 'Nope.'

'Ben ik aangehouden?'

Voordat Wilkins kon antwoorden stapte Dobbs in en startte de auto. Hij manoeuvreerde tussen de busjes uit en reed Rampart in. We sloegen rechts af Sixth Street in en reden langs het park.

'Waar gaan we heen?'

Dobbs keek me aan in de achteruitkijkspiegel. 'Zeg jij het maar. Herken je de route niet?'

Ik haalde mijn schouders op. 'MacArthur Park ken ik wel.'

We reden ongeveer twintig minuten over de 110. Het was verrassend druk gezien het tijdstip. Vlak nadat we de 101 hadden gekruist nam hij een afslag. 'Chinatown?'

'Kijk eens aan, nu begint het toch allemaal bij hem terug te komen,' zei Wilkins.

'Wat is er in Chinatown?'

Ze antwoordden geen van beiden.

Dobbs sloeg nog een paar keer af – een keer naar rechts, een keer naar links, nog twee keer naar rechts – en wist duidelijk waar hij heen ging, want hij gebruikte geen navigatiesysteem. In Cleveland Street zag ik twee surveillancewagens van de LAPD en een busje staan dat erg leek op de busjes voor mijn appartementencomplex. Daar parkeerde Dobbs achter. Toen keek hij me weer aan via de achteruitkijkspiegel en vroeg: 'Waar zijn we, meneer Kepler?'

Ik fronste mijn wenkbrauwen. Ik had geen flauw idee. Ik was al minstens een jaar niet in Chinatown geweest.

Iemand in een witte overall kwam het busje uit, ging de openstaande deur van het gebouw aan onze rechterhand door en liep een smalle trap op. Links van het gebouw zat een wasserette, rechts een pizzeria. Op een bord bij de openstaande deur stond: STUDIO'S EN EENSLAAPKAMERAPPARTEMENTEN TE HUUR, met daaronder een telefoonnummer.

'Michael?'

Dat was Dobbs weer.

Ik zei: 'Ik... ik ben hier nog nooit geweest.'

Wilkins haalde zijn portemonnee uit zijn achterzak, haalde er een briefje van een dollar uit en gaf het aan Dobbs. Binnen quitte of dubbel?'

Dobbs stopte het geld weg. 'Oké.'

Ik boog me naar voren. 'Waar hebben jullie het over?'

Ze stapten allebei uit.

Dobbs opende mijn portier open. 'Wil jij ons voorgaan?'

Ik staarde hem niet-begrijpend aan.

Hij rolde met zijn ogen. 'Jezus. Nou, kom op dan, we gaan naar binnen.'

6

Michael

Dobbs ging voorop.

Ik liep achter hem aan de deur door en de smalle trap op, met Wilkins vlak achter me. Aan de muur hing klassiek bloemetjesbehang, dat hier en daar loskwam en op andere plekken gescheurd was. Er zaten zo veel verflagen op de treden en de houten trapleuning dat ik de gleuf in de leuning bijna niet kon voelen. De witte glansverf op de treden was vies en versleten. Het stonk naar oude kaas en chemicaliën van de buren.

Bovenaan de trap kwamen we in een gang met zes deuren. De deur linksachter stond open, en er stond een houten stoel naast waar een dikke geüniformeerde agent op zat met een half opgegeten burrito in zijn hand. Hij knikte Dobbs en Wilkins toe en wees naar de open deur. 'Daar,' mompelde hij, en er vielen stukjes vlees uit zijn mond.

'Je bent een varken, Horton,' zei Dobbs terwijl hij langs hem heen het appartement in liep.

Ik was blijven staan in de gang.

Wilkins duwde me naar binnen.

Een man die een wit overhemd, een kakibroek en een loszittende donkerblauwe stropdas droeg kwam naar ons toe lopen toen hij Dobbs zag. Zijn grijze haar was aan de zijkanten kortgeknipt en de bovenkant van zijn hoofd was kaal. Ik schatte hem ergens in de vijftig. Hij had een klembord in zijn handen en wees ermee naar de kamer achter zich. 'We hebben alles gelaten zoals het was, zoals je had gevraagd. Maar ik kan mijn mensen niet de hele tijd laten duimendraaien, we moeten echt aan de slag. Als ik hier klaar ben, heb ik nog een klus in het centrum.'

'Het zal niet lang duren,' zei Dobbs. 'Ian, dit is de man over wie ik je heb verteld, Michael Kepler.'

Ik stak werktuiglijk mijn hand uit. 'Aangenaam.'

De man staarde me alleen maar aan.

Tegen mij zei Dobbs: 'Dit is Ian Dantzler, hij leidt drie forensische onderzoeksteams van de LAPD. Hij werkt al tweeëntwintig jaar bij de politie.'

'Drieëntwintig,' corrigeerde Dantzler hem.

Wilkins legde een zware hand op mijn schouder en keek naar Dantzler. 'De heer Kepler zegt dat hij het slachtoffer in zijn bad heeft aangetroffen nadat hij naar de film was geweest. Zegt dat hij haar nooit eerder heeft gezien. Het leek ons een goed idee hem hiernaartoe te brengen, om te zien hoe dat gaat.'

Ik nam nauwelijks de helft van wat hij zei in me op omdat ik naar een ingelijste foto staarde die op een tafeltje bij de deur stond, naast een schaal waar wat kleingeld en losse sleutels in lagen. Het lijstje was van hout en kersrood, maar wat mijn aandacht had getrokken en nu mijn blik vasthield was een foto van mij met een springlevende Alyssa Tepper. We stonden voor ingang 4 van het Yankee Stadium in The Bronx. Mijn haar was iets langer; ik had het zo al een tijdje niet meer gedragen. Hand in hand glimlachten we in de camera.

'Zij woont hier,' zei ik zacht.

'Let op,' zei Wilkins, terwijl hij mijn schouder steviger vastpakte.

'Ik... ik begrijp het niet. Ik heb haar nog nooit ontmoet.'

'Godverdomme.' Wilkins liet mijn schouder los, pakte zijn portemonnee en gaf Dobbs nog eens twee dollar.

Dobbs stopte het geld weg maar bleef mij onafgebroken aankijken. Met een soort halve grijns zei hij: 'Ga je serieus ontkennen dat jij dat bent?'

Ik voelde dat ik rood werd. Mijn wangen werden warm en vervolgens heet. 'Die foto is nep, dat kan niet anders. Een truc of een grap.'

Op de grond, tussen het tafeltje en de voordeur, stonden meerdere paren tennisschoenen. Twee daarvan waren overduidelijk vrouwenschoenen; het derde herkende ik. Nike Air VaporMax LTR, maat 45. Het was me niet meer gelukt de vlek weg te krijgen. Ik had de schoenen al een tijdje niet gezien; ze hadden op een verkeerde plek in mijn kast gestaan.

Dobbs zag dat ik een vluchtige blik op de schoenen wierp. 'Als we daar DNA-sporen op vinden, blijken die van jou te zijn, hè?'

Ik zei niets.

'Er schieten nu ongetwijfeld talloze gedachten door je hoofd,' zei Dobbs. 'Terwijl je zwijgt, en dat is waarschijnlijk het beste, wil ik je vragen om nog één andere afweging te maken. Het is waarschijnlijk het allerbelangrijkste waar je in je hele leven ooit over zult nadenken. Als je ons nu de waarheid vertelt, als je meewerkt, zal dat alles een stuk makkelijker voor je maken. Wanneer we je in staat van beschuldiging stellen, en dat zal zeker gebeuren, zal de aanklacht minder zwaar zijn dan wanneer je je betrokkenheid bij de dood van Alyssa Tepper blijft ontkennen. De aanklagers hier in LA zijn zo ongeveer de meest meedogenloze van heel Amerika. Ze zijn kwaad en verbitterd en hebben schoon genoeg van alle negatieve media-aandacht, dus wanneer ze een zaak in handen krijgen waarvan ze zeker weten dat ze daarmee zullen scoren, melken ze die helemaal uit. Ze stellen je tot voorbeeld en zoeken zo veel mogelijk de openbaarheid. In Californië kun je de doodstraf krijgen voor moord, dus het zou best kunnen dat je in de gaskamer belandt als het stof is neergedaald. Zelfs als ze je niet daadwerkelijk executeren – dat is voor het laatst tien jaar geleden gebeurd – zouden ze er geen moeite mee hebben je de rest van je leven in de dodencel te laten zitten. Hoe oud ben je, zesentwintig? Dat is echt héél lang. Als je meewerkt en ons de waarheid vertelt, krijg je waarschijnlijk niet meer dan twintig tot dertig jaar, misschien minder als je je gedeisd houdt en uit de problemen blijft. Dat is niet gek. Je zou als veertiger of vijftiger vrijkomen. Dan heb je nog genoeg tijd om een nieuw leven op te bouwen. Want je kunt nog steeds een toekomst hebben als je daarvoor kiest.'

Dobbs wendde zich tot Dantzler. 'Zou je ons een rondleiding door de woning van mevrouw Tepper willen geven? Ik vind dat Michael het recht heeft om te weten wat we nog meer hebben gevonden.'

7

Michael

Er waren meer foto's.

Op de koffietafel stond er een waarop Alyssa Tepper en ik elkaar kusten voor een Hard Rock Café. In een zilveren lijst naast de bank eentje van ons tweeën met de beroemde Hollywood-letters in de verte. Vier van mij alleen, grijnzend, glimlachend, lachend. Van geen ervan kon ik me herinneren dat hij was genomen. In het keukentje hing er een met een magneet van Pizza Hut aan de koelkast waarop ik in de deuropening van mijn vrachtwagen stond. Alyssa Tepper zat schrijlings achter me, achter het stuur, met een wit topje en een korte broek aan en haar benen om mijn borst gekruld. Ze droeg een honkbalpet van Nadler Distribution schuin op haar hoofd. Ik stak mijn tong uit en trok een gek gezicht. De foto was gekreukt, vervaagd en versleten, alsof iemand hem een tijdje bij zich had gedragen voordat hij een vaste plek had gekregen naast een to-dolijstje en een kalender van een plaatselijke vastgoedmakelaar.

Ik staarde naar die laatste foto – naar mijn eigen ogen die me aankeken. Vertrouwd, maar ook weer niet.

Ik had sinds mijn verhuizing naar Los Angeles slechts twee vriendinnetjes gehad, en ik had ze geen van beiden mijn vrachtwagen laten zien, de plek waar ik werkte. Niet omdat ik me voor mijn werk schaamde, integendeel, ik was gek op mijn werk, maar de beveiliging was heel streng bij Nadler – mensen die er niet werkten mochten vanwege verzekeringsissues niet op het terrein komen en wanneer mijn vrachtwagen daar niet was, was ik onderweg. Ik bleef nooit lang genoeg in LA rondhangen om bij iemand op bezoek te gaan of om foto's te nemen.

'Ze ziet er gelukkig uit daar,' zei Dobbs. 'Jullie vormen een leuk stel.'

'Vormden,' zei Wilkins achter ons.

Dantzler schraapte zijn keel. 'Ja, nou, in de slaapkamer is meer te zien.'

Hij ging ons voor door de smalle gang – een slaapkamer links, een kleine badkamer rechts. Ik bleef staan om de badkamer in te kijken. Een technisch rechercheur was bezig twee tandenborstels – een roze en een blauwe –, een scheermesje, een half stuk zeep en diverse andere spullen, die ik vanaf mijn positie niet kon zien, in plastic zakjes te doen. Toen ze me zag kijken, tuitte ze haar lippen en deed ze de badkamerdeur dicht.

'Hierheen,' zei Dantzler vanuit de slaapkamer.

Die was klein, niet groter dan drie bij vier. Een groot tweepersoonsbed stond in de hoek tegenover de deur, met ernaast een aftands nachtkastje. Rechts van de deur stond een ladekast tegen de muur. Hier waren meer foto's – ik bleef staan om ze te bekijken en mijn maag draaide om. Het bed was onopgemaakt; witte lakens lagen verstrengeld met een bruine sprei aan het voeteneinde. Er lagen ook twee kussens op het bed.

Achter in de kamer stond een lege driepoot. De videocamera die daar ongetwijfeld op had gestaan stond nu op de ladekast; vanuit de voorkant liepen snoeren naar de achterkant van een kleine flatscreen. Die stond aan, maar het scherm was leeg.

Dantzler keek naar Dobbs.

Die knikte.

Het hoofd van de technische recherche drukte een paar knoppen op de camera in en er verscheen beeld. Korrelig. Het enige licht in de kamer was afkomstig van kaarsen op het nachtkastje. Het bed werd van opzij gefilmd. Alyssa Tepper lag er naakt op, met gebogen rug en gesloten ogen, en kronkelend ging ze langzaam op en neer. Ze liet haar hoofd opzijrollen, zodat haar haar van de ene schouder op de andere viel. Handen kwamen van onder haar omhoog en gleden van haar blote buik naar haar borsten en streken langs haar tepels. Handen die ik kende, armen die ik kende. Toen een van die armen weer omlaagging en de sprei opzijduwde en vervolgens op de grond, wilde ik me afwenden. Zoals iedereen in de kamer staarde ik gefascineerd naar het scherm, naar mijn lichaam onder het hare, naar mijn eigen gezicht, dat even naar de camera keek voordat het zich glimlachend weer op haar richtte. Mijn stem fluisterde haar naam terwijl ik rechtop ging zitten en haar in het halfdonker tegen me aan trok.

'Zet uit,' mompelde ik.

Opnieuw keek Dantzler naar Dobbs.

En opnieuw knikte Dobbs.

Het scherm ging op zwart.

Dantzler trok een la open en stapte opzij.

Dobbs duwde me er zachtjes naartoe. 'Kijk maar.'

In de la lagen een paar spijkerbroeken, sokken, ondergoed en T-shirts. Sommige waren opgevouwen, andere niet. De la was bijna helemaal vol.

'Ik denk dat we allemaal wel eens zo'n la hebben gehad,' zei Dobbs. 'Ons eigen plekje ergens waar we niet wonen. Je bent er nog niet klaar voor om ergens in te trekken maar brengt zo vaak de nacht met haar door dat je wel wat eigen ruimte verdient. Ik weet niet hoe het met jou zit, maar ik heb dat altijd een aangenaam moment gevonden, wanneer een meisje je een stukje van haar woning geeft. Het maakt duidelijk dat ze je vertrouwt, dat ze het fijn vindt als je er bent. Het betekent denk ik ook dat ze wat minder op haar hoede is, soms zelfs te weinig. Herken je de kleding, Michael?'

Ik gaf geen antwoord.

'Ik durf te wedden van wel,' zei Dobbs. 'Ik durf te wedden dat je je de dag herinnert waarop ze je die la gaf.'

Alle drie de mannen keken aandachtig naar me. Ik keek niet in de la – die voldoening wilde ik ze niet geven. De bovenkant van de kast lag vol met haarbanden en sieraden; in een geopend houten kistje lagen oorbellen en kettingen. Mijn blik viel op een specifieke ketting die bijna onderin lag – een veer aan een dun leren lusje. Een gorzenveer.

Ik wendde snel mijn blik af.

8

Michael

Ze brachten me naar het hoofdbureau van de LAPD in First Street.

Deze keer deed Dobbs me wel handboeien om, maar hij wees me niet op mijn rechten.

We zeiden geen van allen iets in de auto.

In het gebouw liepen Dobbs en Wilkins met me langs de balie naar de liften. We gingen naar de tweede verdieping en kwamen in een grote ruimte waar het ondanks het onchristelijke tijdstip een drukte van belang was. Achter tientallen bureaus en tafels zaten mensen van alle rangen en standen – bendeleden, prostituees en travestieten; bejaarden en krijsende kinderen; een man in een pak van minstens vierduizend dollar met een vrouw van ergens in de twintig in een al even dure jurk, die allebei stonden te schreeuwen tegen twee geüniformeerde agenten. Hun haar zat helemaal in de war en de man had een scheur in zijn rechtermouw. Eerst dacht ik dat ze beroofd waren, maar toen drong het tot me door dat ze allebei handboeien om hadden en dat er een zakje vol gekleurde pillen op het bureau tussen hen en de agenten in lag. Aan de andere kant van het vertrek werd er een foto van me gemaakt en werden mijn vingerafdrukken afgenomen. De vrouwelijke agent, die duidelijk ervaren was, bewoog mijn vingers een voor een over de digitale lezer.

Toen ze klaar was trok Dobbs aan mijn arm en gaf Wilkins me een duw. Ze namen me mee door een gang, dieper het gebouw in, en we lieten het rumoer achter ons.

Dobbs opende een deur waar VERHOORKAMER 7 – NIET BETREDEN WANNEER HET RODE LAMPJE BRANDT op stond en hij duwde me zachtjes naar binnen. 'Maak het je gemakkelijk.'

Hij ging weg. De deur ging met een harde klap dicht en toen was ik alleen.

Twee uur lang zat ik daar te wachten.

Ik was nog nooit in een verhoorkamer geweest, maar toch kwam de ruimte me bekend voor. Ik had er genoeg in films en op tv gezien en het was duidelijk dat de mensen uit Hollywood niet verder reisden dan naar LA om inspiratie op te doen. Het vertrek was niet groot, iets van twaalf vierkante meter, met een verlaagd plafond en felle tl-buizen. De muren waren matgrijs geschilderd.

Er was een metalen tafel vastgeschroefd aan de muur en de vloer, met aan de ene kant twee stoelen met zwarte bekleding en aan de andere kant één stoel. In de muur links van me zat een grote doorkijkspiegel en in een van de hoeken hing een camera aan het plafond. Ik probeerde plaats te nemen op de enkele stoel, maar dat lukte niet met mijn geboeide handen achter mijn rug, dus ging ik op de rand van de tafel zitten.

Twee uur.

Dobbs kwam in zijn eentje terug met twee koppen koffie. Hij zette ze op de tafel neer en deed de deur dicht met zijn voet. 'Draai je om.'

Hij deed de handboeien af en zei dat ik moest gaan zitten.

Ik wreef over mijn polsen. 'Ik mag iemand bellen, toch?'

'Zo meteen.'

'Je hebt me niet eens op mijn rechten gewezen.'

'Ik heb je ook niet gearresteerd.' Dobbs schoof een van de koppen naar me toe. 'Ga zitten.'

Ik liet me aarzelend in een stoel zakken. 'Ik moet echt mijn zus bellen. Ze maakt zich vast zorgen.'

Dobbs tuitte zijn lippen, draaide zijn kop rond en nam een slok. 'Heb je nagedacht over wat ik zei?'

Ik keek hem recht aan. 'Ik heb geen idee wie die vrouw is. Ik heb haar nog nooit ontmoet en ben nooit bij haar thuis geweest. Ik ben zéker nooit met haar naar bed geweest. Iemand probeert me te framen.'

Dobbs keek in zijn koffie en bleef de kop ronddraaien.

'Ik wil dat je DNA afstaat.'

'Waarom zou ik?'

'Waarom niet? Als je onschuldig bent is er toch geen reden om het niet te doen?'

Ik schudde mijn hoofd. 'Niet voordat ik mijn zus heb gesproken. Ik wil mijn telefoon terug.'

'Je telefoon is opgeslagen als bewijs. Je kunt een verzoek indienen om hem terug te krijgen, maar ik kan je verzekeren dat hij pas wordt vrijgegeven als deze zaak is afgesloten.' Hij schoof de tweede kop naar me toe. 'Drink wat koffie. Ontspan. Laten we gewoon even praten, oké? Alleen wij tweeën, om te zien of we dit kunnen ophelderen.'

'Alleen wij tweeën, tuurlijk. Wie zit daar achter dat raam? Wie bekijkt de camerabeelden?'

Dobbs keek naar de doorkijkspiegel. 'Daar zit niemand, en de camera staat niet aan. Er brandt geen rood lampje. We zijn nu alleen.'

'Ik snap het.' Ik glimlachte smalend en nam een slok koffie. 'Ik weet hoe dit werkt.'

'Ben je al eens eerder gearresteerd?'

'Je zei dat je me niet gearresteerd had.'

Hij maakte een wegwerpgebaar. 'Je snapt wat ik bedoel.'

'Ik ben nog nooit op een politiebureau geweest.'

'Echt niet?'

'Nog nooit.'

'Dus je bent nooit in de problemen geweest? Een echte modelburger?'

'Ik doe mijn best.'

'Vertel me iets over Alyssa Tepper.'

Ik nam weer een slok. 'Ik ga natuurlijk geen meisje vermoorden in mijn eigen appartement om vervolgens de politie te bellen.'

'Je bent – wat, drie weken per maand onderweg? Iedereen heeft zo zijn behoeften. Heeft ze je bedrogen? Heeft ze jou betrapt terwijl jij haar bedroog? De emoties lopen hoog op, er gebeuren nare dingen. Ik heb het eerder zien gebeuren, Michael, vaker dan ik bij kan houden. Je kunt eerlijk tegen me zijn.'

'Ik heb vanaf het begin de waarheid verteld.'

Dobbs hield zijn hoofd een beetje schuin. 'O ja?'

'Ja.'

'Je hebt tegen me gezegd dat je naam Michael Kepler is. Als we dan toch eerlijk tegen elkaar zijn, waarom vertel je me om te beginnen dan niet hoe je echt heet?'

9

Michael

'Het ís mijn echte naam.'

'Je vingerafdrukken zijn van iemand die Michael Fitzgerald heet,' zei Dobbs. 'Je zit in het systeem omdat je een grootrijbewijs hebt.'

'Ik ben geadopteerd. Fitzgerald is de naam van de adoptieouders. Mijn geboortenaam is Michael Kepler.'

'Je officiële naam is Michael Fitzgerald.'

'Nee hoor. Nooit geweest ook.'

'Je bent niet erg op je ouders gesteld, hè?'

'Wat maakt dat uit?'

Dobbs haalde zijn schouders op. 'Ik heb ze nagetrokken toen we de resultaten van je vingerafdrukken kregen. De Fitzgeralds zijn bekend in het oosten en zitten er warmpjes bij. Een psychiater en een psycholoog, hè? Ik kwam hun namen tegen op tientallen websites. Vooral academische artikelen. Het ging me nogal boven de pet allemaal. Ze worden zeer gerespecteerd binnen hun vakgebied en zijn allebei hoogleraar aan Cornell, waar jij ook gestudeerd hebt.' Hij sloeg zijn ogen neer. 'Gecondoleerd met je vader. Een aneurysma, hè?'

'Adoptievader.'

Dobbs draaide zijn koffiekop weer rond. 'Ze zitten er warmpjes bij.'

'Dat zei u al.'

Dobbs klemde zijn vingers om de rand van de tafel. 'Daarom heb je zeker eerst je zus gebeld? Zodat ze zaken voor je kon regelen?'

Ik keek hem niet-begrijpend aan. 'Ik weet niet wat...'

Er werd twee keer aangeklopt, hard en snel.

De deur zwaaide open.

Rechercheur Wilkins kwam binnen, gevolgd door een zwaargebouwde man in een donkergrijs pak dat hem zo goed paste dat de kleermaker misschien wel met naald en draad achter hem aan was gelopen. De man had zijn haar glad achterovergekamd, wat geschikt was voor een avondje uit maar niet voor iemand die om vier uur 's nachts een politiebureau binnen kwam lopen. In zijn scherpe ogen zag ik de wijsheid van een zestiger, maar zijn gezicht en haviksneus pasten bij een veel jongere man, van hoogstens eind veertig. Hij droeg een leren koffertje, dat hij tussen Dobbs en mij in midden op de tafel zette. Hij keek eerst Dobbs aan en toen mij.

'Kan ik ervan uitgaan dat je nog niets hebt gezegd tegen deze rechtschapen ambtenaar of zijn collega's?' Hij had een diepe stem, een en al bas. Zijn gemanicuurde vingers klikten het koffertje open. Hij haalde er een schrijfblok en een pen uit en deed het weer dicht. 'Maakt ook niet uit, geen antwoord geven.' Hij wendde zich tot Dobbs en Wilkins. 'Heren, kan ik mijn cliënt even onder vier ogen spreken?'

Dobbs knikte onwillig en stond op. Hij klopte twee keer op de deur en draaide zich toen naar me toe. 'Ik weet dat je schuldig bent, Michael. Weet je waarom?'

Ik keek hem alleen maar aan.

'Je hebt nooit gevraagd hoe ze is gestorven.'

De man in het grijze pak stak een hand op. 'Steken onder water zijn niet nodig. U hebt mijn cliënt al genoeg getraumatiseerd. Wegwezen, jullie.'

Een agent deed de deur open en kwam naar binnen. Een jonge kerel met kort donker haar.

Wilkins meesmuilde en leek iets te willen zeggen, maar bedacht zich toen. Hij wurmde zich langs Dobbs de deur uit. Dobbs bleef nog even naar me staan kijken en ging toen ook weg. De deur viel achter hen dicht.

De man in het grijze pak ging op Dobbs' stoel zitten, die kraakte onder zijn gewicht. 'Een overdosis propofol.'

'Wat?'

'Daar is dat meisje in je bad aan overleden. Een overdosis propofol. Ze is hier geïnjecteerd.' Hij drukte met zijn vinger in de linkerkant van zijn nek. 'Het is een medicijn dat vaak door anesthesiologen wordt gebruikt. Een verdovingsmiddel.'

'Ik weet wat propofol is.'

Hij fronste zijn wenkbrauwen. 'Dat zou ik verder voor me houden, vriend. Hou je maar lekker van de domme.'

'Wie bent u?'

'Philip Wardwell. Ons kantoor heeft door de jaren heen veel voor je vader gedaan. Nadat je je zus had gesproken, heeft ze met je moeder overlegd, en die heeft vervolgens ons kantoor in New York gebeld,' zei hij. 'Ik werk in Los Angeles, dus ben ik ingeschakeld.'

Ik boog mijn hoofd en streek met mijn hand door mijn haar. 'Ik wilde niet dat mijn moeder dit te weten zou komen. Megan had haar mond moeten houden.'

Wardwell haalde zijn schouders op. 'Nou, dat heeft ze niet gedaan, en hier ben ik. Ik ben van plan ervoor te zorgen dat je voorlopig niet naar de gevangenis hoeft. Probeer niet helemáál gek te worden van dankbaarheid.' Hij bladerde door zijn schrijfblok. 'Ik heb net bijna een uur lang samen met die twee rechercheurs het bewijs bekeken. Dat is niet mals, maar hoofdzakelijk indirect.'

'Hoofdzakelijk?'

'Ze hebben één getuige. Een buurvrouw van Tepper, ene Velma Keefe. Ze heeft verklaard dat ze je twee keer met Alyssa Tepper heeft gezien – eergisteren en vorige week. Ze zegt dat ze langs jullie is gelopen op de trap. Ze herkende je van een foto.'

'Dat is belachelijk. Ik heb Alyssa Tepper nog nooit ontmoet. Iemand probeert me erin te luizen,' zei ik stellig.

Hij wierp me een blik toe en keek weer in zijn aantekeningen.

'Ze hebben me verteld dat jullie in Teppers appartement zijn geweest. Als we de verklaring van die mevrouw Keefe in twijfel willen trekken, kunnen we zeggen dat ze je heeft gezien toen de politie je daarheen bracht. Over haar maak ik me geen zorgen.' Hij sloeg een bladzijde om. 'Ik heb de foto's, de video en de kleding gezien. Ze trekken de DNA-sporen na op een aantal spullen die ze daarvandaan hebben gehaald. Hebben ze je verteld wat ze bij jou thuis hebben aangetroffen, afgezien van die spullen bij je bed? En hebben ze het gezegd van de afvalcontainer?'

Ik schudde mijn hoofd.

'Ze hebben er een vuilniszak uit gehaald van hetzelfde merk als de rol vuilniszakken onder je gootsteen. Hij zat vol met vrouwenkleding, in Teppers maat. Een van de blouses, paars met witte strepen, is dezelfde als de blouse die ze draagt op een foto waar jij ook op staat en die ze in haar woning hebben gevonden.'

Ik wist niet wat ik daarop moest antwoorden, dus zei ik niets.

Toen hem duidelijk werd dat ik geen antwoord ging geven, ging Wardwell verder. 'Ze hebben ook een telefoon gevonden. Een wegwerptoestel. In het logboek staan oproepen en berichten tot bijna drie maanden oud.'

'Niet van mij.'

Wardwell stopte zijn pen en schrijfblok weer in het koffertje en klapte het dicht. 'De telefoon was schoongeveegd. Er stonden geen vingerafdrukken op. Ook niet op de zak of op de spullen die erin zaten. Ze zijn met een gerechtelijk bevel bezig om je vrachtwagen bij Nadler te kunnen doorzoeken. Ik vermoed dat ze die rond zonsopgang wel zullen hebben.'

'Dit is echt absurd allemaal,' zei ik. 'Wat moeten we doen?'

Wardwell ging staan en klopte twee keer op de deur. ‘Ervoor zorgen dat je hier wegkomt.’

De deur ging open en de agent met het donkere haar keek naar binnen. ‘Ja?’

Wardwell greep de man bij zijn kraag, trok hem naar binnen en ramde zijn hoofd drie keer tegen het beton. De agent viel op de grond en er stroomde bloed uit zijn oor.

10

Michael

'Godverdomme, wat doe jij nou!' Ik sprong op uit mijn stoel en ging in een hoek staan.

'Pak zijn pistool,' zei Wardwell, terwijl hij zijn voet in de deuropening zette om te voorkomen dat de deur dichtviel en we opgesloten zouden zitten.

Ik schudde mijn hoofd. 'Echt niet.'

Wardwell rolde met zijn ogen. 'Opeens ben je een padvinder? We hebben geen tijd voor gewetensconflicten.'

Hij zette zijn koffertje in de deuropening, trok zijn voet los en knielde neer naast de bewusteloze agent.

'Is hij dood?'

Wardwell stond grommend op, morrelde aan het leren riempje dat om het pistool van de agent zat en haalde het wapen uit de leren holster. Hij stopte het in zijn rugholte achter zijn riem en trok zijn jasje er strak overheen. 'Blijf dicht naast me lopen en maak met iedereen oogcontact behalve met mij. Doe alsof je hier werkt en volkomen op je gemak bent, dan zal niemand iets vermoeden.'

'Ik ga nergens heen met jou!'

'Je doet precies wat ik zeg, anders schiet ik mensen neer. Dit is een Glock 22 – er zitten vijftien kogels in het magazijn en nog eens vijftien in de kamer. Ik kan goed schieten. Ik schakel minstens vijf tot tien mensen uit voordat iemand mij te pakken neemt. Wil je dat op je geweten hebben?' Wardwell pakte zijn koffertje en hield de deur open. Hij wierp een snelle blik in de gang en keek toen om naar mij. 'Kom op, lopen.'

Ik gehoorzaamde.

Ik wist dat ik het niet moest doen maar deed het toch.

Toen ik de gang in liep verwachtte ik besprongen te worden door minstens tien agenten. Er liep een vrouwelijke rechercheur langs die helemaal verdiept was in een map. Haar pistool stuiterde tegen haar heup.

Wardwell duwde met zijn vrije hand in mijn rug en loodste me naar links. Aan het einde van de gang gingen we naar rechts. 'Goed zo,' zei hij zacht. 'Blijf lopen. Ga daar linksaf.'

Wardwell voerde ons dieper het gebouw in, weg van Dobbs, Wilkins en de agente die mijn vingerafdrukken had afgenomen.

'Aan het einde van deze gang naar rechts.'

We liepen langs een conciërge die vuilnisbakken leegde en meezong met een liedje dat hij op zijn koptelefoon hoorde.

Nog twee keer naar links.

Een keer naar rechts.

Een dienstlift.

Wardwell drukte op de knop. 'We zijn er bijna.'

Ik begon me om te draaien om achter ons te kijken.

Hij kneep in mijn schouder. 'Niet doen.'

De deuren gingen open en we liepen de lift in.

Hij drukte op de knop waar P2 op stond.

Toen de lift weer openging bevonden we ons in een parkeergarage. 'Die blauwe Ford daar rechts.'

Dit deel van de garage was slechts voor ongeveer een kwart gevuld. Ik zag een Ford Escort die naast een betonnen paal geparkeerd stond. Het was een aftandse auto van minstens vijftien tot twintig jaar oud. Op het rechtervoorwiel ontbrak de wieldop. De lichtblauwe lak was helemaal verkleurd en de vieze auto zat vol butsen en deuken en roestplekken.

Ik keek even naar Wardwell. Waarschijnlijk was zijn pak meer waard dan de auto. 'Ben je wel echt een advocaat?'

Hij viste de sleutels uit zijn zak en gooide ze naar me toe. 'Jij rijdt.'

De auto zat niet op slot.

Ik ging achter het stuur zitten. De gescheurde beige bekleding werd bij elkaar gehouden met ducttape.

Wardwell pakte het pistool, kwam naast me zitten en legde zijn koffertje op schoot. De deur piepte en ging met een doffe klap dicht. Het zweet parelde op Wardwells voorhoofd – het snelle lopen eiste zijn tol van zijn grote lijf. 'Rijden, verdomme. Start de auto!'

'Waarom doe je dit?'

Hij keek me verbaasd aan. 'Hiervoor heb je me betaald.'

Ik voelde iets nats in mijn gezicht slaan voordat ik het geluid van het schot hoorde waarmee het raam naast zijn stoel verbrijzeld werd. Wardwell viel tegen me aan en toen naar voren, met uitdrukkingsloze ogen.

11

Michael

Ik weet niet hoelang ik daar zat, met verlamde ledematen terwijl mijn hart in mijn keel bonsde. Het geluid van het schot weerkaatste tegen het beton en stierf toen weg. Ik hoorde het geluid van voetstappen die zich snel verwijderden, en daarna alleen nog mijn eigen hijgende, snelle ademhaling.

Wardwells lege blik leek gericht te zijn op het pistool in zijn eigen hand, die nog altijd op het koffertje lag, met zijn vinger een paar centimeter van de trekker.

Ik voelde aan de zijkant van mijn gezicht, en toen ik mijn vingers terughaalde, zag ik dat ze rood en glibberig waren. Maar niet van mijn bloed. Van dat van Wardwell.

De kogel was aan de rechtervoorkant zijn hoofd binnengedrongen en er linksachter weer uit gekomen. Doordat het een goed gemikt schot was of doordat ik extreem veel geluk had gehad, leefde ik nog en was ik zelfs ongedeerd.

Ik veegde mijn hand af aan de zijkant van de smerige stoel.

Op dat moment nam mijn intuïtie het over. Als ik had nagedacht over wat ik deed, had ik het niet gedaan. Dan had ik niet gedaan wat er moest gebeuren.

Ik draaide de sleutel om.

De motor maakte een sputterend geluid en kwam toen brullend tot leven.

Ik volgde de pijlen naar de uitgang vanaf het tweede parkeerdek naar het eerste, in de richting van het daglicht. Geen enkele inzittende van een van de vele politieauto's die me passeerden keurde me een blik waardig.

Wardwell had zijn parkeerticket op het dashboard gelegd. Ik haalde Wardwells portemonnee uit zijn jaszak en betaalde de twaalf dollar met zijn creditcard.

De naam die op de kaart stond was niet Philip Wardwell.

Terwijl de slagboom omhoogging ging er een alarm af, een gierend geluid dat door het hele gebouw galmde. Ik wist niet of iemand het schot had gehoord of dat de agent in de verhoorkamer was gevonden, maar dat kon me niet schelen. Ik sloeg links af North Main Street in en keek niet om.

12

Michael

'Roland Eads,' zei ik in de hoorn van de munttelefoon.

Ik was om het politiebureau heen gereden en Fourth Street ingeslagen, en vanaf daar naar de vismarkt gereden. Niemand was me gevolgd.

Ik wist dat ik niet naar huis kon. Ik kon ook niet naar mijn vrachtwagen – daar zouden ze als eerste gaan kijken.

De vismarkt van Los Angeles ging officieel pas om zes uur open, maar de restaurantinkopers, toeristen en buurtbewoners kwamen al veel eerder.

Een menigte was precies wat ik nodig had.

Een plek waar ik kon verdwijnen.

Waar ik de Ford kon dumpen.

Ik reed naar het voormalige Edward Hotel en zette de aftandse auto tussen een vuilcontainer en een hoge berg afval die gedeeltelijk was afgedekt met blauw zeil.

De motor sputterde een paar keer en ging toen uit.

De dode man naast me was groot – te groot voor zo'n kleine auto. Hij was tijdens de rit verschoven, maar zijn ingezakte lichaam bleef tussen het dashboard en de passagiersstoel in geklemd zitten. Zijn kapotgeschoten hoofd hing mijn kant op.

Ik trok het koffertje van zijn schoot, waarbij ik goed oppaste dat ik zijn wapen niet aanraakte, en maakte het open. Afgezien van het schrijfblok en de pen zat er een cassettebandje in. Ik moet minstens een minuut naar het handgeschreven label gestaard hebben. Mijn hart ging als een bezetene tekeer toen ik het las, en uiteindelijk deed ik het in mijn zak.

Zijn portemonnee hield ik.

Ik zocht in zijn zakken naar een telefoon, maar vond niets.

Met servetjes uit een zak van McDonald's die op de vloer lag veegde ik mijn gezicht, het stuur, het dashboard, mijn deur, zijn koffertje en alles waarvan ik me kon herinneren dat ik het had aangeraakt schoon.

En daar liet ik hem achter.

Dat wilde ik niet, maar ik had geen idee wat ik anders moest doen. Wat kón ik doen?

Aan de achterkant van het tankstation in Fifth Street zat een toilet. Ik stormde de parkeerplaats over, deed de deur op slot, zakte voor de gore wc op mijn knieën en gaf over in de pot.

Mijn handen trilden.

Mijn hart bonsde.

Ik kreeg niet genoeg lucht.

Toen ik voor de tweede keer overgaf kwam er alleen nog gele gal. Mijn maag draaide om en wilde meer kwijt, maar er was niets meer over.

Ik rolde opzij en sloot mijn ogen.

Ik moest tot mezelf zien te komen.

Ik dwong mezelf om diep adem te halen door mijn neus en ademde uit door mijn mond, zoals Megan het me geleerd had. De adrenaline was uitgewerkt en mijn hartslag werd weer lager. Toen ik uiteindelijk weer overeind wist te komen, bezweken mijn benen bijna onder het onverwachte gewicht. Ik liep struikelend naar de wastafel en bekeek mezelf in de spiegel. De ogen die naar me terugstaarden waren niet die van mezelf maar van een veel oudere, uitgeputte man.

Ik trok mijn trui uit, die onder de bloedvlekken zat, en spoelde het bloed van mijn gezicht en uit mijn haar. Hetzelfde deed ik met de witte en grijze substantie waar ik verder niet over na probeerde te denken. Het water dat rondkolkte in de wastafel was rood, roze en ten slotte helder. Ik maakte de trui zo goed mogelijk schoon. Toen trok ik het etiket los en deed ik hem binnenstebuiten aan.

Tegen de tijd dat ik klaar was, waren er twintig minuten verstreken. Ik had een munttelefoon gezien op Stanford en vroeg daar een collect call met Megan aan.

'Ik kan je bijna niet horen. Waar ben je?' vroeg Megan. 'Wie zei je?'

'Roland Eads,' herhaalde ik. Ik hield een hand over mijn andere oor en probeerde me af te wenden van de mensen die op de stoep langs me heen snelden. 'Ik ben op de vismarkt.'

'Ik heb niemand gebeld,' zei Megan. 'Ik was doodongerust en heb je de hele nacht proberen te bellen, maar ik heb niemand anders gesproken. Niet hierover.'

'Dus je hebt het dr. Rose niet verteld?'

'Dat zou ik nooit doen. Nou ja, alleen als je het zou vragen. Jezus, Michael, dus je hebt dat meisje nooit ontmoet? Weet je het zeker?'

'Ik weet niet wie dit doet, of hoe, maar iemand is me erin aan het luizen.'

'Maar jij was het op die video?'

Er liepen twee politieagenten voorbij en ik ging met mijn rug naar ze toe staan. 'Als jij die kerel niet hebt gestuurd, is het iemand anders geweest.'

'Waarom zou iemand jou een moord in de schoenen willen schuiven?'

'Ik heb geen idee.'

Ik pakte de portemonnee van Roland Eads en bekeek de inhoud.

Drieënegentig dollar contant, de creditcard en een rijbewijs. Verder niets. Er stond een adres op het rijbewijs, in Needles, Californië – een plaatsje bij de grens met Nevada, op een kleine vier uur rijden. Ik kende het van mijn route. Ik hield het rijbewijs apart en stopte de rest in mijn zak. 'Megan, ik wil je om een hele grote gunst vragen.'

'Natuurlijk, wat je maar wilt.'

'Je moet naar het kantoor van dr. Bart gaan om te zien of zijn honkbalplaatje van Joe DiMaggio er nog is.'

Megan viel stil.

'Meg.'

'Ik ben er nog.'

'Kun je dat voor me doen?'

Na een korte stilte zei ze: 'Zijn kantoor zit op slot, Michael. Dr. Rose heeft de sleutel. Er is niemand meer geweest sinds zijn dood. Ze laat zelfs mevrouw Neace niet binnen om er schoon te maken.'

Mevrouw Neace was al bijna dertig jaar de huishoudster van onze ouders, maar toch had dr. Bart haar zelden toestemming gegeven om zijn kantoor binnen te gaan – ze mocht er alleen op vrijdagochtend komen, wanneer hij op de universiteit was. Zelfs dan hield dr. Rose haar in de gaten terwijl ze aan het werk was.

'Alsjeblieft Meg, het is belangrijk. De politie heeft precies zo'n plaatje in de handtas van Alyssa Tepper gevonden,' zei ik tegen haar.

'Het kan niet hetzelfde zijn.'

'Uit 1936. Het papier aan de achterkant was half weg en de linkerhoek was afgescheurd.'

'Echt?'

'Er is nog iets anders,' zei ik tegen haar. 'Ze had een gorzenveer. Die zag ik bij haar thuis. Hij zat aan een leren koord, als een ketting.'

Megan zei niets.

'Alsjeblieft, Meg,' zei ik smekend.

'Weet je zeker dat het de veer van een gors was? Er zijn zo'n zevenendertig miljoen vogelsoorten, Michael, en die hebben allemaal veren.'

'Ik zou zo'n veer van een kilometer afstand herkennen.'

'Je moet naar huis komen, Michael. Nu. Kom gewoon hierheen.'

Ik keek naar Eads' rijbewijs in mijn hand. 'Dat kan niet. Als ik vlucht, vinden ze me. Ik moet zien te ontdekken wat er aan de hand is.'

'Misschien moeten we het dr. Rose vertellen.'

'Nooit van mijn leven.'

'Zij kan je beschermen.'

'Beloof me dat je niets tegen haar zegt.'

Megan gaf geen antwoord.

'Meg? Beloof het.'

'Beloof jij míj dat je naar huis komt, dan denk ik erover na.'

'Ik kom,' zei ik. 'Zodra het kan.' Ik hing op voordat ze daar iets tegen in kon brengen, want ik wíst dat ze dat zou doen.

Bij een kleine drogisterij kocht ik met geld van Roland Eads een honkbalpet, een zonnebril en een T-shirt. Het had als vermomming weinig om het lijf, maar ik zou het ermee moeten doen. Ook kocht ik een wegwerptelefoon. Ik kleedde me om in de steeg achter de winkel, stopte mijn trui diep weg in een vuilcontainer en belde Megan met het wegwerptoestel. Ik kreeg haar voicemail.

Ik haalde het cassettebandje uit mijn zak en keek naar de handgeschreven tekst op het label.

Donkere kamer – M. Kepler – 12 augustus 1996.

Het was het handschrift van dr. Bart.

In 1996 was ik vier. Het was het jaar dat ik bij de Fitzgeralds was komen wonen. Ik had een cassettespeler nodig, en ik wist waar ik er een kon vinden.

13

SCHRIFTELIJKE VERKLARING, MEGAN FITZGERALD

Aan special agent Jessica Gimble, de lieftallige rechercheur Dobbs en hun vrienden bij de politie –

Oké, goed dan, ik schrijf het allemaal op. Zo gedetailleerd mogelijk. Niet omdat jullie dat gevraagd hebben, maar omdat het misschien wel de enige manier is om Michaels verhaal in de openbaarheid te krijgen. Om de waarheid bekend te maken. De feiten. Ik ga het echt niet aan jullie overlaten om iets in elkaar te flansen. Ik heb de afgelopen twee dagen gezien hoe jullie bewijs hebben proberen te verzamelen en erachter hebben proberen te komen wat er werkelijk is gebeurd, en ook al was dat best vermakelijk, ik kan jullie niet eindeloos laten schipperen. Jullie zijn net clowns in een circus. En dat van ons belastinggeld, wat een giller. Ik ben dit Michael verschuldigd. Ik wil zeker weten dat de feiten kloppen als het stof over de afgelopen achtenveertig uur is neergedaald. En wat de feiten betreft kunnen jullie duidelijk wat hulp gebruiken.

Dus daar gaan we dan – alles wat jullie over het hoofd hebben gezien, netjes uitgeschreven in een schrijfblok. Ik zal proberen netjes en op de lijntjes te schrijven, precies zoals dr. Bart het gewild zou hebben. In de taal van een dame, iets waar dr. Rose op zou staan. Goed opletten, kinderen – het is tijd om naar school te gaan.

Die lul van een broer van me hing gewoon op!

Hij belde me met een munttelefoon ergens vanuit LA, niet alleen om te herhalen dat hij een dood meisje in zijn bad had gevonden maar ook om te zeggen dat zijn advocaat had besloten hem uit de gevangenis te houden. Als laatste had hij gezegd dat de advocaat kort na het verlaten van het politiebureau een kogel in zijn hoofd had gekregen.

Hij ratelde dat hele verhaal af en hing toen gewoon op! Ik belde het nummer terug maar de telefoon ging eindeloos over, zeker twaalf keer. Ik kon hem niet terugbellen op zijn eigen telefoon; hij zei dat de politie die had. Ik deed het enige verstandige wat ik kon doen – ik rolde op mijn zij en gilde in mijn kussen.

Daarna voelde ik me beter. Niets is beter dan lekker even gillen om weer helder te kunnen denken. Zouden jullie ook eens moeten proberen, misschien zouden jullie dan een keer doen waar jullie voor betaald krijgen.

Toen rook ik de ontbijtgeuren die vanaf de begane grond omhoogzweefden – spek, eieren, muffins... Mevrouw Neace, ongetwijfeld. Ik vond het merkwaardig dat mijn zintuigen na mijn gesprek met Michael geprikkeld werden door zulke gewone dingen.

Ik gooide mijn dekbed van me af, ging op de rand van mijn bed zitten en ving een glimp op van het naakte meisje dat me in de manshoge spiegel in de hoek van mijn kamer aanstaarde. Zelfs van die afstand zag ik dat ik wallen onder mijn ogen had en dat mijn bruine haar helemaal in de war zat. Mijn borsten zagen er tenminste nog goed uit. Ik kneep zacht in mijn tepels. Op de meiden kon ik altijd rekenen.

Ik was de hele avond en nacht blijven proberen Michael te pakken te krijgen nadat hij dat lichaam had gevonden. Ik had hem ook ge-sms't en geappt. Dr. Rose hamert er altijd op dat ik minstens acht uur moet slapen. Nu had ik waarschijnlijk net de helft gehaald. *No bueno*...

Dr. Rose mocht me zo niet zien. Ze zou weten dat er iets aan de hand was als ik me zou voornemen Michael te helpen, en dat mocht niet gebeuren. Ik griste mijn kamerjas van de stoel die voor mijn toilettafel stond, deed hem aan en ging in de weer met mijn borstel.

Honderd halen, vijftig per kant.

Beter.

Wat camouflagestift onder de ogen – véél beter.

Toen keek ik even omlaag naar mijn bureau, en ik zal niet liegen: ik staarde er een paar minuten naar.

Dr. Bart had dat bureau voor me gekocht toen ik nog klein was. Het was een antiek cilinderbureau van Cutler van meer dan honderd jaar oud en verkeerde nog in perfecte staat.

'Dit bureau was tijdens de Eerste Wereldoorlog van een lerares uit Buffalo,' vertelde hij me op de dag dat hij het me voor het eerst liet zien. Hij blinddoekte me en bracht me door de gang naar mijn kamer. 'Haar man ging weg om in de oorlog te gaan vechten, en zij zat elke avond achter dit bureau om hem brieven te schrijven en te bidden voor zijn veilige terugkeer. Maar hij zou nooit meer thuiskomen. Toen ze op eenentachtigjarige leeftijd overleed, liet ze het bureau na aan haar kleinzoon, een advocaat hier uit de stad. Het stond op zijn kantoor tot ik het vorige week kocht op een veiling. Dit bureau heeft de invoering van de burgerrechten, de Grote Depressie, meerdere oorlogen, de opkomst en teloorgang van vele landen, de dood van Kennedy en King en de aanslag op de Twin Towers meegemaakt. Denk je eens in welke geheimen er in dat glanzende hout bewaard worden. Dit bureau is getuige van de geschiedenis en maakt nu deel uit van jóúw geschiedenis – jij zult het volgende hoofdstuk schrijven, voordat je het op een dag doorgeeft aan je eigen kinderen.'

Ik was vijf.

Ik bedoel, what the fuck, toch? Wie zegt dat nou tegen een kind van vijf?

Twintig minuten later schreef ik met geel krijt mijn naam over de hele lengte van het bureau. Dr. Rose haalde het weg voor dr. Bart zag wat ik had gedaan. Ik had toch nooit erg van antiek gehouden.

Er zit een verborgen ruimte onder de la onder het bureaublad. Daar bewaarde ik de veren die dr. Bart me door de jaren heen gaf. Zacht en platgedrukt tussen de bladzijden van *Wuthering Heights*.

Hebt u dat boek ooit gelezen, meneer Dobbs? Ik betwijfel het. U ziet er meer uit als zo'n stoere gast die boeken zonder plaatjes meed als de pest. Maar ik wil wedden dat Jessica het wel gelezen heeft, toen ze nog een meisje was, opgekruld op de bank bij haar raam in haar onberispelijke kamer in een onberispelijke straat in een onberispelijk stadje.

Niet alle huizen en gezinnen zijn perfect, Jessica. Je moet denk ik een rotleven hebben gehad om dat te begrijpen. En daarom ben je zo slecht in je werk.

14

Dobbs

Dobbs staarde in de verhoorkamer naar de twee rode vlekken op de muur en vervolgens naar de plas op de tegelvloer. 'Komt Sillman erbovenop?'

'Hij heeft een hersenschudding,' zei Wilkins. 'Ze hebben hem naar het Good Samaritan gebracht. Waynick is meegereden met de ambulance. Volgens hem heeft Sillman gezworen dat de advocaat hem heeft neergeslagen, niet Kepler. Hij zei dat hij zomaar ineens uithaalde. Sillman zal wel weer herstellen, maar hij heeft het er moeilijk mee. Ik moest van hem zeggen dat hij het heel vervelend vindt dat het is gebeurd.'

Dobbs keek omhoog naar de camera. Het was zijn beslissing geweest hem uit te laten terwijl hij met Kepler praatte. Hij zette hem altijd liever pas aan wanneer het echte verhoor begon; verdachten werden vaak zenuwachtig van het knipperende rode lampje.

Deze camera had niets vastgelegd, maar andere hadden dat wel. In het kantoor van de beveiliging zag hij Kepler en diens advocaat zich door het gebouw haasten, met de dienstlift naar beneden gaan en de parkeergarage in lopen. Daar verloor de camera ze uit het oog, maar Kepler kwam weer in beeld toen hij in een oude Ford de parkeergarage uit reed, met de advocaat naast zich. De nummerplaten waren vervalst, maar er was een opsporingsbericht voor de auto uitgevaardigd. Om vijf uur begon de spits in LA, en tot tien uur stond het verkeer vast. Mogelijk zouden de nummerplaten door verkeerscamera's worden gefilmd, maar als Kepler slim was, dumpte hij de auto en verwisselde hij hem voor een andere of ging hij te voet verder.

'Verspreid zijn foto bij alle busstations en treinstations en op het vliegveld. Hij mag de stad niet uit,' zei Dobbs.

'Al gebeurd,' antwoordde Wilkins. Ik heb het ook doorgegeven aan Uber en Lyft. Zij hebben ook een foto, en een van de advocaat.'

'Hij is gewapend. Schakelen we de pers in om zijn foto openbaar te maken?'

Wilkins beet op zijn onderlip. 'Hij is ontsnapt uit het hoofdbureau. Ik denk dat we daar pas mee te koop moeten lopen wanneer we er van hogerhand opdracht toe krijgen.'

Dobbs telefoon ging. Hij haalde het toestel uit zijn zak en keek op het scherm. Dantzler. Hij liep naar een hoek van het vertrek en nam op. 'Ja?'

'Hé, ik ben bij Keplers vrachtwagen bij Nadler Distribution. Heb je even?'

'Wat heb je gevonden?'

'Nou, om te beginnen is Kepler een liefhebber van luisterboeken. Hij heeft er hier een stuk of tien. Cd's van de bieb. Niet echt wat ik had verwacht. Het is allemaal intellectuele kost – filosofische non-fictie, sociologie, ideologie, en twee boeken van ene Lawrence Levine. Het boek waar hij momenteel naar luistert is *De droomduiding* van Freud. Goed boek, maar zelf heb ik een voorkeur voor Jung.'

'Doe mij maar Jack Reacher,' zei Dobbs.

'Geen makkelijk leesvoer voor deze jongen. Hij steekt wat op tijdens het rijden.'

'Waarom maakt zo'n kerel zijn studie niet af? Pappie en mammie betalen wel. Waarom zou je stoppen om vrachtwagenchauffeur te worden?'

'Heb je zijn transcripten al? Misschien leveren die wat op,' opperde Dantzler.

'Ga ik nog doen. Heeft de vrachtwagen een transponder?'

Dantzler antwoordde: 'Ja, ik laat mijn jongens de data downloaden. Volgens Keplers baas slaat de zwarte doos informatie dertig dagen op. Hij zet de rest op een USB-stick vanaf een of andere centrale server. Volgens hem kan hij teruggaan tot de dag waarop Kepler voor hem kwam werken, ongeveer twee jaar geleden. Voor wat het waard is: hij zegt dat Kepler nooit voor problemen heeft gezorgd. Hij was nooit te laat en leverde op tijd. Alles volgens het boekje. De ideale werknemer. We zijn ook bezig met de beelden van de beveiligingscamera's, maar daar verwacht ik niet veel van. Voor zover ik heb begrepen is hij om twaalf uur 's avonds gearriveerd, heeft hij alles uitgeladen en is hij rond drieën vertrokken, precies zoals hij tegen jullie heeft gezegd.'

'Wat heb je nog meer gevonden in die vrachtwagen?'

'Schone kleren. Een tandenborstel en een scheermesje. Onze man is netjes. Je kunt er van de vloer eten. Geen afval. De asbakken zien eruit alsof ze nooit zijn gebruikt. Hij heeft zo'n verlengde cabine met een klein bed achterin – zelfs dat maakt hij op. De lakens zijn schoon en strakgetrokken, ze doen me denken aan mijn diensttijd. Ik begon al te denken dat we niets zouden vinden toen we de matras eruit haalden om die eens goed te bekijken. We vonden een kleine opening in een van de hoeken, net groot genoeg om er spullen in te stoppen en uit te halen.'

Dobbs drukte de telefoon dichter tegen zijn oor. 'Zeg alsjeblieft dat je iets hebt gevonden.'

'Een plastic zakje vol veren.'

Dobbs fronste zijn wenkbrauwen. 'Veren?'

'Gorzenveren. Een stuk of twintig.'

'Wat moet hij daar nou mee?'

Dantzler zei: 'Ik vind het niet zo vreemd om vogelveren te verzamelen. Het is wél raar om ze in je matras te verstoppen, dus hebben we ze laten natrekken, en er blijkt een verband te bestaan met een FBI-onderzoek. Als we klaar zijn met dit gesprek moet je ze bellen. Ik stuur je de informatie en een paar foto's. Binnen een uur heb je de rest van mijn bestanden.'

'En een eigen auto? Heb je aanwijzingen dat hij met eigen vervoer van zijn werk naar huis is gereden? Geen hond woont zonder auto in LA.'

'Ik heb het nagevraagd en niemand heeft hem ooit met een auto gezien. Hij komt lopend aan en gaat lopend weg. Zijn appartement bevindt zich hier ongeveer een kilometer vandaan. Het is best mogelijk dat hij geen auto heeft. Heb je het nagevraagd bij de Dienst Motorvoertuigen?'

Dobbs zei: 'Er staat geen voertuig op zijn naam. Op béíde namen niet.'

Ze hingen op en even later trilde zijn telefoon omdat er een paar berichten van Dantzler binnenkwamen. Met zijn duim en wijsvinger maakte Dobbs een van de foto's van de veren die in een zakje zaten groter. Dit was echt maf. Toen belde hij de special agent van de FBI die melding van de veren had gemaakt – ene Jessica Gamble – maar hij kreeg haar voicemail, dus sprak hij een bericht in.

Hij had koffie nodig.

15

SCHRIFTELIJKE VERKLARING, MEGAN FITZGERALD

Wat voor moeder had jij, Jessica? Ze was vast een aardige vrouw die de halve dag in de keuken doorbracht, waar het altijd naar versgebakken koekjes rook, en de rest van de tijd haar armen om je heen sloeg en zei hoeveel ze van je hield. Dobbs had waarschijnlijk een vader die het leuk vond om zo nu en dan met hem te voetballen. Misschien hielp hij hem wel bij het opknappen van een Mustang '65, zodat hij daar op zijn zestiende mee kon pronken op school.

Mijn gezinsleven was heel anders.

Óns gezinsleven was anders.

Hoewel ik te jong was om me te herinneren wanneer de Fitzgeralds me adopteerden, wreven ze het me maar al te graag in. Mij of Michael. Bij ons thuis had je geen papa of mama. Zelfs niet echt een vader of moeder. Zulke dingen, zulke termen, waren bedrieglijk, en wanneer je door een psychiater én een psycholoog wordt grootgebracht, worden dergelijke onwaarheden niet gebezigd. Ze stonden erop dat we hen 'dr. Bart' en 'dr. Rose' noemden. Ik gebruikte het woord 'moeder' alleen als het deel uitmaakte van een samenstelling die niet erg vleiend was, maar wel volmaakt van toepassing op mijn beide adoptieouders.

'Megan, lieverd, je eet niet.'

Dr. Rose wist precies hoe ze me moest irriteren. Toen ik opkeek, zag ik dat ze me vanaf de andere kant van de tafel observeerde, terwijl ze haar hoofd een beetje schuin hield.

Zelfs op zondagochtend zag ze er altijd piekfijn uit, in kleding die ze ongetwijfeld had gekocht bij Mint Julep, haar favoriete boetiek in de stad. Meestal droeg ze een crèmekleurig tweedelig pakje met daaronder een witte blouse, die tot haar nek was dichtgeknoopt. Een zilveren broche die goed kleurde bij haar zilvergrijze haar, dat ze in een strakke knot droeg – het soort knot waar ik al hoofdpijn van kreeg als ik ernaar keek. Ze deed uren over haar make-up en was altijd pas vlak voordat ze naar beneden kwam klaar.

Op de dag dat haar adoptiezoon werd beschuldigd van moord was dat niet anders.

Ik keek weer omlaag, naar mijn bord.

Mevrouw Neace had me een bord vol eieren met spek gegeven en een grapefruit die was besprenkeld met suiker. Ik nam met lange tanden een paar hapjes, maar schoof het eten vooral rond met mijn vork. 'Ik heb niet zo'n honger, geloof ik.'

'Dat geloof je?'

'Sorry, lieve dr. Rose. Ik heb niet bijzonder veel honger op deze prachtige ochtend.'

Haar grijze ogen vernauwden zich en ze wierp me die blik toe, de blik waardoor haar haviksneus nog wat langer leek. De blik die de schaduwen in de kamer dramatisch liet uitkomen op haar plechtige gezicht. 'Misschien wordt het tijd dat we een einde maken aan die nachtelijke telefoongesprekken,' zei ze. 'Dergelijke afleiding leidt tot een tekort aan rust, en een tekort aan rust ontneemt mensen de eetlust.'

Dr. Rose had erop gestaan dat mevrouw Neace ook voor dr. Bart dekte – een bord, bestek, een glas – alsof hij met ons mee zou eten. Ik mag dan nog maar een student zijn, zelfs ik begrijp dat dat ongezond, griezelig gedrag is. Dr. Bart lag ergens in een la, een koude metalen la, waarschijnlijk met een gat in zijn hoofd en zijn hersenen in een bak, die uit zijn schedel waren gehaald om beter inzicht te krijgen in het aneurysma dat hem zo onverwacht het leven had gekost. Over een paar dagen zou hij begraven worden en voor altijd verdwenen zijn, maar dr. Rose volhardde in deze spelletjes. De vorige avond had ik haar met twee glazen water naar hun slaapkamer zien lopen.

Ik pakte de grapefruit van mijn bord en legde die op het bord van dr. Bart. Hij was altijd gek geweest op grapefruit.

Dr. Rose keek zwijgend toe.

Op de stoel naast me begon mijn telefoon te trillen. Mobiele telefoons waren niet toegestaan aan tafel. Ik wierp een blik op het scherm maar herkende het nummer niet.

'Is dat je broer?'

'Iets commercieels, denk ik.' Ik verwachtte dat ze me een standje zou geven, maar dat gebeurde niet.

'Maar gisteravond was het wel je broer?'

Nu was het mijn beurt om te zwijgen.

Toen Michael stopte met zijn opleiding en wegliep (was dat echt al zes jaar geleden?), had hij onze ouders niet verteld waar hij heen ging – hij had niet eens een briefje achtergelaten. Hij had vreselijke ruzie gehad met dr. Bart, en de volgende ochtend was hij verdwenen. Het duurde bijna een maand voor hij contact met me opnam – toen vanuit Wyoming, de eerste van vele plekken.

Door de jaren heen had ik zo nu en dan een aantal spullen die hij had achtergelaten in een doos gedaan en naar hem gestuurd zodra hij iets deed wat ook maar enigszins op een langer verblijf duidde, bijvoorbeeld twee maanden huur vooruitbetalen. Eerst stuurde ik alleen kleding, toen minder voor de hand liggende dingen; ik hoopte dat ze hem aan thuis zouden herinneren, dat hij zich er misschien schuldig door zou voelen en terug zou komen. Ik stuurde hem sporttrofeeën, tekeningen die we samen als kind hadden gemaakt, oude halloweenkostuums, alles wat ik maar kon vinden. Wat ik maar kon verzenden. Hij vertikte het om met dr. Rose te praten, laat staan met dr. Bart. Maar met mij praatte hij wel.

Dr. Rose vroeg: 'Komt je broer naar de begrafenis van dr. Bart?'

Mevrouw Neace kwam binnen om koffie bij te schenken en keek naar de grapefruit op het bord van dr. Bart terwijl ze om de tafel heen liep. Toen ging ze terug naar de keuken.

'Hij weet dat dinsdag de begrafenis is,' zei ik tegen haar. 'Ik heb hem gevraagd om te komen.'

'Hij móét komen,' zei ze. 'Het zou niet goed zijn als hij er niet was. Dr. Bart heeft hem opgevoed. Voor een dak boven zijn hoofd gezorgd. Hem de kans geboden om te studeren, ook al heeft hij die niet gegrepen.'

Mijn telefoon trilde weer. Het was hetzelfde nummer.

'Als hij het is, moet je opnemen.'

'Hij is het niet.'

Dr. Rose depte een mondhoek af met een stoffen servet. 'Zeg tegen hem dat hij zijn meningsverschillen met dr. Bart even opzij moet zetten zodat hij naar de begrafenis kan komen. Als hij het niet voor mij doet, moet hij het voor jou doen.'

Dr. Rose maakte zich alleen maar zo druk omdat ze bang was voor hoe het over zou komen. Wat zou er geroddeld worden als Michael niet kwam! Wat zouden haar collega's van de universiteit wel niet achter haar rug zeggen? Een jongen die was grootgebracht door een van de meest vooraanstaande psychiaters van het land en die zijn moeder niet wilde spreken en de begrafenis van zijn vader niet wilde bijwonen?

Wist je dat hij zes jaar geleden is weggelopen?

Heeft hij zijn opleiding niet afgemaakt? Ik dacht dat hij alleen van studie was veranderd!

Ik hoorde dat hij vrachtwagenchauffeur is! Niet te geloven, hè?

Enzovoort.

Als het bekend werd van Michael, zou dat ongetwijfeld worden toegeschreven aan het falen van dr. Rose en dr. Bart, en zij faalden niet – nooit, in geen enkel opzicht. Met name dr. Bart had dat altijd weer benadrukt.

'Je moet hem vertellen hoe teleurgesteld je zult zijn als hij niet komt,' drong dr. Rose aan.

'Ziet u vandaag patiënten?'

Ze grijnsde breed, op die kenmerkende manier van haar. 'Probeer je van me af te komen?'

Ik knikte. 'Ik moet inbreken in het kantoor van dr. Bart, en het zou fijn zijn als u er niet was om me tegen te houden.'

'Je denkt dat je grappig bent, ik snap het. Alsof dit het moment is om grappen te maken.'

'Sorry, dr. Rose.'

Ze deed poedermelk in haar koffie, roerde en nam een slokje. 'Ik werk liever niet op zondag, maar ik heb vandaag inderdaad twee afspraken in mijn praktijk op de universiteit, een om twaalf uur en een om één uur. Ik heb met Gracie afgesproken in de stad. Je kunt mee als je dat leuk vindt.'

Een theekransje met een vriendin van dr. Rose – ik ging nog liever naar de gynaecoloog. 'Kunt u me afzetten bij de universiteitsbibliotheek? Ik moet echt leren. Ik heb morgen een tentamen bij professor Spradley.'

'Die kan streng zijn.'

Mijn telefoon ging weer. Ik weigerde de oproep.

'Weet je zeker dat het niet je broer is?'

'Ja.'

Maar ik begon te geloven dat hij het misschien wel was.

16

Michael

Het opslagbedrijf bij Alameda Street, Stow 'n' Go, deed me denken aan een voormalige gevangenis die wordt gebruikt als opslagruimte voor troep die mensen nooit gebruiken. Op grote borden werd reclame gemaakt voor veertigduizend vierkante meter aan beveiligde opslagruimte vanaf slechts $ 19,99 per maand. De bovenste van de drie verdiepingen van het gebouw was lichtblauw, de onderste twee waren lichtbeige. Op de binnenplaats bevonden zich drie rijen garageboxen, allemaal met een rolluik dat dezelfde blauwe kleur had als de bovenste verdieping van het gebouw en dat uitkwam op een strook asfalt die net breed genoeg was om te kunnen laden en lossen.

Om het gebouw binnen te komen had je een sleutelkaart nodig, of je nu met de auto kwam of lopend. Mijn kaart zat in mijn portemonnee, en die lag in mijn appartement of in een zakje als bewijsstuk bij de LAPD.

Uit een van de vier containers die aan de westkant van het gebouw stonden haalde ik een platgemaakte kartonnen doos waar een wijnkoelkast in had gezeten. Ik vond ook drie kleinere dozen, zette ze op elkaar en tilde de stapel op. Toen er een vrouw, die zelf ook met een doos sjouwde, met een jongetje van een jaar of acht achter zich aan op de glazen dubbele deuren afliep, ging ik achter haar lopen. De vrouw hield haar kaart ongemakkelijk tussen twee vingers vast. Ze zei iets tegen de jongen, die de kaart uit haar hand griste, naar de lezer rende en de deur opentrok.

Ik haalde ze in en boog een beetje door mijn knieën, zodat het leek of de dozen erg zwaar waren. 'Zou u de deur voor me willen openhouden?'

Ik duwde met mijn schouder tegen de deur, riep bedankt en liep rechtsaf de gang in, naar een van de deuren die uitkwamen op de centrale binnenplaats. Overal hingen camera's.

Op de binnenplaats liet ik de grootste doos bij de deur staan en droeg ik de andere drie zo snel ik kon naar de op een na laatste opslagruimte aan de linkerkant van de derde rij. Ik was blij dat ik voor een combinatieslot had gekozen toen ik de ruimte een kleine twee jaar eerder had gehuurd.

Ik trok het rolluik net ver genoeg omhoog om naar binnen te kunnen, trok het achter me weer omlaag en deed het licht aan.

17

Dobbs

Achter zijn bureau op het hoofdbureau van de LAPD scrolde rechercheur Garrett Dobbs door de honderden foto's die eerder die dag waren genomen in het appartement van Alyssa Tepper. De technische recherche had ze geüpload in een veilige map in de cloud. Het waren foto's van Tepper en Michael Kepler, of Michael Fitzgerald, of hoe hij ook maar heette – ogenschijnlijk willekeurige foto's van haar keuken, huiskamer en slaapkamer. Stills van de video van haar en Kepler. Toen hij bijna alles had gezien, vond hij wat hij zocht. 'Daar.'

Dobbs stak zijn telefoon uit naar Wilkins.

Wilkins, die tegenover hem aan hetzelfde bureau zat met zijn eigen telefoon tegen zijn oor gedrukt, gebaarde dat hij even moest wachten.

Dobbs keek weer naar het scherm en vergrootte de foto van een veertje dat aan een dun leren koord zat. Het was een soort ketting. Op de flatscreenmonitor op zijn bureau had hij een foto geopend van het zakje veren dat in Keplers vrachtwagen was gevonden. Een technisch rechercheur had een van de veren uit het zakje gehaald en ernaast gefotografeerd. De veer was ongeveer tien centimeter lang, even groot als de veer aan Teppers ketting. Dobbs was absoluut geen expert, dus belde hij er een. Mirella Sunde van vogelreservaat Griffith Park begon een halve lezing, en Dobbs maakte snel schrijvend aantekeningen over minstens vijfendertig gorzensoorten in Noord-Amerika. Vijftien daarvan kwamen veel voor in het hele land, zes leefden in het oostelijk deel van de Verenigde Staten, nog eens tien voornamelijk in het midden van het land, en twee specifieke soorten kwamen vooral in het westen van Noord-Amerika voor: de bairds gors en de goudkruingors. Uiteindelijk kreeg Dobbs de kans om te vragen of hij haar een veer kon laten brengen om vast te stellen om welke soort het ging.

Tegenover hem schreef Wilkins iets in een schrijfblok, waarna hij zijn gesprek beëindigde. 'Keplers creditcardgegevens hebben iets opgeleverd. Hij huurt een opslagruimte in Alameda Street. Ongeveer tien minuten rijden hiervandaan.'

Dobbs griste zijn sleutels van zijn bureau en stond op. 'Ik rij.'

18

SCHRIFTELIJKE VERKLARING, MEGAN FITZGERALD

Tegen de tijd dat dr. Rose haar zilverkleurige Mercedes tot stilstand bracht voor de universiteitsbibliotheek op West Avenue, zag ik op mijn telefoon dat ik zes oproepen had gemist van het nummer uit Californië en dat er een voicemailbericht was ingesproken, dat ik niet in haar bijzijn durfde te beluisteren. Ik klemde de telefoon in mijn bezwete hand – godzijdank maakten ze die dingen waterdicht.

'Moet ik je ook naar huis brengen?'

Ik schudde mijn hoofd en maakte mijn gordel los. 'Er is vast wel iemand in de bieb die me terug kan brengen. En anders neem ik een Uber.'

Ik was al half uitgestapt toen dr. Rose zei: 'Vergeet onze sessie niet. Vijf uur vanmiddag in mijn kantoor thuis.'

'Ik zal er zijn.'

Ik pakte mijn rugzak van de achterbank, sloeg beide portieren dicht en begon naar de bibliotheek te lopen. Toen ik de ingang naderde zag ik het spiegelbeeld van de Mercedes van dr. Rose in het glas. Op het moment dat ik de hal in liep, reed ze weg.

Ik zette mijn rugzak neer, pakte mijn telefoon en belde mijn voicemail. Het bericht was twintig minuten eerder ingesproken.

Michaels stem klonk iel en blikkerig door de kleine luidspreker. 'Verdomme Meg, waar zit je?! Ik heb een wegwerptelefoon gekocht. De politie heeft mijn oude nog. Ik ben mijn auto aan het halen. Bel me terug!'

Dat deed ik, maar ik kreeg meteen zijn voicemail. Ik kreeg de mededeling dat ik geen bericht kon inspreken omdat de mailbox nog niet was geactiveerd.

Ik ging weer naar buiten door de dubbele glazen deuren en rende om de zijkant van de bibliotheek heen, in de richting van het faculteitsgebouw, aan de andere kant van de campus – waar dr. Rose afsprak met de studenten die ze als cliënt had.

19

Dobbs

Iets voor negen uur kwam Dobbs tot stilstand voor de Stow 'n' Go.

'Hoe ver ben je al met toestemming voor een doorzoeking?' vroeg hij.

Wilkins keek bedenkelijk en scrolde op zijn telefoon door zijn mail. 'Nog niets.'

'Heb je rechter Fleming gebeld?'

'Nee, die zit tot dinsdag in Tahoe.'

Dobbs legde het bordje met LAPD op het dashboard. 'Laten we maar gewoon eens gaan kijken.'

In het kantoor zat een tiener achter de blauwe balie. Zijn zwarte stekeltjeshaar stak alle kanten op. Hij had zeker zes piercings in zijn rechteroor en het dubbele aantal in het linker. Uit zijn neus hing een zilveren ringetje en hij had er ook een in zijn lip. Hij droeg een T-shirt waarop stond: THIS IS WHAT AWESOME LOOKS LIKE.

De jongen keek op toen ze binnenkwamen en zei al 'Goedemorgen, agenten' voordat Dobbs zich kon legitimeren.

'Is het zó duidelijk?' vroeg Wilkins.

De jongen haalde zijn schouders op. 'Niemand jaagt een Ford Taurus er zo doorheen als de politie.' Hij gaf een knikje naar Dobbs' riem. 'En de slechteriken hebben het fatsoen hun wapen verborgen te houden.'

Wilkins kwam naar de balie toe lopen, haalde zijn telefoon tevoorschijn en scrolde door de foto's. 'We zoeken iemand.'

'Verdomme, ik dacht dat jullie hier waren voor onze speciale aanbieding van negentien vijfennegentig voor de eerste maand. Ik had de commissie goed kunnen gebruiken.'

Wilkins trok een bars gezicht en boog zich een stukje over de balie.

De jongen deinsde terug en stak zijn handen op. 'Ho ho, ik maak maar een geintje. Het kan hier nogal stil zijn. Wie zoeken jullie?'

Dobbs gaf een knikje naar de oude computer die op zijn bureau stond. 'We hebben het nummer van een opslagbox nodig. Zou op naam van Michael Kepler moeten staan. Als je geen Kepler kunt vinden, probeer dan Fitzgerald.'

Wilkins vond de foto van Michael en stak de telefoon uit naar de jongen.

'Jullie schrijven vierhonderdnegenennegentig dollar per maand van zijn creditcard af.'

De jongen pakte de telefoon aan en bestudeerde de foto terwijl hij op het ringetje kauwde. 'Vierhonderdnegenennegentig dollar – dat moet een garagebox op de begane grond zijn van drie bij tien.' Hij gaf de telefoon terug, liep langs de computer en wees naar de monitor waarop de beelden van de beveiligingscamera's te zien waren. 'Zou dat hem kunnen zijn?'

Dobbs kwam dichter naar de balie toe. Het beeld was stilgezet bij een man die een grote doos droeg en van wie het gezicht slechts gedeeltelijk zichtbaar was. Hij droeg een honkbalpet van Anaheim en een donkere zonnebril en leek heel erg op Michael Kepler.

'Hij glipte zonder kaart achter een andere klant aan naar binnen.' De jongen tikte iets op een toetsenbord dat onder de etensresten zat. 'Ik heb nog een opname van hem buiten, ongeveer een minuut later.'

Op het tweede beeld knielde de man bij het rolluik van een garagebox om een slot open te maken.

'De doos is weg,' merkte Wilkins op. 'Waar is die gebleven?'

'Hij heeft hem op de binnenplaats laten staan, bij de deur. Het is heel raar allemaal. Ik was er net naar aan het kijken toen jullie binnenkwamen.' Hij drukte op een toets en het beeld werd vertraagd afgespeeld. Ze zagen hoe de man het slot verwijderde, het rolluik omhoogdeed en naar binnen glipte. Het luik ging weer achter hem dicht.

'Van wanneer zijn deze beelden?' vroeg Dobbs.

De jongen maakte de *timestamp* zichtbaar. 'Ongeveer twintig minuten geleden.'

'Is hij er nog?'

Hij haalde zijn schouders op. 'Ik heb hem niet naar buiten zien komen...' Zijn stem stierf weg. Hij keek naar een kleine televisie die op de balie stond, achter de monitor met de beveiligingsbeelden. Het geluid stond uit maar er stond wel een programma op. 'Is dat hem ook niet?'

Dobbs boog zich voorover om het beter te kunnen zien. Er stond een nieuwszender op, en de afbeelding van Michael Kepler staarde hem aan. Onder zijn afbeelding stond de tekst: ONTSNAPT AAN DE LAPD?

'Shit,' mompelde Dobbs. 'Dat was snel.'

'Waar is dat?' vroeg Wilkins, die nog steeds naar de monitor met de beveiligingsbeelden keek.

De jongen gaf geen antwoord.

'Hé, hallo! Waar is dat?'

De jongen stak zijn hand uit naar de telefoon. 'Ik moet mijn baas bellen.'

Wilkins gaf een harde klap op de monitor. 'Waar is het?'

Al bellend gaf de jongen een knikje naar een openstaande deur aan zijn rechterhand. 'Die gang doorlopen tot het eind, en dan de binnenplaats op. Daar is het de derde rij, en dan de een-na-laatste garagebox aan je linkerhand. D-47.'

20

SCHRIFTELIJKE VERKLARING, MEGAN FITZGERALD

Dit is vast hartstikke onwettig. Ik ben niet op de hoogte van de meest recente inbraakwetgeving, vooral niet wanneer het om een inbraak in je eigen huis gaat. Misschien is wat ik nu ga vertellen volkomen illegaal, maar dan verwijs ik jullie naar mijn advocaat, of beroep ik me op mijn recht geen bezwarende verklaring tegen mezelf af te leggen, of ik verzin iets anders. Sowieso is dit geen officiële verklaring. Net als al het andere vertel ik jullie dit alleen om jullie te helpen Michaels volledige verhaal te begrijpen. Hoe hij van A naar B naar D is gekomen. Ik kan het niet overslaan – dan zou er een gapend gat in mijn verklaring zitten, en omdat je altijd zo aandringt, zou je me er toch naar vragen. Zie dit maar als mijn manier om ons die tijd en moeite te besparen. Het is geen schuldbekentenis. Trouwens, ik geloof eigenlijk helemaal niet dat wat ik gedaan heb onwettig is. In het ergste geval zou ik er een lang huisarrest voor krijgen. Dr. Rose en dr. Bart waren altijd heel scheutig met straffen. Daar kom je snel genoeg achter. Maar goed, ter zake.

Ze deelden een kantoor met twee kamers op de benedenverdieping van het faculteitsgebouw. In plaats van verschillende kantoren te gebruiken, hadden ze ervoor gekozen in één vertrek hun bureaus tegenover elkaar te zetten en in het andere een bank en een stoel te plaatsen om een afgezonderde ruimte te creëren waar ze hun patiënten onder vier ogen konden spreken.

Ik arriveerde ongeveer een minuut voor twaalf bij het gebouw en liep langzaam de gangen door. Dr. Rose had gezegd dat ze om twaalf uur en om één uur een afspraak had.

Toen ik de hoek omging en haar kantoor in het vizier kreeg, ging ik nóg langzamer lopen dan ik toch al deed, op mijn tenen en met mijn rugzak tegen mijn zij gedrukt. De glazen deur zat op slot. De deur naar het tweede kantoor was ook dicht, en de jaloezieën waren omlaag. Ze zat daar ongetwijfeld met haar eerste patiënt.

Haar handtas lag op haar bureau. Dr. Bart had vrijwel altijd alleen een oude telefoon en een witte koffiemok vol pennen op zijn bureau staan. De telefoon stond er nog, maar de pennen waren verdwenen. Zijn verzameling ingelijste diploma's hing ook niet meer aan de muur. Er stonden nergens dozen. Ik vroeg me af wat ze met alle spullen had gedaan.

Langzaam deed ik de deur van dr. Rose open. Hij piept als je dat te snel doet. Ik had de gulden middenweg tussen te snel en langzaam ontdekt toen ik er voor het eerst naar binnen was geglipt. Achter me, in het tweede kantoor, hoorde ik de gedempte stem van dr. Rose, gevolgd door een meisjesstem.

Ik trok de rits van de handtas net ver genoeg open om haar sleutels eruit te kunnen pakken.

Ik liet ze bijna vallen toen mijn telefoon begon te trillen in de achterzak van mijn jeans. Snel pakte ik hem met mijn vrije hand en drukte de oproep weg voordat het toestel nog een keer trilde.

Michael.

Ik stuurde een bericht: *Kan niet praten.*

Hij antwoordde vrijwel meteen. *Ben je al in zijn kantoor geweest?*

Ben er nu. Waar zit je?

Stow 'n' Go.

Ik tikte met mijn duimen *Bel later* en stopte de telefoon weer in mijn zak.

Ik legde de sleutels van dr. Rose op het bureau en stak mijn hand in mijn rugzak. Ik haalde er een aansteker, een rol doorzichtig plakband, een schaar, mijn oude betaalpas en een pincet uit.

Er zaten ongeveer tien sleutels aan de sleutelring van dr. Rose – van het huis, de universiteit en haar auto's. Oude sleutels hield ze nooit – ze gebruikte deze nog allemaal. Er zat een slot van Medeco op de deur van dr. Barts kantoor. Ik weet nog dat ik dat woord als kind hardop uitsprak terwijl ik het vanuit de hal op het glanzende zilver las en zijn diepe basstem door het kantoor galmde, met zo nu en dan een antwoord van een van zijn vele patiënten.

Dr. Rose had één Medeco-sleutel, de enige sleutel met een vierkante kop. Met ingehouden adem wrikte ik met mijn duimnagel de ring open en schoof de sleutel eraf, waarbij ik ervoor probeerde te zorgen dat de andere niet rinkelden. Ik legde hem op het bureau.

Met de schaar knipte ik een stukje van het plakband dat net zo lang was als de sleutel en legde dat ook op het bureau, met de kleverige kant naar boven. Met de pincet pakte ik de rand van de sleutel vast.

Toen ik de aansteker aandeed gebeurde er niets.

Ik draaide weer aan het wieltje, wat een vonkje opleverde maar geen vlam. Ik schold mezelf de huid vol omdat ik geen nieuwe had gekocht. Bij mijn derde poging ging de aansteker eindelijk aan, en snel haalde ik hem langs de sleutel tot het metaal zwart was.

Ik deed de aansteker uit, wachtte even en duwde toen de sleutel in het plakband. Toen ik hem weer wegtrok bleef een groot deel van het roet achter op het plakband – een volmaakte kopie. Ik drukte het stukje plakband voorzichtig op mijn betaalpas zodat de afbeelding behouden bleef.

In het vertrek achter me hoorde ik een meisje lachen, waarna dr. Rose iets zei. Ik kon niet verstaan wat er gezegd werd.

Ik veegde het roet dat nog op de sleutel zat aan mijn jeans af en deed de sleutel weer aan de ring van dr. Rose. Stopte de sleutelbos weer in haar handtas. Liet de spullen die ik had meegenomen in mijn rugzak glijden en verliet het kantoor.

Vier minuten in totaal, mijn persoonlijke record.

Wat is jóúw record, Jessica? Leren ze je dit soort dingen bij de FBI? Ik durf te wedden dat je valsspeelt en van die automatische *lockpicks* gebruikt. Daar wil ik er ook graag een van. De feestdagen komen er bijna aan – je kunt nooit te vroeg beginnen met het kopen van cadeautjes.

21

Dobbs

Dobbs belde om ondersteuning terwijl hij rende, en schreeuwde bevelen in zijn telefoon. Hij stormde de glazen deur aan het einde van de gang door, rende met getrokken wapen de binnenplaats op en oriënteerde zich.

De binnenplaats was groter dan hij van buitenaf leek. In het midden bevonden zich drie lange rijen garageboxen, met aan één kant het hoofdgebouw en aan de andere drie kanten een hoge betonnen muur. Op het asfalt waren pijlen geschilderd die het verkeer in goede banen moesten leiden. Op bordjes stonden rij A tot en met D aangegeven.

Wilkins schermde met een hand zijn ogen af terwijl hij met de andere zijn pistool vasthield. 'Ga jij vanaf deze kant naar binnen, dan loop ik om en kom vanaf de andere kant de rij in. Zo kunnen we hem insluiten.'

Dobbs knikte, rende langs de eerste twee rijen en ging bij rij D voorovergebogen de hoek om, met zijn vuurwapen op het asfalt gericht.

Niemand. De vogel was gevlogen.

Dobbs wist het zodra hij zag dat het combinatieslot aan de rechteronderkant van het rolluik was dichtgemaakt.

Wilkins draaide langzaam rond, met zijn pistool voor zich uit. 'Hij kan niet ver zijn.'

'Ga terug naar de hoofdingang en wacht daar op ondersteuning. Kam vervolgens alles hier tot de laatste centimeter uit. Ik zal...' Zijn telefoon ging. Hij herkende het nummer niet. 'Dobbs.'

Hij hoorde een vrouwenstem, met een licht Zuidelijk accent. 'Rechercheur Dobbs, dit is special agent Jessica Gimble van de FBI. Ik wil dat u goed naar me luistert. Ik denk dat de verdachte die u in hechtenis hebt genomen mogelijk verantwoordelijk is voor meerdere moorden in minstens tien staten. Hij moet als extreem gevaarlijk worden beschouwd. Er zijn marshals naar u onderweg. Ze zijn over ongeveer twintig minuten bij het hoofdbureau van de LAPD.'

Dobbs zuchtte. Kennelijk was hij niet de enige die geen tijd had om 's morgens naar het nieuws te kijken. Hij hurkte neer en morrelde aan het slot. 'Bent u in Los Angeles?'

'In Santa Monica. Ik zit vlak achter ze. Ik ben er over een minuut of veertig.

De marshals hebben opdracht gekregen de verdachte vast te houden tot...'

Dobbs haalde een hand door zijn haar. 'U zult uw route moeten wijzigen. Ik zal u het adres sturen. Een opslagbedrijf in Alameda Street. Er heeft zich een... complicatie voorgedaan.'

22

SCHRIFTELIJKE VERKLARING, MEGAN FITZGERALD

De Uber zette me af aan het begin van onze lange, bochtige oprijlaan. Ik koos ervoor om vanaf daar te lopen – niet omdat ik er problemen mee had om Uber-chauffeurs voor het huis te laten stoppen, maar omdat mevrouw Neace ergens binnen of op het terrein was, en ik wilde nog niet dat ze wist dat ik thuis was.

Ik ging door de zijdeur van de bijkeuken naar binnen, trok mijn schoenen uit en liep op mijn tenen via de trap aan de achterkant van het huis naar mijn kamer. Daar deed ik deur zachtjes achter me dicht.

Ik zette de rugzak op een hoek van mijn bed, haalde de schaar en de betaalpas met de afdruk van de sleutel eruit en installeerde me achter mijn bureau. Ik nam de tijd om de afbeelding uit te knippen. Ik wist van eerdere ervaringen dat mijn hele plan in duigen zou vallen als ik ook maar het kleinste foutje maakte. Pinsloten waren bijzonder lastig, veel lastiger dan gewone sloten. De inkepingen moesten precies kloppen. Tien minuten later had ik de sleutel uit het plastic geknipt. Met een nagelvijl maakte ik de randen glad. Toen blies ik ze schoon en bewonderde ik mijn werk.

Veiligheid is echt een illusie. Elke avond sluiten we onszelf op in ons huis, in die doos met ramen van breekbaar glas; we schakelen een alarm in dat verbonden is met callcenters in verre oorden als India of de Filipijnen. We maken onszelf wijs dat we veilig zijn omdat de politie en de burgerwacht door de straat surveilleren en onze webcams en lichtsensoren de boel onafgebroken in de gaten houden. De wereld mag er aangenaam en veilig uitzien, het is allemaal niet meer dan een glanzend vernisje. Ruiten breken, callcenters reageren traag, een stroomstoring schakelt vrijwel alle snufjes en apparatuur uit, en sloten kunnen worden opengemaakt.

Met mijn noodsleutel in de hand stond ik op. Ik liep naar de deur en drukte mijn oor tegen het hout.

Verderop in de gang hoorde ik een stofzuiger zoemen. Mevrouw Neace in de grote slaapkamer.

Ik deed mijn deur open, sloop de gang door en liep de trap af.

Het kantoor van dr. Bart lag tegenover dat van dr. Rose, aan de andere kant van het huis, achter de keuken en de informele woonkamer, een dikke eikenhouten deur en een gang die leidde naar een kleine wachtruimte met een eigen ingang. Zowel dr. Bart als dr. Rose ontving hier regelmatig patiënten, en die patiënten mochten niet verder het huis in komen. De eikenhouten deur zat normaal gesproken niet op slot maar werd wel dichtgehouden door een zware dranger. Toen ik hem openduwde had ik het gevoel alsof ik een verboden ruimte betrad. Mevrouw Neace en haar schoonmaakgeluiden verdwenen toen ik hem sloot. Het werd stil om me heen. De gang werd langer en opeens was ik weer een kind, van wie de schoentjes op de hardhouten vloer tikten.

Net als in de gang vormden de muren van de wachtruimte een gloedvolle getuigenis van de grootsheid van dr. Bart en dr. Rose: ingelijste diploma's, kranten- en tijdschriftartikelen, grote posters van hun boekomslagen. Er hingen meerdere foto's waar ze samen op stonden, met z'n tweeën of met een plaatselijke beroemdheid – de burgemeester en zo. Er hing niet één foto van mij. Of van Michael. Ik had dr. Rose daar een keer naar gevraagd en ze had een lulverhaal opgehangen over dat foto's van kinderen op het werk niet gepast waren. Kom op zeg. Ik studeer psychologie – het ging om intimidatie. Deze foto's hingen daar om ervoor te zorgen dat mensen zich onbelangrijk en inferieur voelden in de aanwezigheid van de zo verheven dr. Rose en dr. Bart Fitzgerald.

Net als een slot op een slaapkamerdeur.

Ze hadden geen macht over me. Hun wereld was een film en ik bediende de zaalverlichting.

De deur van het kantoor van dr. Bart bevond zich aan de rechterkant van de gang.

Voorzichtig stak ik mijn zelfgemaakte sleutel in het pinslot, steeds een klein stukje verder door de gleuf langs de stiften. Toen hij vast kwam te zitten, weerstond ik de neiging om meer kracht te zetten. Geduld is cruciaal als je goed wilt zijn in het openen van sloten. Ik trok de sleutel net ver genoeg terug om hem weer los te laten komen en duwde toen zachtjes. Die manoeuvre herhaalde ik net zo lang tot het plastic diep in de fraaie deurknop zat.

Ik deed mijn ogen dicht.

En draaide.

Het plastic begon te buigen. Op de plek waar de druk het grootst was begon het banklogo op de voorkant van de pas wit te worden. Ik bleef regelmatig en zacht druk zetten. Als dat ding afbrak in het slot, was het afgelopen met mijn carrière als dief, om nog maar te zwijgen van mijn vrijheid.

In het kantoor van dr. Bart kwam je niet. Dat was zijn privévertrek, en dat moest je respecteren.

Ik zou het privévertrek van dr. Bart nooit binnengaan, dr. Rose.

Ik bleef aan de plastic sleutel draaien.

Steeds verder.

Heel, heel voorzichtig.

Hij brak niet.

De cilinder draaide, en ik hoorde de pin uit het deurkozijn schuiven en zich met een zachte klik in het slot trekken.

Ik draaide de deurknop om en liep naar binnen.

In het kantoor rook het naar de sessies met dr. Bart.

23

Dobbs

Zodra Dobbs de twee zwarte Chevrolet Suburbans naar de wegversperring van de LAPD in Alameda Road voor de Stow 'n' Go zag komen rijden, wist hij dat ze van de FBI waren. De chauffeur zwaaide een of ander identiteitsbewijs heen en weer naar een van de agenten, die de auto's door de afzetting, het terrein op en in de richting van de achterkant van de binnenplaats loodste, waar Dobbs op dat moment stond. De agent wees naar rechts en bleef kijken tot de auto's geparkeerd waren.

Uit de voorste SUV stapten vier mannen, die allemaal gekleed waren in gevechtstenue. Over de voor- en achterkant van hun kogelvrije vesten stond in grote letters U.S. MARSHAL. Uit de tweede wagen stapten drie mannen en een vrouw. Twee van de mannen droegen een wit overhemd met opgestroopte mouwen en een donkere broek. De derde man, die minstens tien jaar jonger was, was gekleed in een zwart T-shirt en een zwarte spijkerbroek. De vrouw was begin dertig en had opgestoken kastanjebruin haar. Ze had een wit topje en een spijkerbroek aan en droeg een zonnebril. Klein. Knap. Ze was ongeveer één meter zestig en de mannen torenden hoog boven haar uit, maar zodra ze uitstapte was duidelijk dat zij de leiding had.

Ze kwam met snelle passen over het asfalt naar hem toe lopen en deed haar zonnebril af. 'Rechercheur Dobbs?'

'Ja mevrouw.' Hij stak zijn hand uit maar ze negeerde die.

'Special agent Gimble, agent Gimble of alleen Gimble, maar nooit "mevrouw",' zei ze lijzig en met een licht Zuidelijk accent. 'Wat is de situatie?'

Hij gaf haar een update. Twaalf minuten na Dobbs' eerste melding was er een arrestatieteam gearriveerd. Wilkins had ze naar binnen laten gaan en nog geen kwartier later hadden ze alles uitgekamd. De weinige aanwezige klanten werden naar buiten begeleid en alle gangen en opslagboxen waren grondig doorzocht.

Michael Kepler was nergens te bekennen geweest.

'Wie leidt het arrestatieteam?' vroeg Gimble.

'Darrick Atkinson. Ik denk dat hij in het hoofdgebouw is.' Dobbs wees naar de achteringang.

Gimble wendde zich tot de marshals die bij de voorste Suburban stonden. 'Garrison, meld je met je teamleden bij Atkinson. Vraag waar hij jullie kan gebruiken en volg zijn aanwijzingen. Begrepen?'

Een grote, brede Afro-Amerikaan met stekeltjeshaar gaf een knikje en gebaarde naar de drie mannen achter hem. Ze gingen alle vier in looppas naar de deur.

Gimble wierp Dobbs een blik toe en keek toen naar het gebouw achter hem en naar het open rolluik. 'Is dat zijn garagebox?'

'Ja me... eh, ja,' stamelde Dobbs.

Ze hadden ongeveer een half uur eerder toestemming gekregen om de garage te doorzoeken, maar daar had Dobbs niet op gewacht. Met de betonschaar die in de kofferbak van zijn auto lag had hij het slot doorgeknipt, en hij was naar binnen gegaan.

Gimble haalde een paar rubberen handschoenen uit haar achterzak, trok ze aan, deed een paar stappen in de richting van het rolluik en bleef toen staan. 'Het is duidelijk dat er iets ontbreekt, denkt u ook niet, meneer Dobbs?'

Dobbs kwam naar haar toe lopen en keek naar binnen.

Keplers garagebox was ruim drie meter breed en tien meter diep, en netter opgeruimd dan de meeste opslagruimten die Dobbs ooit had gezien. Kartonnen dozen met handgeschreven etiketten en doorzichtige plastic bakken stonden links en rechts tegen de muren. Achterin stonden meer dozen, minstens twee rijen, van de vloer tot het plafond. Daarvoor stonden een werkbank en een metalen kledingrek waar meerdere plastic kledinghoezen aan hingen. Het geheel was U-vormig, en het midden van de garagebox was leeg. Twee bandensporen, die in de richting van de uitgang liepen, waren duidelijk zichtbaar in het stof.

'Weten we het merk en het type?' vroeg Gimble. 'Er hangen toch wel camera's?'

Dobbs liep voor haar uit naar het einde van de rij, aan de voorkant van het terrein, en wees omhoog. Er hing een kleine kartonnen doos over de camera aan de muur. 'We hebben de beelden al bekeken,' zei Dobbs. 'Voordat hij met de auto is weggereden heeft hij deze camera afgedekt, en ook een aan de andere kant van de binnenplaats en een derde bij de uitgang. We hebben niets.'

Dat scheen Gimble niet te verbazen. 'En zijn er verkeerscamera's in Alameda Street?'

'Er hangt er een paar honderd meter verderop een op het kruispunt met Seventh Street en nog een bij het snelwegviaduct, ongeveer een kilometer verderop.'

'Sammy!' riep Gimble in de richting van de tweede Suburban. De slungelige man in het T-shirt keek haar kant uit, met zijn telefoon tegen zijn oor gedrukt. Ze knipte met haar vingers en begon bevelen op te dreunen. 'Haal binnen een straal van drie kilometer alle camerabeelden binnen, te beginnen in Alameda Street. Bekijk opnames die in het gebouw zijn gemaakt, isoleer een paar beelden van de Vogelman en kijk of je hem met gezichtsherkenning kunt matchen. We moeten erachter zien te komen in wat voor auto hij rijdt. Hij zal vertrokken zijn om...' – ze draaide zich naar Dobbs toe – 'wat is ons tijdvenster?'

'Tussen half negen en half tien,' antwoordde hij.

'Haal alle beelden binnen die zijn gemaakt tussen acht en tien uur vanmorgen. Hij is waarschijnlijk rechtstreeks naar de snelweg gereden, dus concentreer je eerst daarop, begrepen?' riep ze.

'Ik ben er al mee bezig!' riep de man in het zwarte T-shirt. Hij legde zijn andere hand over zijn vrije oor en vervolgde zijn telefoongesprek.

Gimble deed een paar stappen in de richting van de Suburban. 'Waarom staan jullie tweeën te niksen? Doe handschoenen aan en ga die garage in. Ik wil binnen een uur een volledige inventaris hebben van alles wat zich daarbinnen bevindt, begrepen?'

Beide mannen knikten en liepen naar het open rolluik.

'Hoe noemde je hem?' vroeg Dobbs.

Ze keek hem verbaasd aan. 'Wie, Sammy? Dat is Sammy Goggans. Hij is gespecialiseerd in forensisch IT-onderzoek. De andere twee zijn special agents Waylon Begley en Omer Vela – zij maken deel uit van de taskforce.'

'Nee, niet hij. Kepler, Fitzgerald – de verdachte.'

'De Vogelman. Vela heeft die naam bedacht en hij is blijven hangen. Vanwege de veren – hij heeft er bij elk lichaam een achtergelaten.' Gimble moest hem verward hebben zien kijken, want ze liep dichter naar hem toe, legde een hand op haar heup en hield haar hoofd een beetje schuin. Ze gebruikte shampoo met kersengeur.

'Je hebt geen idee wie hij is, hè?'

24

SCHRIFTELIJKE VERKLARING, MEGAN FITZGERALD

Terwijl ik met mijn rug tegen de deur stond, viel mijn blik op het bureau van dr. Bart, aan de andere kant van het kantoor. Daar had hij gezeten toen het was gebeurd. Toen hij de pijp uit was gegaan, snap je. Hij zat aantekeningen over een patiënt door te lezen om zich voor te bereiden op zijn afspraak van drie uur toen hij een scherpe pijn in zijn slaap kreeg. Hij zag een witte flits, in zijn hoofd ging een schakelaar uit en hij viel voorover op het bureaublad. Het was net zo'n tekenfilm waarin iemand met zijn gezicht in de soep valt.

Dat laatste heb ik verzonnen. Er was niemand bij toen het gebeurde, maar ik stelde me voor dat de laatste seconden van zijn leven er zo uit hadden gezien. Ik mag graag denken dat hij in zijn broek heeft gekakt, maar als dat zo is heeft niemand het me verteld.

De patiënt met wie hij om drie uur een afspraak had, Latasha Gillock, een tweedejaars van Binghamton, bleef tot bijna vier uur wachten tot hij haar liet binnenkomen. Uiteindelijk klopte ze aan omdat ze om vijf uur een voetbaltraining had, en toen hij niet reageerde opende ze de deur. Hij lag met opengesperde ogen op zijn bureau; zijn linkeroog staarde naar voren en zijn rechteroog naar de lage boekenkast. Ik ken Latasha niet, maar ze schrok er niet voor terug om iedereen die maar wilde luisteren te vertellen wat er was gebeurd, en al snel kreeg ik het verhaal te horen. Ik zal wel nooit weten of ze het heeft aangedikt. Ze zei dat ze minstens een minuut als verstijfd bleef staan voordat ze het kantoor uit rende om hulp te halen. Ze zei dat ze niets had aangeraakt. Latasha Gillock zei een heleboel dingen. De stroom diarree die uit haar mond kwam was vast de reden waarom ze bij dr. Bart onder behandeling was. Als ik een diagnose had moeten stellen, zou mijn eerste ingeving zijn geweest dat ze een pathologische leugenaar was.

Het kantoor van dr. Bart was vijf bij zeven meter. Dat wist ik omdat dr. Rose er een keer haar beklag over had gedaan dat haar kantoor maar vier bij zeven was. Zijn bureau stond links achterin met de voorkant naar het kantoor en met luxe leren stoelen ervoor. Ik kan me nog herinneren dat dr. Bart zijn bureaustoel kocht – een Eames Executive. Hij legde een kleine vijfduizend dollar neer voor dat ene meubelstuk. Ik was toen een jaar of negen, tien en kon me niet voorstellen dat iemand zo veel geld uitgaf voor een stoel. In mijn beleving kon je daar een auto of een huis of misschien zelfs een paard voor kopen.

Ik kan me niet herinneren dat ik geadopteerd werd – ik was nog maar een baby – maar dr. Rose en dr. Bart hebben er nooit een geheim van gemaakt. Toen Michael en ik klein waren, begonnen ze er regelmatig over. Dr. Bart zag me op zijn nieuwe stoel zitten op de dag dat die was afgeleverd en herinnerde me meteen aan mijn afkomst. Hij vertelde me dat mijn echte ouders zich geen stoel van vijfduizend dollar hadden kunnen veroorloven. Hij zei dat mijn echte ouders me in een doos hadden achterlaten voor de deur van een weeshuis met alleen een vieze luier om en huiduitslag – ze konden niet eens kleren voor me betalen. Hij zei dat ik altijd eerst moest vragen of ik op zijn stoel mocht zitten. En elke keer wanneer ik het vroeg, zei hij nee. Hij zei dat ik het recht moest verdienen om op zo'n stoel te zitten.

Ik liep het kantoor door, liep om zijn bureau heen en plofte met mijn kont op die dure klotestoel van hem.

Misschien vandaag, dr. Bart? Is vandaag een geschikte dag?

Zijn kantoor rook niet naar pis of poep, zoals ik had gehoopt, maar de oude koffie die nog steeds in zijn favoriete mok op het bureau zat gaf een sterke geur af die was vermengd met zijn eigen geur, die nog altijd te ruiken was. Er dreef een vies laagje op de vloeistof, gestolde poedermelk of zo, dat een eiland van klonterig wit, groen en geel in een zwarte zee vormde. Naast de mok stond een bord met de restanten van een broodje ham; het brood was beschimmeld en het vlees was aan de randen opgedroogd en verrot. Ook dat stonk, maar vreemd genoeg niet zo erg als de koffie. Ik vond het een merkwaardige gedachte dat dr. Bart vorige week nog een hap van dat broodje had genomen, dat hij het als laatste had aangeraakt. Het maakte dat ik me afvroeg hoe zijn lichaam er vandaag in die la aan toe was, wachtend op zijn gat in de grond.

Na zijn dood had niemand van dr. Rose in deze kamer mogen komen, zelfs mevrouw Neace niet, te oordelen naar het wetenschappelijke experiment dat zich op dat bord en in zijn mok afspeelde. Toch had ik het gevoel dat er iets niet klopte.

Zijn honkbalverzameling was ondergebracht in drie vitrines die langs een van de muren stonden. Naast die vitrines zat een deur. Hoewel hij witgeschilderd was zodat hij dezelfde kleur had als de andere deuren, wist ik dat hij van staal was, net als de deurpost. Dr. Bart had me een keer verteld dat het vertrek achter die deur oorspronkelijk bedoeld was als een plek waar we ons konden verstoppen als mensen besloten in te breken om een mooie bureaustoel en een paar diploma's van elitescholen te stelen.

Een veilige kamer.

Ik vroeg me af of hij er op de een of andere manier genoegen in had geschept om die omschrijving te gebruiken. Ik kreeg al kippenvel en last van mijn maag door er alleen maar naar te kijken. Mijn vingers trilden als ik eraan dacht hoe koud die deur aanvoelde, en hoe koud het in die kamer aan de andere kant was. Er was niets veiligs aan die kamer.

Ik schudde het gevoel van me af. Daar had ik geen tijd voor.

Ik stond op, liep naar de vitrines en probeerde niet naar die deur te kijken.

Dr. Bart zei tegen zijn patiënten en collega's dat hij al van kinds af aan een fanatieke honkbalfan was. Hij vertelde dat hij als kind voor het Yankee Stadium stond en naar de menigte luisterde, dat hij kleingeld bij elkaar sprokkelde in de hoop op een gegeven moment genoeg te hebben om een kaartje te kunnen kopen. Vervolgens vertelde hij dat zijn ouders amper konden rondkomen en dat hij door zijn nederige afkomst gedwongen was geweest om te vechten, te presteren, om de man te worden die hij was geworden. Terwijl dr. Rose naast hem stond, wees hij dan verschillende spullen aan die hij in de loop der jaren had verzameld: honkbalknuppels waar beroemde Yankees als Babe Ruth en Alex Rodriguez nog mee hadden gespeeld. Een handschoen die was gedragen door Yogi Berra. Een shirt van Mickey Mantle en een honkbalpet met de handtekening van Whitey Ford. Hij had ook een stuk of twaalf honkbalplaatjes, zowel oude als nieuwe, waarvan sommige waren gesigneerd en andere niet. Meerdere wedstrijdballen, die op een houten standaard stonden met koperen bordjes waarop stond in welke wedstrijd ermee gespeeld was. Vaak werden de ogen van dr. Bart vochtig van de tranen wanneer hij vertelde hoe hij de spullen in bezit had gekregen, en dat elk voorwerp een moment in zijn leven symboliseerde waarop hij zich aan de armoede had ontworsteld en zich had opgewerkt tot de vooraanstaande man die hij nu was.

Allemaal gelul.

Hij had seizoenkaarten, maar zette nooit een voet in het Yankee Stadium. Van de verhalen over de spelers die hij zo aangrijpend vertelde – over ontmoetingen, handtekeningen die hij in de wacht had gesleept, ballen die hij had gevangen – was geen woord waar. Hij had door de jaren heen alles in winkels in de stad of online gekocht, en de verzameling was inderdaad heel waardevol, maar alleen in financieel opzicht. Geen van de spullen had ook maar een fractie van de emotionele waarde die hij ze zo uitvoerig toeschreef. De verzameling was er alleen maar voor de schijn en maakte deel uit van het met veel zorg gecreëerde personage dat dr. Bart zo graag voor de buitenwereld wilde zijn. Ik denk dat zelfs hij die sprookjes soms geloofde; hij had ze zo vaak verteld dat ze uiteindelijk waar leken te zijn.

De vitrines zelf waren ontworpen en geplaatst door een bedrijf uit Missouri dat gespecialiseerd was in vitrines voor sieraden. Dr. Bart had me ooit verteld dat het glas eigenlijk geen glas was maar iets wat Lexan heette en niet verbrijzeld kon worden, zelfs niet met een moker. De sloten waren biometrisch en konden alleen met zijn duim worden geopend. Elke vitrine was uitgerust met een sensor die was verbonden met het uitgebreide alarmsysteem van het huis.

Dit alles veranderde niets aan het feit dat dr. Barts plaatje van Joe DiMaggio uit 1936 ontbrak, en het verklaarde ook niet de gorzenveer die op de plek lag waar het kaartje zich had moeten bevinden.

25

Dobbs

'Waar is je tablet, Begley?' riep Gimble door de garagebox.

De oudste van de twee FBI-agenten keek op van een van de plastic bakken en wees met een duim naar de binnenplaats. 'Op de achterbank van de auto, in het deurvak aan de passagierskant.'

Gimble liep naar de auto, opende het achterportier en haalde er een iPad uit. Ze legde hem op de motorkap en begon iets in te typen.

Dobbs zag twee marshals en iemand van het arrestatieteam de eerste rij garageboxen aan de andere kant van de binnenplaats doorzoeken. Toen ze naar de tweede rij gingen en uit beeld verdwenen, liep hij naar de auto en voegde zich bij Gimble.

Ze keek niet op. In plaats daarvan swipete ze langs verscheidene foto's tot er een kaart van de Verenigde Staten zichtbaar werd waarop zeker twaalf punten gemarkeerd waren met een rode speld. 'Zoals ik al over de telefoon zei, zijn er in minstens tien staten moorden gepleegd, van Californië tot New York, de eerste iets meer dan twee jaar geleden, ongeveer in de periode dat Kepler voor Nadler ging werken.'

Gimble draaide de tablet naar hem toe en volgde met een tengere vinger een spoor van Los Angeles naar de oostkust. 'Wanneer we de gps-gegevens van Keplers vrachtwagen binnenkrijgen, wil ik wedden dat we een kaart te zien krijgen die als twee druppels water op deze lijkt.'

Toen Dobbs geen antwoord gaf draaide ze de tablet weer terug, opende een andere map en swipete langs foto's van een aantal plaatsen delict. 'Geen waarneembare voorkeur voor een bepaald ras of geslacht bij de slachtoffers. Er bevinden zich zowel mannen als vrouwen onder hen. Wit, zwart, Latijns-Amerikaans. Het enige gemeenschappelijke kenmerk lijkt de leeftijd te zijn – ze zijn allemaal ergens achter in de twintig tot midden dertig. In eerste instantie lijkt hij heel georganiseerd te werk te gaan.' Ze woog haar woorden even af en ging toen verder. 'Hij lijkt zijn slachtoffers al lang voordat hij ze doodt te selecteren. Observeert ze. Beraamt een plan. Er zijn geen sporen van een worsteling bij de eerste ontvoering, wat doet vermoeden dat hij vaststelt wat het ideale moment is voordat hij toeslaat. De weinige keren dat er een beveiligingssysteem actief is, neemt hij de tijd om van tevoren camera's en sensoren onklaar te maken. Hij is extreem flexibel en geduldig, in elk geval wanneer het gaat om het stalken van zijn slachtoffers. Vervolgens verandert het profiel en wordt hij vaak wat chaotisch bij het plegen van de moord.'

Dobbs keek verbaasd. 'Zijn seriemoordenaars niet gewoonlijk een van beide, niet allebei?'

'Er is niets gewoon aan deze vent,' zei Gimble. 'Behalve dan dat hij zo nu en dan propofol gebruikt om zijn slachtoffers te bedwelmen of te doden, improviseert hij vaak en gebruikt hij spullen die op een plaats delict voorhanden zijn. Hij heeft slachtoffers vastgebonden en gewurgd met elektrische snoeren. Ik heb hem iemands dijbeenslagader zien doorboren met een schroevendraaier. Hij heeft slachtoffers verstikt met een kussen.' Gimble veegde naar links en er verscheen een foto van een vrouw met kort rood haar die gekleed was in een T-shirt en een slipje en languit onderaan een trap lag. 'Dit is Darcey Haas. Haar verwondingen doen vermoeden dat hij haar met één hand onder haar linkeroksel heeft opgetild en met een andere onder haar rechterknie van haar keldertrap heeft gegooid – drie keer. Hij bleef haar maar oppakken en weer naar boven tillen om het opnieuw te proberen. Bij de derde keer was de hoek goed en brak ze haar nek.'

Gimble scrolde naar drie afbeeldingen van een Afro Amerikaanse man die aan een eettafel zat, met zijn hoofd iets naar achteren en een trechter in zijn mond. 'Issac Dorrough heeft hij vastgebonden aan zijn stoel met huishoudfolie. Hij heeft twee tanden afgebroken om die trechter in zijn mond te krijgen en vervolgens een liter afvoerontstopper in zijn keel gegoten.'

'Jezus,' zei Dobbs.

'Hij laat geen vingerafdrukken achter. Nooit.'

'Alleen de veren.'

'Alleen de veren,' herhaalde Gimble met die lijzige stem van haar. Ze keek met haar diepblauwe ogen op naar Dobbs. 'Weet je wat het is met die veren? Ze zijn niet alleen afkomstig van dezelfde gorzensoort, de henslow, hij líkt altijd aan een veer voordat hij die bij een lichaam achterlaat.'

'Wat?'

Gimble knikte langzaam. 'Die gestoorde, zorgvuldige klootzak die nooit een vingerafdruk achterlaat, geeft ons bij elke moord zijn DNA.'

Dobbs wist niet wat hij daarop moest zeggen. Na een tijdje zei hij: 'Hoeveel?'

'Moorden?'

Hij knikte.

'Achttien.'

'Achttien? Waarom had ik nog nooit van die kerel gehoord?'

Gimble zei: 'Er zijn geen twee moorden hetzelfde. Ze zijn op vele duizenden kilometers afstand van elkaar gepleegd. In verschillende staten, met verschillende jurisdicties. We hebben de veren geheimgehouden. Als we met deze gast in de openbaarheid zouden treden, zou dat alleen maar tot paniek leiden en zou hij misschien anders te werk gaan, stoppen met de veren, verdwijnen. Daar is iemand als hij toe in staat. Ik ga hem daar geen reden voor geven.' Ze keek Dobbs dreigend en met een strak gezicht aan. 'Er wordt niet met de pers gepraat, begrepen? Tegen de lokale media zeggen jullie dat hij verantwoordelijk is voor één sterfgeval hier in LA en dat hij aan de politie heeft weten te ontkomen.'

Dobbs knikte onwillig. 'Jezus, achttien doden.'

'Negentien als we zijn vriendin meetellen.'

'Alyssa Tepper.'

'Precies, Tepper.' Gimble sloot de iPad en wendde zich weer tot hem. 'Ik moet toegang hebben tot zijn vrachtwagen en zijn appartement en dat van Tepper, en ik wil een gedetailleerd rapport waarin tot op de seconde beschreven staat wat er is gebeurd toen jullie hem in hechtenis hadden,' zei ze, terwijl ze de punten aftelde op haar vingers. 'Alles wat je tot nu toe hebt.'

'Wat je maar nodig hebt.'

'We gaan voorlopig uit van de theorie dat Tepper er op de een of andere manier achter is gekomen waar haar vriend mee bezig was, wie hij echt was, en dat hij haar daarom het zwijgen heeft opgelegd.'

Daar dacht Dobbs even over na. Er klopte iets niet. 'Als hij zo voorzichtig is, waarom belt hij de politie dan? Waarom vermoordt hij haar niet ergens anders dan in zijn eigen appartement en laat hij haar lichaam verdwijnen?'

Gimble draaide zich weer om naar de garagebox. 'Hé Vela, jij bent toch klinisch psycholoog? Waarom doet de Vogelman de dingen die hij doet?'

Vela stond tussen drie geopende dozen. 'Omdat hij een gestoorde klootzak is!' riep hij terug.

'Hij is een gestoorde klootzak,' zei Gimble instemmend. 'Het is dezelfde reden waarom hij de moeite neemt om handschoenen te dragen terwijl hij opzettelijk overal DNA achterlaat. Dezelfde reden waarom hij de politie belt terwijl zijn dode vriendin nog warm in het bad ligt. Voor hem is het een soort spel, en hij vindt het leuk om te fucken met de lokale sukkels. Hij geniet ervan om jullie koppen te zien terwijl jullie het allemaal proberen uit te dokteren.' Ze haalde haar schouders op. 'Ik weet niet wat hem motiveert, en dat kan me ook niks schelen. Nu we hem op de korrel hebben, wil ik hem alleen maar inrekenen.'

'Hoe weet je dat het zijn DNA is?'

Schamper zei ze: 'Denk je dat hij iemand anders aan zijn veren laat likken? Dat er een plaatsvervangende likker bij betrokken is?'

Dobbs zei niets.

Ze haalde haar schouders op. 'We hebben een haar gevonden op een van de plaatsen delict – nummer vier – waar de wortel nog aan zat. Op plaats delict nummer twaalf wist zijn slachtoffer, Selena Hennis, hem flink te krabben voordat hij haar wurgde. We hebben huidschilfers onder haar nagel uit gehaald. In beide gevallen kwam het gevonden DNA overeen met het DNA op de veren.'

Dobbs zei: 'We hebben een heel aantal spullen uit zijn appartement als bewijs opgeslagen. Uit Teppers appartement hebben we een tandenborstel en een scheermesje die hoogstwaarschijnlijk van hem zijn, en uit een toilettas in zijn vrachtwagen nog een scheermesje en een tandenborstel. Op het bureau heeft hij uit een koffiemok gedronken. Dat hebben we ook als bewijs opgeslagen.'

'Hebben jullie het al weggestuurd om onderzocht te worden?' vroeg ze, en toen schudde ze haar hoofd. 'Maakt ook niet uit. Roep alles terug en geef het aan mijn mensen. Ik weet zeker dat ik het in het laboratorium van de FBI veel sneller verwerkt krijg dan jij bij het FSC.'

Dobbs knikte. Het Hertzberg-Davis Forensic Science Center was snel, maar inderdaad niet zo snel als de FBI.

Gimble gooide de tablet op de achterbank van de Suburban en begon met snelle passen terug te lopen naar de garagebox. Ze riep over haar schouder: 'Laten we eens zien wat voor geheimen de Vogelman in zijn gehuurde opslagruimte bewaart, Dobbs!'

26

SCHRIFTELIJKE VERKLARING, MEGAN FITZGERALD

Ik neem aan dat je intussen wel mijn telefoon hebt gevonden en alle berichtjes hebt gelezen die Michael en ik elkaar hebben gestuurd. Je lijkt me het type dat grondig te werk gaat. Ik heb een vrij goed geheugen, maar het is waarschijnlijk beter dat je de daadwerkelijke berichten op mijn telefoon raadpleegt dan de dingen die ik opschrijf. Ik zal proberen het me allemaal te herinneren, maar een mens kan zich vergissen. Toch, Jessica?

Terwijl ik in het kantoor van dr. Bart naar zijn vitrine stond te staren, haalde ik mijn telefoon uit mijn achterzak en toetste snel een bericht in.

Ben je daar, Michael?

'Kom op, kom op,' mompelde ik.

Mijn telefoon trilde. *Ja.*

Waar zit je? Is het daar veilig?

Zijn antwoord kwam bijna een minuut later. *Ben je in zijn kantoor geweest?*

Ja – je had gelijk, het honkbalplaatje is weg. Iemand heeft er een veer voor in de plaats gelegd.

Hoe ben je binnengekomen?

Kan ik niet zeggen. Ik heb niks gebroken.

Is er nog meer weg?

Ik keek weer naar de vitrine. Ik zag geen andere veren. En alle voorwerpen voldeden aan de beschrijving op het gegraveerde bordje.

Ik geloof niet dat er verder iets weg is, typte ik terug.

Toen Michael een paar minuten lang niet antwoordde, tikte ik: *Ben je er nog?*

Ik keek op mijn telefoon hoe laat het was en besefte dat ik al bijna een half uur in het kantoor was.

Een half uur was te lang.

Toen mijn telefoon trilde keek ik op het scherm.

Kun je in de donkere kamer komen?

Ik voelde een steek in mijn borst.

Echt niet!

De veren, Meg – dit gaat om de donkere kamer.

Nee, nee, nee.

Alsjeblieft!

Meteen typte ik terug: *Je zei dat je een bandje hebt – heb je daar al naar geluisterd?*

Deze keer stuurde Michael zijn antwoord veel sneller. *Nog niet. Ik doe het zo snel mogelijk. Nog geen kans toe gezien.*

Ik moest van onderwerp veranderen. *Kom je naar huis?*

Michael reageerde weer niet.

Een minuut.

Twee minuten.

Toen...

Als je de kamer niet in wilt, pak dan de dossiers van dr. Bart. Er moet er ook een zijn van Alyssa Tepper – er moet een verband bestaan. En misschien Roland Eads.

Ik draaide me om en keek naar het bureau van dr. Bart en het bijpassende dressoir erachter. Ik had hem wel honderd keer een map uit die lades zien halen en er een andere in zien stoppen, wel dúízend keer.

Patiëntendossiers.

Ik typte: *Weet je wel hoe erg we in de shit zitten als iemand ontdekt dat we die dossiers hebben bekeken?*

Opnieuw antwoordde hij snel. *Niet kijken – meenemen! Pak die dossiers. Belangrijk!!! Verstop ze. Koop een wegwerptelefoon. Neem alleen daar nog contact mee op. Niet je gewone telefoon meer gebruiken.*

Meteen gevolgd door: *Alsjeblieft Megan!*

Mijn vinger zweefde boven het toetsenbord. Ik weet niet wanneer hij was gaan trillen. Ik had er nooit mee moeten instemmen om hiernaartoe te gaan.

Toen ik eindelijk een antwoord intypte, trilde mijn hand niet meer maar schudde hij echt. Mijn hart klopte zo snel dat ik bang was dat het uit mijn borstkas kon barsten. Ik stuurde één woordje terug, meer kon ik niet opbrengen.

Oké.

Dat zou jij toch ook doen als je broer het vroeg, Jessica?

27

Dobbs

Toen Dobbs en Gimble bij het geopende rolluik van de garage kwamen, zagen ze special agent Begley over een van de bandensporen op de betonnen vloer gebogen staan. Hij keek op en knikte. 'Ik heb foto's naar het lab gestuurd, ze worden daar geanalyseerd. Ik wil er ook een afdruk van maken.'

Dobbs fronste zijn wenkbrauwen. 'Haal je de technische recherche er niet bij?'

'Begley was een labnerd voordat ik hem bij deze taskforce haalde,' zei Gimble. 'Hij heeft twaalf jaar bewijzen onderzocht in het FBI-lab in Quantico. Hij is mijn mobiele laboratorium. Als ik een forensisch team moet bellen, moeten we daarop wachten en vervolgens toezien hoe een man of zes door mijn plaats delict banjert, en dan gaat alles ook nog eens veel langzamer en minder effectief dan wanneer Begley het zou doen. Daar heb ik geen tijd voor en het is niet nodig.'

Begley had dat duidelijk allemaal al eerder gehoord. Hij bestudeerde het spoor weer. 'De wielbasis is heel smal. Dat doet vermoeden dat het om een kleine auto gaat. De brede bandensporen zouden op een sportwagen kunnen wijzen. Hij heeft hem met een druppellader en een brandstofadditief aan de praat gehouden.'

Gimble was al bezig een etiket op een van de kartonnen dozen te bestuderen. 'Wat is dit voor adres in New York? Zo te zien is dit allemaal door ene Megan Fitzgerald naar Kepler gestuurd.'

Dobbs vertelde haar wat hij te weten was gekomen over Keplers familie.

'Zou hij daarheen op weg zijn?' vroeg Gimble.

De rechercheur schudde zijn hoofd. 'Ik betwijfel het. Hij is geadopteerd en is gebrouilleerd met de ouders. Hij lijkt alleen nog contact te hebben met de zus. Toen we hem in hechtenis hadden, wilde hij alleen maar met haar praten. Intussen belde zij hem voortdurend.'

'Iemand moet Sammy laten weten dat we toestemming nodig hebben om de gegevens op de telefoon van die zus te bekijken – alle oproepen, tekstberichten, gps.' Gimble knipte bij alles wat ze opnoemde met haar vingers.

'Ik doe het meteen,' zei Vela.

Ze draaide zich naar hem toe. 'Waar is mijn inventarislijst? Wat hebben we hier allemaal?'

'Je zei een uur.'

'Dan heb ik gelogen. Hij ligt twee uur op ons voor. We hébben geen uur. Als ik een uur zeg, bedoel ik tien minuten geleden.'

'Zoiets dacht ik al,' zei Vela. 'Ongeveer de helft van de dozen die ik heb doorzocht zit vol met boeken. Hoofdzakelijk non-fictie, zware kost – psychologie, zelfhulp. Een hoop van Freud.'

'Klinkt als jouw droomverzameling,' mompelde Begley.

'Hij heeft psychologie gestudeerd op Cornell maar is er in het eerste jaar mee gestopt. Zijn vader was psychiater, zijn moeder is psycholoog, en zijn zus studeert ook psychologie,' zei Dobbs. 'In zijn vrachtwagen hebben we meer van dat soort boeken gevonden.'

'En verder?' vroeg Gimble, terwijl ze weer met haar vingers knipte.

'In die bakken daar zitten sokken, ondergoed, overhemden, jeans. Zo te zien is alles overhoopgehaald.' Hij wees naar de beschermhoezen die aan het metalen kledingrek hingen. 'Dat zijn allemaal pakken. Dure. Armani, Kiton, Brioni. In die bakken onder het rek zitten overhemden, stropdassen, schoenen en bijkleurende sokken. Daar is hij overduidelijk doorheen gegaan.'

'Dus onze voortvluchtige heeft zich piekfijn gekleed voor zijn reis,' zei Gimble. 'Zijn er aanwijzingen dat hij hier geld had liggen?'

Vela beet op zijn onderlip. 'Niets overtuigends.'

'En onovertuigend?'

'Daar hou jij helemaal niet van.'

'Vandaag wel.'

Vela wees naar de rechter achterhoek van de garagebox. 'Daar staat een brandkast. De deur was dicht maar zat niet op slot. Hij is leeg.'

Gimble keek naar Dobbs. 'Hebben jullie zijn paspoort?'

Hij schudde zijn hoofd. 'Zijn portemonnee ligt nog op het hoofdbureau. Daar zaten zijn creditcards en zijn rijbewijs in. Mijn mensen hebben geen paspoort gevonden in zijn woning of zijn vrachtwagen.'

Gimble keek naar het plafond. 'We moeten ervan uitgaan dat hij contant geld bij zich heeft, mogelijk een paspoort en misschien zelfs een vals identiteitsbewijs,' zei ze, hardop denkend. 'Hij heeft een auto en een voorsprong van twee uur. Een vliegveld gaat hij niet riskeren. Als je een auto hebt hoef je niet met de bus of de trein. Hij zal proberen hier zo snel mogelijk vandaan te komen, dus de hamvraag is: waar is de heer Kepler naartoe gereden? Een haven of een snelweg?'

'Als hij naar een haven gaat kan hij misschien iemand omkopen en meevaren op een tanker,' zei Dobbs. 'Als hij commercieel reist, heeft hij hetzelfde probleem als op een vliegveld: betalingen met contant geld worden geregistreerd en hij gaat er ongetwijfeld van uit dat we zijn naam en zijn paspoort in de gaten houden.'

Gimble kneep haar ogen een beetje dicht en zei: 'Zeg alsjeblieft dat iemand eraan heeft gedacht om zijn naam door te geven. Allebéí zijn namen.'

Dobbs knikte. 'Een paar minuten nadat hij uit het hoofdbureau is ontkomen is er een opsporingsbericht uitgestuurd.'

'Brave jongen,' zei Gimble.

Special agent Sammy Goggans kwam binnenlopen, gevolgd door rechercheur Wilkins. Hij klemde een kleine laptop in zijn elleboogholte en typte met zijn vrije hand.

Gimble liep naar hem toe. 'Vertel me dat de camerabeelden iets hebben opgeleverd, Sammy.'

Agent Goggans fronste zijn wenkbrauwen. 'Ik heb niks gevonden waarop te zien is dat hij dit gebouw verlaat. De gezichtsherkenning heeft ook niks opgeleverd met de camera's in Seventh Street of bij het snelwegviaduct.'

'Ze scannen alle auto's toch?'

Goggans knikte. 'Het is niet waterdicht. Ze filmen alleen de plaatsen voorin, en het beeld kan vervormd worden door de ochtendzon, dus ik zou zeggen dat niet meer dan ongeveer zestig procent van wat ze vastleggen bruikbaar is. Er kan iemand tussendoor glippen.'

Gimble begon weer met haar vingers te knippen – het was duidelijk dat de gedachten door haar hoofd tolden. Ze draaide zich om, ging op haar hurken zitten en bestudeerde de bandensporen. Vervolgens keek ze op naar agent Vela. 'Kunnen ze vervalst zijn? Een soort afleidingsmanoeuvre? Is het mogelijk dat hij te voet is vertrokken?'

'Ik zou niet weten hoe. Ik ben ervan overtuigd dat hier een auto heeft gestaan die vanmorgen is weggehaald. Deze jongen lijkt me heel slim. Als hij ons op een dwaalspoor had willen zetten, denk ik dat hij ervoor had gezorgd dat we een opname van de auto hadden kunnen zien zodat we die konden achtervolgen. Hij heeft te veel moeite moeten doen om hier onopgemerkt weg te komen met een auto.'

Gimble dacht daar even over na. Toen pakte ze haar telefoon en belde op de luidspreker een nummer.

Dobbs boog zich naar Goggans toe. 'Betwijfelt ze altijd wat iemand zegt?'

'Ja,' antwoordde hij.

'Dat hoorde ik, Sammy,' zei Gimble met een knipoog.

Na twee keer overgaan werd er opgenomen. 'U.S. Marshal Garrison.'

‘Hoever ben je met uitkammen? Heb je iets gevonden?’

‘Nog niet. We hebben overal gekeken, behalve in jullie rij. Ik denk niet dat hij hier is,’ antwoordde Garrison. ‘De beelden die ik met Goggans heb bekeken lijken te suggereren dat hij rechtstreeks naar zijn garagebox hier is gereden, de camera heeft afgedekt en is vertrokken.’

Gimble keek even naar Goggans, die knikte. Ze zei in de telefoon: ‘Doorzoek toch de rest maar. We mogen niets overslaan.’

‘Begrepen.’

Ze beëindigde het gesprek en deed de telefoon weer in haar zak. ‘Ik moet een kaart hebben.’

Goggans draaide zijn laptop naar haar toe, met een kaart van Californië op het scherm. ‘Al mee bezig. Met een voorsprong van twee uur en rekening houdend met het verkeer vermoed ik dat hij zich ergens binnen deze gele strook bevindt.’

Gimbles gezicht betrok. ‘Jezus, wat een groot gebied. Hij kan al halverwege de Mexicaanse grens zijn, in een onbekende auto en met een veranderd uiterlijk.’

DEEL 2

NEEDLES, CALIFORNIË

Voer een klein experiment uit. Kleed een miljonair in vodden.
Observeer hem. Kijk hoe zijn persoonlijkheid verandert.
Die onbewuste verandering. Kleren maken inderdaad de man.
We worden niet alleen gedefinieerd door onze gedachten – we zijn
een volledig pakket dat wordt gedefinieerd door de verpakking.

– dr. Barton Fitzgerald

28

Michael

'Uw auto is over vijf minuten klaar, meneer. Ze leggen nu de laatste hand aan het interieur.'

Ik had het adres in Needles, Californië uit mijn hoofd geleerd en deed het rijbewijs van Roland Eads in het borstzakje van mijn Armani-jasje. Toen keek ik glimlachend op naar de opgewekte jonge vrouw. 'Dank u wel, ik waardeer het zeer dat u me er zonder afspraak tussen hebt weten te wurmen.'

Ze glimlachte terug. Volgens haar naambordje heette ze Suzy. 'Het is een prachtige auto. Wat is het bouwjaar?'

'1969.'

Ze keek over haar schouder naar een man in een witte overall die in een hoek water stond te drinken bij een fonteintje. 'Een '69, Brad. Jij wint.'

Ik trok mijn rechtermouw omhoog en keek op de Breitling Navitimer. Het was bijna elf uur in de ochtend.

Ik was hier nu iets meer dan tweeënhalf uur.

Ik had meteen terechtgekund bij de Devil in the Detail toen ik zei dat ik hun vipbehandeling wilde, en nog wat andere diensten die ik had opgelezen van de lijst aan de muur boven Suzy's hoofd – alles bij elkaar ongeveer vijfhonderd dollar. Ze liet me weten dat het een paar uur zou duren. Ik zei dat ik geen haast had en het niet erg vond om te wachten.

Ze reden mijn zwarte Porsche 911 meteen naar de middelste brug. De grote deur ging dicht en ze gingen aan de slag. Dat was een meevaller voor me, want de Devil in the Detail lag recht tegenover de Stow 'n' Go in Alameda Street. Vanuit de wachtruimte had ik, met een autotijdschrift in de hand, perfect uitzicht op de hoofdingang van het opslagbedrijf, en elke keer wanneer het hek openging kon ik mijn garagebox zien. Terwijl ik me tegoed deed aan gratis koffie en chocoladedonuts, zag ik rechercheurs Dobbs en Wilkins ongeveer tien minuten nadat ik er was vertrokken arriveren, al snel gevolgd door een arrestatieteam en vervolgens twee zwarte Chevrolet Suburbans, die zo overduidelijk van de FBI waren dat ze de drie letters net zo goed heel groot op alle deuren hadden kunnen plaatsen, met een wapperende Amerikaanse vlag aan de antenne.

Ik wist dat ze mijn garagebox snel zouden vinden.

En was ervan overtuigd dat ze zich op de bandensporen en de ontbrekende auto zouden focussen.

Ik had alle camera's bij de Stow 'n' Go al jaren geleden ontdekt en had er een paar van afgedekt zodat ze geen beelden zouden kunnen vinden waarop te zien was dat ik wegreed. Ze konden dus onmogelijk achterhalen in wat voor auto ik reed.

Ik wist heel goed dat er camera's hingen op het kruispunt met Seventh Street en bij het snelwegviaduct dat verderop over Alameda Street liep, en dat dat de enige twee verkeerscamera's in de omgeving waren. Ik had genoeg films en televisieseries gezien om te weten dat ze zouden denken dat ik zou vluchten. Ze zouden met een tijdvenster en een zoekgebied werken. Waarschijnlijk zouden ze proberen een foto van me te vinden waarop ik achter het stuur van de auto zat die ze probeerden te achterhalen.

In plaats van te vluchten, wachtte ik.

Ik stelde me hun zoekgebied voor, een reusachtige donut die zich langzaam vanuit Alameda Street uitbreidde.

Ik keek toe hoe het arrestatieteam en de U.S. Marshals door het opslagbedrijf krioelden als mieren in een mierenhoop. Ik keek toe hoe ze de dozen en bakken doorzochten die ik daar had staan, terwijl ze zich ongetwijfeld afvroegen wat er weg was. Daar bevond zich niets tussen wat echt van belang was – nu niet meer in elk geval. Ik had al het geld verzameld dat ik had, een kleine zesduizend dollar, en alle kleren die maar in de kofferbak van de Porsche pasten. Toen ik uit huis ging, was die auto misschien wel het enige wat me dierbaar was.

'Alles is klaar, meneer,' zei Suzy, die weer achter de kassa zat. 'Dat wordt dan vijfhonderddrieëntwintig dollar en zevenentachtig cent.'

Ik stond op, haalde mijn geldclip tevoorschijn en telde zeven knisperende briefjes van honderd dollar uit. 'Zou je de rest willen verdelen onder de mensen die aan de auto hebben gewerkt?'

Suzy's grijns verbreedde zich. 'Dank u wel! Hopelijk zien we u snel weer.'

Ik gaapte en realiseerde me dat ik al bijna een volle dag niet had geslapen. Ik moest even rusten voor wat me te wachten stond.

Ik reed de Devil in the Detail uit en sloeg rechts af Alameda Street in, in de richting van de snelweg, waarbij ik de aandrang weerstond om naar al die politiemensen te zwaaien.

29

Dobbs

'Hé Gimble, kom eens kijken!' riep special agent Vela vanuit de garagebox.

Dobbs en Gimble vonden hem achterin. 'Hoe oud was Kepler toen hij geadopteerd werd?' vroeg hij.

'Weet ik niet,' zei Dobbs. 'We hebben vanmorgen een verzoek bij de rechter ingediend om de gegevens te kunnen opvragen, maar dat is afgewezen. Hoezo?'

'In deze doos liggen allemaal oude uniformen van een weeshuis dat Windham Hall heet, van peutermaten tot broeken voor volwassenen. Dat roept bij mij drie vragen op, om te beginnen waarom Kepler ze heeft. Weeshuizen gebruiken kleding opnieuw – als iets niet meer past, wordt het doorgegeven aan iemand anders. Oude uniformen hou je niet. En ten tweede, ik dacht dat hij op jonge leeftijd was geadopteerd. Waarom heeft hij dan al die grote maten?'

Gimble keek naar Dobbs. 'Heeft hij het met jou over een plek gehad die Windham Hall heet?'

Dobbs schudde zijn hoofd.

Ze wendde zich weer tot Vela. 'Drie vragen, zei je. Wat is de derde?'

Vela stak een gehandschoende hand in de doos en haalde er een broek uit. De stof was helemaal gescheurd. 'Volgens mij heeft iemand deze verknipt. Er zijn er meer zo aan toe, ook overhemden.'

Gimble knielde naast de doos om het beter te kunnen zien. 'Denk je dat ze van de slachtoffers zijn?'

'Ik zal ze laten onderzoeken, maar ik zie geen sporen van verwondingen, geen bloed of andere vlekken. Ze zijn alleen in stukken geknipt.'

Wilkins tikte Dobbs op zijn rug. 'Ik ben gebeld over een autobrand op de vismarkt – een blauwe Ford Escort. Zou heel goed de auto van Keplers advocaat kunnen zijn. Er is een lichaam gevonden.'

30

SCHRIFTELIJKE VERKLARING, MEGAN FITZGERALD

Ik ben hier niet trots op, Jessica, maar je joeg me de stuipen op het lijf, ik hoop dat je dat begrijpt. Wie zou zich niet doodschrikken? Dit gebeurde voor ik je leerde kennen en begreep hoe aardig en genereus je bent. Je moet misschien een beetje aan je gevoel voor mode werken, maar dat doet er niet toe. Ik was op dat moment meer bezig met het beschermen van mijn broer en van mijn eigen hachje. Dat neem je me toch niet kwalijk, hè?

Terwijl ik in het kantoor van dr. Bart was, ging mijn telefoon twee keer over, en nog een keer terwijl ik met een stapel patiëntendossiers in mijn handen terugliep door het huis en mevrouw Neace met haar stofzuiger angstvallig vermeed.

Een nummer uit Californië.

Niet het nummer van Michaels nieuwe telefoon.

De derde keer dat ik gebeld werd sprak de beller eindelijk een bericht in in plaats van op te hangen.

In mijn kamer legde ik de mappen op mijn bed, deed snel de deur dicht en luisterde het bericht af.

'Megan Fitzgerald, u spreekt met special agent Jessica Gimble van de FBI. Ik wil u verzoeken me onmiddellijk terug te bellen op dit nummer. Het betreft uw broer.'

Ik verwijderde het bericht. (Sorry, Jessica!)

Michael had gelijk. Ze hadden mijn telefoonnummer. En als ze mijn nummer hadden, konden ze mijn telefoongegevens gebruiken om aan Michaels nummer te komen. Wegwerptelefoon of niet, waarschijnlijk konden ze zijn toestel wel achterhalen als ze het nummer eenmaal hadden.

Ik begon een bericht te typen maar bedacht me toen. Misschien zouden ze het zien. In de film vindt de politie dat soort dingen altijd.

Ik verwijderde de tekst en besloot dat ik Michael beter kon bellen.

Ik kreeg zijn voicemail en sprak een kort bericht in.

Wacht. Zouden ze zijn voicemail ook kunnen afluisteren? Ik begon nerveus en slordig te worden. Ik moest alleen nog gesprekken met hem voeren!

Ik gooide de telefoon op mijn bed en richtte me weer op de dossiers. Met een briefopener die op het bureau van dr. Bart lag had ik het slot van zijn archiefkast geopend. Het oude metaal was een beetje doorgebogen, maar niemand zou kunnen zien dat ik het slot geforceerd had. De schade kon makkelijk veroorzaakt zijn door jarenlange slijtage.

Dr. Bart had honderden dossiermappen, die ik onmogelijk allemaal kon meenemen.

Ik zag niets over Roland Eads of over de valse naam die de man had gebruikt, Philip Wardwell.

Er was wel een dossier over Alyssa Tepper. Het was niet erg dik, en er stond niet veel meer informatie in dan in mijn eigen dossier. Ik legde beide mappen op het bureau. Dr. Bart had twee dossiers over Michael; het ene was gelabeld als MICHAEL KEPLER / FITZGERALD en het andere als M. KEPLER. Die nam ik ook allebei mee.

Ik legde Michaels dossiers op het bureau naast die van mij en Alyssa. De namen lagen naast elkaar en daardoor viel het me op dat er een kleine blauwe stip achter stond, nauwelijks groter dan een vlekje. Snel doorzocht ik de rest van de la, en ik haalde alle mappen met een blauwe stip eruit. Het waren er elf in totaal, inclusief die van mij, Alyssa en Michael.

Ik begon met het dossier van Alyssa.

Alyssa Rena Tepper moest in 2008 van de rechter in therapie na een aantal winkeldiefstallen. Ze was toen vijftien. Ze had voornamelijk kleding gestolen, uit een paar dure boetieks in New York.

Amateur. Iedereen weet dat je kleren in een groot warenhuis moet stelen.

De aantekeningen van dr. Bart waren vaag. Alyssa had hem zes keer gezien, waarmee ze had voldaan aan het vonnis van de rechter. Hij schreef de winkeldiefstallen toe aan haar gebroken gezinssituatie – haar ouders waren een jaar eerder gescheiden. De diefstallen waren daar een reactie op. Ze wilde aandacht. Bla bla bla. Ontzettend voorspelbaar allemaal.

Drie bladzijden met aantekeningen, en dat was inclusief zijn standaardpagina met zinloze patiëntgegevens.

Ik liet Alyssa's dossier vallen en pakte een ander.

Cassandra Shatley.

Saai.

Negentien, leed aan depressie en angstaanvallen. Zoals elke tweedejaars student. Niet zo janken, Cassie. Vier pagina's aantekeningen, niets dan klinische algemeenheden. Slechts een korte samenvatting van elke sessie. Relatieproblemen, een laag zelfbeeld. Met een paperclip zat er een foto aan de binnenkant van de map – een knap meisje, met donkere krullen, bruine ogen en een leuke glimlach. Volgens de aantekeningen had dr. Bart in een tijdsbestek van twee maanden in 2009 vijf gesprekken met haar.

Nicole Milligan, negentien, verkracht op een studentenfeestje. Walgelijk, maar niets bijzonders. Ik was zelf op zat studentenfeestjes geweest. Ze had aangifte gedaan. Nou, bravo hoor. Dr. Bart had haar aangemoedigd om verder te gaan met haar leven, het voorval achter zich te laten, haar toekomst er niet door te laten bepalen. Acht sessies in 2010, daarna niets meer.

Darcey Haas.

Issac Dorrough.

Selena Harris.

Jeffery Longtin.

Katrina Nickols.

Allemaal meer van hetzelfde. Typische problemen, spaarzame aantekeningen.

Mijn dossier was nog erger. Nul aantekeningen, alleen een kopie van mijn adoptiegegevens. Geen geheimen hier – dr. Bart had me op mijn negende een kopie gegeven.

Net als in mijn dossier bevatte het Kepler/Fitzgerald-dossier alleen een kopie van Michaels adoptiedocumenten (die dr. Bart aan Michael had gegeven en die Michael met mij had gedeeld), geen aantekeningen. Hetzelfde gold voor het dossier van M. Kepler.

Kut. Óf dr. Bart maakte armzalige aantekeningen, of hij liet opzettelijk dingen weg en schreef net genoeg om aan de regels te voldoen. Dubbel kut. Ik had net een enorm risico genomen om deze dossiers in handen te krijgen, en er stond geen nuttig woord in!

Mijn telefoon ging en ik griste hem van het bed.

Jij was het weer, maar het enige wat ik dacht, was: de FBI! De FBI! O shit, de FBI!

Ik drukte de oproep weg, ging naar Contacten en blokkeerde het nummer.

Driedubbel kut.

Mijn MacBook lag op mijn nachtkastje. Ik pakte hem, klapte hem open en wachtte even tot hij aanging. Ik klikte op het icoontje van de rekenmachine en opende zo mijn Tor-browser. De meeste mensen gebruiken Safari of Chrome, slimme mensen gebruiken Tor. De Tor-browser maskeert je identiteit door iets wat *onion routing* wordt genoemd. Dat versleutelt al het dataverkeer en leidt communicatie om door willekeurige knooppunten die wereldwijd verspreid zijn. Volgens het informatievenstertje rechtsonder in mijn scherm bevond ik me momenteel in München.

Dr. Rose scrolde door mijn browsergeschiedenis zoals sommige mensen door Facebook scrollen, dus gebruikte ik Chrome en Safari voor school en communicatie met vrienden en vriendinnen, en Tor, dat ik veilig achter het rekenmachine-icoontje had verborgen, voor alles waarvan ik niet wilde dat zij het zag. Ik zette geen bommen in elkaar of zo, maar iedereen heeft zo z'n geheimen en recht op privacy.

Ik typte de naam Alyssa Tepper in de zoekbalk.

Er verschenen twaalf artikelen, maar daar stond niets in wat ik niet al van Michael had gehoord. Foto's van haar appartementencomplex. Een foto van Michael met daarboven de kop ONTSNAPT AAN DE LAPD? Niets wat ik niet al wist.

Ik typte de naam Nicole Milligan in, het meisje dat dr. Bart na haar verkrachting behandeld had. Dat leverde meer dan een miljoen treffers op. De eerste waren doorsnee – Facebook, LinkedIn, Twitter – omdat het zo'n veelvoorkomende naam was. Toen ik onder Afbeeldingen zocht, kreeg ik honderden foto's te zien, van een heleboel verschillende meisjes. Het was hopeloos.

Ik zocht tussen de mappen van dr. Bart naar die van Cassandra Shatley. Er zat een foto bij haar dossier. Ook haar naam gaf talloze treffers, maar nu ging ik meteen naar Afbeeldingen en scrolde ik langs de foto's – ik vond haar op de derde pagina. Het was een andere afbeelding maar hetzelfde meisje, en hier was ze minstens tien jaar ouder. Een vrouw nu. Ik herkende haar meteen aan haar haviksneus, bruine ogen en krullerige haar, al was dat hier iets korter dan toen ze nog studeerde.

Ik klikte op de foto.

CASSANDRA SHATLEY (27) GEWURGD AANGETROFFEN IN HAAR WONING IN WILLIAMS, ARIZONA

Het was een artikel van meer dan een jaar geleden.

Shatley werd gevonden door haar vriend, met wie ze al drie jaar een relatie had, in de keuken van haar tweekamerappartement. Haar handen en voeten waren vastgebonden met repen handdoek en er zat een vuilniszak over haar hoofd die strak om haar nek was gebonden. De vriend, de zesendertigjarige Russel Logan, werd al snel niet meer als verdachte gezien omdat meerdere personeelsleden en gasten van de Hooligan's Bar and Grill, waar Logan als barkeeper werkt, bevestigden dat hij de zes uur voorafgaand aan het geschatte tijdstip van overlijden aan het werk was geweest.

Vervolgens stond er dat de politie geen aanwijzingen had. Een maand lang werd er nog een paar keer over de zaak geschreven, maar daarna niet meer.

Het kostte me minder moeite om Darcey Haas te vinden, die een minder vaak voorkomende naam had. Ik kreeg een wee gevoel in mijn maag toen ik de eerste van vele links aanklikte en het artikel las. Ze was meerdere keren van de trap gegooid, net zo lang tot ze haar nek had gebroken.

Mijn god.

Selena Hennis.

Issac Dorrough.

Ook allebei dood. Allebei vermoord.

Toen mevrouw Neace aanklopte viel ik bijna van mijn bed. 'Wat?' Het kwam er scheller uit dan ik had gewild. 'Sorry, ik ben me aan het omkleden. Wat is er?'

'Ik moet daar schoonmaken,' zei de gedempte stem van mevrouw Neace achter de deur.

'Eén moment.' Ik maakte een lijst van alle namen die op de mappen met een blauwe stip stonden, pakte ze bij elkaar en stopte ze in een doos die ik achter in mijn kast onder mijn jaarboeken van de middelbare school zette.

Ik pakte mijn MacBook en belde een Uber terwijl ik langs de huishoudster naar de trap liep.

'U kunt nu schoonmaken! Sorry, ik moet gaan!' riep ik achter me.

Ik zou dit in de stad wel afmaken.

Ik moest een nieuwe mobiele telefoon kopen.

En dan moest ik die lastpak van een broer van me te pakken krijgen.

31

Michael

Misschien kwam het door de strepen op de weg die met honderdvijftien kilometer per uur voorbijschoten. Ik kon me niet herinneren dat ik de I-10 had verlaten en de I-15 op was gereden. Ik wist amper nog dat ik twee uur eerder Los Angeles had verlaten. Jezus, zelfs het omkleden in de garagebox had ik werktuiglijk gedaan; ik had mijn horloge om mijn rechterpols gedaan in plaats van om mijn linker.

Ik schrok wakker toen de auto voor de derde keer over de geribbelde streep zwenkte die langs de berm liep.

Even later nam ik iets voorbij het knooppunt met de I-40 de afslag naar een tankstation, parkeerde achter in een hoek, zette de motor uit en deed mijn ogen dicht.

Die gingen pas twee uur later weer open, toen ik wakker schrok uit mijn droomloze slaap door het harde, lage geluid van de claxon van een vrachtwagen. Ik stapte uit en ging het gebouw in, waar ik naar de wc ging en water op mijn gezicht spatte. Toen ging ik terug naar de auto.

Alyssa Tepper, de politie, alle gebeurtenissen van de afgelopen vierentwintig uur leken een vage herinnering of een nachtmerrie.

Op de bijrijdersstoel lagen het rijbewijs van Roland Eads en mijn mobiele telefoon; er waren drie gemiste oproepen van Megan en ik had geen bereik.

Naast de telefoon lag het cassettebandje dat ik in het koffertje van Eads had gevonden.

Donkere kamer – M. Kepler – 12 augustus 1996.

Zijn stem stond op dat bandje, wachtend om vanuit het graf tegen me te praten. Deze man, van wie ik zo graag wilde dat hij uit mijn leven verdween, klemde zijn vingers om de deurpost en wurmde de deur open.

Ik startte de Porsche en reed de I-40 weer op.

Toen het nog minder dan twee uur rijden was naar Needles en ik mijn snelheid rond de honderd, honderdtien kilometer per uur hield, pakte ik dan toch eindelijk het bandje en stak het in de cassettespeler van de Porsche, omdat ik wist dat dat nooit meer zou gebeuren als ik het nu niet deed.

Ik hoorde een sissend geluid.

Ruis.

Het gekraak van iemand die de cassetterecorder verplaatste?

Toen hoorde ik zijn diepe stem uit de luidsprekers van de Porsche komen. 'Dit is dr. Barton Fitzgerald. Het is 12 augustus 1996. Intakegesprek met patiënt Michael Ryan Kepler, vier jaar oud. Hoewel hij na de recente traumatische gebeurtenissen is opgevangen in Windham Hall, heeft de rechter hem aan mijn persoonlijke zorg toevertrouwd en hebben mijn vrouw, een klinisch psycholoog, en ik hem gistermiddag van Windham naar ons huis gebracht. Hij beantwoordde vragen – waarvan er niet één betrekking had op het voorval – maar nam alleen de moeite om te communiceren als hij daartoe werd aangespoord. Hij glimlacht als er een grapje wordt gemaakt maar lijkt dat uit beleefdheid te doen, niet als een oprechte reactie op humor. De jongen is duidelijk intelligent. Niet alleen wist hij de naam van de huidige president te noemen, hij loste ook met relatief gemak rekensommen op – optellen, aftrekken en zelfs vermenigvuldigen. Hij begreep het concept van delen maar vond het lastig de sommen uit te rekenen die we hem voorlegden. Toch was het behoorlijk indrukwekkend voor iemand van zijn leeftijd en met zijn problematische jeugd.

Nadat we bij ons thuis waren aangekomen kreeg hij zijn kamer te zien en mocht hij rusten tot het avondeten, dat om zes uur begon. Op dat tijdstip voegde hij zich bij mijn vrouw en mij voor misschien wel de eerste gebalanceerde maaltijd uit zijn leven – met yoghurt gemarineerde kip met paddenstoelen en zoete aardappels en chocolademousse als toetje. Hij schrokte alles naar binnen alsof hij maanden niet had gegeten. Na het avondeten ging hij in bad en keerde hij terug naar zijn kamer, waar ik hem zo nu en dan observeerde door middel van een camera die ik met dit doel had geïnstalleerd. Hij bleef wakker tot bijna vier uur in de ochtend, toen hij uiteindelijk in een onrustige slaap viel.

Uiterlijk lijkt Kepler relatief onbeschadigd, van goede wil en in staat zich goed staande te houden. In de sessie van vandaag zal ik het voor het eerst met Kepler hebben over zijn moeder, Janel Kepler, en haar vriend, ene Maxwell Pullen. Ik heb besloten dit gesprek in de donkere kamer te voeren, om te proberen prikkels van buitenaf tot een minimum te beperken en elke mogelijke vrees of ongerustheid die hij mogelijk ervaart wanneer hij met een volwassene of een gezagsdrager spreekt te verlichten.'

Dr. Bart schraapte zijn keel en ging toen verder. 'Zoals overeengekomen met de staatspolitie van New York en verschillende instanties zullen kopieën van alle verslagen die betrekking hebben op de behandeling van Kepler verzegeld worden. Naar mijn oordeel, en de vertrouwelijkheid tussen de behandelaar en de patiënt in acht nemend bij het opstellen ervan, zullen er samenvattende verslagen worden verstrekt aan rechter Henry Larson. Alleen in opdracht van een bevoegde rechtbank mogen kopieën van deze verslagen aan voornoemde partijen verstrekt worden, en alleen als dat noodzakelijk wordt geacht voor het lopende onderzoek door rechter Larson en na toestemming van mijn kantoor. Als Keplers psychiater en wettelijk voogd herhaal ik hier voor de goede orde: Michael Kepler is een minderjarige die door een rechter onder mijn toezicht is geplaatst. Het delen van informatie die betrekking heeft op zijn zorg zonder mijn uitdrukkelijke schriftelijke toestemming is een misdrijf, en ik zal niet aarzelen overtreders te vervolgen.'

Er klonk een klik, gevolgd door een ploppend geluid, toen dr. Bart de opname stopzette en vervolgens hervatte.

De volgende stem die ik hoorde was die van mezelf – iel, zacht en ver weg. Een onzeker kind.

Ik kreeg een brok in mijn keel en moest mezelf eraan herinneren om adem te halen terwijl ik het geluid harder zette.

32

Michael

'Waarom moeten we in het donker zitten?'

'Houd je van het donker?'

'Soms.'

'Ik wel,' zei dr. Bart. Hoewel het de stem was die ik zo goed kende, was hij minder scherp, zoals dat vaak het geval is wanneer een volwassene iets tegen een kind zegt. 'Ik vind het in het donker makkelijker om te praten. Alleen jouw stem en mijn stem, verder niets. Twee grote mensen die een gesprek voeren.'

'Het donker is eng.'

'Dat kan het zijn,' gaf dr. Bart toe. 'Maar het kan ook lekker knus zijn, als een dikke, warme deken. Wat we niet kunnen zien kan ons ook geen pijn doen.'

'Dat is niet waar.'

'Dit is de veiligste kamer ter wereld, dat beloof ik je. Je hoeft hier nergens bang voor te zijn. Wat je hier zegt, in deze kamer, blijft onder ons. En je moet begrijpen dat je me alles kunt vragen en alles kunt vertellen. Zie me maar als je allerbeste vriend. Als iemand die je kunt vertrouwen.'

'U bent een psycholoog. Mama heeft gezegd dat ik nooit met psychologen mag praten.'

'O ja, zei ze dat?'

'Ze zei dat psychologen me bij haar weg willen halen, en dat ik geen antwoord moet geven als ze vragen stellen.'

Dr. Bart zuchtte. 'Maar als je geen antwoord geeft, wordt het lastig om elkaar te leren kennen.'

'Ik wil u niet leren kennen.'

'Ik jou wel, hoor.'

'Ik wil naar mama. Waar is mama?'

'Die is er niet meer, jongen.'

'Waar is ze dan heen?'

'Naar de hemel, ben ik bang. Daarom ben je gisteren hiernaartoe gekomen, om bij ons te komen wonen.'

'Ik wil hier niet wonen. Ik wil bij mama wonen.'

Dr. Bart zweeg even en zei toen: 'Je wilt weer met haar in het motel wonen, samen met haar vriend, Maxwell Pullen?'

'Alleen met mama. Ik vind Max niet aardig. Max is gemeen.'

'Tegen jou of tegen je moeder?'

'Tegen iedereen.'

'Zat je daarom in die kast toen de politie je vond? Omdat Max gemeen tegen je was?'

Stilte.

'Michael?'

'Het was donker in de kast, net als hier.'

'En je ging er zitten omdat het er veilig was, net als hier. In de kast kon je niets gebeuren, en dat kan hier ook niet.'

'Soms vond Max me in de kast, maar niet altijd.'

'Niet díé keer.'

Weer een stilte.

'Waar was je moeder toen je je in de kast voor Max verstopte?' De stem van dr. Bart klonk iets luider, alsof hij zich dichter naar de cassetterecorder had gebogen.

Ik zweeg.

'Michael? Waar was je moeder?'

'Mama sliep in het bad.'

'Je moeder was aan het slapen in bad toen jij je in de kast verstopte? Lag ze niet in bed?'

'In bad. Mama gaat graag in bad.'

'Waar was Max?'

'Max was niet thuis.'

'Maar hij kwam wel thuis, hè? Kwam hij thuis terwijl je moeder in bad zat?'

Nauwelijks hoorbaar zei mijn stemmetje: 'Ja.'

'Wat gebeurde er toen Max thuiskwam? Dit is belangrijk, Michael, dus ik wil dat je goed nadenkt voordat je antwoord geeft. Kun je dat voor me doen?'

'Oké.'

'Je zei dat mama sliép in bad. Veel belangrijke mensen willen weten of ze al sliep toen Max thuiskwam of dat hij degene was die haar liet slapen. Snap je?'

Ik gaf geen antwoord.

'Als je haar met Max hebt horen praten, weten we dat híj haar heeft laten slapen.'

'Ik weet het niet.'

'Heeft Max iets tegen jou gezegd toen hij thuiskwam?'

‘Dat weet ik niet.’

‘Je bent een slimme jongen, Michael. Ik weet dat je de vraag begrijpt. Heeft Max iets tegen je gezegd toen hij thuiskwam?’

‘Ja,’ antwoordde ik zacht.

‘Wat zei hij dan?’

Mijn stemmetje klonk bijna een octaaf lager toen ik probeerde Max na te bootsen. ‘Hij zei: “Ik wil geen woord van je horen, kleine etter.”’

‘Zat je in de kast toen hij dat zei?’

‘Nee.’

‘Waar was je dan?’

‘Ik zat op bed tv te kijken. Max kwam binnen, hij was gemeen tegen me en toen ging hij naar mama om gemeen tegen háár te doen. Hij praatte heel hard.’

‘Deed hij de badkamerdeur op slot?’

‘Ja.’

‘Wat zei je moeder toen hij de badkamer in ging?’

Stilte.

‘Wat zei Max tegen je moeder?’

‘Dat ze zou moeten werken. Hij zei: “Het zou allemaal niet zo kut gaan als jij gewoon je werk deed!”’

‘Je moeder werkte in een restaurant, hè? Als serveerster?’

‘Het Wafelkasteel. Ik hou van wafels.’

Dr. Bart zei: ‘Goed zo, Michael. Als je mijn vragen blijft beantwoorden, kunnen we misschien wel wafels gaan eten als we klaar zijn.’

Ik zei niets.

‘Max werkte in de bouw, hè?’

‘Mama zei dat Max een luie zak was en dat hij geen goeie bouwvakker was omdat hij te veel dronk.’

‘Zei ze dat toen ze in bad zat?’

‘Nee. Ze sliep. Maar ze zei het altijd.’

Dr. Bart ging verder. ‘Max zei dat het de schuld van je moeder was dat jullie het huis kwijt waren en in het motel moesten wonen?’

‘Daar schreeuwde hij over. Max schreeuwde de hele tijd.’

‘In de badkamer?’

‘Ja.’

‘Schreeuwde je moeder terug?’

Stilte.

‘Michael? Schreeuwde je moeder terug tegen Max?’

‘Ik hoorde gespetter. Een heleboel gespetter.’

‘Maar niet je moeder?’

‘Max schreeuwde. Hij schreeuwde heel hard. Héél hard! Max schreeuwde en ik kon niets anders horen.’ Toen gilde mijn stemmetje, mijn stem op het bandje, om het dr. Bart te laten horen, om het hem te laten begrijpen. Hard genoeg om vanuit het verleden de luidsprekers van mijn Porsche te laten trillen. Zo hard dat het geluid doordrong tot in mijn borst en een ruk gaf aan mijn hart, dat wel uit mijn lijf getrokken leek te worden.

Ik reed bijna de berm in, de wielen draaiden zonder grip op het grind en kwamen toen weer terug op het asfalt.

Ik tastte naar de volumeknop en zette het geluid zachter.

Even zeiden dr. Bart en mijn jonge ik niets. Na een paar seconden sprak ik weer, met fluisterende stem.

‘Toen ging ik de kast in.’

33

Dobbs

'Het ruikt naar barbecue, Dobbs. Dat kun je rustig zeggen hoor, we denken het allemaal. Het is niet mijn eerste autobrand en ze ruiken allemaal hetzelfde,' zei special agent Gimble. Ze nam de laatste slok uit een blikje Red Bull, deukte het in en zette het op de bumper van haar Chevrolet Suburban. 'Die smerige geur, de geur waar je echt onpasselijk van wordt, komt van de banden. Ik vind dat altijd een beetje maf.'

'Ik ben rechercheur moordzaken in Los Angeles,' antwoordde Dobbs. 'Toen ik als gewone agent begon met surveilleren, had ik er denk ik één per week.'

'Met een lichaam?'

Dobbs schudde zijn hoofd. 'Meestal zijn het hier jongeren die een gestolen auto in de fik steken na het joyriden. Soms zit er een lichaam in, meestal bendegerelateerd. Ik heb geen last meer van de geur.'

De Ford Escort was besprenkeld met benzine en in brand gestoken. Tegen de tijd dat de brandweer was gearriveerd, was alleen nog het uitgebrande chassis over. Het lichaam van Philip Wardwell zat nog op de bijrijdersstoel, en wat er over was van zijn pak was versmolten met de restanten van zijn lichaam. Twee gaten waren duidelijk zichtbaar in zijn hoofd – de ingangs- en uitgangswond van een kogel die van dichtbij was afgeschoten. De Glock die in het politiebureau was gestolen lag op zijn schoot.

'Als het niet door de stank komt, waarom trek je dan je neus zo op?'

'Ik denk na.'

'Kijk je zo als je nadenkt?'

'Er klopt iets niet aan wat Kepler doet.' Dobbs pakte Gimbles lege blikje en draaide het rond in zijn handen. 'Sillman – dat is de agent die werd aangevallen in de verhoorkamer – was er heilig van overtuigd dat hij was neergeslagen door de advocaat. Maar hij was helemaal ontdaan en had een lichte hersenschudding. Ik dacht dat het Kepler was geweest en dat Sillman het zich gewoon verkeerd herinnerde. Toen zagen we beelden waarop ze met z'n tweeën naar buiten lopen – Kepler dwingt hem niet, hij dwingt Kepler niet. Ze stappen in zijn auto, Kepler gaat achter het stuur zitten. Rijdt hiernaartoe…'

'En schiet de advocaat door het hoofd,' viel Gimble hem in de rede. 'Wat voor advocaat offert zijn leven en zijn carrière op voor een cliënt?'

Sammy Goggans stak zijn hoofd uit de achterdeur van de SUV. 'Het soort advocaat dat geen advocaat is.'

Gimble liep om de Chevy heen, met Dobbs achter zich aan. 'Wat heb je gevonden, Sammy?'

'Ene Philip Wardwell, die een licentie heeft om advocaat te zijn in de staat Californië, maar tenzij hij op de een of andere manier van een drieënnegentigjarige zwarte man heeft weten te veranderen in een dikke witte gast die half zo oud is, is die gefrituurde kerel in de Ford niet Wardwell.'

Gimble keek naar de agenten en rechercheurs op de parkeerplaats van het Edward Hotel. Haar ogen schoten heen en weer. 'Begley! Waar ben je?' Ze liep in de richting van de uitgebrande Ford. 'Begley!'

In een groepje FBI'ers dat naast de container bij elkaar hurkte, stak iemand een hand op. Ze liep naar hen toe, met Dobbs achter zich aan.

Begley porde met een pen in een paar verfrommelde servetten die in het gras lagen. 'Hier zit bloed op. Ze liggen hier nog niet lang.'

Gimble kneep haar ogen half dicht. 'Bloed? Denk je dat Kepler gewond is?'

Begley schudde zijn hoofd. 'Of hij moet dood zijn. Er zit ook hersenweefsel op. Ik vermoed dat hij die servetten heeft gebruikt om zichzelf schoon te maken nadat hij Wardwell heeft doodgeschoten.'

'Wardwell is Wardwell niet,' zei Dobbs.

Gimble vertelde wat Sammy Goggans had ontdekt.

Dobbs liep naar de uitgebrande auto, waarbij hij ervoor zorgde dat hij niet in het water stapte dat eromheen lag, en bekeek aandachtig wat er over was van de man op de bijrijdersstoel. 'Kunnen er vingerafdrukken worden genomen?'

'Uitgesloten,' zei Begley. 'Hij is te erg verbrand. Ik kan een gebitsonderzoek laten uitvoeren, maar dan moet er wel een match zijn.' Met een gehandschoende hand stopte hij de servetten in een zakje.

Gimble vroeg aan Dobbs: 'Hoe is zijn identiteit gecheckt voordat hij bij Kepler is toegelaten?'

Dobbs haalde zijn schouders op. 'Rijbewijs, visitekaartje. Moeilijk te zeggen.'

'Visitekaartje,' herhaalde Gimble.

Dobbs begreep wat ze bedoelde. 'Ik denk dat Wilkins het wel heeft. Ik heb hem teruggestuurd naar Teppers appartement om iets te halen.' Hij pakte zijn telefoon en belde zijn partner op de luidspreker.

Na twee keer overgaan nam Wilkins op. 'Het is weg.'

'Hoe kan dat nou?' zei Dobbs.

'Wat is er weg?' vroeg Gimble.

Dobbs opende de foto van de gorzenveer aan het leren koord die eerder die dag in de woning van Tepper was gemaakt en liet hem aan haar en Begley zien.

Gimble fronste haar wenkbrauwen. 'Die was van dat meisje in het bad?'

'Toen we de veren in de vrachtwagen vonden, herinnerde ik me dat ik deze in een sieradenkistje had zien liggen. Ik liet Wilkins teruggaan om het te halen zodat we het konden opslaan als bewijs,' zei Dobbs.

Over de telefoon zei Wilkins: 'Of hij heeft het meegenomen toen we met hem door het appartement liepen, of hij is teruggekomen, maar de veer is absoluut weg.'

'Fuck,' mompelde Gimble.

'Keplers advocaat. Vertel me alsjeblieft dat Keplers advocaat je een visitekaartje heeft gegeven,' zei Dobbs.

'Keplers advocaat heeft me een visitekaartje gegeven.'

'En heb je het nog?'

'Ja, hoezo?'

Gimble begon te ijsberen en knipte met haar vingers.

Dobbs zei: 'Je moet nagaan of er vingerafdrukken op zitten. Philip Wardwell is Philip Wardwell niet.'

'Natuurlijk niet,' gromde Wilkins. 'Wat kan er nog meer fout lopen vandaag?'

Dobbs beëindigde het gesprek.

'We moeten handelen,' zei Gimble. 'Ik denk dat ik de zus laat oppakken.'

Dobbs beet op zijn onderlip. 'Zo'n familie heeft er al een advocaat bij gehaald voordat je de kans hebt gekregen om met haar te praten. Ze gaat haar broer echt niet verlinken.'

'Adoptiebroer.'

'Whatever. Waarom zou ze jou willen spreken? We zullen haar telefoon in de gaten houden, wachten tot hij contact met haar opneemt en hem dan moeten traceren. Dat is de beste aanpak. Ik weet nog steeds niet of je haar wel had moeten bellen.'

Gimble stopte met ijsberen, pakte haar telefoon en belde demonstratief Megan Fitzgerald weer. Toen ze haar voicemail kreeg sprak ze een bericht in en stopte de telefoon in haar broekzak. 'Ik wil haar op de zenuwen werken. Zenuwachtige mensen maken fouten. Zenuwachtig maken, bang maken en dan toeslaan – dat is het plan tot we haar hebben opgepakt.'

Ze draaide zich om en keek naar special agent Vela, die bij de dienstingang van het Edward Hotel tegen een muur leunde en met zijn telefoon in de weer was. Ze begon naar hem toe te lopen, met Dobbs in haar kielzog, en riep al halverwege: 'Hé, Vela! Hoever ben je met dat profiel? Je hebt een halve dag de tijd gehad sinds we weten wie hij is. Je zou me intussen moeten kunnen vertellen wat voor kleur onderbroek hij aanheeft. Ik moet weten waar hij naartoe is gereden!'

Vela stak zijn telefoon naar haar uit. 'Dit moet je lezen.'

'Wat is het?' Ze pakte de telefoon en begon door de tekst te scrollen.

Vela keek Dobbs aan. 'Je zei dat hij geadopteerd was door de familie Fitzgerald. Ik legde het verband pas toen we al die boeken in die garagebox zagen en nadat die luisterboeken in zijn vrachtwagen waren gevonden. Er waren er een paar geschreven door de Fitzgeralds. Hij is geadopteerd door Rosela en Barton Fitzgerald.'

'Allebei zielenknijpers en docenten aan Cornell. Nou en?'

Vela gaf een knikje naar zijn telefoon in Gimbles hand. 'Hij is niet gewoon geadopteerd, hij is bij ze gepláátst. Dat is een kopie van het proces-verbaal van de politie van de laatste avond die hij met zijn moeder heeft doorgebracht.'

Gimble keek even op naar Dobbs en Vela en fluisterde: 'Mijn god, wat afschuwelijk.' Toen richtte ze zich weer op het scherm, en ze ging helemaal op in de tekst.

34

Michael

Het bandje speelde verder, maar omdat dr. Bart en ik allebei niets zeiden, kwam er alleen zacht geruis uit de luidsprekers. Toen dr. Bart weer begon te praten, was hij duidelijk vastbesloten om aan te dringen.

Hij vroeg: 'Schreeuwde je moeder ook toen Max schreeuwde?'

'Mama kon niet schreeuwen.'

'Waarom niet, Michael?'

'Omdat ze sliep.'

Na een nieuwe stilte van zeker tien seconden: 'Wat gebeurde er toen?'

'Er klopte iemand op de deur.'

'Van je kast of van de kamer?'

'Er klopte een man op de voordeur van onze kamer, en Max kwam uit de badkamer om open te doen.'

'Wie was het?'

'Dat kon ik niet zien.'

'Omdat je in de kast zat?'

'Ja.'

'Maar je kon hem wel horen? Wat zei hij?'

'Hij wilde weten of alles goed was. Hij had Max horen schreeuwen. Max zei dat er niets aan de hand was en dat het de televisie was geweest. Ik denk dat de man hem geloofde, want hij ging weg.'

'Wat deed Max toen de man weg was?'

'Hij ging heel lang op het bed zitten.'

'Kon je hem zien?'

'Ik lag op de vloer van de kast. Ik zag zijn schoenen onder de deur door.'

'Wat deed Max toen? Toen hij opstond van het bed?'

'Daar wil ik niet over praten.'

'Het moet, Michael, het is heel belangrijk.'

'Nee.'

'Ging Max toen naar zijn busje? De politie zegt dat hij daar zijn gereedschap in had liggen.'

'Nee! Nee! Nee! Ik wil het niet!'

Opnieuw een stilte.

'Michael.' De zware stem van dr. Bart klonk nu zachter – kalmerend, troostend. 'Ik wil dat je diep ademhaalt.'

Werktuiglijk zette ik het geluid weer harder. Ik hoorde mezelf nauwelijks hoorbaar op de achtergrond ademhalen, snel en onregelmatig, bijna alsof ik hyperventileerde.

'Hier ben je veilig, Michael. Max kan je hier geen pijn doen. Max kan niemand meer pijn doen.'

'Max is dood.'

'Ja, Michael, Max is dood,' zei dr. Bart. 'Haal nog een keer adem, word rustig. Niemand kan je iets doen. Max niet, niemand.'

Er ging een minuut voorbij.

Twee minuten.

Drie.

Het duurde bijna vijf minuten voor dr. Bart weer iets zei. 'Voel je je al wat beter, Michael?'

Geen antwoord.

'Michael?'

'Ik ben niet...'

Er klonk een harde klik toen het einde van het bandje was bereikt en de andere kant werd afgespeeld. Die was leeg, maar ik speelde hem toch helemaal af. Dertig minuten oorverdovende stilte.

Op een gegeven moment drukte mijn voet het gaspedaal dieper in. Het drong tot me door dat ik bijna honderdveertig kilometer per uur reed. Ik remde af toen op een bord aan de rechterkant van de weg voor de eerste keer Needles langsflitste. Ik was er bijna.

35

Dobbs

Nadat Gimble het proces-verbaal had gelezen, liet ze Vela's telefoon langs haar zij zakken. Ze was bleek geworden. 'Wat doet zoiets met een kind?'

'Wat precies?' vroeg Dobbs, terwijl hij naar de telefoon keek.

Vela en Gimble keken elkaar even aan en toen wendde Vela zich tot Dobbs. 'In 1996, toen Kepler nog maar vier was, werd hij gevonden in de kast van een louche motelkamer in de buurt van Dryden, New York. Hij had daar de hele nacht gezeten – niet omdat de kast op slot zat, maar om zich te verstoppen. Aan de andere kant van de deur begon een junk die Maxwell Pullen heette het lichaam van de moeder van de jongen met een ijzerzaag in stukken te zagen. Die deed hij in plastic afdekfolie en hij legde ze naast elkaar op de grond. De rechercheur die het onderzoek leidde zei dat hij van plan was geweest de lichamelijke resten te dumpen nadat hij klaar was, maar dat hij bang werd. Ze vonden een hoge concentratie methamfetamine en alcohol in zijn bloed en het is onmogelijk vast te stellen wat er zijn hoofd omging, maar nadat hij ongeveer de helft van haar lichaam in stukken had gezaagd ging hij op de rand van het bed zitten, stopte de loop van zijn pistool in zijn mond en haalde de trekker over. Niemand heeft het schot gemeld. Een schoonmaakster trof de volgende ochtend alles zo aan en vond Kepler.'

'Jezus.'

Vela ging verder. 'Volgens de lijkschouwer was de moeder om het leven gekomen door verdrinking.'

'Verdrinking?' herhaalde Dobbs.

Gimble gaf hem Vela's telefoon. 'Pagina drie, tweede alinea.'

Dobbs las de tekst. 'Verdronken in het bad. Waarschijnlijk niet per ongeluk. Geen drugs of alcohol in haar lichaam gevonden.'

Vela knikte. 'Maar dit is het maffe: het lichaam was al stijf toen Pullen begon te zagen. Normaal gesproken treedt stijfheid pas een uur of twee na het overlijden in en houdt ongeveer acht tot twaalf uur aan. Volgens de lijkschouwer is ze ergens tussen vier en zeven uur 's avonds gestorven. Op beveiligingsbeelden van het motel is te zien dat Maxwell Pullen iets na één uur 's middags vertrekt en om half zeven terugkomt.'

'Dus hij was niet aanwezig toen de moeder verdronk?' vroeg Dobbs.

Vela schudde zijn hoofd. 'En drie keer raden wie wel.'

'Kepler.'

Gimble knipte weer met haar vingers – zachtjes deze keer. Een tic. 'Als ze is verdronken, welke invloed heeft de temperatuur van het water dan op het tijdstip van overlijden gehad?'

Dobbs zei: 'Ik heb twee jaar geleden een verdrinking in een bad meegemaakt – een moeder in East LA had pillen geslikt, was buiten westen geraakt en ging uiteindelijk kopje-onder. De lijkschouwer maakte een berekening van de watertemperatuur versus de luchttemperatuur en stelde met behulp van beide het tijdstip van overlijden vast. Waarschijnlijk hebben ze zoiets hier ook gedaan.'

'Een kind van vier kan nooit een volwassen vrouw laten verdrinken,' antwoordde Gimble. 'Kan het iemand anders zijn geweest? Iemand die al in de kamer was voor Max Pullen terugkwam?'

Dobbs had zich weer verdiept in het proces-verbaal. 'Er zijn alleen camerabeelden van het kantoor en de parkeerplaats, niet van de kamer. Iedereen kan er naar binnen zijn gegaan en weer naar buiten zijn gekomen.'

Vela nam zijn telefoon over van Dobbs en deed hem in zijn zak. 'Dat verklaart niet wat Pullen heeft gedaan. Als hij haar niet had gedood, waarom probeerde hij dan de sporen te wissen?'

'Misschien was hij radeloos omdat hij haar kwijt was?' vroeg Gimble.

Vela schudde zijn hoofd. 'Het kan zijn dat hij daarom zelfmoord heeft gepleegd, maar het in stukken zagen van het lichaam is een wanhoopsdaad, een poging om iets te verhullen. Zijn handelen wijst ook op wroeging. Waarschijnlijk probeerde hij ook voor iemand anders de sporen te wissen.'

'Voor dat joch bijvoorbeeld?' opperde Dobbs.

Gimble was weer aan het ijsberen. 'Als die jongen haar heeft gedood, en dat is nog maar de vraag, en die Max de sporen wilde wissen, doet dat vermoeden dat hij veel meer betrokken was bij dat gezin dan uit het proces-verbaal blijkt. Dit gaat veel verder dan een verslaafd vriendje dat wel eens blijft pitten bij een moeder een haar zoontje. Dat brengt me weer bij mijn eerste vraag – wat doet zoiets met een kind?'

Vela beet op zijn wang en zei: 'De meeste volwassenen kunnen zich niets herinneren van voor hun vijfde. Kinderen vormen herinneringen en slaan informatie op, maar niet op een efficiënte manier. Ik heb een onderzoek gelezen naar ontwikkeling in de vroege kinderjaren waarbij kinderen werd gevraagd te vertellen wat ze zich herinnerden van vastgelegde gebeurtenissen die plaatsvonden toen zij drie jaar of jonger waren. Tussen hun vijfde en hun zevende konden ze zich ongeveer zestig procent van de gebeurtenissen herinneren. Op hun achtste was dat nog maar veertig procent, en het werd nog minder naarmate ze ouder werden. Bij zo'n traumatische gebeurtenis begint het mentale afweermechanisme de gebeurtenis volledig te verdringen, ongeacht de leeftijd. Het is ook heel goed mogelijk dat elke seconde van die avond permanent in zijn onbewuste of zelfs bewuste herinnering is gegrift, wat betekent dat de gebeurtenissen elke beslissing die hij sindsdien heeft genomen mogelijk hebben beïnvloed, of hij zich daar nu van bewust is of niet.'

'En dat zou kunnen verklaren waarom we Tepper in zijn bad hebben gevonden,' zei Gimble.

Dobbs vroeg aan haar: 'Je zei dat je minstens achttien andere slachtoffers in verband brengt met die veren – zijn er nog meer in een bad gevonden?'

Gimble schudde haar hoofd. 'Niet één. Alyssa Tepper was de eerste.'

Vela's ogen werden groter toen hij besefte waar Dobbs op doelde. 'Hij werd ergens door getriggerd. Iets rakelde alles op.'

'Je zei dat hij na de dood van zijn moeder in dat motel bij de Fitzgeralds werd geplaatst en door zijn adoptievader werd behandeld,' zei Dobbs. 'Barton Fitzgerald is net overleden, aan een aneurysma.'

Gimble hield haar hoofd een beetje schuin. 'Volgens het proces-verbaal zijn Fitzgeralds sessies met Kepler opgenomen en verzegeld door een rechter die Harry Larson heet.'

'Ik heb hem nagetrokken. Larson is een kleine tien jaar geleden met pensioen gegaan. We hebben iemand nodig die zijn vonnis vernietigt. Dat kan wel even duren. We kunnen beter proberen zijn adoptiegegevens in handen te krijgen,' zei Vela.

Gimble stopte met ijsberen. 'We hebben alles nodig, tot het laatste snippertje papier aan toe. En ook alles wat we maar kunnen vinden over zijn echte ouders. Het is allemaal relevant. Zorg dat je een rechter vindt die bereid is ons toestemming te geven alles in te zien.'

Vela beet op zijn lip. 'Rines misschien?'

Dobbs zei: 'Als de dood van de adoptievader een trigger was, dan was Tepper nog maar de eerste. De achttien lichamen die jullie al hebben waren nog maar een opwarmertje voor wat hij nu gaat doen. Dit is het eindspel.'

Gimble draaide zich om naar de uitgebrande Ford en riep: 'Begley, afronden! We verzamelen bij Keplers vrachtwagen!' Tegen Dobbs zei ze: 'Als we willen weten waar hij heen gaat, moeten we zien te achterhalen waar hij is geweest. Jij blijft bij ons tot dit achter de rug is.'

36

Michael

Ik arriveerde als verdoofd in Needles. De troosteloze Mojave-woestijn die voorbijschoot, de rivier de Colorado – ik zag er niets van. Ik luisterde een half uur lang de lege kant van het bandje helemaal af, en toen speelde ik nog een keer de kant af die ik al gehoord had. Ik was met de derde keer bezig toen ik Dunes Road insloeg, nummer 78 vond en eindelijk besefte dat ik mijn bestemming had bereikt.

Ik reed langs de kleine, verwaarloosde stacaravan, keerde aan het einde van de straat om, reed terug en parkeerde tegenover de caravan. Ik pakte het rijbewijs van Roland Eads om te controleren of ik op het juiste adres was.

Onder de half ingezakte carport stond een roestige Mazda. Langs de stoep, die vol scheuren zat, stonden verscheidene plantenbakken vol onkruid. Er was geen gazon, alleen een rotstuintje links van de oprijlaan – daar kwam het witte laagje vandaan dat het beton en de metalen wanden van de caravan bedekte. Aan een vlaggenmast naast de deur wapperde een gerafelde en verkleurde Amerikaanse vlag.

Ik stak een vinger onder de kraag van mijn overhemd en trok de stof van mijn huid.

Een paar uur geleden had ik het fijn gevonden om weer mooie kleren te dragen. Nu zat het overhemd stijf en ongemakkelijk. Het Armani-jasje lag gekreukeld op de vloer van de auto. En ik bleef maar malen over die tennisschoenen in de kofferbak – ik zou ze graag aan willen doen in plaats van de Berluti-instappers die ik nu droeg. Ik herinnerde mezelf eraan naar wie de politie op zoek was, en naar de omschrijving waar ze over beschikten. Daarom had ik deze kleren sowieso aangedaan.

Mijn wegwerptelefoon, die naast me op de bijrijdersstoel lag, begon te trillen. Ik had het grootste deel van de reis geen bereik gehad en had het opgegeven.

'Meg? Waarom bel je met je telefoon? Ik had gezegd dat je eerst een wegwerptelefoon moest kopen!'

'Heb je mijn berichten niet gehoord? De FBI belt me de hele tijd! De FBI! Als ze mijn nummer hebben, kunnen ze mijn gegevens in handen krijgen. En zodra ze jouw nummer hebben, kunnen ze je opsporen.'

'Ho, rustig, Meg.' Ik had alweer spijt van wat ik had gezegd. Ik zag Megans rood aanlopende gezicht helemaal voor me.

'Ik ben opeens weer helemaal zen,' zei ze spottend. 'Wat als ze nu meeluisteren?'

'Daar hebben ze toestemming van de rechter voor nodig, en daar hebben ze nog niet genoeg tijd voor gehad,' legde ik uit.

'Waar heb je die informatie vandaan? Uit Jason Bourne-films zeker. Ik vind dat we geen risico moeten nemen. Na dit gesprek moet je dat ding vernietigen.'

'Hoe moet ik je dan bereiken? Jij hebt ook een nieuwe telefoon nodig,' zei ik tegen haar.

'Ik heb er al een.' Ze gaf me het nummer. 'Heb je het?'

Ik herhaalde het net zo vaak tot ik het uit mijn hoofd kende.

Megan zei: 'Je moet me pas op mijn nieuwe telefoon bellen wanneer je zelf ook een nieuw toestel hebt.'

Ik probeerde van onderwerp te veranderen. 'Wat heb je gevonden in het kantoor van dr. Bart?'

'Jemig man, wat ben je hier slecht in. Luister je wel? We moeten zeker weten dat ze geen van beide nummers hebben.'

'Ja, ik snap het. Helemaal. Wat heb je gevonden?'

Ze vertelde me van de blauwe stippen die op sommige mappen hadden gestaan. 'Zegt een van deze namen je iets – Nicole Milligan, Darcey Haas, Issac Dorrough, Selena Hennis, Cassandra Shatley, Jeffery Longtin of Katrina Nickols?'

'Nee.'

'Niet één?'

Ik dacht dat ik één naam herkende, maar ik wist niet waarvan. Het was slechts een heel vage herinnering.

'Michael?'

'Nee, niet één. Hoezo?'

Megan fluisterde: 'Ze zijn allemaal dood, Michael. Allemaal, op twee na.'

Ik hoorde stemmen achter Megan, en toen een meisje dat lachte en een gast die iets riep. 'Waar ben je?'

'De Starbucks bij de uni.'

Mooi. Weg van het huis. 'Welke twee?' vroeg ik.

'Wil je niet weten hoe ze zijn overleden?'

'Niet nu. Daar hebben we geen tijd voor.'

'Ze lijken stuk voor stuk vermoord te zijn.'

We zwegen allebei even, en toen zei ik: 'Welke twee leven er nog?'
Megan gaf geen antwoord.
'Kom op, Meg.'
'Nicole Milligan en Jeffery Longtin.'
'We moeten ze vinden. Kun jij ze opsporen?'
Megan zweeg weer.
'Meg.'
'Oké, oké.'
Ik keek weer naar de stacaravan. 'Was er ook een dossier van Roland Eads?'
Ze zuchtte. 'Nee. Niets met die naam. Ook niet van Philip Wardwell.'
Ik was ervan overtuigd geweest dat dr. Bart een dossier over Eads zou hebben.
'Michael? Hoe wist je dat Alyssa Tepper een patiënt van dr. Bart was?'
Ik dacht dat ik iets zag bewegen in de stacaravan aan de overkant van de straat.
'Michael? Ben je er nog?'
'Ik zag die veer, Meg. Dat had ik toch gezegd? En het honkbalplaatje.'
'Kende je haar niet? Had je haar nooit eerder ontmoet?'
'Geloof je me niet?'
'Je klonk zo... overtuigd. Je zei dat ik een map zou vinden, en dat was ook zo.'
'Meg, iemand probeert me erin te luizen,' zei ik. 'Iemand die iets te maken heeft met dr. Bart, zijn patiënten, zijn onderzoek. Dit heeft met de donkere kamer te maken. Dat moet wel. Je moet me geloven, Meg. Je bent de enige die me kan helpen.'
'Ik geloof je, Michael.' Haar stem klonk echter heel zwakjes en verraadde precies hoe het zat. Ze wílde me geloven.
We bleven allebei heel lang zwijgen.
Megan was de eerste die de stilte verbrak.
'Wat stond er op dat bandje?'
Ik vertelde het haar.
'Wat heftig.'
'Ja.'
Megan zei: 'Kom naar huis, dan vogelen we samen uit wat er aan de hand is.'
'Ik stuur je een bericht zodra ik een nieuwe telefoon heb. Dan moet je me alles sturen wat je maar kunt vinden over Nicole Milligan en Jeffery Longtin.'
Voor ze kon antwoorden, voor ze kon proberen me over te halen om iets anders te doen, hing ik op.

Ik zette de motor van de Porsche uit en stapte uit. Midden in die verlaten straat strekte ik mijn armen en benen.

In de stacaravan ging een gordijn een klein stukje open en vervolgens weer dicht. Even later werd de voordeur geopend en kwam er een zwaargebouwde vrouw in een wijde bloemetjesjurk naar buiten die fronsend naar me keek. 'Wat doe jij hier in godsnaam? Waar is Roland?'

37

Michael

Waar is Roland?

Ik herkende haar niet – ik wist zeker dat ik haar nooit eerder gezien had.

Kort grijs haar. Ergens midden vijftig. Een donkere, verweerde huid die gerimpeld was door jarenlange verbranding door de zon. Er hing een sigaret in haar mond. Ze keek de straat af voordat ze me aankeek en gebaarde dat ik binnen moest komen. 'Kom als de sodemieter naar binnen.'

Mijn lichaam wilde niet in beweging komen, mijn armen en benen waren helemaal stijf.

Ik weet niet wat ik had gedacht aan te treffen in het huis van Roland Eads, maar dat er iemand anders binnen was, was wel een complicatie.

Een behoorlijke zelfs

De frons op haar voorhoofd verdiepte zich. Ze klemde de sigaret tussen twee vingers, gooide hem op de verkleurde deurmat en trapte hem uit. 'Verdomme, naar binnen jij!' Met opeengeklemde tanden liet ze haar ogen over de straat en haar buren glijden.

Ik sloot de auto af, stak de straat over en stapte door de rook die nog in de lucht hing de caravan in.

Achter me deed ze de dunne deur dicht en draaide hem op slot.

'Jezus man, je bent de hele tijd op het nieuws. Wat een klotezooi. Waar is Roland?'

'Nog in LA,' zei ik. Ik had geen idee waar ze het over had en ik moest improviseren.

'Maar alles is goed met hem, toch? Er is niets gebeurd? Ik maak me zorgen over hem.'

'Het leek hem beter om niet bij elkaar te blijven. Hij zei dat de politie ons samen zou zoeken.' Dat leek het logische antwoord. Waarom zou Roland anders achterblijven nadat hij me bij de LAPD had helpen ontsnappen? 'Hij zei dat we elkaar hier weer zouden ontmoeten. Ik was zeker sneller dan hij.'

Ze deed het gordijn weer een stukje open en keek naar de overkant van de straat. 'Geen wonder met zo'n auto. Kon je niet iets minder opvallends vinden? Is dat een Porsche?'

'Klopt.'

Ze schudde haar hoofd. 'Ik hoop dat hij niet op jouw naam staat. Zó dom zul je toch niet zijn.'

'Hij staat op een andere naam.'

'Je moet 'm zo snel mogelijk dumpen. Je neemt te veel risico met zo'n opvallende bak.' Ze liet het gordijn dichtvallen en draaide zich weer naar me toe. 'Hoe ver zit hij achter je?'

'Weet ik niet.'

Eindelijk verdween haar fronsende blik, en ze zuchtte. 'Heb je trek? Je zult wel uitgehongerd zijn. Wanneer heb je voor het laatst iets gegeten?'

Daar moest ik even over nadenken, en ik realiseerde me dat dat bijna vierentwintig uur geleden was. 'Gisteren,' antwoordde ik.

Alsof hij dat wilde bekrachtigen begon mijn maag te knorren – een zacht, laag gerommel.

De stacaravan was vanbinnen groter dan ik had gedacht, al kon ik het stilstaande afwaswater in de afwasbak in het kleine keukentje ruiken. Een van de wanden van de huiskamer werd in beslag genomen door een reusachtige tv, die veel te groot was voor het kleine vertrek. Er stond een nieuwszender op, maar het geluid stond uit.

De vrouw volgde mijn blik. 'Op de nieuwszenders uit LA gaat het bijna alleen maar over jou. Er is nog niets op de landelijke televisie, maar ik blijf het checken.'

Van een tafeltje bij de keuken pakte ze de afstandsbediening en zette KNBC op, een nieuwszender uit Los Angeles. Naast een verslaggever met een perfect kapsel die ik nooit eerder had gezien verscheen de foto van mijn rijbewijs in beeld. Aan de andere kant zag ik een foto van Roland Eads en mij in de hal van het hoofdbureau van de LAPD. Ik vermoedde dat die laatste foto was genomen met een van de camera's in de buurt van de liften, maar dat wist ik niet zeker.

Ze legde de afstandsbediening op tafel, op een centimeter of dertig van een verchroomd 9mm-pistool; naast het wapen stond een doos munitie. Toen liep ze naar de koelkast en begon daarin te zoeken. Ik heb ham, rosbief en cheddar. Is dat oké?'

'Lekker.'

'Ham of rosbief?'

'Mag het allebei? Ik rammel.'

Ik bleef onafgebroken naar het pistool kijken.

Ze stak weer een sigaret op en haalde toen allerlei spullen uit de koelkast, waaronder een pot mayonaise, en zette alles op het aanrecht. Ze pakte een bord uit een keukenkastje boven haar hoofd, klemde de sigaret in een mondhoek en begon een sandwich klaar te maken. 'Je kunt het geluid wel weer aanzetten als je dat wilt. Ik kreeg genoeg van dat eindeloze gewauwel. Ze weten niet veel.' Op monotone toon dreunde ze op: 'Michael Kepler heeft Alyssa Tepper om het leven gebracht. Michael Kepler is aan de politie van Los Angeles ontkomen met behulp van zijn advocaat. Michael Kepler, Michael Kepler, Michael Kepler.' Ze pauzeerde even om het brood te snijden. 'Ze hebben het opslagbedrijf gevonden. De pers arriveerde volgens mij zo ongeveer toen de plaatselijke bromsnorren er vertrokken.' Ze floot. 'De FBI was er, U.S. Marshals. Roland had al gezegd dat dit groot zou zijn, maar dit had denk ik niemand verwacht.'

Ik pakte de afstandsbediening en zette het geluid aan. De camera zoomde in op Stow 'n' Go. Het beeld was trillerig. Ik zag rechercheur Garrett Dobbs. Hij stond te praten met een knappe vrouw die haar bruine haar in een paardenstaart droeg. Hoewel ze een spijkerbroek en een wit topje aanhad, was ze overduidelijk van de FBI.

'Dat is special agent Jessica Gimble,' zei de vrouw tegen me van achter het aanrecht. 'De verslaggever noemde haar naam een uur geleden. Ik heb haar gegoogeld maar kon niets vinden.' Ze wuifde naar het scherm.

Ik legde de afstandsbediening weer op tafel, dichter bij het pistool dan eerst. Met mijn pink streek ik langs het koude metaal.

Ze kwam vanaf het aanrecht naar me toe en zette een bord voor me neer. Toen liep ze terug naar de koelkast, pakte daar een blikje cola uit en zette het naast het bord. 'Ga zitten en eet smakelijk.'

Ik trok een stoel onder de tafel vandaan en ging zitten. Ik inhaleerde de sandwich meer dan dat ik hem at. Het blikje cola dronk ik met grote slokken leeg.

Ze drukte haar sigarettenpeuk uit in een vieze asbak en staarde me vol ontzag aan. 'Jezus, het lijkt wel of je nog nooit gegeten hebt.'

Mijn blik viel op een stapeltje ongeopende brieven aan de andere kant van de tafel. Rekeningen, reclamepost. Ik hield het lege colablikje omhoog en schudde het heen en weer. 'Zou ik er nog een mogen?'

'Tuurlijk.'

Toen ze ging staan en naar de koelkast liep, wierp ik een snelle blik op de bovenste envelop. Die was geadresseerd aan Erma Eads.

'Erma, heeft Roland je verteld waarom Alyssa Tepper moest sterven?'

Mijn ogen gleden over het pistool op de tafel maar ik dwong mezelf om weer naar haar te kijken.

Ze trok het lipje met een bevredigend sissend geluid van het blikje en zette dat voor me neer. Ook zij keek even naar het pistool. 'Roland heeft me daar niet veel over verteld,' zei ze. 'Alleen dat het moest gebeuren. Dat er geen andere manier was om dit tot een goed einde te brengen.'

Ik nam een slok cola. 'Eet jij niks?'

Haar ogen flitsten weer naar het wapen en ze glimlachte. 'Ik wacht op Roland.'

Op de televisie was de verslaggever bezig te vertellen hoe ik uit het hoofdbureau was ontsnapt toen hij abrupt ophield met praten. Vanuit mijn ooghoek zag ik hem een vinger tegen zijn linkeroor drukken, ongetwijfeld om naar een stem in zijn oortje te luisteren. Toen hij weer in de camera keek, keek hij ernstig. 'We hebben melding gekregen van een autobrand eerder op de dag bij de vismarkt, en we gaan daar nu live naartoe – zo te horen zou er een verband kunnen bestaan.'

Het scherm flikkerde en de parkeerplaats achter het voormalige Edward Hotel verscheen in beeld. De camera was op een roodharige verslaggeefster gericht die de kraag van haar blouse rechttrok terwijl ze buiten beeld met iemand sprak. Toen het tot haar doordrong dat ze live in de uitzending was, liet ze haar hand zakken en staarde ze in de camera.

Ik hoorde niet wat ze zei omdat ik me volledig concentreerde op de smeulende resten van de auto die achter haar stond.

De auto van Roland Eads.

Toen de verslaggeefster zei dat het slachtoffer op de passagiersstoel met een schot door het hoofd was geëxecuteerd, doken Erma Eads en ik naar het pistool dat midden op de tafel lag, en de afstandsbediening vloog door de lucht.

38

Michael

De afstandsbediening vloog van de rand van de tafel, stuiterde over de linoleumvloer en kwam op een meter van Erma Eads met een klap tot stilstand tegen het laminaatkastje. Ze stormde met haar logge lijf door de kamer, met een snelheid die onmogelijk leek voor iemand die zo groot en oud was als zij. Haar vingers streken langs het wapen, maar ze naderde het vanuit een ongelukkige positie en in plaats van het koude staal vast te pakken liet ze het alleen maar ronddraaien.

Ik stond snel op, waarbij de houten stoel krakend op de grond viel, en dook op het pistool af. Als het niet had rondgedraaid zou ik hebben misgetast, maar nu sloeg de kolf tegen mijn hand en kon ik het met meer geluk dan wijsheid oppakken.

Dat hield Erma Eads niet tegen. Met een dierlijke kreet trok ze zich aan de rand van de tafel overeind. Mijn sandwiches met rosbief, haar asbak en het colablikje vlogen door de lucht. De tafel helde in mijn richting en zij buitelde erachteraan. Een kleine honderd kilo aan vet en botten viel op het keurmeubel van Ikea en ze ramde samen met de tafel tegen me aan. Ik liep wankelend naar achteren, struikelde over een bijzettafeltje en viel naast de bank op de grond.

Erma kwam als eerste overeind en stormde half struikelend weer op me af. Ze stortte zich op me, en toen haar schouder tegen mijn borstkas ramde hoorde ik een vreselijk gekraak.

De lucht werd uit mijn longen geperst en ik was ervan overtuigd dat ze een paar van mijn ribben had gebroken, toen ik me realiseerde dat het geluid veroorzaakt was door het bijzettafeltje, dat nu in stukken onder haar vlezige dij lag.

Op de een of andere manier wist ik het pistool stevig vast te pakken. Ik haalde uit en ramde de kolf van het pistool met een bevredigende smak tegen de zijkant van haar hoofd. Dat vertraagde haar maar heel even. Ze klauwde naar mijn arm met haar vingernagels, die zich net boven mijn pols in mijn huid boorden, terwijl het speeksel van haar lippen vloog en ze gromde als een dolle hond.

Ik bracht mijn knie omhoog en sloeg haar tegelijkertijd hard in haar nier.

Ik bleef op haar inbeuken, kracht puttend uit haar gekreun, en uiteindelijk nam het wilde gezwaai met haar armen af tot ongecoördineerde, zwakke uithalen omdat ze geen kracht meer had.

Ik wist me onder haar uit te wurmen voor ze weer naar me kon uithalen en kwam wankelend overeind. Ik hief het pistool en richtte de loop op haar grauwende en naar adem happende gezicht. 'Genoeg!'

'Wat heb je met mijn Roland gedaan?' gilde ze, terwijl ze in haar wijde bloemetjesjurk languit op de grond lag.

Ik draaide mijn hand om mijn pols beter te kunnen zien. Mijn arm bloedde, maar de schrammen waren niet diep.

'Je hebt mijn broer vermoord!' riep ze.

'Dat heb ik niet gedaan!'

Op het scherm was de roodharige verslaggeefster nog steeds aan het woord. 'Het voertuig achter me, een Ford Escort uit 1992, voldoet aan de beschrijving van het voertuig waarmee Michael Kepler eerder vandaag is ontsnapt uit het hoofdbureau van de LAPD met behulp van een man die zich voordeed als zijn advocaat. Op dit moment weten we niet of het lichaam in de auto van Kepler, diens advocaat of iemand anders is. We hebben begrepen dat de persoon in het hoofd is geschoten voordat het voertuig met benzine is overgoten en in brand is gestoken. Er is een vuurwapen gevonden bij de auto, maar de politie wil niet bevestigen of dat het moordwapen is.' Ze keek in de camera en zei ernstig: 'Eén ding is zeker, Brett: er is een moordenaar ontsnapt. Inwoners van Los Angeles en omgeving wordt op het hart gedrukt voorzichtig en alert te zijn tot de politie hem weer heeft opgepakt.'

'Je moet me geloven, Erma,' zei ik. 'Ik heb hem geen haar gekrenkt. Ik zou hem nooit neerschieten en ik heb zijn auto niet in brand gestoken. Waarom zou ik dat doen?'

Ze kneep haar ogen tot spleetjes en keek van de televisie naar mij. 'Jij bent het, hè?'

'Wie?'

'Niemand noemt mij Erma.'

'Ik snap je niet. Waar heb je het over?'

Ze keek me kwaad aan terwijl ze daar zo op de grond lag. 'Iedereen die ik ken noemt me Bunny. Niemand zegt Erma. Jij bent het, dat weet ik gewoon. Roland zei het tegen me, maar ik geloofde hem niet. Totaal gestoord.'

'Waar héb je het over?'

'Schiet me maar neer, ik vertel je helemaal niets.'

'Ik wil je geen kwaad doen.'

Ze lachte schamper en knikte naar de televisie. 'Dat zei je zeker ook tegen hem.'

'Sta op.'

'Nee.'

We staarden elkaar een tijdje aan en wendden geen van beiden onze blik af. Toen liep ik de kleine kamer door naar de lamp op de grond, trok de stekker uit het stopcontact en rukte het snoer uit de lamp. Daarna deed ik hetzelfde met een andere lamp. Met een van de snoeren bond ik haar handen achter haar rug en met het andere bond ik haar benen vast. Ik pakte de aansteker die naast een pakje Marlboro op de koffietafel lag en verhitte daarmee het plastic om het snoer bij de knopen.

'Je brandt me!'

'Nee, dat ik doe ik niet. Kronkel niet zo.'

Toen het plastic was afgekoeld, waren de knopen in het snoer met elkaar versmolten. Je kon ze nu alleen nog losmaken door ze door te snijden. Ik hielp haar om op de bank te gaan zitten.

Toen duwde ik de loop tegen haar wang. 'Vertel me wat er aan de hand is.'

'Schiet me maar neer.' Nadat ze dat had gezegd klemde ze haar lippen op elkaar en wendde ze haar hoofd van me af. Ze deed me denken aan een kind dat niet wil eten.

'Welke kamer is van Roland?'

Ze keek me alleen maar boos aan.

'Heeft hij Alyssa Tepper vermoord?'

Dat leek haar even in verwarring te brengen, maar ze bleef zwijgen.

Ik liep naar de slaapkamer aan mijn linkerhand.

Ik had vijftig procent kans.

Het was de kamer van Erma.

Of van Bunny, of hoe ze ook maar heette.

Ik gooide alles overhoop. Ik rukte lades open en leegde de inhoud op de grond. Trok alle kledingstukken uit de kast en draaide het matras en de boxspring om. Er hingen diverse foto's aan de wanden – van Erma op jongere leeftijd – en ook die rukte ik los. Ik handelde meer uit blinde woede dan dat ik systematisch te werk ging, en elke destructieve handeling maakte mijn woede en verwarring iets minder groot.

Na twintig minuten zoeken had ik niets van belang gevonden in haar kamer. Ik stormde naar de slaapkamer aan de andere kant van de stacaravan en onderweg stapte ik over Erma heen, die weer op de grond had weten te rollen maar geen steek verder was gekomen met het loskrijgen van de snoeren.

'Dit zou niet nodig zijn als je me gewoon vertelde wat er aan de hand was, Erma,' zei ik vanuit de deuropening van de tweede slaapkamer. 'Je woont hier echt mooi. Ik vind het niet leuk om dit te doen.'

De tweede slaapkamer was een kopie van de eerste. In een van de hoeken stond een onopgemaakt tweepersoonsbed. De oorspronkelijk witte lakens waren vergeeld. In het raamkozijn ronkte een kleine airconditioner, maar toch rook het er naar zweet en was het er bedompt.

Ik wreef over mijn slapen. Ik wist niet wanneer de hoofdpijn was begonnen, maar de doffe, zeurende pijn achter mijn ogen was zo sterk toegenomen dat ik hem niet meer kon negeren.

'Heb je paracetamol, Erma?'

Toen ze geen antwoord gaf, liep ik naar de kleine badkamer. 'Maakt niet uit, ik kijk zelf wel.'

Ik doorzocht het medicijnkastje boven de wastafel en vond geen paracetamol, maar wel een flesje migrainepillen. Ik haalde er twee uit het flesje en wilde het al terugzetten toen ik me bedacht en het in mijn zak stopte. Als een soort vergeldingsactie werd de pijn achter mijn ogen erger en begonnen mijn oren te suizen.

Ik probeerde het te negeren en wachtte tot het medicijn ging werken.

Ondertussen ging ik terug naar Rolands kamer en stapte er naar binnen.

39

SCHRIFTELIJKE VERKLARING, MEGAN FITZGERALD

Opnieuw verzocht ik de Uber-chauffeur me af te zetten aan het begin van onze oprijlaan in plaats van bij het huis. De zon was al bijna een uur onder en het laatste waar ik behoefte aan had, was dat dr. Rose of mevrouw Neace het licht van de koplampen aan zag komen.

Ik rende zigzaggend de tuin door, met mijn rugzak onder mijn rechterarm, om alle lampen met bewegingssensoren te vermijden, behalve de laatste, die boven de deur van de bijkeuken hing.

Binnen was het donker, en daar veranderde ik niets aan. Ik deed mijn schoenen uit en liep op de tast de trap aan de achterkant van het huis op en de gang door. Ik glipte mijn kamer in en deed zachtjes de deur dicht. De scharnieren piepten even toen hij bijna dicht was en ik kromp in elkaar.

Toen ik het licht aanknipte, zag ik dr. Rose op de rand van mijn bed zitten.

'Shit!' Ik liet mijn rugzak vallen en sloeg een hand voor mijn mond.

Dr. Rose staarde me met samengeperste lippen en met die staalgrijze ogen van haar aan. Haar handen lagen naast haar en haar vingertoppen priemden in mijn dekbed.

'Ik schrik me dood!'

Dr. Rose likte aan haar lippen. 'We hadden drie uur geleden een afspraak. Waar ben je geweest?'

'In de bibliotheek, om te studeren.'

'Ik heb de beveiliging van de universiteit gebeld en gevraagd of ze in de bibliotheek wilden kijken. Vier keer. Je was er niet.' Ze stond op van het bed. 'Waar zat je?'

'Ik... ik was er niet de hele tijd. Ik ben naar de Starbucks geweest om wat te eten en koffie te halen. Meer niet. Ik was waarschijnlijk net weg toen ze kwamen kijken.'

Dr. Rose keek me dreigend aan.

'Echt, verder ben ik nergens geweest. Waar had ik heen moeten gaan?'

'Waarom nam je niet op?'

Ik had mijn telefoon uitgezet nadat ik Michael had gesproken. Die FBI-agent was blijven bellen, en ik wilde niet dat ze me kon opsporen. 'De batterij was leeg.'

'Laat zien.'

'Serieus?'

'Ik vraag het niet nog een keer.'

Ik haalde de telefoon uit het voorvakje van mijn rugzak en gaf hem aan haar.

Dr. Rose keek even op het lege scherm en zette hem toen aan. 'Je hebt nog vijftig procent. Waarom stond hij uit?'

'Echt? Hij ging uit, uren geleden al.'

'Ik ben niet gek, Megan. Doe niet zo neerbuigend. Dat is onbehoorlijk.'

'Ik wilde niet...'

'Wat is je pincode?'

'U hebt het recht niet...'

Ze keek me dreigend aan. 'Wat is je pincode?'

Ik gaf hem.

Dr. Rose toetste het nummer in en opende een paar appjes.

'Wat doet u?'

Zonder op te kijken zei ze: 'Ik bekijk je logboek, je sms'jes en appjes, je foto's en alles wat ik maar wens te bekijken.' Ze gooide haar sleutels naar me toe. 'Ga naar mijn kantoor en wacht daar op me.'

Ik voelde dat ik rood werd. Ik klemde de sleutels zo stevig vast dat mijn hand begon te bloeden en stormde de trap af.

Ik had geen idee wat Michael van plan was, Jessica. Anders had ik wel geprobeerd hem tegen te houden. Dat zweer ik.

40

Michael

Net als de kamer van Erma had die van Roland twee ramen. Hij had ze allebei afgedekt met krantenpapier, dat slordig op het glas was geplakt – niet genoeg om het zonlicht helemaal tegen te houden maar wel om de kamer kleiner te laten lijken, claustrofobisch zelfs. Een melkkrat naast het bed fungeerde als nachtkastje. Verder stonden er geen meubels.

Ik stapte over de vieze kleren heen, liep naar het melkkrat en deed zijn lamp aan. De kale gloeilamp verdreef de schaduwen.

Aan de achterkant van de slaapkamerdeur hing een lege kledinghoes van het Roselli-filiaal in het centrum van LA; ongetwijfeld had daar het pak in gezeten dat Roland vandaag had gedragen. Op een paar vieze T-shirts en een verkleurde spijkerbroek die op de grond lagen, stond een paar oude tennisschoenen.

Naast de lamp op het provisorische nachtkastje stonden een oude wekker, een vies glas met water dat bedekt was met een laagje stof, en een paar medicijnflesjes, onder meer met slaappillen en mirtazapine, een antidepressivum. Alle medicijnen waren voorgeschreven aan Roland Eads.

Terwijl ik met mijn linkerhand de lamp optilde, schopte ik met mijn rechtervoet het melkkrat opzij. Het rolde een paar keer door de kamer voor het aan de andere kant stil kwam te liggen. De medicijnflesjes, de wekker en het glas vlogen alle kanten op.

Hij had niets onder het krat verstopt.

Ik zette de lamp op de grond, duwde mijn beide handen onder het matras en gooide dat ook opzij. Daarna keerde ik de boxspring om. Niets.

Systematisch zocht ik de kamer af. Ik schopte de armoedige, vieze kleding opzij en bladerde alle boeken en tijdschriften tot de laatste pagina door.

Mijn hoofdpijn werd erger, en de zeurende pijn achter mijn linkeroogbal werd steeds heviger. Het voelde alsof iemand erin kneep.

Ik nam nog een migrainepil.

Toen liep ik naar de kast en deed de deur open.

Op de vloer zag ik een bowlingbal en meerdere schoenen, waaronder een paar oude wandelschoenen. Er lagen ook een paar gevallen hangers. Ik voelde in de gaten van de bowlingbal voordat ik hem tegen de slaapkamerwand smeet. Ik stak zelfs mijn handen in alle stinkende schoenen om te zien of hij daar iets in had verstopt, hoe klein die kans ook was.

Ik vond niets.

Ik gooide de schoenen achter me, en elke keer wanneer er een met een dreun tegen de verste wand sloeg gaf dat me een klein beetje voldoening.

Op de bovenste kastplank lagen alleen een paar spijkerbroeken en een laag stof.

Mijn hoofdpijn werd erger.

Volgens mij kreunde ik terwijl ik de kleren aan de hangers begon te doorzoeken. Als dat zo was, kon ik het niet horen omdat het gebulder in mijn oren te luid was. Als ik een kledingstuk had doorzocht rukte ik het van de hanger en smeet ik het achter me op de grond, en vervolgens ging ik verder – diverse overhemden, versleten broeken, een...

Ik stopte en staarde.

Het waren er drie.

Ik haalde ze van de hangers en stormde weer de woonkamer in.

Erma 'Bunny' Eads lag op haar zij, kronkelend als een vis op het droge. Ze probeerde nog steeds de snoeren om haar handen en voeten los te krijgen maar werkte zich alleen maar in het zweet. Ze keek naar me op toen ik binnenkwam, met haar haren tegen haar voorhoofd geplakt.

Ik gooide alle drie de overhemden naast haar op de grond.

Ik zette de keukentafel weer overeind, pakte een stoel en plofte erop neer. Vervolgens haalde ik het flesje migrainepillen uit mijn zak, draaide het deksel open en slikte er nog eens twee.

De hoofdpijn was vreselijk.

Ik zette mijn ellebogen op de tafel, nam mijn hoofd in mijn handen en wreef over mijn slapen.

Fuck, het deed echt pijn.

Op alle drie de overhemden die om Erma Eads heen op de grond lagen, stond dezelfde tekst geborduurd:

PERSONEEL WINDHAM HALL

ROLAND EADS

Windham Hall was het weeshuis waar ik korte tijd had verbleven voor ik bij de Fitzgeralds was gaan wonen. Megan woonde daar ook toen ze werd geadopteerd. Dr. Rose en dr. Bart zaten allebei in het bestuur.

'Wat heeft Roland met Windham Hall te maken?' Ik sprak de woorden zacht uit, maar bij elke lettergreep had ik het gevoel alsof de punt van een roestig vismes diep in mijn hoofd werd gestoken.

Bunny Eads glimlachte spottend; haar ogen vernauwden zich en ze schudde langzaam haar hoofd.

Ik sloot mijn ogen en zoog lauwe lucht naar binnen. 'Godver Erma, doe nou niet zo moeilijk. Dat loopt niet goed voor je af.'

Ze likte bloed van haar gescheurde lip. 'Val dood.'

Ik was niet trots op wat ik vervolgens deed.

41

Dobbs

Dobbs begon door te krijgen dat wanneer special agent Jessica Gimble met een probleem geconfronteerd werd, ze zich terugtrok in haar eigen wereld, knippend met haar vingers begon te ijsberen en zo nu en dan een bevel blafte, terwijl ze een oplossing probeerde te bedenken.

Hij stond onder een tent op de parkeerplaats van Nadler Distribution te luisteren naar Sammy Goggans. Dobbs probeerde niet naar Gimble te kijken, maar terwijl Sammy zijn verhaal opdreunde bleef hij steelse blikken op haar werpen terwijl ze om Keplers vrachtwagen heen liep, langs het lint dat de LAPD rondom het voertuig had aangebracht. Aan haar figuur, de manier waarop ze liep, haar spieren en haar fitheid kon hij zien dat ze aan hardlopen deed. Haar witte topje en haar jeans zaten strak om haar lijf en ze scheen helemaal geen last te hebben van het laagje zweet dat al haar activiteit veroorzaakte; haar wangen, voorhoofd en armen glommen in de ondergaande Californische zon.

Sammy pauzeerde even en plugde de kleine zwarte doos die hij uit de vrachtwagen had gehaald in de USB-poort van zijn MacBook. 'Deze is gemaakt door een bedrijf dat Trux Data heet,' zei hij. 'In tegenstelling tot de bedrade modellen is deze bedoeld voor mobiel gebruik. Je hebt alleen een voedingsaansluiting nodig, de voertuiginformatie wordt binnengehaald via de ODBC-poort en je kunt alles opnemen.'

'Mijn mensen hebben dit allemaal nagetrokken,' zei Dobbs.

Sammy knikte naar Gimble. 'Als zij zou merken dat ik op anderen had vertrouwd terwijl ik zelf toegang had tot de data, zou ik op mijn donder krijgen.'

Dobbs keek weer even naar Gimble. Ze liep nu zo snel dat ze bijna rende. Hij kon niet meer bijhouden hoe vaak ze al om de vrachtwagen heen was gelopen.

Sammy zuchtte. 'Ja, ze is single. En ja, ze is knap. Ze heeft een hartstochtelijke relatie met haar werk. We vermoeden dat ze ergens familie heeft, al zou het mij niet verbazen als ik hoorde dat ze was grootgebracht in een lab. Het enige wat ik zeker weet is dat ze ergens in de omgeving van Charleston is opgegroeid, aan een particuliere topuniversiteit heeft gestudeerd en rechtstreeks naar de FBI-academie in Quantico is gegaan.'

Sammy ging zachter praten toen hij zei: 'Ze heeft het nooit over haar privéleven, en we zijn er al lang geleden achter gekomen dat we daar ook niet naar moeten vragen. Er wordt gespeculeerd dat ze het vroeger zwaar heeft gehad en los heeft weten te breken. Ze is gevlucht en heeft nooit meer omgekeken.'

Dobbs wierp weer een blik op haar.

Sammy schudde zijn hoofd. 'Ze zet alles op alles om zich aan niemand te hechten. Volgens mij leeft ze uit een rugzak. Ruk je lekker op haar af en vergeet haar verder.' Sammy's MacBook piepte en hij keek weer op het scherm. 'Aha, kijk eens aan.'

'Wat heb je?'

'Ik combineer data,' zei hij terwijl er een kaart van de Verenigde Staten op het scherm zichtbaar werd waarop een rode streep van Los Angeles naar New York liep. 'Dit is Keplers recentste rit, precies zoals hij heeft gezegd. Als ik dit doe' – hij tikte een paar toetsen in en er verschenen tientallen rode strepen, die elkaar deels overlapten – 'worden alle ritten zichtbaar die hij heeft gemaakt sinds hij bij Nadler werkt.'

Dobbs boog zich dichter naar de laptop toe. Hoewel Kepler steeds dezelfde drie of vier routes leek te volgen wanneer hij het land door moest, week hij op kortere reizen naar het noorden of het zuiden vaak af. 'Die alternatieve routes...'

'Wacht even,' zei Sammy terwijl zijn vingers over het toetsenbord vlogen.

Er verschenen een stuk of twintig rode stippen op het scherm, die zijn vaste routes weergaven, maar ook de alternatieve.

'Hebbes,' zei Sammy.

'Zijn dat de moorden?'

'Elke stip staat voor een moord waar een veer is gevonden.' Sammy keek over zijn schouder en riep: 'Gimble! Kom eens kijken?'

Dobbs fronste zijn wenkbrauwen. 'Ik snap het niet. Hij wist dat zijn gpsgegevens werden opgeslagen.'

Special agent Vela kwam achter hen staan en zette een stapel dozen met luisterboeken en paperbacks vol ezelsoren op de tafel. Hij had gehoord wat Dobbs zei. 'De meeste massamoordenaars weten dat ze vroeg of laat gepakt zullen worden. Het is net als met die veren – Kepler wil dat we hem te pakken krijgen, maar wel onder zijn voorwaarden. Hij weet dat hij waarschijnlijk de doodstraf krijgt als we hem eenmaal in handen hebben. Hiermee stelt hij zijn nalatenschap veilig. Hij wil er zeker van zijn dat de moorden aan hem worden toegeschreven.'

Gimble kwam aanlopen. Ze boog zich over de laptop en deed haar rechtervoet achter haar rug omhoog om haar been te strekken. Toen ze begreep wat ze zag, knikte ze. 'Hij is het. Dat zijn niet zomaar wat kruimels. Hij is voor elke moord lang genoeg van zijn route afgeweken om die gepleegd te kunnen hebben en daarna weer door te rijden.'

'Is dat een glimlach?'

'Ik glimlach niet.' Ze keek even naar Vela. 'Het profiel moet geüpdatet worden. Gisteren nog. Hoever ben je ermee?'

'Rines geeft ons geen toestemming de adoptie- en behandelingsgegevens van Kepler in te zien. Hij zegt dat hij er opnieuw naar zal kijken wanneer we kunnen aantonen dat we ze nodig hebben om hem op te sporen. Hij denkt dat we hem met de traditionele middelen te pakken kunnen krijgen en dat het niet nodig is de vertrouwelijkheid te schenden.'

Meteen zei Gimble: 'Werk samen met Sammy. Zorg ervoor dat Rines kopieën van deze gegevens krijgt. Vertel hem van het DNA. Zet hem onder druk, en flink ook. Kepler is onze man. Dat moeten we die vent duidelijk zien te maken.'

Vela wierp haar een gefrustreerde blik toe en knikte toen. 'Komt voor elkaar.'

Gimble knipte met haar vingers. 'En dat weeshuis, Windham Hall? Die uniformen. Zouden zij gegevens hebben?'

'Ik heb de directeur,' – hij keek even in zijn aantekeningen – 'ene Lawrence Patchen, twee keer gebeld en bij hem ingesproken. Ik heb nog niets van hem gehoord.'

'Twee keer? Maak daar maar tien keer van. Als het moet, stuur je iemand van het FBI-kantoor in...'

'Lansing, New York,' zei Vela.

Gimble dacht even na. 'Het kantoor in Ithaca is denk ik dichterbij. Vraag naar Paul Grimsley, die heeft daar de leiding.'

Vela knikte. 'Oké.'

Dobbs telefoon ging over. Hij keek op het scherm, nam op en zette hem op de luidspreker. 'Wilkins, is de advocaat al geïdentificeerd?'

Wilkins zei: 'Ik krijg het net binnen. Zijn echte naam is... was... Roland Eads. Ik heb een adres: Dunes Road 87 in Needles, Californië. Hij is een paar keer veroordeeld wegens inbraak. Heeft ongeveer tien jaar geleden een half jaar vastgezeten voor identiteitsdiefstal. Niets recents. We hebben ook bevestiging dat het wapen dat in de auto is gevonden de Glock van Sillman is die hij in de verhoorkamer heeft gegapt. Maar de kogel waarmee hij is doodgeschoten kunnen we niet vinden, verdomme.'

'Waar ligt Needles?' vroeg Begley.

'O shit.'

Dat werd gezegd door Sammy Goggans, die fronsend op zijn MacBook keek. Hij had het adres ingetikt op Google. De eerste treffer was een nieuwsartikel met de kop: MOGELIJKE MOORD, gevolgd door het adres en een foto van een vervallen stacaravan. Het was een artikel van een uur geleden.

'Needles ligt hier ongeveer vier uur rijden vandaan,' zei Sammy. 'Aan de grens met Nevada.'

Gimble pakte haar eigen telefoon en begon te bellen. 'Ik regel de helikopter. Dobbs en Begley, jullie gaan met mij mee. Vela en Sammy, waarschuw Garrison en de marshals en laat hem weten dat we misschien weten waar Kepler is. Neem contact op met de plaatselijke politie, stel ze op de hoogte en kom dan zelf ook naar Needles. Maak ze duidelijk dat wij het overnemen. Zorg ervoor dat ze mijn plaats delict niet vertrappen. Geef me de naam door van de persoon die daar de leiding heeft zodra je die weet.'

Ze was al halverwege haar SUV voordat ze de laatste zin had uitgesproken.

42

Dr. Rose

Toen dr. Rose bij haar kantoor kwam, zag ze dat de deur openstond.

Megan was nergens te bekennen.

Ze hield de telefoon van het meisje nog steeds in haar hand en had veel zin om hem kapot te smijten toen ze de lege kamer zag.

Alle drie de lades van haar archiefkast, die altijd op slot zat, waren open.

Ze liep snel naar binnen en zag dat haar bureaulades ook openstonden. De agenda op haar bureau was opengeslagen bij de verkeerde datum en de enveloppen en papieren die in haar brievenbakje hadden gelegen, slingerden overal rond. De prullenbak was omgekeerd en de inhoud van de papierversnipperaar lag verspreid over de grond.

'Godverdomme, kleine teef,' mompelde ze.

Ze liep naar de archiefkast maar wist al wat ze zou aantreffen. Toch werd haar gezicht rood toen ze de meerdere lege plekken zag.

'Megan! Waar ben je?' riep ze.

Natuurlijk kwam er geen antwoord. Dr. Rose kon voelen dat er niemand in het huis was. Ze wist dat het meisje was verdwenen. Eén blik uit het raam bevestigde dat – Megan was ervandoor met haar Mercedes.

Verdomme, ik heb haar de sleutels gegeven. Van mijn kantoor en van mijn auto.

Serpent.

Ze ging achter haar bureau zitten, pakte haar telefoon en drukte sneltoets 3 in.

Hij nam na vier keer overgaan op. 'Ja?'

Dr. Rose zuchtte. 'We hebben een probleem.'

'Wat dan?'

'Megan is weg.'

Lawrence Patchen zei niets.

'Ze heeft Keplers dossiers. En de andere ook. Ze is in mijn kantoor geweest en is ervandoor met mijn auto.'

'Geef hem op als gestolen bij de politie.'

'Dan trekken we alleen maar meer aandacht, daar zitten we niet op te wachten.'

‘Dat is beter dan dat ze ontsnapt.’

Dr. Rose zei: ‘En als ze de dossiers in de auto vinden, wat dan?’

‘Wat weet ze?’

‘Niets.’

‘Maar ze heeft die dossiers meegenomen, dus ze weet duidelijk íéts,’ zei Patchen. ‘Gaat ze naar hem toe?’

‘Waarschijnlijk wel.’

Hij zweeg even en zei toen: ‘Dit experiment is afgelopen.’

‘Ik ben nog niet bereid om het op te geven.’

‘Ik vraag je niet om je mening, ik deel een feit mee.’

‘Barton wilde…’

‘Barton is dood,’ viel Patchen haar in de rede. ‘Spoor dat meisje op, ik regel de rest.’

‘Wat ga je doen?’

‘Neem geen contact meer met me op. Ik zie je op de begrafenis.’

‘Ik kom naar je toe,’ zei Rose. ‘We moeten praten. Niet over de telefoon. Persoonlijk.’

‘Ik wil je hier niet in de buurt hebben. Niet nu.’

‘Je kunt niet…’

De verbinding werd verbroken.

Ze stond op het punt om hem terug te bellen toen de telefoon in haar andere hand, die van Megan, begon over te gaan. Het was een nummer uit Los Angeles.

Michael?

Ze nam op. ‘Hallo?’

‘Spreek ik met Megan Fitzgerald?’

Ze hoorde het geluid van een helikopter op de achtergrond. ‘Met wie spreek ik?’

‘Special agent Jessica Gimble van de FBI. Is dit Megan?’

Dr. Rose hing op.

Toen de telefoon weer ging, weigerde ze de oproep. Ze moest zich tot het uiterste beheersen om de telefoon niet op de grond te laten vallen en onder haar schoen te vertrappen.

43

Patchen

Vijftien kilometer verderop, in zijn kantoor in Windham Hall, hing Lawrence Patchen op en keek naar de man die aan de andere kant van het bureau zat. 'Het is erger dan ik dacht. De boel zal snel instorten nu Barton er niet meer is.'

De man dacht daar zwijgend over na. Zijn donkere ogen verraadden niets.

Patchen had altijd bewondering voor mannen met een echte pokerface. Emoties, onwillekeurige gebaren, de manier waarop iemand ademhaalde of met de ogen knipperde, waar hij zijn armen of benen plaatste – al die dingen konden meer aan het licht brengen dan een heel gesprek. In de jaren dat hij met kinderen te maken had gehad, had Patchen geleerd om nooit naar ze te luisteren. Hun verbale antwoorden op zijn vragen hadden geen enkele waarde. Het onuitgesprokene maakte hem duidelijk wat hij wilde weten. De meesten hadden al lang voordat ze hier arriveerden leren liegen – kinderen konden onvoorstelbaar bedreven zijn in het verzinnen van leugens – maar ze leerden zelden de aanwijzingen dat ze logen verborgen te houden. Bij de meeste kinderen was één blik voldoende om te zien hoe de vork in de steel zat. Ze zaten vol aanwijzingen. Allemaal. Patchen vond dat hij een goede pokerface had, maar deze man overtrof hem. 'Ik neem aan dat je aanbod om schoon schip te maken nog altijd geldt?'

'Als dat niet zo was, zou ik hier niet zijn,' zei de man.

Patchen gaf hem een map waarin een paar foto's van Kepler zaten.

De man bekeek ze even en schoof de map weer terug. 'Die heb ik niet nodig. Hij is voortdurend op het nieuws. Ik weet wie hij is.' Deze man was lang en slungelig en had asblond haar, dat een beetje in de war zat en ongeveer een maand eerder geknipt was. Hij droeg een groen jasje, ook al was het daar eigenlijk te warm voor. Onder zijn linkerschouder zag Patchen een kleine bobbel – ongetwijfeld een of ander wapen. Op zijn linkerhand zat een rafelig litteken van een paar centimeter lang. Patchen probeerde er niet naar te kijken.

'Compliceert dat de zaak? Dat Kepler momenteel zo veel in het nieuws is?'

'Nope.'

Lawrence Patchen knikte en haalde zijn portemonnee tevoorschijn. Hij zocht tussen de foto's in het achterste vakje, haalde er een uit en schoof die over het bureau. 'Deze ook. Ze is mijn peetdochter en is waarschijnlijk bij hem.'

Hij staarde een paar seconden naar de foto en stopte hem toen in een zak van zijn jasje. 'Verder nog iemand?'

'Misschien nog één. Een vrouw, Bartons echtgenote. Daar ben ik nog niet over uit.'

'Als je het niet zeker weet moet je haar niet noemen.'

Patchen knikte. Hij overwoog de foto van Megan terug te vragen, maar besloot dat niet te doen. In plaats daarvan haalde hij een leren tas onder zijn bureau vandaan en zette die voor de man neer. 'Dit is alles wat ik heb.'

Zonder de tas te openen zei de man: 'Het zijn er nu twee, wat betekent dat dit slechts de helft is van wat ik verwacht te krijgen en van wat je me verschuldigd bent zodra ik die deur uit loop. Als dit achter de rug is, kom ik terug om de rest te halen. Het interesseert me geen reet waar je het vandaan haalt, maar ik raad je wel aan om ervoor te zorgen dat je het hebt, begrepen?'

Opnieuw knikte Patchen. Hij bedacht wel iets – hij zou wel moeten. Hij schreef twee adressen op een papiertje. 'Kepler is naar een van deze twee adressen op weg.'

'Welk is het meest waarschijnlijk?'

Patchen wees het eerste adres aan. 'Dat. Hij zal hct meisje voor het laatst bewaren.'

44

Michael

Ik werd wakker in een bed.

Een donkere kamer.

Ik had vreselijke hoofdpijn.

Het kleine beetje licht dat rond de zware gordijnen voor het enige raam naar binnen scheen, verblindde me bijna.

Ik kneep mijn ogen weer dicht.

Wanneer ik hoofdpijn had, en zelfs nog daarna, was licht het ergste. Het leek wel of er duizenden roestige spijkers in mijn oogballen werden gestoken die doordrongen tot diep in mijn oogkassen, mijn hersens en mijn gedachten. Dat ging gepaard met een enorme druk, een band om mijn hoofd die langzaam steeds strakker werd getrokken, tot ik alleen de pijn nog voelde.

Terwijl ik daar zo lag, wist ik dat het ergste achter de rug was. De hoofdpijn van eerder begon langzaam af te nemen maar was nog niet bereid me helemaal met rust te laten.

Dus bleef ik nog zeker een half uur zo liggen, tot ik mijn ogen dwong weer open te gaan en ik eindelijk ging zitten.

Mijn ogen namen langzaam de omgeving in zich op.

Een motelkamer.

Geen hele mooie.

De pijn nam verder af.

Het verblindende licht nam af tot wat het in werkelijkheid was: de minieme gloed van een straatlantaarn, versterkt wanneer er zo nu en dan koplampen voorbijsnelden, nauwelijks sterk genoeg om schaduwen te veroorzaken.

Ik trok het oude dekbed van me af.

Ik had alleen mijn onderbroek aan.

Uit mijn ooghoeken zag ik mijn kleren achter in de kamer bij de badkamerdeur op een hoop liggen.

Ik kon me niet herinneren dat ik ze had uitgetrokken.

En ook niet dat ik hiernaartoe was gekomen.

Het laatste wat ik nog wist was dat ik de slaapkamer van Roland Eads overhoop had gehaald. Ik wist ook nog dat ik mijn horloge naar mijn linkerpols had verplaatst, maar het zat nu weer rechts. Het bandje zat zo strak dat het in mijn huid drukte en die wit maakte.

Ik deed het horloge weer om mijn linkerpols en keek hoe laat het was: tien over half negen 's avonds.

Ik was drie uur kwijt.

Dit was niet de eerste keer dat ik een black-out had gekregen na hoofdpijn. En ik werd ook niet voor het eerst wakker op een onbekende plek.

Maar de wetenschap dat het eerder was gebeurd, en dat ik mezelf voorhield dat het waarschijnlijk nog wel vaker zou gebeuren, maakte mijn bezorgdheid niet minder groot.

Ik dwong mezelf om uit bed te komen, en toen ik naast mijn bed stond was ik duizelig en wankelde ik een beetje. Ondanks de golf van misselijkheid die ik voelde opkomen slikte ik een paar keer en dwong ik mezelf om te gaan lopen.

Op een tafeltje bij de voordeur vond ik mijn leren weekendtas. Daarnaast lagen mijn autosleutels en een nieuwe wegwerptelefoon, die nog in de plastic verpakking zat. Ik scheurde die open, laadde de telefoon op en activeerde hem.

Even later, terwijl ik nog niet helemaal helder kon denken, moest ik mijn uiterste best doen om me het nummer te herinneren dat Megan me had gegeven.

Ik belde het, klaar om op te hangen als ik me had vergist.

'Hallo?' fluisterde Megan zacht.

Ik keek op de telefoon hoe laat het was en besefte dat het bij haar bijna middernacht was.

'Bel ik je wakker? Ik heb een nieuwe telefoon.' Mijn keel was gortdroog en mijn stem klonk raspend.

Ze slaagde erin nog zachter te gaan praten. 'Heb jij die vrouw vermoord?'

'Wat? Nee, ik heb al gezegd dat ik dat niet ben geweest. Ik heb haar in mijn...'

'Niet Alyssa Tepper,' viel Megan me in de rede. 'Erma Eads. Het is overal op het nieuws. Ze zeggen dat jij het hebt gedaan.'

Ik sloot mijn ogen en wreef over mijn slapen. 'Is ze dood?' Ik kon me nog steeds moeilijk concentreren. Ik probeerde het me te herinneren. 'Ze herkende me op de een of andere manier.'

'Dus vermoordde je haar?'

'Nee... nee, dat heb ik niet gedaan. Ik zou nooit...'

'Herkend waarvan? Van tv?'

'Daarvoor al.'

'Ervoor?' herhaalde Megan. 'Voor wát?'

Ik voelde dat de hoofdpijn probeerde te profiteren door weer mijn schedel in te sluipen. 'Weet... weet ik niet. Toen ik daar kwam, op Rolands adres, deed ze alsof ze al had verwacht dat ik zou komen opdagen, maar mét Roland, niet alleen.'

'Dat slaat nergens op.'

'Ze leefde nog toen ik wegging, Meg. Ik heb haar vastgebonden. Bang gemaakt. Meer niet. Waarom zou ik haar vermoorden?' Ik kneep mijn ogen dicht. 'Je kent me. Ik kan niemand kwaad doen. Iemand...' Ergens in de omgeving van Megan werd een opgenomen bericht omgeroepen, eerst in het Engels en toen in het Spaans. Ik deed mijn ogen open. 'Waar ben je?'

Megan antwoordde: 'Op het vliegveld.'

'Het vliegveld?'

Ze vertelde me wat ze had gedaan. Wat ze had meegenomen.

Ik streek met mijn hand door mijn haar. 'Jezus, Meg, straks belt ze de politie.'

'Doet ze niet. Ze zal eerst proberen me zelf te vinden. Wacht even.' Ze hield zeker haar hand over de telefoon, want ik hoorde haar met iemand praten en beide stemmen klonken gedempt. Even later kwam ze weer aan de lijn. 'Maar waar zit jij? Je klinkt raar.'

'In een motel. Ik heb weer last van hoofdpijn, dus ik ben ergens gestopt om te kunnen slapen,' zei ik. 'Het gaat wel weer. Ik ben alleen wat suf en duizelig.'

'Neem je...' Megan maakte haar zin niet af.

'Neem ik wat?'

Ze aarzelde even en vroeg toen: 'Neem je je medicijnen?'

Ze had me daar nooit eerder naar gevraagd. Ze vroeg ook nooit naar mijn sessies met dr. Bart, naar de 'behandelingen' die hij zelf voorschreef. Maar ik was mooi niet van plan in een zombie te veranderen die onder de medicatie zat. De pillen gaven me het gevoel alsof ik het leven van een afstandje zag gebeuren in plaats van dat ik zelf leefde; ze maakten dat ik voor alles afgestompt raakte, of het nu goed was of slecht. Ik werd er minder mens door. 'Ik heb die medicijnen niet nodig.'

'Misschien wel, Michael. Misschien niet allemaal, misschien niet de hoeveelheden die dr. Bart voorschreef, maar wel genoeg om de hoofdpijn te laten ophouden. Heb je een black-out gehad?'

Megan wist van de black-outs. Zij en dr. Bart waren de enigen die ik ooit had verteld dat ik soms tijd kwijt was. Ze was de enige die ik vertrouwde. Ooit hád vertrouwd. Maar op momenten als dit wilde ik dat ik er nooit iets over had gezegd. Ik zag voor me dat ze naar me keek, met een uitdrukking op haar gezicht die er warm en meelevend uit moest zien terwijl ik in haar ogen iets anders zag: angst, bezorgdheid, medelijden zelfs. Dat laatste vond ik verreweg het vervelendst.

'Ik heb geslapen, en nu voel ik me prima,' zei ik ten slotte.

'Michael...'

'Echt Megan, het gaat prima met me. Niet nu alsjeblieft.'

Ik trok het gordijn een stukje open en keek naar buiten. Het L-vormige motel had één verdieping en het kantoor lag aan de overkant. Er stonden maar een paar auto's op de parkeerplaats. Mijn Porsche stond op een plek bij mijn deur. Het motel stond een meter of dertig van een tweebaansweg, en de straatlantaarn waar ik zo'n last van had gehad stond aan de overkant. Bij de ingang stond een aftandse lichtreclame met groene letters. 'Ik zit in het Lutz Motel.'

'Ben je nog in Needles?'

Ik griste een blok briefpapier van het motel van de tafel en las het adres. 'Ja, Needles.'

'Kun je daar blijven? Dan kom ik naar je toe.'

'Dat is te gevaarlijk. Ik wil niet dat je hierbij betrokken raakt.'

'Daar is het wat laat voor, vind je niet?' kaatste Megan terug. 'Wat heb je bij Roland Eads thuis gevonden?'

Ik had geen idee. 'Hij woonde er samen met zijn zus, Erma. Ze...'

Het was allemaal heel vaag.

Toen herinnerde ik me de kast weer. Het beeld van de uniformen verscheen voor mijn geestesoog, vergezeld door een pijnscheut. 'Volgens mij werkte hij voor Windham Hall.'

'Het weeshuis?'

'Ja. Ik heb uniformen in zijn kast gevonden.'

Ik zag iets in mijn leren tas onder een van mijn overhemden. Een bundel logboekbladen uit Windham Hall.

Had ik die meegenomen uit Eads' stacaravan?

Megan zei: 'Maar dat is hier in New York, dat is toch helemaal niet logisch? Misschien is het een ander Windham Hall.'

Ik bladerde de pagina's door. De aantekeningen waren jaren oud en tientallen waren gemarkeerd. De naam van dr. Bart. Van mij.

De hoofdpijn werd weer intens.

Ik stopte de papieren terug in mijn tas.

Windham Hall. Roland. Alyssa Tepper. Patiënten van dr. Bart. Ze hadden allemaal op de een of andere manier met elkaar te maken.

Ik wreef met mijn knokkels weer over mijn slapen. 'Heb je het adres gevonden van die twee... hoe heetten ze ook alweer?'

'Weet je zeker dat het goed gaat met je? Je klinkt echt niet oké.'

'Het gaat prima.'

'Het wordt al minder, hè?'

'Ja,' zei ik. Maar dat was niet zo.

Megan zei: 'Ik heb het adres van Nicole Milligan en van Jeffery Longtin. Dr. Rose had ze.'

'Stuur ze naar me.'

'Echt niet.'

'Kom op nou, Meg. We hebben hier geen tijd voor.'

'Blijf waar je bent. Ik kom naar jou toe en dan doen we het samen.'

Ik kon haar hier niet nog verder bij betrekken.

Weer een pijnscheut, nu achter mijn linkeroog. 'Er gaan mensen dood, Meg. Wie dit ook doet... ik wil jou gewoon niet in de buurt hebben.'

Megan zweeg even en zei toen: 'Weet je nog dat ik steeds die nachtmerrie had toen we klein waren? Bijna een jaar lang elke avond, leek het wel. Ik was toen een jaar of vijf, denk ik.'

Ik knikte. 'De man met de gele ogen. Je dacht dat hij in de boom woonde die voor je raam stond. Je zei altijd dat je hem tegen het glas kon horen krabben. Als je raam beslagen was, wist je zeker dat hij het was. Zijn armen waren zo lang dat hij ze het huis in kon steken en je zo uit bed kon tillen.'

'Ik verstopte me altijd voor hem. Ik kwam naar je kamer om bij jou te slapen. Dan hield je mijn hand vast en zei je dat je ervoor zou zorgen dat niemand me kwaad zou doen. Je zei dat je me niet los zou laten, zelfs niet wanneer hij probeerde me bij je weg te trekken. Dan zou hij ons allebei moeten meenemen.'

'Ik weet het nog.'

Megan zei: 'Je bent er altijd voor me geweest. Laat mij er nu voor jou zijn. Sluit me niet buiten. Niet nu.'

'Het is te gevaarlijk, Meg.'

'Hou op met dat te zeggen. Of we treffen elkaar, of je vogelt deze hele shitzooi in je eentje uit. Ik wil je helpen.'

Ik sloot mijn ogen weer om het licht buiten te sluiten. De pijn kwam feller dan ooit terug, zo erg dat ik bijna de telefoon liet vallen. Ik zakte bijna door mijn knieën. 'Ik kan niet het risico nemen dat ik je kwijtraak, Meg. Je bent alles voor me. Ik moet weten dat je ergens bent waar het veilig is. Zó kun je me helpen. Zo kun je míjn hand vasthouden.' Ik deed mijn ogen weer open.

Megan zweeg weer.

'Meg?'

'Ik maak me heel veel zorgen over je.'

'Weet ik.'

Lange tijd zeiden we geen van beiden iets.

Mijn telefoon piepte toen er een bericht binnenkwam. Een adres in Arizona. 'Welke van de twee is dat?' vroeg ik.

'Kun je daarnaartoe komen?'

Ik zweette. Mijn handen en mijn gezicht waren helemaal nat. Ik dacht aan het flesje migrainepillen in mijn broekzak. 'Ja, dat denk ik wel. Welke van de twee is het?'

'Geen van beide,' zei Megan. 'Daar ontmoeten we elkaar. Bel me wanneer je in de buurt bent.'

Ze hing op voor ik kon antwoorden.

Mijn hoofd bonsde van de pijn. Toen ik de telefoon op de tafel wilde leggen, viel hij er bijna naast. Ik duwde hem weg van de rand.

Met elke stap die ik nam, werd de pijn achter mijn ogen erger, en leek het wel of ik met een hamer een klap tegen de binnenkant van mijn schedel kreeg.

Ik liep struikelend naar mijn kleren die over de vloer verspreid lagen. Mijn broek was nat en plakkerig, net als het overhemd. Mijn vingers vonden de zak waar het flesje pillen in zat. Ik haalde het eruit en beet bijna de draaidop eraf omdat ik er geen grip op kreeg. Uiteindelijk kreeg ik het open en stopte ik drie pillen in mijn mond.

Het flesje viel uit mijn hand op de grond en de pillen vlogen alle kanten op. Mijn kleren en handen zaten onder het bloed.

45

SCHRIFTELIJKE VERKLARING, MEGAN FITZGERALD

Michael kon dit niet alleen aan, dat snap je toch wel hè, Jessica? Hij maakte er toch al een zooitje van. Wij letten op elkaar. Dus ja, ik bedonderde dr. Rose. Ik leende wat spullen. Ik bedoel, ze gaf me haar sleutels. Ik heb altijd geweten dat die twee iets voor ons verborgen hielden. En hij klonk helemaal niet goed. Jij zou je broer toch niet in de steek laten als hij het moeilijk had? Nou, dat kon ik ook niet.

Na mijn gesprek met Michael dwong ik mezelf te glimlachen en draaide ik me weer naar Roy toe, de twintiger die achter de toonbank van The Sharper Image op het vliegveld stond en die de gelegenheid had aangegrepen om naar mijn benen te staren. Ik moet toegeven dat ze er aantrekkelijk uitzagen in mijn nieuwe Tahari-zonnejurk en hakken van Christian Louboutin.

'Dat klonk heftig,' zei hij, toen hij zich weer had herinnerd waar mijn gezicht zich bevond. 'Je vriendje?'

Subtiel. 'Mijn broer.'

Hij knikte langzaam. 'Ik heb een jonge zus. Zij kan ook echt lastig zijn. Als je erover wilt praten, ik ben om twaalf uur vanavond klaar met werken.'

We stonden achter in de winkel, bij de massagestoelen en de koffers die eruitzagen alsof ze een kogel konden tegenhouden. Ik keek toe hoe hij een vitrine openmaakte en er een kleine doos uit haalde, die hij vervolgens aan mij overhandigde. 'Dit is de enige cassetterecorder die we nog hebben. Je kunt hem inpluggen in een computer zodat je digitale kopieën van de bandjes kunt maken. Er zit een goedkope koptelefoon in de doos – prima voor gesprekken. Als je naar muziek wilt luisteren heb ik betere.'

'Alleen een paar lezingen.'

'Ik dacht dat je vriendje misschien op de ouderwetse toer was gegaan en een mixtape voor je had gemaakt.' Hij grijnsde.

Mijn benen zagen er zeker nog beter uit dan ik had gedacht. Ik grijnsde terug. Ik had geen reden om bot te doen. Hij was best leuk.

Ik liep met hem mee terug naar de toonbank en hij sloeg het bedrag aan. 'Dat is dan eenendertig dollar en tweeëntwintig cent.'

Ik haalde een creditcard uit mijn nieuwe handtas en liet daarbij per ongeluk een chequeboekje op de toonbank vallen.

Roy pakte het op en keek er even naar voor hij het aan me teruggaf. 'Dr. Rose Fitzgerald?' Hij kneep zijn ogen een beetje dicht terwijl hij de creditcard aanpakte, die ook op naam van Rose Fitzgerald stond, en haalde hem voor me door de machine. 'Je ziet er wel jong uit voor een doctor. Kun je je legitimeren?'

'Ik ben een beetje een streber, denk ik.' Ik gaf hem mijn rijbewijs.

'"Megan Rose Fitzgerald,"' las hij hardop. 'Wat een mooie naam.' Hij gaf het rijbewijs en de creditcard terug. 'Een mooie naam voor een mooi meisje. Je wilt zeker niet een keer een kop koffie met me drinken?'

Ik glimlachte en hield mijn hoofd een beetje schuin. 'Als je me een betere koptelefoon geeft zal ik er serieus over nadenken, Roy.'

Vijf minuten later zat ik op een stoel bij gate 11 en las ik de gebruiksaanwijzing van mijn nieuwe cassetterecorder en van de noise-cancelling koptelefoon van Bose die Roy in mijn tas had gestopt. Als je bedacht dat het bijna middernacht was, was het behoorlijk druk in de terminal. Mijn rugzak stond op de stoel aan mijn rechterhand, en op de stoel links had ik Michaels dossier uitgespreid.

Ik was om een uur of half elf op het vliegveld aangekomen en had de Mercedes van dr. Rose op een gehandicaptenparkeerplaats op de bovenste verdieping van een parkeergarage gezet, met de sleutels in het slot. Ze kon de tyfus krijgen.

Zodra ik op het vliegveld was aangekomen, was ik de geldautomaten afgegaan. Ik nam met alle creditcards en bankpassen het maximale bedrag op, drieëndertighonderd dollar in totaal. Wie gebruikt er nou haar eigen geboortedatum als pincode? Ze kon nog een keer de tyfus krijgen.

Vervolgens kocht ik met contant geld een enkele reis naar Flagstaff in Arizona, wat me tweehonderddrieëntachtig dollar en vijftien cent kostte. De politie kon me waarschijnlijk toch wel vinden, maar ik hoopte dat ik ze een beetje zou vertragen als ik cash gebruikte. Ik wist dat Michael er zou zijn; ik was niet van plan hem de keus te laten.

Met mijn ticket in de hand en bijna een uur voordat mijn vliegtuig vertrok, sloeg ik aan het winkelen. Ik kocht een mooie Tumi-tas bij Luggage Etc.; een spijkerbroek, blouses en ondergoed bij Airport Express; een paar jurkjes (waaronder het jurkje dat Roy zo had bewonderd), schoenen en een horloge bij Montagues. Elke keer wanneer ik afrekende met een creditcard verwachtte ik problemen, maar het ging steeds goed. Dr. Rose shopte vaak op vliegvelden;

ik denk dat daarom een paar veiligheidsmaatregelen niet van kracht waren. Voor de derde keer de tyfus.

Tegen de tijd dat mijn vlucht werd omgeroepen, had ik het grootste deel van Michaels dossier gelezen.

Kwetsbaar. Dr. Bart had dat woord meer dan eens gebruikt.

Sommige delen van het dossier waren nog erger dan ik had verwacht. Ik dacht dat Michael me alles had verteld.

Toen het boarden begon, stopte ik de papieren in mijn rugzak. De drie cassettebandjes zaten daar al in, samen met mijn nieuwe cassetterecorder en de koptelefoon – daar zou ik tijdens de reis naar luisteren.

Terwijl ik in de rij stond, blies ik een kus in Roys richting. Misschien zou ik hem bedanken als ik terugkwam, misschien ook niet. Ik wist dat hij sowieso op me zou wachten.

46

Michael

Mijn hart ging als een razende tekeer. Ergens geloofde ik dat het bloed zou verdwijnen als ik dat wilde, en dat alles een hallucinatie zou blijken te zijn, iets wat veroorzaakt werd door de hoofdpijn. Maar het bloed verdween niet; ik rook een koperachtige geur en de hamer in mijn hoofd beukte erop los.

De broek en het overhemd waren doorweekt, vooral aan de voorkant. Ik wierp een blik op mijn blote borst, en zelfs in het zwakke licht zag ik geen bloed. Waarschijnlijk had ik me gewassen voordat ik was gaan slapen, maar dat kon ik me niet herinneren.

Er verstreken minuten, waarin ik op de grond zat met mijn besmeurde kleding in mijn armen, voordat ik het eindelijk kon opbrengen om overeind te komen en naar de wastafel in de badkamer te lopen.

Ik liet het licht uit. Ik deed de kraan aan en wreef mijn handen schoon in het koude water. Met enige moeite kreeg ik het bloed eraf. Toen maakte ik mijn gezicht schoon en haalde ik mijn handen door mijn haar.

Ik zag iemand anders toen ik eindelijk in de spiegel keek, iemand die ik niet wilde kennen. Ik kneep mijn ogen weer dicht en dwong mezelf om rustig te worden.

Met mijn ogen dicht tastte ik naar het lichtknopje aan de muur en deed het licht aan.

Langzaam deed ik mijn ogen weer open, beducht voor de pijn die licht soms kan veroorzaken.

Maar het ging beter. Ietsje beter. De pillen begonnen eindelijk te helpen.

Toen zag ik rechts van me het bad, naast het toilet.

Het water stond bijna tot aan de rand.

Er dreef een veer op het wateroppervlak.

En eronder…

O god…

47

Michael

Ik dacht dat het een vrouw was.

Langzaam drong tot me door wat ik zag – lange benen, de ronding van slanke heupen en een tenger middel, een dunne buik. Bruin haar dat rond een mooi, engelachtig gezicht en een fraaie nek dreef.

Ik zag haar zelfs naar me kijken, met haar heldere blauwe ogen die van onder het water naar me omhoogstaarden. Een volle mond die een beetje openstond, klaar om te fluisteren maar voor altijd het zwijgen opgelegd.

Ik zag haar gespreide vingers langs haar lichaam, haar armen die in het roerloze water bungelden.

Dat alles moet ik in een fractie van een seconde geregistreerd hebben, maar het voelde als een uur, een heel leven.

Ik kneep mijn ogen dicht.

De hamer in mijn hoofd begon met nieuwe kracht te beuken.

Mijn hart sloeg zo snel dat ik bang was dat het zou ontploffen.

Toen ik mijn ogen weer opende en mezelf dwong in het bad te kijken, besefte ik dat het geen vrouw was die daar in het water onder de veer dreef; het was vrouwenkléding – een spijkerbroek, een witte trui met v-hals, een zwarte panty en een zwarte beha. Allemaal uitgestrekt in dat roerloze water. Er zat een plastic naambordje op de trui, glanzend in het water, waar MOLLY op stond. Geen achternaam, geen bedrijfsnaam.

Molly.

De veer dreef langzaam langs de plek waar haar hoofd zich had bevonden, langs haar onzichtbare nek.

De ventilator, die tegelijk met het licht was aangegaan, zoemde boven mijn hoofd – niet het regelmatige gezoem van een nieuwe, maar het ratelende, onregelmatige geluid van een oud exemplaar.

Had ik dit gedaan?

Had ik deze persoon, deze Molly, kwaad gedaan?

Ik kende helemaal geen Molly. Ik kon me niet herinneren dat ik recent iemand had ontmoet die zo heette, maar met al die black-outs en hoofdpijn zei dat weinig.

Waar was ze?

Ik was op een gegeven moment op mijn knieën gaan zitten, maar ook die beweging kon ik me niet meer herinneren. Ik wist nog wel dat ik het licht had aangedaan en me had vastgeklampt aan de deurpost om overeind te blijven, maar niet dat ik op mijn knieën was gaan zitten. Toch zat ik daar, op de vloer naast het bad.

Op dat moment schoot me een vreemde gedachte te binnen, een vraag waar ik het antwoord niet op wist, een vraag die bijna net zo verwarrend was als Molly's ontbrekende lichaam: *waar zijn haar schoenen*?

Witte canvas sneakers. Molly had witte canvas sneakers aan...

Op de een of andere manier was ik daar net zo zeker van als van haar bruine haar, het kuiltje naast haar mond als ze lachte, de flirterige manier waarop ze haar hoofd een beetje schuin hield.

Ze had even alleen op haar linkerbeen gestaan terwijl ze met de neus van haar witte schoen haar kuit krabde. Toen ging ze weer op beide benen staan, met haar heup een beetje opzij.

Nee! Ik kende geen Molly, en ik had nooit iemand ontmoet die zo heette. Mijn hersens haalden geintjes met me uit door ontbrekende details in te vullen. Mijn verstand wilde niet accepteren dat ik me niet alles kon herinneren en verzon een eigen verhaal – fictie was beter dan helemaal niets.

Molly had een schattige glimlach.

Nee!

Ik dwong mezelf te gaan staan. Ik zette de gedachten van me af en doorzocht de kamer. Niet dat er veel te doorzoeken viel. Vanaf mijn positie bij de wastafel kon ik de kamer zo ongeveer tot de laatste centimeter zien, maar toch begon ik het vertrek rond te lopen. Ik tilde het matras op – niets. Ik trok de lakens opzij in de verwachting bloed te zullen zien, maar dat was niet zo. Ik liet me op het versleten oranje vloerkleed zakken en keek onder het bed – niets, alleen stof en spinrag.

Geen lichaam.

Geen Molly.

Geen schoenen.

Niet in deze kamer, nee.

Ik liep naar het raam en schoof het gordijn opzij.

Ook al had ik mijn Porsche achteruit ingeparkeerd, ik kon de stoelen door de achterruit goed genoeg zien om vast te stellen dat ze leeg waren. De auto had twee kofferbakken, een aan de voorkant en een aan de achterkant, maar beide hadden slechts ruimte voor een of twee koffers. Het zou me nooit zijn gelukt daar een lichaam in te verbergen.

Niet een héél lichaam in elk geval.

Ik verdrong die gedachte.

Iemand probeerde me ergens in te luizen. Dit was hetzelfde als Alyssa Tepper in mijn eigen badkamer. Iemand had me gedrogeerd, het lichaam in het bad gelegd en het bloed op mijn kleren gesmeerd. Een andere verklaring was er niet.

Iemand speelde een spelletje met me.

Prompt ramde de hamer in mijn hoofd weer tegen mijn schedel. De pijn nam echter af – de hand die die hamer hanteerde werd minder krachtig.

Wat er ook aan de hand was, ik wist dat ik de boel moest opruimen, en voor ik me kon bedenken haalde ik de zak uit de vuilnisbak die naast de tafel stond en propte de besmeurde kleren erin.

In de badkamer liet ik het bad leeglopen en deed ik ook de kleren daar in de zak, net als de veer. Ik maakte een doekje nat en veegde de badkamer tot de laatste centimeter schoon – de badkuip, de tegelmuren, het toilet en zelfs de vloer. Toen ik klaar was nam ik ook het nachtkastje, de deurknop en de sloten af.

Ik liep weer naar de tafel en deed de verpakking van de telefoon in de vuilniszak, en vervolgens trok ik kleren aan die in mijn rugzak zaten – een spijkerbroek, een trui van de Boston Celtics en een pet van die club. Ik zette de zak voor de deur, legde mijn sleutels en de telefoon erop en veegde toen ook de tafel schoon.

Tegen de tijd dat ik klaar was, was het doekje helemaal zwart van het vuil. De kamer was al maanden en misschien wel jaren niet echt schoongemaakt. Tevreden dacht ik aan al het DNA van wie weet hoeveel gasten dat nu over de hele kamer verspreid was.

Ik keek nog een laatste keer naar buiten om er zeker van te zijn dat de parkeerplaats verlaten was en opende toen met de achterkant van mijn trui de deur, zodat ik geen vingerafdrukken achterliet. Ik deed mijn rugzak en de vuilniszak in de achterste kofferbak en sloeg die dicht.

Toen ging ik achter het stuur zitten en gooide ik de telefoon op de stoel naast me.

Voor de passagiersstoel stonden twee witte canvas schoenen, waarvan eentje zonder veters.

48

Dobbs

Een kleine twee uur later arriveerden ze in Needles. De Bell 407-helikopter landde in een hoek van de parkeerplaats van een hotel, op een paar honderd meter afstand van het politiebureau. Twee geüniformeerde agenten stonden naast hun surveillancewagen op hen te wachten.

Een buurman had Keplers auto gezien – een oude zwarte sportwagen, mogelijk een MG, een Fiat, een Porsche, een Karmann Ghia... het bood weinig aanknopingspunten, maar het was íéts. Ze hadden vanuit de helikopter voor drie staten een opsporingsbericht uitgevaardigd.

Gimble stapte uit zodra ze waren geland. Er dwarrelde een heleboel stof en zand op en haar paardenstaart sloeg tegen haar rug en schouders en in haar gezicht. Ze negeerde alles en rende voorovergebogen naar de politiewagens.

Toen Dobbs uitstapte, hield hij een hand boven zijn ogen en nam de omgeving in zich op. Hij vond het plaatsje eruitzien alsof de woestijn jarenlang geleden was begonnen het op te eisen, afgeleid was geraakt en het weer met rust had gelaten, maar wel van plan was de klus over niet al te lange tijd te klaren. De paar gebouwen die hij zag konden wel een lik verf gebruiken. De auto's op de parkeerplaats hadden hun beste tijd gehad, en hetzelfde gold voor het handjevol mensen dat zich op dit late tijdstip naar buiten waagde om te zien wat al die opschudding te betekenen had.

Dobbs pakte de ene koffer met forensische attributen en Begley de andere, en samen haastten ze zich achter Gimble aan.

Toen ze bij de agenten waren, gaf de oudste van de twee hun een hand. 'Ben Labrum, en dat is Cole Bulloch. Sorry dat jullie zo ver van de plaats delict moesten landen. De golfbaan is een stuk dichterbij, maar we kregen geen toestemming vanwege het late tijdstip en omdat we hier bij een woonwijk zitten.'

'Hoe ver weg zijn we?'

'Vijf, hooguit tien minuten,' antwoordde hij. 'Kom, stap in. Cole en ik zullen jullie er zo snel mogelijk heen brengen.'

Agent Bulloch knikte hun toe en opende de kofferbak van zijn auto.

Het was zeven minuten rijden. Ze hadden hun zwaailichten aan maar de sirene uit.

Ze scheurden bijna twee keer zo hard als de toegestane snelheid door de smalle straten. Dobbs had zijn gordel niet omgedaan, en elke keer wanneer ze over een verkeersdrempel reden, stootte hij zijn hoofd hard tegen het dak van de auto. Labrum reed met hoge snelheid linksaf Dunes Road in en minderde toen eindelijk vaart. Hij kwam een meter of vijftig van de plaats delict tot stilstand omdat hij niet dichterbij kon komen. Dobbs stapte uit en telde vijf andere politiewagens, een ambulance en een brandweerwagen. Er stonden ook twee busjes van een nieuwszender, met een satellietantenne op het dak, en een busje van de lijkschouwer. Zeker tien omwonenden keken vanuit hun tuin toe. Een paar mensen hadden zelfs tafels en stoelen neergezet en waren er eens goed voor gaan zitten. Er was een groot gebied afgezet met geel lint, en de aftandse stacaravan op Dunes Road 78 was omringd met grote schijnwerpers.

'Goeie genade,' mompelde Gimble.

Begley floot zacht. 'Je zou denken dat de Mansons een buurtfeest geven als je dit zo ziet.'

Bullock pakte Begleys koffers uit zijn kofferbak en zette ze op het wegdek terwijl Labrum om zijn eigen wagen heen liep en naar de caravan wees. 'Daar onder de carport staat de sheriff. Hij is aan het praten met de lijkschouwer.'

'Hoe heet hij?'

'Burt Moody.'

'Ik houd die wel even in de gaten,' zei Bulloch terwijl hij naar de twee zwarte koffers wees. Het was het eerste wat hij zei sinds de helikopter was geland.

Gimble keek een laatste keer naar de menigte, schudde haar hoofd en dook onder het lint door, met Dobbs en Begley achter zich aan.

De sheriff zag ze aankomen, zei iets tegen de lijkschouwer en liep naar hen toe. 'U bent special agent Gimble, neem ik aan?' Hij keek even naar Dobbs en Begley. 'En dit is uw team?'

Dobbs schatte Moody ergens midden vijftig. Er zat veel grijs in zijn netjes gekamde bruine haar, en voor zijn leeftijd was hij in verrassend goede conditie. De mouwen van zijn uniformjas zaten strak om zijn stevige armen en hij had een platte buik.

'Een deel van mijn team,' zei Gimble. 'De rest komt met de auto. Er zijn ook twee marshals onderweg. Ze zijn hier denk ik over een uur of twee.' Ze wierp een nerveuze blik op de stacaravan. 'Vertel me alstublieft dat u niemand hebt binnengelaten.'

Hij keek haar fronsend aan. 'Zoals opgedragen. Ik heb iedereen duimen laten draaien tot jullie hier kwamen om de show te stelen. Denken jullie dat we die Kepler zo tijd genoeg hebben gegeven om weg te komen? Ik kan mijn mensen nog wel twee uur langer aan het lijntje houden als dat handig is?'

'Wie heeft u verteld dat Kepler hiermee te maken heeft?'

Hij hield zijn telefoon omhoog. 'Google, Reddit, nieuwszenders. Als het de bedoeling was dat dit geheim bleef, heeft iemand een uur geleden roet in het eten gegooid door de pers in te lichten. Alle grote zenders zitten jullie mensen waarschijnlijk op de hielen.'

Dobbs keek naar Gimbles vingers omdat hij verwachtte dat ze ermee zou gaan knippen, maar ze zei alleen maar: 'Wat hebben we binnen?'

'Eén grote clusterfuck, en ik ben alleen maar blij dat jullie deze zaak willen overnemen,' zei hij. 'Kom maar mee.'

49

Dr. Rose

Toen de telefoon ging, stak Rose Fitzgerald er zo wild haar hand naar uit dat ze hem bijna van het bureau stootte. Het was niet haar bedoeling geweest om in slaap te vallen – ze had alleen even haar hoofd op haar armen willen leggen. Op de klok die in de hoek van haar kantoor stond, zag ze dat het iets over enen 's nachts was.

Haar vingers sloten zich om de telefoon terwijl de ringtone weer door het donker schalde. Ze tastte naar de goede knop op de telefoon en nam op. 'Verdomme Megan, waar...'

'Ik ben Megan niet.'

'Ben jij het?'

'Ja.'

'Wat wil je?'

'Ik miste u, dr. Rose,' zei hij. 'Ik wilde uw stem horen. Ik heb groot nieuws.'

Hij gebruikte altijd korte zinnen maar sprak elk woord langgerekt uit – twee lettergrepen werden er vier, vier werden er acht. Dr. Rose hoorde geen enkele emotie, geen enkel gevoel.

Ze strekte haar benen onder het bureau en haar vermoeide botten kraakten. 'Ik hang op. Ik kan niet met je praten wanneer je zo doet.'

'Wanneer ik hoe doe, dr. Rose?'

'Zo, met dat kat-en-muisgelul van je.'

'Ik heb het voor het zeggen, dr. Rose. Eindelijk. U zou blij voor me moeten zijn. Het voelt... heerlijk. Heel vrij. Ik wilde het heel graag vieren,' zei hij. 'Ik heb vanavond iemand ontmoet, dr. Rose. Een heel... bijzonder iemand. Ze hielp me het te vieren. Ze had lang bruin haar en prachtige ogen.'

'Had?'

'Wat luistert u toch goed. Hoe slaapt u de laatste tijd?'

'Prima.'

'Maar zo alleen. Het halve bed is koud. Het halve bed is nog opgemaakt wanneer u zich 's morgens uit bed sleept en door de gangen van die tombe dwaalt die u uw huis noemt.'

'Ik ben niet alleen. Ik heb Megan.'

'O ja?'

Ze keek om zich heen, naar de troep die Megan in het kantoor had achtergelaten.

'Mist u hem, dr. Rose?' vroeg hij. 'Ik wel. Ik mis onze gesprekjes. Dr. Bart zou heel trots zijn, denkt u ook niet? Over de vooruitgang die ik heb geboekt. Zijn beste pupil, zijn ster. Waarom denkt u dat hij zichzelf door het hoofd heeft geschoten, dr. Rose? Kwam het door u? Ik denk dat hij er genoeg van had om naar uw gezeur en gezanik te luisteren. Dat eeuwige gevit. Een kogel was de enige manier om uw eeuwige geklaag te laten ophouden, en nu is dr. Rose helemaal alleen.'

'Hij heeft zichzelf niet neergeschoten. Hij is overleden aan een aneurysma.'

'Zijn lichaam heeft de trekker overgehaald, dat is het enige echte verschil.'

'Waarom bel je me?'

'Om te zeggen dat ik snel naar huis kom. Voor de begrafenis. Terug naar waar ik thuishoor. Om meneer Patchen gedag te zeggen. Er zijn heel veel redenen. Ik heb een veer in mijn zak. Ik kan niet wachten om die aan u te geven. Een veer voor iedereen. Gestoorde vuile hoer...'

Dr. Rose hing op en smeet de telefoon op het bureau.

50

Dobbs

Dobbs ervoer op een plaats delict altijd een zekere stilte, een bepaalde sereniteit. Het was alsof je een leegstaand huis binnenliep. De stacaravan van de Eads was helemaal overhoopgehaald – de bank was ondersteboven gegooid, de kussens waren opengesneden en de vulling was eruit gehaald. Alle boeken, alle fotolijstjes, alle spulletjes waren uit de kasten gehaald en op de grond gegooid. Het tapijt was bezaaid met gebroken glas. In het keukentje was de tafel omgegooid en waren alle laden uit de kasten getrokken en geleegd op de linoleumvloer. Alle kastdeurtjes stonden open. Overal op de vloer lagen gebroken borden en glazen, schalen, potten en pannen. De koelkast en de vriezer stonden open; de halve inhoud lag op de grond.

'Vela kan zijn mening geven als hij hier is, maar mij lijkt dit veel meer dan een zoektocht. Er zit woede achter,' zei Gimble.

'Ik zie bloed,' zei Begley, die was neergehurkt en met een zaklampje de tafelrand bestudeerde. 'Niet veel. Waarschijnlijk heeft iemand met een gewonde hand de tafel vastgepakt.'

'Het slachtoffer heeft een snijwond aan haar rechterhand, hier,' zei Moody, en hij wees naar een plek bij zijn eigen duim. 'Alle kamers zien er zo uit. Jullie man heeft elke vierkante centimeter overhoopgehaald.'

'U zei dat een van de buren het had gemeld?' vroeg Begley.

Moody knikte. 'Florence Ostler, ze woont verderop in de straat. Ze liep hierheen toen Erma niet kwam opdagen voor hun zondagse kaartavond. Ze gaf ons een beschrijving van de auto en zei dat ze Kepler herkend had als 'die knappe jongen van de televisie'. Ik dacht dat jullie wel zouden willen weten of ze hem van een foto zou herkennen, dus een van mijn mensen is nu bij haar. Ze is vijfenzeventig en een beetje geschrokken, maar volgens mij is ze nog behoorlijk scherp.'

Het licht van de schijnwerpers scheen door de ramen, maar in de kamer waar ze stonden was het enige licht afkomstig van de belachelijk grote televisie. Er stond een nieuwszender op, en het beeld was stilgezet bij een close-up van Gimble en Dobbs bij de autobrand van eerder die dag.

'Dat is wel een beetje creepy,' zei Gimble.

'Het wordt nog creepyer.' Moody deed een paar stappen door de kamer, pakte de afstandsbediening van de grond en drukte op een knop. Het scherm ging uit en tussen de linkerbenedenhoek en de rechterbovenhoek stonden zes woorden:

IK ZIE JE – ZIE JIJ MIJ?

Toen de sheriff weer op de knop drukte en de close-up weer zichtbaar werd, vervaagden de woorden tot nauwelijks zichtbare vlekken in het felgekleurde beeld. Hij zette de televisie opnieuw uit om de woorden weer zichtbaar te maken. Dat deed hij een paar keer achter elkaar.

'Oké, we snappen het,' zei Gimble. 'U kunt nu wel stoppen.'

Hij legde de afstandsbediening weer op de grond.

'Is dat het moordwapen?' vroeg Begley. Hij scheen met zijn zaklamp op een verchroomd pistool op de keukenvloer.

De sheriff schudde zijn hoofd. 'Nope. Hij heeft niet geschoten. Kom mee.'

Hij liep door een gangetje voor hen uit naar een kleine slaapkamer.

Het grote lichaam van Erma Eads lag languit op het bed, met een dekbed vol vlekken om zich heen. Haar handen en voeten waren vastgebonden met wat elektrische snoeren leken. Ze staarde met uitpuilende en bloeddoorlopen ogen voor zich uit.

Begley boog zich over haar heen. 'Schade door zuurstofgebrek en puntbloedingen.' Hij bescheen haar gezicht en bekeek het aandachtig. 'Jezus.'

'Wat is er?' vroeg Gimble.

'Hij heeft haar mond dichtgelijmd. En haar neus ook. Ze kon niet meer ademen – ze moet door verstikking om het leven zijn gekomen.'

'Er ligt daar een flesje secondelijm op de grond,' zei Dobbs. Gimble knielde neer naast het bed. 'Er ligt iets onder haar.'

51

SCHRIFTELIJKE VERKLARING, MEGAN FITZGERALD

Roy was zo aardig geweest er batterijen bij te doen voor mijn cassetterecorder, maar helaas had hij me geen honkbalpet gegeven, en die zou ik heel goed kunnen gebruiken om de viezerik naast me te negeren terwijl ik mijn nieuwe spullen uitpakte.

'Kan ik helpen?' Hij zette zijn eigen koptelefoon af met de onbeschaamde gretigheid van een veertienjarige jongen die voor de eerste keer een vochtige panty aanraakt. Zijn zweterige handen maakten glimmende strepen op het plastic. Hij veegde ze om de haverklap af aan zijn stoel.

Grote sterke man helpt hulpeloos meisje met een technisch probleem.

Wat een lul.

De steward bij de gate had me een upgrade naar de businessclass gegeven toen ik hem had verteld dat ik voor het eerst ging vliegen – dat zeg ik altijd als ik mijn boardingpass overhandig – maar ik overwoog serieus om terug te gaan naar rij 17 om verlost te zijn van deze vent. 'Ik red me wel, dank u.' Ik glimlachte naar hem, en dat had ik niet moeten doen – je glimlacht niet naar zulke kerels.

Hij zag er niet slecht uit. Twintig jaar geleden was hij misschien zelfs lekker, maar ik durf te wedden dat hij al zeker tien jaar niet in een sportschool was geweest, en zijn buik was daar blij mee, want die spande zich onder de veiligheidsgordel toen hij zich naar me toe draaide. 'Ik heet Warren. Helemaal op weg naar Flagstaff, hè?'

Nee Warren, eigenlijk ga ik naar Portland, maar ik vind de foodcourt van Pulliam Airport zo geweldig dat ik daar eerst even langs wilde. 'Ik ga op familiebezoek.'

Toen ik me naar voren boog om de lege dozen onder de stoel voor me te leggen, betrapte ik Warren erop dat hij in mijn jurkje keek, naar mijn kanten zwarte beha. Hij wendde zijn blik niet af en glimlachte alleen maar. 'Ik heb mijn tweede vrouw op net zo'n vlucht als deze ontmoet. We kwamen allebei terug uit Barbados. Het eerste uur zeiden we niets tegen elkaar, maar toen het ijs gebroken was konden we niet meer stoppen met kletsen.' Hij boog zich dichter naar me toe en zei zacht: 'Nog geen uur later waren we op de wc van de businessclass aan het neuken als konijnen in het voorjaar.'

'Echt?'

Hij knikte. 'Ze schreeuwde zo hard bij het klaarkomen dat we dachten dat het halve vliegtuig misschien wel ging applaudisseren zodra we weer naar buiten kwamen. Als je de stewardessen een paar honderd dollar toestopt, gaan ze voor je bij de deur staan.'

'Dat heb ik gehoord, ja.'

Toen hij nóg dichterbij kwam rook ik bier en uien. 'Heb je wel eens...'

Mijn vingers gleden naar een knoopje aan mijn jurk maar ik keek hem niet aan. Zacht zei ik: 'Je kunt het volgens mij het beste doen met iemand die je niet kent. Iemand van wie je weet dat je hem nooit meer terugziet. Iedereen overweegt het wanneer hij aan boord gaat. Dat zie je aan de manier waarop ze naar de andere passagiers kijken, hen inschatten, er iemand uit pikken.' Ik streek met mijn tong langs mijn lippen. 'Ik heb het twee keer gedaan, het was waanzinnig.'

Warren leek totaal overrompeld; zijn slapen begonnen te zweten. Hij gaf een knikje naar het toilet. 'Het is niet bezet, ik heb het in de gaten gehouden.'

Ik friemelde aan het knoopje van mijn jurk. Deed het open, dicht, weer open. Ik keek hem nog steeds niet aan. 'In de businessclass is er niks aan. Wacht op me in de wc achter in het vliegtuig. De linker. Ik zal twee keer kloppen, dan weet je dat ik het ben. Maar je moet wel even wachten, niemand mag doorhebben wat we van plan zijn.'

Warren haalde diep adem door zijn neus. Hij knikte snel en friemelde met zijn gordel.

'O, en Warren?'

Hij keek me aan.

'Doe je trouwring af. Daar kan ik niet naar kijken.'

Hij knikte opnieuw en deed zijn ring af terwijl hij door het gangpad naar de achterkant van het vliegtuig liep.

Ik ging ervan uit dat dat me zeker twintig minuten zou opleveren.

Ik haalde een van de bandjes uit mijn rugzak. Op het label stond: *Donkere kamer – M. Kepler – 13 augustus 1996*.

Ik deed het bandje in de cassettespeler en speelde het af.

Even hoorde ik alleen maar geruis, toen zei de stem van dr. Bart: 'Ik zou je iets willen geven, Michael, iets bijzonders omdat je gisteren met me wilde praten. Omdat je me hebt verteld wat er in het motel is gebeurd.'

'Wat dan?'

Ik zette het bandje bijna stil toen ik Michaels stem hoorde; hij klonk zo jong – een kind nog. Een klein kind. Toen rekende ik het uit. Hij was hier nog maar vier.

Dr. Bart ging verder. 'Wanneer een vriend van me een geheim vertelt, of iets persoonlijks, dan geef ik hem een veer, de veer van een gors. Met wat jij me gisteren over je moeder en Max hebt verteld, heb je een veer verdiend.'

'Ben ik uw vriend?'

'Ik hoop het. Ik denk dat jij en ik hele goede vrienden kunnen worden.'

Een ritselend geluid.

'Hij is zacht,' zei Michael.

'Dat is de veer van een henslows gors, mijn favoriet. Die diertjes maken een prachtig geluid. We hebben een paar nesten in de tuin. Misschien laat ik je er straks wel een zien.'

'En ik mag hem houden?'

'Ja Michael. Deze is voor jou. Ik hoop dat je me vandaag nog een ander geheim vertelt. Als je dat doet, krijg je nog een veer.'

'Hoeveel kan ik er krijgen?'

'Zoveel je wilt.'

'Dat zou ik fijn vinden. Ik wil er heel veel.'

'Ik doe nu het licht uit, zodat we kunnen praten.'

'Zonder afleiding,' zei Michael. 'Net als vorige keer.'

Michael kon het woord uitspreken, maar hij rekte het wel uit door op elke lettergreep nadruk te leggen. *Af...lei...ding.*

'Toen we gisteren met elkaar praatten was je heel behulpzaam, Michael. Ik zou graag verder gaan met het gesprek, als je dat goedvindt.'

Michael gaf geen antwoord.

'Je hebt me verteld dat je moeder sliep in bad. Kun me vertellen wat ze deed voordat ze ging slapen?'

'Ja hoor.'

'Wat deed ze dan, Michael?'

'Ze trok haar kleren uit en waste die onder de kraan.'

'Goed zo, Michael. Laten we daar beginnen en langzaam kijken wat je nog meer weet. Wat deed jij toen je moeder haar kleren waste?'

'Ik zat op bed.'

'Keek je tv?'

'Nee, ik keek naar mama. Ik wou weten waar ze haar kleren ging ophangen. Ze had al een paar van mijn kleren gewassen en een paar van Max, en die hingen overal. Ik wilde zien waar ze haar kleren zou ophangen, omdat er geen plek meer was.'

'En waar hing ze ze op?'

'Op de airconditioner. Ze zei dat ze daar snel zouden drogen.'

'Wat slim.'

'Mama is slim.'

'Wat deed ze toen?'

'Ze deed de tv voor me aan en zei dat ze haar medicijn ging innemen. Ze vroeg of ik nog wist wat ik moest doen als ze haar medicijn had ingenomen en ik zei ja.'

Dr. Bart zei: 'Wat moest je dan doen?'

'Ik moest wachten op de reclame en dan het elastiek van haar arm halen. Als ik dat niet deed was dat slecht voor haar bloedsom... bloedsom...'

'Haar bloedsomloop?'

'Ja. Ik moest de naald er ook uit halen als die vastzat. Soms zit hij vast wanneer mama in slaap valt, en dan moet ik hem eruit halen. Dat vind ik vies, maar ik doe het toch.'

'Je moeder nam haar medicijn in bad?'

'Ze houdt van water. Haar medicijn werkt beter in het water.'

'En heb je die dingen gedaan, Michael? Toen de reclame begon, ging je toen naar de badkamer om het elastiek van haar arm te halen... en de naald los te maken?'

'Ja.'

'Je haalde de naald eruit?'

'Ik legde hem op de wastafel zodat niemand erop ging staan. Eén keer deed Max dat en toen werd mama kwaad.'

Dr. Bart schraapte zijn keel. 'Weet je wat een autopsie is, Michael?'

Michael gaf geen antwoord.

'Je moet hardop praten, Michael, omdat we het opnemen. Weet je wat een autopsie is?'

'Nee.'

'Dat is wanneer een dokter naar iemand kijkt om te zien hoe hij of zij dood is gegaan.'

Weer zei Michael niets.

'De dokter heeft bij je moeder gekeken, en hij heeft geen medicijn in haar lichaam gevonden. Hij heeft zelfs geen sporen van medicijnen gevonden die al eerder zijn gebruikt,' zei dr. Bart. 'Ik weet van de politie dat Max vaak heroïne gebruikte – weet je wat heroïne is? Ik denk van wel. De naald, het elastiek, dat zijn allemaal dingen die je Max waarschijnlijk hebt zien gebruiken. Ik denk dat je ze daarom voor me kunt beschrijven. Maar je hebt je moeder nooit heroïne zien gebruiken, hè?'

Stilte.

'Waarom lieg je tegen me, Michael?'

Stilte.

'Ik dacht dat we vrienden waren.'

'Mama viel in slaap door haar medicijn.'

'Mama is verdronken,' antwoordde dr. Bart. 'Moest je deze dingen van Max zeggen als iemand ernaar vroeg? Om hem te beschermen?'

'Nee.'

'Als je vrienden wilt worden, moet je me de waarheid vertellen. Ik zou nooit tegen jou liegen, Michael. Het is belangrijk dat je eerlijk tegen me bent.'

Stilte.

'Heb je Max wel eens geholpen om heroïne te gebruiken? Om medicijnen te gebruiken?'

Michael zei niets.

Dr. Bart zuchtte. 'Als je niets tegen me zegt ben ik bang dat ik die veer terug moet vragen, om hem aan een echte vriend te geven.'

Toen Michael eindelijk sprak, praatte hij zo zacht dat het bijna niet te horen was. 'Mama was verdrietig. Ze moest huilen. Hij zei dat ze zich beter zou voelen als we haar wat van Max' medicijn gaven. Ik wilde dat mama zich beter zou voelen.'

'Zei Max dat?'

'Niet Max.'

'Wie dan?'

'We konden het medicijn van Max niet vinden, maar hij zei dat er nog wat in de naald zat en dat dat genoeg was.'

'Wie, Michael?'

'Toen we het aan haar probeerden te geven begon mama te schreeuwen, en toen werd hij bang en duwde hij haar onder water tot ze ophield.'

'Over wie heb je het, Michael? Wie duwde haar onder water?'

'Mitchell.'

52

Michael

Ik reed.

Ik reed als een waanzinnige weg van het motel, zo snel ik kon – dertig, veertig, soms meer dan vijftig kilometer te hard. Het kon me geen fuck schelen. Als ik naar de kant werd gehaald, als ik werd gearresteerd, als ze een kogel door mijn kop joegen… alles was beter dan naar de vloer voor de passagiersstoel te kijken en die schoenen te zien staan.

Molly.

Ik zag haar haarscherp voor me. Ze had de kleren aan die in mijn bad hadden gelegen. Had déze schoenen gedragen.

Lachte naar me.

Shit.

Shit.

Shit.

Op de donkere, verlaten weg kon ik die witte schoenen laten verdwijnen, maar elke keer wanneer ik een parkeerplaats of een afslag naderde werd het interieur van de auto net genoeg verlicht om ze even te kunnen zien.

Molly's schoenen.

Op twintig minuten rijden van Nowhere, Arizona ging ik naar de kant.

Ik trapte hard op de rem en de achterwielen kwamen slippend tot stilstand in het grind; er dwarrelde een wolk zand en stof op en ik rook verschroeide rubber. Het getik van de warme, afgeslagen motor klonk in het verder stille donker.

De schoenen, die weigerden te verdwijnen, hoe vaak ik ook met mijn ogen knipperde of de andere kant op keek, vlogen over de autovloer.

Een stem in mijn hoofd fluisterde: *Zij maakte geen deel uit van het plan, Michael. Zij was gewoon voor de lol. En ze wás leuk, hè?*

Ik hield mijn handen voor mijn oren zodat ik de stem niet zou horen.

Concentreer je, Michael!

Niet echt.

Niet echt.

Toen wist ik het weer. Waar ik haar gezien had.

Ze was wél echt.
Alleen jij vanavond? Zo te zien ben je wel toe aan een lekker zacht bed.
Ik had haar niets aangedaan.
Dat zou ik nooit doen.
Ik gooide de deur open en gaf over in het grind.

53

SCHRIFTELIJKE VERKLARING, MEGAN FITZGERALD

De stewardess die in het gangpad stond glimlachte naar me en wees naar haar karretje. Vroeg iets.

Ik drukte op de pauzeknop en zette mijn koptelefoon af.

'Wilt u een gratis drankje of misschien de menukaart?' vroeg ze.

Nee. Ik wil alleen maar dat je oprot. Je ziet toch dat ik ergens mee bezig ben? Ik glimlachte haar toe. 'Ik zou een moord doen voor een Grey Goose met cranberry.'

'En uw vriend? Weet u wat hij drinkt?'

'Mijn...' Ik keek naar de lege stoel naast me. Warren was nog steeds niet stijf van de Viagra onverrichter zake teruggekomen.

Ik boog me dichter naar haar toe en fluisterde: 'Hij zei dat hij wiet ging roken op de wc. Ik heb gezegd dat hij dat niet moest doen, maar hij is altijd nerveus als hij moet vliegen en hij zei dat dat het het enige is wat hem kalmeert. Hij is al een tijdje weg, ik hoop dat er niets aan de hand is. Vorige keer kreeg hij een enorme schok omdat hij liep te kloten met de rookmelder.'

Ze bleef glimlachen. 'Misschien kan ik beter even bij hem gaan kijken.'

Ik knikte instemmend. 'U moet twee keer kloppen, anders doet hij denk ik niet open. Daar is hij een beetje raar in.'

Nadat ze mijn drankje had klaargemaakt liep ze terug naar het hokje voor de cabine en sprak daar met twee stewards. Toen snelden ze met z'n drieën het gangpad door, naar de achterkant van het vliegtuig.

Mijn wodka was heerlijk.

Ik zette mijn koptelefoon weer op en drukte op play.

Dr. Bart klonk verward toen hij vroeg: 'Wie is Mitchell?'

'Mitchell duwde mama onder water tot ze stopte met huilen. Tot ze ging slapen.'

'Michael, ik heb gelezen wat de politie zegt. Ik weet dat je op dat moment alleen was met je moeder.'

'Niet alleen met haar, Mitchell was er ook.'

'Wat heb ik nou net gezegd over liegen, Michael? Je hoeft geen verhalen voor mij te verzinnen. Je kunt me de waarheid vertellen. Ik zal het tegen niemand zeggen. Zelfs niet als je iets verkeerds hebt gedaan. Zelfs niet als je écht iets heel ergs hebt gedaan. Ik zal het aan niemand vertellen. Je krijgt er geen problemen mee. Niet met mij.'

'Ik lieg niet. Het was Mitchell. Mitchell is soms gemeen. Net als Max.'

Dr. Bart schraapte zijn keel. 'Je zei dat je in je eentje op het bed zat toen Max weer de kamer binnenkwam. Waar was Mitchell toen?'

Michael zei niets.

'Zat hij bij je op bed tv te kijken?'

'Mitchell zat in de kast toen Max thuiskwam. Mitchell maakte geen geluid.'

'Je hebt tegen me gelogen over je moeder en het medicijn. Nu lieg je hierover. Je kunt me de waarheid vertellen, Michael. Je zult je beter voelen als je dat doet. Liegen is moeilijk. En het is ook slecht. Niemand houdt van leugenaars. Je voelt je veel fijner wanneer je de waarheid vertelt.' Hoewel hij resoluut was, bleef de stem van dr. Bart rustig en geduldig. 'Vrienden liegen niet tegen elkaar.'

Zonder aarzeling zei Michael: 'Mitchell helpt Max altijd met zijn medicijn. Mitchell hielp mama om in slaap te vallen.'

Ze zwegen allebei – ik hoorde alleen ademhalingen; de snelle, hoge ademhaling van Michael en de lage van dr. Bart.

Dr. Bart was de eerste die sprak. 'Michael, heeft Max je wel eens pijn gedaan?'

'Nee.' Michael antwoordde snel – hij had nauwelijks tijd gehad om over de vraag na te denken. Té snel.

'Heeft hij je wel eens wat van zijn medicijn gegeven?'

'Nee.'

'Heeft hij je wel eens aangeraakt op een manier die je vervelend vond?'

'Nee.'

'Heeft hij...'

'Nee!' schreeuwde Michael. 'Nee! Nee! Nee!'

'Haal diep adem, Michael. Rustig aan.'

'Ik wil er niet meer over praten!'

'Rustig aan, Michael.'

Opnieuw een stilte.

'Michael, heeft Max ooit geprobeerd om Mitchell pijn te doen?'

Toen gilde Michael; een afschuwelijke, hoge gil. Ik rukte bijna de koptelefoon van mijn hoofd, en dat zou ik ook zeker gedaan hebben als dr. Bart de opname niet had stilgezet.

Na de gil klonken er een paar klikken. Toen ging het gesprek verder.

'Dit is dr. Barton Fitzgerald. Sessie twee met Michael Kepler. Hoewel Michael Kepler duidelijk getraumatiseerd is, geeft hij geen blijk van de kenmerken die doorgaans worden waargenomen bij patiënten met schizofrenie of een dissociatieve stoornis. Aangezien beide mijn specialiteit zijn, durf ik die diagnoses wel uit te sluiten, en ik noem ze hier alleen voor het geval iemand die minder gekwalificeerd is naar deze opname luistert en van mening is dat een van beide hier aan de orde is. Ik wil heel duidelijk stellen dat dit niet het geval is. Ik acht het zeer wel mogelijk dat wanneer de omstandigheden niet waren veranderd, wanneer hij in die vijandige omgeving was blijven leven, hij een stoornis zou hebben ontwikkeld. Momenteel heb ik echter geen enkele reden om aan te nemen dat deze Mitchell meer is dan een denkbeeldige vriend die Michael heeft verzonnen om de afgrijselijke omstandigheden waarin hij moest leven het hoofd te bieden. Een strategie die je vaak ziet bij een kleuter. Hij weegt momenteel nog geen twintig kilo, en ik kan me moeilijk voorstellen dat hij zijn moeder zo lang onder water heeft weten te duwen dat ze is verdronken. Hoewel dat scenario overeenkomt met de doodsoorzaak die de lijkschouwer heeft vastgesteld, is het naar mijn mening slechts een gedeeltelijke verklaring voor wat zich heeft afgespeeld.'

Dr. Bart pauzeerde even en voegde daar toen aan toe: 'Ik denk dat het voor de luisteraars die niet op de hoogte zijn van alle relevante gegevens belangrijk is om te vermelden dat het medisch onderzoek van Michael Kepler tekenen van seksueel misbruik en fysieke mishandeling aan het licht heeft gebracht. De littekens en blauwe plekken wijzen erop dat dit misbruik minstens een jaar geleden is begonnen en dat het meest recente voorval zich minder dan een week geleden heeft voorgedaan. Het is in deze fase heel normaal dat de patiënt dergelijke mishandeling ontkent, vooral ook gezien zijn leeftijd, maar ik denk dat hij na verloop van tijd bereid zal zijn meer details te bespreken. Ik wil hem wat dat betreft niet te veel onder druk zetten. Hij is nu vier, en hoogstwaarschijnlijk zullen de herinneringen aan deze traumatische gebeurtenissen langzaam vervagen en op zijn zesde helemaal vergeten zijn. Ik heb nog niet besloten of het beter voor hem is zich de betreffende gebeurtenissen te blijven herinneren of ze te begraven.'

De opname was afgelopen. Ik deed mijn koptelefoon af en dronk mijn glas leeg.

De twee stewards brachten Warren terug naar zijn plaats. Hij had een rood gezicht en zat onder het bloed. Zonder me aan te kijken mompelde hij: 'Vuile trut.'

'Ik hou ook van jou, Warren.'

54

Dobbs

Special agents Omer Vela en Sammy Goggans arriveerden iets voor middernacht met de auto, vijf minuten later gevolgd door de U.S. Marshals. Gimble had een kaart uitgespreid over de motorkap van een van de SUV's. Marshal Garrison stond naast haar en volgde met zijn vinger de verschillende wegen die het plaatsje uit liepen. 'Arizona en Nevada liggen voor de hand. Hij zou ook terug kunnen gaan naar Californië. Het valt niet te zeggen.'

Sheriff Moody zei: 'We hebben hier een klein regionaal vliegveld, een bushalte en een treinstation. Die worden allemaal door mijn mensen in de gaten gehouden, voor het onwaarschijnlijke geval dat hij de auto achterlaat en verder reist met het openbaar vervoer.'

'Los Angeles kent hij,' zei Dobbs. 'Hij zou daar kunnen verdwijnen. Al deze wegen lopen door open vlakten. Dat is te gevaarlijk voor hem. Ik denk dat hij teruggaat naar de stad.'

Gimble knipte weer met haar vingers. 'Als hij zich wilde schuilhouden in LA, zou hij denk ik niet al die moeite hebben gedaan om een auto te regelen. Iets zegt me dat hij een lange autorit gaat maken. Je zei dat hij oorspronkelijk uit New York kwam. Misschien gaat hij naar huis.'

Garrison zei: 'Hij komt nooit het hele land door.'

'Hij heeft minstens twee, drie uur voorsprong op ons. Ik wil het opsporingsbericht uitbreiden – Texas, Kansas, Oklahoma... al die omringende staten.' Ze maakte een grote cirkel met haar vinger.

'Ook al weten we het kenteken niet?'

'Slechteriken vang je niet alleen maar met kentekens,' zei Gimble. 'Je moet het op de ouderwetse manier aanpakken. Surveilleer op de wegen. Je zoekt een kleine oude zwarte sportwagen. Een MG, een Fiat, een Porsche... zo'n auto moet opvallen.'

Vela kwam de stacaravan uit, met Begley achter zich aan. Hij hield een mobiele telefoon en verschillende zakjes met bewijsstukken erin vast. Die legde hij naast de kaart op de motorkap van de SUV en hij gaf de telefoon aan Sammy. 'We denken dat deze van Erma is, maar we hebben geen toegangscode. Kun jij erin komen?'

Sammy bekeek de telefoon en verbond hem toen met zijn MacBook. Hij opende een programma, toetste het serienummer in en keek op het scherm. 'Het is een Alcatel Pixi Avion met een oudere versie van Android, Lollipop. Ik kom er wel in, maar dat duurt even.'

Gimble boog zich over het zakje met het verchroomde pistool, dat nu onder het roet zat. 'Wat heeft die opgeleverd?'

'Keplers vingerafdrukken zitten erop, maar er is niet recent mee geschoten. Ik heb zijn vingerafdrukken ook overal in de caravan gevonden. Maar hierop niet.' Hij hield het zakje met de lijmtube omhoog. 'Daar zitten alleen de vingerafdrukken van Erma en Roland en van een onbekende persoon op. Niet die van Kepler.'

'Dus voor de moord heeft hij handschoenen aangetrokken?' vroeg Dobbs.

Begley haalde zijn schouders op. 'Het lijkt merkwaardig, als je bedenkt dat hij in die caravan zo ongeveer alles heeft aangeraakt.'

Gimble keek naar het derde zakje. 'En het boek?'

Het boek.

Dat hadden ze op het bed onder het lichaam van Erma Eads gevonden, met een veer tussen twee van de bladzijden.

Begley pakte het op, bladerde het door en bekeek het omslag. '*Versplinterd*, van dr. Barton Fitzgerald.'

Vela zei: 'Het is een casestudy van een van zijn patiënten met een dissociatieve identiteitsstoornis.'

'Meerdere persoonlijkheden,' zei Gimble meesmuilend. 'Bestaat dat echt?'

Vela knikte. 'Komt zelden voor, maar het bestaat.'

'Zeg alsjeblieft dat dit boek niet over Kepler gaat.'

'Nee, het gaat niet over hem. Fitzgerald noemt zijn patiënt John, maar het boek is gepubliceerd in 1982, tien jaar voor Keplers geboorte.'

'Waarom heeft Kepler het dan onder het lichaam gelegd?'

Vela opende het boek op de pagina's waar de veer tussen had gelegen. Er was een zin onderstreept: *Wie heeft het voor het zeggen?*

'Fitzgerald gebruikt deze vraag het hele boek door om vast te stellen met welke van Johns dertien persoonlijkheden hij te maken heeft,' legde Vela uit. 'David heeft het voor het zeggen, Joey heeft het voor het zeggen, John heeft het voor het zeggen... de persoonlijkheid die op de voorgrond treedt, heeft het voor het zeggen.'

Dobbs zei: 'Kepler is hier niet helemaal naartoe gereden om een boek voor ons achter te laten.'

'Kepler is hiernaartoe gekomen omdat hij informatie wilde,' zei Begley. 'Erma Eads is zwaar mishandeld. Ze is kort voor haar dood nog geslagen. Hij heeft haar neus minstens een half uur voor hij met haar mond begon dichtgelijmd. Hij heeft de tijd genomen – hij lijmde haar lippen eerst aan de linkerkant dicht en werkte toen op zijn gemak de rest af, druppel voor druppel. Dat kan ik zien aan de verwondingen. Hij lijmde, zij trok haar lippen met haar kaakspieren van elkaar. Dan lijmde hij opnieuw. Hij heeft haar gemarteld. Hij kwam hier om informatie los te krijgen. Misschien om haar het zwijgen op te leggen. Of mogelijk allebei.'

Gimble nam even de tijd om dat te verwerken. 'Ik wil achtergrondinformatie over Erma en Roland Eads. We moeten het verband zien te ontdekken.'

De telefoon van de sheriff ging en hij nam op. 'Moody.'

Het gesprek duurde een paar minuten. Toen hij klaar was keek hij Gimble aan. 'Je clusterfuck is weer wat groter geworden. Er is nog een lichaam gevonden, een paar kilometer verderop, in het Lutz Motel.'

'Gimble!'

Het werd geroepen door marshal Garrison. Hij rende om de SUV heen naar hen toe. 'Ik heb jullie opsporingsbericht doorgebeld en de computer heeft het aan drie 77-meldingen gekoppeld die het afgelopen uur zijn gedaan.'

Gimbles ogen vernauwden zich. 'Wat is een 77-melding?'

'Verkeersmeldingen van burgers,' zei Dobbs. 'Agressief of afwijkend rijgedrag.'

Garrison knikte. 'Een uur of drie rijden van hier op een snelweg in Arizona. Een zwarte Porsche, een model uit de jaren zestig. Een agent van de staatspolitie zit ongeveer een halve kilometer achter hem. Ik heb opdracht gegeven hem te observeren maar niet aan te houden.'

Gimble dacht even na en zei toen: 'Begley, rond het hier af en ga dan naar dat motel. Werk samen met de plaatselijke politie. Garrison, jij moet marshals in Arizona mobiliseren en de weg laten afsluiten. Ga dan zelf vanaf hier achter hem aan zodat hij aan beide kanten wordt ingesloten. Duidelijk?'

'Ja.'

Ze wendde zich weer tot de sheriff. 'Hoe snel kunnen jullie ons weer bij die helikopter krijgen?'

55

SCHRIFTELIJKE VERKLARING, MEGAN FITZGERALD

Warren snurkte.

Niet alleen was die vreselijke kerel zowel lichamelijk als moreel weerzinwekkend, hij maakte ook nog eens walgelijke geluiden.

Een steward was me oordopjes komen aanbieden, maar ik had hem afgewimpeld door mijn koptelefoon omhoog te houden. Toen hij zich tot de andere passagiers richtte die last hadden van Warrens gesnurk, haalde ik weer een bandje uit mijn rugzak.

Donkere kamer – M. Kepler – 12 september 2007.

In 2007 was Michael vijftien. Elf jaar na het vorige bandje.

Ik had alles meegenomen wat ik in het kantoor van dr. Rose had gevonden, maar er was ongetwijfeld meer. Uit eigen ervaring wist ik dat dr. Bart alle sessies opnam, en met Michael had hij meerdere gesprekken per week gehad. Er ontbraken waarschijnlijk honderden bandjes. Of dr. Rose had ze ergens verstopt, of ze waren nog in het kantoor van dr. Bart, of iemand anders had ze.

Waar waren *míjn* bandjes?

Ik had er niet één gevonden.

Ik zette de koptelefoon op, deed het bandje in de speler en drukte op play.

Dr. Bart schraapte zijn keel. 'Ik heb iets bijzonders voor je vandaag.'

'O ja? Wat dan?'

Het was raar om de stem van de oudere Michael te horen. Hij klonk net iets anders dan zijn huidige stem en zat ergens tussen de kinderstem op het eerste bandje en zijn huidige stem in. Het was een stem uit mijn verleden.

'Je zult de donkere kamer in moeten.'

'Waarom kunnen we niet gewoon hier blijven en aan uw bureau praten?'

'Dat weet je wel.'

'Uw onderzoek?'

'Ja.'

'Hebt u zich wel eens afgevraagd hoe uw onderzoek bij daglicht zou verlopen? Zouden de resultaten dan hetzelfde zijn?'

'Als het onderzoek in het licht werd uitgevoerd zou het niet hetzelfde zijn, hè? Als je zo'n wezenlijke variabele verandert, tast dat het hele onderzoek aan.'

'Misschien wordt het er wel beter van.'

'Of slechter.'

'Maar sowieso anders,' bracht Michael naar voren. 'Soms is anders beter.'

'Ben je bang om de donkere kamer in te gaan?'

'Nee, natuurlijk niet.'

'Maar je bedenkt altijd uitvluchten om het uit te stellen.'

'Heb ik gezegd dat ik níét naar binnen zou gaan?'

'Je impliceerde het met je opmerkingen.'

'Maar ik heb niet gezegd dat ik het niet zou doen.'

Er klonk het geluid van een la die open- en dichtging. 'Deze zul je nodig hebben.'

Michael reageerde niet.

'Pak aan dan.'

'Waar heb ik een schaar voor nodig? Is die niet van Megan?'

'Ik zal hem teruggeven als we klaar zijn.'

Ik zette het bandje stil. Ik kon me herinneren dat ik mijn schaar kwijt was geweest, die met het paarse handvat. Toen ik tegen dr. Rose zei dat ik hem niet kon vinden, gaf ze mij de schuld. Ze zei dat ik altijd alles kwijtraakte omdat ik dingen niet teruglegde op hun plek.

Bedankt, dr. Bart. Lekker aan het stelen van kinderen?

Ik speelde het bandje weer af en hoorde het geluid van een schaar die over het bureau werd geschoven. Ik kon hem bijna zien.

'Fijn of pijnlijk?' vroeg Michael.

'Je weet dat ik dat niet van tevoren kan zeggen.'

'Uw onderzoek.'

'Mijn onderzoek. Je moet vrijwillig naar binnen gaan, wat je ook te wachten staat.'

'En als ik weiger?'

'Dat recht heb je. Ik zal je niet dwingen. Dat weet je.'

Michael zweeg even. Toen vroeg hij: 'Hoelang deze keer?'

'Een half uur.'

Michael ademde uit.

Het geluid van een schaar die open- en dichtging.

Toen Michael weer sprak, klonk het blinde vertrouwen in zijn stem door dat elke vijftienjarige jongen heeft. 'Oké, ik doe het.'

Er ging een la open en weer dicht.

'Je kunt de blinddoek afdoen als je eenmaal binnen bent.'

Michael zuchtte, maar protesteerde niet.

Er klonk gekraak. Iemand pakte de cassetterecorder op en begon ermee te lopen. Ik hoorde dr. Bart zijn sleutels in de sloten van de deur van de donkere kamer steken. Het geluid van een slot dat werd opengedraaid. Ik verwachtte altijd dat de deur zou piepen wanneer hij hem opende, een hoog, onheilspellend geluid, maar dat gebeurde niet. Toen ik mijn ogen dichtdeed zag ik het echter wel voor me.

De deur zwaaide langzaam open. Dr. Bart loodste Michael naar binnen, zoals hij dat met mij ook zo vaak had gedaan.

'Ga daar zitten,' zei dr. Bart. 'Ik heb een kruk voor je neergezet. Goed zo.'

Toen werd de deur gesloten. Ik hoorde het slot dichtgaan.

Dr. Bart klopte twee keer op de deur, zoals zijn gewoonte was. 'Kun je me goed horen?'

'Ja,' antwoordde Michael. Zijn stem klonk gedempt.

'Je kunt de blinddoek nu afdoen.'

Ik wist dat dat niet uitmaakte. Het was altijd pikdonker in de kamer. Er mocht nog geen streepje licht binnenkomen. De blinddoek zorgde er alleen maar voor dat je niets zag zolang de deur open was, wanneer je de kamer in stapte.

'Wat ruik ik?'

Dr. Bart zei: 'Je bent daar niet alleen, Michael. Vier uur geleden is er een van mijn andere patiënten naar binnen gegaan, en zij is er nog steeds. Ze is niet alleen blind, zoals jij, maar ook doof. Ik zal er niet over uitweiden hoe ik beide zintuigen heb weten te blokkeren, daar kunnen we het misschien een andere keer over hebben, maar het is belangrijk dat je begrijpt dat ze niet weet dat je daar bij haar bent. Ze heeft water, mocht je dorst krijgen, al weet ik niet hoe ze zal reageren als je dat van haar probeert af te pakken. Ik raad je aan die schaar in de aanslag te houden voor het geval ze niet positief op je aanwezigheid reageert.'

Hij zweeg even en vervolgde toen: 'Ik heb haar ook nog iets anders gegeven, Michael. Het kan een kostbare aangelegenheid zijn om bewijs uit een moordzaak in handen te krijgen. Ik heb er heel veel moeite voor moeten doen. Ik heb er een aantal gunsten voor moeten bewijzen, maar ik was van mening dat het nodig was om er zeker van te zijn dat dit experiment zou slagen. Het is de ijzerzaag die Maxwell Pullen heeft gebruikt om je moeder in stukken te zagen. Toen ik hem aan dit meisje gaf, het meisje dat daar bij je is, heb ik tegen haar gezegd dat het het enige wapen is waarmee ze zich kan verdedigen en dat ze er niet voor moet terugschrikken om het te gebruiken. Ze is namelijk kortgeleden misbruikt, op een manier die wel wat lijkt op de manier waarop dat jou met Maxwell Pullen is overkomen. Ze kon zich toen niet verdedigen, en ze is in de donkere kamer om die ervaring opnieuw te beleven, deze keer hopelijk met een betere afloop. Ze wil de kracht en het zelfrespect herwinnen waarvan ze het gevoel heeft dat ze ze is kwijtgeraakt. Jij kunt haar helpen, Michael. En ik denk dat zij jou zal helpen. Ik ben tot de conclusie gekomen dat drie uur lang genoeg moet zijn voor deze test.'

'U zei een half uur.'

'Ik heb het aangepast.'

'Ik ga haar geen kwaad doen, dr. Bart,' zei Michael, wiens stem gedempt werd door de deur.

Dr. Bart zei: 'Mitchell zou het wel doen.'

56

SCHRIFTELIJKE VERKLARING, MEGAN FITZGERALD

Plotseling stopte de opname. Er klonk een klik, en toen hoorde ik alleen nog het geruis van een leeg bandje.

'Shit,' mompelde ik.

Warren bewoog onrustig, maakte een smakkend geluid en viel weer in slaap.

Ik haalde het bandje uit de cassettespeler en vond het laatste bandje dat in mijn handtas zat.

Donkere kamer – M. Kepler – 8 april 2009.

Michaels zeventiende verjaardag.

Op dit bandje stond geen inleiding. Niets van dr. Bart. Eerst dacht ik dat het misschien leeg was, toen hoorde ik een paar klikken – de sloten op de deur van de donkere kamer.

Vervolgens hoorde ik iemand licht hijgend ademhalen.

De cassetterecorder was op de grond gezet. Ik deed mijn ogen dicht en zag hem voor me, links naast de deur. Ik had dr. Bart het apparaat daar talloze malen zien neerzetten.

'Wil je wat water?'

'Ja.'

'Wat ja?'

'Meneer. Ja. Water graag, meneer,' zei Michael. Hij klonk zwak en was nauwelijks te horen.

'Wie heeft het voor het zeggen?'

Geschuifel.

'Wie heeft het voor het zeggen?'

'Michael.'

'Wie heeft het voor het zeggen?' herhaalde dr. Bart, die steeds gefrustreerder begon te klinken.

'Michael.'

De deur werd gesloten.

Sloten werden weer dichtgedraaid.

Er klonk eén klik, en even later nog een – de opname was stilgezet en werd toen weer vervolgd. Ik kon niet zeggen hoeveel tijd ertussen zat.

'Wie heeft het voor het zeggen?' vroeg dr. Bart weer.

'Ik moet water hebben,' zei Michael van achter de deur. 'Alstublieft...'

'Pas als je stopt met liegen.'

'Hoelang?' vroeg Michael zacht.

'Je bent daar nu drieëndertig uur. Ik sta op het punt er vierendertig van te maken.'

'Ik lieg niet.'

'Ik kan makkelijk nog een uur wachten, of twee uur, of tien uur. Ik ben een geduldig mens. Je weet dat je me beter niet op de proef kunt stellen.'

'Michael heeft het voor het zeggen.'

'Ettertje.'

'Dat is niet erg professioneel, dr. Bart,' zei Michael.

Dr. Bart schraapte zijn keel. 'Waarom heb je Maxwell Pullen niet gedood? Je had een einde kunnen maken aan al de mishandelingen en het misbruik.'

'Ik was een kind.'

'Dat weerhield je er niet van je moeder uit haar lijden te verlossen.'

'Dat zijn uw woorden.'

'We kennen allebei de waarheid. Je hebt haar op de een of andere manier weten te overmeesteren – misschien kwam het door hoe je je gewicht plaatste of doordat je haar verraste, maar hoe je het ook hebt gedaan, op de een of andere manier heb je je eigen moeder weten te doden. Je hebt haar onder water geduwd, net zo lang tot ze dood was.'

'Niet waar.'

'Je had Pullens heroïne kunnen pakken, er een spuit mee vol kunnen stoppen en die in de arm van die kerel kunnen steken. Je was lang genoeg in je eentje bij hem terwijl hij buiten bewustzijn in een hoek lag. Maar in plaats van het leven te beëindigen van de man die je het leven zuur maakt, dood je je eigen moeder. Was ze bij bewustzijn? Keek ze naar je op door het water? Lukte het haar in die laatste momenten van haar leven om je op de een of andere manier te smeken om haar leven te sparen, al was het maar met haar ogen? Mijn lieve jochie, hoe kón je?'

'Hou op,' zei Michael.

'Wie heeft het voor het zeggen?'

'Krijg de tering.'

'Weet je waarom ik denk dat je Max hebt gespaard en je moeder hebt vermoord? Ik denk dat je genoot van de dingen die hij met je deed. Ik denk dat je het gevoel had dat je moeder jullie in de weg stond. Dat kon je niet laten gebeuren. Misschien was je jaloers. Je moeder moest sterven zodat je Max helemaal voor jezelf kon hebben.'

'U bent erger dan Max ooit is geweest.'

'Wie heeft het voor het zeggen?'

'Waarom doet u de deur niet open, dan laat ik het u zien.'

Weer een luide klik, maar deze keer volgde er alleen ruis.

Ik hield mijn ogen dicht terwijl ik mijn hoofd tegen de leuning drukte en naar het zachte geruis op dat laatste bandje luisterde en het vliegtuig de landing inzette.

DEEL 3

FLAGSTAFF, ARIZONA

Mensen die zich neerleggen bij een nederlaag,
worden een springplank voor degenen onder ons die dat niet doen.

– dr. Barton Fitzgerald

57

Dobbs

De regen kwam uit het oosten – eerst een paar druppels tegen het dikke glas van de voorruit van de Bell 407, toen meerdere slagregens en ten slotte een regelrechte aanval – het water sloeg tegen het glas en rolde met zo'n geweld langs de zijkanten omlaag dat het zicht slecht was.

Dobbs wierp een blik op Sammy, die met zijn gordel om op de stoel naast hem zat. Zijn gezicht was groen geworden en zijn knokkels waren wit; hij klemde zijn handen zo stevig om zijn MacBook, die met een USB-kabel verbonden was met de mobiele telefoon van Erma Eads, dat het bijna leek of het een parachute was. Hij had zijn ogen dicht en zijn lippen bewogen geluidloos. Hij boezemde niet bepaald vertrouwen in.

Vela had geen aandacht voor het weer en zat tegenover Dobbs het boek te lezen dat hij onder het lichaam van Erma Eads had gevonden.

Voor in de helikopter boog Gimble zich in de stoel van de copiloot naar voren en tuurde door de sluier van regen naar de vage contouren van de I-40. 'Ik blijf het liefst op deze hoogte, maar als je boven storm wilt vliegen moet je dat doen; we hebben de gps-coördinaten van ons doelwit.'

Haar stem klonk iel en blikkerig in Dobbs' koptelefoon.

De piloot, een veteraan uit de Golfoorlog die Cory Harland heette, haalde zijn schouders op. 'In het donker vlieg ik hoofdzakelijk op mijn instrumenten, dus het maakt mij niet uit. De regen ziet er eng uit maar heeft weinig invloed. Wind kan verdomd lastig zijn, maar van een beetje regen wordt dit ding alleen maar schoon.'

Vóór hen schoten bliksemflitsen door de lucht en verlichtten de ziedende zwarte wolken, alsof ze de passagiers in de helikopter eraan wilden herinneren hoe onbeduidend ze waren.

Gimble knikte en zette een schakelaar om. 'Winkler, zie je hem nog?'

Even later hoorden ze de stem van de agent van de staatspolitie. 'Ik ben weer iets dichter achter hem gaan rijden, want ik wilde hem niet uit het zicht verliezen met al die regen. Ik hou ongeveer vierhonderd meter afstand. Hij rijdt voortdurend ergens tussen de honderdtien en honderdveertig kilometer per uur.'

Een half uur eerder had Winkler overwogen Kepler naar de kant te halen. De Porsche was zo ver naar rechts afgeweken dat hij van het asfalt was geraakt en slippend in het grind was beland. Toen de bestuurder met een harde ruk naar links had bijgestuurd, had de Porsche flink heen en weer geslingerd en was hij bijna op de rijstrook met tegemoetkomend verkeer terechtgekomen. Hoewel het op dit tijdstip stil was op de weg, was er wel wát verkeer, en uiteindelijk had de verkeerspolitie van Arizona het voor het zeggen wanneer het om de verkeersveiligheid ging, en niet de FBI. Als Winkler besloot dat het nodig was Kepler aan te houden, kon Gimble weinig anders doen dan uitleggen wat de huidige situatie was: marshals hadden een team uit Flagstaff ingeschakeld en ongeveer vijftig kilometer verderop in oostelijke richting een wegversperring op de I-40 aangebracht, en Garrisons team zat een minuut of twintig achter Kepler en haalde hem langzaam in. Zolang Kepler in oostelijke richting bleef rijden, zouden ze hem te pakken krijgen. Als Winkler hem naar de kant probeerde te halen, raakte Kepler misschien in paniek en zouden er gewonden kunnen vallen. Het leek de veiligste optie om hem te volgen tot de wegversperring.

'O jezus,' mompelde Winkler.

'Wat is er?' vroeg Gimble.

'Hij vlóóg echt langs een vrachtwagen. Hij moet zeker honderdzestig hebben gereden. Hij miste op een haar na een tegenligger. Die moest de weg af.'

'Maar er is niemand gewond, hè?'

'Je hebt hier alleen maar woestijn. Er is niets om tegenaan te botsen. Die auto reed het zand in en draaide zeker twee keer om zijn as. Nu staat hij stil.'

'Blijf hem volgen.'

'Ik moet eigenlijk gaan kijken of alles in orde is met de passagiers.'

'Meneer Winkler...'

Dobbs wist dat ze hem geen bevelen kon geven; dan zou ze haar boekje te buiten gaan. Maar ze zou het wel heel graag willen.

Winkler zei: 'Ik heb een wagen achter me gewaarschuwd. Die zal stoppen. Ik zal hem blijven volgen. Ik verhoog mijn snelheid tot honderdzeventig kilometer per uur om de vrachtwagen in te halen. Ik dicht de afstand tot tweehonderd meter.'

Gimble bewoog zenuwachtig met haar vingers. 'Niet te dichtbij komen. Als jij hem kunt zien, ziet hij jou ook.'

'Daar ben ik me van bewust, ik... o, shit!'

'Wat is er?'

Geen reactie.

'Winkler?'

Even later klonk zijn stem krakend weer door de luidspreker. 'Er zat nog een andere vrachtwagen voor deze. Die had ik niet gezien. Ik moest ze allebei inhalen. Ik zie Kepler weer. Het is harder gaan regenen en hij rijdt nu langzamer.

Hij blijft nu rond de honderdtien rijden. Ik houd dezelfde snelheid aan.'

Harland tikte Gimble op haar schouder en wees. 'Volgens mij is hij dat, op één uur.'

Dobbs volgde zijn blik en zag twee vrachtwagens dicht op elkaar rijden, met daar vlak voor een andere auto en dáár weer voor nog meerdere andere. Hoewel Winkler zijn zwaailichten niet aan had, kon Dobbs vaag de cijfers op het dak van zijn auto onderscheiden toen de helikopter iets lager ging vliegen.

Gimble zei: 'Winkler, we zien jullie. We naderen van achteren.'

'Begrepen.'

'Daar is de wegversperring,' zei Harland wijzend. Dobbs zag een kilometer of vijftien verderop een rij auto's dwars over de weg staan.

'Hij gaat langzamer rijden. Hij nadert een andere auto,' zei Winkler. 'Moet ik dichter achter hem gaan rijden of afstand houden?'

Gimble stond nu bijna op haar stoel. 'Wat zijn al die lichten daar?'

Harland zei: 'Flagstaff ligt een eind verderop rechts, de Flying T-truckstop ligt links.'

'Wat moet ik doen?' vroeg Winkler weer.

Gimble zette de schakelaar naast zich weer om. 'Garrison, waar ben jij? Hoe ver zit je van Flagstaff?'

'Ik zit een minuut of tien achter die wagen van de staatspolitie.'

'Ik neem aan dat je alle afritten voor de wegversperring kunt laten afgrendelen?'

'Ja,' zei Garrison. 'Zodra u een seintje geeft, sluiten we ze af. Kepler zal niets anders kunnen doen dan doorrijden naar het oosten, de fuik in.'

'Doe het nu.'

'Begrepen.'

Ze zette de schakelaar weer om. 'Houd afstand, Winkler. Er zitten U.S. Marshals achter je en jullie naderen de wegversperring. Alle afritten worden afgesloten.'

'Begrepen.'

'Wie is dat?' vroeg Dobbs, en hij wees naar een andere auto, die met hoge snelheid de wagen van Winkler naderde.

'Ga er dichter naartoe,' droeg Gimble Harland op.

Toen de helikopter daalde, draaide Dobbs' maag om. Ze vlogen nu op een hoogte van amper zeven-, achthonderd meter. Hij boog zich naar voren om alles beter te kunnen zien. Hij kreeg de achterlichten van de auto in het oog toen die met hoge snelheid langs Winklers wagen raasde.

Ze hoorde Winklers stem weer in hun koptelefoon. 'Ik ben zojuist ingehaald door een andere zwarte Porsche.'

58

Dobbs

'Blijf de eerste volgen,' zei Gimble.

'Deze gast rijdt bijna net zo beroerd als die andere,' antwoordde Winkler.

'Blijf bij de eerste,' herhaalde Gimble.

Dobbs tuurde door de regen. Vanaf deze afstand waren de twee auto's onmogelijk uit elkaar te houden; ze waren slechts twee vage zwarte vlekken.

'Deze vent komt heel snel dichterbij. Hij is al bijna bij Kepler,' zei Winkler. 'Laat maar, hij heeft hem net ingehaald.'

'Wat krijgen we nou?' mompelde Gimble. 'Wat doet hij?'

Dobbs zag de tweede Porsche voor Kepler uit rijden en toen met volle kracht remmen. Kepler wist hem te ontwijken door naar de andere baan te zwenken en naast de andere auto te gaan rijden. Even later raasde hij er voorbij en ging hij terug naar zijn eigen rijstrook.

De helikopter ging met een ruk omhoog. Dobbs viel achterover in zijn stoel en greep zich vast aan het leer. Naast hem slaakte Sammy een gilletje.

Het toestel schudde even flink heen en weer en ging toen weer recht vliegen.

'Sorry,' zei Harland. 'Dat zal de wind zijn geweest waar ik het net over had. Die wordt steviger. Niks aan de hand.'

Vela keek op van het boek, wierp een blik uit het raam en las onverstoorbaar verder.

Toen Dobbs naar de weg keek, haalde een van de twee auto's de andere weer in.

Winkler meldde zich weer, en zijn stem droop van frustratie. 'Ze blijven van positie wisselen. Ik weet niet meer wie wie is. Ik moet dichterbij zien te komen, dan kan ik misschien de nummerborden lezen.'

Gimble zei: 'Het maakt niet uit, ze kunnen geen kant op. We houden ze allebei aan, dan vogelen we het wel uit.'

Er klonken een paar piepjes op de Sammy's MacBook.

'Wat is dat?' vroeg Dobbs.

Sammy opende de laptop en zijn gezicht had een lichtgroene kleur in het licht van het scherm. 'Erma's telefoon – ik heb haar toegangscode.' Hij pakte haar telefoon en toetste de zes cijfers in. Toen hij begon te zoeken zette hij grote ogen op.

'Wat?' vroeg Dobbs.

Sammy keek naar de voorkant van de helikopter. 'Hé Gimble, ze heeft een nummer van Kepler in haar contacten staan.'

Zonder haar blik van de auto's onder haar af te wenden stak Gimble haar hand naar achteren uit. Sammy legde de telefoon erin.

Met één hand haalde Harland zijn eigen telefoon uit een vakje in het dashboard, haalde er een kabeltje uit en stak het uiteinde uit naar Gimble. 'Hiermee kun je het geluid in je koptelefoon horen.'

Gimble deed het kabeltje in de telefoon en tikte een paar toetsen in, en toen hoorde Dobbs de telefoon op zijn eigen koptelefoon twee keer overgaan. Er werd opgenomen en hij herkende de stem. Had hij Michael Kepler echt nog geen twee dagen geleden ontmoet?

'Ik heb Erma niet achtergelaten in een positie waarin ze iemand kon bellen, dus ga ik er maar van uit dat dit special agent Jessica Gimble is of anders misschien rechercheur Dobbs die een weesgegroetje mijn kant op stuurt. De hamvraag is: zit je in de auto achter me, ben je vóór me bij de wegversperring, of stuiter je boven mijn hoofd op en neer in het noodweer?'

'Michael Kepler, dit is special agent Jessica Gimble van de FBI. Ga onmiddellijk naar de kant. Zet de auto in de parkeerstand, stap uit en ga met je handen op je hoofd op je knieën zitten!'

'Het regent en ik heb geen paraplu. Ik denk dat ik voorlopig in de auto blijf.'

'Je kunt geen kant op.'

'Is rechercheur Dobbs daar?'

Gimble draaide zich om en keek Dobbs aan. Ze knikte.

'Ik ben hier ja,' zei Dobbs.

'Ben je klaargekomen op mijn video met Alyssa? Het zal wel niet meevallen om met een politiesalaris een wijf met zo'n kont te krijgen. Ik wil wedden dat je hebt gekeken met al je maatjes en dat jullie je allemaal lekker hebben afgerukt in de kleedkamer.'

'Ben je klaar met het verhaal dat je het niet hebt gedaan, Kepler?'

'Godverdomme, wat was ze lekker. Weet je dat ze helemaal vrijwillig in dat bad stapte? Echt een teamspeler, altijd geweest. Zij was de moeilijkste van allemaal. Ik kon het bijna niet over mijn hart verkrijgen, maar ik zette door. Ik heb de klus geklaard. Dat moest, in ieders belang. Ze wilde haar veer, en die heeft ze ook verdíénd. Ze heeft zich niet eens verzet. Eerst niet tenminste, en dat bracht me echt in verwarring. Ze verzetten zich altijd. Logisch ook, toch? Ik zou dat in elk geval wel doen. Ik heb geleerd het te verwachten, misschien ben ik er zelfs een beetje naar gaan verlangen. Ik word er best wel machtsgeil van; dat laatste beetje vechtlust geeft me energie. Maar Alyssa keek alleen maar naar me op van onder het water en wachtte. Op een gegeven moment glimlachte ze zelfs.' Kepler wachtte even. 'Heb jij wel eens een ziek dier laten inslapen? Voor mij was dat ongeveer wat ik met Alyssa deed. Alsof ik een ziek dier uit haar lijden verloste. Het was net of ze verlangde naar de opluchting die haar te wachten stond en wist dat ik uit liefde handelde.'

Dobbs keek uit het raam. De beide Porsches bleven elkaar inhalen. Winkler had alle voorzichtigheid laten varen; hij had zijn zwaailichten aangezet en reed vlak achter beide auto's. Ze waren nog geen anderhalve kilometer van de wegafzetting verwijderd. Toen ze langs de laatste afslag vlogen, konden ze geen kant meer op.

'Rustig aan, Michael. Het is niet nodig dat je gewond raakt,' zei Gimble.

'Ik waardeer je bezorgdheid, Gimble. Hartverwarmend,' zei Kepler. 'Ik ben bang dat ik nu moet ophangen. Ik heb zo allebei mijn handen nodig.'

Vela, die tijdens het gesprek was gestopt met lezen, schraapte zijn keel en keek door het raam naar de auto's onder zich. 'Dit is special agent Omer Vela. Ik ben klinisch psycholoog en werk voor de FBI. Ik heb me verdiept in het werk van uw vader.'

'Adoptievader.'

'Adoptievader,' erkende Vela. 'Mag ik iets vragen?'

Kepler gaf geen antwoord.

Vela keek even naar Dobbs en zei toen: 'Wie heeft het voor het zeggen?'

Er klonk een klik en de verbinding werd verbroken. Toen gebeurden er twee dingen.

Een van de Porsches ging sneller rijden, recht op de wegversperring af.

De andere Porsche zwenkte opeens naar links, de donkere, vlakke woestijn in, en scheurde in de richting van de Flying T.

59

Dobbs

Gimble reageerde onmiddellijk. Zodra een van de zwarte wagens de woestijn in zwenkte, riep ze in de microfoon: 'Winkler, ga erachteraan! Blijf bij hem!' Ze zette de schakelaar om. 'Marshals, de auto nadert vanuit westelijke richting en is vlakbij. Misschien probeert hij om de afzetting heen te rijden; maak jullie klaar om de achtervolging in te zetten.'

Ze wendde zich tot Harland. 'Blijf bij de Porsche die naar de truckstop rijdt.'

Harland knikte en gaf een ruk aan de stuurknuppel. De helikopter draaide scherp naar links, maakte een rondje en vloog toen in noordelijke richting. Harland zette een paar schakelaars aan zijn linkerhand om en de grote schijnwerper onder aan het toestel ging aan en verlichtte de donkere woestijn. Hij gaf een knikje in Gimbles richting. 'Die joystick daar links is van de schijnwerper. Ik zal hem dichter naderen.'

Gimble richtte de lichtstraal eerst op de zwaailichten van de politieauto en toen op de zwarte auto die daarvoor reed. Ze reden allebei veel te snel voor de gladde ondergrond, waar ze diepe sporen in maakten. De Porsche besproeide de politiewagen met modder en water. Wrinklers ruitenwissers veegden de smurrie opzij maar er kwam steeds weer nieuwe.

'Ga er dichter naartoe!' commandeerde Gimble. 'Kun je vóór ze gaan vliegen?'

De helikopter dook naar voren en omlaag. Dobbs' maag leek wel omhoog te komen en toen weer naar beneden te zakken. Ze maakten in één soepele beweging een draai van honderdtachtig graden. Gimble richtte de schijnwerper recht op de voorruit van de Porsche.

De achterwielen van de zwarte auto blokkeerden toen de bestuurder hard remde. De Porsche slipte, slingerde heen en weer en ging toen weer op volle snelheid recht rijden.

Over de zender klonk een barse stem. 'Dit is U.S. Marshal Tanner. Het doelwit nadert onze afzetting met een snelheid van zeker honderdveertig kilometer per uur. Nog een paar honderd meter. Twee van mijn mensen rijden naast hem en twee achter hem, om hem te dwingen op de weg te blijven.'

Er klonk een klik, en toen zei de stem: 'Hij is bij de spijkermatten over vijf, vier, drie, twee...'

Dobbs keek naar buiten. Hij kon de weg niet meer zien. Ze vlogen achteruit, niet meer dan vijftien, twintig meter boven de grond en met de voorkant van de helikopter op de zwarte Porsche gericht. Het licht van de schijnwerper scheen recht op de voorruit, zodat het zicht van de bestuurder werd belemmerd.

'Hij is over de matten heen gereden,' zei marshal Tanner. 'Alle vier de banden zijn aan flarden. Hij mindert vaart en slipt, maar behoudt de macht over het stuur.'

Harland, die zijn blik op een kleine monitor gericht hield, zei: 'Ik moet omhoog. We zitten te laag. We naderen elektriciteitsdraden en andere gevaren.' Hij wachtte niet op Gimbles reactie en de helikopter schoot bijna loodrecht omhoog.

Dobbs keek even naar Sammy, en hij was ervan overtuigd dat zijn eigen gezicht dezelfde kleur had als dat van hem.

Gimble deed verwoede pogingen de schijnwerper weer op de Porsche te richten. De lichtstraal scheen zigzaggend op de woestijn maar vond ten slotte de auto weer. 'Hij mag niet bij die truckstop komen. Kun je voor hem landen?'

'Te gevaarlijk. Dat ga ik niet riskeren.'

Over de zender riep iemand: 'De auto is tot stilstand gekomen. Het portier gaat open en er stapt iemand uit, met de handen voor zich uitgestoken.'

'Is het Kepler?' vroeg Gimble in haar microfoon.

Geen antwoord.

'Marshal? Is het Michael Kepler?'

'Nee. Het lijkt me een jong iemand, een tiener nog.'

De helikopter schoot omhoog, draaide rond en ging achter de wagen van de staatspolitie vliegen. De horizon werd verlicht door de felle lichten van de truckstop. Het leek wel een kleine stad. Ze waren nu dichtbij. Té dicht.

'Ik ga een PIT-manoeuvre proberen,' deelde Winkler mee.

Dobbs zag dat hij sneller ging rijden, om te proberen naast de Porsche te komen en de zijkant van de achterbumper aan te tikken. Als dat op de juiste manier gebeurde, zou de Porsche opzijschieten en ronddraaien. Maar Winkler was niet snel genoeg. De Porsche reed bij hem weg, en even later moesten ze machteloos toezien hoe de zwarte sportwagen aan de rand van de Flying T vanuit de woestijn de weg op reed, waarbij hij bijna de achterkant van een enorme vrachtwagen schampte – een van de vele honderden die in de truckstop rondreden.

60

Dobbs

Gimble zei: 'Wat is die truckstop groot. En waarom is het er zo druk? Het is hartstikke laat!'

Harland bleef de auto op een hoogte van ongeveer honderdvijftig meter volgen. 'Dit is een van de grootste truckstops van Amerika. Elke vrachtwagen die op weg is naar het oosten of het westen stopt hier, en dat doen toeristen ook. Twaalf restaurants, douches, motels en minstens tien winkels.'

'Wat zijn dat voor tenten?'

'Een vlooienmarkt en een klein circus.'

'Jezus.'

'Straks rijdt hij nog iemand dood,' zei Dobbs.

De Porsche maakte een scherpe bocht naar links, schoot tussen de vrachtwagens door een parkeerplaats over en voerde toen het tempo weer op.

'Winkler, kijk uit!' riep Gimble in haar microfoon.

Een grote vrachtwagen negeerde een stopbord en doemde recht voor Winklers auto op. De achterwielen van de patrouillewagen blokkeerden en vulden de lucht met zwarte rook en stoom. Hij kwam op nauwelijks een meter van de vrachtwagen tot stilstand. Zonder te aarzelen schakelde Winkler in zijn achteruit, om tot de ontdekking te komen dat ook achter hem de doorgang werd belemmerd door een vrachtwagen.

'Ik zie hem niet meer,' zei hij.

De zwarte Porsche reed een kruispunt over en verdween onder de grote overkapping boven de benzinepompen. Toen Harland er in een ruime cirkel omheen vloog, telde Dobbs twaalf rijen met zes pompen. Tweeënzeventig pompen in totaal. Het was een komen en gaan van auto's en vrachtwagens, maar de Porsche verscheen niet meer.

Ze hoorden de stem van marshal Tanner in hun koptelefoon. 'Het joch in de tweede Porsche heet Raymond Hine. Hij zegt dat hij van iemand duizend dollar heeft gekregen om de auto binnen zeven uur naar Albuquerque te rijden. Hij herkende Kepler van een foto. De auto is gestolen. Hij is van een plastisch chirurg uit Las Vegas.'

'Begrepen,' antwoordde Gimble. 'Je moet je mensen onmiddellijk verplaatsen. Geen voertuig mag deze truckstop nog verlaten.'

Met zijn zwaailichten aan verdween Winkler onder het dak, drie rijstroken links van waar Kepler hetzelfde had gedaan, en verspreidde aan weerszijden een roodblauwe gloed.

'Dat is geen gewone truckstop, mevrouw Gimble,' zei Tanner. 'Aan de achterkant ligt een klein vliegveld en er is ook een busterminal. Uw toestemming voor een achtervolging geldt alleen voor de I-40 in oostelijke richting. Er bevinden zich in de Flying T op elk moment van de dag minstens duizend vrachtwagens. Als we de boel afsluiten, treffen we de interstatelijke handel, wat zal leiden tot aanklachten van vervoerders. Daar moet eerst een rechter toestemming voor geven.'

Dobbs telde twee rijbanen met binnenkomend en twee met uitgaand verkeer, en dat was alleen nog de I-40. Op een kleinere snelweg aan de westkant reed ook verkeer, en er liep nog een andere weg naar de landingsbaan in de noordwesthoek van de truckstop.

'Er mag niemand meer naar binnen of naar buiten, begrepen?'

'Dat kan ik niet doen, mevrouw Gimble. Daar hebt u de bevoegdheid niet voor.'

'Kut.' Gimble was ziedend. Ze zette de microfoonschakelaar weer om. 'Garrison, ik moet...'

Garrison antwoordde al voor ze was uitgesproken. 'Ik heb het gehoord. We zijn onderweg, maar het is nog wel twee minuten rijden.'

Gimble keek naar de benzinepompen onder zich. Mensen renden onder de overkapping uit. 'Winkler, zie je hem? Wat gebeurt er?'

'Kepler is te voet. Hij heeft het brandalarm aangezet. Ik ga achter hem aan.'

'Kijk,' zei Sammy terwijl hij naar buiten wees.

Mensen stroomden de motels, de restaurants en de winkels uit en overspoelden de trottoirs en de parkeerplaatsen.

'Ze gaan allemaal naar hun auto of hun vrachtwagen,' zei Dobbs terwijl hij door de regen heen naar de groeiende mensenmenigte keek.

Sammy opende zijn MacBook en logde in bij de hulpdiensten. 'Iemand heeft een telefonische bommelding gedaan. Overal gaan brandalarmen af, niet alleen bij de benzinepompen – twaalf, dertien, veertien. Alle gebouwen lichten op.'

'Land ergens,' droeg Gimble Harland op.

61

Dobbs

Ze landdden op een grasveld op een meter of honderd afstand van de benzinepompen. De regen kwam nog steeds met bakken uit de hemel.

Kepler was nergens te bekennen.

Zijn Porsche stond bij pomp nummer 19, met het portier open en de sleutels nog in het slot. Ook Winkler zagen ze nergens. Zijn surveillancewagen stond met flikkerend zwaailicht achter de lege Porsche.

Dobbs wees naar de snelweg. 'We moeten het hier afzetten voordat hij weg kan komen. Als we de voorste auto op elke rijstrook tegenhouden, kan niemand die daarachter zit nog een kant op.'

'Jij neemt de weg in oostelijke richting, ik de andere,' zei Gimble terwijl ze begon te rennen.

Dobbs sprintte zo hard over het modderige veld dat zijn beenspieren pijn deden. De koude regen striemde in zijn gezicht. Personenauto's, campers en vrachtwagens stonden in een lange file om het terrein te verlaten en reden druppelsgewijs de snelweg op. Dobbs haalde tijdens het rennen zijn badge tevoorschijn en hield die omhoog zodat de bestuurders hem konden zien. Een dik kind met sproeten dat in een stationcar zat staarde naar Dobbs terwijl hij langsrende en drukte zijn gezicht tegen het beslagen glas.

Minstens zes vrachtwagens wisten de weg op te komen voordat hij de voorkant van de file bereikte. Een chauffeur keek omlaag, zag de badge en wendde zich snel af zodat hij net kon doen of hij hem niet had gezien. Hij schoot de snelweg op. Toen de volgende vrachtwagen ook langs Dobbs heen probeerde te rijden, stapte hij de weg op. Het voertuig kwam schokkend en met piepende banden tot stilstand.

De chauffeur boog zich uit zijn raam. 'Gestoorde mafkees!'

Een wit bestelbusje maakte zich los uit de rij auto's, reed de berm in en versnelde. Dobbs ging ook daar voor staan, maar het remde niet af.

Dobbs dook opzij.

Iets wits schoot langs hem en reed de I-40 op.

Hij haalde met trillende handen zijn telefoon uit zijn zak en belde marshal

Tanner. Toen die opnam schreeuwde Dobbs: 'Een witte bestelbus is net de I-40 in oostelijke richting op gereden!'

'Ik ga erachteraan,' antwoordde Tanner.

De bestuurder van de vrachtwagen toeterde drie keer hard achter elkaar.

In de modderige berm schudde Dobbs zijn hoofd, en hij hield zijn badge in de lucht.

62

Dr. Rose

De bel ging.

Dr. Rose Fitzgerald rolde op haar zij en keek even op de wekker op haar nachtkastje. Het was half vijf in de ochtend.

Ze was met haar kleren aan op het bed in slaap gevallen. Ze had haar tanden niet gepoetst. Megans telefoon en die van haarzelf lagen aan Bartons kant van het bed.

Ze deed haar ogen dicht, strekte haar hand en liet die over het laken glijden; ze stelde zich voor dat ze zijn warmte daar voelde, dat ze hem zacht hoorde snurken. Ze diepte zijn stem op uit haar geheugen; de herinnering probeerde al te verdwijnen. Ze zag weer de glimlach op zijn gezicht toen hij, al die jaren geleden, zijn diploma omhooghield en zijn ogen de hare vonden in de menigte terwijl hij over het podium liep. 'Ik ga de wereld veranderen, Rose,' had hij die avond tijdens het eten tegen haar gezegd – Café Moulin, hun favoriete Franse restaurant. Toen was hij op een knie gaan zitten en had hij het doosje omhooggehouden dat zo duidelijk in zijn zak had gebrand. 'Zullen we dat samen doen?'

De bel ging weer, en toen werd er drie keer geklopt.

Rose' ogen schoten open.

Megan had een sleutel, en als die kleine slet vanavond thuiskwam, zou ze haar komst niet aankondigen. Ze zou door de achterdeur naar binnen glippen, zoals ze altijd deed, en naar haar kamer sluipen.

Ze kwam niet terug.

Niet vanavond.

Misschien wel nooit meer.

Dat wist Rose, en er ging een siddering door haar vermoeide lichaam.

Er werd weer geklopt, harder dan net.

Rose stond op, liep naar beneden en ging naar de voordeur. Ze keek door het kijkgaatje.

Een man in pak, met een vrouw naast hem.

'Weet u wel hoe laat het is?' vroeg Rose door de deur.

'We zijn van de FBI, mevrouw. We zouden graag Megan Fitzgerald spreken.'

Rose stak haar hand al uit naar het slot toen ze zich bedacht. Ze liet haar vingers op het koude metaal rusten. 'Mijn man is onlangs overleden...'

'Het spijt me om dat horen.'

Rose schraapte haar keel en herhaalde: 'Mijn man is onlangs overleden, en ik vind het niet prettig om in het holst van de nacht open te doen.'

'We kunnen ons legitimeren.'

'Identiteitsbewijzen kunnen vervalst zijn.'

'Ik verzeker u dat die van ons dat niet zijn.'

'U bent daar ongetwijfeld van overtuigd, maar ik heb geen reden om u op uw woord te geloven,' zei Rose. 'Waarom wilt u Megan spreken?'

'Mevrouw, bent u op de hoogte van het incident dat zich heeft voorgedaan in Los Angeles en waar uw zoon Michael bij betrokken is geweest?'

'Adoptiezoon. We zijn van elkaar vervreemd.'

'Maar hebt u het nieuws gezien?'

Dat had Rose inderdaad. Ze had een minuut of veertig naar de berichtgeving gekeken, toen kon ze het niet meer verdragen. Barton had er een bende van gemaakt, samen met Patchen, en zij mocht het opruimen.

De man ging verder. 'We hebben reden om aan te nemen dat uw dochter contact heeft gehad met Michael. Als ze weet waar hij momenteel verblijft en die informatie verzwijgt, is dat mogelijk een misdrijf. Wij zijn hier om haar de mogelijkheid te bieden ons te vertellen wat ze weet.'

'Ze is niet thuis.'

'Waar is ze dan?'

'Uit met vriendinnen, stel ik me zo voor. Ze is een volwassen vrouw, het is niet aan mij om haar in de gaten te houden.'

Door het kijkgaatje zag Rose dat de vrouw zich naar de man toe boog en iets in zijn oor fluisterde.

'Mogen we binnenkomen?' vroeg hij.

'Hebt u een aanhoudings- of huiszoekingsbevel?'

'Daar kunnen we voor zorgen.'

'Dan stel ik voor dat u dat doet.'

De vrouw fluisterde weer iets.

De man knikte. 'Dr. Fitzgerald, weet u waar Michael Kepler Fitzgerald zich momenteel bevindt?'

Rose gaf geen antwoord en observeerde hen alleen maar door het kijkgaatje.

Er verstreken zeven minuten voor ze weggingen.

63

SCHRIFTELIJKE VERKLARING, MEGAN FITZGERALD

Mensen sloegen op de vlucht.

Er vonden minstens vier aanrijdingen plaats doordat iedereen tegelijkertijd weg probeerde te komen uit de Flying T. De politie werd volkomen genegeerd. Iedereen handelde instinctief, dierlijk bijna.

Perfect.

Ik activeerde het zoveelste brandalarm, bij de ingang van de McDonald's. Ik rende naar de naastgelegen Arby's en deed daar hetzelfde. Toen in de Dunkin' Donuts. Er gingen ook andere alarmen af, waarschijnlijk door de bommelding die ik een paar minuten eerder telefonisch had gedaan. Mensen stroomden de motels uit en sleurden koffers mee, met hun kinderen achter zich aan.

Ik trof Michael zittend op de stoeprand aan, voor een souvenirwinkel waar ze ook vrachtwagenaccessoires verkochten. Mensen zwenkten om hem heen. Hij hield zijn hoofd in zijn handen.

'Michael!'

Hij keek niet op en liet op geen enkele manier merken dat hij doorhad dat ik er was.

Ik rende de winkel in, zette het brandalarm aan en kwam weer naar buiten.

Ik knielde naast hem neer. 'Michael, we moeten gaan!' riep ik in zijn oor, met mijn hand in zijn haar.

Toen hij eindelijk zijn hoofd omhoogdeed en me aankeek, zag ik pure verwarring in zijn ogen. Hij zag er verloren uit. 'Megan?'

Hij zat onder de medicijnen en was helemaal van de wereld.

Ik trok hem overeind en pakte zijn tas. 'We moeten opschieten.'

Ik had mijn gehuurde Toyota aan de andere kant van de parkeerplaats gezet om geen last te hebben van de verkeersdrukte, maar daardoor stond ik verder weg dan ik zou willen. Hoe groter de afstand die we moesten overbruggen, des te groter de kans dat we werden ontdekt.

'Ik ben gekomen,' zei Michael lijzig. 'Naar de plek die we hadden afgesproken.'

Ik knikte en gaf hem een kus op zijn wang. 'Kom mee.'

Ik trok hem mee in de richting van mijn auto, en samen baanden we ons een weg door de menigte.

Hij had wijde pupillen. Er liep speeksel uit zijn mond. Hij had iets geslikt. Iets slechts.

64

Dobbs

Het stortregende.

Dobbs was halverwege de benzinepompen toen zijn telefoon ging. Hij viste hem uit zijn zak en veegde over het natte scherm. 'Ja?'

'Met Tanner. Je witte busje zat vol illegalen. Zestien stuks. Daarom vluchtten ze. Geen spoor van Kepler.'

Dobbs hing zonder iets te zeggen op en liep naar de anderen, die bij Keplers Porsche stonden. 'Garrisons team is hier. Ze hebben de uitgangen afgesloten en doorzoeken de voertuigen een voor een, maar er zijn er een paar weggekomen. 4x4's rijden gewoon door de woestijn terug naar de snelweg, en een paar gewone auto's ook.' Hij veegde zijn gezicht af aan zijn overhemd, wat modderige vlekken veroorzaakte, en keek op zijn horloge.

Er waren dertien minuten verstreken sinds Kepler zijn auto had verlaten.

Hij kon overal zijn.

'Je loopt mank,' zei Vela.

'Ik heb mijn enkel verzwikt,' zei Dobbs. Zijn ogen schoten over de geagiteerde menigte. Overal renden mensen. De auto's stonden bumper aan bumper; iedereen probeerde weg te komen. Zijn blik viel op de wagen van de staatspolitie. Iemand had de motor en de lichten uitgezet. 'Waar is Winkler? Hij zat vlak achter hem. Waar is hij gebleven?'

'Hij reageert niet,' zei Vela.

Agent Gimble stond bij een van de verste benzinepompen, met haar rug naar hen toe. Ze schreeuwde iets in haar telefoon.

Beide kofferbakken van de Porsche stonden open. Er waren diverse spullen op plastic zeildoek rondom de auto gelegd.

'Begley belde,' zei Vela. 'Het lichaam in het Lutz Motel is van Molly Fellman, twintig jaar oud. Ze had nachtdienst en zat achter de receptiebalie. Ik ben begonnen met het doorzoeken van de auto. Haar kleding ligt erin. Die moet Kepler als een soort souvenir hebben meegenomen.'

'Zijn er al aanwijzingen waar hij heen kan zijn gegaan?'

Vela schudde zijn hoofd.

'Hoe heeft hij...'

'Hij heeft een dijslagader doorgesneden,' zei Vela. 'Ze hebben haar gevonden in een kast bij de lobby. Geen veer. Hij heeft zijn eigen kleren in zakken gedaan, samen met de kleding van Molly Fellman. Een pak van Armani dat helemaal onder haar bloed zit. Nou ja, hoogstwaarschijnlijk is het van haar. Zo niet, dan is er daar ergens nog een ander slachtoffer.'

'Armani? Hoeveel vrachtwagenchauffeurs dragen er nou pakken van Armani?'

Vega haalde zijn schouders op. 'Het is precies zo'n pak als we in zijn garagebox hebben gevonden.'

Dobbs boog zich over een stapel gescheurde werkkleding. 'Deze lijken ook op wat we daar gezien hebben.'

Vela knikte. 'Uniformen van Windham Halls. Allemaal aan flarden.'

Sammy had naast een van de benzinepompen een provisorisch bureau gemaakt op een toren van waterflesjes. Zonder op te kijken van zijn Mac wees hij naar een hoek van de overkapping. 'Ik ben de camerabeelden aan het bekijken. Misschien hebben we geluk.'

Gimble kwam hoofdschuddend teruglopen. 'Allemaal bureaucratisch gelul. De rechter geeft geen toestemming om het hier volledig af te zetten. Over een half uur moeten alle marshals weg zijn bij de uitgangen. Hij zegt dat hij al drie keer gebeld is – die Flying T genereert tachtig procent van de lokale inkomsten, en als we de boel afgrendelen wordt de FBI aansprakelijk gesteld voor de financiële schade. We kunnen niet garanderen dat Kepler hier nog is, dus durft hij ons niet langer dan dertig minuten te geven.'

'Hij heeft wel een punt,' zei Dobbs.

'O o,' mompelde Sammy terwijl hij verwoed verder typte.

Gimble draaide zich als door een adder gebeten en met een rood gezicht naar Dobbs toe. 'Vind je? Geeft je uitgebreide ervaring met het aanhouden van voortvluchtigen je dat in? Jij bent toch een rechercheur moordzaken? Er is geen reet aan om achter lijken aan te jagen.'

Dobbs stak zijn handen op. 'Ik bedoel alleen maar dat Kepler slim is. Hij wist ongetwijfeld dat we de boel zouden afzetten zodra het kon, dus zal hij hebben geprobeerd ons te snel af te zijn. Hij kan zijn meegelift of een auto hebben gestolen. Jezus, hij kan met zo'n enorme vrachtwagen rijden – misschien is hij er wel vandoor met een oplegger.'

Gimble knipte met haar vingers terwijl ze verwerkte wat hij had gezegd. Toen klopte ze op haar zakken en pakte ze de telefoon van Erma Eads. 'Laten we hem bellen en vragen waar hij is.'

Ze belde hem op de luidspreker.

Ze hoorden ergens een telefoon overgaan. Zacht, gedempt.

Het geluid kwam uit de kofferbak van Winklers auto.

Gimble trok haar wapen terwijl Dobbs de klep van de kofferbak opende.

Winkler lag er opgekruld in. Zijn nek was in een onmogelijke hoek gedraaid en er stak een veer uit zijn mond. Het scherm van zijn telefoon lichtte op in het borstzakje van zijn overhemd.

Dobbs staarde verbouwereerd naar het lichaam. 'Geef me even.'

Voordat iemand kon reageren liep hij weg en duwde hij de klapdeuren in de hoek van het tankcomplex open. Hij liep naar de wastafel, hield een hand voor de sensorkraan en spoelde koud water over zijn gezicht.

Dobbs zag niet dat de man zich vanuit de donkere ruimte achter de onafgedekte verwarmings- en airconditioningsbuizen naar beneden liet zakken. Hij hoorde hem ook niet. Pas toen Kepler hem bij zijn haar pakte en zijn hoofd tegen de spiegel ramde, besefte Dobbs dat hij niet alleen was.

65

Michael

Overal schreeuwden mensen en gingen alarmen af.

Toen ik mijn ogen dichtkneep en alle geluiden verdrong, veranderde mijn wereld.

Ik bevond me in de lobby van een motel.

In Needles, Californië.

'Ik wil graag een kamer,' zei ik.

Ze grijnsde me toe van achter de receptie – niet zo'n nepgrijns waar mensen die in de horeca werken zo scheutig mee zijn, maar de oprechte grijns van iemand die gelukkig is, iemand die geniet van het leven.

Op haar naambordje stond MOLLY.

'Kunt u zich legitimeren? En ik heb ook een creditcard nodig,' zei ze.

Ik pakte mijn portemonnee en telde het bedrag uit. 'Ik betaal liever contant.'

Molly verschoof haar gewicht van haar rechterbeen naar het linker en haalde een logboek onder de balie vandaan. 'In dat geval wordt het negenenzeventig dollar voor een nacht en moet ik honderd dollar extra als borg vragen. Dat krijg je terug als je morgenochtend je sleutel afgeeft, als je dan het gebouw niet hebt platgebrand tenminste. Hoe heet je?'

'Mitchell. Mitchell Kepler.'

'Mitchell,' zei ze, en ze schreef de naam in het boek.

Ze draaide zich om en pakte een sleutel van het bord dat achter haar aan de muur hing. Een echte sleutel, niet zo'n elektrische kaart. Toen ik hem van haar aanpakte streken mijn vingers langs haar zachte huid.

'Wat gebruik je, Mitchell?'

'Wat?'

'Die pillen in je andere hand – wat zijn dat?'

Ik keek naar het flesje, voelde het gladde plastic en de loszittende dop. Ik zou er nog een moeten nemen. 'Migrainepillen,' zei ik nonchalant. 'Ik heb vreselijke hoofdpijn...'

'Geef hier!' Ze griste het flesje uit mijn hand. 'Hoe kom je daaraan?'

Het was niet meer de stem van Molly, maar die van Megan.

Ik was niet in een motellobby.

'Michael!' schreeuwde ze. 'Waar heb je die vandaan? Hoeveel heb je er genomen?'

Niet Molly.

Niet de motellobby.

In een auto. Megan reed.

Waar had ik...

Megan schreeuwde naar me, maar wat ze zei sloeg nergens meer op.

'Ik heb de brandalarmen aangezet, Meg. Zoals je had gezegd.'

Toen kolkten al mijn gedachten door elkaar heen en werd alles zwart.

66

Dobbs

Dobbs kwam bij op de vloer van de toiletruimte. Er stond een vrouwelijke ambulancemedewerker over hem heen gebogen. Gimble hurkte naast hem neer.

'Het was Kepler,' mompelde hij. 'Hij had zich verstopt in het plafond.'

'Kepler?' Ze schudde haar hoofd. 'Het was een methdealer. We hebben hem gepakt toen hij naar buiten kwam rennen. Hij zag je badge en viel aan. Kun je rechtop gaan zitten?'

Dobbs dwong zichzelf om overeind te komen. Het leek wel of zijn hersens rondklotsten in zijn schedel; hij voelde scherpe steken in zijn voorhoofd. Toen hij zijn hand ernaar uitstak hield de ambulancemedewerkster hem tegen.

'Er zit een wondje. Niets ernstigs, maar ik wil het schoonmaken.' Ze hield haar hand voor zijn gezicht. 'Volg mijn vinger.'

Dobbs gehoorzaamde. Zijn ogen gingen heen en weer en toen op en neer. 'Ik heb zijn gezicht gezien. Het was Kepler.'

De vrouw zei: 'U hebt mogelijk een hersenschudding. Eigenlijk zou u naar het ziekenhuis moeten voor een CT-scan, om inwendige bloedingen uit te sluiten.'

Dobbs schudde zijn hoofd, waar hij onmiddellijk spijt van had, en ging staan. Hij verwachtte dat de spiegel gebarsten zou zijn, maar dat was niet zo. Waarschijnlijk was het ding van iets stevigers gemaakt dan glas. Zijn voorhoofd was helemaal rood en er zat een bult boven zijn linkeroog. Een kleine snee was dichtgemaakt met een zwaluwstaartje. 'Waar is hij?'

Gimble ging hem voor naar een man die met zijn rug tegen een wiel van Winklers surveillancewagen zat. Zijn handen waren vastgebonden met een dikke kabelbinder. Hij hield ze beschermend voor zijn gezicht. 'Ik was het niet, man! Dat heb ik ook tegen ze gezegd. Je lag op de grond!'

Dobbs haalde zijn telefoon tevoorschijn, opende een afbeelding van Kepler en hield die voor het gezicht van de man. 'Heb je deze kerel gezien?'

Hij vernauwde zijn ogen en knikte toen heftig. 'Hij kwam naar buiten en ramde de deur tegen me aan. Hij rende naar het plein. U lag al op de grond, ik zweer het!'

'Het toilet heeft twee ingangen, een aan deze kant, bij de benzinepompen, en een aan de kant van het plein met restaurants,' zei Gimble.

De man knikte. 'Daar kwam ik vandaan; hij stormde langs me heen. Jullie grepen me toen ik aan deze kant weer naar buiten kwam. Dat had ik ook al gezegd. Laat me gaan of haal me hier als de sodemieter weg – er ligt hier een bom. We gaan allemaal de lucht in!'

'Er is geen bom,' zei Dobbs terwijl hij zijn telefoon weer wegstopte.

'Hé!' riep Sammy van achter zijn provisorische bureau. 'Dit moeten jullie zien.'

Ze lieten de man op de grond achter. Met een gefrustreerde zucht liet hij zijn vastgebonden handen weer op zijn schoot vallen.

Sammy wees op zijn MacBook. Ze zagen een foto waarop meerdere benzinepompen van bovenaf te zien waren en waarop een man zichtbaar was. 'Dat is Kepler. Hij activeert een brandalarm, kijk, daar.' Sammy wees. De alarmkast hing bij de ingang van het toilet aan de muur.'

Gimble keek hem fronsend aan. 'Dat wisten we al. Waar gaat hij vervolgens heen?'

'Daar kom ik nog op,' zei Sam. Hij opende een andere foto, weer van Kepler, met een oranje-met-bruine muur achter zich. 'Hier zet hij het brandalarm van de Burger King aan, en meteen daarna schakelt hij de camera uit.'

Sammy wachtte even om ze de kans te geven de afbeelding te bekijken en liet hun toen nog een foto zien. 'Hier is hij bij het servicecentrum.' Een paar seconden later verscheen er wéér een andere afbeelding. 'Dit is Kepler bij de weegbrug.'

Vela kwam aanlopen en keek mee over Dobbs' schouder.

'Deze is genomen bij de wasstraat.'

'We snappen het,' zei Gimble gefrustreerd. 'Hij heeft een heleboel brandalarmen aangezet. Wat is je punt?'

'Er zijn er in totaal negentien afgegaan, en dan is er nog de bommelding. Ik heb twee punten. Ten eerste...'

Nu opende hij de afbeelding van een vrouw die aan een alarmhendel trok terwijl ze naar iets keek wat zich achter de camera bevond. 'Dat is Megan Fitzgerald in de lobby van het Carriage Motel.' Hij liet een andere foto van haar zien. 'En hier is ze weer in een van de winkels.'

'Ze is dus hier en niet in New York. Ze hebben dit gecoördineerd,' zei Gimble. 'Michael en Megan. We moeten haar foto naar alle...'

'Al gebeurd,' viel Sammy haar in de rede.

'Dat verklaart hoe hij al die alarmen heeft kunnen activeren,' zei Vela.

Sammy schudde zijn hoofd. 'Nou nee, eigenlijk niet. Dat brengt me bij punt twee.'

Hij opende een plattegrond van de Flying T die bezaaid was met rode en groene markeringen. 'Rood is Kepler, groen is Megan. Zeven voor hem, twaalf voor haar.' Hij veegde met een vinger over het scherm. 'Zien jullie dat die van Megan zich allemaal dicht bij elkaar bevinden? Ze is hoofdzakelijk in de motels en restaurants in dit kleine stukje in de noordoosthoek geweest. Die liggen allemaal naast elkaar. Maar Kepler is echt overal.'

Dobbs bekeek de plattegrond. Sammy had gelijk. Kepler had het alarm hier bij de benzinepompen aangezet, bij gebouwen aan de andere kant van de grote truckstop, en in meerdere gebouwen in een van de verre hoeken van het plein. 'Hoe ver liggen die wel niet allemaal uit elkaar? Hoe heeft hij zo snel overal kunnen komen?'

'Dat vroeg ik me ook af,' antwoordde Sammy, 'dus heb ik de timestamps toegevoegd om iets van een route uit te stippelen.'

Hij tikte op een paar toetsen en er verscheen een tijdstip bij elke markering.

Ze zagen het allemaal, maar Gimble was de eerste die iets zei. 'Dan kloppen die timestamps niet. Dat kan niet anders – deze drie alarmen zijn eerder afgegaan dan het alarm hier bij de benzinepompen. Vóór Kepler hier arriveerde. Weet je zeker dat het Megan niet was?'

Sammy haalde zijn schouders op. 'Bij al die alarmen hebben we Kepler in beeld, haar niet. En er is een opname van Megan op het foodcourt een paar seconden nadat dit alarm bij het weegstation geactiveerd werd. Ze kan niet op twee plaatsen tegelijk zijn.'

'Kepler ook niet,' zei Gimble.

'Misschien heeft iemand met de beelden geknoeid,' opperde Vela.

'Zou kunnen.'

Dobbs zei: 'Kun je de beelden laden van de toiletten hier? Op het moment dat ik werd aangevallen?'

Sammy knikte. 'Had ik al gedaan.'

Het scherm van de MacBook werd opgedeeld in twee schermen. Op het linker was de deur naar de benzinepompen te zien, op het rechter die naar het plein. Ze zagen Dobbs naar binnen lopen. Ongeveer twintig seconden later kwam de methdealer de deur door, haastte zich langs een van de benzinepompen en verdween uit beeld. Even later kwam er iemand anders naar buiten, deze keer aan de pleinkant. Sammy speelde het beeld vertraagd af, maar de man stond met zijn rug naar de camera. Ook hij verdween rennend uit beeld.

'Qua lichaamsbouw en haarkleur zou het Kepler kunnen zijn, maar we hebben geen duidelijke opname van zijn gezicht,' zei Sammy.

'Het was Kepler,' zei Dobbs stellig.

Sammy zette het beeld stil en wees naar het tijdstip dat in witte cijfers onder in een van de hoeken stond weergegeven. 'Dan zou hij hier een halve minuut nadat hij het alarm in de Burger King had geactiveerd zijn geweest.'

Gimble slaakte een gefrustreerde zucht. 'We moeten gefocust blijven op het grotere plaatje en mogen ons niet laten afleiden door al dit gelul. Stel aan de hand van de beelden vast naar welke auto ze zijn gegaan. Als ze hem gesmeerd zijn, moeten we weten wat voor auto ze hebben. Ik wil weten waar ze heen zijn, niet waar ze zijn geweest.'

'Ik denk dat ik dat weet,' zei Vela terwijl hij naar zijn telefoon keek.

Ze keken hem allemaal aan.

67

Dobbs

'Je had al een theorie in de helikopter, daarom gaf je hem dat citaat,' zei Gimble tegen Vela.

'Wie heeft het voor het zeggen,' knikte Vela. 'Dat stond op een van de bladzijden waar de veer tussen zat.' Hij hield het boek omhoog dat ze onder het lichaam van Erma Eads hadden gevonden: *Versplinterd*.

'Dat boek gáát niet over Kepler,' zei Gimble kortaf.

Ergens in de verte werden twee alarmen uitgezet. Het was aanzienlijk minder druk geworden. Binnen een paar minuten was de Flying T van één grote chaos veranderd in een soort verlaten spookstad.

Gimble begon duidelijk ongeduldig te worden. 'Voor de draad ermee, Vela. Wat is het verband?'

Vela keek even naar Keplers Porsche. 'Toen de rechter in LA ons geen toestemming gaf om de gegevens over Keplers adoptie en behandeling in te zien, heb ik alle openbare informatie over dr. Barton Fitzgerald opgevraagd die ik maar kon vinden – medische comités en vergunningen, dat soort dingen. Ik vond veel lofbetuigingen van zijn collega's, en dat had ik ook wel verwacht. Ik heb veel van zijn publicaties in verschillende vakgebieden gelezen. Hij stond in hoog aanzien. Het punt is dat er gedurende zijn hele loopbaan, die bijna veertig jaar heeft geduurd, slechts één klacht tegen hem is ingediend. Dat is bijzonder. In de huidige wereld van online recensies en anonimiteit dienen mensen om het minste of geringste een klacht in; ze vinden dat ze daar recht op hebben. Ik verwachtte tientallen klachten te zullen vinden, misschien nog wel meer. Dat zou heel normaal zijn geweest. Het feit dat er maar één was, viel me echt op.'

Vela opende een document op zijn telefoon en overhandigde het toestel aan Gimble.

Ze vergrootte de tekst. 'J. Longtin. Klaagde hem in 1986 aan wegens verwijtbaar handelen. Verder weinig details. Afloop onbekend.'

'Dat is meer dan dertig jaar geleden,' zei Vela. 'Niet meer dan een summiere vermelding ergens in een database. Het verbaast me eerlijk gezegd dat het nog te vinden was.'

Gimble gaf hem zijn telefoon terug. 'En wat hebben wij daaraan?'

Vela sloeg het boek ergens achterin open, bij de biografie en een foto van dr. Fitzgerald. 'Kijk eens naar het onderschrift.'

Ze pakte het boek aan en keek met samengeknepen ogen naar de kleine lettertjes. '"Copyright auteursfoto: Jeffery Longtin."'

'Aan het begin van het boek zegt Fitzgerald dat John, het pseudoniem van de hoofdpersoon, fotograaf was en daarvan leefde voor hij ziek werd. Ik denk dat Jeffery Longtin John is.'

Gimble gaf het boek aan Dobbs.

Vela aarzelde even en zei toen: 'Ook denk ik dat Jeffery Longtin de volgende is.'

Dobbs gaf het boek terug aan Vela. 'Nou ga je wel héél snel.'

Gimble stak een hand op. 'Vela is niet van de overhaaste conclusies. Hoezo denk je dat?'

Vela streek met zijn duim langs het boek. 'Je zult hier niet blij mee zijn.'

Gimbles ogen vernauwden zich. 'Wat heb je gedaan?'

'Ik ben gaan graven. Als bevoegd psycholoog beschik ik over mogelijkheden waar misschien niet elke FBI'er over beschikt.'

'Wat voor "mogelijkheden"?'

'Ik heb gebruikgemaakt van de zogeheten Gordon Act om toegang te krijgen tot Fitzgeralds verzekeringsgegevens,' antwoordde hij. 'Als een medicus overlijdt, is het dankzij die wet mogelijk toegang te krijgen tot bepaalde informatie die betrekking heeft op de werkzaamheden van de overledene. We kunnen geen volledige patiëntendossiers inzien, maar we kunnen wel achterhalen welke patiënten hij behandeld heeft. De wet is in het leven geroepen om ervoor te zorgen dat de behandeling van patiënten niet stil komt te liggen wanneer ze hun behandelaar verliezen. Met name wanneer het om psychiatrie en psychologie gaat, zullen sommige patiënten, en vooral zij die de hulp het hardst nodig hebben, niet zelf een vervanger zoeken. We gebruiken de wet om samen met de verzekeringsmaatschappijen vast te stellen welke patiënten gevaar lopen en om er zeker van te zijn dat hun behandeling wordt voortgezet.'

'Dus jullie gebruiken de wet om cliënten van overleden medici af te pikken,' zei Gimble.

Vela negeerde haar opmerking. 'Bij mensen die mentaal labiel zijn, kan een onderbreking van de behandeling vreselijke gevolgen hebben; het kan er ook toe leiden dat de verzekeringsmaatschappijen wettelijk aansprakelijk worden gesteld. Dankzij de wet kunnen alle betrokkenen proactief zijn in het belang van de patiënt.'

'Laat me die lijst zien.'

Vela opende een tweede document op zijn telefoon maar hield het toestel buiten haar bereik. 'We begeven ons op glad ijs. Als ik je dit laat zien en een rechter oordeelt dat ik de informatie op een onwettige manier in bezit heb gekregen, kan hij bepalen dat niets waar die informatie toe leidt nog mag worden meegenomen. Alles vanaf nu dus. Kepler zou vrijuit kunnen gaan.'

Gimble dacht daar even over na en zei toen tegen Sammy: 'Hebben de camerabeelden verder nog iets bruikbaars opgeleverd?'

Toen Sammy opkeek van zijn MacBook droop zijn gezicht van frustratie. 'Die tijden kloppen voor geen meter. Ik heb Kepler op meerdere plaatsen tegelijk. Het lijkt wel of niet een van de camera's op de parkeerplaats het doet. Ik raak hem kwijt voordat hij een auto heeft bereikt. Eerst dacht ik dat Kepler of zijn zus dat hadden gedaan, maar het hoofd van de beveiliging heeft me laten weten dat ze die dingen een paar jaar geleden met opzet hebben uitgeschakeld – kennelijk leidt het opnemen van incidenten op de parkeerplaats van een truckstop tot verplichtingen waar ze niets mee te maken willen hebben.'

'Je kunt dus niet zeggen waar ze zijn gebleven?'

'Ze zijn verdwenen,' zei Sammy.

Gimble begon weer met haar vingers te knippen. Toen ze even had nagedacht, zei ze tegen Vela: 'Door me te vertellen dat je dat verband hebt gelegd, zijn we toch al buiten ons boekje gegaan. Ik kan niet meer ongedaan maken dat ik het weet. Dat geldt voor ons allemaal. We weten dat Kepler die moorden heeft gepleegd. Hij kan het bewijs nooit weerleggen. Het maakt niet uit of het zijn advocaat lukt dit allemaal buiten de zaak te houden. Laat me je telefoon zien.'

Vela gehoorzaamde.

Terwijl Gimble door de lijst scrolde begon ze te knikken. 'Ze staan er allemaal op. Haas, Issac Dorrough, Cassandra Shatley, Selena Harris, Molly Fellman...'

'En Alyssa Tepper?' vroeg Dobbs.

Gimble knikte. 'En namen die we niet kennen.' Tegen Vela zei ze: 'Als je gelijk hebt...'

'Kepler heeft Fitzgeralds patiënten systematisch vermoord, en iedereen die op die lijst staat en nog leeft, is een potentieel doelwit.' Vela hield het boek omhoog. 'Waarschijnlijk is Longtin de volgende. Ik denk dat hij Longtins adres op de telefoon van Erma Eads heeft zien staan.'

'Waarom heeft hij het boek achtergelaten?'

'Om ons te stangen,' zei Vela. 'Om dezelfde reden waarom hij je over de telefoon heeft gesproken.'

'Waar woont Longtin?' vroeg Dobbs.

'In de buurt van St. Louis. Ik heb de huidige kentekengegevens vergeleken met personalia.'

Gimble knipte een paar keer met haar vingers. 'Neem weer contact op met Rines en leg hem dit voor. Draai er niet omheen – leg precies uit hoe je aan die cliëntenlijst bent gekomen, zodat hij daar later niet moeilijk over kan doen. Zet hem onder druk om Fitzgeralds patiëntendossiers te mogen opvragen – je kunt zeggen dat al die mensen gevaar lopen. Iedereen die op die lijst staat. We hebben hun dossiers en hun huidige adres nodig om ze te kunnen beschermen. We willen ook een huiszoekingsbevel voor Fitzgeralds kantoor en woning. Als hij niet alles goedkeurt, is het zijn schuld wanneer er iemand overlijdt. Zeg maar dat ik dat gezegd heb. En ook dat ik ervoor zal zorgen dat iedereen te weten komt dat hij in de fout is gegaan als er nog iemand om het leven komt. Ik ga mijn verhaal doen bij CNN. Hij gaat dat risico echt niet nemen. Wanneer hij daar verbolgen over doet, dring dan aan op Keplers adoptie- en behandelgegevens.'

'Die gaat hij ons echt niet geven,' bracht Vela daartegen in. 'Misschien de dossiers van zijn sessies als volwassene, maar niets dat verzegeld is toen hij minderjarig was.'

'Weet ik. Maar als je daarom blijft zeuren, zal hij ons al het andere wel geven, als compromis. Hij zal het als een uitweg zien.' Ze wierp een blik op Keplers auto, en alle bewijsstukken die eromheen lagen. 'Bel Begley ook – als hij klaar is in Needles, wil ik dat hij naar New York vliegt en bij de Fitzgeralds binnenvalt zodra dat huiszoekingsbevel er is.'

Vela knikte.

Gimble keek Dobbs aan. 'Hoe is het met je hoofd?'

Dobbs wreef over de zwellende bult op zijn voorhoofd. 'Ik heb vroeger op school veel hardere klappen gehad. Ik overleef het wel.'

'Kun je reizen?'

'Ja hoor.'

'Ik wil dat jij ook naar New York gaat,' zei ze. 'Begley is een heel goede onderzoeker, maar ik wil dat iemand met verhoorervaring met de moeder praat.'

'Zijn er niet al mensen van de lokale politie?'

'Die weten niet waar ze naar moeten zoeken en we hebben geen tijd om het uit te leggen. Ik moet iemand hebben die deze zaak kent, iemand die ik kan vertrouwen. Iemand die Kepler heeft verhoord en die het weet wanneer die vrouw liegt.'

Dobbs zei: 'Je zult het met mijn baas moeten regelen.'

'Is al gebeurd.' Ze wendde zich weer tot Vela. 'Jeffery Longtin. Weet je het zeker?'

'Ja.'

'Goed dan.'

Even later had ze U.S. Marshal Garrison aan de telefoon. Ze zouden een vliegtuig nodig hebben.

Eerst gingen ze naar Longtin toe.

DEEL 4

ST. LOUIS, MISSOURI

Hoe vaak moet je iets herhalen voor je het helemaal uit je hoofd kent?
En hoe vaak voordat fictie werkelijkheid wordt?

– dr. Barton Fitzgerald

68

De man met het litteken op zijn linkerhand pakte zijn tassen en ging in het gangpad staan terwijl de trein Gateway Station in het centrum van St. Louis binnenreed. Er bevond zich slechts een handvol mensen in de coupé – een oudere vrouw die achter in een hoek zat te breien, een moeder met een baby een rij voor hem aan de andere kant van het gangpad, en een man die de krant zat te lezen en van wie de ogen langzaam dichtgingen van de slaap. Er leek hier verder niemand uit te stappen. De moeder gaf borstvoeding; er hing een dunne sjaal over haar schouder en het kind. Daaronder trapte de baby met haar beentjes, en ze trok hem de hele tijd naar beneden, waarna de moeder de sjaal weer over zich heen drapeerde, om die beweging even later weer te herhalen.

De baby was blij met de melk en kirde. Het was vast het enige waar ze zich op die jonge leeftijd bewust van was.

Zo onschuldig.

Zich nergens van bewust.

Hij had maar twee spullen bij zich.

Meer had hij niet nodig.

De reistas die hij al twintig jaar had. De bruine buffelvacht was helemaal versleten en had de vertrouwde geur van leer. De tas had meer van het land gezien dan de meeste inwoners.

'Speelt u gitaar?'

Het werd gevraagd door de vrouw in de hoek. Ze was gestopt met breien en keek naar zijn gitaarkoffer. Het andere item dat hij bij zich had.

'Van kinds af aan al,' antwoordde hij. 'Er zijn maar weinig dingen in het leven die zo veel troost geven als muziek.'

'Toen ik klein was, kochten mijn ouders een piano en betaalden ze een vrouw uit de buurt om me te leren spelen. Bijna een jaar lang twee lessen per week, en ik kreeg er amper een simpel kinderliedje uit.'

'Niet iedereen heeft er aanleg voor.' Hij knikte naar haar handen. 'U hebt andere manieren gevonden om uw tijd te besteden.'

'Ledigheid is des duivels oorkussen, nietwaar?' Ze hield een halve trui omhoog. 'Ik verkoop ze online.'

Het was misschien wel de lelijkste trui die hij ooit had gezien. 'Prachtig.'

De trein kwam schokkend tot stilstand.

Hij pakte de koffer steviger vast; het voorwerp dat erin zat was bijna twee keer zo zwaar als een gitaar.

De deuren gingen open, en toen hij langs de baby liep keek hij glimlachend op haar neer. Hij kon alleen maar hopen dat ze nooit zou weten hoe zwaar zo'n tas was of hoe zo'n ding in haar handen zou aanvoelen.

69

Michael

Ik werd wakker in een bed.

Een donkere kamer.

Een motelkamer.

Geen mooie.

Langs de randen van de zware gordijnen scheen een klein beetje licht.

Ik rook de geur van de muffe lakens en de deken.

De groene verf op de muren was aan het verkleuren. Er hingen schilderijen van oude schoeners tussen woeste golven.

De pijn in mijn hoofd was nu koud en dof.

Ik ging rechtop zitten en trok het laken en de deken van me af.

Ik had alleen mijn ondergoed aan.

Toen ik naar de achterkant van de kamer keek wist ik al wat ik zou zien, maar toch klopte mijn hart in mijn keel toen ik het zag: mijn kleren in een natte, donkere hoop bij de muur.

Ik bleef in bed zitten terwijl ik wilde dat het allemaal een droom was en hoopte dat deze kamer langzaam zou vervagen en plaats zou maken voor iets anders, het maakte niet uit wat, maar er veranderde niets. Mijn zintuigen werden zich scherp bewust van de stoflaag die zo ongeveer alles bedekte, van de schimmel waarvan ik me voorstelde dat die zich tegoed deed in de muren, en van het zachte geluid van druppelend water. Eén druppel, een halve minuut later gevolgd door de volgende.

Het licht in de badkamer was aan.

Ik hoorde een ventilator zoemen.

De deur stond op een kier.

Ik probeerde in beweging te komen, maar mijn lichaam gehoorzaamde niet – niet meteen in elk geval. Toen ik mijn benen eindelijk over de rand van het bed zwaaide, voelden ze aan alsof ze allebei honderd kilo wogen. Ik zette mijn tenen op het versleten tapijt en dwong mezelf te gaan staan.

Weer een druppel water.

Ik kwam in beweging.

De kamer leek zich ver voor me uit te strekken en bij elke stap die ik in de richting van de badkamer deed groter te worden. Ik liep langs mijn kleren maar keek niet omlaag. Dat kon ik niet. Ik wilde niet ademhalen omdat ik wist dat ik dan de bekende geur van koper zou ruiken, van bloed.

Toen ik bij de badkamer was ging mijn hand werktuiglijk omhoog en raakte de deur aan – mijn vingertoppen duwden rillend tegen het hout.

De deur ging veel te makkelijk open.

Het bad zat tot de rand toe vol water. Op de versleten witte tegels lagen meerdere plassen.

Er kwam weer een druppel uit de badkraan, die met een plonsje in het water viel en hier en daar rimpelingen veroorzaakte.

Ze lag een paar centimeter onder water.

Haar ogen waren dicht.

Haar bruine haren dreven zachtjes in en op het water.

Haar gespierde benen waren in een vreemde hoek gedraaid en haar knieën staken uit het water en rustten tegen de muur. Haar armen lagen naast haar lichaam en één hand duwde zachtjes tegen haar dij.

Er kwam één luchtbelletje omhoog van haar bleke lippen.

O god, wat heb ik gedaan?

70

SCHRIFTELIJKE VERKLARING, MEGAN FITZGERALD

Toen ik mijn ogen opendeed stond Michael over me heen gebogen. Hij droeg alleen een boxershort en staarde me uitdrukkingsloos aan, met ogen die ik niet herkende en met open mond. Een vreemdeling met een masker van het gezicht van mijn broer.

Alleen al zijn aanblik gaf me de rillingen, en ik voelde een sterke aandrang om te vluchten. Het water was heel warm geweest toen ik in bad was gestapt, maar nu was het ijskoud.

Kwetsbaar, had dr. Bart in zijn aantekeningen geschreven.

Ik weet niet waarom die gedachte precies op dat moment bij me opkwam, maar het gebeurde, en ik kon er niets aan doen dat ik Michael zo zag. Maar de manier waarop hij naar me keek...

Ik ging rechtop zitten en trok mijn knieën op tot mijn kin. 'Jezus, Michael, wel eens van kloppen gehoord? Ik zit er nogal bloot bij.'

Hij zei niets en verroerde zich niet.

Heel eerlijk gezegd joeg hij me de stuipen op het lijf.

Ik dacht aan de schaar die vlak achter de deur op de tafel lag.

Ik vond het vreselijk van mezelf dat ik dat dacht.

Gestoord.

Dit was Míchael.

'Michael, zeg iets. Gaat het wel?' *Ik word bang van je*, zei ik bijna.

'Ik dacht...' begon hij, maar zijn stem stierf weg.

Toen snapte ik het.

Ik ben ook zo'n stomkop. 'O, nee! Je sliep nog en ik wilde heel graag in bad! Het was niet mijn bedoeling...'

Ik ging staan, waarbij ik vergat mezelf te blijven bedekken, en in mijn haast het bad uit te komen spatte het water door de hele badkamer. Er vormde zich een plas rond mijn voeten.

Michaels ogen gleden over me heen.

Ik ving zijn blik, bleef hem zo lang ik kon aankijken en wendde me toen weer af.

'Je haar,' zei hij ten slotte mat. 'Je hebt het geknipt.'

Ik deed een stap naar hem toe. 'Kun je me een handdoek geven?'

Hij pakte er een van het rek bij de deur en gaf die aan me. Ik droogde me snel af en sloeg de handdoek om me heen. Ik haalde mijn hand door wat er over was van mijn haar – ik had nu een leuke *pixie cut*. 'Ik vind het belangrijker om te weten waarom jíj dat niet hebt gedaan. Iedereen zoekt je en je ziet er nog precies hetzelfde uit. En ik kan niet gelóven dat je in je eigen auto rijdt.'

'Niemand kent dat ding.'

'Je bent de meest belabberde voortvluchtige die er bestaat.' Ik pakte het tasje van de drogisterij van de hoek van de wastafel en haalde het doosje haarverf eruit. 'Jouw beurt.'

Hij staarde me wezenloos aan.

Ik knipte met mijn vingers voor zijn gezicht. 'Hoe is het met je hoofdpijn?'

Daar leek Michael over te moeten nadenken.

'Je ziet eruit als een dronkenlap die probeert mee te doen met *Jeopardy*!'

Hij wreef met een hand over zijn slaap. 'Beter, geloof ik. Maar ik ben nog wel duizelig, alsof ik een kater heb.'

Ik schoof het doosje haarverf naar hem toe en pakte toen het flesje migrainepillen dat ik hem in de auto had ontfutseld. 'Waar heb je die vandaan?'

Toen hij het flesje wilde pakken, hield ik het bij hem weg.

Hij kneep zijn ogen een beetje dicht. 'Ze helpen tegen de hoofdpijn.'

'O, dat denk ik niet.' Ik maakte de dop los en liet een paar pilletjes op de rand van de wastafel vallen. 'Ik weet niet wat dit zijn, maar het zijn geen migrainepillen. Dan zouden ze wit zijn en zou er een grote M op de zijkant staan. We slikken ze op de uni wanneer we voor de les wat extra energie nodig hebben. Ze hebben hetzelfde effect als vijf koppen koffie.'

Ik streek met mijn vinger over een van de pillen. 'Hier staat niets op. Ze zien eruit alsof iemand ze in een kelder in elkaar heeft geflanst.'

Michael leek nog altijd niet helder te kunnen denken. Hij probeerde te verwerken wat ik had gezegd, maar ik wist niet of hij de woorden begreep. Ik nam het flesje in mijn hand en stopte de pilletjes er weer in. 'Waar. Heb. Je. Ze. Vandaan?' Ik sprak elk woord langgerekt uit en zwaaide mijn handen langzaam heen en weer voor zijn gezicht.

Even keek hij me alleen maar aan, toen zei hij: 'Uit het huis van Roland Eads. Ze stonden in het medicijnkastje.'

'Geweldig. Wat zat daar allemaal nog meer in?'

Hij raakte me weer kwijt.

Ik klapte in mijn handen. 'Michael!'

Dat leek te werken. Zijn lichaam verstrakte en ik zag aan zijn blik dat eindelijk tot hem doordrong wat ik had gevraagd. 'Op zijn nachtkastje stonden zolpidem en mirtazapine. Volgens mij had hij ook aspirine en lurasidon in dat medicijnkastje. En clozapine.'

'Jezus,' mompelde ik. 'Allemaal antipsychotica. Als hij die al open en bloot in bezit had, wat denk je dan dat hij in een flesje met reguliere pijnstillers verstopte?'

'Dat... dat weet ik niet,' stamelde hij.

'Het is bijna een dag geleden en je bent nog steeds helemaal in de war.' Ik liep de kamer door naar mijn handtas, rommelde erin en kwam terug met een klein flesje pillen. 'Je moet deze nemen. Er viel veel op dr. Bart aan te merken, maar hij schreef je wel de juiste medicijnen voor.'

'Ik weet het niet, Meg. Misschien zou ik alles door de plee moeten spoelen en een tijdje niets meer moeten slikken.'

'Wauw, je maakt hele zinnen, als een echt mens. Ik ben trots op je. Hier.' Ik haalde een pil uit het flesje en stak die naar hem uit. 'Dr. Bart schreef er een om de vier uur voor. Als we er daar nou een om de acht uur van maken?'

Hij staarde naar mijn hand. 'Wat is het?'

'Dorozapine,' zei ik. 'Haalt de scherpe randjes eraf. Je moet helder kunnen nadenken als we dit doen.'

'Ik heb al jaren niets genomen.'

En je was jezelf niet. 'Alsjeblieft, Michael. Doe het voor mij,' zei ik smekend. 'Dan mag je mijn tieten nog een keer zien.'

'Ik keek niet naar je...'

'Kom op, joh. Je bekeek ze van boven tot onder. Eerlijk gezegd zou je ook mijn kont moeten zien. Die ziet er geweldig uit.' Ik streek met mijn vingers langs de onderkant van mijn handdoek.

Michael werd rood.

Hij pakte de pil uit mijn hand en slikte hem zonder water door. Toen deed hij zijn mond open om te laten zien dat hij hem had doorgeslikt. 'Tevreden, dokter?'

Ik knikte en wees naar de schaar en de haarverf. 'Bent u klaar voor uw nieuwe look, meneer?'

Een uur later stond Michael voor de spiegel en haalde hij een hand door zijn haar. 'Het is wel erg blond.'

'Ik vind het prima zo,' zei ik. 'Je bent van jezelf donker. Het moest er anders uitzien.'

'Het voelt ook heel kort.'

'Voor een voortvluchtige heb je een hoop schoonheidsidealen. Ik denk niet dat er in de bak iemand geïnteresseerd zal zijn in je kapsel. Zet deze op.' Ik gaf hem een bril met een zwart montuur. 'Het is een leesbril, met de laagste sterkte die ik kon vinden. Met sterkere glazen zag ik alles wazig.'

Ik had een lichtblauw overhemd van Gitman en een zwarte broek uit zijn tas gehaald. Met de bril erbij leek hij echt een andere man. Ik knikte naar de televisie die achter ons aanstond. Afgezien van de reclames was Michael onophoudelijk in beeld geweest. Twee nieuwszenders lieten nu ook mijn foto zien. Je had zeker uitgedokterd dat we samen waren, Jessica. Een sticker voor jou!

'We zien er heel anders uit dan die twee,' zei ik.

Hij duwde de bril hoger op zijn neus. 'Jeffery Longtin of Nicole Milligan?'

'Ik heb mijn tijd nuttig besteed terwijl jij sliep. Jeffery woont dichterbij,' zei ik.

Hij pakte zijn horloge en deed het om.

Ik fronste mijn wenkbrauwen.

'Wat is er?'

'Ik heb je nog nooit een horloge aan die kant zien dragen.'

Michael haalde zijn schouders op en deed de Breitling om zijn andere pols.

71

De man met het litteken op zijn hand had een auto uitgezocht in de langparkeergarage naast het station. Een witte Toyota Camry van een jaar of tien oud. Niets bijzonders, niets wat zou opvallen. Aan de vogelpoep op de verweerde lak te zien was het geen auto die snel door iemand gemist zou worden. De eigenaar was waarschijnlijk voor lange tijd op reis.

De tas en de gitaarkoffer pasten makkelijk in de kofferbak.

Hij zette de radio op 90.7. De twintigste symfonie van Mozart.

Mooi.

Vanaf Gateway Station reed hij ongeveer een uur in zuidelijke richting over de I-55. Hij kwam langs meerdere plaatsjes met onbeduidende namen. In Leadington verliet hij de snelweg, waarna hij op kleinere wegen ging rijden. Vervolgens maakten die kleinere wegen plaats voor slecht geasfalteerde weggetjes vol gaten. Op het derde van die weggetjes sloeg hij op een gegeven moment links af, een grindpad op, en reed vervolgens het gras en het onkruid in, schakelde in de parkeerstand en zette de motor uit.

Het Mark Twain National Forest strekte zich voor hem uit als een zee van groene boomtoppen op glooiende heuvels. In de verte lag een klein meer, en hij zag meerdere wandelpaden.

Hij had al zeker drie kwartier geen mens gezien.

Volgens zijn navigatiesysteem bevond het adres dat hij van Patchen had gekregen zich op nog geen kilometer afstand.

Hij hevelde de inhoud van zijn gitaarkoffer over naar een lichte nylon tas die speciaal voor dit soort gelegenheden was gemaakt, sloeg die om zijn schouder en liep het bos in.

Twaalf minuten later kreeg hij het houten huisje in zicht, dat in een klein dal naast een kronkelend beekje stond. Geen buren. Eén auto.

Hij liep er geluidloos door de struiken en het kreupelhout omheen, naar een richel aan de westkant. Die lag iets hoger dan het huisje, zodat hij er vrij zicht op had, en ook op het onverharde pad dat als oprijlaan diende.

Terwijl hij laag bij de grond bleef duwde hij met zijn duim langzaam de rits van de nylon tas open, om zo min mogelijk geluid te maken.

Daar lag zijn glanzende en gesmeerde sluipschuttersgeweer.

Hij haalde het wapen uit de tas, verlengde de kolf, klikte het vizier vast en spreidde de twee poten van de steun. De geluiddemper kon hij zonder weerstand op de loop draaien. Zijn bewegingen waren geoefend, snel maar niet gehaast. Binnen een halve minuut was het geweer gemonteerd en geladen en stond het op zijn plek, klaar om gebruikt te worden.

Liggend op zijn buik observeerde hij het huisje, het pad en de omgeving door zijn vizier.

Hij had overal vrij zicht op.

72

Gimble

De SUV reed door het zoveelste gat in de weg en Gimble stootte met haar hoofd hard tegen het dak.

'Sorry,' mompelde de chauffeur, een jonge kerel die eruitzag alsof hij een jaar geleden nog op de academie had gezeten. De regen sloeg tegen de voorruit; de lucht leek elk moment te kunnen openbreken.

Op de achterbank speelde Sammy het klaar zich op het scherm van zijn MacBook te blijven concentreren – rechter Rines had toestemming gegeven en de patiëntendossiers kwamen nu een voor een binnen. 'Oké, ik heb het dossier van Darcey Haas.'

'Zij is degene die Kepler van de trap heeft gegooid,' zei Vela via de open verbinding. Hij zat in de auto achter hen. In de twee achterste wagens zaten U.S. Marshal Garrison en zijn team. Ze waren met een chartervliegtuig van de FBI naar St. Louis gevlogen en waren hier rechtstreeks naartoe gereden. Als Kepler en zijn zus een auto hadden, en dat was vrijwel zeker het geval, dan had de FBI een paar uur voorsprong op ze.

De SUV maakte een ruk naar links en weer terug. 'Sorry,' mompelde de chauffeur weer.

'Dit is meer een wildspoor dan een weg,' zei Gimble terwijl ze over de bult op haar hoofd wreef. Grote eiken torenden boven hen uit. Dikke takken zwiepten heen en weer in de lucht en wierpen schaduwen voor de auto.

'Nog achthonderd meter,' deelde Garrison mee. 'Wees alert.'

'Wat woont die kerel ongelooflijk afgelegen.'

'Darcey Haas,' ging Sammy hardop lezend verder. 'Ze is een paar keer gearresteerd wegens openbare dronkenschap. Ze moest van de rechter verplicht in behandeling bij Fitzgerald. Hij heeft zes verslagen ingediend. De aantekeningen zijn heel summier. Het is precies genoeg informatie om de rechter tevreden te stellen, maar inhoudelijk meldt hij bijna niets. Het laatste adres dat van haar bekend was bevond zich op een kleine drie uur rijden vanaf hier, in Springfield, Missouri. Daar heeft Kepler haar om het leven gebracht.'

'Fitzgerald hield iets verborgen,' viel Vela hem in de rede. 'Er is een rode draad. We zijn heel dichtbij.'

Toen ze de top van het heuveltje bereikten zei Gimble: 'Ik kan het huis zien. Klein, geen verdiepingen. Er staat een rode Honda Accord op de oprijlaan. Binnen brandt licht. Er komt rook uit de schoorsteen. Garrison, blijf op afstand met je team. Zet de omgeving af, maar zorg dat niemand je ziet. We willen hem niet bang maken. Sammy en Vela, jullie gaan met mij mee.'

Het joch parkeerde de auto achter de Honda, en Vela's chauffeur parkeerde weer achter hem.

'Wacht hier,' zei Gimble tegen de hare terwijl ze uitstapte, wat haar spieren niet fijn vonden. Achter haar kwam Sammy ook de auto uit, en samen begonnen ze naar de veranda te lopen.

Toen ze het huisje naderden gingen de nekharen van Gimble overeind staan en begon haar huid te tintelen – er was iets niet in de haak. Intuïtief streek ze met haar hand langs de kolf van haar pistool. Ze klemde haar vingers om het leren riempje toen ze achter zich de haan van een vuurwapen gespannen hoorde worden.

73

SCHRIFTELIJKE VERKLARING, MEGAN FITZGERALD

'Wie is Mitchell?'

Toen ik het zei keek ik slechts heel even opzij. We reden te snel, en het begon weer harder te regenen. De weg – als je het een weg kon noemen – stelde niks voor.

Michael zat op de bijrijdersstoel. De inhoud van mijn rugzak lag verspreid over de middenconsole en op zijn knieën. Hij was al zeker voor de derde of vierde keer zijn dossier aan het bekijken. Zonder iets te zeggen had hij de bandjes beluisterd. Hij legde mijn cassetterecorder opzij, met de koptelefoon erbovenop, en verdiepte zich in de aantekeningen van dr. Bart.

'Dit kan nooit waar zijn,' zei hij ten slotte.

'Wat precies?'

'Alles. Het is gestoord.'

'Michael, wíé is Mitchell?'

'Niemand, gewoon iemand die ik als kind verzonnen heb. Een fantasievriend. Je hebt dr. Bart gehoord, hij zei dat Mitchell een gebruikelijke strategie voor kleuters was. Zo zei hij het letterlijk. Ik heb Mitchell verzonnen om te kunnen dealen met mijn moeder en Max.'

Ik kreeg kippenvel. Met de regen was het ook kouder geworden. Ik zette de verwarming hoger. 'Toen hij je opsloot in de donkere kamer met de schaar en het meisje, zei je dat je haar geen kwaad zou doen, en hij zei dat Mitchell dat wél zou doen. Zo zei hij het letterlijk: "Mitchell zou het wel doen."'

Michael sloeg zijn ogen neer. Uiteindelijk zei hij zacht: 'Had ik je al eens verteld dat hij me bedreigd heeft met zijn verdovingspistool?'

'Wat?'

'Soms duwde hij mijn hoofd onder water. In een grote metalen bak, zo'n ding dat je op een feestje gebruikt om appels te happen. Dan waren we in de donkere kamer aan het praten – echt pikzwart, ik zag geen reet. En dan was ik midden in een zin en pakte hij me bij mijn haar en duwde hij mijn hoofd onder water. Ik denk dat ik de eerste keer niet ouder was dan vijf of zes. Toen ik het begon te verwachten, deed hij iets anders.' Met zijn vinger wreef hij over de hoek van een van de pagina's van zijn dossier. 'Daar staan deze afkortingen voor – VP betekent verdovingspistool, WB waterbehandeling, ZO is zuurstofonthouding.'

'Zuurstofonthouding?'

'Dan bond hij mijn handen vast met een kabelbinder en trok hij een plastic zak over mijn hoofd.'

'Jezus, Michael! Waarom? Wat had dat voor zin?'

'Ik was ontzettend bang,' zei Michael, die mijn vraag negeerde. 'Vooral toen ik nog klein was. Toen ik ouder werd, werd het een soort uitdaging – kon ik weer een sessie in zijn donkere kamer doorkomen zonder angst te tonen? O man, wat werd hij kwaad wanneer me dat lukte. Hij wilde dat ik bang was, en als hij me niet bang kreeg deed hij de volgende keer nog meer zijn best. Dan verzon hij iets nieuws, zoals die sessies met dat meisje die op jouw bandje staan.'

'Had hij haar echt een ijzerzaag gegeven?'

Michael haalde zijn schouders op. 'Geen idee. Ik weet niet eens of ze wel echt bij me in de donkere kamer was. Dat deed hij soms ook, zeggen dat ik niet alleen was voordat hij me opsloot. Of hij zei juist dat ik wél alleen was nadat hij me had opgesloten, en dan hoorde ik na een paar minuten iemand ademen of voelde ik vingers langs mijn arm strijken. Soms moest ik me van hem voorstellen dat de donkere kamer de kast in die motelkamer was, en dan hoorde ik geluiden aan de andere kant van de deur, zíjn kant, geluiden die moesten nabootsen dat Max mijn moeder in stukken sneed...'

Zijn stem stierf weg en hij keek uit zijn raam. 'Hij martelde me, ik kan het niet anders zeggen. Ik herinner me nog niet de helft van wat er in dit dossier staat; ik heb het allemaal verdrongen. Als het echt gebeurd is tenminste. Misschien is dat hele dossier wel een van de psychologische spelletjes en staan er dingen in die hij me een keer had willen laten zien maar wat hij nooit heeft gedaan.' Michael deed zijn ogen dicht en wreef over zijn slapen.

'Werken die toverpillen?'

Hij knikte. 'Het voelt alsof ik een kater heb, maar de mist trekt op.'

Michael pakte mijn hand en kneep er zachtjes in. Hij glimlachte flauwtjes. 'Dank je.'

Zijn huid voelde ruwer aan dan ik me herinnerde, maar hij was wel warm, en dat was prettig. Ik kneep terug en wilde hem niet loslaten. Toen beging ik een blunder. 'Als Mitchell niet bestaat, wie heeft je moeder dan gedood?'

Ik had het niet moeten zeggen en wilde het terugnemen. Michael keek me aan alsof ik hem in zijn gezicht had geslagen. Hij trok zijn hand los en schoof bij me weg. Hij staarde naar de regen die over het raam naast de passagiersstoel stroomde.

'Het was Max, dat kan niet anders.'

'Maar dat is niet wat je je herinnert.'

'Ik herinner me sowieso niets, ik was nog maar een kind.'

'Op het bandje bedoel ik. In je eerste gesprek met dr. Bart zei je dat het Mitchell was.'

Michael keek even naar de map die naast hem op de stoel lag en tuurde toen naar het bord dat aan de rechterkant van de weg naderde. 'Volgens mij moeten we er daar af.'

74

Gimble

'Wat moeten jullie hier?'

De stem was ruw en rasperig. De loop van het geweer van de man bevond zich een paar centimeter van Sammy's oor.

'We zijn van de FBI! Laat het wapen vallen!' riep Gimble, die een eindje verderop op het pad naar de voordeur van het huisje stond. Ze richtte haar pistool op een punt achter Sammy. Vela stond naast haar, met zijn handen in de lucht.

'Ik wil jullie badges zien,' zei de man.

Gimble gaf geen krimp en zei: 'Laat uw wapen zakken! U bent volledig omsingeld door mijn mensen.'

Vela deed een stap naar voren en stak zijn rechterhand langzaam in een van zijn achterzakken. 'Ik pak mijn legitimatiebewijs.'

'Langzaam.'

Vela knikte. Hij pakte zijn portefeuille en hield zijn badge omhoog. 'Ik ben special agent Omer Vela, dit is special agent Gimble, en de man op wie u uw geweer richt, werkt op onze IT-afdeling. Bent u Jeffery Longtin?'

'Wat moeten jullie hier?'

'Laat dat geweer zakken, dan praten we erover,' zei Vela.

'Ik heb niets gedaan.'

'Dat weet ik,' zei Vela. 'We denken dat u gevaar loopt. Daarom zijn we hier. We willen u beschermen.'

'Wie zou mij kwaad willen doen?'

'Michael Kepler,' zei Sammy, terwijl hij zich langzaam naar hem toe draaide. 'Misschien kent u hem wel van het nieuws.'

'Geen beweging,' zei hij stellig.

Sammy verstijfde.

'Ik ken geen Michael Kepler. Ik heb hier geen tv of radio. Ik wil alleen maar met rust worden gelaten. Waarom laat iedereen me niet gewoon met rust?'

'U kent hem misschien als Michael Fitzgerald,' zei Vela.

Daar dacht de man even over na. Toen zei hij: 'Fitzgerald? Bedoel je doc Fitzgerald?'

'Kepler is zijn adoptiezoon,' antwoordde Vela. 'Dr. Fitzgerald is een paar dagen geleden overleden.'

'Is doc Fitzgerald dood?'

'Hij is overleden aan een aneurysma,' zei Vela. 'Thuis in New York.'

Jeffery Longtin liet zijn geweer zakken en hield het naast zijn lichaam. Toen deed hij iets wat ze geen van allen hadden verwacht. Hij begon te huilen.

75

Gimble

Longtins huis was niet groot, maar wel knus. Er brandde een vuur in de open haard; dikke houtblokken knetterden in de felle vlammen. Om een kleine tafel van melkkratten en donker gevlekte pijnhouten bladen stonden een bank en twee stoelen. De meubels waren versleten en armoedig, de bekleding was verkleurd en op sommige plekken stond de stof op knappen of was hij aan elkaar genaaid.

Sammy zei dat hij iets merkwaardigs had ontdekt in de gps-gegevens van Keplers vrachtwagen maar dat hij daar nu nog niets over kon zeggen. Op een tafeltje bij de keuken had hij plek vrijgemaakt om te kunnen werken door tientallen in leer gebonden boeken en paperbacks opzij te duwen, voor het grootste deel horrorboeken en thrillers uit de jaren tachtig maar niets recents. Op de tafel stond ook een bord met een half opgegeten broodje, en er lagen stapels ongeopende post.

Buiten had Longtin het geweer laten zakken, maar hij had het niet uit handen willen geven. Verscheidene van Garrisons marshals waren tussen de bomen door dichterbij gekomen, klaar om van achteren naar hen toe te komen. Gimble liet iedereen afstand houden en gaf hem toestemming zijn wapen te houden nadat hij bereid was geweest de veiligheidspal om te zetten.

Hij had ze het huis binnengelaten en was op een stoel neergeploft.

Gimble zat op een leuning van de bank. Ze had wel vaker volwassen mannen zien huilen, maar ze voelde zich er altijd ongemakkelijk bij. Longtin was een grote, zware man en heel gespierd. Volgens hun gegevens was hij negenenvijftig. Hij had kort grijs haar en had zich dagen niet geschoren. Te oordelen naar de stank had hij zich minstens zo lang ook niet gewassen.

'Weten jullie zeker dat hij dood is?' vroeg hij na een lange stilte. Hij veegde met de rug van zijn hand langs zijn neus.

Gimble keek om zich heen maar zag nergens tissues.

'Dat weten we zeker, ja,' zei Vela. 'Wanneer hebt u hem voor het laatst gesproken?'

'Op 12 augustus 1987,' zei Longtin meteen. 'Eenendertig jaar, een maand en vijf dagen geleden.'

Een stem in Gimbles oortje zei: 'Gimble? Garrison hier.'

'Zeg het maar, Garrison,' antwoordde ze.

'We verplaatsen alle voertuigen naar een klein paadje een paar honderd meter het bos in om ze buiten het zicht te houden. Mijn team heeft het huisje omsingeld. Ik heb een wachtpost op de weg staan. Als het goed is, worden we een minuut of drie voor zijn komst gewaarschuwd.'

'Begrepen.'

Garrisons stem werd even zachter, alsof hij tegen iemand praatte die naast hem stond. Toen hij weer in de zender sprak, zei hij: 'Er is nog iets anders. Waarschijnlijk is het niet belangrijk, maar je moet het toch weten.'

'Wat dan?'

'Een vrachtwagenbestuurder heeft zojuist in de buurt van Kansas City een agent van de staatspolitie gewaarschuwd door achter hem te komen rijden en met zijn koplampen te knipperen. Hij zegt dat er in de Flying T een man bij hem in de cabine sprong die hem met een pistool dwong om naar de snelweg te rijden. Dat was een paar minuten nadat de wegversperringen werden opgeheven. Hij is ongeveer een halve dag meegereden en heeft zich door de chauffeur naar het centrum van Kansas City laten rijden – hij zei dat hij een trein moest halen. Daar heeft hij hem vastgebonden in de laadruimte van de vrachtwagen. Die kerel weet niet hoelang hij daar gelegen heeft, maar volgens hem moet het zeker vier of vijf uur zijn geweest. Hij herkende Kepler van een foto.'

'En de zus?'

'Alleen Kepler,' antwoordde Garrison. 'Maar het punt is dat die vrachtwagenchauffeur volgens de staatspolitie steeds maar over de beloning bleef beginnen omdat hij die wil opstrijken. De agent die hem heeft ondervraagd denkt dat hij Kepler alleen maar op tv heeft gezien en probeert zijn zakken te vullen.'

'Dus jij gelooft hem niet?'

'Nee, maar...'

'Maar wat?'

'Die kerel zei dus tegen de chauffeur dat hij een trein moest halen,' zei Garrison. 'Er rijdt een rechtstreekste trein van Kansas City naar St. Louis, de Missouri River Runner. Die is ongeveer twee uur geleden gearriveerd in St. Louis.'

Gimble wisselde een blik met Vela. 'Begrepen. Laat iemand de camerabeelden uit die trein en van de stations bekijken. Het is waarschijnlijk niets, maar ik wil het ook niet negeren. Laat me weten wat ze ontdekken.'

'Begrepen.'

Longtin keek tijdens het gesprek verward toe en zag toen Gimbles oortje. 'Is dat een telefoon?'

'Hij is verbonden met mijn telefoon,' legde Gimble uit.

'Elke keer wanneer ik naar de stad ga, lijken die dingen kleiner te worden.'

Vela vroeg: 'Hoelang woont u hier al?'

'Ik heb dit huis in 1987 gekocht met het geld van de schikking.' Longtins ogen waren nog steeds rood en gezwollen. 'Denken jullie dat ik geen cheques meer krijg als hij dood is?'

'Stuurt hij u cheques?'

'Tweeduizend dollar per maand. Dat maakte deel uit van de overeenkomst.'

'Vanwege uw aanklacht wegens verwijtbaar handelen?' vroeg Gimble.

Longtin knikte. 'De vorige keer dat ik hem in levenden lijve heb gezien was bij de bemiddeling. Hij stemde in met een eenmalig bedrag van vijftigduizend dollar en de maandelijkse betalingen.'

Overal hingen gele plakbriefjes – aan kastdeurtjes, op stoelleuningen, aan de muren. Op een briefje aan de lamp naast Gimble stond *Boodschappen ophalen – 18 sept., 16 uur*. Dat was morgen. Op weer een ander stond de naam van de president. Op sommige briefjes stonden alleen een datum en een tijdstip met een korte beschrijving, en weer andere waren volgeschreven met lettertjes die zo klein waren dat ze bijna niet te lezen waren.

Gimble ving Vela's blik – hij had ze ook gezien.

'Waarom zou de zoon van doc Fitzgerald mij te grazen willen nemen?'

'Ik hoopte dat u mij dat zou kunnen vertellen,' zei Vela.

'Ik weet het echt niet.'

Gimble zei: 'Zegt een van de volgende namen u iets? Alyssa Tepper, Darcey Haas, Issac Dorrough...'

Ze ging al Keplers slachtoffers af. Longtin staarde haar niet-begrijpend aan en schudde langzaam zijn hoofd. 'Ik... ik ga niet vaak de deur uit. Het is hier stil, dat vind ik fijn.'

'U bent liever alleen,' zei Vela.

Longtin knikte.

'Vindt u het moeilijk om contact te hebben met andere mensen?'

'Soms.'

'Wat hebt u gisteren gedaan? Kunt u de dag met me doornemen?'

Gimble wierp Vela een ongeduldige blik toe.

Longtin perste zijn lippen op elkaar en keek toen omlaag naar een aantal plakbriefjes die op de tafel lagen. ''s Morgens heb ik van tien tot twaalf gelezen. Toen heb ik een boterham klaargemaakt – rosbief met cheddar. Om twee uur ben ik gaan wandelen. Ik heb ongeveer drie uur gelopen en...'

Vela pakte een boek op en legde dat op de aantekeningen die Longtin nog niet had gezien.

Longtin zweeg en bleef naar de tafel kijken.

'Kunt u het zich herinneren zonder aantekeningen?'

Longtin gaf geen antwoord.

'Meneer Longtin?'

'Soms, maar de briefjes helpen wel.'

'Maar u weet nog wel wanneer u dr. Fitzgerald voor het laatst hebt gezien?'

'12 augustus 1987,' zei Longtin vol overtuiging. 'Eenendertig jaar, een maand en vijf dagen geleden.'

Toen zag Gimble het. Voor hij antwoord gaf, had Longtin snel even op een kalender gekeken die bij de deur hing. Op elke dag stond een grote rode x. De stift hing naast de kalender aan een touwtje.

Vela boog zich naar voren, pakte een van de andere briefjes en verfrommelde het in zijn vuist.

'Wat hebt u gisteren gelezen?'

Jeffery Longtin zei niets.

'Wat hebt u gisterenochtend tussen tien en twaalf uur gelezen?'

Zijn blik klaarde op. '*De verzamelaar* van John Fowles. Dat heb ik zeven keer gelezen, het is echt geweldig. Veel mensen denken dat het Thomas Harris heeft geïnspireerd om *Rode draak* te schrijven.'

'Weet u echt nog dat u dat gisteren gelezen hebt of wist u weer wat u op uw briefje had geschreven toen ik het tijdstip liet zien dat u aan de bovenkant had geschreven?'

Longtin zweeg weer.

'Hebt u wel eens gehoord dat u moeite hebt met uw contextuele geheugen?'

Longtin keek hem aan maar gaf geen antwoord.

Vela ging verder. 'U herinnert zich bepaalde autobiografische gegevens, feiten die u gedurende het leven hebt opgepikt, maar u hebt moeite met tijd. Uw herinneringen schieten alle kanten op. Gebeurtenissen van dertig jaar geleden lijken net te zijn gebeurd, terwijl recente gebeurtenissen soms heel lang geleden lijken.'

Ten slotte knikte Longtin.

Vela pakte een van de briefjes van de tafel. 'De was ophalen bij Morgan,' las hij hardop. 'Zes uur op 20 september.' Hij legde het briefje ondersteboven op tafel. 'Ik ga u weer een vraag stellen, en ik wil dat u eerlijk tegen me bent. Kunt u zich herinneren dat u de was hebt gebracht?'

Opnieuw knikte Longtin.

'Wanneer was dat?'

Longtins ogen schoten door de kamer, van het ene briefje naar het andere. Daar zag hij het antwoord niet. Hij schudde zijn hoofd. 'Ik weet het niet goed.

De herinneringen gaan door elkaar heen lopen, zoals u zei. Soms heb ik ook black-outs.'

'Bent u in behandeling bij iemand die u daarbij helpt?'

Longtin verstijfde en zijn ogen werden groot. 'Echt niet. Ik red me prima met de briefjes.'

Vela haalde *Versplinterd* uit zijn achterzak en legde de paperback op tafel. Longtin wierp er een boze blik op.

'Dit boek gaat over u, hè?'

Longtin keek van het boek naar zijn geweer dat tegen de muur stond en weer naar het boek. 'Ik geloof niet dat ik het fijn vind dat jullie hier zijn. Ik kan prima voor mezelf zorgen.'

'Fitzgerald heeft u behandeld voor een dissociatieve identiteitsstoornis. Meerdere persoonlijkheden. Heeft hij u genezen?'

Longtin snoof en leunde naar achteren. 'Genézen? Dat wilde doc Fitzgerald helemaal niet. Hij wilde begrijpen hoe het gebeurde, wat maakte dat ik zo was. Hij wilde het opnieuw creëren.'

76

Dr. Rose

In de grote slaapkamer schoof dr. Rose het gordijn net ver genoeg opzij om naar buiten te kunnen kijken.

Er stonden nu vier voertuigen.

Nee, wacht – vijf. Ze zag nog net de achterkant van een busje dat aan het begin van de oprijlaan stond, bij de bocht. Er waren zeker tien mensen. Het was lastig te zien hoeveel het er precies waren, want ze liepen allemaal door elkaar heen en stapten bij elkaar in en uit de auto. Mensen in goedkope pakken met goedkope kapsels, met goedkope sieraden en een eenvoudige opleiding die ze hadden betaald met leningen en beurzen die waarschijnlijk waren betaald van de buitensporig hoge belastingen die zij en Barton moesten ophoesten. En van de meerdere trusts en beurzen die zij en Barton door de jaren heen in het leven hadden geroepen.

Ze krioelden over de oprijlaan als ratten in een doolhof, met hun zenuwachtig trillende neuzen, terwijl ze met hun kraaloogjes naar haar opkeken en hun telefoon tegen hun oor gedrukt hielden.

Met wie zouden ze in vredesnaam allemaal in gesprek kunnen zijn?

Ze gingen helemaal op in hun onbeduidende leventjes.

Achter haar stond zacht een tv aan. Een nieuwszender. De laatste keer dat ze had gekeken, was haar eigen huis in beeld geweest, met een jong ding met volmaakt blond haar ervoor dat een of ander lulverhaal stond op te hangen.

Vanaf de oprijlaan wees een man naar het raam, naar haar.

Dr. Rose liet het gordijn weer dichtvallen.

Deze man was een paar uur geleden gearriveerd en had meteen aangebeld. Ze had mooi niet opengedaan, en dat ging ze ook niet doen. Bickley, Barkley, Begley – ja, zo heette hij, Begley. Special agent Waylon Begley. Arme kerel, om opgezadeld te worden met een naam als Waylon. Ongetwijfeld was hij daar beneden bezig een huiszoekingsbevel te regelen, precies zoals hij had beloofd.

Het zou hem lukken, daar was dr. Rose van overtuigd. De vraag was alleen nog wanneer. Aangezien er steeds meer mensen bij kwamen zou het wel niet lang meer duren.

Ze had niet veel tijd meer.

Ze liep de kamer door, pakte de telefoon en belde Lawrence Patchen weer.

Hij ging vier keer over.

Zes keer.

Tien.

Twintig.

Ze hing op.

Klootzak.

Hij was altijd al een enorme gluiperd geweest. Barton zei dat hij alleen maar huilend zijn hoofd zou laten hangen in plaats van zijn verantwoordelijkheid te nemen als hij ooit in het nauw zou worden gedreven. Hoe ze hem ooit in vertrouwen hadden kunnen nemen, ook al was het maar een klein beetje, zou ze nooit begrijpen. Ze kon alleen maar hopen dat hij druk bezig was het noodzakelijke te doen, net als zij.

Ze liep naar de andere kant van de kamer en trok aan een hoek van de aquarel van Aguirrechu; de magneten lieten los en het schilderij zwaaide aan verborgen scharnieren opzij. Even later was de brandkast open, en ze begon de inhoud naar het grote bed te dragen en in een rode reistas te stoppen – dossiers, bandjes, videotapes, USB-sticks. Achter in de kluis lagen keurige stapels van honderd dollar, bij elkaar gebonden en knisperend, vers van de bank. Het waren er zesentwintig – tweehonderdzestigduizend dollar. Hun appeltje voor de dorst. Het geld voor noodgevallen. Ze droeg het geld naar het bed en liet de bundels bij de andere spullen in de tas vallen.

Toen ze klaar was, ging ze naar de kamer van Megan. Ze zou later de kantoren wel afhandelen. Terwijl ze naar beneden liep belde ze Patchen weer – die klootzak kon maar beter opnemen.

77

Gimble

'Hij wilde het opnieuw creëren?' vroeg Vela terwijl hij Gimble een zijdelingse blik toewierp.

Longtin knikte. 'Niet meteen. Ik denk dat hij me eerst echt wilde helpen. We deden er bijna een jaar over om vast te stellen welke persoonlijkheden ik allemaal had, wat hun individuele eigenaardigheden waren, hun eigenschappen en karakterkenmerken.' Hij keek naar het boek. 'Alles wat hierin staat.' Hij wist zich geen raad met zijn handen en legde ze naast zich op de stoel en toen weer op zijn schoot. 'Zonder hem zat ik nu misschien wel ergens opgesloten, en de kans is nog groter dat ik al dood was geweest. Ik was er echt heel slecht aan toe toen hij me vond. Ik was ziek maar wist dat zelf niet. Ik had voortdurend black-outs. Ik kon nooit lang ergens blijven werken. Soms kreeg ik een black-out in de bus naar mijn werk en werd ik uren of soms dagen later wakker, thuis of op een onbekende plek. Ik kan me herinneren dat ik in 1980 voor een ongediertebestrijdingsbedrijf werkte en huizen besproeide in Buffalo. Ik liep met mijn uitrusting een kleine twee-onder-een-kap binnen en toen was ik in Chicago. Gewoon, zomaar. Er waren drie dagen weg. Mijn kleren zaten helemaal onder de modder. Ik werd wakker op een bankje, zonder te weten hoe ik daar was beland. Mijn portemonnee was leeg. Ik wist dat er drieënzestig dollar in had gezeten. Ik had geen idee of ik het had uitgegeven of dat het was gestolen. Dat soort dingen overkwamen me heel vaak, zó vaak dat de black-outs normaal begonnen te worden. Wanneer ik bijkwam, probeerde ik gewoon door te gaan met waar ik was gebleven. Toen doc Fitzgerald me vond, was ik gearresteerd voor een inbraak. Ik was wakker geworden in een huis en de bewoonster was thuisgekomen en had me aangetroffen in haar bed. Ze schoot me bijna neer. Ze wist niet wie ik was en ik wist niet meer hoe ik daar terecht was gekomen. Ik probeerde te vluchten, maar ze had de politie al gebeld. In de auto op weg naar het politiebureau kreeg ik weer een black-out, en toen ik bijkwam was doc Fitzgerald daar. Ik kon me opnieuw van twee dagen niets herinneren. Kennelijk bleef ik de politie verschillende namen geven toen ze probeerden me te verhoren. Ze zeiden dat mijn accent ook steeds veranderde, van Bostons naar New Yorks naar Iers. Op een gegeven moment deed ik net of ik een vrouw was. De rechter wees me een advocaat toe die doc Fitzgerald belde voor advies, omdat hij dacht dat ik een soort zenuwinzinking had.'

Longtin keek Vela even recht in de ogen en wendde toen zijn blik weer af. 'Daar heb ik geluk mee gehad. Zoals ik al zei, zonder hem was ik waarschijnlijk dood geweest. Als ik niet in de gevangenis was vermoord, had ik het misschien wel zelf gedaan. Ik was heel suïcidaal in die tijd.'

'U was zich niet bewust van de andere persoonlijkheden,' zei Vela.

Longtin schudde zijn hoofd. 'Nope. Ik had geen idee. Dat kwam later pas, nadat doc Fitzgerald ze allemaal had geïdentificeerd. Hij wist de rechter ervan te overtuigen dat ik geen rechtszaak aan zou kunnen en liet me overplaatsen naar een instelling in de staat New York, in de buurt van de school waar hij lesgaf.'

'Kunt u zich de naam van die instelling herinneren?'

Longtin keek weer naar de briefjes; zijn ogen schoten door de zitkamer. Het antwoord was echter nergens te zien. 'Iets Brits – Essex House, Lennox House...'

Gimble zei: 'Was het Windham Hall?'

Longtin dacht daar even over na en schudde toen zijn hoofd. 'Nee, volgens mij was het Essex. Ik zat in die tijd zwaar onder de medicijnen, vooral toen ik er net was. Daarvoor had ik aan zelfmedicatie gedaan, met wiet, alcohol, lsd, pijnstillers, alles wat ik maar te pakken kon krijgen. Achteraf gezien lijkt het stom, maar toen redeneerde ik dat ik geen herinneringen kwijtraakte wanneer ik zo veel drugs nam dat ik buiten westen raakte. Dat ik dan alles in de hand had, omdat ik op dezelfde plek wakker werd.' Hij zwaaide met een hand door de lucht. 'Ze moesten al die troep uit mijn systeem halen, me laten afkicken, voordat doc Fitzgerald met de juiste medicatie kon beginnen.'

Gimble vond het merkwaardig dat de man zo'n samenhangend verhaal kon houden en toch aantekeningen nodig had om zich te herinneren wat hij een paar uur eerder had gedaan. Zijn ogen schoten alle kanten op en hij kon het niet opbrengen om lang oogcontact te maken.

'Gebruikt u nu iets?' vroeg Vela.

'Al bijna twintig jaar niet meer,' zei Longtin. 'Ik drink zelfs helemaal niet meer. De aantekeningen houden me scherp, en ik probeer clean te blijven en het op eigen kracht te redden.' Hij keek weer omlaag naar het boek. 'Al snel ontdekte doc Fitzgerald dat de veranderingen in mijn persoonlijkheid werden veroorzaakt door spanning of veranderingen in mijn omgeving. Iedere persoon die in mij leefde was uniek en was door mijn hersens gefabriceerd om specifieke situaties het hoofd te bieden. Mary nam liefde voor haar rekening, Joey was een knokker, Kevin kon goed rekenen en problemen oplossen...

Dertien verschillende mensen die allemaal in dit ene lichaam leefden. Ze boden zich allemaal aan wanneer ik ze nodig had en trokken zich weer terug en hielden zich gedeisd wanneer dat niet zo was. Ze wisselden elkaar af.'

'Ze hadden het een voor een voor het zeggen,' zei Vela.

Longtin knikte en krabde in zijn dunne haar. 'Precies.'

Vela keek even naar Gimble en richtte zich toen weer tot de man in de stoel. 'Wie heeft het nu voor het zeggen?'

Voor de eerste keer glimlachte Longtin. 'Die vraag is niet zo makkelijk te beantwoorden als vroeger.'

78

SCHRIFTELIJKE VERKLARING, MEGAN FITZGERALD

Michael pakte een cassettebandje, stak het topje van zijn pink in een van de gaatjes en begon afwezig te draaien. 'Ik herinner me bijna niets meer van de gesprekken op die bandjes. Ik weet niet meer wat er is gebeurd in die motelkamer. Dat geldt ook voor de aantekeningen van mijn sessies met dr. Bart – volgens deze dossiers spraken we elkaar drie keer per week, soms vaker. Ik herinner me wel een paar van die sessies, maar vanaf het moment dat hij me medicijnen begon te geven wordt alles wazig. Hier staan aantekeningen van honderden uren in, en ik herinner me bijna niets meer. Hoe kan ik zo veel vergeten zijn?'

Ik kneep weer in zijn hand.

Michael ging zachter praten, en voor het eerst klonk hij als het jongetje op die bandjes. 'Megan, al die tijd die ik kwijt ben, de hoofdpijn, de black-outs... betekent dat dat het gewerkt heeft?'

Ik schudde mijn hoofd al voordat hij de hele zin had uitgesproken. 'Echt niet. Onmogelijk. Je kunt niet met iemands psyche lopen fucken en meervoudige persoonlijkheden creëren.'

Michael haalde het dossier van Jeffery Longtin uit de stapel en sloeg het open naast het zijne. 'Onze verhalen zijn vrijwel identiek – we hebben allebei op heel jonge leeftijd onze vader verloren. We kwamen geen van beiden uit een stabiel gezin. Mijn moeder was een drugsverslaafde. Hier staat in dat Jeffery als kind twee keer uit huis is geplaatst toen zijn moeder gearresteerd werd wegens prostitutie en heroïnegebruik. Beide moeders hadden een stuk uitschot als vriendje. We werden allebei verwaarloosd, mishandeld en misbruikt. Jeffery kwam daar pas achter toen dr. Bart een persoonlijkheid in hem vond, Kevin, die erover kon praten – Jeffery zelf herinnerde zich niets van de dingen die zijn stiefvader hem had aangedaan.'

Michael zweeg bijna een minuut lang. Toen dwong hij zichzelf om door te gaan, maar met zijn handen voor zijn gezicht, zodat zijn stem gedempt klonk. 'Megan, ik herinner me niets meer van de dingen die Max heeft gedaan. Helemaal niets. Ik wist pas dat ze gebeurd waren toen dr. Bart erover had verteld. Hij verzekerde me dat ze gebeurd waren. Hij gaf levendige details en begon er telkens weer over tijdens onze gesprekken.'

'Misschien is het helemaal niet gebeurd en heeft hij het gewoon verzonnen,' opperde ik. 'Dr. Bart was niet goed bij zijn hoofd. Ik kan me heel goed voorstellen dat hij dat deed om te zien hoe je zou reageren.'

Michael zuchtte en schudde zijn hoofd. 'Ik heb een paar jaar geleden de processen-verbaal van de politie opgevraagd. Dat was een heel gedoe, maar ze moesten ze aan me geven. Er stond in dat er duidelijke aanwijzingen waren voor seksueel misbruik. Er waren littekens en bewijzen van langdurig misbruik. En er waren foto's, precies zoals dr. Bart op dat bandje heeft gezegd. Het kan best zijn dat hij me dingen heeft verteld die hij uit zijn duim heeft gezogen, maar het is uitgesloten dat hij een proces-verbaal van de politie heeft vervalst. Of de rechterlijke bevelen. Ockhams scheermes – de eenvoudigste verklaring is meestal de juiste. Ik ben misbruikt en ik heb het verdrongen. Maar wat is er met me gebeurd toen ik die black-outs had?' Hij liet zijn hand op Longtins dossier vallen. 'We weten wat er is gebeurd met Jeffery Longtin.'

'Je zegt dat jij Mitchell bent. Zeg je dat echt? Ben je bereid om dat te accepteren?' Ik geloofde er helemaal niets van. Ik kende Michael al mijn hele leven; ik zou het hebben gezien. Ik zou íéts hebben gezien. 'Zelfs als ik bereid zou zijn om dat te geloven, hoe groot is dan de kans dat je zou worden overgeplaatst naar...' Terwijl ik dat zei viel het op zijn plaats. 'Je bent eerst naar Windham Hall gegaan.'

'Windham Hall heeft me bij dr. Bart geplaatst. Misschien was dat geen toeval.'

'Denk je dat hij daar iemand had zitten die voor hem uitkeek naar een geval als Jeffery?'

'Roland Eads werkte in Windham Hall.' Hij reikte naar de achterbank en haalde een stapel papieren uit zijn tas. 'Deze heb ik bij Roland thuis gevonden. Het zijn bezoekregistraties. Volgens de data en tijdstippen die erin vermeld staan kwam dr. Bart daar jarenlang meerdere keren per maand. Hij was er drie weken geleden nog.'

'Waarom zou Roland ze hebben? Hij heeft je uit de gevangenis gehouden, weet je nog? Als hij deel uitmaakte van een of andere samenzwering en samenwerkte met dr. Bart om alles op de een of andere manier te verdoezelen, waarom zou hij je dan helpen?'

'"Hiervoor heb je me betaald,"' mompelde Michael.

'Wat?'

'Dat zei Roland Eads toen ik hem vroeg waarom hij me hielp. Vlak voor...'

'Voor? Voor wat? Voordat iemand hem neerschoot? Je zei dat iemand hem had neergeschoten.' Ik remde af voor een stoplicht. De regen begon tegen de voorruit te kletteren. Ik zocht de schakelaar van de ruitenwissers en zette ze aan.

Michael was weer stil. Hij staarde naar zijn voeten en friemelde aan zijn horloge.

Ik draaide me naar hem toe en keek hem kwaad aan. 'Michael, je zei dat íémand hem had neergeschoten,' herhaalde ik. 'Iemand anders.'

Zijn stem klonk weer iel. Kinderlijk. 'Ik zie soms dingen, Meg. Dingen die niet altijd echt zijn.'

70

Gimble

'We hebben het nu allemaal voor het zeggen,' zei Longtin. 'Dat is denk ik de eenvoudigste manier om ernaar te kijken. Toen doc Fitzgerald me behandelde, was ik me niet bewust van de verschillende mensen in mijn lichaam. Veel van die mensen wisten ook niet van elkaars bestaan af. Hij zei dat al mijn persoonlijkheden als het ware in een reusachtige kamer woonden, die zo groot was dat ze elkaar niet eens konden horen als ze schreeuwden. Een kamer waar het te donker was om iets te kunnen zien. In het midden hing één schijnwerper. Daar stond degene die het op dat moment voor het zeggen had. Als iemand die plek verliet, werd hij of zij vervangen door iemand anders. Er was maar één persoonlijkheid die met iedereen praatte, en dat was Kevin. Nadat dr. Bart me een paar maanden had behandeld, vond hij Kevin. Hij wist hem er uiteindelijk toe over te halen nog een paar andere persoonlijkheden aan hem voor te stellen. En na verloop van tijd leerden ze elkaar allemaal kennen. Toen begon hij met een proces dat hij versmelting noemde. Wanneer hij het bestaan van een persoonlijkheid vaststelde, versmolt hij die met mijn diepste wezen. Na verloop van tijd ging Mary deel uitmaken van Jeffery, en toen Joey... alle dertien, een voor een. Hij zei dat je het kon vergelijken met puzzelstukjes die langzaam één geheel gaan vormen, een basispersoonlijkheid. Die van Jeffery.'

'Je hebt het over jezelf in de derde persoon, heb je dat door?' vroeg Vela.

'Echt?'

'Ja.'

Longtin glimlachte opgelaten naar Gimble en richtte zich toen weer tot Vela. 'Soms doe ik dat.'

Gimble begreep het. De blik op Vela's gezicht sprak boekdelen.

Deze man was helemaal niet genezen.

Buiten begonnen zware regendruppels tegen het raam en op het metalen dak van het huis te slaan.

Vela boog zich dichter naar Longtin toe. 'Jeffery, je zei dat dr. Fitzgerald nooit de bedoeling heeft gehad om je te genezen, dat hij alleen maar wilde begrijpen hoe je zo geworden was. Heeft hij dat ontdekt?'

Longtin knikte.

'Heeft hij je verteld wat het was?'

Longtin beet op zijn onderlip. 'Kevin heeft het hem verteld.'

'De dominante persoonlijkheid? Degene die met alle anderen praatte?'

Longtin knikte opnieuw. 'Ik kon het me niet herinneren. Of ik wilde het niet, ik denk dat dat de werkelijke reden was.' Hij haalde een leeg plakbriefje van een blok en begon dat dubbel en weer open te vouwen. 'Mijn vader kwam om het leven toen ik twee was, bij een auto-ongeluk. En twee jaar later hertrouwde mijn moeder. Mijn stiefvader deed dingen met me. Dan nam hij me mee naar een verlaten schuur op het stuk grond naast het huis. Ik wil graag geloven dat ze het niet wist, maar als ik er nu op terugkijk zie ik niet in hoe dat zou kunnen. Ik... ik herinner me er niets van, dat gebeurde pas toen Kevin doc Fitzgerald er alles over vertelde. Hij was niets vergeten. Toen vertelde doc Fitzgerald het aan mij. Ik sloot me af en kreeg een black-out, tenminste, dat dacht ik, maar Kevin zei dat ik helemaal geen black-outs had – hij kwam alleen maar tussenbeide om het misbruik te ondergaan omdat ik dat niet kon. Als het voorbij was ging hij weer weg.'

Longtin veegde een traan uit zijn oog. 'Mijn moeder kan het niet geweten hebben, toch? Wie zou... ze kan gewoon niet...'

'Waarschijnlijk niet,' zei Vela, maar hij klonk niet erg overtuigend.

Longtin zette het van zich af en ging door. 'Toen doc Fitzgerald eenmaal had achterhaald hoe het kwam dat mijn persoonlijkheden zich hadden gesplitst, veranderde zijn behandeling. Ik had dat eerst niet door. Dat kon ik niet. Ik gebruikte medicatie en had black-outs, dus het kostte me nog steeds moeite om me te concentreren. Doc Fitzgerald raakte gefixeerd. Hij zei dat het belangrijk was dat ik me elk moment van het misbruik herinnerde, alle vreselijke dingen die mijn stiefvader had gedaan. Hij zette me echt onder druk. Al het werk dat hij had gedaan, de versmelting, kwam in gevaar. Kevin werd beschermend en zei tegen de anderen dat ze de doc niet moesten vertrouwen, dat we dat geen van allen moesten doen. Hij zei het zelfs tegen mij – en Kevin sprak mij zelden rechtstreeks aan. Mary stelde voor om allemaal te stoppen met het innemen van de medicijnen, dus deden we dat. Dat maakte doc Fitzgerald alleen maar kwaad. Hij gaf de verpleegkundigen opdracht mijn medicatie te injecteren in plaats van in de vorm van pillen toe te dienen. Ik werd opgesloten op mijn kamer...'

Zijn stem stierf weg en hij richtte zijn blik op de grond.

'Je herinnert je iets,' zei Vela. Het was meer een stelling dan een vraag.

Longtin knikte. 'Mijn kamer in het behandelcentrum. Hij legde me beperkingen op zodat ik niet weg kon. Ik mocht geen televisie kijken. De tv stond in de gemeenschappelijke huiskamer, en daar mocht ik niet komen. Hij pakte me al mijn boeken af. Het enige raam was een klein venster in de deur naar de gang. Dat dekte hij aan de buitenkant af zodat ik niets kon zien, en toen deed hij het licht op mijn kamer uit. Het was echt pikkedonker. Hij verbood andere patiënten of personeelsleden om bij me te komen. Hij begon me zelf mijn medicijnen toe te dienen. Hij bracht me ook mijn maaltijden, maar hij hield zich niet aan de vaste tijden. Volgens mij niet tenminste. Soms had ik het gevoel dat ik dagenlang geen eten kreeg. Ik kreeg vreselijke dorst. Ik denk dat Kevin en sommige anderen om de beurt het voortouw namen om het allemaal draaglijk te maken. Ik begon weer black-outs te krijgen en tijd kwijt te raken. Ik weet niet hoelang dat zo doorging, maar op een gegeven moment moet iemand door hebben gekregen wat er aan de hand was en er een einde aan hebben gemaakt. Ik zag doc Fitzgerald weer maanden niet. Mijn advocaat kwam me opzoeken en zei dat de rechter had bepaald dat ik mijn straf voor de inbraak had uitgezeten en dat ik weg mocht. Toen ze hoorde wat hij me had aangedaan, diende ze namens mij die aanklacht wegens verwijtbaar handelen in. Ze zorgde voor een ander opvangadres en hielp me zelfs bij het vinden van dit huis toen het schikkingsgeld binnen begon te komen. Ze was een heel goed mens.'

'Hoe heette ze?' vroeg Vela.

Longtin kneep zijn ogen dicht en zocht met gefronste wenkbrauwen zijn geheugen af. Na een seconde of twintig gaf hij het op, schudde zijn hoofd en deed zijn rechtermouw omhoog. Hij keek naar een tatoeage op zijn onderarm. Met dunne zwarte letters stond daar een naam op geschreven: MARGARET TEPPER.

80

SCHRIFTELIJKE VERKLARING, MEGAN FITZGERALD

'Zeg je nou dat jij Roland Eads hebt doodgeschoten?'

'Ik zeg dat ik niet weet wie het gedaan heeft. Ik kan me geen details herinneren. Ik had weer hoofdpijn. Het begon thuis en werd in de loop van de avond erger. Ik weet nog dat ik het schot hoorde, keek, en zag dat hij dood was. Het pistool lag op zijn schoot. Ik dacht dat ik iemand zag maar dat weet ik nu niet meer zeker. Alles is heel wazig.'

Achter ons toeterde zachtjes een auto.

Het stoplicht stond op groen.

Ik keek door de aanwakkerende regenstorm en trapte het gaspedaal in. De wielen draaiden slippend over het natte wegdek, kregen grip, en toen reden we weer. 'Hij zei dat je hem betaald had om je weg te krijgen uit dat politiebureau.'

'Dat weet ik nu ook niet meer. Ik had hem nooit eerder ontmoet. Niet dat ik me kan herinneren tenminste.'

'Wat denk je dan? Dat die andere persoonlijkheid het heeft gedaan? Dat die Roland heeft betaald en doodgeschoten? Denk je dat Mitchell het allemaal gedaan heeft?'

'Erma Eads herkende me ook, en ik had geen idee wie ze was,' bracht Michael naar voren. 'Hoe wou je dat anders verklaren?' Michael wreef weer over zijn slapen. Hij had zijn ogen dichtgeknepen.

'Heb je nu ook weer hoofdpijn?'

Hij knikte.

'Neem nog een dorozapine. Waar zijn ze?'

'Dat wil ik niet.'

'Neem er een,' drong ik aan. 'Wat er ook aan de hand is, we moeten het tegenhouden.'

Aan onze linkerkant verscheen een bord met MARK TWAIN NATIONAL FOREST. We waren er bijna.

Michael haalde het flesje pillen uit zijn zak en nam er een. Ik bedwong de neiging hem te vragen zijn mond open te doen om te laten zien dat hij de pil daadwerkelijk had doorgeslikt.

Het flesje verdween weer in zijn zak. Michael keek me niet aan. 'Dat zou betekenen dat ik Alyssa Tepper heb vermoord, maar ik kan me niet herinneren dat ik dat gedaan heb.'

'Dat is ook echt niet zo.'

'Meg, ze had een sleutel van mijn appartement. Er lagen spullen van haar. Die heeft de politie gevonden. Ze hebben tussen mijn afval een telefoon gevonden met maanden oude berichten die we elkaar hebben gestuurd. Er lagen kleren van me bij haar thuis. Kléren, Meg. Kleren die ik herkende. Er waren foto's van ons samen. Godverdomme, er was zelfs een sekstape. Daar stond ik op, samen met haar. Hoe verklaar je al die dingen ánders? Die meid en ik zijn duidelijk maandenlang bij elkaar geweest en ik herinner me er helemaal niets van.'

'Je wist je toch nog dat je naar de film was geweest op de dag dat je haar vond?'

'Maar van de film weet ik niets meer, niet echt. Ik ben in slaap gevallen.'

'Maar je herinnert je toch nog dat je bent gegaan?' drong ik aan. 'Je weet nog dat je in de bioscoop was. Dat je daar wakker werd, dat je er wegging, dat je daarna naar de winkel ging... dat betekent dat je een alibi he...'

'Ik ben heel veel tijd kwijt, Meg,' zei hij. 'De film duurde twee uur en achtendertig minuten en ik herinner me amper de eerste minuut. Ik had genoeg tijd om naar huis te gaan en...'

'Ik ga echt niet geloven dat je bent opgestaan bij een film, naar huis bent gerend, heel snel je vriendin hebt laten verdrinken in een bad en toen weer stilletjes op je plek bent gaan zitten om het einde te zien.'

'Als ik een alibi moest hebben, zou het helemaal niet gek zijn om naar de film te gaan en naar buiten te glippen.'

'Ervan uitgaande dat je het type bent dat mensen vermoordt, waarom zou je dan je vriendin doden? Ik bedoel, met wie moet je de koffer in als je je vriendin om zeep helpt? Dat is gewoon een hele slechte planning!'

'Ik meen het, Meg!'

'Ik ook!'

Hij zweeg even en zei toen: 'Je stelt de verkeerde vraag. Wat we écht moeten zien te achterhalen is waarom Mitchell haar zou willen vermoorden.'

Nu was ík degene die hoofdpijn kreeg.

Het navigatiesysteem gaf een piepje en ik sloeg weer links af. Longtins huis lag niet aan de hoofdweg, maar aan een zijweggetje dat zo smal was dat het na een paar honderd meter in een modderspoor veranderde. Het was nog minder dan een minuut rijden en ik zag geen fuck.

'Ga hier naar de kant,' zei Michael.

'Wat?'

'We kunnen er niet zomaar naartoe rijden. Ik ga eerst kijken.'

'Vergeet het maar, we gaan samen.'

Door de zware regen, het modderige weggetje en de laag overhangende takken reden we heel langzaam. Michael opende zijn portier en stapte uit. Voor ik hem kon tegenhouden verdween hij tussen de bomen.

81

Gimble

Toen de naam Margaret Tepper viel, keek Sammy voor de eerste keer in bijna een uur op van zijn MacBook. Hij wisselde een snelle blik met Gimble en Vela. 'Ik check het even, moment...'

Binnen de kortste keren zei hij: 'Ze was de moeder van Alyssa Tepper. Het lijkt erop dat ze tien jaar geleden is overleden, aan borstkanker.'

Gimble wendde zich tot Longtin. 'Ik vroeg of je de naam Alyssa Tepper kende en je zei van niet.'

'Vroeg u dat echt? Sorry.'

Gimble stond op en haalde de veer tevoorschijn die ze in het boek hadden gevonden. 'Hebt je wel eens zo'n soort veer gezien?'

Longtin werd bleek. Hij stak er een trillende hand naar uit. 'Hoe komt u daaraan?'

Vela negeerde de vraag. 'Herken je hem?'

Longtins vingers sloten zich om de veer. Hij hield hem tegen zijn wang en streek ermee langs zijn huid. Zijn ogen vulden zich weer met tranen. 'Toen ik nog maar net in het behandelcentrum was, voordat ik op mijn kamer moest blijven, wandelde ik vaak over het terrein. Ik vond een babygors onder een wilg. Hij was uit een nest op drie, vier meter hoogte gevallen. Ik mocht hem houden van doc Fitzgerald en ik verzorgde hem net zo lang tot hij weer was hersteld. Ik moest het diertje bijna een maand lang voeden met een oogdruppelaar, maar uiteindelijk werd het beter, en we hielden een kleine ceremonie voordat ik het weer vrijliet in de natuur.' Hij zweeg even en veegde met de achterkant van zijn hand langs zijn ogen. 'Bij de schikkingszitting gaf de doc me net zo'n veer als deze, maar daar zat opgedroogd bloed op. Hij zei: "Kapotte dingen verdienen niet altijd een tweede kans."'

Met een luide knal viel de stroom uit.

Het werd donker in het huisje.

Het enige resterende licht kwam van het haardvuur, dat alleen nog uit smeulende sintels bestond.

Buiten klonk een enkel schot, en Gimble draaide zich als door een adder gebeten naar het raam toe.

82

SCHRIFTELIJKE VERKLARING, MEGAN FITZGERALD

Het ene moment was Michael er nog, het volgende was hij verdwenen in de wind, de regen en het donker, alsof hij nooit had bestaan. Zijn portier viel met een klap dicht; het bos slokte hem op en toen was ik alleen. Het gestage geluid van de ruitenwissers was het enige dat harder was dan mijn eigen ademhaling.

Er verscheen een barst in de voorruit.

Met een zachte klap verscheen er een gat in de bovenhoek, en toen begon alles zich in slow motion af te spelen. Er verspreidde zich een web van barsten over de hele ruit.

Toen sloeg er iets in het leer vlak boven de armsteun in mijn portier. Ook daar zat nu een gat. Ik voelde iets lang mijn hoofd suizen – ik realiseerde me dat het een kogel was – en er streek een vleugje warme lucht over mijn gezicht.

Ik schakelde in z'n achteruit en trapte het gaspedaal in. De banden draaiden zonder grip te krijgen rond en de modder spoot alle kanten op. Toen schoot de auto naar achteren. Ik schampte een boom en reed bijna het bos in, maar als door een wonder – of misschien door mijn sluimerende beestachtig goede rijvaardigheid – wist ik op het pad te blijven.

Nog een gat in de voorruit.

Mijn linkerarm werd naar achteren geslagen.

Toen voelde ik een verschroeiende hitte tussen mijn elleboog en mijn schouder.

Het volgende schot raakte de achterband aan de bestuurderskant. Ik voelde de SUV een beetje naar beneden zakken.

Toen ik weer gas gaf, stuurde ik niet goed en reed de auto te ver naar links. Ik trapte het gaspedaal wat verder in – te ver. De auto was alleen maar dieper weggezakt in de modder, en binnen een paar seconden wist ik dat ik nergens meer heen zou gaan. Het volgende schot, dat het andere achterwiel lek schoot, bevestigde dat.

Mijn linkerarm deed ontzettend veel pijn en bloedde enorm, dus morrelde ik met mijn rechterhand aan de deurhendel. Toen het portier openging, viel ik in het modderige gras, waar ik roerloos bleef liggen. Ik vroeg me af wat voor gore insecten daaronder leefden. Ik voelde iets bewegen onder een van mijn handen. Ik moet zo ongeveer stervende zijn of onder de kalmerende middelen zitten om in de wildernis op de grond te gaan liggen terwijl er vieze beesten over me heen kruipen, dus dan snap je wel hoe beroerd ik eraan toe was.

Na een paar seconden probeerde ik overeind te komen.

Weer een schot.

De kogel sloeg vlak naast mijn hand in de modder.

Ik kon niet zien vanaf welke plek er geschoten werd, daar was het te donker voor. Zelfs toen er een bliksemstraal door de lucht kronkelde zag ik niets, alleen de reusachtige bomen die over me heen gebogen stonden.

Toen ik weer in beweging probeerde te komen, klonk er nog een schot.

83

Gimble

Gimble drukte haar vinger tegen haar oordopje. 'Garrison, hoor je me?'

Geen reactie.

'Garrison?'

Vela keek haar aan. 'Ik hoor je in mijn oortje.'

Sammy's bleke gezicht werd beschenen door het lichte laptopscherm. 'Ik ook.'

'Wat gebeurt er?' vroeg Longtin. Hij ging rechtop zitten en keek verwilderd om zich heen.

Gimbles hand ging naar het pistool bij haar heup. Ze ging naast het raam staan, drukte zich tegen de muur en keek door een hoek van het raam naar buiten. 'Dit is special agent Gimble. Hoort iemand me?'

'Was dat een schot of de donder?' vroeg Longtin. 'De generator zou aan moeten slaan wanneer de stroom uitvalt. Waarom gaat hij niet aan?'

'Ik zie niets,' zei Gimble. 'Het regent te hard.'

Sammy zei: 'Garrison heeft buiten zes mensen. Het is uitgesloten dat van iedereen de zender kapot is, ook al regent het.'

'Waar is je stoppenkast?' vroeg Vela aan Longtin.

Longtin staarde uitdrukkingsloos voor zich uit.

Vela knipte met zijn vingers. 'Jeffery?'

Longtin schudde met zijn hoofd. 'De stoppenkast, o ja. Aan de zijkant van het huis. Bij de voordeur naar links en dan om de hoek.'

'Staat de generator daar ook?'

Hij knikte.

'Niet de zender gebruiken.' Gimble trok haar pistool en liep naar de voordeur. 'Ik ga naar buiten, de rest blijft hier. Blijf weg van de ramen.'

'Ik heb nog verbinding via de satelliet,' zei Sammy. 'Zal ik om ondersteuning vragen?'

Gimble knikte en glipte toen door de voordeur naar buiten, de stromende regen in. Toen klonk er opnieuw een schot in het donker.

84

SCHRIFTELIJKE VERKLARING, MEGAN FITZGERALD

Ik weet niet wie het riep. Het leek me een man.

Ik leunde roerloos tegen de SUV, die nu onder de kogelgaten zat, en staarde naar dat laatste gat in de grond. In het licht van de koplampen zag ik het vol regenwater lopen en in de modder verdwijnen, alsof het er nooit was geweest.

De wond in mijn arm klopte, en ik durfde er zelfs niet naar te kijken.

Mijn linkerbeen lag achter me en mijn rechterbeen onder me. Mijn rechterarm ondersteunde het grootste deel van mijn gewicht en hield ook mijn hoofd en schouders omhoog. Hij begon hevig te trillen.

Er vloog een steen door de lucht die met een smak naast me in de modder landde. Met twee plakbandjes was er een stukje papier aan geplakt. 'Dat meen je niet,' mompelde ik. Ik keek in de richting van waaruit de steen was gekomen, rechts voor me, maar het enige wat ik zag was een heuveltje vol struiken en onkruid. Meer bomen. Meer bos.

Met mijn goede hand pakte ik de steen op. Ik maakte met mijn duim en wijsvinger het plakband los en vouwde het briefje open door met mijn tanden de rand van het papier omhoog te trekken. Er viel een oordopje uit, dat in de modder viel. Het was zo klein dat ik het bijna niet meer kon vinden. De woorden die op het briefje stonden werden helemaal vlekkerig van de regen.

Doe het oortje in. Ga staan en loop naar het huis. Roep de naam van je broer. Iets anders = kogel door je hoofd.

85

Gimble

De regen geselde haar huid als ijskoude naaldjes.

Wanneer was het zo donker geworden?

Gimble knielde voor de deur en hield de Glock steviger vast. Ze wachtte tot haar ogen zich aan het donker hadden aangepast. Schaduwen werden vormen, vormen werden bomen, takken, een stapel houtblokken naast de picknicktafel een eindje verderop, een bijl die vastzat in een boomstronk en waarvan de steel naar de donkere lucht wees.

Donkere wolken werden gekliefd door bliksemstralen, gevolgd door het geluid van zware donderslagen.

Gimble rende voorovergebogen naar de linkerkant van het huisje, met het pistool voor zich uit. Ze rook het gas al voordat ze bij de generator was. Iemand had de slang doorgesneden en het stonk naar rotte eieren.

De deur van de stoppenkast stond open. Alle stoppen waren op de uitstand gezet. Vanuit de hoofdschakelaar liep een dik snoer langs de muur naar beneden, dat in de beschadigde gasleiding verdween. Iemand had ermee gerommeld – als je de stop nu omzette, zette je de gasleiding onder stroom. De persoon die dit had gedaan, had niet de tijd genomen om de ingreep te verhullen; het was als waarschuwing bedoeld, of misschien als valstrik: als je deze val onklaar maakte, ging de hele boel de lucht in wanneer de stroom weer werd ingeschakeld.

Gimble raakte niets aan. Ze richtte haar aandacht al op het lichaam dat tegenover de generator in elkaar was gezakt.

Achter op zijn kogelvrije vest stond MONTGOMERY. Zijn keel was van achteren van links naar rechts doorgesneden – Gimble was vaak genoeg bij de lijkschouwer geweest om de wond te herkennen. Die was heel kort geleden aangebracht; het bloed was nog niet door de regen weggespoeld. Waarschijnlijk was het tussen de tien en vijftien minuten geleden gebeurd, zeker niet langer.

Gimble duwde met haar vinger tegen haar oortje. 'Garrison, hoor je me?'

Stilte.

'Dit is special agent Gimble voor alle U.S. Marshals.'

Niets.

Gimble stopte de Glock weer in haar holster en pakte Montgomery's wapen, een Heckler & Koch MP5. Dat was het standaardwapen van de marshals. Het was een compact halfautomatisch 9mm-geweer – de schoten die ze had gehoord waren hier niet mee gelost. Die hadden geklonken als de schoten van een krachtiger geweer. Had Garrison een scherpschutter meegenomen zonder daar iets tegen haar over te zeggen? Nee, dat zou hij niet gedaan hebben. Het was Kepler, dat kon niet anders.

Ineengedoken liep Gimble om de hoek van het huisje, rende naar de tuin ernaast en dook achter de hoge stapel houtblokken. Daar lag nog een marshal van wie de keel was doorgesneden, deels verborgen achter een boom. Hij had ook nog een steekwond bij een van zijn nieren. Ze haalde het magazijn uit zijn MP5, pakte ook zijn reservemagazijnen en stopte alles in haar zakken. Ze gooide zijn wapen over haar schouder en tikte weer op het oortje. 'Garrison, of een andere marshal, horen jullie mij?' zei Gimble, die haar best moest doen om haar stem niet te laten breken. Haar hart klopte als een bezetene.

'Garrison is niet beschikbaar, mevrouw Gimble. Kan ik een boodschap aannemen en hem contact met u laten opnemen? Dat kan wel even duren.'

De stem van Kepler.

Gimble ging met haar rug tegen de houtblokken staan en tuurde naar de bomen die om het huis heen stonden. Er brandde binnen geen licht; ze zag alleen maar schaduwen. De marshal die naast haar lag had een zaklampje aan zijn riem. Ze pakte het met haar vrije hand maar durfde het niet aan te doen.

Kepler zei: 'Ik tel er zes, denkt u dat dat wel zo ongeveer klopt? Drie bij het huis, een aan het begin van het pad. Nog een bij jullie auto's en dan je vriend Garrison die hier rondliep in het bos. Mis ik dan nog iemand?'

Hier in het bos. Gimble keek weer naar de bomen.

Er kronkelde een felle bliksemschicht door de lucht. Toen was het weer stil en donker.

'Je had niet moeten komen, Gimble. Je hebt je mensen zonder reden in gevaar gebracht. Ik wil jou of je vrienden helemaal geen kwaad doen. Mijn werk zit er bijna op. Je blijft maar in de weg lopen.'

Gimble antwoordde: 'Leg je wapens neer en kom tussen de bomen uit met je handen op je hoofd, Kepler.'

'En anders?' lachte Kepler. 'Herhaal je dan wat je net zei? We weten allebei hoe de zaken er hier voor staan. Je kunt niet goed liegen. Stuur Longtin naar buiten. Ik wil alleen hem. Stuur hem naar buiten, dan kun je met de twee anderen in het huis wachten tot de versterking er is. Het dichtstbijzijnde politiebureau ligt hier zevenendertig minuten rijden vandaan. Dat betekent dat ze nog tweeëndertig minuten onderweg zijn als ze zijn vertrokken zodra je hebt gebeld, wat je zo ongeveer zult hebben gedaan toen het licht uitging. Natuurlijk kan de regen ze een beetje vertragen.'

Er klonk weer een schot. Opnieuw het geweer.

'Schiet je op spoken, Gimble? Wie is dat? Heb ik iemand gemist?'

Gimble had gedacht dat Kepler het geweer had. Als hij het niet was, wie dan? Zijn zus?

'Laat Longtin naar buiten komen, dan laat ik je schutter ook leven. Er hebben vandaag al genoeg mensen geleden, vind je ook niet?'

'Je weet dat ik dat niet kan doen.'

'Je hecht aan de regeltjes, ik begrijp het. Maar laten we eerlijk zijn, Longtin draagt niet echt iets bij aan de maatschappij. Eerlijk gezegd is hij een last. Doc Fitzgerald stuurt hem geld en hij krijgt voedselbonnen en een uitkering… wie weet wat hij ook nog bij elkaar bedelt wanneer hij naar de stad gaat. Je hoeft het hem niet te vragen, hij kan het je toch niet vertellen. Zijn hersens zijn één grote gatenkaas. Ik heb net zes van je mensen gedood – goed getrainde, nuttige burgers, allemaal dood. Ik word alleen al misselijk van de gedachte. Het voelde niet helemaal goed, maar het moest gebeuren. Ik moet érgens een grens trekken. Je hebt daarbinnen een psycholoog, een computernerd en jezelf zitten. Ik wil jullie echt niet doden, niet voor hem. Zorg ervoor dat ik dat niet hoef te doen. Het is het niet waard. Daar krijgen jullie geen van allen genoeg voor betaald. Laat Longtin naar buiten komen, dan laat ik jou en de andere twee gaan. Het is eervol om je eigen hachje te redden. Er is niets eervols aan om een stuk uitschot als hij te redden.'

Gimble zocht tussen de bomen naar de kleinste beweging, maar als Kepler in de buurt was, verraadde hij zijn positie niet.

Ze deed het enige wat ze kon bedenken en tikte op haar oortje. 'Ik ga vandaag niet dood. Laat me het huis weer in gaan om met mijn vrienden te praten. Ik zal zien wat ik kan doen.'

86

SCHRIFTELIJKE VERKLARING, MEGAN FITZGERALD

Het briefje viel uit mijn hand in een plas, en de laatste woorden werd weggespoeld door het regenwater.

De volgende kogel verdween nog geen decimeter van mijn linkervoet in de grond.

Een andere sloeg rechts van mijn hoofd met een harde klap in het metaal van het portier.

Waarschuwingsschoten.

Ik keek omlaag naar mijn zwarte jurk, een Oscar de la Renta die ik op het vliegveld had gekocht. Nee, niet van mijn eigen geld, ik had een creditcard van dr. Rose gebruikt, maar die jurk was echt een kunstwerkje en nu was hij helemaal naar de kloten omdat de een of andere maniak ergens in de rimboe me beschoot. Ik was ook een schoen kwijt, maar ik had geen idee of die in de auto uit was gegaan of toen ik niet zo heel elegant was uitgestapt. Ik zag hem nergens en deed toen ook de andere schoen maar uit.

Ik pakte de zoom van de jurk vast en scheurde een reep van een halve meter van de wolachtige stof. Ik klemde een uiteinde tussen mijn romp en mijn gewonde arm en bond de stof toen zo strak mogelijk om mijn arm. Het was een schampschot geweest, en de schutter had vast al heel wat prijzen gewonnen omdat hij zo uitmuntend kon schieten. Hij observeerde me en liet me mijn arm verbinden.

Ik maakte een knoop in de stof en trok hem strak met mijn tanden.

Ga staan en loop naar het huis. Roep de naam van je broer. Iets anders = kogel door je hoofd.

Ik kwam langzaam overeind. Even werd het helemaal wit voor mijn ogen. Met kleine stapjes liep ik naar het huis, terwijl mijn tenen wegzakten in de modder.

Toen riep ik Michaels naam.

87

Gimble

'Ik heb geloof ik liever dat je blijft waar je bent,' antwoordde Kepler in Gimbles oortje.

Terwijl ze in elkaar gedoken bleef zitten richtte Gimble Montgomery's MP5 op de bomen en bewoog hem langzaam van links naar rechts. De regen stroomde over de loop en de kolf, en ze bedwong de aandrang om haar handen af te vegen of het wapen steviger vast te pakken. 'Waar is je zus?' vroeg ze. 'Wat ze met die alarmen heeft uitgehaald was een knap staaltje. Dat was haar idee, hè? Afgaand op wat Dobbs me heeft verteld ben jij niet slim genoeg om zoiets te bedenken.'

Vanuit haar linkerooghoek zag Gimble iets bewegen. Ze draaide zich er razendsnel naartoe, hief het geweer en haalde drie keer kort achter elkaar de trekker over. *Pang! Pang! Pang!*

Het geluid van de schoten weerkaatste tegen de bomen en de houtblokken en werd slechts een beetje gedempt door de regen.

'Dat was niet eens in de buurt.'

'Je kunt me niet kwalijk nemen dat ik het probeer.'

'Megan!' riep Gimble. 'Als je hier buiten bent: het is niet te laat om jezelf aan te geven en met deze toestand te stoppen. Laat je niet meeslepen door je broer. Het is het niet waard. Je gooit je hele leven weg, en waarvoor? Tenzij jij die mensen hebt omgebracht, tenzij je vanavond íémand hebt omgebracht, kan ik je beschermen. Ik kan je helpen. Ik kan je veiligheid garanderen! Je broer heeft zich flink in de nesten gewerkt, maar daar hoef jij niet ook in terecht te komen. Een paar alarmen aanzetten, daar krijg je hoogstens een lichte straf voor. Je bent medeplichtig aan een misdrijf, maar ik kan ervoor zorgen dat je geen strafblad krijgt. Help ons om Michael op te pakken. Jullie vader dacht duidelijk dat hij ziek was. Laat me de hulp voor hem regelen die hij nodig heeft. Je geeft om hem, dus doe wat het beste voor hem is!'

Terwijl Gimble dat riep zocht ze de bomen af. Ze verwachtte dat hij zou bewegen terwijl ze aan het woord was. Dat deden ze bijna altijd. Als de zus hem nog steeds hielp, liep ze nu misschien wel om het huis heen – dat zou Gimble zelf in elk geval doen. Met al die wind en regen was Gimble verdomme zo ongeveer doof en blind. Ze kwam hier geen steek verder. Ze moest weer naar binnen.

De voordeur bevond zich op een meter of tien afstand.

Ze stelde zich zo voor dat Kepler een van de andere MP5's vasthield en wachtte tot ze ging rennen. Omdat hij dacht dat dat haar volgende stap was.

Ze tikte op haar oortje. 'Waarom dood je ze, Kepler? Wat heeft Fitzgerald je aangedaan? Waarom reageer je dat af op zijn patiënten?'

Zodra zijn stem over de zender klonk trok ze het oortje los en hield het weg bij haar oor. Ze sloot haar ogen, in een poging ergens tussen de bomen Keplers echte stem te horen en te ontdekken waar hij zat. Ze hoorde echter alleen zijn blikkerige stem door de kleine speaker.

'Heb je dat eindelijk uitgedokterd? Kwam het door het boek? Bracht dat je op een idee? Ik heb de afgelopen jaren heel veel aanwijzingen voor je achtergelaten, ik heb alleen geen manifest geschreven. Ik ben niet zo'n manifestentype. Misschien ben ik gewoon gek. Dat zou de makkelijke verklaring zijn, hè? Of misschien ben ik dat wel helemaal niet. Misschien zijn er redenen. Verdomd goede redenen. Weet je wat? Geef me Longtin, dan vertel ik je alles. We kunnen er een poosje over kletsen terwijl we op je versterking wachten.'

'Ik kan je Longtin niet geven.'

'Ik had je al kunnen doden, en de rest van je team ook. Longtin gaat er sowieso aan. Ga je mij daartoe dwingen? Als je het zo wilt spelen, moeten we nu beginnen. Als ik het goed heb bijgehouden hebben we nog maar zo'n eenentwintig minuten.'

Zes schoten.

Ze boorden zich van links naar rechts in de stapel houtblokken en er vlogen splinters en grotere stukken door de lucht.

Voordat de echo van het laatste schot was weggestorven richtte Gimble haar wapen in de richting van waar de schoten geklonken hadden. Met haar vinger zette ze de schakelaar op volautomatisch en terwijl ze door de modder en de regen naar het huis rende, leegde ze het hele magazijn, schietend in de richting van de bomen.

88

Gimble

Gimble stormde de deur door, sloeg hem achter zich dicht en liet zich naast het hoekraam op de grond vallen. Ze verwachtte dat Kepler zou gaan schieten, maar dat gebeurde niet. De houtblokken waarvan het huisje was gemaakt waren minstens vijfentwintig centimeter dik. 'We moeten het hier wel uit kunnen houden. Als we maar wegblijven van de deur en de ramen.'

Sam keek haar aan. Hij was lijkbleek geworden. Vela en hij hadden alles gehoord over de zender. 'Hij bluft toch, hè?'

Gimble liep de kamer door en legde een van de geweren naast hem op de tafel, met de resterende magazijnen ernaast. 'Ik heb buiten twee dode marshals gevonden, allebei met een doorgesneden keel. Van de anderen geen spoor. Ik denk dat we ervan uit moeten gaan dat hij ze gedood heeft. Dus nee, ik denk niet dat hij bluft.'

'We kunnen proberen weg te komen met de auto's,' opperde Vela.

'Garrison zei dat hij ze naar een pad heeft gebracht. We weten niet precies waar en waarschijnlijk heeft Kepler de sleutels.' Ze pakte Longtins geweer, gaf dat aan Vela en vroeg aan Longtin: 'Hebt u nog andere wapens?'

In eerste instantie reageerde Longtin totaal niet. Toen ze het nog een keer vroeg, keek hij haar alleen maar aan.

'Het komt door de stress,' zei Vela. 'Ik denk dat het een bepaalde gebeurtenis oprakelt.'

Gimble vroeg aan Sammy: 'Heb je iemand kunnen bereiken voor versterking?'

'De plaatselijke sheriff. Maar zoals Kepler al zei, die lui zitten op meer dan een half uur rijden. Hij zei dat het eerder een uur zou kunnen duren als de weg ergens onder water staat. De FBI in St. Louis probeert hier een helikopter heen te krijgen, maar dan moet eerst het weer verbeteren. Er zijn windsnelheden tot tachtig kilometer per uur. Ze mogen vliegen als ze boven de honderdvijftig meter kunnen komen, maar ze kunnen met zulke wind niet opstijgen of landen.'

Gimble keek weer naar de ramen. 'Haal lakens. We moeten de ramen afdekken.'

'We zouden met de Honda...' Sammy's stem stierf weg toen hij opstond en naar de slaapkamer begon te lopen.

Gimble wees het idee meteen van de hand. 'Te onbeschermd. Waarschijnlijk is dat precies wat hij verwacht. We kunnen beter hier blijven.'

'Als dat Kepler niet is, wie dan wel?' vroeg Vela terwijl hij zich naar het raam draaide. 'Hij schiet vanuit een vaste positie. De schoten komen niet dichterbij. Als al die marshals dood zijn, op wie schiet die kerel dan überhaupt?'

'Misschien is het een stroper of een jager. Daar heb je er veel van hier.' Het was Longtin die dat zei, maar zijn stem klonk nu minder rauw en diep. Hij klonk als een kind.

Vela fronste zijn voorhoofd en knielde voor de man neer. 'Wie heeft het nu voor het zeggen?'

Longtin antwoordde niet en staarde hem alleen maar glazig aan.

Sammy kwam terug met een dikke sprei. 'Het is vast een van Garrisons mensen,' zei hij. Hij hielp Gimble om de sprei vast te maken aan een balk boven het raam. 'Waarom zou hij anders blijven schieten? Wij zijn hierbinnen. Dat betekent dat hij het op Kepler heeft gemunt, niet op ons.'

'Kepler klonk niet al te bezorgd.'

'Als het een van Garrisons mensen was geweest, zou hij absoluut gereageerd hebben op de zender,' zei Gimble terwijl ze de onderkant van de deken optilde om naar buiten te kunnen kijken. 'Wie zou er verder nog op Kepler kunnen schieten?'

Geen van de mannen had daar een antwoord op.

'Volgens mij zie ik Kepler,' zei Gimble. 'Op elf uur, aan de andere kant van het grasveld, een paar meter links van de picknicktafel.'

Sammy volgde haar blik door de regen en de zwiepende takken. 'Hij staat daar alleen maar.'

Gimble controleerde het magazijn in haar MP5 – er zaten nog vijf patronen in, maar ze had de reservemagazijnen nog. 'Misschien probeert hij ons uit de tent te lokken en wil hij dat we het vuur openen. Hij is een kleine tweehonderd meter ver weg. Met deze wapens is dat ongeveer de afstand tot waar je zuiver kunt schieten.'

'We weten niet waar de zus is. Misschien wil hij ons alleen maar afleiden.'

Gimble schoof het raam een stukje omhoog, net ver genoeg om de loop naar buiten te kunnen steken. Terwijl ze zich klaarmaakte om te schieten dook Kepler naar links en verdween achter de bomen. 'Shit.'

'Volgens mij loopt hij rondjes,' zei Sammy.

Gimble keek naar het geweer in haar handen. 'Heb je wel eens met zo'n ding geschoten?'

'Sinds mijn opleiding niet meer.'

'Het is echt heel simpel.' Ze duwde op een knop en het magazijn viel in haar hand. 'Om te herladen moet je het lege magazijn eruit laten vallen, trek je de spanhendel naar achteren, stop je er een nieuw magazijn in en duw je de spanhendel weer naar voren. Dat is alles. Deze schuif aan de zijkant is je nieuwe beste vriend – zo is hij vergrendeld, zo staat hij op automatisch en dit is volautomatisch. Richten en schieten, snap je?'

Ze had Sammy nog nooit zo ongemakkelijk zien kijken.

'Je redt je wel.' Ze knikte naar de MP5 die op tafel lag. 'Ga daarmee en met een van de reservemagazijnen naar een raam aan de andere kant van het huis. Als er niks voor hangt, dek het dan af, net als hier. Verspil geen munitie, schiet alleen als je zeker weet dat je hem kunt raken. We hoeven hem alleen maar op afstand te houden tot de versterking er is. Niet de held spelen, Sammy. We willen alleen maar dat hij weet dat we gewapend zijn als hij naar ons toe probeert te komen.'

Sammy slikte en voelde zich duidelijk niet op zijn gemak. Toen pakte hij het geweer en het magazijn en liep hij door het gangetje naar de slaapkamer.

'Volgens mij nog een kwartier,' zei Kepler over de zender. 'Hoe gaat het met onze vriend? Jullie hebben vast weinig aan hem nu hij zo onder druk staat.'

Gimble wierp een blik op Longtin. Hij leek oppervlakkig te ademen.

Kepler zei: 'Kun je hem voor me vragen hoeveel propaan er in de tank zit voor de generator? Zo te zien past er minstens duizend liter in.'

Er klonk weer een schot. Aan het geluid te horen kwam het uit een MP5.

'Volgens mij kan ik hem vanaf hier raken. Ik miste hem net op een metertje. Zou hij de lucht in gaan, net als in een film, met zo'n grote vuurbal? Dat zou wel cool zijn, hè? Dan hoef ik niet de moeite te doen om naar binnen te komen. En dan hoeft Longtin ook niet naar buiten met dit vieze weer. Voor iedereen beter, lijkt me.'

Nog een schot. Deze keer sloeg de kogel met een doffe klap in de zijkant van het huisje.

Longtin bewoog onrustig heen en weer in zijn stoel en staarde met een holle blik voor zich uit.

Vela knielde naast hem neer en knipte vlak voor Longtins gezicht met zijn vingers. 'Hoor je me, Jeffery?'

'Niks aan de hand, hoor,' antwoordde Longtin, maar hij zag er vreselijk uit.

Hij had wijde pupillen en knipperde niet met zijn ogen. Zijn huid was helemaal klam.

Vela schoof een hand onder Longtins oksel en hielp hem overeind. 'Kom, we spatten wat water op je gezicht.' Hij liep met hem naar het badkamertje en liet hem op de rand van het bad zitten.

'Haal een paar keer diep adem en hou dan ongeveer drie tellen je adem in. Dan moet je weer uitademen. Lukt dat, denk je?'

Longtin knikte en haalde diep adem.

'Goed zo. Heel goed.'

Longtin kreeg weer wat kleur op zijn wangen.

Gimble riep iets naar Sammy, iets over dat ze Kepler een meter of dertig van de plek zag waar ze hem het laatst had gezien had. Vela deed de badkamerdeur dicht om het geluid van hun stemmen buiten te sluiten en hurkte voor Longtin neer. 'Je hebt ons net heel nuttige dingen verteld, Jeff. Dat was vast niet makkelijk voor je.'

'Hij gaat me vermoorden, hè?'

Vela forceerde een glimlach en schudde zijn hoofd. 'Die vrouw, special agent Gimble, is een van de beste mensen met wie ik ooit heb gewerkt. Ze laat hem niet bij je in de buurt komen. Hij komt het huis niet binnen.'

'Ik ben blij dat hij dood is,' zei Longtin zacht. 'Doc Fitzgerald. Hij was een slecht mens.'

'Die dingen die je ons verteld hebt over hoe hij onderzoek naar jou en je ziekte heeft gedaan, hoe hij die wilde herscheppen – heb je het daar wel eens met iemand anders over gehad?'

Longtins ogen waren weer glazig geworden en hij staarde naar de vloer.

Vela knipte met zijn vingers. 'Jeffery?'

'Alleen aan het meisje toen ze bij me langskwam.'

Vela keek hem fronsend aan. 'Welk meisje? Wanneer was dat?'

'Ze zei dat doc Fitzgerald heel kwaad op me zou zijn als hij het wist, maar ze zei dat ze het aan niemand zou vertellen. Ze zei dat het een geheim was.'

Longtin praatte weer met de stem van een kind. Hij keek op naar Vela en glimlachte. 'Ze zei dat het óns geheim was.'

'Hoe heette ze?'

Longtin kreeg rimpels in zijn voorhoofd terwijl hij het zich probeerde te herinneren. 'Ze had een rare naam. Een jongensnaam.'

'Nick? Nicki? Nicole?'

Longtin gaf geen antwoord. Hij keek weer naar de vloer.

'Heb je het aan iemand anders verteld?'

'Nee.'

'Ook al was het vast fijn om het te vertellen, je hebt het nooit tegen iemand anders gezegd?'

Longtin schudde zijn hoofd.

'Goed zo, Jeff. Echt heel goed.' Vela stak zijn hand in zijn jaszak en haalde er een injectiespuit en een glazen flesje uit. 'Ik ga je iets geven dat je zal helpen te ontspannen. Het zal je zenuwen kalmeren.'

Toen Longtin de naald zag, deinsde hij achteruit, met zijn rug tegen de tegels. 'Ik gebruik geen medicijnen meer. Ik voel me een heel stuk beter sinds ik ben gestopt. Ik heb ze niet nodig.'

Vela deed de spuit in het flesje, zoog vijf milliliter op en tikte toen tegen de bovenkant om luchtbelletjes te laten verdwijnen. 'Je ziet er heel gespannen uit. Dit zal helpen.'

Vela beschikte over jarenlange ervaring en handelde razendsnel. De naald verdween in Longtins nek en kwam er weer uit voor de man bezwaar kon maken.

Longtin duwde met zijn hand tegen het wondje. 'Wat is het?'

Vela stopte de spuit en het flesje weer in zijn zak. 'Kaliumchloride. Je hart stopt ervan, Jeffery. Je zult zo vrede vinden.' Hij keek glimlachend op hem neer. 'Het werk van dr. Fitzgerald is heel belangrijk en bijna voltooid. We zullen altijd dankbaar zijn voor je betrokkenheid. Dat moet je echt weten.'

Longtin begon te stuiptrekken en viel van de badrand. Hij trapte met zijn rechtervoet tegen de muur.

Vela stapte naar achteren, haalde de satelliettelefoon uit zijn zak en tikte snel een bericht:

Longtin dood. Roep je bloedhond terug.

Hij verstuurde het bericht, stopte zijn telefoon weer in zijn zak en opende de badkamerdeur. 'Volgens mij krijgt hij een hartaanval! Er moet een ambulance komen!'

Sammy riep ook iets – over een meisje dat onder het bloed zat.

89

Gimble

Gimble keek vanaf haar positie bij het raam lang genoeg opzij om oogcontact te maken met Vela, die achter haar in de gang stond. 'Kun je hem nog helpen?'

Vela schudde zijn hoofd. 'Ik heb geprobeerd hem te reanimeren, maar zonder medicijnen en apparatuur kan... kon ik niets doen... hij is dood.'

'Gimble!' riep Sammy. 'Wat moet ik doen? Volgens mij is het Megan!'

Gimble keek weer uit haar eigen raam. 'Wat doet ze?'

'Ze staat daar alleen maar,' antwoordde Sammy. 'Ze kwam het bos uit lopen. Haar arm zit onder het bloed. Ze lijkt hem wel verbonden te hebben.'

'Is ze gewapend?'

'Voor zover ik kan zien niet. Ze huilt. Er is iets aan de hand.'

Weer een geweerschot.

'O shit!' riep Sammy.

'Wat is er?'

'De schutter heeft vlak bij haar voeten in de grond geschoten. Ze loopt weer verder. Hij dwingt haar om in beweging te blijven.'

Gimble tikte op haar oortje. 'Longtin is dood, Kepler. Hij heeft net een hartaanval gehad. Doe Megan niets. Het is niet nodig om nog iemand kwaad te doen.'

Geen antwoord.

Ze kwam overeind. 'Vela, hou dit raam in de gaten.'

Voor hij kon antwoorden rende ze het huisje door naar de slaapkamer, waar Sammy geknield voor een raam zat met een deken ervoor. Hij tilde een hoek omhoog en knikte naar het glas.

Gimble keek naar buiten.

Het was absoluut Megan Fitzgerald. Haar donkere haren waren door de regen tegen haar gezicht geplakt. Ze deed geen poging ze uit haar ogen te krijgen. Eén arm hing slap langs haar lichaam, en uit een soort noodverband liep bloed langs haar elleboog naar haar vingertoppen. Ze droeg een zwarte jurk en geen schoenen, en Gimble had zelden iemand zo bang zien kijken.

Weer klonk er buiten een schot. De modder rondom de voeten van het meisje spatte op. Megan deed nog een paar stappen.

'Wie schiet er in godsnaam op haar?'

Sammy schudde zijn hoofd.

Aan de voorkant van het huis werd weer geschoten. De kogel ketste af tegen de metalen propaantank.

'Jezus, we moeten hier weg,' mompelde Sammy.

'Dat wil hij juist,' antwoordde Gimble. 'Om die tank te laten ontploffen zou hij hem precies op de juiste plek moeten raken, en hij zou een vonk nodig hebben. Het zal niet werken. Hij wil ons alleen maar bang maken.'

'Nou, dat lukt hem dan voortreffelijk. En dit is geen híj,' zei Sammy. 'We hebben te maken met meerdere personen. Tenzij Kepler echt heel snel is en aan beide kanten van het huis met die geweren schiet, zijn er daarbuiten twee mensen, misschien wel meer. Zei je dat alle marshals uitgeschakeld zijn? Dat heeft hij niet alleen gedaan. Hij is een vrachtwagenchauffeur uit LA, niet John Rambo.'

Buiten bleef Megan staan. Ze zei iets, maar Gimble kon haar niet verstaan.

Gimble tikte weer tegen haar oortje. 'Kepler, wie schiet er op je zus?' Ze sprak de woorden harder en sneller uit dan ze wilde; haar emoties begonnen de overhand te krijgen.

Kepler gaf antwoord met een stem die het tegenovergestelde was van de hare – langzaam, kalm, gereserveerd bijna. 'Zeg tegen haar dat ze in de auto moet stappen.'

Gimbles ogen schoten naar de rode Honda die een paar meter bij Megan Fitzgerald vandaan op het pad stond.

Nog twee schoten. Het eerste kwam vanaf de andere kant van het huis en schampte de propaantank weer. De tweede kogel sloeg op nog geen dertig centimeter achter het meisje in de grond.

Wéér twee schoten.

Uit twee verschillende wapens.

Twee schutters.

Megan slaakte een gilletje en deed weer een stap naar voren.

Even later klonk er een derde schot en werd het raam verbrijzeld. Gimble en Sammy gingen allebei op hun hurken tegen de muur zitten. Het regende glasscherven om hen heen. De wind kreeg grip op het laken, dat nu voor het open raam hing, trok het naar buiten en blies het weer naar binnen, gevolgd door de regen, die bijna luid genoeg was om Megans gesnik te overstemmen.

'Zeg dat ze in de auto stapt,' herhaalde Kepler.

Gimble verstevigde haar greep op de MP5, die ze nog steeds in haar handen hield.

Sammy hield zijn gezicht bij het raam. 'Megan! Hij wil dat je de auto in gaat!'

Gimble wierp hem een blik toe.

'Laat hem ophouden!'

'Laat haar instappen,' zei Kepler zacht.

'Hij zei dat hij me zou doodschieten!' gilde Megan. 'Michael!'

Niet 'Michael zei dat hij me zou doodschieten' maar 'Hij zei dat hij me zou doodschieten.'

'Dat doet hij niet!' schreeuwde Sammy boven de wind uit. 'Hij wil je in die auto hebben. Als je instapt doet hij je niets.'

'Iemand gebruikt Megan om Michael uit de tent te lokken,' fluisterde Gimble.

'Wat? Waarom?' vroeg Sammy terwijl hij naar Megan bleef kijken.

'Gimble! Ik ruik gas!'

Dat werd vanuit de andere kamer geroepen door Vela. Kennelijk was de tank wel degelijk doorboord.

Dit kan niet echt gebeuren, dacht Gimble. 'Kepler heeft de MP5. De persoon die het andere geweer heeft, probeert Megan te gebruiken om Kepler te pakken te krijgen,' zei ze. 'Kepler probeert ervoor te zorgen dat ze buiten schot is.'

'Wat moeten we dan doen?'

'Ik laat haar niet wegkomen,' antwoordde Gimble. 'Ik heb er geen problemen mee om haar als lokaas te gebruiken.'

Sammy schudde zijn hoofd. 'Mooi niet.' Hij tuurde weer door de regen naar buiten. 'Megan, doe wat hij zegt! Stap in de auto!'

Megan aarzelde even, gaf toen een knikje en veegde met de achterkant van haar goede hand haar neus schoon. Ze deed een stap in de richting van de Honda, verstijfde en keek in de richting van het bos.

'Ga door, Megan!' riep Sammy.

Dat deed Megan. Ze deed nog een stap, en nog een.

Bij elke stap verwachtte Gimble een geweerschot, maar dat kwam niet.

Megan bereikte de auto en pakte met een trillende hand de deurhendel vast.

'Zeg dat ze moet instappen en wegrijden,' zei Kepler over de zender. 'Ze zou hier niet moeten zijn.'

'Verdomme, Gimble! Er hangt gas in het huis!' riep Vela.

Gimble negeerde hem. Ze liet haar hand naar haar pistool glijden.

Sammy riep: 'Stap in de auto, Megan! Wegwezen hier, nu!'

Haar opengesperde ogen waren rood en dik van de tranen. Met een laatste blik op de bomen rukte Megan het portier open, stapte in en trok de deur weer achter zich dicht. Ze werd een donker silhouet achter het stuur, met schokkende schouders van het huilen. Longtin had de sleutels zeker in het contact laten zitten, want de motor kwam sputterend tot leven en er kwam rook uit de uitlaat.

Gimble wisselde een blik met Sammy. Toen ging ze staan, hief haar wapen en schoot twee keer snel achter elkaar op de Honda. Het eerste schot was mis, met het tweede raakte ze het rechterachterwiel, en de auto zakte aan de zijkant omlaag.

Gimble liet zich weer op haar plek onder het raam zakken. 'Ik laat haar niet gaan.'

'Jezus, Gimble!' Sammy keek haar kwaad aan.

'Dat had je niet moeten doen,' zei Kepler over de zender.

Weer ketste er een kogel tegen de propaantank – zo hard dat het wel een kerstklok leek.

'Kom het bos uit en laat je inrekenen, anders gaat mijn volgende kogel dwars door haar heen,' antwoordde Gimble zonder enige aarzeling.

Weer een tinkelend geluid toen een kogel de tank raakte.

'Je bent een FBI-agent.'

'Er komen zo vaak mensen om door eigen vuur.' Gimble wees naar haar ogen, toen naar Sammy en toen naar het raam. 'Met zo'n puinhoop krijg ik het laatste woord met alles wat ik maar in mijn rapport schrijf. Mijn mensen zullen me dekken.'

Vela had gelijk gehad. Gimble rook het gas nu ook.

Rechts van het huisje klonk een derde schot van een MP5. De kogel sloeg in de bijrijdersdeur van Longtins auto.

'Misschien doe ik het,' zei Kepler.

De Honda begon hortend en stortend over Longtins oprijlaan te rijden. Het kostte Megan duidelijk moeite om de macht over het stuur te houden.

'Je doodt haar toch niet,' zei Kepler.

'Ik zie hem,' zei Sammy.

'Waar?'

'Op vijf uur. Hij staat voor een boom aan de rand van de oprijlaan en richt zijn geweer op de gastank.'

Ze gingen allebei rechtop achter het raam staan en hieven hun wapen.

Ze losten geen schot. Daarvoor kwam de explosie te snel.

90

SCHRIFTELIJKE VERKLARING, MEGAN FITZGERALD

Toen ik aan de deurhendel trok, verwachtte ik eigenlijk niet dat het portier open zou zijn, maar dat was wel zo.

Toen ik me op de stoel liet vallen, verwachtte ik niet dat de sleutels in het slot zouden zitten, maar dat zaten ze wel.

En ik had zéker niet verwacht dat die oude roestbak van een Honda zou starten, maar dat gebeurde toch.

Al die dingen gebeurden terwijl ik wachtte tot een kogel mijn borst openreet en mijn bloed over het gescheurde nepleren interieur spatte.

De kogel kwam niet toen ik de auto startte – ook al schoot er wel iemand op de rechterachterband – en zelfs niet toen ik erin slaagde te schakelen en de Honda over de oprijlaan te laten wegrijden. Maar dat betekende niet dat hij helemaal niet zou komen.

Toen ik de vingers van mijn linkerhand probeerde te bewegen, lukte dat nauwelijks. Mijn arm voelde koud aan, alsof hij net uit de koelkast kwam, als iets dat geen deel uitmaakte van mijn lichaam.

Mijn zicht bleef wazig en ik had rare, zwevende vlekken voor mijn ogen. Ik kon niet goed in evenwicht blijven. Ik had het gevoel alsof ik naar links overhelde en vervolgens weer terug. Ik kon niet besluiten of ik wilde overgeven of flauwvallen of allebei.

Ik was blij dat de Honda een automaat was zodat ik niet hoefde te schakelen, maar waar ik niet blij mee was, was dat de auto geen stuurbekrachtiging had. Door de gladde modder, de lekke band en de diepe geulen in het pad bleef het stuur onder mijn goede hand alle kanten op schieten. Ik wilde plankgas geven, maar dat lukte niet. De omstandigheden dwongen me om stapvoets te rijden.

Ik bleef maar wachten op de volgende kogel.

Ik had het pad voor ongeveer een derde afgelegd toen ik in de achteruitkijkspiegel iemand zag – het was Michael, die een meter of dertig achter me rennend overstak. Zijn lichtblauwe overhemd vormde een vage vlek. Hij keek even naar mijn auto en verdween toen het bos in.

Mijn voet zweefde boven de rem; ik liet de auto doorrijden zonder gas te geven.

Die kleine beweging van mijn hoofd toen ik in de achteruitkijkspiegel had gekeken zorgde weer voor vlekken voor mijn ogen.

Bloedverlies, zei mijn verstand. *Je gaat flauwvallen.* Alsof ik daar iets aan kon doen.

Ik deed de ruitenwissers aan, en om de een of andere reden moest ik daardoor denken aan mevrouw Lutwig, van wie ik als tiener rijles had gehad. Ik zag haar naast me zitten met die samengeperste lippen van haar, terwijl ze een groot vinkje op het papier op haar klembord zette. Maar ze was nog niet klaar met me. 'Wat nog meer, mevrouw Fitzgerald?'

O god, de koplampen!

Ik zag de schakelaar. Ik stak mijn rechterhand uit over de stuurkolom naar de linkerkant van het dashboard terwijl ik met mijn modderige knie het stuur rechthield. Ik morrelde aan de schakelaar, die stug en onhandelbaar aanvoelde onder mijn vingers.

De koplampen gingen aan en het licht scheen door de regen.

Michael stond een kleine tien meter voor de Honda. Hij keek met samengeknepen ogen naar me, hield een geweer in zijn rechterhand en had een tas over zijn rug geslagen.

Het versleten rubber van de ruitenwissers veegde de regen over het glas. Van links naar rechts en weer terug.

Michael begon naar de auto toe te rennen.

Toen explodeerde de wereld, in een verblindende witte lichtflits.

91

SCHRIFTELIJKE VERKLARING, MEGAN FITZGERALD

Michael was naar me toe gerend, het geweer slingerend in zijn hand.

Toen was de ontploffing gekomen.

Ik ramde met mijn rechtervoet op het pedaal. Eerst wist ik niet wélk pedaal mijn voet had uitgekozen omdat mijn verstand ergens vastzat tussen werktuiglijk handelen en het panische besef dat ik iets moest doen.

De auto remde.

De Honda gleed een paar meter door de modder en kwam tot stilstand.

Michael viel stuiterend van de motorkap.

Ik gilde zijn naam.

Dácht dat ik zijn naam gilde.

Misschien verbeeldde ik het me alleen maar.

Ik zag hem niet opstaan, maar dat moet hij wel gedaan hebben, want hij stond naast mijn portier; hij deed het open, schoof zijn armen onder me en tilde me uit de Honda, de regen in.

Waar heb je dat geweer vandaan? wilde ik vragen, maar wat er uit mijn mond kwam, klonk meer als: 'Waje deer dan?'

Hij leek voor het eerst te zien dat ik bloedde. Zijn mond viel open. Met een vingertop raakte hij voorzichtig mijn noodverband aan.

'Heeft hij je neergeschoten?'

Ik knikte en had meteen spijt van die beweging. *En of hij dat gedaan heeft,* zei mijn verstand instemmend. *Wacht, wie heeft me neergeschoten?*

Ik knipperde met mijn ogen, en terwijl ik dat deed zat Michael achter het stuur van een andere auto – in deze stoelen zaten geen scheuren. Op de een of andere manier waren we van auto gewisseld. Ik zat op de bijrijdersstoel en had mijn gordel om. We reden over een donkere weg, en Michael was aan het praten.

'Ik weet niet wat ik daar heb gezien,' zei hij terwijl de ruitenwissers heen en weer zwiepten.

Half buiten bewustzijn keek ik naar hem. Ik probeerde mijn blik niet af te wenden, kón niet wegkijken, omdat ik donders goed wist wat ik vlak voor die explosie had gezien: twee Michaels. En ik wist niet welke van de twee er naast me zat.

Dat was de laatste gedachte die door mijn hoofd dwarrelde voordat de auto en al het andere zwart werden.

DEEL 5

ASHTABULA, OHIO

Je kunt je niet verbergen voor het verleden.
Het is de drijvende kracht achter alles wat we doen.

– dr. Barton Fitzgerald

92

Dobbs

Op 1400 kilometer afstand van de gebeurtenissen in Missouri staarde Dobbs omhoog naar het grote huis van de Fitzgeralds. Hij had met zijn geijsbeer zo ongeveer een pad uitgesleten in de kasseien van de oprijlaan. Begley was aan het bellen. Hij was tot halverwege het hek weggelopen en was nu op de weg terug, tussen verscheidene FBI'ers door manoeuvrerend die stonden te wachten.

Het huis was griezelig stil, hoewel in bijna alle vertrekken licht brandde. Samen met de anderen had Dobbs het in de ene na de andere kamer aan zien gaan. Eerst boven, toen beneden. Kort nadat de huishoudster was vertrokken, was het begonnen. De oudere vrouw was rond het vallen van de schemering via een zijdeur weggeglipt, naar haar auto gesneld en weggereden, terwijl ze de hele tijd haar hoofd omlaag hield en met niemand oogcontact maakte. Misschien was ze een illegale werkster... mensen gingen altijd uit van het ergste. Hij was er vrij zeker van dat ze nog wel met haar zouden praten, maar nu niet.

Er ging weer een licht aan, deze keer in een kamer aan de verre westkant van het huis. Er bewoog een schaduw langs het raam. De jaloezieën bewogen opnieuw. Dr. Rose keek een paar seconden naar buiten voordat ze weer verdween. Dat deed ze in vrijwel elke kamer, bij elk raam. Een geestverschijning die door de gangen van een kasteel joeg.

Begley was eindelijk klaar met zijn gesprek en kwam teruglopen naar Dobbs. 'We hebben het huiszoekingsbevel.'

Hij richtte zich tot de menigte achter hen, deed twee vingers in zijn mond en floot. Het schelle geluid kapte alle gesprekken af. Hij hield zijn andere hand boven zijn hoofd, maakte daar twee snelle cirkels mee in de lucht en wees toen naar het huis. 'Daar gaan we!'

93

SCHRIFTELIJKE VERKLARING, MEGAN FITZGERALD

Toen ik acht was, brak ik mijn rechterarm. We hadden een boomhut in de achtertuin met een klimtouw dat naar een valluik liep in het midden van een kleine stellage, een meter of drie boven de grond. Om de dertig, veertig centimeter zat er een knoop in het touw, van die dikke knopen die Michael voor me had gemaakt toen ik nog niet zelf het touw in kon klimmen. Michael had daar geen enkele moeite mee; hij was al zonder die knopen zeker honderd keer omhoog en omlaag geklommen om me te laten zien hoe makkelijk het was.

'Kom op, Megan, het is echt een eitje. Zo...'

Het was niet makkelijk, en zéker geen eitje.

Vandaar die knopen.

Hij verzekerde me dat dit geen valsspelen was. Hij zei dat het hetzelfde was als de zijwieltjes waarmee ik had leren fietsen en die eerder die zomer van mijn fiets waren gehaald. Ik had ook pas laat leren fietsen. Michael reed al sinds zijn vijfde zonder zijwieltjes.

Hij was altijd de redelijkheid zelve.

'Je leert het nooit als je die zijwielen erop laat zitten,' had hij twee maanden eerder tegen me gezegd.

Daarna had hij nog een uur nodig om me te overtuigen. Drie minuten met een moersleutel. Toen nog eens twintig minuten oefenen, en daarna stond Michael met een brede grijns op zijn gezicht dertig meter achter me op de oprijlaan en hield hij niet langer mijn zadel vast. Ik reed zelf.

Dr. Rose keek toe vanuit de hal, en ik zou hebben gezworen dat ik haar zag glimlachen, al zei Michael dat het waarschijnlijk een neplach was of dat het zonlicht vanuit een rare hoek op haar gezicht had geschenen. Het kon geen echte glimlach zijn geweest, want zure oude taarten glimlachen niet.

Michael had gelijk gehad over de zijwieltjes. Toen hij die knopen in het touw maakte, dacht ik dat hij daar dan óók wel gelijk over zou hebben. Maar ik was niet helemaal overtuigd.

'Waarom kan ik niet gewoon met de trap?' vroeg ik aan hem. Ik ging altijd met de trap naar de boomhut. Die was daar immers voor gemaakt. Beschaafde mensen namen de trap. Ze klommen niet in bomen, over ladders of touwen om in hun huis te komen. Ze gebruikten de trap en gingen door de voordeur naar binnen.

'Zeerovers klimmen over touwen,' antwoordde Michael terwijl hij de laatste knoop straktrok.

Ik was vergeten dat we vandaag zeerovers waren.

'Ik ga onder je staan. Het komt allemaal goed.'

Nadat hij de laatste knoop gelegd had, liet hij zien hoe makkelijk het was. Hij schoot langs het touw naar boven en weer omlaag alsof het niets was. Eitje.

Mijn beurt.

Ik stond daar minstens een minuut met gestrekte nek naar het open luik te kijken. Toen schopte ik mijn schoenen uit en stak ik mijn hand uit naar het touw.

'Hou het met één hand hier boven deze knoop vast en ga dan met allebei je voeten op de onderste knoop staan. Klem je voeten om het touw. Als je goed grip hebt, steek dan je andere hand uit naar de volgende knoop en trek jezelf omhoog. Als een rups, maar dan verticaal.'

'Verticaal' en 'horizontaal' waren Michaels woorden van de week op de kalender in zijn kamer, en hij leek zich te hebben voorgenomen ze zo vaak mogelijk te gebruiken.

Ik pakte het touw boven mijn hoofd stevig vast, toen stapte ik met een voet op de onderste knoop en vervolgens met de andere. Eitje. Zachtgekookt.

Ik klom omhoog, met mijn ene hand steeds weer boven de andere, en steeds weer zoekend met mijn voeten naar de volgende knoop. De spieren in mijn dijen begonnen pijn te doen, maar ik ging door omdat Michael het had gedaan, en Michael zei dat ik het ook kon. Toen ik ongeveer anderhalve meter boven de grond was, ging hij onder me op zijn hurken zitten om het touw strak te houden. Toen ik hoger klom ging hij staan en keek naar me op. 'Je bent er bijna, Meg!'

Mijn armen en benen trilden, maar ik ging door. Eén knoop per keer.

Ik zou het hebben gehaald als ik mijn hand niet te vroeg had uitgestoken naar de opening in het luik. Ik was vlakbij, en die houten rand voelde als de finish, dus probeerde ik hem vast te pakken. Als ik een decimeter verder was geweest zouden mijn vingers zich eromheen hebben geklemd en zou ik me hebben opgetrokken. Maar ik was er nog nét niet, en in plaats van zich om de rand te klemmen streken ze erlangs en verloor ik mijn evenwicht.

Ik viel naar voren en strekte ook mijn andere hand uit naar het luik, maar die was zelfs nog verder weg, dus tastte hij alleen maar in de lucht. Ik viel omlaag, recht op de harde grond af, en leek in niets op de elegante, lenige zeerover die ik beloofd had te zullen zijn.

Michael stond nog onder me, maar ik viel hard en snel en vanuit een rare hoek. Ik raakte eerst hem en toen de grond. Ik proefde aarde en gras, en toen lukte het me op de een of andere manier om te gaan staan, en ik dacht dat alles goed was afgelopen.

Ik had Michael omvergekegeld, en hij ging ook staan. Aan de blik op zijn gezicht zag ik meteen dat er tóch iets aan de hand was. Hij keek naar mijn linkerarm, en toen ik zijn blik volgde, begreep ik waarom hij zo bleek was en waarom zijn mond openhing. Mijn linkerarm zag er niet uit zoals zou moeten. Een normale arm heeft één gewricht bij de elleboog, en ik had er nu twee – mijn arm was niet alleen bij de elleboog zelf maar ook iets eronder gebogen. Er stak iets wits en scherps door mijn huid, en ik denk dat ik over mijn blote voeten zou hebben overgegeven als iemand me had verteld dat het mijn bot was.

Mijn knieën begonnen te knikken en ik viel.

Michael ving me op.

Ik weet dat hij schreeuwde, dat hij gilde om hulp, maar ik herinner me vooral hoe dicht hij me tegen zich aan hield, dat hij zijn mond bij mijn oor hield en zei: 'Kies een getal tussen de een en de vijf, Meg.'

'Het doet pijn, Michael,' zei ik tussen mijn tranen door. Ik was gaan huilen, ook al wilde ik dat niet.

'Het doet alleen maar pijn omdat je eraan denkt,' zei hij tegen me. 'Kies een getal tussen de een en de vijf. Als je je daarop concentreert, gaat de pijn weg.'

Hij loog, maar ik waardeerde de poging.

Mijn linkerarm voelde nu niets beter dan toen, en dat was nog mijn minste probleem.

94

SCHRIFTELIJKE VERKLARING, MEGAN FITZGERALD

Ik kon me niet herinneren dat ik buiten westen raakte, maar zo gaan dat soort dingen nou eenmaal, hè? Je zet geen knopje om of trekt de dekens over je nek en verliest langzaam het bewustzijn. De aan- en uitknop wordt door iemand anders bediend, en die persoon heeft helemaal niet de behoefte om je te waarschuwen.

Mijn ogen gingen open.

Ik hoorde ademhaling.

Eerst van mezelf, en toen vanaf de stoel naast de mijne.

Op de digitale klok boven de autoradio zag ik dat het 05.35 uur was. De zon begon voorzichtig tevoorschijn te komen.

Ik zat met mijn gezicht naar voren, en dat was een probleem omdat ik de persoon achter het stuur alleen kon zien door mijn hoofd te draaien, en als ik mijn hoofd draaide zou ik die persoon laten weten dat ik nu bij kennis was.

'Je bent een tijdje buiten westen geweest.'

Shit.

Michaels stem. Kalm en rustig, alsof hij zelf ook half sliep.

We reden niet. De motor stond niet aan. De auto stond langs de kant van de weg – een smalle straat met kleine huizen in nette rijen die er allemaal vrijwel hetzelfde uitzagen, alsof ze waren neergezet door een grote machine en alleen van elkaar te onderscheiden waren door de kleur van de verf en de inrichting van de tuinen.

'Waar zijn we?'

'Bij het huis van Nicole Milligan.'

'Ik had je haar adres niet gegeven.'

'Het stond in haar dossier. Dr. Bart had nog contact met haar.'

'O.'

Ik had nog steeds mijn hoofd niet gedraaid. Eigenlijk wist ik ook niet of ik dat wel wilde. In gedachten speelde ik de beelden als een video af – Michael die rennend het pad overstak; Michael voor de auto. Een onmogelijke afstand om in slechts een paar seconden te overbruggen.

'Wat voor kleur haar had hij?'

Michael stelde de vraag alsof hij rondneusde in mijn hoofd. Ik had nooit iets voor hem geheim kunnen houden. Hij kon me feilloos lezen. Dat was al zo toen we nog klein waren.

'"Ik zag twee Michaels,"' vervolgde hij. 'Dat bleef je maar herhalen terwijl je sliep. Ik wilde je niet wakker maken. Een rusteloze slaap leek me beter dan helemaal geen slaap.'

Dat was het moment dat ik me naar hem toe draaide en hem recht aankeek.

Maar hij keek niet naar mij. Hij staarde naar een huis aan de overkant van de straat. De ramen waren donker en op de oprijlaan stond een gele Kever. Het huis zag er vrijwel hetzelfde uit als de andere huizen in de straat. Tussen de huizen door zag ik een groot wateroppervlak. Nicole Milligan woonde in Ashtabula, Ohio, dus dit was vast Lake Erie.

'Hoelang ben ik buiten westen geweest?'

'Uren.'

Hij had een nieuw verband om mijn arm gedaan en het bloed weggeveegd. Ik bewoog de vingers van mijn linkerhand. Ze functioneerden weer – nog wat gevoelloos, maar ik kon ze bewegen. Ik droeg mijn vieze jurk niet meer maar had een wit topje en een spijkerbroek aan. Naast mijn voeten stond een paar tennisschoenen. Al die dingen kwamen uit mijn tas. Uit mijn ooghoek zag ik hem op de achterbank staan, met die van Michael ernaast, en ook de dossiers van dr. Bart. Al onze spullen uit de SUV. Ik zag ook een zwarte nylon tas, die ik niet herkende. Er stond een geweer op de vloer; de loop leunde tegen de middenconsole. 'Van wie is deze auto?'

'Ik heb hem gevonden, bij het huis van Jeffery Longtin.'

Toen zag ik de stuurkolom – het plastic rondom het contact was weg en bij Michaels benen hingen een paar draden uit de onderkant van het dashboard, waarvan de uiteinden aan elkaar waren vastgemaakt. 'Wanneer heb jij auto's leren jatten?'

Hij draaide zich niet naar me toe maar bleef naar het huis kijken. 'Dat heb ik niet gedaan. Het was al zo.'

'Toen je hem vónd?'

'Ja.'

'Hoe kom je aan het geweer?'

'Dat heb ik afgepakt van de man die op jou schoot.'

'Is dit zijn auto?'

'Ik denk het. Ik heb zijn hoofd ingeslagen met een steen.'

Hij zei het op een toon alsof het niets voorstelde. Alsof hij had gezegd dat hij een boterham voor die man had klaargemaakt.

'Wat voor kleur haar had hij?' vroeg Michael weer.

Daar dacht ik even over na en ik probeerde me te concentreren op de beelden in mijn hoofd, maar ik wist het niet. Zijn haar had er donker uitgezien, maar het zat helemaal in de war en was dof van de regen. Haar lijkt altijd donkerder als het nat is. Trouwens, het was niet echt een moment geweest om op de details te letten. Ik keek naar de achterkant van Michaels hoofd terwijl hij uit het raam keek. Blond haar. De kleur waarin ik het had geverfd. Het was nu droog. 'Waar is de bril die ik je had gegeven?'

'Kwijtgeraakt in het bos.'

Mijn blik viel op zijn rechterpols.

Geen horloge.

Zijn linkerarm lag op het open raam. Ik strekte mijn nek een beetje uit om die pols te kunnen zien.

Ook daar zat geen horloge om.

'Ik ga je een vraag stellen,' zei ik. 'Het klinkt misschien raar, maar ik wil dat je antwoord geeft. Dat is belangrijk voor me. Voor ons allebei. Oké?'

Hij knikte langzaam. 'Vraag maar.'

'Wiens schuld was het dat ik mijn arm brak toen we nog kinderen waren?'

'Is dat je vraag?'

'Ja.'

Michael dacht even na terwijl hij naar het huis bleef kijken. 'Johnny Depp. Als die stomme film er niet was geweest zouden we geen zeerovertje hebben gespeeld. Al ben je altijd onhandig geweest. En je kon ook niet goed klimmen.'

We hadden altijd Depp de schuld gegeven – ons geheimpje. Alleen Michael kon dat weten. De spanning gleed deels van me af.

Michael zei: 'Meg, ik heb hem ook gezien. In het bos.'

95

Dobbs

Dobbs keek toe hoe Begley voor de derde keer vijf keer kort achter elkaar met zijn vuist op de voordeur bonsde. 'Dr. Rose Fitzgerald, dit is special agent Waylon Begley van de FBI! Ik heb een huiszoekingsbevel voor uw woning en een arrestatiebevel voor uw dochter, Megan Fitzgerald! Doe onmiddellijk de deur open, anders zullen we hem moeten openbreken!'

In Los Angeles zou het wel wat anders zijn aangepakt, dacht Dobbs. Met de stormram zou de deur zijn ingebeukt, er zouden flitsgranaten naar binnen zijn gegooid, en na een halfslachtig geschreeuwde waarschuwing van de aanvoerder van het arrestatieteam zou een dozijn SWAT'ers in volle uitrusting naar binnen zijn gestormd en alles en iedereen op hun pad hebben weggeblazen. Mevrouw de psycholoog zou met haar gezicht naar beneden en haar handen op haar rug gebonden op het tapijt liggen voordat de eerste traangastraan uit haar oog was gevallen.

Hier, in deze chique buurt, ging het anders.

Hier werd er netjes aangeklopt en kregen bewoners de kans vriendelijk te vragen om binnen te komen. Het was niet nodig een handgemaakte deur van tienduizend dollar te beschadigen.

'We weten dat ze binnen is,' zei Dobbs tegen Begley. 'Je hebt haar lang genoeg de tijd gegeven om te reageren. Ze doet niet open. We moeten de stormram gebruiken.'

Begley knikte.

Zes agenten stonden achter hen klaar. Begley wenkte een van hen, die een zwart cilindervorming voorwerp van ongeveer een meter lang vasthield. Het ding had wel iets weg van de stormrammen die ze in LA gebruikten, alleen was deze nieuwer en zat hij niet onder de krassen en beschadigingen die wezen op bijna dagelijks gebruik. Dit ding lag meestal ongebruikt in een kofferbak.

De agent stapte naar voren, hield de stormram aan beide handgrepen vast en haalde met een boog uit naar de deur, die hij vlak naast het slot raakte. Het hout kraakte en versplinterde, en de zware deur vloog naar binnen toe open.

Begley stapte als eerste de hal in. 'Dr. Fitzgerald, dit is de FBI – we komen naar binnen!'

Dobbs kwam achter hem aan, met zijn hand op de kolf van zijn pistool. Hij trok het wapen niet maar had wel het leren riempje losgemaakt, en het wapen was schietklaar. Hij hoopte heel erg dat hij vandaag geen oude vrouw zou hoeven doodschieten.

Begley gaf aan dat twee van de agenten naar boven moesten gaan, een naar de keuken en nog twee andere een gang rechts van hen door. Hij gebaarde naar Dobbs dat hij hem moest volgen.

Ze troffen dr. Rose Fitzgerald aan in de bibliotheek, waar ze in een hoek van een dure leren bank zat. Op het tafeltje naast haar stond een fles whisky, met ernaast een halfleeg glas en een paar batterijen. Ze hield een draadloze telefoon in haar hand. Ze leek net klaar te zijn met bellen en haar gezicht drukte afkeer uit.

Ze gooide het toestel naast zich op de bank, pakte het glas en hief het naar hen op. 'Op de mooie dingen en de beproevingen die de weg ernaartoe plaveien.'

Dr. Fitzgerald dronk het glas leeg, veegde met de rug van haar hand over haar mond en zette het glas op het tafeltje. Met een diepe zucht ging ze staan en ze streek de plooien van haar broek glad. 'U zei dat u een arrestatiebevel had. Heeft dat ook betrekking op mij?'

Begley haalde een kaartje uit zijn zak en gaf het aan haar. 'Op deze URL kunt u het huiszoekingsbevel zien. We hebben toestemming voor een volledige doorzoeking van het huis en van uw kantoren op de universiteit, en we hebben ook een arrestatiebevel voor uw dochter, Megan Fitzgerald, wegens het bijstaan van uw zoon, Michael Kepler Fitzgerald, bij het plegen van minstens twaalf moorden.'

Ze leek niet te schrikken van die mededeling, want haar gezicht bleef even uitdrukkingsloos. Ze pakte het kaartje aan en legde het naast de fles op het tafeltje. 'Het zijn nooit mijn kinderen geweest. Ze hebben mijn bloed en mijn DNA niet. Het enige wat ik met hen deel is mijn huis. Het waren bloedzuigers die op mij teerden. Parasieten. Iets wat je van je schoen schraapt op de stoeprand voordat je naar binnen gaat. Ik hoop dat jullie ze allebei doodschieten.'

Dobbs en Begley keken elkaar aan. Ze wisten allebei niet wat ze hiervan moesten denken.

Dr. Fitzgerald vervolgde: 'Mijn advocaat heeft me geadviseerd het huis te verlaten als het arrestatiebevel niet voor mij geldt.'

'Het kan zijn dat we vragen hebben,' zei Begley.

Ze trok een wenkbrauw op. 'Dat mag ik hopen. En u kunt ze allemaal aan mijn advocaat stellen. U zou me toch niet willen verhoren zonder dat daar een advocaat bij aanwezig is, hè?'

Begley gaf geen antwoord.

'Ook zou u niet proberen me aan te houden zonder dat u daar de bevoegdheid voor had. Stelt u zich de negatieve publiciteit voor die dat zou veroorzaken. Ik ben immers een bekend persoon.'

Ze glimlachte hen kil en slangachtig toe, verbitterd en giftig. Toen liep ze langs hen heen de gang in, in de richting van de garage. Bij de hoek bleef ze staan. De glimlach was verdwenen. 'Voelt u zich vrij om te blijven, maar ik adviseer u dringend mijn woning te verlaten.'

Op hetzelfde moment prikte de geur van rook in Dobbs' neus.

96

SCHRIFTELIJKE VERKLARING, MEGAN FITZGERALD

'Ik wil je iets laten zien,' zei Michael terwijl hij zijn hand in het deurvak naast zich stak. Hij haalde er een mobiele telefoon uit en gaf die aan mij. Het was een goedkoop wegwerpding, zo'n toestel dat Michael en ik nu allebei gebruikten en dat je overal kon krijgen.

'Is hij van jou?'

'Van de man die op je schoot.'

Ik heb zijn hoofd ingeslagen met een steen.

Ik zette het toestel aan en het scherm lichtte op. Er verscheen een Chinees logo en vervolgens moest ik een pincode invoeren.

'De code is 1-2-3-4.'

'Hoe heb je dat ontdekt?'

Michael haalde zijn schouders op. 'Mensen zijn lui. Als ze niet vier nullen gebruiken, is het wel 1-2-3-4. En anders zijn het vaak de laatste vier cijfers van hun sociale verzekeringsnummer of is het iets met hun huisnummer of geboortedatum. Dat is bij pincodes van bankpassen ook zo.'

Ik nam me voor mijn pincode te veranderen wanneer dit allemaal achter de rug was.

Ik toetste de cijfers in en er verscheen een menu.

'Ga naar de berichten.'

Ik deed wat hij zei en er verscheen één conversatie. 'Hij had maar met één iemand contact?'

Michael knikte. 'Lees maar.'

Het was geen lang bericht.

Je had niet gezegd dat de FBI erbij betrokken zou zijn.

Je vroeg er niet naar.

Je hebt ook niets over hem gezegd.

?

Je had me moeten vertellen waar hij toe in staat was.

?

Er zijn hier minstens zes dode marshals, misschien wel meer.

Alles is onder controle.
Je moet je terugtrekken.
Ben je daar?
Ben je daar?!?

'Denk je dat ze het over de persoon hebben die we hebben gezien?'

'Ik weet wel dat ik het niet was,' antwoordde Michael.

'Zou je het je herinneren als dat wel zo was?'

Michael gaf geen antwoord.

Ik heb zijn hoofd ingeslagen met een steen.

'Ik heb zijn gezicht niet gezien, Michael. Niet echt. Ik zag een blauw overhemd, net als het jouwe. Ik wilde dat jij het was, maar toen zag ik je voor de auto.' Ik keek omlaag naar de telefoon. 'Het goot van de regen en het was hartstikke donker. Ik had bloed verloren en ik stond stijf van de adrenaline. Het kan echt iedereen zijn geweest.'

'Je verzint nu excuses.'

Ik wilde het niet zeggen maar zei het toch. 'Je hebt de dossiers gelezen, Michael. En de bandjes gehoord. Zeg eerlijk, ben je daar tijd kwijtgeraakt?'

Michael keek me aan alsof ik hem een klap had gegeven, maar gaf geen antwoord. Misschien wist hij het antwoord ook niet.

Ik keek weer naar de telefoon. 'We zouden die persoon kunnen bellen.'

'En wat zeggen we dan? "Sorry dat we je vriend hebben gedood"?'

'Oké, dan sturen we hem een bericht en doen we net of we hem zijn.'

Michael zei niets en bleef uit het raam staren.

Ik typte een kort bericht. Michael hoorde de geluiden en draaide zich naar me toe, maar toen had ik het al verstuurd.

'Wat heb je gezegd?'

'"Sorry, ben nu hier."'

Hij leek bezwaar te willen maken, maar voor hij de kans kreeg kwam er al een antwoord.

Wat is er gebeurd? Waar ben je heen gegaan?

'Schrijf "Ik heb me teruggetrokken, zoals je zei",' zei Michael tegen me.

'Ja, goeie.' Ik typte het in.

Waar ben je nu?

Ik dacht even na. 'Ik wacht op instructies,' zei ik hardop terwijl ik typte.

Even later kwam het antwoord:

Ze zullen nu wel naar het meisje gaan. Zoals ik je heb gezegd.

We tuurden allebei naar het scherm. Ik denk dat we allebei wisten wat er nu ging gebeuren.

Ik typte: *Adres?*

Dat heb ik je gegeven.

'Zeg dat je het kwijt bent,' zei Michael.

Dat deed ik.

Niets.

Geen reactie.

Toen verscheen er een adres op het scherm: *Summerset 148, Ashtabula, Ohio.*

Michael en ik keken allebei naar het kleine huis aan de overkant van de straat. Op de brievenbus stond met grote reflecterende cijfers *148*.

'Shit,' mompelde ik.

Michael pakte de telefoon van me over en typte: *Wat wil je dat ik doe?*

Geen antwoord. Toen begon de telefoon over te gaan in zijn hand.

'Niet opnemen,' riep ik.

'Hij weet dat we iemand anders zijn.'

'Hoe weten we zeker of hij het is?'

Michael zei: 'We moeten opnemen.'

'Niet doen.'

Michaels vinger zweefde boven de telefoon, maar hij nam niet op. Na zes keer overgaan ging de oproep over op de voicemail. De beller sprak niets in.

Er ging ergens een andere telefoon. Luid en doordringend. Zo'n ouderwetse vaste telefoon met een echte bel. Het geluid kwam uit het huis.

Er ging een licht aan, achter een raam aan de linkerkant van het huis.

Er bewoog een schaduw langs het raam.

Michael liet de telefoon vallen en pakte het geweer dat achter hem stond. Hij trok de draden aan de onderkant van het dashboard los en de motor ging uit. 'Kom op.'

Voor ik kon reageren was hij al uitgestapt en stak hij over.

97

Dobbs

Vanuit de garage van de Fitzgeralds hoorde Dobbs het diepe gegrom van een startende auto en vervolgens het geluid van piepende banden. Door het raam zag hij dr. Rose Fitzgerald achter het stuur van een zwarte BMW zitten, 7-serie, misschien 8. Ze reed zigzaggend tussen de politievoertuigen door naar de weg.

In het huis hing intussen dikke rook, die van beide kanten van de gang aan kwam zweven, donker en zwart, en onder het plafond langzaam verder kroop. De stilte werd verbroken door het zachte geknetter van meerdere branden die in het huis waren uitgebroken.

Dobbs keek naar de batterijen op de tafel. Die had ze uit de rookmelders gehaald.

Boven schreeuwde iemand.

Hij hoorde dreunende voetstappen op de eerste verdieping.

Begley gooide zijn sleutels naar Dobbs en pakte zijn telefoon. 'Ik bel de brandweer. Ga jij achter haar aan.'

Dobbs was de deur al uit, met prikkende ogen van de rook.

Buiten krioelden agenten door elkaar heen. Vingers wezen omhoog naar het huis.

Dobbs sprong in de auto die Begley had gehuurd, een Nissan Rogue, en terwijl hij over de oprijlaan achter Fitzgerald aan snelde, keek hij snel even in de achteruitkijkspiegel.

Op de eerste verdieping sprongen drie ramen, waar vervolgens dikke zwarte rook en vlammen uit kwamen.

Tegen de tijd dat hij bij het einde van de oprijlaan was, wist hij dat de brandweer niet op tijd zou zijn.

Hij had Begley niet naar buiten zien komen – slechts ongeveer de helft van de mensen die naar binnen waren gegaan, stond nu weer buiten.

98

SCHRIFTELIJKE VERKLARING, MEGAN FITZGERALD

Wat er vervolgens gebeurde stond me helemaal niet aan. Michael had me alleen achtergelaten in de auto, dus ging ik achter hem aan en rende ik over het gescheurde betonnen pad naar de deur.

We waren halverwege toen het doordringende gerinkel van de telefoon in het huis ophield.

Bij het huis draaide Michael het geweer om en sloeg met de kolf tegen de deur. 'Hé, Nicki! Klop klop!'

Hij ramde met zijn schouder tegen de deur en gebruikte daar zijn volle gewicht bij.

De deurpost kraakte, maar de deur hield stand.

'Wat doe je? We kunnen niet inbreken!'

Hij ramde weer tegen de deur.

'Michael, hou op!'

Hij negeerde me, deed een paar stappen naar achteren, rende weer terug, zette zich met twee benen af en gooide zich met zijn volle gewicht tegen de deur. Deze keer versplinterde de deurpost en vloog de deur open. Michael liep struikelend naar binnen, verloor bijna zijn evenwicht maar wist overeind te blijven. We stonden in een kleine huiskamer.

'Had je onze vriend Larry aan de lijn? Heb je hem de groeten van me gedaan?'

Ergens diep achter in het huis sloeg een deur dicht, gevolgd door een harde klap. 'Maak je maar geen zorgen om mij, Nicki! Ik maak het mezelf gemakkelijk!'

Michael tilde de tafel op en smeet hem kapot tegen de muur. Een fruitschaal, een of ander glazen middenstuk en een paar kleinere voorwerpen vlogen door de lucht.

'Wat doe je?' riep ik.

Weer drie dichtslaande deuren.

Hij negeerde me en liep de kamer en een gang door, in de richting van het geluid.

Alle deuren in de gang waren dicht.

Toen Michael de eerste bereikte, legde hij de loop van het geweer op zijn schouder en boog zich naar binnen. 'Ben je daar, schatje? Ik kan je drogistenparfum ruiken. Dezelfde goedkope troep die ik me herinner van jaren geleden, maar wel jóúw goedkope troep. Die geur haalt veel fijne herinneringen naar boven. Ik vond het altijd heerlijk om te zien hoe je het achter je oren en tussen je borsten deed. Hmmm, en op die andere plekken. Waarom heb je geen contact gehouden? Ik heb je gemist.'

Hij trapte tegen de deur. Het was een goedkoop, hol geval en zijn voet ging er bijna doorheen toen hij openvloog en tegen de gipswand knalde.

Het was een kantoor, dat vol stond met dozen en archiefkasten. Op een hoek van het aftandse bureau stond een oude telefoon, een rood, vierkant geval.

Michael haalde het geweer van zijn schouder terwijl hij de kamer in liep en bewoog het langzaam van links naar rechts. 'Ik heb al sinds ik klein was geen verstoppertje meer gedaan. Dit is leuk! Blijf zitten waar je zit en verroer je niet, kleine hoer!'

Ik deed een stap achteruit.

Michael keek me aan, hield zijn hoofd een beetje schuin en zette een pruillip op. 'Wat is er, Meg? Wil je niet meespelen?'

Ik schudde mijn hoofd, maar toen ik mijn mond opendeed kon ik geen woord uitbrengen.

Michael glimlachte.

'Ik zou vluchten als ik jou was,' zei hij.

99

Dobbs

Het hek aan het einde van de oprijlaan stond al open sinds ze de vorige dag waren gearriveerd.

Dr. Fitzgerald remde niet af toen ze het naderde, integendeel, ze ging zelfs sneller rijden. De achterwielen van de BMW beten zich vast in het asfalt terwijl ze links afsloeg, Danby Road in.

Dobbs' huurauto was een log ding en nam de bocht een stuk minder soepel en met slippende achterwielen. Hij probeerde niet te veel bij te sturen en de auto ging weer recht rijden. Tegen de tijd dat hij haar opnieuw in het oog kreeg, had ze meer afstand genomen. De Nissan was maar half zo groot als de BMW en had veel minder vermogen. Het ironische was dat ze niet eens probeerde hem af te schudden. Ze had de vaart er goed in – minstens dertig kilometer boven de toegestane snelheid – maar reed gewoon hard. Als ze hem wilde kwijtraken, zou haar dat lukken.

Dr. Fitzgerald sloeg rechts af Whitetail in en verdween even achter een heuvel. Hij zag haar bijna niet opnieuw rechts afslaan, East King in. Als een pick-up niet langzaam voor haar de weg op was gereden, zou hij haar absoluut zijn kwijtgeraakt. Ze slingerde van links naar rechts om te proberen de pick-up in te halen, maar die zat achter een brede vrachtwagen die golfkarretjes vervoerde. De weg was smal, en op dit tijdstip verwachtte de chauffeur geen medeweggebruikers.

Dobbs kwam achter haar rijden en knipperde met zijn koplampen. Toeterde een paar keer. Ze keek naar hem in haar achteruitkijkspiegel en richtte zich toen weer op de weg. Toen de vrachtwagen een stukje naar rechts ging, schoot ze de linkerbaan op en gaf gas. De BMW flitste langs de vrachtwagen voordat die de kans kreeg om weer in het midden van de baan te gaan rijden.

Dobbs ging naar de andere weghelft en gaf plankgas, maar in plaats van het soepele gesnor van de BMW voort te brengen, klonk de Nissan meer als een grasmaaier die vast kwam te zitten in dik, nat gras. Even dacht hij dat de motor het ging begeven, maar de auto reed stampend en slingerend verder. Toen hij de vrachtwagen half had ingehaald, begon de chauffeur terug te keren naar zijn rijstrook.

Dobbs toeterde zo hard hij kon.

De chauffeur keek op van de telefoon in zijn hand, zwaaide verontschuldigend en ging weer een stukje naar rechts.

Hij zag haar niet afslaan bij Fall Creek Drive en reed er straal voorbij. Nog net op tijd zag hij haar vanuit zijn ooghoek uitstappen.

Dobbs schakelde in zijn achteruit, deed grind opstuiven, reed terug naar de gemiste afslag en zag de BMW een eindje verderop geparkeerd staan, in het licht van zijn koplampen. Fitzgerald wierp hem een geïrriteerde blik toe en haastte zich toen naar een smal voetpad, zonder de moeite te nemen haar portier dicht te doen.

Dobbs parkeerde achter de BMW, zodat hij die blokkeerde, en ging achter haar aan. Aan het begin van het pad stond een bord waar CORNELL op stond, met een pijl ernaast.

100

SCHRIFTELIJKE VERKLARING, MEGAN FITZGERALD

Michael liep naar de enige kast in de kamer. Hij rukte de dubbele deuren open en begon er met de loop van het geweer in te porren.

Ik rende door de gang naar de keuken en begon daar een voor een de lades open te trekken. 'Kom op, iedereen heeft een...' Toen vond ik boven in een rommella een grote schaar. Ik greep hem en rende terug door de gang.

Michael brak een andere deur open.

Een kleine badkamer.

Hij wierp me een zijdelingse blik toe. 'Ik zei toch dat je moest vluchten?'

'Ik wil niet dat je haar iets aandoet!'

'O nee?' Hij keek geamuseerd naar de schaar in mijn hand. 'Wat lief.'

Hij liep de badkamer in en trok het douchegordijn open.

Niemand.

Hij reikte omlaag en rukte zo hard aan een kastdeurtje dat dat afbrak aan het scharnier. Hij gooide het opzij, knielde en keek in het kastje.

Niets.

'Ik wil wedden dat je je ergens verstopt waar het donker is, Nicki. Je hebt altijd al van het donker gehouden. Daar was je op je best.'

'Je bent het, hè?'

Daar moest Michael om glimlachen. 'Ik ben gewoon mezelf. Niets bijzonders.'

Hij drong zich langs me en liep de gang in, de schaar in mijn hand negerend.

'Jij bent Mitchell,' zei ik achter hem.

Hij keek naar de volgende deur, aan de rechterkant van de gang. 'Ik ben wie dr. Bart wil dat ik ben.' Hij deed zijn voet omhoog en trapte de deur open, die met een klap tegen de muur vloog.

Slaapkamer. Een onopgemaakt tweepersoonsbed. Een stapel kleren op de grond. Een tijdschrift. Een pizzadoos die op het dressoir lag. Het rook in de kamer naar een dagen oude pepperoni. 'Waarom hebben alle vrouwen in mijn leven een vieze slaapkamer? Jij hebt psychologie gestudeerd, Meg. Wat zegt dat over me? Voel ik me aangetrokken tot slordige mensen?'

Hij stak zijn vrije hand onder het matras, trok het omhoog en zette het rechtop tegen de muur. Toen volgde de boxspring. Hij schudde zijn hoofd en keek misprijzend omlaag. 'Wat een bende.'

Er lagen misschien wel honderd boeken. Hardcovers, paperbacks. Ook tijdschriften. Een paar sokken en panty's, één zwarte leren handschoen. Heel veel stofwolken. Maar Nicole was er niet. Hij liet de boxspring weer vallen en richtte zijn aandacht op de kast. Ook deze had een dubbele deur.

'Blijf staan en praat met me!'

'Waarover?' vroeg hij nonchalant, alsof we aan het scrabbelen waren.

'Waarom wil je haar iets aandoen?'

Hij stond met zijn gezicht naar de kast en draaide zijn hoofd naar links en rechts om zijn nekspieren te strekken. 'Wie zegt dat ik dat wil? Ik ben gewoon opgewonden. Ik heb haar al heel lang niet gezien. Ik wil haar gewoon een knuffel en een dikke natte kus geven.'

Hij trok de kastdeuren zo hard open dat hij ze helemaal losrukte. Eentje viel luid kletterend opzij, de andere viel tegen de muur. De vloer stond vol dozen en schoenen. De houten roede hing zo vol met kleding dat hij in het midden doorboog. Michael schoof de blouses en jurken opzij, maar het was duidelijk dat ze niet in de kast zat.

'Wauw, Nicki, heb je ooit overwogen een deel van deze zooi te doneren? Op deze manier kom je nog in *Hoarders* terecht.'

Hij pakte de roede in het midden vast en trok. De doorzakkende stok kwam los en kleren vielen rond onze voeten op de grond.

Hij ging weer naar de gang.

Volgende deur.

Ook die trapte hij in, en hij stormde naar binnen.

Weer een slaapkamer.

De telefoon begon over te gaan, bijna oorverdovend hard.

Hij hield zijn hoofd een beetje schuin. 'Moet je niet opnemen, Nicki? Ik wil wedden dat het Larry weer is.'

Ik rende terug naar het kantoor, pakte de hoorn van de haak en hield die tegen mijn oor. 'Stuur hulp! Hij gaat haar vermoorden!'

Het bleef stil aan de andere kant van de lijn.

'Bent u daar?'

En toen hoorde ik de raspende stem van dr. Bart.

101

SCHRIFTELIJKE VERKLARING, MEGAN FITZGERALD

'We zijn heel dichtbij,' zei dr. Bart. 'Voel je het? Als elektriciteit in de lucht. Het is gewoon bijna tastbaar. De haren op mijn arm staan ervan overeind.'

'Hallo?' Ik fluisterde het woord bijna in de hoorn.

In een andere kamer werd een matras hard tegen een muur gegooid.

Dr. Bart ging verder. 'Als je haar moet doden, kun je dat doen. Ik beloof dat dat geen gevolgen zal hebben. Ik zal ervoor zorgen dat haar lichaam verdwijnt, daar hoef je je geen zorgen over te maken. Niemand zal haar missen. Toch, schatje? Er is niemand die van je houdt. Arm, waardeloos ding.'

Het was een bandje, dat kon niet anders. 'Wie is dit?'

'Voel je het?' vroeg dr. Bart weer. Hij klonk opgewonden. 'Wie heeft het voor het zeggen?' vroeg hij zacht.

Toen viel er een stilte.

Een hele lange.

'Mitchell. Mitchell heeft het voor het zeggen.'

'Hoe kan ik daar zeker van zijn?'

'Wie is dit, godverdomme?' schreeuwde ik in de hoorn.

'Ik heb geen reden om te liegen,' zei de stem van dr. Bart.

Ik hoorde hem met zijn tong klakken zoals hij dat altijd deed. Twee keer. Toen nog eens. 'Als je haar doodt, geloof ik je.'

'Oké.'

Toen werd de verbinding verbroken.

In de andere kamer werd vier keer geschoten.

Pang! Pang! Pang! Pang!

102

SCHRIFTELIJKE VERKLARING, MEGAN FITZGERALD

Ik liet de hoorn vallen en rende de gang door, in de richting van de schoten.

Michael was in de tweede slaapkamer en stond met zijn rug tegen de muur. Er zaten vier splinterige gaten in de kastdeur naast hem, allemaal dicht naast elkaar en ongeveer een halve meter van de grond. Het geweer hing op zijn rug; hij had niet geschoten. Zijn ogen waren opengesperd en er zat een laagje zweet op zijn voorhoofd.

Misschien was hij geraakt, maar ik zag geen wond. Er was ook nergens bloed te zien.

Toen hoorden we allebei het geluid.

Klik.

Meteen gevolgd door nog twee klikken.

Michael rukte de kastdeuren open. Nicole Milligan zat op de vloer, met haar knieën opgetrokken tegen haar borst en een revolver in haar hand, die ze op Michael richtte. Haar gezicht zat onder de vochtige mascarastrepen en haar hele lichaam trilde. Haar lange dunne bruine haar hing over haar rug en schouders en viel deels over haar linkeroog.

'Daar ben je!' zei Michael stralend.

Hij reikte omlaag en trok haar aan haar T-shirt omhoog terwijl hij met zijn linkerhand de revolver van haar afpakte. Hij gooide het wapen opzij, tilde haar uit de kast en smeet haar tegen de muur.

Nicoles bange ogen staarden hem aan en ze schudde haar hoofd.

Michael boog zich naar voren en kuste haar, ook al verzette ze zich hevig. Nicole beet in zijn lip en hij ramde de achterkant van haar hoofd weer tegen de muur. Hij veegde zijn mond af met zijn vrije hand en keek naar de gaten in de kastdeur. 'Als je iets hoger en meer naar links had gemikt, had je me misschien wel geraakt!'

Nicoles voeten bungelden een centimeter of dertig boven de grond. Michael had nu een hand om haar keel geslagen, en toen ze iets probeerde te zeggen lukte haar dat niet. Ze keek me smekend aan. Ze schopte naar hem en probeerde hem te slaan, maar hij was te sterk.

'Waar is het?' vroeg Michael kalm.

Nicole keek Michael woedend aan terwijl ze naar adem hapte.

Michael hield haar iets minder stevig vast en liet haar een beetje zakken zodat haar tenen de grond raakten. 'Het is van mij, Nicole. Je hebt het gestolen, maar ik ben vergevingsgezind. Als je me vertelt waar het is, zie ik alles door de vingers. Dan ga ik hier weer weg en is er niks gebeurd.'

Ze zei nog steeds niets.

Michael verstevigde zijn grip weer. 'Of ik breek je mooie nekje en ga het zelf zoeken.'

Nicoles ogen schoten naar mij en weer terug naar hem. Ten slotte keek ze naar het dressoir aan haar linkerhand. 'De muziekdoos.'

Michael volgde haar blik naar een houten doosje met een spiegeltje in het deksel. Hij liep ernaartoe terwijl hij Nicole meesleepte alsof ze niets woog. Toen hij het deksel opende kwam er een kleine ballerina uit het doosje en werd er een melodietje gespeeld waarvan ik wist dat ik het wel eens eerder had gehoord, maar waarvan ik niet wist hoe het heette.

'Onder het plateau,' zei ze met een rauwe, schorre stem.

Michael trok het met vilt afgezette plateautje los en gooide het op de grond, waarbij verscheidene ringen, oorbellen en een ketting naast zijn voeten op de grond vielen. Hij stak zijn hand in het doosje en haalde er een opgevouwen papier uit, dat hij met duim en wijsvinger opende.

Het papier was crèmekleurig, met een ingewikkeld goudkleurig patroon langs de randen. Er stond iets op geschreven in grote zwarte letters. Ik kon de woorden niet lezen.

'Zonder zo'n ding besta je niet echt,' zei hij. 'Niet in de wereld van vandaag.'

'Wat is het?'

Michael vouwde het papier weer dubbel en schoof het diep in zijn zak. 'Mijn geboortebewijs.' Hij keek naar Nicole. Haar gelaatstrekken verhardden zich en haar gezicht werd rood. 'Die hoer heeft het gestolen. Ze dacht dat ze het tegen me kon gebruiken. Dat ze me ermee onder druk kon zetten.'

Nicole schudde haar hoofd weer. 'Dr. Bart gaf het me. Hij zei dat ik het moest beschermen. Ik zou het nooit hebben gestolen, ik zou je nooit iets aandoen.'

Zijn vingers klemden zich weer om haar nek, langzaam, als de geduldige omklemming van een python. Hij wurgde haar.

Ik stak de schaar naar hem uit, met de punt naar voren. 'Ze heeft je gegeven wat je zocht. Laat haar gaan.'

'Wou je me steken, Meg? Wat zou je ervan zeggen om háár eens flink te grazen te nemen? Ik zal haar stilhouden voor je, kijk, zo. Je weet nog wel hoe het moet, hè? Dr. Bart heeft het je vast laten zien.'

Ik wist het inderdaad nog.

Ik stormde op hem af en stootte de schaar met mijn hele gewicht tot het paarse handvat in Michaels rug.

We bewogen geen van allen. Michael stond roerloos stil, terwijl hij met zijn stijve arm Nicole tegen die muur duwde. Mijn vingers klemden zich nog om het handvat en leken niet te willen loslaten. De schaar was heel makkelijk in zijn lijf verdwenen. Ik denk dat ik enige weerstand had verwacht, maar ik had de scherpe bladen zonder moeite diep in zijn lichaam gestoken – door het overhemd, zijn huid, zijn vet, zijn spieren en wat zich verder maar in zijn rug bevond.

Na een poosje werd Michaels gezicht bleek.

Zijn greep verslapte en Nicole zakte opzij.

Ik liet de schaar los.

Ik greep haar hand vast en trok haar mee naar de gang terwijl Michaels linkerhand achter zich in een langzame cirkel zoekend rondtastte. 'Je hebt stomme dingen gedaan in je leven, Meg, maar dit slaat echt alles. Ik zal tot tien tellen, en dan kun je maar beter een creatievere plek hebben gevonden dan Nicki bij haar eerste poging.'

Gang.

Huiskamer.

Ik trok Nicki, die nog half buiten bewustzijn was door het ademtekort, achter me aan. Haar voeten sleepten over de grond en bleven voortdurend in het tapijt haken.

'Heb je een auto?'

Ze probeerde te praten maar er kwam alleen een gesmoorde snik uit haar mond. Ze schudde haar hoofd.

'Heb je nog een wapen?'

Ze schudde opnieuw haar hoofd en wees naar een deur in de keuken. 'Kelder,' wist ze uit te brengen.

Verderop in de gang hoorde ik Michael luid kreunen.

Ik liet Nicki tegen de bank leunen en rende naar de keuken. Ik zette de kelderdeur op een kier, in de hoop dat hij zou denken dat we daarheen waren gevlucht. Ik opende ook een kastdeurtje.

In de huiskamer schuifelde Nicki naar de ingetrapte voordeur. Ze begon zich langzaam te herstellen.

De harde knal van een geweer.

Het gips links van de deur explodeerde.

Michael stond achter ons in de gang. De schaar viel uit zijn hand. Hij had een gestoorde grijns op zijn gezicht. 'Vijf... zes... zeven...'

Hij reikte met zijn bebloede hand naar de spanhendel van het geweer en trok die naar achteren. De gebruikte patroonhuls werd uitgeworpen, stuiterde tegen de muur en viel op de grond, en werd vervangen door een nieuwe kogel. Hij kwam naar ons toe lopen, eerst langzaam, maar sneller bij elke stap.

Ik duwde Nicki door de deuropening en trok de beschadigde deur zo goed ik kon achter me dicht.

Michael botste tegen de andere kant.

De deuren van de Toyota waarin Michael en ik waren gearriveerd stonden nog open. Nicki strompelde om de auto heen naar de bijrijderskant, stapte in en trok het portier achter zich dicht. Ik zat achter het stuur en deed mijn eigen deur dicht toen Michael ook naar buiten kwam, met die brede grijns op zijn gezicht. Hij nam de tijd en liep met langzame, sjokkende stappen. Er liep bloed van zijn rug – zij het niet zo veel als ik had gehoopt – dat een spoor achterliet op het beton.

Mijn blik viel op de draden die uit de stuurkolom hingen. Ik had geen idee hoe ik een auto op die manier moest starten. Van vier draden was aan het uiteinde het plastic verwijderd. Ik pakte ze willekeurig vast en duwde de uiteinden tegen elkaar. Een van de combinaties maakte vonken.

Michael tikte op mijn raampje. Hij tuitte zijn lippen, gaf me een handkus en sloeg toen het glas in met de kolf van zijn geweer.

Het regende glas over me heen en een paar stukjes vlogen tegen mijn wang en in mijn haar.

Nicole gilde.

Michael zei: 'Dat Johnny Depp-gedoe, Meg? Dat staat in je dossier.'

Opnieuw hief hij de kolf. Ik weet nog dat ik het op mijn hoofd zag afkomen, maar verder herinner ik me niets meer.

103

Dobbs

Dr. Rose Fitzgerald was veel sneller dan Dobbs had verwacht. Hij ving tussen de heen en weer zwaaiende takken en bomen door een glimp van haar op, met een rood tasje bij haar heup, maar even later verdween ze uit het zicht toen ze een heuvel op ging en aan de andere kant weer naar beneden ging. Het pad was redelijk uitgesleten en werd duidelijk veel gebruikt, maar in het donker durfde hij niet te snel te rennen omdat hij bang was een enkel te verzwikken door over een wortel of een zode in het pad te struikelen.

Hij hoorde het water al stromen voor hij het zag, maar was niet voorbereid op wat hij aantrof toen het pad omlaag liep en een scherpe bocht naar rechts maakte: een kloof van wel honderdvijftig meter diep. Onder zich zag hij meerdere watervallen en een snelstromende rivier, en een heel eind naar links zag hij de lampen van een krachtcentrale, onderaan de rotsen en dicht bij het water. Dobbs bevond zich op een open plek tussen de bomen en boven hem strekte de lucht zich uit, en hij kreeg knikkende knieën van de aanblik.

Zijn kant van de kloof werd verbonden met de overkant door middel van een hangbrug van minstens honderd meter lang en twee meter breed. Dikke kabels en hout werden bij elkaar gehouden door wat daar ook maar precies boven een deel van Moeder Natuur bungelde waar het niets te zoeken had.

Dobbs háátte hoogtes.

En eigenlijk was dat nog te zacht uitgedrukt.

De koude, roerloze lucht. Het schemerdonker. Het luid stromende water ver onder hem. Dat alles maakte dat deze plek tegelijkertijd groot en klein leek. Op eenzelfde bord als aan het begin van het pad stond CORNELL, met een pijl die naar de brug wees, maar hij kon de universiteit vanaf de plek waar hij stond niet zien. Hij zag aan de overkant alleen het gapende gat van een ander pad te zien. Totale afzondering.

Fitzgerald had de brug voor ongeveer een derde afgelegd, en de kabels en houten planken schommelden bij elke stap zachtjes heen en weer.

'Mevrouw Fitzgerald, blijf staan!' riep Dobbs.

Tot zijn verbazing deed ze dat. Ze verstijfde en draaide zich om. Met één hand hield ze de reling vast en de andere lag op de riem van haar tasje.

Toen glimlachte ze. Zelfs vanaf die afstand kon Dobbs het zien, en de glimlach joeg hem angst aan. Anders dan die in het huis was deze echt. Meteen verstrakte haar mond echter weer, alsof ze het een teken van zwakte vond om haar ware emoties te tonen. 'Ik kan niet terug. Dat kunnen we geen van allen. Dat begrijp jij nu nog niet, maar dat komt nog wel.'

Dobbs deed een paar stappen de hangbrug op.

'Niet doen.' Fitzgerald stak een hand op. 'Daar blijven. Geen stap verder.'

Dobbs bleef staan maar de brug bleef heen en weer zwaaien, een klein beetje maar, net genoeg om hem eraan te herinneren dat zich een paar meter achter hem vaste grond bevond. Het deel van de brug waar Fitzgerald stond bewoog veel meer, maar ze leek het niet te merken. Ze bleef naar hem kijken. 'Je moet het allemaal laten verbranden,' zei ze. 'Vuur is een van de weinige dingen in het leven die echt kunnen zuiveren. Al het andere is hetzelfde als een laklaag op een roestige auto. Je kunt de kanker een poosje verborgen houden, maar op een gegeven moment vreet die zich erdoorheen en is het erger dan ooit. Vuur is echter onherroepelijk. Je kunt niet meer terug. Misschien had Barton dát jaren geleden moeten doen: alles in de hens zetten. Dat heb ik ook ik weet niet hoe vaak tegen hem gezegd, maar hij was altijd verdomd eigenwijs. Hij kon niet verder kijken dan het hier en nu. Hij kon niet zien waar het allemaal toe zou leiden. Ik wel. En in plaats van dat kind te verstikken met een kussen toen ik de kans had, liet ik Barton zijn werk voortzetten. Ik liet het dooretteren. Dat soort bloed kun je niet wegspoelen. Het zit onder mijn nagels, waar het water er niet bij kan.'

Een net van ijzerdraad liep van de reling naar de kabel helemaal aan de bovenkant van de brug. Dobbs keek toe hoe Fitzgerald het met beide handen vastpakte en een opening maakte. 'Ik heb er gisteren een gat in gemaakt. Ik zei tegen mezelf dat ik het niet zou doen als het was gemaakt wanneer ik terugkwam. Ik bood mezelf kennelijk een ontsnappingsmogelijkheid.'

Dobbs begon naar haar toe te lopen.

'Niet doen!' riep ze, terwijl ze zich door de opening boog. 'Je bent niet snel genoeg. Waag het niet. Geef me geen reden om te springen. Blijf waar je bent.'

Dobbs bleef staan. Ze had gelijk. Hij was tientallen meters ver weg. 'Springen is niet de oplossing.'

'Er ís geen oplossing,' zei Fitzgerald hoofdschuddend. 'Hij komt naar huis, en ik ben niet van plan hem mijn laatste ademtocht te gunnen. Dat ben ik hem niet verplicht. Dat ben ik niemand verschuldigd.'

'Megan heeft u nodig,' zei Dobbs, terwijl hij toch weer langzaam dichterbij kwam. 'Wij kunnen u beschermen. Ik wil u helpen.'

'Doe Larry de groeten van me.' Fitzgerald glimlachte weer. 'Ik heb altijd van deze brug gehouden.'

Dobbs begon te rennen. Hij dwong al zijn energie naar zijn benen en schoot op haar af. Bij elke stap slingerde de brug onder hem heen en weer. Hij probeerde er niet over na te denken hoe hoog hij was en deed zijn best om niet op het stromende water onder hem te letten. Hij richtte zich alleen maar op haar. Hij graaide naar haar, vanaf die onmogelijke afstand, probeerde haar arm te pakken te krijgen, een kledingstuk, wat dan ook, maar ze had gelijk: hij was niet snel genoeg.

104

Dobbs

Dobbs zag voor zich hoe ze viel. Haar vastberaden ogen bleven hem aankijken terwijl ze door de lucht viel, in de richting van het water, en toen stuiterde ze met een bijna geluidloze klap tegen de rotsen onder de brug. Het rivierwater spoelde meer over haar heen dan dat het haar meevoerde, wit water stroomde als een vloeibare deken over haar heen, omhulde haar, stopte haar in voor de nacht. Hij zag dat allemaal voor zich, maar hij had het niet echt gezien. Ze was eenvoudigweg verdwenen tegen de tijd dat hij de plek had bereikt van waar ze was gesprongen, waar nergens meer uit bleek dat ze daar was geweest, waar alleen nog het witte schuimende water te zien was dat bulderend voorbijraasde.

Dobbs stond minutenlang op de brug, leunend over de reling met een hand tussen het kapotte net, omlaagstarend naar de rotsen. Toen hij ten slotte weer omhoogkwam door de opening en zich op de houten planken liet vallen, dacht hij eraan om te ademen.

Zijn telefoon ging.

Hij haalde het toestel uit zijn zak en nam op zonder te kijken wie er belde. 'Ja?'

'Breng haar hierheen. We kunnen haar oppakken wegens brandstichting. Waarschijnlijk ook belemmering van de rechtsgang. Het kan me niet schelen hoeveel advocaten ze op ons dak stuurt.'

Begley.

Dobbs dwong zichzelf te gaan staan. Hij begon terug te lopen over de brug, naar het pad en de auto's. 'Ze is dood.'

'Wat?'

Dobbs vertelde hem wat er was gebeurd.

Even zweeg Begley om het nieuws te verwerken. Toen zei hij: 'Van het huis is niets meer over. Nou ja, bijna niets. De brandweer is er, maar die kan niets meer doen. Ze heeft binnen alles met een soort brandversneller besproeid. Een van onze jongens zei dat de vloerbedekking op de eerste verdieping in vlammen opging door een blauwe vlam die door de gang en over de muren rolde. Waarschijnlijk benzine of alcohol. De brandweer zal het wel uitvogelen.

Het dak is een paar minuten geleden ingestort. Als er nog bruikbaar bewijs is, duurt het nog dagen voor we dat uit het puin hebben gegraven. Wacht even...'

Dobbs ging van de brug af en liep langs het bord met CORNELL erop en naar de auto's.

Hij hoorde gepiep uit Fitzgeralds openstaande BMW komen.

Begley kwam weer aan de lijn. 'Ik heb tegen een agent gezegd dat ze is gesprongen. Hij schakelt de plaatselijke politie in, en die zal het daar regelen. Ik heb je hier weer nodig. We moeten bedenken wat we nu gaan doen.'

Dobbs leunde naar binnen. Het rook in de BMW nog vaag naar Fitzgeralds parfum. 'Hoe heette die kerel die volgens Vela dat weeshuis leidde ook alweer? Weet jij dat nog?'

Begley dacht even na. 'Patchen, Lawrence Patchen. Hoezo?'

Doe Larry de groeten van me.

Op de bijrijdersstoel lag een bezoekerspas van Windham Hall.

105

Gimble

Niet de propaantank was geëxplodeerd, maar een gehuurde SUV die halverwege het pad naar Longtins huis stond.

De lokale sheriff verscheen tien minuten later, gevolgd door drie hulpsheriffs en weer twintig minuten later door de helikopter. Er kwamen ook U.S. Marshals en FBI'ers uit St. Louis. Ze kamden in tweetallen het bos uit. Er werden meerdere schijnwerpers rondom Longtins huisje neergezet. De helikopter kwam voor de zoveelste keer overvliegen en liet een felle lichtstraal over de bomen en de bodem glijden. Gimble drukte haar hand tegen haar oor en riep in haar telefoon: 'Hoe bedoel je, ze is gesprongen?'

Begley vertelde haar over de brand in het huis en wat er op de brug was gebeurd.

'Jezus,' mompelde ze.

Longtins lijk werd naar een wachtende ambulance gereden. Vela liep erachteraan en praatte met de oudste van de twee ambulancebroeders. Gimble kon niet verstaan wat ze zeiden. Er waren twee wagens van de lijkschouwer onderweg. Naast de vermoorde marshals die ze naast het huis en bij de stapel houtblokken had gevonden, waren er nog vier andere aangetroffen. Twee werden er nog vermist. Garrisons lichaam had naast zijn SUV gelegen, niet ver van het huisje, met een diepe steekwond in de dijbeenslagader van zijn linkerbeen en een doorgesneden nek. Hij was doodgebloed voordat hij een schot had kunnen lossen.

De sheriff kwam vanuit het bos naar haar toe lopen. Hij was een lange, magere man van achter in de vijftig met een dun grijs snorretje en donkere ogen achter een kleine ronde bril. In plaats van de gebruikelijke hoed met brede rand droeg hij een honkbalpet met SHERIFF op de voorkant. Ze was vergeten hoe hij heette. Het kon haar ook weinig schelen.

'Er is iets wat u moet zien,' zei hij met een accent dat eerder uit Texas dan uit de Midwest leek te komen. Hij wachtte niet op antwoord maar draaide zich om en liep terug naar het bos.

'Ik bel je terug, Begley.' Gimble hing op en liep achter de sheriff aan. De bodem was een sponsachtige, modderige bende. Ze probeerde op onkruid en gevallen bladeren te stappen, maar dat haalde weinig uit. Haar sportschoenen zakten diep weg in de aarde en elke stap maakte een zuigend geluid in de modder. De sheriff droeg laarzen tot halverwege zijn knieën. Het leek hem niet uit te maken waar hij liep. Hoewel de hele omgeving als plaats delict werd beschouwd, had de regen alle schoenafdrukken vrijwel onbruikbaar gemaakt.

Hij liep voor haar uit een heuvel op, een kleine open plek door en een richel over, vanwaar ze uitkeken over een deel van Longtins oprijlaan en huisje. Een forensisch fotograaf en twee technisch rechercheurs stonden over een lichaam gebogen, dat tussen geel lint lag dat aan vier bomen was vastgemaakt. De omgeving werd verlicht door twee schijnwerpers die door een accu van stroom werden voorzien.

Gimble kreeg een gevoel alsof haar borst werd samengeknepen. 'Is dat ook een marshal?'

'Nee, mevrouw. We weten het niet goed,' antwoordde de sheriff.

Hij dook onder het gele lint door en bleef op een kleine meter van het lichaam staan. Hij deed zijn pet af en krabde op zijn kale hoofd.

Gimble kwam naast hem staan.

Het lichaam – van een man – lag op zijn buik, met de armen voor zich uitgestrekt. De achterkant van zijn hoofd was ingeslagen. Het regenwater hoopte zich op in het gat, dat een mengeling was van haren en hersenweefsel.

Ze vroeg: 'Hebben jullie een geweer gevonden?'

'Een geweer? Nee, hoezo?'

Ze negeerde de vraag en wees naar een grote steen die een paar decimeter naast het lichaam in de modder lag. 'Is hij daarmee gedood?'

De oudste van de twee technisch rechercheurs knikte. 'Waarschijnlijk wel. Hij is al bijna schoongespoeld door de regen, maar er zaten nog wat haren in vastgeklemd.' Hij wees met een pen naar de steen. 'Het lichaam is niet zo op de grond gevallen, want dan zouden de ledematen niet zo recht liggen. Deze persoon lag al op de grond in een rechte positie, en er is iemand van achteren naar hem toe gekomen die hem van bovenaf met een steen heeft geslagen. Hij is met één klap uitgeschakeld.'

Toen begreep de sheriff het. 'Dit is een van de mannen die jullie beschoten heeft,' zei hij. Het was een vaststelling, geen vraag. 'Daarom ligt hij daar zo.' Hij wees achter zich, de heuvel af. 'Direct zicht op het pad en de voorkant van het huis. Dus als hij degene was die jullie en het meisje beschoot, wie heeft hem dan gedood? Die Kepler van je?'

Die Kepler van me.

'Waarom schoot hij op jullie?'

'Draai hem om,' zei Gimble. 'Ik moet zijn gezicht zien.'

De technisch rechercheur keek naar de sheriff, die knikte. Met de hulp van zijn collega pakte hij het lichaam bij een schouder en het middel vast en rolde het om. De regen gutste in het diepe gat in zijn schedel. Gimble verzette zich tegen de aandrang om over te geven.

Donkere ogen. Blond haar. Ergens in de veertig. Ze herkende hem niet en maakte een foto met haar telefoon. 'Dus we weten niet wie het is?'

De sheriff schudde zijn hoofd. 'Hij had niets op zak. We zullen zijn vingerafdrukken afnemen bij de lijkschouwer. Hij heeft een oud litteken op zijn linkerhand. Ziet er heftig uit. Geen zichtbare tatoeages.'

Gimble keek om naar het huis. De propaantank bevond zich aan de andere kant – niet te raken vanaf hier, en op minstens zeventig meter afstand van de plek waar ze Kepler in het bos gezien dacht te hebben toen ze bij de houtstapel was. Hij kon die afstand onmogelijk zo snel hebben afgelegd, niet met al die bomen en in de regen. Dat was uitgesloten.

Hij is een vrachtwagenchauffeur uit LA*. Een joch dat opgroeide in een nette buitenwijk.*

Waar hadden ze in godsnaam mee te maken?

Uit de zender bij de schouder van de sheriff kwam een schrille stem. 'Sheriff?'

Hij deed zijn hand omhoog en drukte een knop in. 'Zeg het maar.'

'We hebben de rode Honda gevonden, een kleine kilometer van uw huidige locatie. Er ontbreekt een band, ze was er op de velg mee doorgereden. Ze heeft hem het bos in gereden en onder een paar eiken neergezet. Ik had hem verdomme bijna gemist. Er zit bloed op de voorste stoelen. Van het meisje geen spoor.' Er viel een korte stilte, toen vervolgde de stem: 'Ik heb nog een paar sporen gevonden in de omgeving. Het lijkt erop dat hier nog een tweede voertuig geparkeerd stond. Iets kleins, afgaand op de wielbasis. Ik zie alleen sporen van het wegrijden, niet van het komen aanrijden, dus ik denk dat het er al stond voor het begon te regenen.'

'Bloed op beide stoelen?' vroeg de sheriff in de zender.

'Ja. Er zou een tweede persoon kunnen zijn. Lastig te zeggen. De regen heeft buiten alles weggespoeld. We zoeken in het interieur naar vingerafdrukken.'

Terwijl hij naar Gimble keek zei de sheriff: 'Begrepen.'

Gimble keek nog steeds naar het huisje.

De sheriff kneep zijn ogen samen en knikte naar het lichaam. 'Je weet wat dit is.'

'Schutter nummer één,' antwoordde Gimble kortaf, terwijl ze zich weer naar hem toe draaide.

Ze vertelde hem over de geweerschoten, en Megan Fitzgerald. 'Er is een wapen weg, sheriff. Een geweer. Ik stel voor dat u het vindt.' Ze knipte met haar vingers. Er klopte iets niet.

Voordat hij haar nog meer kon vragen, draaide ze zich om en liep weer de heuvel af.

Sammy ving haar op bij de achterkant van een van de FBI-busjes naast het huisje, met zijn onafscheidelijke MacBook onder een arm. 'Volgens de brandweer hebben de kogels de tank niet doorboord. Het lijkt erop dat hij een van de gasleidingen door de ventilatie van de droger heeft laten lopen. Daarom roken we gas binnen.'

'Geweldig.'

'Ik moet naar het FBI-bureau in St. Louis,' zei hij tegen haar. 'Ik heb toegang nodig tot diverse databases waar ik niet op afstand in kan.'

Ze luisterde maar half en gebaarde dat hij kon gaan.

Dit was allemaal niet belangrijk voor haar. Nu niet. Het enige wat ertoe deed was de persoon die kort na die explosie met de handen boven het hoofd het bos uit was gelopen.

Gimble trok de achterdeur van het FBI-busje open, stapte in en trok de deur weer achter zich dicht. Ze ging op een bankje op een van de wielkasten zitten en staarde Michael Kepler aan. 'Je moet me vertellen wat er allemaal gebeurt.'

106

Gimble

'Hij heeft mijn zus,' zei Kepler terwijl hij probeerde zich naar haar toe te buigen. Het lukte hem om een paar centimeter op te schuiven – zijn handen waren geboeid aan zijn voeten, en zijn voeten waren vastgeketend aan de vloer van het busje. De metalen schakels rolden rinkelend door de zware oogbout.

'Wie heeft je zus?'

Michael Kepler zei in eerste instantie niets. Hij opende zijn mond om iets te zeggen, bedacht zich en schudde toen alleen maar zijn hoofd. 'U zou denken dat ik gek was.'

'Ik wéét dat je gek bent. Dat is uitgebreid gedocumenteerd. Mijn mensen hebben me alles verteld over je medische geschiedenis. Je hebt hoeveel mensen vermoord – twintig, dertig? Ik weet het niet eens meer precies.' Ze werd rood en wendde zich even van hem af. Toen keek ze hem recht in de ogen. 'Weet je met hoeveel van de mannen die daarbuiten in de modder liggen ik bevriend was?'

'Ik heb niemand gedood.'

'Er zullen hele hordes mensen in de rij staan om de naald in jouw arm te mogen steken.' Ze ging zachter praten. 'Als het hier niet krioelde van de politie, zou ik je uit deze bus slepen en zelf een kogel door je kop jagen om er zeker van te zijn dat een of andere louche publiciteitsgeile advocaat je niet op vrije voeten zou weten te krijgen wegens ontoerekeningsvatbaarheid of zo. Gestoorde gek.'

'Ik zag hem,' zei Kepler. 'Hij zat bij haar in de auto.'

'Je zus is hier op eigen kracht weggereden.'

Kepler schudde snel zijn hoofd. 'Nee. Ik zag hem bij haar instappen. Daarom heb ik mezelf aangegeven. Jullie moeten haar helpen.'

'Wie heb je gezien?'

'Mitchell,' zei Michael zacht.

Gimble kneep haar ogen samen. 'Wie is Mitchell nou weer?'

'Ik geloof dat hij misschien mijn broer is,' zei Michael, maar terwijl hij het zei leek hij niet erg overtuigd.

'Je hebt geen broer.'

'Ik kan me hem herinneren. Toen ik klein was dacht ik dat hij een fantasievriend was, iemand die ik had verzonnen. Nu ben ik daar niet meer zo zeker van.'

Gimble stak haar hand in haar zak, haalde er een flesje pillen uit en zette dat met een klap tussen hen in op de vloer van het busje. 'Herken je deze?'

Michael aarzelde even en knikte toen.

'Dorozapine. Een antipsychoticum. Jóúw antipsychoticum. Volgens mijn mensen dient het om schizofrenie te behandelen, dissociatieve stoornis. Het is gemaakt voor mensen zoals jíj. Het is een van de vele medicijnen die je krijgt voorgeschreven.'

Michael probeerde weer naar voren te leunen. 'Als Mitchell dit allemaal heeft gedaan, als hij al die mensen heeft gedood, onder wie je vrienden, zal hij Megan doden. U moet hem tegenhouden.'

Gimble lachte schamper. 'Jíj hebt dit allemaal op je geweten. Ik zag je het bos uit lopen met een MP5 in je handen. Hetzelfde geweer waarmee je op mij en op die propaantank geschoten hebt – en op die zus over wie je je zo'n zorgen lijkt te maken.'

Kepler schudde zijn hoofd weer. 'Ik heb dat geweer gevonden. Vlak nadat ik hem met Megan in de auto zag. Ik raapte het op maar heb er niet één keer mee geschoten.' Hij rukte aan de boeien om zijn polsen. 'Test me maar. Dat kunnen jullie toch?'

Gimble gaf geen antwoord.

'Ik weet waar hij nu heen gaat.'

Gimble staarde hem bijna een minuut lang zonder iets te zeggen aan. Inwendig kookte ze van woede.

Kepler keek haar strak aan. 'Nicole Milligan.'

Ze trok dit niet meer. Ze stapte uit het busje en sloeg de deur achter zich dicht.

Vela stond buiten te luisteren.

'Ik wilde je niet storen,' zei hij. 'Maar ik moest horen wat hij zei.'

'Zeg alsjeblieft dat dit allemaal gelul is,' zei Gimble met knippende vingers.

'Je hebt gehoord wat Longtin heeft gezegd. Dr. Fitzgerald heeft Longtin bestudeerd om zijn ziekte te kunnen begrijpen. Hij zei dat Fitzgerald die ziekte opnieuw wilde creëren. Als dat waar is – let wel: áls – zou iemand als Kepler daar geknipt voor zijn. Zijn jeugdtrauma, de dood van zijn moeder, wat haar vriend met haar lichaam deed terwijl hij verstopt zat in die kast... dat alles maakt hem vatbaar voor een psychose. Als er een Mitchell is, dan bestaat hij alleen in Keplers verbeelding. Hij zou hem als een echt persoon beschouwen. Het zou zelfs heel goed kunnen dat ze interactie met elkaar hebben. Of dat de andere persoonlijkheid het volledig overneemt. Het is goed mogelijk dat een persoonlijkheid die Mitchell heet het heeft overgenomen en de misdrijven uit Keplers verleden heeft begaan, en dat hij zich daar totaal niet van bewust is.'

'Hij zei dat hij die andere persoon bij zijn zus in de auto zag zitten,' zei Gimble.

Vela haalde zijn schouders op. 'Dat zou goed kunnen. Dat betekent niet dat Mitchell echt bestaat. Hallucinaties zijn heel gebruikelijk bij mensen in zijn toestand.'

De wagens van de lijkschouwer waren kennelijk gearriveerd terwijl zij met Kepler praatte, want twee mannen in witte pakken waren met lijkzakken in de weer.

'Er zit geen druppel bloed op hem,' zei Gimble. 'Die mensen zijn allemaal omgebracht met een mes. Dat hebben we ook niet gevonden. Hoe verklaar je dat?'

Vela haalde zijn schouders op. 'Dat mes ligt hier waarschijnlijk ergens in het bos. Het bloed is misschien weggespoeld door al die regen. Ik weet het niet, ik ben niet zo goed thuis in sporenonderzoek.'

Gimble wenkte een van de technisch rechercheurs van de FBI, een jonge vrouw van begin twintig. Ze had een witte overall aan en droeg haar zwarte haar in een knot. 'Er zit een man in dat busje. Ik wil dat je een schotrestenonderzoek bij hem uitvoert. Lukt dat?'

De vrouw knikte.

'Doe het samen met iemand anders,' voegde Gimble eraan toe. 'Ik wil dat hij onophoudelijk onder schot wordt gehouden. De handboeien houdt hij om – snij de kleding maar los als dat nodig is.'

'Ja mevrouw.'

Special agent Gimble, agent Gimble of gewoon Gimble, maar nooit mevrouw, dacht ze, maar ze had veel grotere problemen aan haar hoofd. Ze kende de naam Nicole Milligan ergens van. 'Milligan stond op die lijst met patiënten die je had opgevraagd, hè?'

Vela knikte. 'Fitzgerald heeft haar behandeld toen ze verkracht was.'

'Ik moet een adres hebben. Alle contactinformatie waar we maar over beschikken.' Gimble begon terug te lopen naar het huisje, maar bleef toen staan en draaide zich weer om naar Vela. 'Als er een broer was, zou daar toch melding van zijn gemaakt, hè?'

'Er is geen broer,' antwoordde Vela.

'Dat vroeg ik niet.'

'Keplers geboorteakte is verstrekt door dat weeshuis, Windham Hall. Hij zat niet in het systeem toen hij ernaartoe werd gebracht. Hij is waarschijnlijk ergens thuis geboren, niet in een ziekenhuis. Als de moeder van een tweede kind was bevallen, was er van hem waarschijnlijk ook geen geboorteakte.'

'Hoever ben je al met het opvragen van de dossiers?'

'Ze bellen niet terug.'

Gimble keek hem fronsend aan. 'Ik had gezegd dat je contact moest opnemen met de FBI daar. Heb je dat gedaan?'

'Ik heb de kans nog niet gehad. Het ging allemaal te snel,' antwoordde Vela.

Gimble voelde dat ze rood aanliep. Ze haatte het om instructies te moeten herhalen. 'Regel het nu meteen. Ik wil binnen een uur toestemming van de rechter.'

'We hebben Kepler. Wat heeft het voor nut?'

Waarschijnlijk was de blik op Gimbles gezicht voldoende om hem te overtuigen. Hij stak zijn handen op en zei: 'Goed, goed.'

Hij pakte zijn telefoon en hield die tegen zijn oor terwijl zij het huisje weer in liep.

107

SCHRIFTELIJKE VERKLARING, MEGAN FITZGERALD

Ik werd wakker van de zon in mijn ogen – een felrood licht aan de andere kant van mijn oogleden. Ik deed ze niet open. Ik wilde niet dat hij wist dat ik wakker was.

We reden weer.

Naast me roffelde Michael op het stuur. Hij neuriede mee met 'Angela' van The Lumineers, en één vluchtig moment was alles weer goed. Michael moest iets afleveren voor zijn werk en we maakten gewoon weer samen een rit, terwijl de ochtendwind door ons haar waaide.

De zijkant van mijn hoofd deed pijn, en ik zag weer voor me hoe de kolf van het geweer op me afkwam en tegen mijn schedel ramde, met Michael aan de andere kant.

'Jezus, Meg, waarom heb je me dat laten doen?' vroeg hij. 'Jij bent wel de laatste persoon die ik pijn wil doen.'

Ik voelde zijn hand op mijn been. Hij gaf een kneepje in mijn knie. 'Jij bent alles wat ik heb.'

Zijn vingers waren koud.

Ik deed mijn ogen open.

De vloerbedekking, het dasboard en de middenconsole waren bezaaid met glasscherven. Dit was de tweede keer dat ik bijkwam in deze auto.

Michael kneep weer in mijn knie en glimlachte naar me. 'Daar is mijn meisje.'

Mijn handen en enkels waren vastgebonden met ducttape.

Ik had een andere blauwe spijkerbroek aan.

'Ik ben bang dat je in je broek hebt geplast toen je sliep,' zei Michael. 'Ik moest je andere kleren aandoen en je schoonmaken. Ik kon je niet in die viezigheid laten zitten.' Hij glimlachte weer. 'Geeft niks hoor, en je hoeft je niet opgelaten te voelen. Zulke dingen gebeuren nu eenmaal, dus heb ik het geregeld.'

Ik probeerde daar niet op te reageren, maar mijn beenspieren spanden zich. Michael moet het hebben gevoeld, want hij haalde zijn hand van mijn knie en legde hem op het stuur. Hij begon weer te neuriën.

'Wat doe je, Michael? Waar gaan we heen?'

Ik kreeg hoofdpijn van hardop praten. Van de beweging. Even kneep ik mijn ogen dicht tegen de pijn.

Michael wierp me een meelevende blik toe. 'Ik zou je graag een pijnstiller geven, maar ik vrees dat ik niets heb.'

'Waar breng je me heen?'

Hij keek glimlachend naar de weg. 'We gaan naar huis, Meg. We moeten nog steeds een praatje maken met dr. Rose en meneer Patchen. Vandaag is natuurlijk de begrafenis van dr. Bart. Die mogen we geen van beiden missen. Dat zou dr. Rose vreselijk vinden, denk je ook niet?' Hij wierp een blik op het dashboard. 'Maar we schieten lekker op. Ik denk dat we zelfs nog tijd overhouden als we niet in een file belanden en als het weer niet verslechtert. En moet je die lucht zien... het belooft een spectaculaire dag te worden.'

'Michael, ik vind dat we naar de politie moeten gaan,' zei ik. 'Om onszelf aan te geven.'

Hij staarde alleen maar voor zich uit.

Ik strekte mijn nek om de achterbank te kunnen zien. Onze tassen lagen daar nog. 'We hebben de dossiers van dr. Bart. Als we alles aan ze geven, zullen ze het begrijpen. Ze zullen naar ons moeten luisteren. Dit is allemaal niet jouw schuld. Hij heeft je dit aangedaan.'

'Als je het zo zegt klinkt het als iets slechts.'

'Je hebt mensen kwaad gedaan, Michael. Heel veel mensen.'

'Ik heb ons bevrijd. Jou én mij. Snap je dat dan niet? Ik doe dit allemaal voor ons. Met dr. Bart, zijn patiënten, dr. Rose, zouden we nooit vrij zijn. Er zou iemand zijn die van ons af wist. Als zij er niet meer zijn, zijn we vrij. Eindelijk vrij. Ik heb alleen maar dingen rechtgezet, ons teruggegeven wat ons toekomt. Ik heb ervoor gezorgd dat we ons leven terug hebben.' Hij draaide zich even naar me toe en keek toen weer naar de weg. 'Ze hebben je 's nachts opgesloten als een soort beest. Dat zal nooit meer gebeuren. Dat sta ik niet toe.'

'Als we ze de dossiers geven, zullen ze naar ons luisteren,' zei ik. 'Ze zullen je helpen, Michael. Alsjeblieft, ik wil niet dat er nog iemand gewond raakt!'

Hij klakte met zijn tong. 'Je moet écht ophouden me Michael te noemen.'

Hij gaf een ruk naar rechts en haalde nog net de afslag naar een parkeerplaats. Toen hij op de rem ging staan slipten de banden over het wegdek. Op de een of andere manier wist hij de macht over het stuur te behouden, en hij reed naar de rand van de parkeerplaats en parkeerde naast een metalen vuilnisbak.

'Wat doe je?'

Hij schudde alleen maar zijn hoofd. 'Blijf daar.'

Alsof ik een keus had. Alsof ik zelf kon bepalen waar ik heen ging.

Michael reikte naar de achterbank, pakte mijn tas met de dossiers van dr. Bart en stapte uit. Hij gooide de inhoud van mijn tas in de vuilnisbak.

'Michael, wat...'

'Voor de allerlaatste keer: noem me niet zo.'

Hij haalde een aansteker uit zijn zak en stak een van de pagina's in brand. Het vuur verspreidde zich over het papier, dat opkrulde en roodgloeiend werd, tot er alleen nog grijs stof over was. Toen hij het niet langer kon vasthouden gooide hij het bij de overige papieren in de bak. Binnen de kortste keren stond alles in lichterlaaie. Hij keek onbewogen toe.

Ik rukte aan de ducttape om mijn polsen, maar kreeg het niet los.

Achter me begon iemand in de kofferbak van de auto tegen de achterbank te slaan.

108

SCHRIFTELIJKE VERKLARING, MEGAN FITZGERALD

'Wat is dat, Michael?'

Michael keek me zijdelings aan en zwaaide met zijn wijsvinger. 'Nee zusje, wat heb ik nou gezegd?'

'Is dat Nicole Milligan?' Ik strekte mijn nek in de richting van de achterbank maar kon niets zien.

'Is dat Nicole Milligan... Mitchell?'

'Wil je nou echt dat ik je Mitchell noem?'

'Dat zou wel zo beleefd zijn. Zo heet ik.'

Ik keek naast me op de stoel en naar onze tassen op de achterbank. 'Neem een pil, Michael. Dorozapine. Dat zal helpen. Het is nog niet te laat om hier iets aan te doen.'

'Wil je nu al van me af? We hebben heel wat bij te praten. Ik heb je gemist.' Hij deed zijn ogen dicht en haalde diep adem. 'Ik heb de frisse lucht gemist. Ik heb de verkeersgeluiden gemist. Je hebt geen idee hoe het is om verborgen te zijn voor de wereld, hoe het is als je niet eens vergeten wordt maar als niemand je kent, als je een voetnoot bent die niemand wil schrijven. Ik zat opgesloten in een pot. Ik was een rat die vastzat in een laboratorium. Nu is mijn moment aangebroken. Dat heb ik verdiend.' Hij deed zijn ogen open en liep weer naar mijn kant van de auto, terwijl achter hem het vuur brandde. Hij stak zijn hand door het raam en streelde mijn wang. 'Dit is ons moment, Megan. Eindelijk. Als dit achter de rug is, kunnen we overal heen waar je maar wilt. Ik heb ergens geld verstopt. Paspoorten en creditcards voor ons allebei. We kunnen verdwijnen, met z'n tweetjes, en alles achterlaten.'

'We kunnen niet ontsnappen,' zei ik tegen hem. 'Je foto is overal in het nieuws. Je staat op de voorpagina van alle kranten. Websites. De laatste keer dat ik keek bedroeg de beloning ongeveer vijfhonderdduizend dollar. Waar denk je dat je je zou kunnen schuilhouden?'

Hij schudde zijn hoofd. 'Niet mijn foto – die van hém. Ze zoeken Michael, niet mij.'

'Maar je...'

Hij drukte een vinger tegen mijn lippen. 'Niet zeggen. Verpest dit nou niet voor me. Ze wilden een Kepler laten hangen, dus heb ik ze er een gegeven. Ik wil wedden dat ze me niet eens meer zoeken.'

Ik schudde mijn gezicht los van zijn vinger. 'Waar heb je het over?'

'Je hebt de dossiers gelezen, Megan. Daar staat het allemaal in.'

'Michael, ik...'

Hij gaf me met de achterkant van zijn hand een harde klap in mijn gezicht en mijn hoofd schoot tegen de hoofdsteun. Ik hield mijn vastgetapete handen voor mijn gezicht en voelde warm bloed uit de hoek van mijn gescheurde lip lopen.

'Michael is dood,' zei hij langzaam en beheerst. 'Noem me nooit meer zo. Begrijp je me? Ze hebben hun Michael, hun vijfentachtig kilo aan vlees en botten. Hij is er geweest. We zijn nu nog met z'n tweeën, en zolang we bij elkaar blijven, komt alles goed.'

'Mitchell...' Het voelde helemaal niet goed om de naam uit te spreken, maar ik deed het toch. 'En ik dan? Ze zoeken mij net zo goed. Ik kan me niet schuilhouden. Ik ben ook volop in het nieuws.'

Nicole Milligan bonsde weer tegen de achterkant van de achterbank en schopte tegen de klep van de kofferbak. Ik kon haar gedempte geschreeuw horen. Ik denk dat ik het begreep vlak voordat Mitchell het hardop uitsprak.

'Nicki heeft me altijd aan jou doen denken, Meg. Ik zal niet liegen – er waren keren dat ik net deed of ze jou was. Dat ik wilde dat ze jou was. Dat lijkt ergens wel passend, vind je niet?'

Hij keek me vol overtuiging aan. 'Afgezien van haar zijn er nog maar twee mensen over die de waarheid kennen. Ik zal snel met ze afrekenen – je kunt me helpen als je wilt. En dan zijn we vrij. Eindelijk vrij.'

Hij ging met zijn hand door mijn haar en streek het naar achteren. Vervolgens liet hij hem naar mijn blote schouder glijden, en toen ik zijn vingers op mijn huid voelde, spande mijn lichaam zich. 'Alleen wij tweetjes, Meg. Kun je het je voorstellen? Dat hoop ik. Al zolang ik me kan herinneren denk ik nergens anders aan. Dat hield me op de been, dat sleepte me erdoorheen. Al die sessies met dr. Bart. De spelletjes die hij speelde. Ik zou daar gek zijn geworden zonder jou. Zonder de wetenschap dat je zo dichtbij was. Ik had een trui van je. Daar duwde ik mijn gezicht in wanneer dr. Bart eindelijk wegging. Dan ging ik helemaal op in je geur. Dan dacht ik aan je glimlach, aan je verfijnde handen.'

Hij bracht zijn vinger naar mijn lip en veegde het bloed weg. 'Je lacht zo leuk, Meg. Heb ik altijd gevonden. Ik beloof dat je weer zult lachen als dit allemaal voorbij is. Ik zal je heel gelukkig maken. Jij bent het enige wat ertoe doet voor me.'

Hij keek naar zijn rechterpols en toen naar zijn linker. Zijn horloge was weg.

'We moeten gaan. Patchen zal ons zo zoetjesaan wel verwachten. Daarna moeten we naar een begrafenis. We zullen afscheid nemen van dr. Rose en dan gaan we op weg. Twee geadopteerde laboratoriumratten, eindelijk vrij.'

Hij boog zich door het raam.

Mitchell boog zich door het raam.

En hij kuste me. Terwijl Nicole Milligan gilde in de kofferbak kuste hij me, en ik overwoog serieus hem te bijten. Uit zelfbehoud deed ik niets.

109

Gimble

'Test hem nog een keer,' zei Gimble gefrustreerd terwijl ze de technisch rechercheur gefrustreerd aankeek.

'Dat heb ik al drie keer gedaan. Er zitten geen kruitsporen op zijn lichaam of zijn kleding. Hij heeft niet recent met een vuurwapen geschoten. Ik heb hem ook onderzocht op bloedspetters, en die heb ik ook niet gevonden.'

'Die zijn weggespoeld door de regen,' zei Gimble hardop nadenkend.

De jonge vrouw schudde opnieuw haar hoofd. 'Zo werkt het niet. Bij zichtbare sporen misschien wel, maar barium en antimonium kun je niet wegspoelen. Je kunt ze niet eens wegschróbben. En het is uitgesloten dat dat door regen gebeurt. Ik ben overtuigd van mijn bevindingen.'

Gimble zei: 'Misschien had hij handschoenen aan en heeft hij die weggegooid in het bos?'

'Ik heb ook zijn hals en gezicht getest. Veel mensen denken dat kruitsporen alleen op de handen zitten, maar dat is niet zo – ze zitten overal. De terugslag zou onherroepelijk voor minuscule spoortjes zorgen.'

'Deze man heeft niet geschoten?'

'Nee mevrouw, volgens mij niet.'

Ze had Vela niet van achteren horen aankomen. Hij stak zijn telefoon naar haar uit. 'Ik heb contact met de plaatselijke politie in de woning van Milligan. Dit moet je horen.' Hij hield de telefoon bij zijn mond. 'U staat op de luidspreker en special agent Jessica Gimble is hier ook. Kunt u herhalen wat u net tegen mij hebt gezegd?'

Gimble dekte een oor af met haar hand en boog zich dicht naar het toestel toe zodat ze de man boven al het lawaai uit kon horen.

Vela drukte met zijn duim een paar keer op de volumeknop.

'... hier ongeveer een half uur geleden aangekomen na een melding van een buurvrouw over geluidsoverlast. Het lijkt erop dat iemand op straat voor het huis een autoraam heeft ingeslagen. Het voertuig is verdwenen maar er ligt een heleboel glas. Ik heb duidelijke sporen van braak gevonden bij het huis – de voordeur is ingetrapt. Het interieur is volledig overhoopgehaald. Er zit een kogel in de muur bij de voordeur, op het eerste gezicht van een geweer. De schade aan het interieur wijst op een mogelijke worsteling. In de muur van een van de slaapkamers zitten ook vier kogelgaten, uit een kleiner kaliber wapen. In die kamer ligt bloed op de grond, net als in de gang. Niet genoeg om fataal te zijn. We hebben alle vier de kogels die in de muur zaten gevonden, en daar zat geen bloed op, dus de verwondingen zijn niet veroorzaakt door die schoten.'

'En de vrouw? Nicole Milligan?'

'Ik heb het huis doorzocht toen de ondersteuning er was. We hebben haar niet gevonden.'

Gimble fronste haar wenkbrauwen. 'Heb je enig idee hoelang geleden het gebeurd is?'

De melding kwam rond tien voor zes vanmorgen, ongeveer twintig minuten voordat ik arriveerde. Het bloed is niet opgedroogd, de technisch rechercheur is er nog niet, maar ik durf te wedden dat het minder dan een uur oud is.'

Gimble keek Vela aan. 'Waar staat Milligans huis?'

'Ashtabula, Ohio. Bij Lake Erie.'

'Hoe ver is dat hiervandaan?'

Een kleine duizend kilometer,' antwoordde Vela. 'Het is echt uitgesloten...'

Gimble luisterde niet. 'Dat is nog geen negen uur rijden. Als je onderweg bijna niet stopt en iets harder rijdt dan de toegestane snelheid, is het mogelijk.'

'Je gelooft die man toch niet echt, hè?' zei Vela met een knikje naar het FBI-busje. 'Hij rekt gewoon tijd.'

Gimble boog zich weer over Vela's telefoon. 'Heeft de buurvrouw die de melding heeft gedaan iets gezien?'

'Nee mevrouw, ze lag in bed. Haar slaapkamer ligt aan de kant van Milligans huis, maar ze durfde niet uit het raam te kijken. Ze wilde niet dat iemand haar zag. Ze zegt dat ze een harde klap hoorde – ik vermoed dat dat de voordeur was. Vervolgens hoorde ze geschreeuw, van een man en een vrouw, het schot, brekend glas en vervolgens niets. Die dingen, in die volgorde. Tegen de tijd dat ze de moed had opgebracht om naar buiten te kijken, was daar niemand. Ze zag hun auto nergens.'

Gimble keek Vela aan. 'Een man en een vrouw? Twee stemmen. Dat weet ze zeker?'

'Ja, mevrouw.'

Gimbles blik was weer afgedwaald naar het busje waar Kepler in zat.

De agent ging verder. 'O, en de spiegel – dat moet ik u ook nog vertellen.'

'De spiegel?' herhaalde Vela.

'In de badkamer. Iemand had met scheerschuim op de spiegel geschreven:

“Sommige dingen gaan niet over. Het is tijd om naar huis te gaan, Meg.”’

Gimble keek Vela aan. Toen zei ze in de telefoon: ‘We hebben vingerafdrukken nodig, bloedmonsters, kopieën van alles wat je daar maar vindt, begrepen? Agent Vela hier zal u in contact brengen met ons laboratorium zodat u daarmee kunt overleggen. Als we daar snel genoeg een team naartoe kunnen krijgen zullen we dat doen, maar we staan nogal onder tijdsdruk hier. Het kan zijn dat uw mensen alles moeten verzamelen. Zou dat lukken?’

De agent zei niets.

‘Ben je er nog?’

‘De rechercheur die het onderzoek leidt is zojuist gearriveerd. Ik zal hem u zo laten terugbellen.’

De verbinding werd verbroken.

Vela stopte de telefoon in zijn zak. ‘Er moet een andere verklaring zijn.’

‘En als die er niet is? Wat als Kepler de waarheid spreekt?’ vroeg Gimble. ‘Als er een tweelingbroer is, en ik geef toe dat dat onwaarschijnlijk is, hoe houden we ze dan uit elkaar?’

Vela keek naar zijn schoenen. ‘Als ze twee-eiig zijn, zullen er duidelijke fysieke verschillen zijn. Ze zijn in feite hetzelfde als andere broers en zussen, behalve dan dat ze tegelijk geboren zijn. Eeneiige tweelingen hebben echter hetzelfde DNA en dezelfde fysieke kenmerken. We zouden moeten vertrouwen op externe verschillen zoals gedrag, persoonlijkheid, littekens. Vingerafdrukken zijn niet genetisch bepaald. De patronen worden ontwikkeld in de baarmoeder. Vingerafdrukken zijn bij identieke tweelingen normaal gesproken verschillend.’

Gimble dacht daar even over na. ‘We hebben Keplers DNA op alle plaatsen delict gevonden, maar niet één matchende vingerafdruk. Dit zou kunnen.’

‘Niemand kan zich zesentwintig jaar lang schuilhouden,’ zei Vela. ‘Dat is gewoon onmogelijk.’

‘Oké, de zus dan,’ counterde Gimble. ‘Ze is hiervandaan rechtstreeks naar Milligans huis gereden en heeft haar ontvoerd.’

‘Je zei dat ze hysterisch was en een schotwond had, dus ze was niet in staat om…’

‘Geef me dan een andere theorie, het kan me niet schelen welke,’ kapte Gimble hem af. ‘Een logische verklaring. Dit is hoe dan ook niet voorbij. Er wordt weer een vrouw vermist, en voor zover we nu weten is zij een nieuw slachtoffer. En als Kepler de waarheid spreekt, zijn het er misschien twee.’

Vela haalde een hand door zijn haar. Hij had geen theorie. Hij zag er net zo moe uit als de rest van haar team.

Gimble stapte weer in het busje en trok de deur achter zich dicht.

Kepler droeg nu een oranje overall, speciaal ontworpen om iemand aan te kunnen trekken zonder de boeien te hoeven verwijderen. Over de hele lengte van de armen en benen zaten drukknopen. 'Gelooft u me nu?' vroeg hij, terwijl hij over de handboeien wreef die om zijn polsen zaten.

Gimble negeerde de vraag. 'Hoe wist je het van Nicole Milligan?'

'Jullie waren niet snel genoeg, hè?' zei Michael, en hij boog zijn hoofd. 'Hij is er al geweest.'

'Hoe wist je van haar af?'

'Is ze dood? Hebben jullie Megan gevonden? Zeg alstublieft dat Megan ongedeerd is.'

Gimble vertelde hem wat ze hadden ontdekt, ook al wist ze dat ze dat niet zou moeten doen. Ze had geen enkele reden deze man ter wille te zijn, maar ze deed het toch. Of hij nu waandenkbeelden had of niet, ze moest erachter komen wat hij wist.

Toen ze was uitgesproken zei Kepler: 'U weet het van de veren, hè?'

'Longtin zei dat Fitzgerald die aan zijn patiënten gaf.'

'Niet aan allemaal, aan sommige. Toen Alyssa Tepper bij mij thuis werd gevonden, vroeg ik Megan de dossiers van dr. Bart te doorzoeken. De patiënten die na een sessie een veer kregen hadden allemaal een blauwe stip op hun map staan. Alyssa Tepper was een van hen. We zijn tot de conclusie gekomen dat Mitchell die specifieke patiënten systematisch heeft vermoord. Jeffery Longtin en Nicole Milligan waren de enigen die nog in leven waren – daarom zijn we hierheen gekomen.'

'Moet ik geloven dat je hiernaartoe bent gekomen om Longtin te helpen, niet om hem te doden? Wil je dat ik al het andere bewijs dat er tegen je bestaat negeer?'

Kepler zei: 'U weet dat ik niet op u heb geschoten. Ik heb niemand neergestoken. Als ik het niet was, wie dan wel? U hoeft me niet te geloven, dat zal ik niet van u vragen. Kijk alleen naar de feiten, de bewijzen. Ik heb mezelf aangegeven. U hebt me urenlang opgesloten en er is niets veranderd. Het gaat nog steeds door. Mitchell is van plan dit af te maken, en ik denk dat het hem niets meer kan schelen of u denkt dat ik het ben.' Hij keek op. 'Hebben jullie Nicole Milligan gevonden?'

Gimble zag geen reden om tegen hem te liegen. 'In Ashtabula, Ohio. Bij Lake Erie.'

'Hij gaat terug naar New York. Hij gaat naar huis.'

Het is tijd om naar huis te gaan, Meg.

'Wie is er nog over?' vroeg Gimble.

Kepler keek naar zijn handen. 'Dr. Rose misschien? Ik weet niet hoever hij dit wil doorvoeren.'

Gimble keek naar hem en realiseerde zich toen dat hij het niet wist. Dat kon ook eigenlijk niet. Waarschijnlijk had ze een paar minuten nadat Kepler zichzelf had aangegeven zelfmoord gepleegd. Niemand had het hem natuurlijk verteld, dus deed zij het. Ze wachtte op een reactie, wat voor reactie dan ook, maar die bleef uit. Kepler gaf duidelijk blijk van twee typische kenmerken van een psychopaat: het ontbreken van emotie en van empathie. Hij zag haar dood als een feit, als een nieuw stukje van een puzzel die nog niet af was. Ten slotte zei hij: 'Als het huis er niet meer is, geldt dat ook voor de kamer.'

'Welke kamer?'

'De donkere kamer. Waar hij me opsloot om behandeld te worden. En ook sommige andere patiënten.' Zijn gezicht betrok en hij schudde zijn hoofd. 'We hadden al zijn aantekeningen, bewijzen van wat hij allemaal heeft gedaan, maar die lagen in de auto die ontploft is. Dat is nu allemaal weg.'

De helikopter vloog weer over, en bijna een minuut lang werden alle andere geluiden overstemd door het lawaai van de rotorbladen.

Toen het weer stil was, zei Kepler: 'U verspilt uw tijd. Ze zijn duidelijk verdwenen. Er gaat iemand anders sterven.'

Gimble bestudeerde hem aandachtig, en een poosje zeiden ze allebei niets. Ze wist niet of ze hem moest geloven, maar het was duidelijk dat Kepler er zelf van overtuigd was dat het waar was wat hij zei. Er bleek nergens uit dat hij loog. Het was natuurlijk mogelijk dat hij deed alsof, maar ze had het idee dat hij heel moe was en betwijfelde of hij daar nu toe in staat was.

Ze stak haar hand in haar zak en haalde zijn flesje pillen eruit. 'Wil je er hier een van?'

Zijn uitdrukkingsloze blik viel op het flesje en toen keek hij haar weer aan. 'Ik zal er een nemen als u dat wilt, maar volgens mij heb ik ze niet nodig. Ik blijf liever helder denken zodat we Megan kunnen vinden.'

'Jij vindt niemand,' zei Gimble. 'Je gaat naar de gevangenis.'

Kepler keek haar recht aan. 'Hij weet niet dat ik me heb aangegeven. Jullie moeten niets tegen de pers zeggen – hij denkt dat ik nog steeds voortvluchtig ben. Misschien verandert hij zijn plan als hij daarachter komt. Misschien vermoordt hij Megan en Nicole en slaat hij op de vlucht. Dan zijn we hem kwijt.'

'Je wordt gezocht wegens het plegen van meerdere moorden.'

Kepler deed zijn handen omhoog en liet de boeien rinkelen. 'Je hebt me. Ik kan nergens heen. Hoelang zit je al achter hem aan – twee jaar? Ik kan je helpen. Je kunt niet riskeren dat hij weer ontsnapt.'

'Je weet niet wat hij nu van plan is, niet echt.'

'Als hij mijn broer is, begrijp ik hem beter dan wie dan ook. Ik had tegen je gezegd dat hij achter Nicole Milligan aan zou gaan en ik had gelijk.'

'Maar je weet niet waar hij nu heen gaat.'

Kepler hield zijn hoofd een beetje schuin. 'Welke dag is het vandaag?'

Gimble moest daar even over nadenken; ze was al bijna een week onafgebroken in de weer. 'Dinsdag.'

'Dinsdag,' herhaalde Kepler. 'Vandaag is de begrafenis van dr. Bart. Als er nog andere betrokkenen in leven zijn, zullen die daar zijn. We moeten naar New York. Laat mij de aanwezigen observeren, dan kan ik jullie vertellen wie het zijn. Zo kun je hem voorblijven. Maar als je me opsluit krijgt de pers er lucht van dat ik ben gearresteerd, en dan kunnen jullie morgen meer lijken opruimen en is hij gevlogen.'

Gimble bleef hem aanstaren.

'Je weet dat ik gelijk heb,' zei Kepler. 'Zonder mij krijg je hem nooit te pakken.'

Toen Gimble uitstapte, stond Vela op dezelfde plek als eerst. Ze deed de deur dicht en hij deed respectvol zijn handen omhoog. 'Het is natuurlijk jouw beslissing, maar voor wat het waard is: ik denk dat hij je belazert.'

'Bel het vliegveld. Ik wil dat het vliegtuig wordt bijgetankt en over twintig minuten kan vertrekken,' antwoordde Gimble.

'Gaan we naar Los Angeles of New York?'

'New York. Ik weet niet op welke manier Kepler betrokken is, en dat moet ik wel weten. Tot die tijd maken we niet bekend dat hij is opgepakt. Hij blijft hierbij betrokken. We zetten dit door.'

Ze pakte haar telefoon en belde eerst haar leidinggevende en toen het FBI-kantoor in Erie. Gimble gaf ze Milligans adres en droeg ze op het onderzoek van de plaatselijke politie over te nemen. Ze moesten uitgaan van ontvoeringen en een kopie van al hun bevindingen rechtstreeks naar haar doorsturen. Toen floot ze naar Vela, stapte in een SUV van de FBI en zei: 'Kom op, we gaan.'

DEEL 6

THUIS

Soms wordt onwaarheid alleen van waarheid onderscheiden door waarneming.

– dr. Barton Fitzgerald

110

Dobbs

'Dit zint me niet, we moeten eerst met Gimble overleggen,' zei Begley.

Ze stonden geparkeerd in Browning Street; een meter of honderd verderop waren de punten van het dak van Windham Hall zichtbaar tussen de takken van de oude eiken door.

Dobbs had gewacht tot er een politieagent bij de hangbrug was gearriveerd die de omgeving afzette voordat hij was teruggekeerd naar het huis van de Fitzgeralds. Begley was aan het ijsberen over de oprijlaan en kwam al bij Dobbs in de auto zitten voordat de Nissan stilstond. Hij stonk naar rook. Nu bleek de FBI'er te betwijfelen of ze er wel goed aan deden om hier te zijn.

'Heb je haar verteld dat ik die bezoekerspas in de auto heb gevonden?'

Begley schudde zijn hoofd. 'Ze kapte me af voor ik de kans kreeg.'

'Bel haar dan terug,' antwoordde Dobbs. Hij hield de plastic pas in zijn rechterhand en draaide hem afwezig rond tussen zijn vingers.

'Ze neemt niet op. Ze zitten nog in het vliegtuig.' Begley keek kwaad naar het pasje. 'Dat is een bewijsstuk.'

'Ik zal het opslaan wanneer we terugkomen,' beloofde Dobbs. 'Wil je dat ik je terugbreng naar het huis? Als je liever daar staat toe te kijken hoe iedereen in de as loopt te wroeten, moet je het zeggen.' Dobbs knikte naar het grote bakstenen gebouw. 'Ik heb je verteld wat dr. Fitzgerald zei voordat ze sprong.'

'Dat is niet echt overtuigend.'

'De uniformen zijn er ook.' Hij hield het pasje omhoog. 'Haar man was hier kortgeleden nog.'

'Dat weet je niet. Misschien heeft hij die pas maanden geleden op zijn stoel laten liggen.'

Dobbs schudde zijn hoofd. 'Het interieur van die auto was onberispelijk. Er lag zelfs geen pen of wat kleingeld. Zulke mensen laten alleen iets op een stoel liggen wanneer ze het kort daarvoor hebben gebruikt of omdat ze van plan zijn dat binnen afzienbare tijd te doen.'

'Ze was heel cryptisch aan de telefoon,' zei Begley. 'Ze praatte in bedekte termen, alsof ze niet op een open lijn wilde praten.'

'Gimble?'

'Ja.'

'Maar ze vertelde je wel dat ze dacht dat Kepler en zijn zus weer teruggingen naar New York, hè?'

'Ja.'

'En je hebt het opsporingsbericht bijgewerkt? De FBI en de politie houden dit gebied in de gaten?'

Begley knikte.

'Dan heb je alles volgens het boekje gedaan, lijkt me. Ze zou wíllen dat je een spoor volgde, en niet dat je zou gaan zitten afwachten tot de pers hem vond.'

Begley keek naar Windham Hall en dacht daarover na.

'Als ze moeilijk gaat doen kun je altijd mij de schuld geven. Ik werk voor de LAPD, ik ben haar geen verantwoording verschuldigd. Je kunt zeggen dat je hebt geprobeerd me op andere gedachten te brengen maar dat ik niet wilde luisteren. Zeg dat je met me meeging omdat je me in de gaten wilde houden.'

'Dat klopt ook wel zo ongeveer.'

Dobbs keek hem aan. 'Gaan we naar binnen of niet? Laatste kans.'

Begley gebaarde naar het gebouw. 'Rijden maar.'

Dobbs reed de stille straat in en ging de oprijlaan van Windham Hall op. De grote gietijzeren poort was dicht. Hij stopte naast de intercom, deed zijn raampje omlaag en drukte op de knop.

Geen reactie.

'Het ziet er verlaten uit,' zei Begley terwijl hij door het hek tuurde.

Hij had gelijk. Het gras was al een tijd niet gemaaid en een van de houten bankjes aan weerszijden van de oprijlaan was omgevallen en overwoekerd met onkruid.

Dobbs drukte weer op de knop. Toen er opnieuw niet gereageerd werd, pakte hij de bezoekerspas en hield die voor de elektronische kaartlezer. Er klonk een piep en een klein knipperend rood lampje werd groen. De grote poort zwaaide open. Dobbs wachtte even af of Begley weer bezwaar ging maken, maar dat gebeurde niet.

Langzaam begon hij de oprijlaan over te rijden.

Windham Hall was groter dan hij had verwacht. Vanaf de weg was alleen de voorkant zichtbaar, maar toen ze dichterbij kwamen zag hij dat het gebouw van drie verdiepingen zich aan de achterkant ver uitstrekte. Het was oorspronkelijk een herenhuis geweest en was in de loop der jaren behoorlijk uitgebreid. De buitenmuren van donkerrode baksteen en zelfs sommige ramen waren helemaal bedekt met klimop, die duidelijk al lange tijd niet was gesnoeid.

Dobbs reed langzaam over de oprijlaan, die vol scheuren en gaten zat. Hij parkeerde bij de voordeur. Een meter of tien naast het gebouw lag een kleine parkeerplaats. Een zilverkleurige Volvo stond op de plek die zich het dichtst bij het gebouw bevond. Verder stonden er geen auto's.

'Er is iemand,' zei Begley.

'Patchen?'

'Misschien.'

Ze stapten uit. De voordeur zat op slot, en toen Dobbs aanklopte deed er niemand open.

Naast de deur hing nog een kaartlezer, helemaal versleten door jarenlange blootstelling aan de elementen. Een rood lampje knipperde geduldig.

111

SCHRIFTELIJKE VERKLARING, MEGAN FITZGERALD

'Praat tegen me, Meg.'

Ik keek even naar Michael, Mitchell, of wie er ook maar achter het stuur zat, en deed mijn vastgebonden handen omhoog. 'Snij die tape los, dan kunnen we praten.'

'Hij zit niet over je mond.'

Ik liet mijn handen op mijn schoot vallen. 'Wat wil je dat ik zeg?'

'Zeg dat je me heel erg hebt gemist. Dat je het fijn vindt om me te zien. Dat je je hele leven al naar dit moment hebt verlangd en dat je je eindelijk vrij voelt.'

'Fuck you.'

Mitchell straalde. 'Daar is later meer dan genoeg tijd voor.'

'Ieuw.'

Hij stak zijn hand uit en kneep in mijn knie. 'Ik probeer alleen maar de stemming te verbeteren.'

We reden zeker dertig kilometer te hard. Ik verwachtte dat er een politiewagen met gillende sirenes van achter een paar bomen zou verschijnen of achter ons zou opduiken, maar dat gebeurde niet.

Nicole sloeg al een minuut of twintig niet meer tegen de klep van de kofferbak. Ze maakte geen geluid meer.

Een minuut of vijf geleden had Ithaca voor het eerst op de borden gestaan.

'Je kunt haar niet vermoorden,' zei ik.

Hij haalde zijn hand van mijn knie en legde hem weer op het stuur. Toen deed hij zijn knipperlicht aan en haalde een langzaam rijdende stationwagen in.

Het moet de adrenaline zijn geweest, of misschien was ik hysterisch of gewoon in de war, want daar moest ik om lachen. Hij rijdt te snel, met een vastgebonden meisje op de bijrijdersstoel en een vrouw in de kofferbak, terwijl de halve Amerikaanse politiemacht naar hem op zoek is, maar voor een brave huismoeder doet hij zijn knipperlicht aan. Dat vond ik vergelijkbaar met een bankovervaller die de deur openhoudt voor het arrestatieteam.

Hij glimlachte weer. 'Het is fijn om je gelukkig te zien. Ik heb je gemist, Megan.'

'Beloof me dat je haar niet vermoordt.'

De glimlach werd breder.

Ik dwong mezelf om daar 'Mitchell' aan toe te voegen. 'Beloof het me.'

'Ik ben niet van plan het alleen te doen. We doden haar samen. Zo zou dr. Bart het gewild hebben. Hij zou supertrots zijn als hij ons nu kon zien, als hij ons zo zag samenwerken. Denk je ook niet?' De glimlach werd breder. 'O god, het is echt heerlijk om hier zo met jou te rijden.'

Hij legde zijn hand weer op mijn knie en schoof hem toen een stukje omhoog.

Ik trok me los en ging dichter bij de deur zitten.

De glimlach verdween. 'Wat is er, Meg?'

'Waarom kuste je me net?'

'Ik snap je niet. Waarom zou ik je niet kussen?'

'Moet ik het echt zeggen?' vroeg ik fronsend. 'Je bent mijn broer!'

Hij ging langzamer rijden en staarde voor zich uit.

'Niet mijn échte broer, maar toch. Het is maf.'

Hij keek me aan en zijn mondhoek ging omhoog. 'Je denkt nog steeds dat ik hem ben, hè?'

'Je bent ziek, Michael. Je neemt je medicijnen niet en denkt niet helder na. Je laat je door je ziekte...'

'Vraag het me. Toe dan, ik weet dat je het wilt.'

Ik keek hem aan. 'Wie heeft het voor het zeggen?'

'Mitchell,' zei hij vlak.

Dit was hopeloos. 'Dat bedoel ik. Je denkt dat je Mitchell bent. Je moet je medicijnen innemen.'

Hij haalde zijn hand weer van mijn been. 'Michael is mijn broer. We hebben hem achtergelaten bij dat krot van Longtin bij St. Louis. Ik ben dr. Barts vieze geheimpje. Het geheim dat hij zesentwintig jaar lang in een kooi heeft opgesloten.'

112

Dobbs

De eerste keer dat Dobbs de pas voor de lezer hield, gebeurde er niets. De tweede keer ook niet.

'Wacht even,' zei Begley. Met de onderkant van zijn overhemd wreef hij over het plastic. 'Probeer het nog eens?'

Deze keer werd het lampje groen toen Dobbs de kaart voor de lezer hield en klonk er een klik. Hij legde zijn vrije hand op de Glock bij zijn heup en duwde de deur langzaam een stukje open. Doordat het hout was opgezwollen schraapte de onderkant over de marmeren vloer. Van buiten scheen het zonlicht naar binnen en verlichtte een hal met donkere panelen en aan weerzijden houten banken, met daarboven lege kapstokken. Op de vloer lag een dikke laag stof; een paar herfstbladeren dwarrelden tegen de plinten en kwamen vast te zitten in spinnenwebben.

'FBI!' riep Begley. 'Is hier iemand?' Zijn woorden weerkaatsten tegen de muur. Het rook bedompt in de hal. 'Staat het hier leeg?' vroeg hij terwijl hij naar binnen stapte.

Dobbs zag een lichtschakelaar aan de muur en draaide die om. Boven hun hoofd gingen tl-lampen aan, die de hal en minstens zes gangen die daarop uitkwamen verlichtten. 'Ik had niet gedacht dat er stroom zou zijn.'

Op een bord aan de muur stond: SLAAPZALEN LINKS, ADMINISTRATIE RECHTS. Er waren twee trappen, een naar boven en een naar beneden.

'Kom op,' zei Dobbs terwijl hij in de richting van de administratie liep. Begley kwam achter hem aan, en ook hij legde zijn hand op zijn pistool. Hun voetstappen klonken luider dan ze zouden willen.

113

SCHRIFTELIJKE VERKLARING, MEGAN FITZGERALD

'Dat is onmogelijk,' zei ik.

Mitchell was langzamer gaan rijden en hield zich nu aan de maximumsnelheid. 'Ik begrijp het niet. Je weet dit. Je kent me.'

Ik schudde mijn hoofd.

'Heeft dr. Bart ook met jou gerotzooid? Heeft hij het je op de een of andere manier laten vergeten?'

Hij gaf me niet de kans om antwoord te geven. 'Je hebt al zijn dossiers toch gelezen?'

'Die je hebt verbrand? Ons bewijs? Die dossiers?'

Hij sprak zijn antwoord langzaam uit, zodat het goed tot me zou doordringen. 'Er was er een van Michael Kepler en een van...'

Ik wist waar hij heen wilde. 'M. Kepler.'

Hij knikte. 'Ik heb ze ook gezien. Ik mocht ze lezen van dr. Bart – die van jou, van mij, van Michael, van Nicole, allemaal. En al het andere. Aantekeningen van vele jaren. Ik heb het allemaal gezien. Het is begonnen bij Longtin. Je zou hem patiënt zero kunnen noemen. Je hebt zijn dossier gelezen, toch?'

Ik dacht aan wat Michael en ik eerder in de auto hadden besproken, maar het leek gestoord. 'Hij heeft Longtins toestand bestudeerd en wilde een dissociatieve identiteitsstoornis teweegbrengen. Hij wilde meerdere persoonlijkheden creëren.'

Mitchell knikte weer. 'Hij had alleen maar vruchtbare grond nodig. Die kreeg hij met Michael en mij. Door het trauma dat de dood van onze moeder veroorzaakte waren we ontzettend kwetsbaar. Je hebt de bandjes gehoord...'

De auto ging steeds langzamer rijden. Ik geloof niet dat hij zijn voet nog op het gaspedaal had.

'Michael heeft geen broer,' zei ik. 'Jij bent Michael.'

Hij schudde zijn hoofd. 'Ze hebben Michael in die kast in het motel gevonden, en de kinderbescherming belde Windham Hall. Patchen kwam hem ophalen. Ik zag Michael bij hem in de auto stappen, en toen hij wegreed rende ik naar buiten. Ik had me verstopt achter de containers en keek naar de politie. Maar toen ik zag dat hij mijn broer meenam rende ik achter hem aan. Ik kon hem mijn broer niet laten meenemen. Toen hij stopte, stapte ik ook in. Ik dacht er niet bij na. Ik rukte de deur open en ging naast hem zitten. Eerst dacht ik dat hij zou zeggen dat ik uit moest stappen, zoals hij naar me keek. Maar dat deed hij niet; hij reed gewoon weg. Hij bracht ons allebei naar Windham Hall. We waren nog maar vier. Ik heb er nooit bij stilgestaan dat niemand me had gezien. Ik kon de gedachte om van Michael gescheiden te worden gewoon niet verdragen. We hadden alleen elkaar. Waarschijnlijk was ik ook in shock. Nadat ik had gezien wat Max deed.'

Hij stak zijn hand in zijn achterzak en haalde het papier eruit dat hij uit het sieradenkistje van Nicole Milligan had gehaald. Hij gooide het op mijn schoot.

'Michael en ik zijn geboren in een drugspand op een smerig matras in Brooklyn. Dat papier is het enige bewijs dat ik besta.'

Ik vouwde het open. Het was het geboortebewijs, dat vier jaar na de genoemde geboortedatum was verstrekt. De naam die erop stond was *Mitchell Aaron Kepler.*

114

Dobbs

Overal stonden dozen.

Opgestapeld tegen de muren, op de meubels.

In elke kamer waar ze langs liepen was het een chaos. Er stonden stoelen op tafels, opgerolde tapijten rustten tegen de muren, net als schilderijen, onder de donkere plek waar ze hadden gehangen. De zware gordijnen waren dichtgetrokken, zodat het donker was in de kamers.

De deur van de administratie was open. Er stonden een paar stoelen in de gang, die waren volgekrast en -geschreven door de kinderen die daar in de loop der jaren hadden gezeten.

Dobbs zag iets bewegen in het kantoor. Begley zag het ook. Een schaduw op de achterste muur – heel even maar, toen was hij weer weg.

Dobbs gebaarde naar Begley dat hij links van de deur moest gaan staan. Zelf liep hij naar de muur aan de rechterkant en schuifelde toen naar de opening, terwijl hij met de duim van zijn rechterhand het leren riempje van zijn Glock losmaakte. Toen hij in positie stond knikte hij naar Begley.

'FBI!' riep Begley. 'Ga ergens staan waar we je kunnen zien!'

Er klonk een luide bons, gevolgd door een harde klap. Een barse stem vloekte.

Een magere, pezige man van in de zestig kwam een kantoor achter in het vertrek uit, met een verwarde uitdrukking op zijn gezicht. 'Kan ik u helpen, heren?'

Hij hield een heel groot pistool vast.

115

SCHRIFTELIJKE VERKLARING, MEGAN FITZGERALD

'Is dit echt?'

Ik hield het geboortebewijs ongemakkelijk tussen mijn vastgebonden handen. Ik streek met mijn vingers over het goudkleurige patroon langs de randen en staarde naar de naam.

Mitchell Aaron Kepler.

Nicole Milligan begon weer onafgebroken met één vuist tegen de kofferbak te beuken. *Boem, boem, boem...*

Mitchell trapte het gaspedaal dieper in en we begonnen sneller te rijden. Opnieuw reden we langs een bord waarop Ithaca stond aangegeven – de volgende afslag, over vijf kilometer.

'Toen we bij Windham Hall arriveerden, ging Patchen meteen met ons naar zijn kantoor. Hij zei dat we in de gang op een stoel voor zijn deur moesten gaan zitten. Hij deed hem dicht maar ik kon hem toch verstaan, in elk geval deels – "Hoe snel kun je hier zijn? We hebben weinig tijd. Het gaat het dubbele kosten."'

Hij zweeg even en zei toen: 'Dat is me het meest bijgebleven: "Het gaat het dubbele kosten." Ik denk dat het me zo opviel omdat Max' dealer de avond ervoor hetzelfde had gezegd toen hij had geprobeerd heroïne of wiet of meth te kopen, of wat hij ook maar wilde hebben. Michael zat roerloos naast me en zei geen woord. Hij was waarschijnlijk in shock. Ik weet nog dat iemand een naam in zijn stoelleuning had gekerfd. Hij bleef maar met zijn vingers langs de letters strijken, alsof hij een spoor volgde. Steeds weer opnieuw, hij hield niet op. Als ik zijn hand wegtrok begon hij gewoon weer opnieuw. Fitzgerald verscheen ongeveer een uur later – we moesten hem dr. Bart noemen. Toen hij binnenkwam, ging hij op zijn knieën voor ons zitten, pakte onze handen vast en zei dat alles goed zou komen.'

Hij klakte met zijn tong en keek even uit zijn raampje. 'Ik denk dat ik hem heel even geloofde. Ik weet dat ik hem wílde geloven, en ik ben ervan overtuigd dat dat ook voor Michael gold. Op die leeftijd wil je volwassenen vertrouwen, maar de volwassenen in ons leven hadden ons allemaal teleurgesteld, hadden tegen ons gelogen, en ik denk dat we daarom een muur hebben opgetrokken. Ik had moeten weten dat ze allebei logen toen ze ons uit elkaar haalden, maar zelfs toen wilden we ze geloven.'

Hij stuurde naar rechts en nam de afrit naar Ithaca.

Nadat we nog een paar keer waren afgeslagen wist ik waar hij heen ging.

Een paar minuten later zagen we de rook. Mijn huis was een smeulende ruïne in de verte.

116

Dobbs

'Laat dat wapen zakken!' schreeuwde Begley, die onmiddellijk zijn eigen wapen op de man richtte.

'Hoe zijn jullie binnengekomen?' antwoordde de man, die op zijn beurt Begley onder schot hield. 'Dit is privéterrein. Jullie mogen hier niet komen.'

Dobbs stak zijn beide handen op, met de handpalmen naar voren. 'We zijn van de FBI. We hebben reden om aan te nemen dat Michael Kepler mogelijk hiernaartoe op weg is. Zegt die naam u iets?'

'Natuurlijk. Ik volg het nieuws.'

'Laat uw wapen zakken,' zei Dobbs zo sussend als hij kon opbrengen. 'Bent u Lawrence Patchen?'

Hij knikte. 'Laat me jullie identificatiebewijzen zien. Langzaam.'

Dobbs stak langzaam zijn hand in zijn achterzak, haalde zijn badge eruit en hield die omhoog.

De man keek met toegeknepen ogen naar de badge en de identiteitskaart. 'Die is van de LAPD. Je hebt hier helemaal geen bevoegdheid. Ik wil dat jullie dit gebouw onmiddellijk verlaten.'

'Ik ben bang dat we dat niet kunnen doen,' zei Begley, terwijl hij langzaam om hem heen cirkelde.

'Blijf staan!' schreeuwde de man. 'Geen beweging, allebei niet!'

Het pistool was te groot voor hem. Zijn hand trilde door het gewicht of door de zenuwen, of allebei. Hij hield zijn vinger bij de trekker.

Begley bleef om hem heen lopen. De man volgde hem met de loop terwijl zijn half dichtgeknepen ogen heen en weer schoten van Begley naar Dobbs.

'Ik ben van de FBI,' zei Begley. 'Deze man is een moordrechercheur. Zoals hij al zei maken we jacht op Michael Kepler, en we hebben reden om aan te nemen dat hij hiernaartoe komt.'

Als de man daar een boodschap aan had liet hij dat niet merken.

'Laat je wapen zakken,' zei hij tegen Begley.

'Ik ben bang dat dat niet gaat.'

Het pistool van de man ging zo luid af dat het wel een kanonschot leek. De kogel raakte Begley boven in zijn borst. De FBI-agent viel naar achteren en gooide meerdere dozen om toen hij op de grond viel. Toen het wapen op Dobbs werd gericht, dook hij opzij en landde hard op het marmer. Er klonk een tweede oorverdovende knal en de kogel verdween boven hem in de muur. Hij rolde over de vloer, pakte zijn eigen wapen en richtte dat nog voor hij was uitgerold omhoog.

Patchen was verdwenen.

Dobbs klauterde overeind en ging naar Begley toe. Er verspreidde zich een rode vlek over diens blauwe overhemd en onder hem vormde zich een plas. Hij opende zijn mond maar er kwam geen geluid uit. Zijn lippen waren helemaal rood. Hij stikte in zijn eigen bloed. Dobbs pakte zijn mobiele telefoon en belde met zijn ene hand het alarmnummer terwijl hij met de andere hand op de wond drukte.

Toen er werd opgenomen, gaf hij de persoon aan de andere kant van de lijn niet de kans om iets te zeggen. 'Dit is Garrett Dobbs, rechercheur van de LAPD. Er is een FBI-agent neergeschoten in het Windham Hall-weeshuis in Lansing. Hij heeft een schotwond in de borst, en mogelijk een doorboorde long. Er moet onmiddellijk hulp komen. De vermoedelijke dader is gewapend en bevindt zich in het gebouw.'

Er kwam geen antwoord.

Hij keek op het scherm. OPROEP BEËINDIGD.

Hij had maar één streepje bereik.

Hij belde opnieuw, maar deze keer ging de telefoon niet eens over.

Het eerste gesprek was beëindigd terwijl hij aan het praten was. Hij had geen idee of iets van wat hij had gezegd was overgekomen.

Begleys arm kwam langzaam omhoog. Hij wees naar de deur. 'Ga.' Hij fluisterde het zo zacht dat Dobbs hem nauwelijks kon verstaan. Er hoopte zich bloed op in zijn mond, dat zijn tanden rood maakte en over zijn gezicht liep.

Dobbs schudde zijn hoofd. 'Vergeet het maar.'

Begleys hand ging naar zijn borst. Hij duwde Dobbs' hand weg en bedekte de wond zelf. Het bloed stroomde tussen zijn vingers door. 'Ze vinden me wel. Ga.'

'Ik laat een gewonde politieman niet alleen.'

Begley staarde hem aan. Hij deed zijn mond weer open, maar het leven verdween uit zijn ogen en hij sprak geen woord meer.

117

SCHRIFTELIJKE VERKLARING, MEGAN FITZGERALD

Mitchell zette de auto aan de kant van de weg toen mijn huis in zicht kwam. Hij was onze straat niet in gegaan maar was door Hickory Street gereden tot boven op de heuvel. Het huis met het landgoed eromheen was onder ons te zien; de oprijlaan stond nog vol met ambulances, brandweerwagens en allerlei soorten politieauto's.

We kwamen schokkend tot stilstand. Ik hoorde Nicole Milligan door de kofferbak rollen en tegen de achterbank schieten. Er klonk een gedempte pijnkreet.

Mitchell was uitgestapt en stond met een rood gezicht naast de auto.

Hij staarde naar beneden.

De moed zonk me in de schoenen toen ik het huis zag. Het leek niet echt; het was net alsof ik naar een filmscène keek. Het dak was een geraamte van balken. De helft van de muren was verdwenen. Geen enkel raam had nog glas. Er kwam zwarte rook uit alle openingen, die de lucht en het weinige wat er nog over was van het geraamte van het huis besmeurde.

Toen Mitchell weer instapte, vroeg ik: 'Denk je dat ze in het huis was? Dr. Rose?'

Hij negeerde me en reed Hickory Street weer in, tot Danby Road, waar hij de NY-13 in de richting van Lansing nam.

'Denk je dat ze in het huis was?' herhaalde ik, terwijl ik mijn nek strekte om de rook te kunnen zien. 'Ze zal toch wel op tijd weg hebben kunnen komen?'

Hij bleef me negeren. Ik keek toe hoe hij zijn hand uitstak en de radio aanzette. Hij zocht net zo lang tot hij een nieuwszender had gevonden.

'... is de beveiliging van Cornell University gevraagd te voorkomen dat studenten zich in de buurt van de brug begeven zolang de politie probeert te achterhalen wat er vanmorgen precies is gebeurd. Waarom de docente van Cornell zelfmoord heeft gepleegd door van de geliefde hangbrug over Fall Creek Gorge te springen is nog onduidelijk. Dr. Rose Fitzgerald heeft onlangs haar man verloren, dr. Barton Fitzgerald, een gerenommeerde psychiater en schrijver. Wellicht was zijn dood haar te veel. Naar we hebben begrepen, heeft zich een aanzienlijke politiemacht verzameld bij haar huis in South Hill. Ook is daar brand uitgebroken. We zullen u op de hoogte houden van de ontwikkelingen. Dr. Rose laat twee geadopteerde kinderen achter, haar dochter Megan en haar zoon...'

Michael zette de radio uit, ramde met zijn vuist op het stuur en schreeuwde zo hard dat je vriendjes in Quantico het waarschijnlijk gehoord hebben.

118

Gimble

De wielen van de Gulfstream G550 raakten piepend het asfalt van de landingsbaan van het regionale vliegveld Ithaca Tompkins. Gimble voelde de motoren van het kleine straalvliegtuig afremmen, hoorde de remkleppen uitklappen en voelde de druk in het toestel toenemen. In plaats van uit haar raampje te kijken bleef ze naar de achterkant van het hoofd van Michael Kepler staren.

Hij zat twee rijen voor haar vastgeketend aan zijn stoel en hield met zijn vingers stevig de leuning vast. Hij had zich tijdens de vlucht vrijwel niet verroerd. Misschien had hij zelfs wel geslapen. Ze had het niet kunnen opbrengen om met hem te praten. Ze bleef maar malen over de zaak en had daar vreselijke hoofdpijn van gekregen.

Vela zat met gesloten ogen tegenover haar.

Terwijl het vliegtuig vaart minderde en naar een kleine terminal reed, begon haar telefoon te piepen omdat er een bericht binnenkwam, en ze werd tegelijkertijd gebeld. Toen ze zag dat het Sammy was nam ze op. 'Gimble.'

'Oké, dit is raar dus ik weet niet precies wat ik heb, maar je moet het weten. Wat weet je van vrachtwagens?'

Gimble zei: 'Dat ze belachelijk langzaam rijden, dat ze me heel graag afsnijden in het verkeer en dat minstens de helft van Walmart lijkt te zijn.'

'Heb je wel eens in zo'n ding gereden?'

'Sammy, ik ben echt niet in de stemming voor twintig vragen. Waar wil je heen?'

'In Longtins huis viel me iets heel vreemds op aan de gps-gegevens van Keplers vrachtwagen. De datarecorder legt vele verschillende dingen vast – de volledige gps, snelheid, motorgegevens, startmomenten, stopmomenten… ik heb me gefocust op het toerental. Vrachtwagens als die waar Kepler in reed, halen een maximum van ongeveer negentienhonderd, veel lager dan auto's. Je zult er nooit een boven de tweeduizend uit zien komen. Dat is niet mogelijk zonder het maximumtoerental te overschrijden en de motor op te blazen. Wanneer ik de gegevens isoleer van alle moordslachtoffers die we in verband hebben kunnen brengen met zijn ritten, blijkt hij ergens in de buurt van de snelweg te zijn gestopt. Wanneer hij weer gaat rijden, ligt het toerental ergens tussen de duizend en de vierduizend. Dat blijft zo naar en van elke plaats delict en zakt op de snelweg vervolgens weer tot onder de tweeduizend. Elke keer opnieuw.'

Gimble kneep haar ogen dicht. 'Ik kan je niet volgen. Zeg je nou dat hij van voertuig is gewisseld om de moorden te plegen?'

'Niet alleen dat, hij heeft ook de tijd genomen om de datarecorder uit zijn vrachtwagen te halen en in het tweede voertuig te installeren – een auto, ik kan niet zeggen wat voor een. Wanneer hij terugkeerde na de moord, haalde hij het apparaat er weer uit en bevestigde het in zijn vrachtwagen,' legde Sammy uit.

'Waarom zou hij dat doen? Dat laadt alleen maar de verdenking op hem. Het brengt hem rechtstreeks in verband met alle moorden.'

'Ja,' zei Sammy. 'Precies. Voor hém is het helemaal niet logisch.'

Gimble staarde weer naar Keplers hoofd. 'Maar als iemand het wil doen lijken of hij het was...' Haar stem stierf weg.

'Ja.'

Ik denk dat het hem niets meer kan schelen of u denkt dat ik het ben.

'Heb je er enig bewijs voor dat hij een broer heeft?' vroeg ze.

'Nee,' antwoordde Sammy. 'Vela had gelijk. Zijn geboorte is op geen enkele manier vastgelegd. Zijn geboorteakte is vervaardigd door Windham Hall toen hij daar op vierjarige leeftijd naartoe werd gebracht. Het is heel goed mogelijk dat zijn moeder van nog een ander kind is bevallen, dat nooit geregistreerd is. Dat gebeurt vaak, vooral bij vrouwen die dakloos zijn of een laag inkomen hebben. Ik heb niets gevonden waaruit zou kunnen blijken waar hij is geboren. Geen medische dossiers, niets. Niet voor die eerste vier jaar. Voordat ze hem naar dat weeshuis brachten bestond hij niet.'

'Over dat weeshuis gesproken,' zei Gimble. 'Weet je of Vela toestemming heeft gekregen voor dat huiszoekingsbevel?'

'Dat heeft hij nog niet aangevraagd. Ik heb gekeken vlak voordat ik je belde. Moet ik het doen?'

Gimble keek naar Vela. Zijn ogen waren nog altijd dicht. Ze had bij het huisje van Longtin voor de zoveelste keer tegen hem gezegd dat hij het moest doen. 'Ja, zo snel mogelijk graag. Bel me zodra je toestemming hebt.'

'Doe ik,' zei Sammy. 'O, en nog één ander ding.'

'Wat dan?'

'De arts die de geboorteakte van Kepler heeft getekend is dr. Barton Fitzgerald.'

Gimble fronste haar wenkbrauwen. 'Mogen psychiaters dat doen?'

'Weet ik niet, maar hij heeft het wel gedaan.'

Het vliegtuig kwam met een schok tot stilstand.

Vela's ogen schoten open.

Buiten kwam een zwarte SUV een kleine tien meter verderop de landingsbaan op rijden. De chauffeur stapte uit en deed de portieren open.

Gimble keek naar Kepler en zei in haar telefoon: 'Bel me terug als het geregeld is, Sammy.'

'Komt voor de bakker.'

Het gesprek werd beëindigd en Gimble checkte haar berichten. Het laatste was van Begley en was vijfendertig minuten eerder verstuurd.

Ben in Windham Hall met Dobbs.

Ze belde hem maar kreeg zijn voicemail.

'Wat is er aan de hand?' vroeg Vela. Hij schudde een paar keer met zijn hoofd en rekte zich uit.

'Hoe ver is Windham Hall hiervandaan?'

'Ik heb geen idee.'

'Ze maakte haar gordel los, gaf een knikje naar Kepler en stond op. 'Breng onze gevangene naar de auto. We gaan eerst daarheen.'

119

SCHRIFTELIJKE VERKLARING, MEGAN FITZGERALD

We reden weer.

Snel.

Té snel.

'Niet zo hard, Michael,' zei ik. Ik kon mezelf amper horen boven het geluid van de motor uit.

'Noem me geen Michael,' snauwde hij.

'Mitchell, stop!'

Hij trapte hard op de rem en de achterkant van de auto zwaaide heen en weer. Ik schoot naar voren maar mijn gordel trok me weer achteruit. Nicole Milligan sloeg tegen de achterbank. Hij stopte niet maar remde net genoeg af om te voorkomen dat hij een jongetje op een fiets aanreed dat ongetwijfeld op weg was naar school. Het joch reed de bosjes in om ons te ontwijken en stak zijn middelvinger op toen we langsscheurden.

Michael voerde het tempo weer op.

'Waar gaan we naartoe?'

Aan weerszijden van de weg flitsten de huizen voorbij. Hij reed véél te hard.

'Dr. Rose moest dood, en ik had haar moeten doden. Dat verdíénde ik. Ik had er recht op.' Hij praatte razendsnel. Zijn handen trilden en zijn gezicht was helemaal rood. 'Allemaal.' Hij ziedde van woede. 'Stuk voor stuk, godverdomme.'

'Je zei dat hij je opsloot in een kooi,' zei ik, in een poging van onderwerp te veranderen en hem op de een of andere manier te kalmeren.

'Wat?'

'Dr. Bart. Je zei dat hij je opsloot in een kooi.'

Hij roffelde met zijn vingers op het stuur en keek me niet aan terwijl hij praatte, maar staarde voor zich uit. 'Ze gaven jullie alles. Jou en Michael. Dat grote huis. Een goede school. Een perfect leven. Ze gaven jou en hem alles, en mij stopten ze weg in een gat.'

'Ik begrijp je niet.'

'Ze wist er alles van. Ze wist precies wat die man deed.'

'Dr. Rose?'

Hij knikte. 'Het was haar idee om ons van elkaar te scheiden. Dat heeft hij me verteld.'

'Om jou en Michael te scheiden?'

'Hij is altijd van plan geweest om wat hij dankzij Longtin ontdekt heeft te gebruiken bij zijn pogingen een dissociatieve identiteitsstoornis bij iemand anders te herscheppen, maar toen hij dr. Rose vertelde dat we met z'n tweeën waren maar dat van slechts één de geboorte was opgegeven, zei ze tegen dr. Bart en Patchen dat ze ons onmiddellijk uit elkaar moesten halen, als twee groepen bij een experiment. Het was haar idee om Michael mee te nemen naar het huis en mij achter te laten op Windham Hall. Michael en ik hadden allebei dezelfde traumatische gebeurtenis meegemaakt. Hij zou twee kansen krijgen. Die trut bedacht niet alleen een gedetailleerd plan om wat er nog over was van onze geest te breken, ze overtuigde dr. Bart er ook van wat er voor ons allebei als model moest worden gebruikt voor onze tweede identiteit. Ze namen het besluit zodra mijn tweelingbroer en ik een afzonderlijk leven begonnen te leiden. Ze overtuigden mij ervan dat ik Michael was en lieten hem geloven dat hij mij was. Met z'n drieën documenteerden ze onze levens uiterst gedetailleerd,' zei hij. 'Dr. Bart liet me dagboeken van Michael lezen, naar zijn sessies luisteren, al zijn ervaringen opnieuw beleven en ze net zo lang tegenover hem herhalen tot hij dacht dat ik ervan overtuigd was dat het allemaal met mij was gebeurd. Hij noemde me Michael, en wee mijn gebeente als ik mezelf bij mijn eigen naam noemde. Je hebt de bandjes gehoord, de vreselijke dingen die hij heeft gedaan. Hij stopte me in die kamer, bedacht een manier om me te overtuigen, me te breken, om Michaels ervaringen tot die van mezelf te maken...' Hij viel even stil. Toen zei hij: 'Als hij wegging herhaalde ik urenlang alleen maar mijn eigen naam en liep ik mijn eigen dag na, haalde ik mijn eigen ervaringen terug, hoe weinig het er ook waren, om te proberen ze vast te houden, maar het werd ontzettend moeilijk, en ik voelde mezelf wegglijden. Het was voortdurend Michael, Michael, Michael. Mijn ware ik werd onderdrukt. Ik at, ik sliep. Ik mocht lezen wat Michael las. Ik mocht alleen weten wat Michael wist. Het leven leiden dat Michael leidde. Ze creëerden gedetailleerde verhalen die alle momenten van onze neplevens verklaarden, en die stampten ze er bij ons in.' Alsof hij zijn woorden kracht wilde bijzetten, draaide hij met zijn vuist tegen de zijkant van zijn schedel en sloeg drie keer hard op zijn slaap. 'Ze probeerden Michael in mij te veranderen – hem er in talloze sessies van te overtuigen dat hij Mitchell was, tot we geen beiden meer wisten wie we waren.'

Ik betrapte mezelf erop dat ik naar zijn haar keek terwijl hij sprak – naar zijn blonde haar.

Ik had Michaels haar in dat motel blond geverfd.

Hij zag me kijken.

120

Dobbs

Dobbs probeerde Begley te reanimeren, maar hij wist dat het zinloos was. De man was dood. De kogel was dwars door hem heen gegaan, en toen Dobbs hem probeerde om te rollen om de uitgangswond te bekijken, zag hij een gat van wel vijf centimeter in Begleys rug.

Hij legde hem voorzichtig neer.

Dobbs' handen zaten onder het bloed. Hij veegde ze af aan zijn spijkerbroek.

In de gang ging een metalen deur open en dicht, ergens in de richting van waar ze vandaan waren gekomen.

Hij kwam overeind, schoof de telefoon in zijn zak, trok zijn eigen wapen en rende naar de deur.

Onderaan de trap ging een lamp uit.

Dobbs rende met twee treden tegelijk naar beneden. Toen hij ongeveer halverwege was werd het licht weer geactiveerd door een bewegingssensor in de hoek van het trappenhuis. Hij kwam bij een metalen deur zonder raampje erin en met een drukbalk. Dobbs drukte zich in de hoek ernaast tegen de muur, strekte zijn hand en duwde de balk omlaag. Hij opende de deur en draaide met een snelle beweging de deuropening in, terwijl hij zijn Glock heen en weer zwaaide. De lange gang werd verlicht door tl-buizen aan het plafond, maar die gingen een voor een uit, beginnend bij de dichtstbijzijnde.

Patchen was nergens te bekennen.

De gang leek zich wel over de hele lengte van het gebouw uit te strekken. Dobbs zag meerdere deuren, allemaal van metaal en allemaal ongemarkeerd – voor zover hij kon zien vanaf de plek waar hij neerhurkte.

Elke keer wanneer er een lamp uitging, werden er een paar deuren opgeslokt door het donker.

De laatste lamp die bleef branden bevond zich op ongeveer twee derde van de gang. De lamp daarachter, die helemaal aan het eind hing, was sowieso niet aangegaan. Patchen was achter een van deze deuren verdwenen. Verder was hij niet gekomen. Dobbs rende de gang door en daardoor gingen de lampen weer aan. Hij stond tussen twee deuren in – een aan zijn linkerhand en een aan zijn rechterhand.

Dobbs stak zijn handen uit en voelde aan de deurknoppen. Ze waren geen van beide warm of vochtig en voelden allebei hetzelfde aan. Hij draaide ze een beetje. Toen hij om zich heen keek zag hij boven zich een lichtknopje, en daarmee deed hij het licht uit. Toen ging hij op de grond liggen en keek onder beide deuren door.

Achter de linkerdeur zag hij een zwak licht schijnen, dat meteen daarna uitging.

Zijn hand ging weer naar de deurknop.

Hij telde tot drie, draaide de knop om en trok de deur open.

Door de beweging ging het licht aan de andere kant van de deur weer aan.

Er liep een trap met zwarte rubberen treden en aan de rechterkant een oude zwarte metalen leuning naar beneden.

Ergens vanuit het donker riep Patchen: ‘Het was niet mijn bedoeling om hem neer te schieten! Het pistool ging opeens af!’

‘Laat dan je wapen vallen en kom langzaam naar boven, met je handen op je hoofd!’ riep Dobbs terug.

Stilte.

Dobbs kon beneden water horen druppelen. Het was een soort kelderverdieping. ‘Nu, Patchen!’ riep hij terwijl hij de Glock steviger vastpakte en het wapen in het donker onder hem richtte.

Toen Patchen sprak, kon Dobbs horen dat hij dichterbij was. ‘Oké, ik kom naar boven.’

Dobbs drukte zich tegen de muur.

Het water druppelde.

Patchen schoot.

Het schot veroorzaakte een verblindende witte vonk, en het lawaai was oorverdovend.

121

SCHRIFTELIJKE VERKLARING, MEGAN FITZGERALD

Hij haalde zijn hand door zijn haar. 'Het doosje van de haarverf lag nog in de prullenbak in het motel. Ik heb dezelfde gekocht. Hoe vind je het staan? Ik vind het geloof ik wel leuk om blond te zijn.'

Ik wist niet of ik een woord moest geloven van wat hij zei.

'Ik ben Michael niet,' zei hij toen ik bleef zwijgen. 'Misschien zie jij het verschil niet, maar ik zie het wel.'

Hij griste de geboorteakte uit mijn hand en stopte die in zijn zak.

Ik kneep mijn ogen samen. 'Als je Michael niet bent, waarom blijf je dan doen alsof? Waarom dood je al die mensen en doe je net of je broer het heeft gedaan?'

'Ik bestond niet. Ik besta nog steeds niet. Die geboorteakte is het enige bewijs dat ik heb. Michael, Michael, Michael, al die jaren dat ik Michael moest zijn! Ik had geen televisie, ik mocht geen nieuws kijken, niks. Ik leidde mijn leven in een vacuüm. Ik mocht niet bestaan van ze. Ze sloten me op in mijn hol terwijl Michael leefde. Terwijl júllie leefden. Ze hebben me alles afgenomen. Zesentwintig jaar weg terwijl Michael leefde. Snap je het niet? Hij heeft geleefd. Nu is het mijn beurt.' Hij dreunde de namen op: 'Alyssa Tepper, Darcey Haas, Issac Dorrough, Selena Hennis, Cassandra Shatley, Katrina Nickols en de verrukkelijke Nicki Milligan die in de achterbak heen en weer rolt – allemaal hebben ze de Fitzgeralds en Patchen geholpen om dit onder de pet te houden. Hij kocht ze allemaal om met een beetje geld. Zij hebben mijn leven net zo goed van me gestolen als de Fitzgeralds, dus stal ik het hunne. Ik nam het terug. Ik zette het recht. Als ik ze allemaal opnieuw kon doden, zou ik het doen. Wat ik met ze heb gedaan was barmhartig vergeleken met wat ze mij geflikt hebben.'

Toen draaide hij zich naar me toe en zei iets wat ik niet had verwacht. 'Ik was erbij op je negende verjaardag, Meg. We hebben elkaar vier keer ontmoet toen je tien was, en nog tientallen keren daarna. We hebben samen gegeten. Als onderdeel van zijn behandeling bracht dr. Bart me soms mee naar het huis zodat ik een dag Michael kon zijn. Dat waren de momenten waar ik voor leefde. Je was altijd heel aardig voor me, al had je natuurlijk geen idee dat ik hem niet was. Ik kan me niet voorstellen wat de Fitzgeralds hadden gedaan als ik het je had verteld. Als ik hun regels had overtreden. Ik heb één keer in Michaels bed geslapen. Ik ben midden in de nacht opgestaan en bij je gekropen – weet je dat nog? Je sloeg je armen om me heen. Je was heel vredig. Tot de dag van vandaag herinner ik me de geluiden die je maakte terwijl je sliep. Elke zachte ademhaling. Je warme lichaam naast het mijne. Je hebt geen idee hoe ik dat moment heb gekoesterd, hoe vaak ik mezelf dwong naar die herinnering terug te keren om te ontsnappen aan de martelingen en de sessies van dr. Bart. Jij was het enige licht in mijn leven.'

Hij pakte mijn hand en kneep er zachtjes in. 'Ik heb alles voor jou gedaan, Meg. Je bent het enige wat er ooit echt voor me toe heeft gedaan in het beperkte leven dat me is gegund. En als Patchen dood is, als ze allemáál dood zijn, zal ik vrede hebben. Wanneer ze de restanten van Nicoles lichaam vinden, zullen ze denken dat jij het bent, en dan ben jij ook vrij. Dan zijn we eindelijk allebei vrij en kunnen we samen gelukkig zijn. Ik zal je gelukkig maken, dat beloof ik.'

Wat verwachtte hij dat ik daarop antwoordde? Het duizelde me. Ik keek weer uit het raam. Ik was met de Fitzgeralds maar een paar keer in Windham Hall geweest, maar ik herkende de weg en wist dat we vlakbij waren.

122

Dobbs

De kogel ketste met een harde klap af tegen de deur achter Dobbs, aan de andere kant van de gang.

Dobbs ogen waren gewend geraakt aan het donker, dus de witte vonk die het schot had veroorzaakt had hem verblind, en hij had nu lichte vlekken voor zijn ogen.

Voordat de echo van het schot was weggestorven schoot Dobbs vier keer met de Glock, en toen nog eens drie keer, in de richting van de onderkant van de trap. Elke keer wanneer hij de trekker overhaalde, maakten de vonken die uit zijn eigen wapen kwamen de verwarring groter. Toen hij voor de zevende keer had geschoten dwong hij zichzelf om overeind te komen en begon hij met treden tegelijk de trap af te lopen. Terwijl hij dat deed schoot hij nog eens vier keer.

Elke stap activeerde de bewegingssensor van een lamp, en toen hij onderaan de trap was dook hij naar voren en rende door het vertrek. Hij botste tegen een stapel oude houten stoelen die tegen een muur stond en viel languit op de grond. Hij schoot wild om zich heen, in een wijde boog van links naar rechts, tot de Glock alleen nog maar klikte.

Hij verwijderde het lege magazijn, haalde een nieuw uit zijn zak, schoof dat met een harde klik in de kolf en deed de slede naar achteren terwijl zijn ogen ondanks de chaos van licht en duister het vertrek in zich op probeerden te nemen.

Een vochtige betonnen vloer. Een grote boiler en een luchtbehandelingskast langs de muur aan zijn linkerhand. Naast de stoelen waar hij tegenaan was gelopen stond een hoge stapel vouwtafels. In het midden van het vertrek zag hij een afvoerput. Er hing een muffe geur.

Hij ging op zijn hurken achter de tafels zitten.

Patchen was nergens te bekennen.

Als hij hem had geraakt, had de man geen kik gegeven. Dobbs zag nergens bloed op de vloer.

'Je steekt je neus in zaken waar je geen idee van hebt. Smeer hem hier gewoon. Ik ben ten dode opgeschreven. Als je hier nog langer blijft, geldt voor jou hetzelfde.' Patchens stem weerkaatste tegen de muren en leek wel overal tegelijk vandaan te komen.

De lampen in de kelder begonnen uit te gaan, een halve minuut na de laatst waargenomen beweging. 'Je hebt een agent gedood, Patchen,' zei Dobbs. 'Je gaat de dodencel in.'

Patchen lachte. 'Dat joch komt me zoeken. Dat kan ik voelen. Een dodelijke injectie zou een zegen zijn. De kans is groter dat ik vandaag nog mijn eigen pistool in mijn mond steek.'

'Ik kan je tegen Kepler beschermen.'

'Denk je? Je hebt geen idee wat Fitzgerald heeft voortgebracht.'

'Leg het pistool weg en laat je zien.'

Er ging weer een licht uit. Er brandden er nu nog twee.

'Ik heb dingen te doen,' antwoordde Patchen. 'En jij houdt me op. Als je me niet laat gaan moet ik je wel doden. Je weet dat ik dat zal doen. Ik heb niets te verliezen. En jij? Wie wacht er op je in Los Angeles? Zal er iemand huilen wanneer ik je in je borst schiet, net als je partner?'

De laatste lampen gingen kort na elkaar uit.

Het werd aardedonker in de kelder.

Beide mannen zwegen.

Het water druppelde.

123

SCHRIFTELIJKE VERKLARING, MEGAN FITZGERALD

Mitchell reed zonder vaart te minderen langs Windham Hall. Hij sloeg rechts af Graham in en even later ging hij weer naar rechts en reden we door Winton. Aan het einde van de smalle straat ging hij opnieuw rechtsaf, een weggetje in met ongemarkeerd asfalt dat vol scheuren en gaten zat. Uit de vele openingen staken hoge grasprieten en onkruid – Moeder Natuur was hier duidelijk aan de winnende hand.

'Waar gaan we heen?' vroeg ik.

'Is dr. Bart nooit zo met je gereden?'

Ik schudde mijn hoofd.

'Ik mocht niet door de voordeur, en al helemaal niet op ongebruikelijke tijdstippen. Stel je voor dat iemand me zag. Er renden te veel kinderen rond, er waren te veel kleine oogjes. En dan waren er de volwassenen, het personeel. Niemand mocht me zien. Alleen Michael mocht door de voordeur, alleen Michael, en ik was niet altijd Michael. Ik heb hier zo lang gezeten, en volgens mij wisten alleen Patchen en de Fitzgeralds van mijn bestaan af. Nou ja, Roland ook.'

'Roland Eads?'

'Als ik naar buiten moest, als ik even alleen moest zijn, haalde Roland me uit mijn kooi. Dan hielp hij me om door deze deur naar buiten te glippen en hielp hij me ook weer naar binnen. Hij wist dat het verkeerd was wat ze deden. Ik denk dat hij niet begreep waarom ik terugkwam. Elke keer wanneer hij me naar buiten smokkelde, kwam ik weer terug.'

'Waarom?'

'Waar moest ik anders heen?'

Hij ging stapvoets rijden. Dikke takken reikten omlaag en schampten het dak van de auto. Ik zag een veld dat was overwoekerd met onkruid.

'Soms zag ik daar andere jongens spelen, maar dan liet Fitzgerald me duiken voor ze me konden zien. Ik hoorde ze in de verte lachen en schreeuwen terwijl ik tegen de vloerbedekking voor de stoel werd gedrukt. Eén keer liet hij me langer dan een uur zo wachten.'

We stopten bij een hoge stenen muur met in het midden een metalen hek. Hij schakelde in de parkeerstand en trok de draden onder de stuurkolom los. De motor ging sputterend uit. 'We zijn er, zusje.'

Uit zijn deurvak haalde hij de schaar met het paarse handvat. De bladen waren rood van opgedroogd bloed. Hij rolde met zijn schouders over de rugleuning van de stoel en kromp in elkaar. 'Je had me goed te pakken, daar zal ik niet over liegen. Het doet verdomd veel pijn, maar ik kan het je niet kwalijk nemen. Waarschijnlijk zou ik hetzelfde hebben gedaan. Maar ik zou voor de nieren zijn gegaan. Een stuk lager, links of rechts. Wanneer je iemand in zijn rug steekt, moet je altijd voor de nieren gaan.'

Hij zei het op een manier alsof hij verwachtte dat ik een schrijfblokje zou pakken om aantekeningen te maken, een diagram te tekenen om me voor te bereiden op een overhoring die later zou volgen. Ik zou echter voor een andere optie kiezen, denk ik. Als ik die schaar had, zou ik hem lekker diep in zijn nek steken, of misschien in zijn oog. Nieren leken me een beetje te langzaam, te zachtaardig.

Hij boog zich naar me toe en rukte de ducttape van mijn enkels. Ik had mijn vastgebonden handen al op de deurhendel toen hij zei: 'Als je vlucht, dood ik Nicki. Ik slacht haar af als een varken.'

'Dat doe je tóch wel,' antwoordde ik. 'En ik ken haar helemaal niet. Misschien heeft ze het wel verdiend. Waarom denk je dat het mij iets kan schelen?'

'Omdat ik je beter ken dan je jezelf kent. Ik heb al je dossiers óók gelezen, weet je nog? Dr. Fitzgerald heeft me alles verteld. Ik ken je duistere geheimen en je verlangens, ik weet welke fouten je hebt gemaakt, waar je spijt van hebt. Ik weet het van de ooievaarsbeet op de binnenkant van je dijbeen, die de vorm heeft van een hart. Ik weet dat je die zo haatte dat je op je tiende hebt geprobeerd hem weg te snijden, en ik weet dat elke keer wanneer iemand zijn hoofd daar neerlegt, je wacht op de onvermijdelijke rotopmerking.' Hij boog zich zo dicht naar me toe dat ik de geur van pepermunt rook op zijn adem. 'Ik ken je door en door. Ik weet zeker dat zelfs wanneer ik om de auto heen zou lopen om de deur voor je open te doen, je met je reet op die stoel zou blijven zitten. Niet omdat je die trut in de kofferbak wilt beschermen, maar omdat je nieuwsgierig bent wat er met haar gaat gebeuren. Je wilt op de voorste rij zitten wanneer het gebeurt.'

Hij streelde mijn wang met zijn lange vingers; zijn hand was warm. Mijn huid tintelde. Ik probeerde het te ontkennen en hield mezelf voor dat het door de angst kwam, door de adrenaline. Ik kon heel goed liegen, maar niet goed genoeg. Ik heb lang geleden al geleerd dat je anderen voor de gek kunt houden, maar dat het onmogelijk is om niet dwars door je eigen gelul heen te prikken, hoe vaak je het ook herhaalt. Ik deed mijn ogen dicht en liet me door hem strelen, en diep vanbinnen wilde ik niet dat hij ophield.

Hij fluisterde: 'Over een paar uur is dit allemaal voorbij, Meg. Dan zijn ze er allemaal geweest. Ik zal je meenemen naar een veilige plek en laten zien wat het echt betekent om liefgehad te worden. Jij en ik zijn altijd al voor elkaar bestemd. Daar heeft het lot voor gezorgd door ons al die jaren geleden bij elkaar te brengen en ons sindsdien bij elkaar te houden. Het maakt niet uit wie of wat heeft geprobeerd tussen ons in te komen. Het is altijd jij en ik geweest. En dat zal ook altijd zo zijn.'

Terwijl ik mijn ogen gesloten hield drukte ik mijn gezicht tegen zijn hand en deed ik mijn gebonden handen omhoog. 'Als je me echt vertrouwt, snij dan ook deze tape los. Ik wil je helpen.'

Zijn vingers gleden van mijn wang omlaag naar mijn nek en tot onder de dunne stof van mijn topje. 'Heel even wachten. We hebben nog werk te doen. Je moet me iets geven uit het dashboardkastje.'

Toen ik mijn ogen opendeed zat hij weer achter het stuur, met een ondeugende grijns op zijn gezicht alsof er een geheim in hem opkwam en hij zich maar net kon inhouden om het me te vertellen.

Ik duwde de knop van het dashboardkastje in maar kreeg het niet open.

'De klep zit een beetje vast. Geef een harde ruk aan de bovenkant.'

Dat deed ik en toen lukte het. Een metalen kettinkje voorkwam dat de klep te ver openging en de inhoud naar buiten viel. Op gescheurde gebruiksaanwijzingen van de auto lag een plastic zakje met zipsluiting. Er lagen ook oude bonnetjes in het kastje. Olieverversingen, nieuwe banden, Taco Bell.

Ik pakte het zakje.

Er zaten vier veren in.

'Neem ze mee. Ik hoop dat we er genoeg hebben. Ik verwacht wel een aantal gasten. En dan is Nicki er natuurlijk nog.'

'Natuurlijk,' hoorde ik mezelf zeggen, want wat zeg je op zoiets?

Hij gaf me een kus op mijn wang, duwde op het knopje van de achterklep en stapte uit. Ik deed hetzelfde en liet mijn ogen over het overwoekerde veld gaan. Ik zou makkelijk kunnen wegrennen. In plaats daarvan keek ik toe hoe hij snel naar de achterkant van de auto liep, waar Nicole Milligan al op de grond had weten te klauteren. Ze kronkelde als een stervende worm over het asfalt. Mitchell had niet alleen haar enkels vastgebonden maar de tape helemaal tot haar dijen om haar benen gewikkeld. Nicki's armen waren tot aan haar ellebogen vastgetapet. Over haar mond zat een ander stuk tape, dat meerdere malen om haar hoofd was gewikkeld; wanneer dat werd losgemaakt, zou waarschijnlijk de helft van haar haar meekomen. Ze kon geen kant op zonder hulp.

Mitchell stopte de schaar in zijn achterzak, tilde haar kronkelende lichaam op als een zak vuile was en gooide haar over zijn schouder, ineenkrimpend onder haar gewicht. Hij had dezelfde kleren nog aan en op de onderkant van zijn rug zat een grote donkere bloedvlek. Door het gat dat ik had gemaakt toen ik hem had gestoken, zag ik nog meer ducttape. Dat had hij gebruikt om de wond mee te dichten. Veelzijdig spul.

'Deze kant op, Meg,' zei hij terwijl hij naar een bruin geschilderde metalen deur liep. 'Neem je tas mee.'

Ik pakte mijn rugzak van de achterbank en liep achter hem aan.

Nicole Milligan staarde me met haar opengesperde, bloeddoorlopen ogen aan, maar het enige wat ik kon doen was luisteren naar haar gedempte gegil. Terwijl ik naar haar keek was ik ergens wel benieuwd wanneer woede plaats zou maken voor angst, wanneer angst plaats zou maken voor spijt, wanneer ze zich uiteindelijk zou overgeven. Ik vroeg me af of ik die veranderingen in haar ogen zou kunnen zien.

124

Dobbs

Aan de andere kant van het vertrek ging knipperend een licht aan.

Dobbs hief zijn pistool om te schieten, maar pas nadat Patchen ergens tegenover hem drie kogels had afgevuurd, die allemaal in het plafond verdwenen. Door zijn bewegingen waren twee tl-buizen weer aangegaan, maar die werden geraakt door de kogels, zodat het helemaal donker werd.

Dobbs kwam overeind en richtte de loop van zijn pistool op de mondingsvlam die uit Patchens wapen kwam. Hij schoot drie keer en hurkte toen weer neer. Net als die van Patchen waren zijn schoten afschuwelijk luid; de knallen weerkaatsten tegen de muren en het plafond, en toen het geluid was weggestorven had Dobbs een hoge piep in zijn oren. Toen hoorde hij water druppelen.

En stilte.

Dobbs deed zijn ogen dicht, hield zijn hoofd een beetje schuin en luisterde.

Gepiep in zijn oren.

Een druppel.

Het geschuifel van voeten.

Een druppel.

Patchen haalde de trekker weer over maar er klonk alleen maar een klik, en toen nog vier. Leeg.

Dobbs opende zijn ogen.

Hij kwam een klein beetje overeind en liep met zijn pistool voor zich uit langzaam en zo geluidloos mogelijk om de stapel tafels heen, in de richting van de open deur.

Aan de andere kant van het vertrek hoorde hij zachte voetstappen.

Hij hief zijn wapen, klaar om te schieten. Uit alle macht probeerde hij in het donker een doelwit te ontdekken, maar het enige wat hij zag was ondoordringbaar donker.

Een deur ging piepend open. Er viel iets kletterend tegen een muur. Er ging weer een licht aan, nu in een kamer die naast de grote centrale ruimte lag. Een meter of tien links voor hem ging een deur dicht, en hij zag een krimpende schaduw aan de andere kant.

Dobbs keek snel nog een keer om zich heen voor de deur helemaal dichtging en het weer donker werd.

Hij liep voorzichtig over de betonnen vloer naar de deur en duwde zijn oor ertegenaan. Toen hij niks hoorde, deed hij hem open. Meteen rende Patchen vanaf de andere kant op hem af. Hij hield niet langer een pistool in zijn hand maar een bijl. Het blad kwam met een boog op Dobbs' pistool en zijn rechterarm af. Dobbs deinsde achteruit en botste hard tegen de deur achter hem. Terwijl hij naar binnen viel schampte het scherpe bijlblad de huid onder zijn schouder.

Hij landde op zijn rug en zijn pistool viel kletterend op de betonnen vloer. Zo snel hij kon kroop hij zijwaarts op handen en voeten naar de andere kant van het vertrek. Warm bloed doorweekte zijn mouw en drupte op de grond, zodat hij een spoor achterliet.

Patchen kwam weer op hem af. Hij hijgde nu zwaar en zwaaide de bijl omlaag en naar links. Het ding zoefde langs Dobbs en meteen haalde Patchen naar de andere kant uit, zodat hij Dobbs dieper de kamer in dreef. Hij had een verwilderde blik in zijn uitpuilende ogen. Hij zwaaide voor de derde keer met de bijl en Dobbs voelde een pijnscheut in zijn arm terwijl hij hard tegen de muur viel. Intuïtief rolde hij naar links. De bijl kwam naar beneden en boorde zich met een harde klap in de muur, op een paar centimeter van de plek waar Dobbs zich net had bevonden.

Toen Dobbs weer de andere kant op rolde, verwachtte hij dat Patchen opnieuw zou toeslaan en was hij erop voorbereid om tegen zijn scheenbeen te trappen en hem zo onderuit te halen, maar Patchen rende naar de deur. Even later stond hij op de gang en deed hij de deur achter zich dicht.

Er werd een grendel voor geschoven.

Een slot werd dichtgedraaid.

Half in shock zocht Dobbs steun tegen de muur en hij ging rechtop zitten. Hij staarde naar de deur en trok zijn knieën op tegen zijn borst. Hij voelde zijn hart bonzen in zijn ribbenkast. Hij stak zijn linkerhand uit naar zijn gewonde arm en hield hem over de wond. Het bloed stroomde tussen zijn vingers door. Terwijl hij moeizaam ademhaalde verspreidde de pijn zich van zijn schouder over zijn arm, helemaal naar zijn vingertoppen.

Hij werd duizelig. Zijn lichaam wilde opgeven. Hij dwong zichzelf om te focussen en in het hier en nu te blijven.

Zijn ogen gleden langs de muren van de kamer.

Foto's.

Honderden foto's.

En meteen wist hij dat niemand hem zou horen als hij riep, niet hier.

Toen ging het licht uit.

125

Gimble

'Hoe bedoel je, ze geven geen toestemming?' zei Gimble in haar telefoon. Ze zat op de passagiersstoel van de SUV. Kepler en Vela zaten achter haar. Ze reden met hoge snelheid door een woonwijk. Volgens de chauffeur was het nog een paar minuten rijden naar het weeshuis.

'Ik heb het bij twee rechters geprobeerd,' antwoordde Sammy. 'Ze zeiden allebei dat we onvoldoende motief hadden voor een huiszoeking. Een rechter uit Tompkins County, ene Rhodes, zei dat hij Windham Hall kende. Hij vertelde me dat het was gesloten wegens bezuinigingen. Een oud gebouw waarvan het onderhoud te duur werd. De kinderen zijn een paar maanden geleden elders gehuisvest en het gebouw gaat tegen de grond. We hebben dubbel pech: ze huisvestten kinderen en medische dossiers, en iedereen doet over beide nogal beschermend. Hij laat een griffier uitzoeken waar hun dossiers gebleven zijn en zei dat hij nog contact met me zou opnemen.'

Gimble werd rood. 'Hun dossiers interesseren me geen reet. Ik wil alleen maar naar binnen.'

'Dat heb ik ook tegen hem gezegd. Hij zei alleen dat hij iemand contact met me zou laten opnemen.'

Gimble zuchtte. 'Blijf het proberen. Heb je al contact kunnen krijgen met Dobbs of Begley?'

'Ik krijg bij allebei meteen hun voicemail.'

'Blijf...'

'... het proberen,' kapte Sammy haar af. 'Ja, ik snap het.'

Gimble hing op.

'Daar rechts is het,' zei hun chauffeur, en hij wees uit het raam.

Gimble keek naar het gebouw, dat minstens een verdieping hoger was dan de omliggende huizen. De oprijlaan werd afgesloten door een groot gietijzeren hek. De chauffeur reed tot naast de intercom en deed zijn raampje omlaag. Hij stak zijn hand uit en drukte op een knop. Na een poosje deed hij het nog eens. Toen wendde hij zich tot Gimble. 'Geen reactie.'

Ze stapte uit, liep naar het hek en keek de oprijlaan over. 'Ik zie twee auto's. Weten we in wat voor auto Begley en Dobbs rijden?'

Niemand gaf antwoord.

Op de achterbank zei Vela iets tegen Kepler.

Gimble pakte het hek vast en schudde eraan. Het zat aan de bovenkant dicht met magnetische sloten. Ze pakte haar telefoon en belde eerst Begley en toen Dobbs. Beide keren kreeg ze meteen de voicemail. Dobbs kende ze niet goed, maar het was niets voor Begley om zo lang onbereikbaar te blijven. Als ze binnen waren en niet reageerden, waren ze misschien in moeilijkheden.

Ze keek om naar de chauffeur. 'Kun je het hek openduwen met de auto?'

Hij schudde zijn hoofd. 'Dat mag ik niet doen.'

'Ik zou het je kunnen opdragen.'

'Dat zou inderdaad kunnen, en dan zou ik mijn baas bellen om toestemming te krijgen. Zonder rechterlijk bevel moet er een motief zijn.'

'Er bevinden zich mogelijk twee van mijn mensen in dat gebouw die niet reageren.'

Hij voelde zich duidelijk niet op zijn gemak. Aarzelend keek hij weer naar het hek. 'Als ik uitstapte om SAIC Grimsley te bellen en u achter het stuur ging zitten terwijl ik met andere dingen bezig was, zou ik weinig kunnen doen om u tegen te houden.'

Voor ze kon reageren had hij de deur al geopend, met zijn telefoon in zijn hand.

Vanaf de achterbank zei Kepler: 'Ik weet de toegangscode.'

Gimble draaide zich naar hem toe en keek hem aan.

Hij noemde de getallen.

Ze bleef hem even aankijken en zei toen tegen de chauffeur: 'Probeer het.'

Hij boog zich naar de intercom toe en toetste het nummer in.

Er gebeurde niets.

'Het werkt niet,' zei hij.

Kepler boog zich naar voren. 'Toets het hekje in.'

Dat deed hij.

Er klonk een klik en het grote hek begon langzaam naar binnen toe open te zwaaien.

Gimble en de chauffeur stapten weer in. Terwijl ze over de oprijlaan reden draaide ze zich om naar Kepler, maar hij begon te praten voor ze iets kon zeggen.

'Op het toetsenbord vormden die cijfers het woord *Mitchell*.'

'De naam van je broer.'

Kepler knikte.

'Wanneer ben je hier voor het laatst geweest?'

Hij wendde zich af en keek uit het raam.

Ze parkeerden achter een witte Nissan Rogue. De andere auto was een Volvo. Gimble stuurde beide kentekens naar Sammy. Een minuut later kwam zijn antwoord:

De Volvo staat op naam van Lawrence Patchen. De Rogue is een huurauto van Hertz – Begley

Ze schreef terug:

Stuur me alles wat je over Patchen kunt vinden.

Gimble haalde haar Glock uit haar schouderholster, controleerde of er een vol magazijn in zat, bracht een kogel in de kamer en stopte het wapen weer terug. 'Vela, jij komt met mij mee.' Tegen de chauffeur zei ze: 'Jij blijft hier met de gevangene. Als we over tien minuten niet terug zijn, roep je versterking op. Begrepen?'

'Ja mevrouw.'

Gimble stapte zuchtend uit de SUV.

Als ze had omgekeken, had ze gezien dat Vela heimelijk het sleuteltje van de handboeien aan Kepler gaf. Maar ze keek niet om, want ze beende al met grote passen naar de voordeur.

126

SCHRIFTELIJKE VERKLARING, MEGAN FITZGERALD

Mitchell had de bruine metalen deur geopend met een toegangscode. Ik probeerde te zien welke cijfers hij gebruikte, maar daar bewogen zijn vingers te snel voor. We kwamen in een klein voorvertrek, waar een andere deur toegang gaf tot het hoofdgedeelte van het gebouw en twee trappen – een naar boven en een naar beneden. Hij droeg het tegenspartelende lichaam van Nicole Milligan via de overloop op de eerste verdieping helemaal naar de tweede. Door de wond aan zijn schouder, het gewicht van de vrouw en het feit dat hij een trap op moest, was hij zwaar aan het hijgen tegen de tijd dat we boven waren, en ik overwoog hem te overmeesteren, maar ik wist niet goed hoe ik dat moest doen. Als ik zou proberen hem te duwen, zou Nicole zwaargewond kunnen raken. De schaar zat in zijn achterzak; elke keer wanneer er een licht aansprong zag ik de rode punten glinsteren. Ik zou de schaar kunnen pakken en hem weer kunnen steken.

Deze keer de nieren.

Allebei de nieren, klootzak.

Maar ook dan zou hij Nicole waarschijnlijk laten vallen.

De trap was smal en steil. En de treden waren van beton. Een val zou fataal kunnen zijn.

Dus deed ik niets. Ik liep met mijn vastgetapete handen achter hem aan naar de bovenste verdieping, terwijl ik het zakje met vier veren als een offer tegen me aan drukte. Daar ging hij een andere metalen branddeur door, en we kwamen in een gang met aan weerszijden deuren.

'Hier mochten zíj slapen,' had hij gezegd terwijl we langs de ene slaapkamer na de andere liepen. In alle kamers stonden stapelbedden – soms twee, soms vier en in één grote kamer zelfs zes – maar de matrassen waren weg en alleen de bedden zelf stonden er nog. In de dressoirs zaten geen lades. Kasten stonden open, en er hingen alleen nog lege hangers in.

'Ruik je dat?' vroeg ik.

Ik zag hem niet knikken, maar stelde me zo voor dat hij dat deed. 'Gas. Patchen volgt waarschijnlijk het voorbeeld van dr. Rose. Vuur zuivert alles. Het gebouw gaat toch gesloopt worden, dus hij bewijst ze een dienst.'

Er ging weer een lamp aan terwijl we door de gang liepen, en achter ons ging er een uit. De lampen bleven niet langer dan twintig tot dertig seconden branden.

'Wat doen we als hij brand sticht terwijl wij nog boven zijn?'

Hij negeerde me. 'De laatste deur links, Meg. Daar gaan we heen.'

Het was de deur van een slaapkamer. Er stond één bed tegen de achterste muur. Langs een andere muur stond een antiek bureau, met daarnaast een commode zonder lades. Dit was de enige kamer waar ik een matras zag. Mitchell had Nicole van zijn schouder gerold en op het bed laten vallen. Hij haalde kabelbinders uit zijn andere zak, sneed de tape van haar handen en maakte haar polsen vast aan twee beddenpoten. Toen sneed hij de tape om haar benen los, trok ze uit elkaar en maakte ook die vast.

'Bind haar voeten steviger vast,' zei hij.

Ik staarde naar de grond. Het hout was overgoten met benzine, en de muren ook. Er lagen plassen in de hoeken. Het behang. Alles was doorweekt.

Ik stak mijn hand uit naar de kabelbinder om haar linkervoet en deed net of ik die straktrok.

Mitchell fronste zijn wenkbrauwen, kwam om het bed heen lopen en gaf zo'n harde ruk aan het plastic dat Nicole in elkaar kromp. 'Zo moet dat,' zei hij terwijl hij aan de kabelbinder om haar andere voet trok.

Hij hield de schaar vast met zijn andere hand en deed hem afwezig open en dicht. Toen hield hij hem voor Nicoles gezicht. Ze schudde wild met haar hoofd.

'Ik neem aan dat je je deze nog wel herinnert. Dr. Bart speelde er heel graag mee in dat kleine kamertje van hem, in het donker. Weet je nog wat je van hem moest zeggen? Hij liet het je fluisteren in het donker voordat je hiermee uithaalde en me probeerde te steken. Wat was het ook alweer?'

Nicole gaf geen antwoord. Dat kon natuurlijk ook niet vanwege de ducttape, maar het was duidelijk dat ze wist wat hij bedoelde.

Mitchell boog zich naar haar toe en fluisterde in haar oor: 'Ik ben de nacht. Ik ben de dood. Ik ben de rot. Ik ben jou.'

Haar lichaam trilde en ze staarde hem aan.

'Dat fluisterde je telkens weer opnieuw. En in dat vervloekte kamertje schoot geluid alle kanten op, dus wist ik nooit waar je was, niet in het donker. Ik hoorde alleen dat gefluister. En dan stak je me...'

Hij bewoog razendsnel. Met een snelle, vloeiende beweging sneed hij in haar wang, en hij had de schaar alweer naast zijn lichaam voor het eerste bloed verscheen. Het was geen diepe snee, maar het was genoeg. Ze rukte aan de ducttape, kronkelde heen en weer, kromde haar rug. Ze kon echter niet ontsnappen.

Ik verroerde me niet en keek toe.

Wat kon ik anders doen?

Mitchell lachte. 'Je nam me goed te grazen. Vaker dan ik kan tellen. Ik heb de littekens nog om het te bewijzen. Soms ging je urenlang door. Je stopte niet, dat stond hij pas toe wanneer mijn persoonlijkheid zich had teruggetrokken en de andere op de voorgrond was getreden. Het spelletje dat hij speelde terwijl hij zijn aantekeningen maakte, terwijl hij zijn opnameapparatuur controleerde. 'Mitchell, Mitchell, kom tevoorschijn om te spelen!' En als het Mitchell niet was dan was het Michael, en dan weer andersom. Zó vaak dat ik niet wist wie ik was. Hoe zou ik dat ook kunnen?'

Hij boog zich weer over haar heen; zijn lippen streken langs haar voorhoofd. 'Hoeveel heeft hij je betaald om me te laten gillen? Was het het waard? Al die keren? Zullen we een spelletje doen? Laten we eens zien hoeveel jij aankunt voordat je een ander persoon wordt. Voordat je iemand anders wílt worden. Vandaag mag jij Mitchell zijn en speel ik jou. Je hoeft me niet te betalen, ik doe het gratis. Alles voor de wetenschap, nietwaar? Om kennis op te doen. Laten we eens zien of we het onderzoek van dr. Bart naar een hoger niveau kunnen tillen.'

127

Dobbs

Dobbs hield zijn linkerarm, zijn góéde arm, boven zijn hoofd en zwaaide ermee. De beweging deed godsgruwelijk veel pijn maar werkte wel – het licht boven hem ging knipperend aan en verlichtte de kamer.

Hij wilde niet naar zijn andere arm kijken maar wist dat het moest. Toen hij omlaagkeek kromp hij in elkaar. Het bijlblad had een wond van een paar centimeter diep en wel een decimeter lang in zijn bovenarm gemaakt, vlak onder zijn schouder. Hij kon zijn arm en zijn hand nog bewegen, maar zijn vingers voelde hij nauwelijks meer – ze tintelden en waren half gevoelloos, alsof ze sliepen. Bij elke hartslag stroomde er veel bloed over zijn arm. Hij was heel duizelig. Als hij het bloedverlies niet snel wist te stoppen, zou hij van zijn stokje gaan – of erger.

Het licht ging knipperend weer uit.

Vloekend zwaaide Dobbs weer met zijn hand om het aan te laten gaan.

Hij pakte een stuk van zijn gescheurde overhemd en bond dat om de wond. Er schoot een pijnscheut door zijn arm, die zich uitstrekte naar zijn rug. Hij ging tegen de muur aan zitten, deed zijn ogen dicht en wachtte tot de misselijkheid was weggeëbd en de witte vlekken voor zijn ogen waren verdwenen.

Het werd weer donker om hem heen.

Hij zwaaide.

Keek naar zijn arm.

Het bloed stroomde nog steeds, maar een stuk langzamer. Dat was goed. Hij was even bang geweest dat de bijl een slagader had geraakt. Hoewel, dan was hij nu waarschijnlijk al dood geweest.

Hij duwde met zijn rug tegen de muur om in evenwicht te blijven en ging voorzichtig staan.

Alles begon te draaien.

Dobbs zag zijn pistool in een hoek liggen en raapte het op. Zijn rechterhand kon hij niet meer gebruiken en met links kon hij niet schieten, maar een pistool in zijn slechte hand was beter dan helemaal geen pistool. Hij stopte het weer in zijn holster.

Het licht ging uit.

'Shit,' mompelde hij. Hij stak zijn hand in zijn achterzak en pakte zijn telefoon – het verbaasde hem niet om te zien dat hij geen bereik had. Hij deed de zaklamp van zijn telefoon aan. De muren hingen vol foto's – foto's van Michael Kepler en Megan Fitzgerald, honderden, vanaf hun jeugd tot recent. Hij kon er geen volgorde in ontdekken; waarschijnlijk waren ze door de jaren heen gewoon opgehangen op een plek waar ruimte was. Sommige waren oud en vergeeld, andere leken een paar weken geleden nog genomen te zijn. Hier en daar waren meerdere foto's over elkaar heen bevestigd.

Er stond een kinderbed tegen de achterste muur, met vieze lakens die er in een bal bovenop lagen. Tegen een andere muur stonden meerdere melkkratten naast elkaar, en toen Dobbs er een blik in wierp, zag hij dat er kleding in zat. Eentje bevatte alleen uniformen van Windham Hall, helemaal van kleur verschoten door de ouderdom. In een ander krat zat mannenkleding en in een derde vrouwenondergoed – beha's en panty's in verschillende kleuren en maten. Net zoals dat met de foto's het geval was waren sommige oud; de oudere kleren zagen eruit of ze van een tiener waren geweest. Er was ook een lange rode kanten panty die er gloednieuw uitzag. Dobbs wist meteen dat alle spullen van Megan Fitzgerald waren geweest – het waren een soort trofeeën die door de jaren heen gegapt waren.

Hij liep naar de metalen deur en bonsde erop. 'Doe open, Patchen!'

Eerst kwam er geen reactie. Toen Patchen op een gegeven moment sprak, bevond hij zich zo te horen aan de andere kant van de deur. 'Daar liet hij dat ontaarde kind verblijven. In die kamer.'

'Michael?' riep Dobbs terug.

'Nee, die andere. De jongen die hij Mitchell noemde.'

Dobbs fronste zijn wenkbrauwen. 'Wie is Mitchell?'

Patchen gaf geen antwoord. In plaats daarvan klonk er een hard metaalachtig geluid.

Dobbs gaf een ruk aan de deurknop, maar zonder resultaat. 'Laat me eruit. Als je meewerkt kan ik je nog steeds helpen!'

Weer een klap, harder dan de vorige.

'Ik vond het belangrijk dat je die kamer zag. Dat íémand hem zag voordat dit allemaal verdwenen is. Fitzgeralds grootste succes, ons succes, is er een waar nooit over zal worden gepraat. Misschien achter gesloten deuren, door deskundigen, maar nooit in het openbaar. Niemand zou het geloven.'

Plong!

'Wat ben je aan het doen?' riep Dobbs.

Toen Patchen antwoordde klonk hij alsof hij zich inspande. Hij was een beetje buiten adem. 'Fitzgerald kende alle kneepjes van de ziel. Hij is ons veel te vroeg ontvallen. Ik kan me niet voorstellen wat hij misschien nog bereikt zou hebben als hij nog twintig jaar had kunnen leven. Het was een eer om hem een beetje te kunnen helpen. Natuurlijk speelde Rose ook een belangrijke rol, maar Bart opende deuren in het vakgebied waarvan de meeste onderzoekers niet eens wisten dat ze bestonden of er de ballen niet voor hadden om erover na te denken. Hij was een echte pionier, die het verdient om in één adem genoemd te worden met Jung en Freud.'

Plong!

'Ah, eindelijk!' riep Patchen. 'Die oude gasleidingen zijn van gietijzer, daar kom je bijna niet doorheen!'

'Doe de deur open, Patchen!' Dobbs rammelde aan de deur en schopte tegen de onderkant, maar het haalde niets uit. Hij was zo verzwakt door het bloedverlies dat zijn benen wel van rubber leken.

'Het duurt nu niet lang meer. Ik zou het me maar gemakkelijk maken als ik jou was. Ik adviseer je om het goed te maken met je god, als je in zulke dingen gelooft.'

128

Gimble

Keplers wachtwoord, *Mitchell*, werkte ook bij de voordeur van Windham Hall. Gimble stond in de hal toen ze ergens diep in het gebouw een metaalachtig, kletterend geluid hoorde.

Vela kwam achter haar aan lopen en hield zijn hoofd een beetje schuin. 'Wat is dát nou?'

Gimble trok haar wapen. 'FBI! Kom tevoorschijn!'

Vela pakte zijn eigen wapen en wees naar verscheidene bordjes die naast een trap aan de muur hingen. 'De administratie is die kant op,' zei hij.

Gimble knikte en begon de hal door te lopen, met haar pistool in de aanslag. Het was doodstil in het gebouw, en dat stond haar niet aan. Haar nekharen gingen overeind staan en ze huiverde.

Ze vonden het kantoor van de administratie.

Ze vonden Begley.

Gimble hapte naar adem toen ze hem roerloos in een grote plas bloed zag liggen. Er zat een gat met een zwarte rand in zijn overhemd en in zijn borst. Ze maakte Vela duidelijk dat hij zich over Begley moest ontfermen door zonder iets te zeggen met twee vingers naar hem te wijzen. Terwijl hij naast het lichaam knielde doorzocht zij het kleine vertrek – ze keek achter dozen, onder het bureau, overal waar iemand zich schuil zou kunnen houden.

Ze waren alleen.

Ze wendde zich weer tot Vela.

Hij drukte zijn vingers in Begleys nek en schudde zijn hoofd.

Weer dat metaalachtige geluid. Het weergalmde door het gebouw. Ze kon het niet thuisbrengen.

Op het naambordje op de deur stond DIRECTEUR LAWRENCE C. PATCHEN en op het bureau stond een bordje met dezelfde tekst. Er stond ook een ingelijste foto, van drie jonge mannen met een zelfingenomen glimlach die allemaal dezelfde trui van Cornell droegen. De eerste man was duidelijk de jonge versie van de man die op meerdere foto's aan de muur stond – dun en met een hoog voorhoofd en oren die iets te groot waren voor zijn hoofd.

Ongetwijfeld Lawrence Patchen.

Ze herkende de tweede man van de auteursfoto op de achterkant van de paperback van *Versplinterd*. Net als Patchen was dr. Barton Fitzgerald hier een stuk jonger – een jonge uitvoering van de man over wie ze de afgelopen dagen zo veel te weten was gekomen. Hij had één arm over Patchens schouder geslagen en de andere om die van de derde man. Eerst herkende ze die niet. Daar waren meerdere redenen voor – op de foto was hij nog maar een jongen en was hij minstens twintig kilo lichter. Hij droeg geen bril en had dik haar en een heel ander kapsel. Zelfs de kleur was anders. Ze herkende hem niet vanwege al die redenen maar ook nog om een andere, de reden die haar hersens naar haar uitgilden: ze herkende hem in eerste instantie niet omdat hij niet op die foto zou moeten staan. Hij had er niets te zoeken. Special agent Omer Vela had haar verteld dat hij in Berkeley had gestudeerd.

Toen ze zich weer naar hem toe draaide, zat hij niet langer naast Begley gehurkt. Hij stond naast een lege boekenkast en richtte zijn pistool op haar borst.

'Patchen is altijd al een nostalgische idioot geweest,' zei hij. 'Hij pakt hier alles in en laat dan zoiets staan waar iedereen het kan zien.'

Gimble pakte haar pistool steviger vast en haar vinger gleed naar de trekker. 'Wat heeft dit te betekenen?'

Hij zwaaide met zijn wapen. 'Leg je pistool op de grond en schop het naar me toe.'

'Nee.'

'Ik wil je niet doden, maar ik zal het wel doen.'

Een kleine vijftig centimeter. Zo ver zou ze haar Glock omhoog moeten brengen om zijn borst of zijn hoofd te raken. Een snelle beweging van haar arm of van haar pols. Ze zou niet de kans hebben om te richten, niet echt. Je reinste Wilde Westen.

'Je kunt nooit op tijd schieten. Niet voordat ik het doe.'

Gimble wist dat hij gelijk had, maar dat maakte wat ze vervolgens deed niet makkelijker.

Ze liet haar pistool zakken, legde het naast zich op de grond en schopte het weg. Het wapen belandde in de bloedplas waar Begley in lag en kwam tot stilstand tegen zijn middel.

Hij bleef zijn blik op haar gericht houden. 'Loop om het bureau heen en ga op de stoel zitten.'

In plaats daarvan stapte Gimble achteruit, in de richting van de deur.

Vela perste zijn lippen op elkaar. 'Je wilt dat ik je doodschiet, hè?'

Gimble deed nog een stap naar achteren. 'Je bent een FBI-agent.'

'En daarvoor was ik al een wetenschapper, een psycholoog om precies te zijn. Sommige dingen zijn niet zo zwart-wit. Niet zoals jij misschien zou willen. Sommige dingen zijn groter.'

Vela deed een stap naar haar toe.

Gimble ging verder achteruit. 'Ben je hier vanaf het allereerste begin bij betrokken?'

Met een zelfingenomen blik zei hij: 'Ik heb al heel lang grote belangstelling.'

'Je had hem kunnen tegenhouden. Er had niemand hoeven sterven.'

'Bij elk experiment sterven ratten.' Vela haalde de trekker over. De kogel boorde zich een paar centimeter naast haar linkerarm in de muur. Hij knikte naar de houten stoelen die voor Patchens kantoor op de gang stonden. 'Ga zitten, Gimble. Ik vraag het niet nog een keer. Daar hebben we geen tijd voor.'

Gimble keek omlaag naar de stoel links van haar, en toen ze dat deed viel haar oog op een woord dat in de armleuning stond gekerfd. Ze las het een paar keer en keek toen weer naar Vela.

Hij glimlachte. 'Op die plek begon het allemaal.'

Eigenlijk was het geen woord maar een naam: *Mitchell.*

Ze hoorde het metaalachtige geluid weer, luider dan eerst, gevolgd door een harde klap. Er was iets gebroken.

Ergens in het gebouw gilde een vrouw.

Vela keek glimlachend naar het plafond. 'Mitchell is er. Hij is vroeg.'

Gimble deed weer een stap.

'Niet doen.'

Gimble dook rechts van de deuropening op de vloer van de gang.

Vela schoot twee keer snel achter elkaar – *pang, pang!*

De kogels vlogen allebei over haar heen en sloegen tegenover haar in de muur.

Ze rolde door en kwam half hurkend overeind.

Vela rende naar haar toe.

Gimble stak haar hand uit naar rechts, pakte de onderkant van een hoge houten kapstok vast en zwaaide die als een honkbalknuppel rond. Ze sloeg hard tegen Vela's scheenbeen. Hij verloor zijn evenwicht en viel met zwaaiende armen naar voren. Zijn hoofd sloeg met een misselijkmakende klap tegen het marmer. Het pistool vloog over de vloer en hij bleef roerloos liggen.

Langzaam vormde zich een plas bloed onder de zijkant van zijn hoofd. Zijn been schokte.

Gimble ging hijgend staan. Haar rechterhand trilde. Ze pakte hem vast met haar linkerhand en masseerde haar pols.

Toen pakte ze haar telefoon.

Geen bereik.

Ze liep in de richting van de voordeur en voelde dat er iemand naar haar keek. Ze verstijfde.

Michael Kepler stond roerloos in de gang, ongeveer halverwege, met een Glock in zijn hand. Ze bleven allebei roerloos staan en keken elkaar aan.

129

SCHRIFTELIJKE VERKLARING, MEGAN FITZGERALD

Mitchell trok het blad van de schaar over de onderarm van Nicole Milligan, van de binnenkant van haar elleboog tot haar pols. Hij zette net genoeg kracht om het te laten bloeden maar zorgde ervoor dat hij geen aders raakte. Ze probeerde zich los te rukken en schoof zo ver mogelijk bij hem vandaan, maar door de kabelbinders had ze weinig bewegingsruimte. Ze schudde met haar hoofd en keek ons allebei woedend aan.

Ik gilde weer.

Ik wilde het niet, maar het gebeurde gewoon.

Mitchell glimlachte naar me. 'Wil jij het eens proberen?'

Ik schudde mijn hoofd.

'Ze heeft het ook bij jou gedaan, weet je. Ik heb de littekens gezien,' zei hij. 'Wie denk je dat er bij je was wanneer dr. Bart je opsloot in de donkere kamer?'

Ik keek naar de witte strepen op mijn armen – twaalf links, acht rechts. Als ik mouwen had gehad zou ik ze omlaag hebben getrokken om de littekens te bedekken, maar in mijn topje waren mijn armen onbedekt. Daarom wreef ik er alleen maar over. Ik sloeg ze over elkaar voor mijn borst. 'Dat is al heel lang geleden.'

'Dat maakt niet uit. Je was nog maar een klein meisje. Hij had het recht niet. Je vertrouwde hem – net als ik, en Michael – en hij behandelde ons allemaal als voorwerpen, als dingen die hij kon gebruiken en vervolgens weg kon gooien.'

Ik keek neer op Nicole, naar haar smekende ogen. 'Hij heeft haar ook gebruikt.'

'Niet zoals hij ons gebruikte.'

'Ze wilde psycholoog worden. Hij zei dat hij haar zou helpen – dat hij een goed woordje voor haar zou doen bij haar docenten van Cornell, dat hij een aanbevelingsbrief voor haar zou schrijven. Hij zei zelfs dat hij haar zou vermelden in de publicatie van zijn onderzoek.'

Mitchell lachte. 'Hij is nooit van plan geweest om te publiceren. Niet hierover.'

'Niet op de traditionele manier,' antwoordde ik. 'Maar wel op andere manieren.'

'Hoe weet jij dat nou?'

Ik liep om het bed heen en streek met een vinger langs Nicoles hand. 'We hebben gepraat, hè, Nicki? Al die tijd dat we samen in de donkere kamer waren. Het draaide niet altijd om wat dr. Bart wilde. Soms praatten we.'

Nicole knikte.

'Ze is je vriendin niet,' zei Mitchell fel. 'We zijn gemarteld – door hem, door haar, door hen allemaal.' Hij haalde uit met de schaar en maakte een wond in Nicoles andere arm. Ze kromp in elkaar en probeerde weer weg te rollen. Haar vingers klemden zich om de mijne.

Ik kneep mijn ogen dicht en wendde mijn blik af.

'Ik wil dat je kijkt,' zei Mitchell.

'Waarom?'

'Omdat ik het voor jou doe.'

'Ik wil dit niet.'

'Je hebt het nódig.'

Mitchell liep om het bed heen. Hij staarde naar het blad van de schaar; er rolde een druppel bloed over het metaal. Hij hield de schaar een beetje schuin zodat het bloed de andere kant op liep. Toen hij bij Nicoles voeten was, trok hij haar schoenen en sokken uit en gooide ze in een hoek van de kamer. Hij haalde de punt van de schaar langs haar hiel en de onderkant van haar rechtervoet. Dat veroorzaakte een streep maar liet de huid intact. 'Kietelt dat, Nicki?'

Haar tenen krulden naar achteren en haar voet schokte, maar de kabelbinder hield hem op zijn plek.

Mitchell haalde met een snelle, vloeiende beweging uit, eerst naar de rechtervoet en toen naar de linker. Deze keer maakte hij diepe sneeën in haar hielen. Nicole schreeuwde het uit onder het ducttape dat over haar mond zat. Haar ogen vulden zich met tranen.

Toen hoorden we allemaal een harde klap – een schot, ergens beneden.

Michaels hoofd ging met een ruk omhoog.

'Ze zijn er,' zei hij. 'We moeten opschieten.'

'Maak haar niet dood. Alsjeblieft.'

Michael negeerde me. Hij likte over zijn lippen en keek om zich heen. 'Waar is je rugzak?'

Ik keek naar mijn voeten. Mijn rugzak stond tegen de zijkant van het bed.

'Maak hem leeg en verspreid alles door de kamer. Leg ook wat spullen op het bed. Als ze dit na de brand allemaal doorzoeken, moeten ze denken dat jij het bent.'

Schoten betekenden politie.
Schoten betekenden hulp.
'We zijn hierboven!' gilde ik zo hard ik kon.

130

Gimble

Kepler staarde haar aan.

Gimbles hand ging automatisch naar haar schouderholster.

Leeg.

Haar Glock lag achter haar, naast Begleys lichaam.

Gimbles ogen schoten naar Vela's pistool, dat buiten haar bereik op de grond lag.

Kepler bewoog niet.

'Ik vertrouwde je,' zei Gimble tegen hem. 'Ik heb je hiernaartoe gebracht.'

Ze probeerde niet naar het wapen in zijn hand te kijken en concentreerde zich op zijn gezicht. 'Waar heb je dat vandaan?'

Maar ze wist het al. Ze dacht aan de jonge agent die ze bij hem in de SUV had gelaten.

Kepler keek naar Vela's lichaam, dat achter Gimble op de grond lag, en naar de bloedplas rondom het hoofd van de man, die langzaam groter werd. Hij zag Vela's wapen een eindje verderop liggen. Toen zag hij dat Gimble er ook naar keek. Hij hief het pistool in zijn hand en richtte dat op haar. 'Heb je hem gedood?'

Gimble deed langzaam haar handen omhoog. 'Doe dat wapen weg, Michael.'

'We zijn hier!' schreeuwde iemand. Het was een vrouwenstem en hij kwam van boven.

Kepler keek over zijn schouder. 'Megan!'

Gimble dook naar Vela's wapen. Ze landde hard op het marmer en gleed over de vloer. Haar vingers vonden de Glock en klemden zich om de kolf, en ze haakte haar wijsvinger om de trekker. Ze rolde op haar rug, ging rechtop zitten en richtte het wapen op de plek waar Kepler had gestaan, maar hij was verdwenen.

'Shit!' Ze krabbelde overeind en rende door de gang achter hem aan.

Ze begon de trap bij de ingang op te rennen toen ze onder zich schoten hoorde.

Ver weg, gedempt.

Dobbs. Dat moest wel.

131

Dobbs

Dobbs had boven horen schieten, dat wist hij zeker. Hij zwaaide met zijn hand om het licht aan te krijgen.

Zijn eigen pistool lag nog in de hoek van de kamer, op de plek waar hij het had laten vallen. Hij pakte het op met zijn linkerhand en richtte op het plafond. Toen haalde hij de trekker over en loste drie schoten. Er kwamen stukjes gips naar beneden.

Hij wist dat het geen zin had om te schreeuwen, maar misschien zou iemand de schoten horen.

'Weet je wel zeker dat je ze hierheen wilt lokken?'

Zo te horen stond Patchen aan de andere kant van de deur.

Die was van dik metaal. Het was uitgesloten dat er een kogel doorheen kon. De kogels in zijn pistool hadden een holle punt en waren gemaakt om uit elkaar te spatten nadat ze hun doel hadden geraakt, niet om ergens doorheen te dringen. Als hij op de deur schoot, was de kans groter dat hij zichzelf zou verwonden doordat de kogel afketste dan dat hij Patchen zou raken.

'Als je op de deur schiet ontstaan er misschien vonken. Geloof me, dat wil je nu echt niet.'

Het licht ging uit.

En weer aan toen Dobbs zwaaide. 'Wat voer je daar uit?'

'Heb je wel eens op een kruispunt gestaan? Een beslissend moment meegemaakt in je leven waarop je ging twijfelen aan alles wat je ooit had gedaan en je twee kanten op kon, twee paden kon kiezen? Niet per se een goed pad en een fout pad, maar twee paden die een heel andere kant op gingen?'

Dobbs antwoordde niet. Hij had geen idee wat hij daarop moest zeggen.

Patchen ging verder. 'Ik stond een paar dagen op precies zo'n kruispunt – toen ik had gehoord dat Fitzgerald was overleden. Rose en ik wisten dan misschien af van zijn onderzoek, van de vooruitgang die hij boekte, maar we hebben nooit de illusie gekoesterd dat we zijn creatie in de hand konden houden. Mitchell reageerde alleen op hem. Vreesde alleen hem. Door de dood van Fitzgerald was de leeuw ontsnapt uit zijn kooi. Ik stond dus voor de keuze – ik kon proberen het beest weer op te sluiten en het onderzoek voort te zetten met andere middelen, of ik moest een einde maken aan het experiment. Met de hulp van Rose was voortzetting misschien mogelijk geweest – er valt zeker meer te leren. Maar zonder haar... nou ja, ik wil best toegeven dat ik niet sterk genoeg ben. Toen ik op het nieuws haar brandende huis zag, wist ik dat zij de beslissing voor ons had genomen.'

'Ze is niet in het huis gestorven. Ze is van de brug bij Cornell gesprongen,' zei Dobbs tegen hem, niet omdat hij zo graag een praatje met Patchen wilde maken, maar omdat hij wist dat zolang Patchen aan het praten was, hij niets anders kon doen. Dobbs moest tijd rekken.

'Is ze gesprongen?'

'Ja.'

'Nou ja, ze is hoe dan ook dood,' zei Patchen. 'Beide Fitzgeralds zijn er niet meer. Onze fondsen zijn weg. Daardoor lichtte één pad op dat kruispunt duidelijker op dan het andere. Ik wist wat me te doen stond. Ik ben een prooi voor de leeuw. Ik wist dat hij me zou komen zoeken, en het is mijn plicht om hem tegen te houden. Ik had iemand ingehuurd... ik hoopte dat hij... maar... nou goed, hij heeft gefaald. Nu moet ik het doen. Als Mitchell hier niet al is, zal dat niet lang meer duren. Vuur doodt zelfs de ergste virussen, dát wist Rose nog wel.'

Dobbs kon het gas ruiken dat onder de deur door kwam. Hij voelde zich heel zwak worden. Hij realiseerde zich pas dat hij was gevallen toen hij met zijn hoofd tegen de koude vloer sloeg.

Hij hoorde een luide klik.

Alles werd weer donker.

'Lichten uit, rechercheur.'

Dobbs deed zijn arm omhoog en zwaaide, maar er gebeurde niets. Patchen moest de stop hebben omgezet.

132

SCHRIFTELIJKE VERKLARING, MEGAN FITZGERALD

Ik hoorde Michael ergens in het gebouw mijn naam roepen, maar tegelijkertijd staarde ik hem recht aan.

Mitchell hield zijn hoofd een beetje schuin en glimlachte. 'Ik zei het toch, Megan?' Hij grijnsde naar me. 'Roep hem nog een keer. Lok hem hierheen. Breng hem bij ons.'

Nicole kronkelde op het bed.

Mitchell legde zijn hand op haar borst en duwde haar omlaag tegen het matras. De bebloede schaar glinsterde in zijn hand.

'Nee...' Ik liep langzaam naar achteren tot mijn benen tegen het bed drukten.

'Goed Meg, ik doe hem niets. Dat beloof ik.'

O, maar ik wist dat hij dat wel zou doen.

De lichten gingen uit.

Alles werd donker.

Ik vloog op Mitchell af. Met mijn schouder ramde ik hem vol in zijn maag. Hij was veel groter dan ik maar ik overrompelde hem en hoorde de lucht uit zijn longen geperst worden en met een natte snik over zijn lippen komen. De schaar viel kletterend op de grond. Ik liet me op mijn knieën vallen en tastte het vieze hout af. Toen ik hem voelde pakte ik het handvat en haalde ermee uit. Maar hij stond daar niet.

Toen ik hem rechts van me hoorde, haalde ik naar die kant uit.

Niets.

Met mijn andere hand zwaaide ik in zijn richting, maar mijn vingers voelden alleen maar lucht. Ik kon hem niet vinden. In plaats daarvan raakte ik de muur, en mijn hand gleed over het gescheurde behang, dat nat was van de benzine.

'Misschien moet je een lucifer aansteken, Meg. Dan kun je het beter zien.'

Er ging licht aan, dat doordringend in de donkere kamer scheen. Mitchell stond nog geen twee meter van me af, met een flakkerende lucifer tussen duim en wijsvinger. Hij grijnsde en kneep de vlam uit.

Ik zette me af tegen de vloer in de richting van het licht en zijn stem, met de schaar voor me uit.

Ik miste weer.

Vanuit mijn ooghoeken zag ik een schaduw voorbijschieten, als een snel spook.

'Je herinnert je die schaar nog wel, hè, Meg? Ik wil wedden dat het goed voelt. Alsof je een oude vriend vasthoudt. Je voelt je er sterk door, alsof je alles onder controle hebt.'

Er schuifelde iets naar mijn linkerkant en toen sneed er iets over mijn handpalm. Ik gilde en deinsde achteruit, met mijn arm tegen mijn lichaam. Er stroomde warm bloed tussen mijn vingers.

'Ik heb mijn eigen mes gekocht,' fluisterde Mitchell zacht. 'Het spel in de donkere kamer was altijd interessanter wanneer iedereen er persoonlijk bij betrokken was, vind je niet? Maar ik heb het nooit met drie mensen gedaan. Dr. Bart wilde het altijd met twee mensen doen.'

Hij haalde weer uit en Nicole Milligan schoot zo hard omhoog dat het bed tegen de muur ramde. Ze schreeuwde gesmoord.

Hij sneed haar opnieuw.

'Ik wou dat we meer tijd hadden,' zei hij, en nu bevond hij zich op de een of andere manier helemaal aan de andere kant van de kamer.

Ik liet me op de grond vallen en kroop naar het bed. Mijn spijkerbroek raakte doorweekt van de benzine, en op de plekken waar hij me had gesneden kreeg ik een branderig gevoel. Ik wist een gil te onderdrukken. Mijn hart bonsde in mijn keel.

Ik botste weer tegen de metalen bedrand en verroerde me niet.

Ik luisterde.

Mitchell bewoog niet.

Nicole Milligan kronkelde heen en weer.

Het bed kraakte en piepte.

De kamer was aardedonker.

Ik deed mijn hand omhoog, vond Nicoles voet en knipte de kabelbinder door.

Het lemmet van Mitchells mes kwam met een fluitend geluid naar beneden, miste mijn hand ternauwernood en sloeg tinkelend tegen mijn schaar. Ik maakte een trappende beweging, raakte hem tegen zijn been en ging naar het hoofdeinde van het bed. Ik sneed de kabelbinder om een van Nicoles handen door en liet me onder het bed rollen voordat hij de kans kreeg om weer naar me uit te halen. Aan de andere kant van het bed kwam ik weer omhoog, en ik maakte ook haar linkerhand los.

Ik hoorde hem rennen. Zware stappen op de houten planken.

Ik gleed weer onder het bed, pakte het vast en trok mezelf snel naar beneden. Ik hoorde dat Nicole boven me rechtop ging zitten.

Mitchells mes kwam met grote vaart naar beneden en raakte de plek waar ze zich net nog had bevonden. Hij moet het mes tot aan het heft in het matras hebben gestoten, want toen hij het weer losrukte kwam het hele matras mee.

Ik duwde mezelf onder het bed uit en ging staan.

Ik knipte de laatste kabelbinder door, die om haar linkervoet, en trok haar naar me toe en van het bed. We vielen allebei op de grond, met Nicole boven op me, terwijl Michael opnieuw drie keer snel achter elkaar in de matras stak.

'Rennen,' fluisterde ik in Nicoles oor. Ik rolde om, gooide haar van me af en ging rechtop zitten, met de schaar in de aanslag terwijl ik luisterde of ik hem ergens in de donkere kamer hoorde.

Mitchell verroerde zich niet.

Het enige geluid dat ik hoorde kwam van Nicole, die op handen en voeten naar de deur kroop. Ik kon haar niet zien maar vermoedde dat ze had geprobeerd te gaan staan, want ze slaakte een gesmoorde gil en ik dacht aan de sneeën in haar voeten en de benzine op de grond – het brandende gevoel dat dat ongetwijfeld veroorzaakte.

'Laat haar gaan, Mitchell,' zei ik.

Mijn ogen hadden zich net genoeg aan het donker aangepast om hem te kunnen onderscheiden – hij leunde in de verre hoek van de kamer tegen de muur. Ik zag het blikkerende mes in zijn hand en het wit van zijn ogen. Hij keek naar mij.

Eerst glimlachte hij alleen maar. Toen zei hij: 'Ik heb een getal tussen de een en de vijf in mijn hoofd, Meg.'

Hij stak weer een lucifer aan.

Zo snel ik kon kwam ik overeind en rende ik naar de deur. Ik pakte Nicole bij haar arm en legde die over mijn schouder zodat ze moest gaan staan. Ze zwaaide wild met haar armen, sloeg me, probeerde zich los te trekken. Ik trok haar aan haar haren mee en keek toen even om.

Achter ons zei Mitchell zacht: 'Drie. Het was drie.'

Hij gooide de lucifer in de lucht en kwam achter ons aan.

133

Gimble

Alles werd donker.

Gimble bleef stokstijf staan op de trap.

Ze hoorde Michaels voetstappen ergens boven zich. Ze verdwenen snel in de verte.

Onder haar stierf de galm van de schoten ook weg.

Het was volkomen stil en donker om haar heen.

Haar telefoon zat in haar achterzak. Gimble pakte hem en deed de zaklamp aan. De lichtstraal gleed over de muren en de trap, eerst omhoog, toen omlaag. Vanaf de eerste verdieping kwam de vage geur van benzine haar tegemoet.

Kepler boven.

Dobbs beneden.

Ze keek even op de telefoon – geen bereik.

Haar vingers knipten.

Zonder zich verder nog te bedenken stormde Gimble de trap af, naar de verdieping onder haar, terwijl het licht van de zaklamp op en neer danste. Onderaan de trap kwam ze bij een metalen branddeur. Met haar pistool voor zich uit ging ze erdoor, en ze kwam in een lange gang met aan weerszijden deuren – allemaal van metaal en allemaal gesloten.

Ze overwoog hem te roepen maar besloot dat niet te doen. Hij had op iets of iemand geschoten, en nu zou ze kunnen profiteren van het verrassingselement.

De eerste drie deuren zaten op slot.

De vierde deur was van een kast vol schoonmaakmiddelen, dweilen, bezems en papieren handdoekjes. Ze deed hem dicht en probeerde de volgende.

Op slot.

Ze liep een paar meter de gang door naar nog twee deuren. Zoals de meeste andere zat de deur aan haar rechterhand op slot. De linkerdeur ging wel open en kwam uit op een trap die omlaagliep, dieper het gebouw in. De sterke geur van rotte eieren sloeg haar tegemoet – de onmiskenbare stank van methaanthiol dat was toegevoegd aan aardgas.

Het licht van haar zaklamp scheen over de trap. De muren waren matgrijs geschilderd. Elke trede was bedekt met zwart rubber, en aan de muur was een metalen leuning bevestigd. Onder zich zag ze alleen maar duisternis.

Ze hoorde water druppelen.

Toen hoorde ze een gedempte dreun, alsof iemand tegen een dikke muur bonsde. Dat geluid werd gevolgd door een schreeuw – nauwelijks hoorbaar, ver weg.

Dobbs.

Gimble zette de zaklamp uit.

Het werd helemaal donker.

Ze moest een beslissing nemen.

Ze kon naar beneden gaan met het licht aan, waarmee ze haar positie zou verraden, of ze kon zonder licht verder gaan, maar de persoon die zich daarbeneden bevond, was in beide gevallen in het voordeel. Ze kon niet terug, niet nu ze wist dat Dobbs hulp nodig had.

Gimble begon behoedzaam de trap af te gaan, terwijl ze haar ogen de kans gaf aan het donker te wennen. Ze bleef haar pistool met haar rechterhand voor zich uit houden. Met haar linkerhand ondersteunde ze het wapen en hield ze de telefoon vast, met een vinger op het icoontje van de zaklamp.

Met elke stap die ze zette werd de gaslucht sterker. Die geur vermengde zich met de bedompte stank van een vochtige kelder. Ze kwam onderaan de trap en liep voorovergebogen verder. Ze kon niet meer onderscheiden dan grove contouren – er stond iets langs de muur tegenover haar, een groot apparaat, misschien een boiler of een airconditioner.

Aan haar linkerhand hoorde ze een schuifelend geluid, in de hoek achter een paar grote dozen, en ze draaide zich er razendsnel naartoe.

'Als je iets raakt wat van metaal is, zal het gas vlam vatten door de vonk.' Het werd zo zacht gezegd dat het nauwelijks hoorbaar was. 'Dus doe het vooral.'

Gimble drukte met haar duim de zaklamp aan.

De lichtstraal doorkliefde het donker. Ze had gehoopt dat het licht de persoon die zich daar bevond zou verblinden, maar als dat zo was, liet hij dat niet merken. Ze staarde naar een man van in de zestig met dun haar die een gekreukt pak en een scheefzittende stropdas droeg. Hij rende met een vertrokken gezicht op haar af. Toen zag ze de bijl in zijn hand. Hij haalde ermee uit in haar richting en het ding kwam met een fluitend geluid op haar af.

134

SCHRIFTELIJKE VERKLARING, MEGAN FITZGERALD

De lucifer schoot uit Mitchells vingers en leek als in slow motion als een lichtvonk door de lucht te vliegen. Hij vloog tegen de deurpost en viel in een plas benzine in de gang. Even dacht ik dat hij uitging. Ik dacht dat de vlam misschien was gedoofd door de luchtstroom die was ontstaan doordat hij de lucifer had weggegooid. Of door de vloeibare benzine. Dat ene moment werd het vlammetje kleiner, maar toen kwam het brullend tot leven, eerst in de plas en vervolgens de hele gang door. Toen omhoog langs de muren, het behang, overal waar benzine was rondgespat.

Ik trok Nicole een kamer aan de rechterkant van de gang in vlak voordat een blauwe vlam langs de deuropening raasde waar we net nog hadden gestaan. We vielen op de grond en onze ledematen waren helemaal met elkaar verstrengeld.

'Megan!'

Mijn naam werd niet geroepen in de ruimte waar we net waren geweest en kwam zelfs niet uit die richting, maar vanaf de andere kant van de gang.

'Michael!' gilde ik. 'Het is Mitchell! Hij bestaat echt! Hij heeft een mes! Hij probeert ons te vermoorden!'

Nicole kronkelde onder me heen en weer en probeerde overeind te komen. Ze was helemaal buiten zinnen. Ik had de schaar bij de deur laten vallen en ze probeerde hem te grijpen, maar hij lag te ver weg. Ik worstelde met haar, wist haar beide armen vast te pakken en duwde haar op haar rug tegen de grond.

'Waar ben je?' riep Michael.

'Hier!' Waar hij natuurlijk niets aan had. Er waren te veel kamers en hij kon ons niet zien.

Nicole ramde met haar knie hard in mijn buik. Alle lucht werd uit mijn longen geperst en ik rolde hoestend van haar af. Ze kroop op handen en voeten weg over de vloer en ik trok haar aan haar haren weer terug. Haar hand schoot naar voren en ze probeerde met haar lange nagels in mijn ogen te krabben. Ik balde mijn vuist en raakte haar vol op de zijkant van haar hoofd. Dat bracht haar even van haar stuk, maar het vertraagde haar niet. Ze wist de schaar te pakken te krijgen, haalde ermee naar me uit en schampte mijn schouder, en toen draaide ze zich naar de deur. Ik sloeg tegen de achterkant van haar hoofd. Dat wilde ik niet, maar ze was niet voor rede vatbaar. Ik kon haar niet de gang op laten rennen – haar voeten, haar knieën, haar benen – alles zat onder de benzine.

Ze viel languit op de grond en bleef roerloos liggen.

Ik schudde haar heen en weer maar ze bewoog niet. 'Shit, shit, shit!'

Onder het plafond had zich een zwarte rookwolk gevormd. We moesten hier weg, maar ik kon haar niet tillen. Ik griste de schaar uit haar hand en liep naar de deur. 'Michael!' riep ik.

Toen ik weer ademde, vulden mijn longen zich met rook. Ik liet me op mijn knieën vallen en hoestte heel hard. Mijn ogen brandden. Ik had wel eens gelezen dat je bij een brand doodgaat door de rook, niet door de vlammen. Dat lijkt heel onwaarschijnlijk, tot je begint te stikken.

Dat was het moment waarop ik hem zag, een paar meter verderop in de gang. Hij had een pistool in zijn ene hand en hield met de andere zijn kraag voor zijn mond. Toen hij me zag begon hij naar me toe te lopen, waarbij hij de vlammen zo goed mogelijk probeerde te ontwijken.

Aan de andere kant van de gang gilde Mitchell – een afschuwelijke, doordringende gil. Zijn aanblik leek Michael te verbijsteren. Tegen de tijd dat hij zich had hersteld en het pistool omhoog probeerde te richten, was het te laat. Mitchell was langs me heen gerend, maakte een duik en greep Michael bij zijn middel. Ze vielen samen op de grond terwijl de vlammen om hen heen dansten.

135

Gimble

Gimble dook naar links en viel tegen een stapel vouwstoelen die tegen de muur stond. Haar telefoon stuiterde over de vloer en kwam tot stilstand bij een luchtbehandelingskast. De bijl zwaaide langs haar gezicht; ze voelde een luchtstroom toen de man het wapen weer omhoogbracht om opnieuw toe te slaan.

Toen Gimble naar links rolde, staken de stoelpoten diep in haar rug. De bijl kwam omlaag en sloeg met een harde klap tegen een van de stoelen. Terwijl Gimble opzijdook, bad ze dat er geen vonken zouden ontstaan. Ze landde hard op het beton en kromp in elkaar toen haar arm zich in een vreemde hoek onder haar vouwde, maar ze wist overeind te krabbelen, wreef over haar arm en hief haar Glock. 'Ik ben van de FBI!'

De man draaide zich naar haar toe en hief de bijl weer. Er verscheen een maniakale glimlach om zijn mond. 'Je pleegt huisvredebreuk en richt een wapen op me. Ik verdedig me alleen maar. Hoe durf je een bange, weerloze oude man te bedreigen?' Hij rende op haar af, met de bijl boven zijn hoofd.

Gimble sprong opzij en probeerde hem hard op zijn rug te slaan toen hij langs haar rende, maar ze schampte hem alleen maar. Hij viel tegen de zijkant van de luchtbehandelingskast, krabbelde overeind en kwam opnieuw naar haar toe. Hij gaf een knikje naar een deur in een hoek van het vertrek. 'Je vriend is daar stervende. Als je me laat gaan, heb je misschien nog tijd om hem te redden.'

Het licht van de zaklamp bescheen hem vanaf de grond. Zijn schaduw bedekte de muur en een deel van het plafond en torende hoog boven haar uit. Hij hoestte en stikte bijna van de rook. De gasgeur werd steeds sterker.

Gimble richtte haar wapen op hem. 'Laat die bijl vallen.'

Hij hield zijn hoofd schuin. 'Daar hebben we het over gehad. Door de mondingsvlam zal het gas in brand vliegen. Dat weet jij ook.'

'Misschien ben ik bereid dat risico te nemen.'

Hij hoestte weer. 'Hoe goed kun je schieten?' Hij deed zijn voet omhoog en stampte op haar telefoon.

Het werd helemaal donker om hen heen.

Gimble rende op hem af.

136

SCHRIFTELIJKE VERKLARING, MEGAN FITZGERALD

Het vuur verspreidde zich langs de muren en het plafond.

Ik liet me op mijn handen en voeten zakken en tuurde door de rook.

Michael ramde met zijn knie tegen Mitchells borst. Mitchell hapte naar adem, viel naar achteren en kwam toen moeizaam overeind. Hij hield het mes voor zich uit en het lemmet was rood.

Toen Michael ging staan zag ik een vlek bij zijn zij die snel groter werd. Hij droeg een soort gevangenispak.

Mitchell veegde met de rug van zijn hand over zijn mond. Hij had een snee in zijn onderlip. 'Jezus, Michael, wat ben je toch slordig. Ik moest alles achter je reet opruimen – Erma en dat meisje in het motel. Je kunt ook niets goed doen. Ik maak al jaren mensen dood en de politie heeft nooit een idee gehad, maar binnen twee dagen breng je ze rechtstreeks hiernaartoe en maak je er één grote puinhoop van waar iedereen getuige van kan zijn. Toen ik Alyssa Tepper in je bad achterliet, hoopte ik echt dat je haar lichaam zou kunnen lozen, dat je het zou kunnen verhullen. Je had me kunnen helpen. Maar nee hoor, in plaats daarvan bel je de politie.' Hij schudde zijn hoofd. 'Kruispunten, Michael, kruispunten. Je hebt het verkeerde pad gekozen. En nu dwing je me om ze nog een lichaam te geven. Nicki Milligan is daarbinnen. Zij kan prima voor Megan doorgaan, maar ik moet ze jou ook geven. Er is geen andere manier om dit op te lossen. We laten ze jou en Nicki vinden, Meg en ik gaan hier weg en geen haan die ernaar kraait.'

Michael drukte met een hand tegen zijn zij en staarde hem alleen maar aan, met open mond en opengesperde ogen. Hij was duidelijk in de war.

'Je moet het doen voor het team,' ging Mitchell verder, terwijl hij het mes van zijn rechterhand naar zijn linker verplaatste en weer terug. 'Mijn leven is hier geëindigd. Het is niet meer dan toepasselijk dat jouw leven hier ook eindigt. Bijna poëtisch. Pure gerechtigheid. Fitzgeralds aantekeningen zijn er niet meer. Iedereen is dood of zal dat binnenkort zijn. Als dit gebouw is verdwenen, is ook alles weg wat ze ooit hebben gedaan. Ik zal eindelijk vrij zijn. Je moet dat ene laatste dingetje voor me doen. Ik heb heel veel mensen zien sterven, en allemaal lijken ze op het eind opgelucht te zijn, alsof er een last van ze af is gevallen. Dat kan ik voor jou ook doen. Wat je mama hebt aangedaan moet een enorme last voor je zijn.'

'Ik... ik heb niet...' stamelde Michael, die niet in staat was de zin af te maken.

'Je hebt in die tweeëntwintig jaar natuurlijk allerlei manieren verzonnen om er een draai aan te geven, om het voor jezelf goed te praten zodat je 's nachts kon slapen, maar tegen mij kun je niet liegen. Ik was erbij. Ik heb je gezien. Ik zag je wachten tot ze in bad in slaap was gevallen, en toen naar binnen gaan en haar zachtjes onder water duwen. Je deed het zo voorzichtig dat ze niet eens wakker werd, als een dierenarts die een geliefde gezinshond een spuitje geeft.'

Michael duwde tegen de wond in zijn zij en staarde Mitchell alleen maar aan. Hij scheen zich niet bewust te zijn van de vlammen om hem heen.

Mitchell deed een stap dichter naar hem toe. 'Ik snap het – dat is wat je deed. Je verloste haar uit haar lijden. En lijden dééd ze. Een paar dagen later zouden we dakloos zijn geweest, zonder een cent op zak. Je hebt haar een dienst bewezen. Kudos, broer. Ik kon het niet. Toen niet, tenminste.' Mitchell glimlachte. 'Het was briljant om hem te vertellen dat ik het had gedaan, om het zo te brengen dat ik een fantasievriendje was. Dat was briljant. Maar wij kennen de waarheid. We weten allebei dat jij het gedaan hebt.'

De hitte van het vuur werd steeds intenser, maar ik kon me niet verroeren. Mijn ogen bleven heen en weer schieten van Mitchell naar Michael en weer terug. Bij mijn voeten kreunde Nicole. Ik verplaatste de schaar van mijn rechterhand naar mijn linker, veegde mijn bezwete hand af aan mijn spijkerbroek en pakte de schaar toen weer stevig vast in mijn rechterhand.

Mitchell hield zijn blik onafgebroken op Michael gericht. 'Toen je tegen Max zei dat hij van haar lichaam moest zien af te komen, dat de politie zou denken dat hij het had gedaan, was je heel overtuigend. Hij was zo high als een papegaai, net als mama, maar toch, je moet het maar kunnen om op je vierde zo helder te kunnen denken. Je hebt me geïnspireerd, Michael, echt waar. Ik wilde precies zijn zoals jij. Fitzgerald en ik hebben het daar vaak over gehad. We hebben het weinige wat je hem hebt verteld gecombineerd met wat ik zelf wist en zo uitgevogeld was er is gebeurd. Eerlijk gezegd vond hij het volgens mij best een beetje eng, maar niet genoeg om ermee te stoppen. Ik denk dat hij genoot van het feit dat je het in je had.'

'Er is geen woord van waar,' zei Michael. 'Mama... mama verdronk zelf. Max gaf zichzelf de schuld. Híj dacht dat de politie zou denken dat hij het gedaan had. De drugs maakten hem paranoïde. Daarom heeft hij... gedaan wat hij deed. De dingen die jij zegt... die zijn niet waar. Het is wat dr. Bart geloofde, en hij probeerde me ervan te overtuigen dat het zo was gegaan, maar dat is niet zo. Het is wat hij tegen me zei wanneer hij wilde dat ik Mitchell werd – hij probeerde me te dwingen het te geloven – maar het was niet waar.'

Mitchell schudde zijn hoofd. Zijn gezicht was rood en een ader in zijn slaap was helemaal gezwollen. 'Mitchell werd? Je doet nog steeds of ik niet besta. Alsof ik een van je hallucinaties ben. Je kleine fantasievriendje dat tot leven is gekomen.'

Michael knipperde met zijn ogen. Hij keek verward naar Mitchell, naar Nicole, die bij mijn voeten op de grond lag, en toen naar de schaar in mijn hand. 'Ik weet niet wat je bent, M...'

Mitchell sprong op hem af.

137

Gimble

Gimble dichtte de afstand tussen haar en de man met drie snelle stappen. Ze stormde in het donker op hem af en gaf hem niet de kans om opzij te springen. Ze ramde met volle kracht de loop van haar Glock in het zachte vlees van zijn buik. Hij kronkelde onder haar heen en weer en wist de bijl op te heffen.

Gimble haalde de trekker over. Ze zag geen moer, maar toch kneep ze haar ogen dicht en wachtte ze tot de hele kamer zou verdwijnen in één grote vuurbal. Ze voelde de terugslag van het eerste schot en schoot opnieuw. En nog een keer. Bij elk schot duwde ze de loop dieper in zijn buik.

Het zware blad kwam omlaag en raakte haar net boven haar middel. Gimble schoot met een ruk opzij en sloeg met haar vrije hand de bijl weg, die op de vloer kletterde.

De man viel tegen haar aan. Er ontsnapte hem een kreun en ze duwde hem weg. Zijn slappe lichaam viel op de grond.

Ze liet het pistool vallen. Gimble wankelde, wist zich te herpakken en boog zich voorover, met haar handen op haar knieën. Ze haalde een paar keer diep adem en hoestte. De geur van gas brandde in haar keel en in haar longen.

'Dobbs! Waar ben je?' wist ze uiteindelijk uit te brengen.

Het enige wat ze hoorde was druppelend water.

Ze legde haar hand tegen haar zij, op de plek waar de bijl haar had geraakt. Haar topje was gescheurd, maar haar huid was niet kapot. Daarvoor was de klap niet hard genoeg geweest.

Ze deed haar hoofd omhoog. 'Dobbs!'

Ze hoorde rechts van haar een bons, zo zacht dat hij bijna niet te horen was. Het klonk alsof iemand tegen een matras sloeg. Ze draaide zich in de richting van het geluid. 'Nog een keer!'

Weer een bons.

Met haar handen voor zich uitgestrekt zette Gimble zo snel als ze durfde een paar stappen. Toen ze ergens met de neus van haar schoen tegenaan stootte, liep ze er langzaam omheen. Ze boog zich zo ver mogelijk voorover – dichter bij de vloer was de lucht iets makkelijker in te ademen. 'Ga door!'

Beng. Beng.

Ze voelde met haar hand een muur en duwde ertegen. Ze hoorde Dobbs weer, nog steeds aan haar rechterhand, en ze volgde de muur in de richting van het geluid tot ze bij een gang kwam. Even later voelde Gimble een deurpost.

Bij de volgende bons trilde de deur.

'Ik ben hier! Hou vol...' Ze tastte naar de deurknop en draaide, maar de deur ging niet open. Ze streek met haar hand langs de deurpost en voelde een zware, metalen grendel. Ze schoof hem opzij en duwde de deur open.

Dobbs lag op de grond. Een mouw en een broekspijp waren doorweekt van het bloed. Een eindje naast hem verlichtte de zaklamp van zijn telefoon het vertrek.

Aan de muren hingen foto's van Michael Kepler en Megan Fitzgerald. Er stond ook een kinderbed. Een paar melkkratten dienden als tafeltje. Boeken. Een wc en een wastafel in een hoek van de kamer. Het slot bevond zich aan de buitenkant van de deur – iemand had hier opgesloten gezeten.

Ze liep naar Dobbs toe en knielde bij hem neer. 'Kun je staan?'

Dobbs knikte, maar het was duidelijk dat hij veel bloed had verloren. Hij was lijkbleek. Zijn haar was vettig en zat onder het zweet. Hij deed een trillende hand omhoog en streelde Gimbles wang. 'Ik geloof dat ik van je hou.'

Hij had ook nog last van waanideeën.

Gimble pakte zijn telefoon en stopte die in de voorzak van haar spijkerbroek, zodat het licht naar voren scheen. Ze tilde zijn goede arm over haar schouder en sloeg haar arm om zijn middel. 'Bij drie...' Ze telde af en hees hem overeind. Hij ging bijna door zijn knieën maar ze wist hem overeind te houden en wachtte tot hij steviger op zijn benen stond.

'Hij heeft het gas ge...'

Gimble trok hem al naar de deur. 'Ik weet het. We moeten opschieten.'

Ze hielp hem de deur door, de gang in en terug naar de kelderverdieping. Zijn blik viel op het levenloze lichaam.

'Patchen. Hij heeft Begley gedood,' zei Dobbs hijgend.

'Kepler is hier. Hij loopt door het gebouw.'

Hij gaf geen antwoord, maar op de een of andere manier lukte het hem om sneller te gaan lopen.

138

SCHRIFTELIJKE VERKLARING, MEGAN FITZGERALD

Ik voelde overal om me heen de hitte van de vlammen. 'Doe hem geen pijn! Hou op!' schreeuwde ik terwijl ik me op hen stortte.

Nicole pakte me bij mijn been, waardoor ik struikelde en op de grond viel. Ze probeerde de schaar uit mijn hand te wurmen maar ik schopte haar vol in haar gezicht zodat ze achteroversloeg. De hitte verschroeide mijn huid. Ik rolde op mijn zij en krabbelde weer overeind.

Uit mijn ooghoek zag ik dat Mitchell zich op Michael gooide. Hij zette zich af met zijn rechtervoet en vloog door de gang. Michael probeerde hem te ontwijken door opzij te stappen. Door de beweging deed zijn wond veel pijn en hij kromp in elkaar en bewoog langzamer, maar het was genoeg – Mitchell kwam in een rare hoek tegen hem aan en viel tegen de brandende muur. Hij deinsde meteen achteruit, maar de schouder van zijn overhemd had al vlam gevat. Hij sloeg op de vlammen tot ze gedoofd waren.

Michael zag een kleine twee meter verderop zijn pistool tegen de plint liggen en dook eropaf. Hij klemde zijn vingers om het staal maar liet meteen weer los – het wapen was te heet. Hij draaide zich om op het moment dat Mitchell zich op hem stortte en Michaels armen met zijn knieën tegen de grond drukte. Mitchell hief zijn mes en richtte het op Michaels borst.

Ik deed de schaar omhoog.

Michael keek me smekend aan. Hij haalde moeizaam adem en ik hoorde dat hij mijn naam fluisterde.

Mitchells arm zwaaide door de lucht en kwam met een boog op Michael af.

Ik wierp me op Mitchell en stak de schaar diep in zijn rug, een paar centimeter van de plek waar ik hem eerder had geraakt. Ik bracht de schaar omhoog en stak hem opnieuw. Ik raakte een bot, misschien zijn ruggengraat. Ik rukte de schaar los en stak voor de derde keer. En toen nog eens. Hij probeerde me van zich af te gooien maar ik had mijn benen om hem heen geslagen. Ik liet niet los en bleef net zo lang steken tot de achterkant van zijn overhemd doorweekt was van het bloed. Ik stak net zo lang tot ik uitgeput was. Toen rolde ik opzij en viel naast hen op de grond.

Michaels hoofd was vlak naast me en draaide naar me toe. Hij hoestte en zijn kin zat onder het bloed. 'Brand... ga weg... Meg...'

Ik ging met moeite rechtop zitten en schudde mijn hoofd. 'Nee, nee, nee, nee.'

Ik duwde Mitchell van hem af; de schaar zat nog diep in zijn rug. Zijn lichaam rolde opzij en viel tegen de muur. Zijn haar vatte vlam en zijn nietsziende ogen staarden me aan.

Toen ik naar Michael keek zag ik Mitchells mes bijna tot aan het heft in zijn borst zitten. Hij pakte het vast en probeerde het los te trekken, maar hij was te zwak. Zijn hand viel naast zijn lichaam.

Mijn ogen vulden zich met tranen. Ik aaide over zijn wang. 'Ik krijg je hier wel weg, Michael. Hou vol. Desnoods draag ik je. Niet doodgaan!'

Hij keek naar me op alsof hij niet begreep wat ik zei.

'Maar we moeten het mes laten zitten,' zei ik. 'Het is misschien wel gevaarlijker om het hier los te trekken. Ik zal je helpen om naar buiten te komen, en dan zoek ik hulp...'

Hij knipperde langzaam met zijn ogen en zijn lippen bewogen. Ik boog me dichter naar hem toe zodat ik mijn oor bij zijn mond kon houden.

'Haal Nicole weg,' fluisterde hij. 'Red... Nicole.'

Ik schudde mijn hoofd. 'We halen haar hier samen weg, jij en ik. Of zij kan me met jou helpen... we ontkomen alle drie.'

Hij gaf geen antwoord.

Ik stikte half van de zwarte rook terwijl ik huilde, ik hoestte, veegde mijn ogen af en kuste hem op zijn voorhoofd en zijn wang. 'Ik hou van je, Michael. Dat weet je toch, hè? Ik heb altijd van je gehouden. Van niemand anders, alleen van jou.'

Toen ik mijn hoofd optilde en naar zijn gezicht keek, wist ik dat hij dood was. Zijn ogen waren glazig en zijn mond hing een beetje open. Hij ademde niet meer.

Ik weet niet hoelang ik daar zat – een minuut, twee misschien. Toen ik mezelf dwong me van hem af te wenden, zag ik Nicole. Ze was tot halverwege de gang gekropen en daar in elkaar gezakt. Ik trok de bovenkant van mijn topje over mijn mond en ging naar haar toe, zo laag mogelijk bij de grond om geen rook in te ademen. Het vuur had het bovenste deel van de muren bereikt en het plafond brandde nu ook. Er begon gips naar beneden te vallen, eerst kleine stukjes en toen grotere.

'Kun je me horen?' riep ik naar haar.

Ze draaide zich langzaam naar me toe. Ze stikte half door de ducttape. Ze had geprobeerd hem los te trekken, maar Mitchell had er zo veel van om haar hoofd gebonden dat we het nooit met onze handen los zouden kunnen krijgen. We moesten...

Ik keek om naar Mitchell – de schaar zat nog in zijn rug. Hij stond in brand en zijn huid was zwart en verkoold.

Er was geen tijd.

Michael lag roerloos naast hem.

Ik wendde mijn blik af, kon het niet meer opbrengen om te kijken.

Ik greep Nicole om haar middel en trok haar omhoog. De wonden op haar voeten bloedden en waren zwart van het roet. Eerst verzette ze zich, maar toen ze besefte dat we op weg waren naar de trap liep ze mee. We strompelden samen stapje voor stapje in de richting van de enige weg naar beneden, de enige weg naar buiten.

139

Gimble

Dobbs struikelde voor de derde keer en ze trok hem weer overeind en dichter tegen zich aan. 'We zijn er bijna,' zei ze bemoedigend.

'Niet,' antwoordde Dobbs. Hij zakte weer door een knie en hij viel bijna. Op de een of andere manier lukte het haar hem overeind te houden.

Ze had hem uit de kelder weten te krijgen, de eerste trap op naar de lange gang. Ze had de zware metalen deur dichtgedaan, maar hoewel die het aardgas grotendeels leek tegen te houden kon ze het nog steeds ruiken. Misschien stroomde het door de ventilatoren.

'Ik ruik rook,' zei Dobbs. 'Je moet je me hier achterlaten en maken dat je wegkomt. Als er brand is en de vlammen komen bij het gas...'

'Gewoon doorlopen,' kapte Gimble hem af terwijl ze hem mee bleef trekken. Patchen had de stroom in het gebouw uitgeschakeld en daarmee had hij hun een dienst bewezen. Als de luchtbehandelingskast nog aan had gestaan, was het gas door het gebouw gepompt en zou het ongetwijfeld al vlam hebben gevat.

Ze bereikten de metalen branddeur met daarachter de trap naar boven toen Dobbs in elkaar zakte. Gimble zag zijn gezicht terwijl hij naast haar op de grond viel – zijn ogen draaiden weg.

Gimble liet zich op haar knieën vallen. 'Dobbs! Niet nu, we zijn er bijna!' Ze gaf hem een harde klap in zijn gezicht.

Hij kreunde, maar bewoog niet.

De stof die hij om de wond op zijn arm had gebonden was los gaan zitten en zijn mouw was donkerrood van het bloed. Ze deed haar riem af, maakte die vast om zijn arm en trok hem strak, waarbij ze met een voet tegen zijn romp duwde om kracht te zetten.

Dobbs ogen schoten open en hij brulde het uit.

'Daar is-ie weer,' zei Gimble.

Hij keek om zich heen en had duidelijk geen idee waar hij was. Toen wist hij het weer. Hij keek haar smekend aan. 'Ik wil je dood niet op mijn geweten hebben.'

'Ik heb je niet zo ver meegesjouwd om je hier te laten sterven.' Gimble hielp hem overeind. 'Nog één trap. Als het gebouw de lucht in gaat, zal het snel gebeuren en zal ik nooit weten wat er is gebeurd. Als ik je achterlaat, zal ik daar voor altijd mee moeten leven. In tegenstelling tot wat mijn mensen je misschien vertellen, heb ik wel degelijk een geweten.' Ze stak haar hand uit en prikte in de wond op zijn arm.

Dobbs rukte zijn arm los en was weer helemaal helder.

Ze keek hem dreigend aan. 'Dat zal ik elke keer doen wanneer je inkakt.'

Hij knikte en leunde weer tegen haar aan.

Gimble duwde de deur open en grijze, dikke rook sloeg hen in het gezicht. Het was hier heet en het rook naar brandend hout. 'Lopen!'

Ze duwde hem de rook in en trok de deur achter zich dicht. Gimble zag geen vuur maar ze kon het wel horen – een zacht rommelend geluid ergens vlakbij. Ze probeerde niet aan al het gas te denken dat zich achter hen ophoopte.

Ze bereikten de bovenkant van de trap en terwijl ze naar de voordeur liepen, hoorde Gimble iemand hoesten. Dobbs hoorde het ook. Hij begon zich naar het geluid toe te draaien maar ze hield hem tegen. 'Naar buiten jij. Ik ga.'

Hij keek alsof hij wilde protesteren, maar toen knikte hij en liep hij moeizaam naar de voordeur.

Gimble hoestte, sloeg een hand voor haar mond en draaide zich om naar het geluid. Toen zag ze dat Vela was verdwenen.

140

Gimble

Er lag bloed op de plek waar Vela op de grond had gelegen, maar nu was hij nergens te bekennen.

Ze hoorde het gehoest weer, hard en doordringend, gevolgd door een hijgende ademhaling.

Kepler?

Vela?

Het kwam van boven en achter haar.

Terwijl Gimble zich razendsnel omdraaide naar het geluid ging haar hand naar haar lege holster.

Er wervelde zwarte rook onder het plafond, kolkend als onweerswolken. Op de trap naar de eerste verdieping hing meer rook. Bovenaan de trap stuitte ze op een reusachtige donkergrijze massa die naar beneden probeerde te komen en al begon door te sijpelen naar de benedenverdieping. Rookslierten zweefden omlaag en verkenden de sierlijke architectuur op zoek naar een maaltijd, proberend de honger van een of ander beest te stillen dat zich boven bevond en met de seconde groter werd.

Door de rook heen zag ze hen.

Megan Fitzgerald verscheen als eerste. Ze strompelde de trap af, gleed bijna uit en hield zichzelf overeind tegen de muur. Ze sloeg een arm om een andere jonge vrouw heen, en Gimble herkende meteen Nicole Milligan. Milligans blote voeten waren smerig en zaten onder het bloed. Er zat ducttape om haar hoofd en ook een enorme hoeveelheid van het spul om haar mond, waarvan een deel vastzat in haar haar. Ze leek nauwelijks bij bewustzijn. Beide vrouwen zaten onder het roet en hun kleren waren helemaal gescheurd.

Toen Milligan Gimble zag zette ze grote ogen op en probeerde ze zich los te rukken van Megan, waardoor ze bijna allebei van de trap vielen, maar op de een of andere manier wist Megan op de been te blijven.

Gimble rende de trap op, pakte Milligans vrije arm en sloeg die over haar eigen schouder. De hitte golfde over de trap. Boven hen brandde het vuur, dat maar al te graag naar beneden wilde komen. Ze moest schreeuwen om boven het lawaai uit te komen. ‘Waar is je broer?’

Megan schudde haar hoofd. Haar beroete gezicht zat onder de opgedroogde tranen en het snot. 'Mitchell heeft hem vermoord. Hij is dood. Ze zijn allebei dood.' Terwijl ze dat zei kwamen de tranen weer. Ze rolden uit haar gezwollen rode ogen en haar lichaam trilde van de snikken.

Boven hen klonk een harde klap, gevolgd door zwaar gerommel.

Gimble dacht aan het gas dat zich ophoopte.

'We moeten als de sodemieter naar buiten!'

Ze sleurde hen mee de trap af. De rook werd dikker en vulde hun longen, maar toch lukte het haar om hen mee te trekken. Ze kwamen bij de deur en vielen. Toen waren er armen, handen die hen vastgrepen en hen over de oprijlaan en het gazon trokken.

Gimble zag Windham Hall niet exploderen, maar ze voelde het wel. De schokgolf trof haar met de kracht van een vrachtwagen.

DEEL 7

ITHACA, NEW YORK

De vruchtbaarste grond is vermengd met de as van vernietiging.

– dr. Barton Fitzgerald

141

Megan

Ik voelde me verdoofd.

Al twee dagen.

Ik dacht dat ik het prima zou vinden als dat de rest van mijn leven zo bleef. Ik kon niet slapen maar wilde ook niet wakker zijn. Elke keer wanneer ik mijn ogen dichtdeed zag ik Michael naar me kijken terwijl hij in Windham Hall op de grond lag, verward en zwak, smekend dat Nicole en ik maakten dat we wegkwamen. Zelfs in die laatste momenten was hij erop uit om me te redden. Hij was altijd al onzelfzuchtig geweest. Een goeierd.

De begraafplaats die voor me lag was uitgestorven.

De enige aanwezigen waren ikzelf, een geestelijke die ik niet kende en een grafdelver. Hij stond achter de berg aarde die aan het oog was onttrokken door een laag goedkoop kunstgras naar me te kijken. Toen ik hem betrapte nam hij niet eens de moeite zijn blik af te wenden. Hij krabde aan zijn stoppelbaard, stak zijn hand in zijn zak en bleef gewoon staren.

Het was een minuut of twintig eerder gaan regenen, en hoewel ik een paraplu had gekocht, gebruikte ik die niet. Elke koude druppel op mijn hoofd en op mijn huid herinnerde me eraan dat ik nog leefde terwijl Michael, dr. Rose en dr. Bart anderhalve meter voor me een paar meter diep in de grond lagen; zij zouden nooit meer een regendruppel voelen.

De geestelijke dreunde zijn tekst op, maar ik hoorde er geen woord van.

Dr. Bart was twee dagen eerder begraven. Terwijl ik zwaar onder de medicatie in het ziekenhuis lag, hadden ze hem in de grond gestopt. Ik had gehoord dat er veel mensen op de begrafenis waren geweest. Collega's, fans van zijn boeken, pottenkijkers. Ik weet niet of ook maar één van de aanwezigen als een vriend van dr. Bart kon worden beschouwd. Ik denk dat iedereen er was om getuige te zijn van het spektakel. De kranten schreven erover; ze gingen maar door met dat gelul over het verlies van zo'n vooraanstaande persoon in de psychiatrie.

De zelfmoord van dr. Rose stond vermeld op bladzijde 23 van de lokale krant. Ze hadden me om een foto gevraagd, maar die had ik niet gegeven, dus hadden ze er een gebruikt die ze ongetwijfeld van Cornell hadden gekregen, een oude portretfoto waarop ze er twintig jaar jonger uitzag, iets minder rimpels had en een paar kilo lichter was. De zelfingenomen grijns was er echter wel. Die grijns achtervolgde haar overal. Vandaag plaatsten we haar naast dr. Bart.

De geestelijke was kennelijk uitgepraat over dr. Rose, want hij schuifelde de anderhalve meter naar het laatste graf van ons kleine familiegraf en gebaarde naar de foto van Michael die in een gouden lijstje wankel op een ezel stond. De foto was veel te klein voor deze gelegenheid, maar ik had geen tijd gehad om iets groters te laten maken.

Hoe ze Michael hebben gevonden zal ik nooit weten.

Toen het gas uit de kelder van Windham Hall het vuur op de eerste verdieping bereikte, was de explosie kilometers in de omtrek te horen – op honderden meters afstand waren er ruiten gesprongen.

Ik herinner me de klap niet. De artsen zeiden dat ik een kleine tien meter door de lucht was gevlogen en een zware hersenschudding had. Nicole Milligan was er slecht aan toe, maar leefde nog. Volgens de politie had ik haar gered. De laatste keer dat ik bij haar ging kijken was ze nog buiten bewustzijn. Ze lag in de ziekenhuiskamer naast de mijne. Ik was er vanmorgen voor ik vertrok nog een keer langsgegaan.

Jessica Gimble, de FBI-agente die Nicole en mij had geholpen om de laatste treden af te komen en die ons vlak voor de explosie naar buiten had weten te loodsen, was het grootste deel van de nacht bij me gebleven, zittend in een stoel bij het raam. Toen mijn ogen opengingen en ik haar zag, probeerde ik iets te zeggen, maar ze zei dat ik stil moest zijn en moest rusten. Ze had verband op haar gezicht en een lelijke snee in haar wang, van het soort dat een litteken achterlaat. Ik zou haar de naam van een goede plastisch chirurg kunnen geven – dr. Rose kende er een paar. Om haar linkerhand zat gaasverband. Ze droeg haar haar in een paardenstaart en had geen make-up op.

Ze had een briefje voor me achtergelaten op een schrijfblokje:

Schrijf op wat je je kunt herinneren; we spreken elkaar wel als je beter bent. En noem me Jessica :)

Dus zette ik alles op papier, zo gedetailleerd als ik kon. Toen ze het later kwam ophalen, zei ze dat ze het Garrett Dobbs, een rechercheur uit LA, ook zou laten lezen. Ik googelde hem en hij zag er leuk uit, dus voegde ik zijn naam toe aan de aanhef van de brief; dat leek me wel zo beleefd. Ik vertelde hun alles van Michaels eerste telefoontje tot aan de explosie en sloeg niets over.

Het was heel pijnlijk om alles te moeten herbeleven, maar toch deed ik het.

Iemand haalde Michaels lichaam uit die puinhoop. Ze hadden Mitchell nog altijd niet gevonden, maar dat zou wel gebeuren. Wie weet wat ze nog meer zouden vinden als ze de ruïnes van Windham doorzochten.

De geestelijke ging verder.

De smerige grafdelver bleef staren.

Ik liet mijn blik door de regen over de lege begraafplaats dwalen.

Ik deed mijn best om alle mensen die achter me aan het roepen waren te negeren.

Ik had me maar één keer omgedraaid, maar meteen hadden er tientallen camera's geklikt en geflitst en werden er lukraak mobiele telefoons in de lucht gehouden om te proberen over de hoofden van anderen heen een foto van me te maken. Televisieploegen, verslaggevers van alle mogelijke kranten en websites – iedereen was er. Ze schreeuwden vragen naar me, staken microfoons naar me uit in de hoop iets op te vangen, wat dan ook, alles wat ze maar konden gebruiken. De politie hield ze op afstand achter houten afzettingen. Ze wilden me allemaal de Vogelmoordenaar zien begraven. Zo werd Michael in de media genoemd: de Vogelmoordenaar. Achterlijk toch? Hij werd afgeschilderd als een monster, een gestoorde moordenaar die het hele land doorkruiste om mensen te vermoorden. Ik had een paar van de artikelen gelezen, en dat was genoeg geweest. Steeds dezelfde lulkoek. Er was geen woord van waar. Over Mitchell werd met geen woord gerept. Daar werd ik echt onpasselijk van. Michael was een goed mens. Hij verdiende dit allemaal niet. Ik had de politie beloofd dat ik pas met de pers zou praten als ze het onderzoek hadden afgerond en alles wat ik hun in mijn schriftelijke verklaring had verteld hadden samengevoegd en gereconstrueerd, maar ik zou me niet al te lang kunnen inhouden. Nog een dag of twee, dan zou ik orde op zaken stellen, wat de gevolgen ook waren. Dat was het minste wat ik Michael verschuldigd was.

De geestelijke boog zijn hoofd en zei een gebed op. Ik wilde weg.

Er werd een hand op mijn schouder gelegd. 'Hoe gaat het, Megan?'

Zij was het, agent Gimble... Jessica. Ze had een licht Zuidelijk accent, dat was me eerder niet opgevallen.

'Hoe denk je dat het gaat?'

Ze ging met haar rug naar de mensen van de pers staan en keek naar de drie graven. 'Ik kan me niet voorstellen hoe het is om je hele familie te moeten begraven. Ik vind het heel erg voor je.'

'Waarom bracht je hem hierheen? Als je hem gewoon naar de gevangenis had gebracht zou hij nog geleefd hebben.' Ik had dat pas de vorige avond op het nieuws gehoord. Er was sprake van een intern onderzoek. Het kon me helemaal niets schelen wat er met haar ging gebeuren; daar kreeg ik Michael niet mee terug.

Ze keek naar de grond. 'Hij zat geboeid in een politiewagen. Hij had daar helemaal niet uit moeten kunnen komen.'

'Maar dat is wel gebeurd, hè?'

'Ja, dat is wel gebeurd.'

Ik voelde de tranen weer in mijn ogen springen. 'Omdat hij me wilde helpen. Dat is het enige wat hij altijd wilde doen. Hij heeft nooit iemand kwaad gedaan.'

Daar zei ze niets op.

Ik draaide me naar haar toe en begon harder te praten. 'Als hij een moordenaar was, waarom heeft hij de agent dan niet gedood die jij bij hem had achtergelaten om hem te bewaken? Dat had hij makkelijk kunnen doen. Zijn handboeien waren los, hij had hem kunnen overrompelen. In plaats daarvan heeft hij alleen zijn pistool gepakt en hem met handboeien vastgemaakt aan het stuur.' Wat ik vervolgens zei, sprak ik zo hard uit dat de verslaggevers het konden horen: 'Michael heeft hem niets gedaan omdat hij dat niet kon. Michael deed nooit iemand kwaad. Dat kon hij niet.'

De geestelijke staarde me aan. Het kon me niks schelen.

Spottend zei ik: 'Wat let me om me nu om te draaien en al deze mensen te vertellen wat er echt is gebeurd? Om ze alles over Michael te vertellen? Alle vieze geheimpjes van de Fitzgeralds?'

Ze kneep in mijn schouder. 'Daarom ben ik hier, Megan. We weten dat Michael het niet heeft gedaan. We hebben bewijs.'

Mijn hart bonsde in mijn keel. 'Hebben jullie Mitchell gevonden?'

Ze schudde haar hoofd. 'Beter dan dat. Ik wil je graag meenemen, weg van al deze mensen hier en terug naar het bureau. Ik zal het je laten zien.' Ze boog zich naar me toe en fluisterde in mijn oor: 'Als we klaar zijn, zal ik samen met jou een persconferentie houden. De FBI zal dat regelen. We zullen iedereen de waarheid laten weten. Samen zullen we Michaels naam zuiveren.'

142

Megan

Ik zat in een auto van de FBI – een zwarte sedan met verduisterde ramen – en daar was ik dankbaar voor. De chauffeur reed door de menigte op de begraafplaats heen met een snelheid die deed vermoeden dat hij er niet voor zou terugdeinzen een paar journalisten van de sokken te rijden als ze in de weg bleven staan. Sommige verslaggevers gaven een harde klap op de wagen terwijl we langsreden. Een andere duwde een grote cameralens tegen mijn raam en hield de ontspanner ingedrukt in de hoop een mooi plaatje van me te schieten. Ik had geen idee of dat zou werken met het donkere glas. Ik schermde mijn gezicht voor de zekerheid toch maar af met mijn hand en staarde naar de vloer, terwijl ik me afvroeg wat er in Michaels hoofd was omgegaan toen hij in precies zo'n auto had gezeten.

Het FBI-kantoor in State Street in het centrum van Ithaca stond tussen een onderwijsinstelling en een advocatenkantoor in. Het was een log, bungalowachtig gebouw met een afzichtelijke beige kleur en smalle bruine ramen dat meer weg had van een bunker dan van een kantoor. Alles aan het gebouw schreeuwde FBI.

Mijn chauffeur bracht de auto voor de hoofdingang tot stilstand en deed het portier voor me open – hij was een echte heer. Geef je zo iemand een fooi? Jessica stapte achter me uit en begeleidde me naar binnen. Bij de beveiliging werd mijn handtas door net zo'n scanner als op een vliegveld gehaald, en ik stapte door een grote metaaldetector. Toen ze hadden vastgesteld dat ik geen terrorist was, werd er een foto van me genomen en kreeg ik een bezoekerspas.

'Deze kant op,' zei Jessica terwijl ze me voorging naar een lift.

'Er is toch alleen de begane grond?'

'Er zijn drie kelderverdiepingen.' Ze drukte de knop in.

Terwijl we op de lift wachtten zag ik meerdere mensen naar me kijken. Ik keek omlaag naar mijn zwarte jurkje en vroeg me af of het misschien te kort was.

Toen de deuren opengingen op verdieping B2 werden we opgewacht door een man van begin dertig die een T-shirt van Mumford and Sons droeg en een MacBook vasthield. Hij glimlachte naar me. 'Jij zult Megan Fitzgerald zijn. Aangenaam.'

'Megan, dit is special agent Sammy Goggans. We zijn collega's in Los Angeles.'

Ik gaf hem een hand. 'Mumford. Cool, hoor. Mag je T-shirts dragen van de FBI?'

Hij boog zich naar me toe en zei zacht: 'Ze hebben me er een keer een waarschuwing voor willen geven, maar ik heb religieuze redenen aangevoerd. Ze weten nooit hoe ze daarop moeten reageren.'

Ze voerden me een paar gangen door naar een vergaderruimte ergens achter in het gebouw. We bevonden ons ver onder de grond, zodat het enige raam in de kamer uitkeek op de gang. Er stonden zes stoelen om de ronde tafel heen. Op een daarvan zat de rechercheur die ik had gegoogeld.

'Dit is rechercheur Garrett Dobbs van de LAPD. Hij heeft de afgelopen dagen met mij aan deze zaak gewerkt. Ik geloof dat ik zijn naam in het ziekenhuis al een keer heb genoemd.'

Zijn rechterarm zat in een mitella en hij had een paar snijwonden in zijn nek en op zijn gezicht, maar verder was hij net zo leuk als op de foto. Brede schouders en kortgeknipt haar. Ongelooflijk intense ogen. Ik zou best een beschuitje met hem willen eten.

Naast hem op de grond stond een witte archiefdoos.

Hij stond glimlachend op. 'Hallo Megan. Ik heb je broer ontmoet. Gecondoleerd.'

Jessica wees naar een lege stoel. 'Wil je iets drinken? Fris, water, koffie?'

Ik schudde mijn hoofd. 'Ik heb een hoop te doen vandaag. Ik moet over een uur bij de familieadvocaat zijn om informatie over het huis te bespreken, dus ik heb niet veel tijd.'

'Ik snap het. Wil je je advocaat erbij hebben? We kunnen wachten als je hem wilt bellen.'

'Waarom zou ik dat willen?'

Jessica haalde haar schouders op. 'Sommige mensen vinden het niet prettig om met de FBI te praten zonder dat er een advocaat bij is, dus ik dacht, ik zeg het even. Als je hem wilt bellen is dat geen probleem, dan wachten we. Het is aan jou.'

'Hoeft niet, hoor,' zei ik terwijl ik op de stoel ging zitten.

Jessica deed de deur dicht en toen zaten ze met z'n drieën tegenover me. De man met het T-shirt opende zijn MacBook en ik hoorde de ventilator zachtjes aangaan.

Jessica haalde een aantekenboekje en een pen tevoorschijn en legde die op tafel. Ze had ook een kopie van mijn verklaring, die ze naast het aantekenboekje legde. In de verste hoek was een camera op ons gericht. Er knipperde een rood lampje.

'Staat die aan?'

Terwijl ze me bleef aankijken zei ze: 'Ja. Die nemen altijd alles op. Het gaat hier anders dan op televisie. We kunnen die dingen niet aan- en uitzetten. Er hangen overal in het gebouw camera's. Ik doe dit al zo lang dat ik vergeet dat ze er zijn. Je vindt het toch niet vervelend? Ik neem aan dat er op Cornell ook camera's hangen, of niet? Soms heb ik het idee dat die dingen sinds 11 september overal hangen en alles opnemen wat we doen.'

Ik knikte.

'Negeer het gewoon,' zei ze, en ze wendde zich tot de rechercheur. 'Dobbs, kun je me...'

Ze maakte haar zin niet af, maar kennelijk wist hij wat ze bedoelde, want hij reikte naar de archiefdoos, haalde er een map uit en gaf die aan haar. Ze bekeek de inhoud en legde de geopende map tussen ons in op tafel. Er zaten drie foto's in. Ze legde ze naast elkaar neer en wees naar de meest rechtse. 'Zoals je ziet is dat je adoptievader, dr. Barton Fitzgerald. Over hem zullen we het zo hebben. Herken je de andere twee?'

Ik boog me naar voren. 'De linker is meneer Patchen. Hij leidt, of beter gezegd leidde, Windham Hall.'

'En hoe ken je hem?'

Ik haalde mijn schouders op. 'Hij kwam wel eens bij ons thuis. Hij was bevriend met mijn ouders.'

'Verder had je niets met hem te maken?'

Ik schudde mijn hoofd.

Jessica wees naar de volgende foto. 'En hij?'

'Hem ken ik niet.'

'Je hebt hem nog nooit gezien?'

'Nee.'

'Ook niet bij je ouders?'

Opnieuw schudde ik mijn hoofd.

Ze draaide de foto naar zich toe en bekeek het gezicht van de man. 'Dat is dr. Omer Vela. Hij heeft voor de FBI gewerkt als adviseur. Hij schijnt samen met Lawrence Patchen en je adoptievader gestudeerd te hebben. Hij is mogelijk betrokken geweest bij het framen van Michael. We proberen nog te achterhalen waar die betrokkenheid precies uit bestond.'

'O, ik heb nog één foto waarvan ik graag wil dat je daar even naar kijkt,' zei Dobbs. Hij haalde een andere map uit de doos en gaf die aan mij. Er zat een foto in van een man van ergens in de vijftig. Zwaargebouwd, peper-en-zoutkleurig haar. Ook hem kende ik niet.

Ik schoof de map terug naar Dobbs. 'Nooit gezien.'

Fronsend zei hij: 'Die man heette Roland Eads. Hij deed zich voor als advocaat en heeft je broer geholpen om te ontsnappen uit het politiebureau in LA.'

'O.' Ik bekeek de foto beter.

'Ken je hem toch?' vroeg Jessica.

'Michael heeft me wel eens over hem verteld. Mitchell ook. Mitchell zei dat hij hem hielp om weg te glippen uit Windham Hall. Ik weet dat Michael naar zijn huis is gegaan. Ik neem aan dat Mitchell dat ook deed toen hij... Maar ik heb hem zelf nooit ontmoet.'

Sammy wierp Jessica een zijdelingse blik toe en zei: 'We hebben het logboek van zijn telefoon bekeken. Op basis van onze informatie heeft Mitchell hem betaald om dossiers te gappen uit Windham Hall, alles wat hij maar kon vinden dat betrekking had op waar Fitzgerald mee bezig was. Op de zestiende is er een betaling van vijfentwintigduizend dollar gedaan. Dat is de recentste overboeking. We denken dat die bedoeld was om zijn ontsnapping bij de LAPD te betalen.'

Hiervoor heb je me betaald.

Sammy ging verder. 'Rolands zus, Erma, hield een dagboek bij, maar ze was voorzichtig met wat ze opschreef. Ze wilde haar broer niet in de problemen brengen. Ze heeft maar één keer iets over Mitchell geschreven, een paar jaar geleden. Roland heeft haar verteld dat Mitchell en Michael als twee druppels water op elkaar leken, als twee mensen die in een strijd verwikkeld waren om hetzelfde leven te leiden. Hij vroeg zich af wat er zou gebeuren als ze zich samen in dezelfde ruimte zouden bevinden. Hij wilde in contact komen met Michael, maar we hebben er geen bewijs voor gevonden dat dat ooit is gebeurd – niet voor dat voorval bij de LAPD tenminste.'

Dobbs overhandigde me nog een foto. 'We hebben Roland in zijn auto gevonden.'

Ik keek omlaag om hem te bekijken maar wendde me meteen weer af. Toen had de afbeelding zich echter al in mijn geheugen gegrift. Een verkoold lichaam, totaal onherkenbaar.

Jessica keek hem fronsend aan. 'Dat hoeft ze niet te zien. Niemand hoeft dat.' Ze reikte over de tafel en gaf een klopje op mijn hand. 'Mijn excuses.'

Ik trok mijn hand onder de hare vandaan en legde hem op mijn schoot.

Dobbs zei: 'Hij is niet omgekomen in het vuur. Iemand heeft hem daarvoor al doodgeschoten.' Hij vormde een pistool met zijn duim en wijsvinger en richtte dat op zijn voorhoofd. 'Het vuur was alleen maar bedoeld om bewijs te vernietigen. Om je broer er verder in te luizen.'

Jessica leunde naar voren en zei: 'We denken dat het Mitchell was, net als in de andere gevallen. We hebben vastgesteld dat hij in LA was.'

143

Megan

'Jullie moeten het aan de pers vertellen! Iedereen geeft Michael de schuld.'

Jessica gaf de man in het T-shirt een knikje.

Hij klikte een paar keer op zijn MacBook en draaide hem zo dat we allemaal het scherm konden zien. 'Dit is het overzicht van de American Express-rekening van Barton Fitzgerald. Zie je dat daar? Op 14 september is er een bedrag overgemaakt aan Crossover Airlines.'

Ik trok de laptop wat dichter naar me toe. 'Gebruikte hij de creditcard van dr. Bart?'

Sammy knikte. 'We denken dat hij toegang had tot jouw e-mailaccount en mogelijk ook de berichten op je iPhone.'

Ik leunde naar achteren in mijn stoel. 'Hoe dan?'

Dobbs stak zijn hand in de doos en haalde er een iPad uit die in een plastic zak zat. 'Deze is gevonden in de kelder in Windham Hall, in de kamer waar dr. Fitzgerald Mitchell opsloot. Het ding is helemaal verbrand, maar toen onze technici de simkaart in een goed werkende iPad plaatsten, zagen we een mirror van al je accounts.'

Ik kreeg een wee gevoel in mijn maag. 'Ik heb een account met een creditcard van dr. Bart.'

'En met zijn iPad had Mitchell ook toegang.'

Sammy opende een spreadsheet. 'Het lijkt erop dat Mitchell jouw communicatie met Michael heeft bijgehouden, vooral wanneer jullie het over zijn werk hadden. Wanneer een route van Michael langs de woonplaats van een van Mitchells potentiële slachtoffers voerde, vloog hij daarnaartoe en huurde hij een auto om achter Michael aan te rijden. Op een gegeven moment verwijderde hij het gps-systeem uit Michaels vrachtwagen, plaatste het in zijn huurauto en plaatste het weer terug nadat hij de moord had gepleegd. Zo leek het of Michael naar elke plaats delict was gereden.'

Ik moet gekeken hebben alsof ik het niet begreep, want hij vroeg of ik vragen had.

'Hoe kunnen jullie zien dat hij de gps heeft verwijderd? Hoe weten jullie dat hij het was?'

Jessica glimlachte. 'Het toestel heeft ook informatie over het toerental opgeslagen. Dat is bij een vrachtwagen heel anders dan bij een gewone auto. Dat was Sammy opgevallen.'

Er stond een kleine koelkast in de kamer. Ze haalde er een blikje cola uit, maakte het open en nam een slok. 'Hoef je echt niks?'

Ik schudde mijn hoofd. 'Nee, bedankt.'

Sammy glimlachte wrang naar Jessica. 'Kan ik het haar vragen?'

Ze rolde met haar ogen. 'Ga je gang.'

Hij richtte zich tot mij. 'Wat heb je met die camera's bij de truckstop uitgespookt?'

Het zou kunnen dat ik een beetje naar achteren schoof in mijn stoel. 'Ik heb niet...'

Jessica maakte een wegwerpgebaar. 'Het is oké, je kunt het hem vertellen. Niemand zal je daarvoor vervolgen.'

'Ik kan er niet door in de problemen komen?'

'Nee.'

Ik keek hen alle drie aan. Het gaf ook eigenlijk niet, ze konden het toch niet bewijzen. 'Ik heb me toegang verschaft tot de opnameapparatuur van de truckstop en heb met behulp van gezichtsherkenningssoftware opnamen van Michael gevonden. Dat was niet lastig; hij kwam vrijwel elke rit wel langs die truckstop. Toen heb ik de beelden ingekort, de timestamps veranderd en alles weer geüpload. Makkie.'

'Hoe kreeg je toegang tot hun systeem?' vroeg Sammy. 'Het is een gesloten netwerk dat is beveiligd met 256-bits encryptie.'

Ik moest mijn best doen om niet te lachen. 'Tuurlijk, het is vrijwel onmogelijk om in het netwerk te komen met een terminal of via internet. De mensen die die dingen installeren zijn niet gek.'

Sammy zei niets en de leuke rechercheur leek het allemaal niet te volgen, dus spelde ik het uit. 'Je kunt het vergelijken met een huis – ze zetten een slot op de voordeur dat onmogelijk open valt te krijgen, maar vergeten de persoon in de keuken. Ik heb gewoon de CAT5-kabel uit een van de camera's gehaald en die aangesloten op mijn laptop. De camera's zitten al op het netwerk, achter de beveiliging. Ik heb gewoon het MAC-adres van de camera geïmiteerd en ik was binnen. Kinderspel. Toen had ik volledige toegang tot hun systeem.'

Sammy dacht daar even over na. 'Waar heb je dat geleerd?'

Ik haalde mijn schouders op. 'Ene Roy wees me op een YouTube-video. Tegenwoordig kun je alles op internet vinden.'

Nu was het Jessica's beurt om te glimlachen. 'Heb je daarmee antwoord op je vraag, Sammy?'

Hij knikte en leunde naar achteren. 'Ja.'

Jessica nam weer een slok cola en zette het blikje op tafel. 'Ben je wel eens meegereden met Michael op een van zijn ritten, Megan?'

'O ja, een paar keer. Dan spraken we ergens af en vloog ik daarheen. Het is leuk om lange stukken te rijden, en zo hadden we de kans om tijd met elkaar door te brengen.'

'Dat verklaart waarom ze soms lessen miste. Ze wilde tijd met haar broer doorbrengen.'

'Adoptiebroer,' verbeterde hij haar.

'Hebben jullie mijn aanwezigheidsregistratie bekeken?'

Ze gaf geen antwoord. In plaats daarvan vroeg ze: 'Heb je Mitchell wel eens gezien tijdens een van die ritten met Michael?'

'Nee, natuurlijk niet. Ik wist pas dat er een Mitchell was toen hij opdook bij het huis van Jeffery Longtin.' Ik richtte me weer op de rechercheur. 'Wat hebben jullie nog meer gevonden in die kelder?'

Hij keek omlaag naar de doos en toen weer naar mij. 'Vooral foto's. Honderden, van jou en Michael.' Hij ging zachter praten. 'Op sommige was je naakt. Ze waren genomen met een verborgen camera, nogal creepy. Hij had ook ondergoed van je. Er stond een doos vol kleding van je.'

'Ieuw.'

'Het meeste is verwoest door de brand.' Hij keek weer in de archiefdoos. 'De rest zal als bewijs worden opgeslagen. Je hoeft niet bang te zijn dat de verkeerde mensen er iets van te zien krijgen.'

Ik keek naar mijn handen. 'Ik kan gewoon niet geloven dat dr. Bart hem daar opsloot.'

'Het moet vreselijk zijn geweest,' zei Jessica. 'Op de een of andere manier lukte het hem om naar buiten te komen wanneer dat nodig was. Schijnbaar met hulp van Roland Eads.'

'Mitchell zei dat het net een kooi was.'

Jessica en de rechercheur wisselden een blik.

De IT'er was opnieuw in de weer met zijn MacBook. Hij draaide hem naar me toe en startte een filmpje. 'Heb je dit al eens eerder gezien?'

Het beeld was korrelig. Het enige licht in de kamer was afkomstig van een kaars op een nachtkastje. De camera was op het bed gericht. Er lag een vrouw op een man. 'Is dat...'

'Het is Alyssa Tepper,' antwoordde de rechercheur. 'En dat is...'

Ik sloeg mijn handen voor mijn gezicht. 'Michael! O god, zet uit! Daar kan ik niet naar kijken!'

Maar hij liet het filmpje doorspelen. 'Toen we dit voor de eerste keer zagen, dachten we dat het gefilmd was bij Alyssa Tepper thuis. Waarom zouden we dat niet denken, hè? We vonden de camera in haar slaapkamer en hij was gericht op haar bed. Dezelfde sprei als op de video. Het is zo donker dat de meubels bijna niet te onderscheiden zijn, maar als je goed kijkt, zie je dat ze niet van Tepper zijn – ze lijken erop maar zijn niet hetzelfde. Zie je?'

Hij zette de video stil en gaf me een andere foto, van een ladekast. 'Die is van haar. Zie je dat hij anders is?'

Ik keek naar de foto en schoof hem weer terug. 'Het is lastig te zeggen. Het is donker op die video.'

De rechercheur gaf me nog een foto. 'Deze hebben we gevonden in een fotoalbum in Michaels garagebox in Los Angeles. Hij is oud – Michael is nog maar een tiener –, maar kijk naar die ladekast? Volgens mij is dat dezelfde als die op die andere foto. Wat denk jij?'

Ik herkende Michaels kamer. Hij zat op zijn bed. De ladekast was duidelijk zichtbaar.

Jessica wees iets aan op de foto. 'Dat is dezelfde sprei als op de video.'

Dobbs deed de foto weer in de archiefdoos. 'Toen we dat ontdekten bekeken we de timestamps beter, en toen zagen we dat die video meer dan zeven jaar oud was. Hij was ongeveer een half jaar nadat Michael bij de Fitzgeralds was vertrokken opgenomen. Alyssa Tepper is een voormalige patiënt van dr. Bart. Michael heeft tegen ons gezegd dat hij haar niet kende, maar dat was een leugen, hè?'

'Misschien is dit Mitchell wel,' bracht ik daartegen in. 'Ze zien er precies hetzelfde uit.'

'Zágen.'

Ik zat hier echt niet op te wachten. Niet nu. 'Goed joh, wat jij wilt. Zágen.'

'Nogmaals gecondoleerd,' zei Dobbs.

Ik keek Jessica fronsend aan. 'Dus Mitchell heeft het zo laten lijken dat die video recent is opgenomen in Alyssa's appartement. Dat klinkt toch best logisch, als hij Michael wilde framen?'

Jessica knikte. 'Hij heeft zelfs meerdere recente foto's zo veranderd dat het net leek of ze een relatie hadden. Hij heeft een mobiele telefoon in de woning van je broer achtergelaten vol nepberichten. Hij heeft kleding van Michael in haar appartement neergelegd.'

Sammy voegde daaraan toe: 'Op basis van vluchtgegevens en creditcarduitgaven lijkt hij ten tijde van de moord op Tepper in Los Angeles te zijn geweest.'

'Kan Mitchell niet op die foto's hebben gestaan? Terwijl hij zich voordeed als Michael?'

Sammy schudde zijn hoofd. 'Nee, ze zijn gefotoshopt. Zulke veranderingen laten sporen na. Die zijn makkelijk te achterhalen met de juiste apparatuur.'

Dat vond ik vreemd. Waarom zou Mitchell de moeite nemen? Hij zag er precies hetzelfde uit als Michael.

Ik zag vanuit mijn ooghoek een beweging en keek naar het raam. Onze huishoudster, mevrouw Neace, stond in de gang en keek naar binnen, naar mij. Toen we elkaar aankeken liep ze snel weg. Er dromden meerdere agenten om haar heen. 'Wat doet zij hier?'

Jessica haalde een flesje pillen uit haar zak en zette dat tussen ons in. 'Kunnen we het hierover hebben?'

144

Megan

Ik griste het flesje van de tafel. 'Die zijn van Michael. Hoe kom je daaraan?'

Jessica nam weer een slok cola. 'Nadat Michael bij Longtin had gezegd dat hij jou bij Mitchell in de auto had zien stappen, nadat hij zichzelf had aangegeven zodat hij kon helpen je te redden van... Mitchell, vonden we deze in zijn zak.' Ze perste haar lippen op elkaar en vroeg toen: 'Weet je wat voor pillen dit zijn?'

'Natuurlijk. Dorozapine. Dr. Bart schreef ze voor.'

'Dit medicijn zie je weinig in Amerika. Ik heb het moeten opzoeken. Het wordt voornamelijk gebruikt in Oost-Europa, de voormalige Sovjetlanden en zo. Landen met... minder regels.'

Ik was echt niet in de stemming voor een farmaceutische topografieles.

Jessica knikte naar het flesje. 'Michael kreeg inderdaad dorozapine voorgeschreven; hij is het jaren geleden gaan gebruiken. Maar de tabletten die in dat flesje zitten zijn niet van hem. Toch, Megan?'

Ik draaide het flesje rond in mijn hand en de pillen maakten een geluid dat klonk alsof het zacht regende. Ik wees weer naar het raam. 'Vertel me waarom mevrouw Neace hier is.'

Jessica glimlachte. 'Daar komen we zo op. Ik wil het over die pillen hebben, de dorozapine. Dat is een antipsychoticum, en het is gevaarlijk. Het wordt voornamelijk gebruikt om schizofrenie en dissociatieve identiteitsstoornissen te behandelen. Het medicijn kan heel goed werken bij mensen die aan een van deze aandoeningen lijden. Maar als het wordt verstrekt aan iemand die daar níét aan lijdt, bijvoorbeeld aan mij of meneer Dobbs, kunnen er ernstige negatieve effecten optreden – hallucinaties, geheugenverlies, paranoia, angstaanvallen. Wist je dat?'

Ik zei niets.

Ze ging verder. 'Dr. Fitzgerald wist het wel. Blijkbaar vormden medicijnen als dorozapine de kern van zijn onderzoek, van zijn pogingen een psychose te creëren, zoals dissociatieve identiteitsstoornis. Daarom schreef hij het aan Michael voor, toch? Om te proberen een meervoudige persoonlijkheidsstoornis tot stand te brengen?' Ze boog zich naar voren en hield haar hoofd een beetje schuin. 'Maar dat is niet wat hij jou voorschreef, of wel?'

Ik kneep het flesje stevig vast. Ik ging mooi niet naar de naam op het etiket kijken. Die voldoening gunde ik haar niet.

Jessica leunde achterover en keek naar de vent met de MacBook. 'Sammy, zou je ons gesprek met de huishoudster van de Fitzgeralds willen afspelen?'

Hij knikte, klikte iets aan en draaide de laptop naar me toe.

Het gezicht van mevrouw Neace verscheen op het scherm. Ze was duidelijk nerveus. 'Hij zette die jongen enorm onder druk vanaf het moment dat hij hem in huis nam. Hij was toen nog maar vier of vijf, maar dr. Fitzgerald hield hem uren bij zich op kantoor, sessie na sessie na sessie. Dan zaagde hij hem helemaal door over de vreselijke dingen die hij had gezien en dwong hij hem die herinneringen opnieuw te beleven. Soms namen ze een pauze, andere keren stond hij erop dat ze daar aten.' Ze leunde voorover en schudde haar hoofd. Toen ze verder ging, praatte ze zachter. 'Hij sloot hem op in dat vreselijke kamertje – geen licht, niets – en pompte hem vol medicijnen. De anderen ook – hij deed het bij hen allemaal. Hij en dat vervloekte onderzoek van hem. Rose was ook geen heilige. Zij was erbij en moedigde hem aan. Hij martelde die kinderen gewoon.'

Ergens buiten beeld vroeg Jessica: 'Waarom hebt u hem niet aangegeven? Waarom hebt u niet aan de bel getrokken?'

Mevrouw Neace snoof. 'Wie zou me geloven? Hebt u enig idee wie hem financierde? Dat soort dingen geef je niet aan. Niet als je wilt blijven leven. Ik heb gedaan wat ik kon. Ik ben in dat afschuwelijke huis gebleven en heb de jongen geholpen wanneer ik voor hem moest zorgen. Ik hield de medicijnen achter wanneer ik maar kon. Ik liet hem soms overgeven. Leerde hem om net te doen alsof hij de medicatie innam wanneer ze toekeken.' Ze schudde haar hoofd. 'Dat haalde weinig uit. Fitzgerald kende geen medelijden. Hij was vastbesloten die jongen helemaal op te delen, om zijn kwetsbare geest te breken. Hij creëerde tot in het kleinste detail een hele persoon, Mitchell, en probeerde die aan hem op te dringen, deel van hem te laten worden. Hij wilde een gewetenloze moordenaar scheppen, een persoonlijkheid die kon doden door mentaal een knop om te zetten, en verder te leven zonder zich te herinneren wat hij had gedaan, zonder schuldgevoelens. De perfecte moordmachine. Michael was heel taai, heel sterk. Hij bouwde muren. Een zwakker iemand zou zijn bezweken, maar hij verzette zich. Het werkte niet bij Michael. Fitzgerald bleef het jarenlang proberen, maar het werkte niet. Uiteindelijk zocht hij een andere...'

Sammy zette de video stil.

Ik zag dat hij een uur geleden was opgenomen.

Ik voelde dat ik rood werd.

Jessica pakte het flesje pillen van me over en veegde een laagje vocht van haar colablikje. 'Michael wist het, hè? Daarom dekte hij je. Daarom zei hij tegen ons dat hij had gezien dat Mitchell je meenam.'

Ik keek ze alle drie aan. Twee mensen die ik niet kende stonden door het raam naar ons te kijken. 'Wat bedoel je nou?'

'Megan, wie heeft het voor het zeggen? Nu, op dit moment?'

'Dat meen je niet.'

'Een paar dagen geleden zou ik het ook niet geloofd hebben.'

'Mitchell heeft me ontvoerd! Hij heeft Michael vermoord, en hij probeerde mij ook te vermoorden! En Nicki!' Ik gaf zo'n harde klap op de tafel dat het geluid door de kamer galmde. 'Mitchell heeft al die mensen vermoord en geprobeerd Michael de schuld te geven!'

Gimble gaf Sammy een knikje.

'Moment,' zei hij en hij opende een andere video. Kennelijk was Nicole Milligan bij kennis.

145

Megan

Nicki was er slecht aan toe.

Ze zat half rechtop in een ziekenhuisbed tegen een paar kussens. Haar vettige haar plakte aan haar hoofd. Ze had een blauw oog, meerdere snijwonden en blauwe plekken op haar gezicht. Toen praatte ze zachtjes, bijna zo zacht als een muis. 'Patchen probeerde me te waarschuwen, maar toen hij belde hoorde ik buiten iemand schreeuwen. Het was een mannenstem die me bekend voorkwam maar die ik niet kon plaatsen. Ik had die stem jaren niet gehoord. Mijn deur werd ingetrapt. Ik rende naar de achterste slaapkamer, pakte mijn pistool en verstopte me in de klerenkast. Hij schreeuwde naar me. Ik hoorde ook een vrouwenstem en ze kwamen allebei dichterbij. Toen ik schaduwen door de kastdeur heen zag en wist dat ze bij me in de kamer waren, schoot ik. Ik raakte in paniek en begon gewoon te schieten, net zo lang tot het pistool leeg was. Toen rukte ze de deur open en trok ze me naar buiten.'

'Waar was de man?' De stem van rechercheur Dobbs.

Nicole keek knipperend met haar ogen in de camera.

'Nicole?'

Ze schudde haar hoofd. 'Die zag ik niet. Ik dacht dat hij was weggerend en ergens in het huis was.' Nicole likte over haar gescheurde lippen. 'Ze trok me de kast uit. Begon tegen me te schreeuwen, "Waar is het, waar is het!" En toen herkende ik haar – de dochter van dr. Fitzgerald. Ze...'

'Ze liegt!'

Sammy keek even naar Jessica en pauzeerde de video.

Mijn gezicht was weer rood geworden. 'Mitchell trapte de deur in! Ik ben het hele huis door achter hem aan gegaan! Ik was niet eens in de kamer toen ze op hem schoot – ik was...'

'Je was wat?'

Ik ging zachter praten. 'Ik was aan de telefoon.'

'Aan de telefoon? Wie belde je dan?'

'Ik... ik belde niemand. Het was dr. Bart. Hij belde...'

Jessica keek me ongelovig aan. 'De dóde dr. Bart belde naar het huis van Nicole?'

Ik probeerde me te herinneren wat er was gebeurd. Alles was zo snel gegaan, het was allemaal heel vaag. 'Hij was het natuurlijk niet echt. Ik denk dat het een opname was. Moet wel.' Ik was aan het mompelen. *Verman je, Meg.* Ik keek Jessica recht in de ogen. 'Iemand liep me te fucken.' Ik haalde diep adem en ging zo rustig als ik kon verder. 'Ik vond een schaar in een la van Nicole en heb Mitchell gestoken. Ik heb hem van Nicole af kunnen krijgen zodat ik met haar naar de auto kon. Het hield hem nauwelijks op. Hij had ons al ingehaald voor we konden wegrijden en sloeg me buiten westen.'

Ze staarden me alle drie aan alsof ik gek was.

Jessica zei tegen Sammy dat hij de video weer moest aanzetten.

Nicole zei: 'Ze gooide me tegen de muur. Ze was heel sterk, echt ongelooflijk. Ik wist een schaar te pakken te krijgen en stak haar in haar schouder. Toen vluchtte ik. Ik wist buiten te komen en haar auto te bereiken, maar ik kon hem niet starten. Ik denk dat hij gestolen was, want er hingen allemaal draden uit. Ik probeerde het toch, maar ze sloeg me neer. Ze had een geweer en daar sloeg ze me mee.'

Sammy pauzeerde de video weer. Ze keken me alle drie aan.

'Dit echt gelul,' zei ik ziedend. 'Zo is het niet gegaan.'

Jessica boog zich naar me toe. 'Laat ons je schouder zien, Megan. Je linkerschouder.'

'Wat?'

Jessica trok haar topje van haar eigen schouder. 'Even een snelle blik, vrienden onder elkaar.'

'Mooi niet.'

'We zullen er rechterlijke toestemming voor vragen.'

Ik sloeg mijn armen over elkaar.

'Als ze je niet gestoken heeft, hoef je je toch nergens zorgen over te maken?' zei Dobbs.

'Ik heb mijn schouder bezeerd in Windham Hall toen ik probeerde te vluchten voor Mitchell.'

'Laat het ons zien.'

Ik keek ze boos aan en ging toen staan. 'Weet je, ik heb niks te verbergen.' Ik stak mijn hand uit achter mijn rug, deed de rits van mijn jurk open, draaide me om en trok de bovenkant van mijn jurk van mijn schouder. 'Toen ik onder het bed kroop, *om Nicole te helpen*, bleef ik haken aan een spijker of zo die uit de vloer stak. Of misschien was het het bed, dat weet ik niet. Maar ze heeft me niet gestoken – níémand heeft dat gedaan.'

Achter me flitste een camera. Ik sloeg mijn hand over mijn schouder en draaide me als door een adder gebeten om. Jessica legde haar telefoon op de tafel. 'Je kunt je weer aankleden.'

Ik draaide me om en trok mijn jurk weer aan. 'Ik zei het toch?'

'Daar zou je een dokter naar moeten laten kijken. Het zou geïnfecteerd kunnen zijn,' zei Jessica.

Ik liet me weer op mijn stoel vallen. 'Het is gewoon een lelijke schram. Ze liegt. Ik weet niet waarom, maar ze liegt, en jullie trappen er allemaal in.'

Sammy was weer bezig met zijn computer. 'Weet je wat een videodeurbel is, Megan?'

146

Megan

'Ik heb er wel eens reclames van gezien.'

'Het zijn slimme deurbellen met een bewegingssensor en een camera,' zei Sammy. 'Elke keer wanneer de deurbel een beweging waarneemt, wordt er een opname gemaakt en wordt die opname opgeslagen in de cloud. Nicole Milligan heeft er een laten installeren toen ze doorhad dat iemand mensen aan het ombrengen was die een connectie hadden met dr. Fitzgerald.'

Jessica probeerde mijn hand vast te pakken, maar ik trok hem weg. 'Dit zul je niet fijn vinden, maar je moet het zien,' zei ze.

Sammy draaide de MacBook naar me toe.

Het beeld was korrelig; de opname was met infrarood genomen in het donker. Zwart-wit.

Ik zag mezelf van de auto die voor Nicoles huis stond naar de voordeur rennen, met een geweer in mijn hand.

Mitchells stem: 'Hé, Nicki! Klop klop!'

Ik trapte de deur in en rende naar binnen.

Mitchell weer: 'Had je onze vriend Larry aan de lijn? Heb je hem de groeten van me gedaan?'

'Dit is bullshit!' schreeuwde ik. 'Het is nep! Iemand heeft dat in elkaar gezet, net als die gefotoshopte foto's van Michael en Alyssa!'

Jessica keek niet naar de video maar naar mij. 'Laat haar die andere zien.'

Sammy klikte op een klein venstertje op het scherm.

Nicole kwam rennend de voordeur uit en stapte in een auto. Even later kwam ik naar buiten, met het geweer in mijn handen. Ik haalde uit met de kolf van het geweer naar het autoraam en verbrijzelde het glas. Nicole gilde. Toen sloeg ik haar hard tegen haar hoofd.

'Stop!' riep ik.

Sammy zette het beeld stil. Ik zag mezelf door het verbrijzelde raam de auto in buigen, met mijn hand om Nicoles keel.

'Als je me een iPhone geeft kan ik jullie binnen tien minuten in die video plaatsen,' zei ik. 'Ik weet niet wie dit doet of waarom, maar het is niet echt. Niets hiervan is echt. Iemand probeert me te framen, net zoals dat bij Michael is gebeurd.' Toen begreep ik het. Ze waren er allemaal bij betrokken. 'Werkte Mitchell voor jullie? Beschermden jullie hem daarom?'

'Laten we het over Molly hebben,' zei Jessica.

'Wie?'

'De manager van dat motel in Needles. Heb je haar gedood omdat ze je had gezien?'

'Wat? Nee, ik...'

'En Erma Eads ook, hè? Zij kon je identificeren. Dat kon je niet laten gebeuren. Je hebt nooit een getuige laten leven. Haar broer, Roland... Jij hebt hem doodgeschoten in die parkeergarage, hè?'

Ik voelde mijn hartslag versnellen en mijn wangen weer rood worden. Ik trilde over mijn hele lijf. Ik zou wel over de tafel willen springen.

Jessica pakte het flesje pillen weer en schoof het naar me toe. 'Weet je zeker dat je er hier niet een van wilt?'

Ik griste het van de tafel en smeet het tegen de muur. 'Ik heb die pillen niet nodig, godverdomme! Waarom beschermen jullie Mitchell?'

Jessica legde haar handen op tafel. 'Megan, er heeft nooit een Mitchell bestaan.'

'Je bent gek,' kaatste ik terug. 'Jullie allemaal.'

Jessica negeerde me en ging verder. 'Jullie huishoudster, mevrouw Neace, heeft ons verteld dat dr. Fitzgerald tot in de kleinste details een Mitchell-persoon heeft gecreëerd. Hij heeft jarenlang geprobeerd die aan Michael op te leggen maar dat lukte niet, dus probeerde hij het bij iemand anders. Bij jóú. En toen werkte het wel. Fitzgerald voerde bij jou dezelfde behandeling uit, martelde jou op dezelfde manier als Michael. Je herinnert het je alleen niet.'

'Belachelijk.'

'Ze zei dat je soms hele dagen als Mitchell doorbracht, weken zelfs, en dat dr. Fitzgerald je opsloot in dat kamertje in de kelder van Windham Hall terwijl je hem was om je te observeren, om alles te documenteren. Hij en Patchen brachten je stiekem naar binnen en weer naar buiten door de achterdeur zodat de bewoners je niet zagen. Neace zei dat je de eerste keer pas zes was. Dit is je hele leven zo doorgegaan. Als het Mitchell-personage zich presenteerde wanneer je thuis was, als Mitchell het voor het zeggen had en ze je niet op tijd meer naar Windham Hall konden krijgen, sloten ze je op in je kamer.' Gimble zweeg even en liet dat bezinken. 'Op een gegeven moment bedacht je een manier om weg te komen, of het was Mitchell, en toen zijn de moorden begonnen. Jij, Mitchell – je gebruikte Michael als dekmantel en ging achter iedereen aan die de waarheid kende.'

'Ik zou nooit iemand kwaad doen.' Toen schoot me iets te binnen. 'Mitchells geboorteakte! Die had Nicole verstopt in haar huis, in een muziekdoos!'

Dobbs wierp Jessica een ongemakkelijke blik toe. 'Je schreef in je verklaring over die geboorteakte, dus hebben we Nicole ernaar gevraagd. Ze zei dat ze een cassettebandje in die muziekdoos verborgen hield en dat je dát hebt meegenomen, geen geboorteakte. Ze heeft ons een kopie gegeven.'

Hij haalde een kleine cassetterecorder uit de doos, zette die op tafel en drukte de afspeelknop in. Mijn hart bonsde in mijn keel toen ik de stem van dr. Bart hoorde.

'We zijn heel dichtbij,' zei dr. Bart. 'Voel je het? Als elektriciteit in de lucht. Het is gewoon bijna tastbaar. De haren op mijn arm staan ervan overeind.'

Dat had ik eerder gehoord, tijdens het telefoongesprek bij Nicole thuis.

Dr. Bart ging verder. 'Als je haar moet doden, kun je dat doen. Ik beloof dat dat geen gevolgen zal hebben. Ik zal ervoor zorgen dat haar lichaam verdwijnt, daar hoef je je geen zorgen over te maken. Niemand zal haar missen. Toch, schatje? Er is niemand die van je houdt. Arm, waardeloos ding.'

Mijn hart ging als een razende tekeer.

'Voel je het?' vroeg dr. Bart weer. Zijn stem klonk bijna opgewonden, koortsachtig. 'Wie heeft het voor het zeggen?' vroeg hij zacht.

Stilte.

Een heel lange stilte.

'Mitchell. Mitchell heeft het voor het zeggen.'

'Hoe kan ik daar zeker van zijn?'

'Ik heb geen reden om te liegen,' zei de stem tegen dr. Bart.

Mijn stem.

Ik hoorde hem met zijn tong klakken zoals hij dat altijd deed. Twee keer. Toen nog eens. 'Als je haar doodt, geloof ik je.'

'Oké.'

De stem was zwaar en veel lager dan normaal, bijna identiek aan die van Michael, *van Mitchell*, maar het was ontegenzeggelijk mijn stem.

Ik had met mijn hoofd geschud zonder dat ik het doorhad. Het woord 'nee' kwam telkens weer opnieuw over mijn lippen en ik moest op mijn tong bijten om het te laten ophouden.

Dobbs zette het bandje stil.

Ik wrong mijn handen en trok mijn wijsvinger naar achteren, blij met de pijn die dat veroorzaakte. Alles om maar afgeleid te worden. 'Ik heb Mitchell gedood,' zei ik ten slotte zacht. 'Hij probeerde Michael pijn te doen. Dát heb ik gedaan.'

Jessica pakte mijn hand weer vast. Deze keer trok ik hem niet los.

Ze zei: 'Megan, ik weet niet hoe ik je dit moet vertellen. Er is geen makkelijke manier om dat te doen, dus zeg ik maar gewoon waar het op staat. Jij hebt Michael gedood. Als je op de een of andere manier Mitchell hebt gezien, als je dacht dat hij Mitchell was, dan was het een hallucinatie. Nicole zag je met de schaar achter Michael aan gaan. Ze probeerde je tegen te houden, maar je was te sterk. Je overmeesterde haar.'

Ik schoot vol en probeerde iets te zeggen, maar dat lukte niet. Mijn lichaam trilde helemaal en ik kreeg het vreselijk koud.

'Het spijt me heel erg,' zei ze.

Er klopte iemand op de deur. Ze keken alle drie op. Ik niet. Ik keek naar mijn pols, naar een horloge dat er niet was.

Mitchell kwam in een waas de kamer binnen, met de schaar met het paarse handvat in zijn hand geklemd. Hij stortte zich eerst op Jessica en de schaar verdween in haar nek. Hij trok hem los en stak opnieuw; haar bloed spoot over de muur.

Dobbs probeerde te gaan staan en rukte aan zijn pistool terwijl Mitchell...

Er werd weer geklopt.

De deur ging open.

'Agent Gimble?'

Het was Mitchell niet.

Niet nu.

Hij was het nooit geweest.

Er stond een man van ergens in de vijftig. Hij was kaal, op een kransje van grijs haar na. Hij droeg een donker pak en een bruine stropdas en hij had een bril met een dun montuur op. 'De vicedirecteur wil u graag even spreken.' Hij knikte naar Dobbs. 'U ook.' Hij zei tegen de IT'er dat die nodig was op de begane grond.

Terwijl hij die dingen zei keek hij even naar mij. Ik stelde me zo voor dat ik er angstaanjagend uitzag.

Jessica keek ook naar me. 'Wacht hier, Megan. We zijn zo terug.'

Dat vond ik een rare uitspraak, want ze draaiden de deur achter zich op slot.

Michael stond in de gang door het raam naar me te kijken. Ik veegde de tranen weg en glimlachte naar hem.

Hij vertelde me wat ik moest doen.

Alles zou goed komen.

147

Gimble

Gimble en Dobbs volgden de agent door een aantal gangen; hij had zijn naam genoemd maar die was Gimble alweer vergeten. Haar hoofd liep om. Tijdens het lopen raffelde hij meer informatie af – de zaak zat in een stroomversnelling.

'Er is nog een lichaam gevonden.'

'Wát?'

'Een jongen die Roy Beagle heette. Hij werkte bij The Sharper Image op het vliegveld bij Needles in Californië. Hij is gewurgd en had zijn broek op zijn enkels. Er stak een veer uit zijn mond. Hij is pas na minstens vier dagen gevonden door schoonmakers.'

'Jezus,' mompelde Gimble.

'We hebben ook haar vingerafdrukken gevonden op de MP5 die aan de bosrand bij Longtins huis is gevonden. De recherche denkt dat zij degene is geweest die op de gastank heeft geschoten en dat ze het wapen vlak voordat ze in zicht kwam heeft laten vallen. Uit stemanalyse is gebleken dat je met haar hebt gesproken over de zender, niet met Kepler. Dat was ook zo in de helikopter bij die truckstop.'

'Ze klonk precies als hij.'

'Ze geloofde dat ze hem was,' zei de agent. 'We denken dat zij de auto in brand heeft gestoken toen jullie haar niet meer konden zien en dat ze de explosie als afleiding heeft gebruikt om de sluipschutter te doden.'

'Of Michael heeft hem gedood – daar komen we misschien wel nooit meer achter.' Gimble knipte met haar vingers.

'De ballistische kenmerken zijn een puinhoop. Volgens de forensisch experts kwam de kogel die in het portier van de Honda is gevonden uit een 9mm en is ermee geschoten vanuit huis, niet door de sluipschutter. Daar was de hoek helemaal verkeerd voor.'

'Vela,' zei Dobbs zacht.

'Dat moet wel, ja,' antwoordde Gimble.

'Dat bedoel ik niet.'

En toen ze door de deuropening van het kantoor van SAIC Paul Grimsley keek, begreep ze wat hij wél bedoelde. Vicedirecteur Warren Beckner was die ochtend vanuit New York over komen vliegen en had het kantoor geconfisqueerd. Hij stond achter Grimsleys bureau. Special agent Omer Vela zat tegenover hem in een stoel, met een kop koffie in zijn hand.

'Wat doet hij hier?' vroeg Gimble op hoge toon terwijl ze het kantoor binnenstormde.

Beckner stak een hand op. 'Beheerst u zich.'

Ze voelde dat ze rood werd. 'Hij heeft het onderzoek gesaboteerd! Hij heeft geprobeerd me te doden! Ik heb reden om aan te nemen dat hij Michael Kepler heeft helpen ontsnappen, wat geresulteerd heeft in Keplers dood. We hebben er ook bewijs voor dat hij op Megan Fitzgerald heeft geschoten zonder dat hij daartoe opdracht kreeg – deze man zou vast moeten zitten!'

'Matig uw toon en ga zitten,' droeg Beckner haar op. Tegen Dobbs zei hij: 'Kom binnen en doe die deur achter u dicht.'

Dobbs keek Gimble aan en gehoorzaamde.

Beckner plaatste zijn handen op het bureau en leek even in gedachten verzonken. Toen hij weer opkeek zuchtte hij. 'Er schijnen verzachtende omstandigheden te zijn.'

'U méént het,' zei Gimble.

'Ik heb mijn geduld in New York achtergelaten, Gimble. Tart me niet. Niet vandaag,' zei Beckner. Hij pakte een papier van het bureau, streek met zijn wijsvinger langs de rand en legde het weer neer. 'Naar het schijnt is dr. Vela niet wie hij beweerde te zijn toen hij zich aansloot bij uw team.'

Gimble keek hem boos aan. 'U méént…'

Beckner legde haar met een blik het zwijgen op. 'Hij valt niet onder mijn jurisdictie. Hij werkt niet voor het ministerie van Justitie en ook niet voor de FBI.'

'Voor wie dan wel?'

'Dat kan ik niet zeggen.'

Dobbs deed een stap naar voren. 'Defensie?'

Beckners gezicht gaf niets prijs.

Vela nam een slok van zijn koffie.

Gimble staarde hem aan. 'Dat is het, hè? Het ministerie van Defensie.'

'Het is ontspoord, en ik ben hier om de trein weer op de rails te krijgen,' zei Vela.

Gimble wendde zich tot Beckner. 'Het kan me niet schelen voor wie hij werkt. Bent u ervan op de hoogte dat hij een verleden heeft met Fitzgerald? De kans is groot dat hij al wist dat Megan Fitzgerald de dader was voordat hij betrokken raakte bij het onderzoek – hij heeft informatie achtergehouden waarmee de dood van vele mensen voorkomen had kunnen worden.'

Vela nam weer een slok. 'Ik ben hier om duidelijk te maken dat Megan Fitzgerald niet de dader is.'

'Pardon?'

'De kranten, televisie, internet... iedereen noemt Michael Kepler als de moordenaar. Dat is het verhaal waarin we meegaan. Niets van de informatie die je hebt vergaard en waaruit iets anders blijkt, mag naar buiten worden gebracht,' zei Vela tegen haar.

Gimbles gezicht werd nóg roder. 'Verhaal? Dit ís geen verhaal, je kunt het niet veranderen en aanpassen! Kepler is misschien niet honderd procent onschuldig, maar hij is zeker geen moordenaar. Het is altijd Megan geweest! We hebben propofol gevonden in haar kluisje op Cornell – hetzelfde medicijn waarmee Alyssa Tepper is omgebracht. Ze heeft Michaels DNA op de plaatsen delict achtergelaten. We kunnen haar met elke moord in verband brengen. Ze heeft vele keren gebeld met Roland Eads, nog een paar uur voor zijn dood zelfs – het lijkt erop dat Eads een zaak probeerde op te bouwen tegen Fitzgerald en die Patchen. Hij heeft aanzienlijke hoeveelheden informatie uit Windham Hall gestolen. Die hebben we gevonden in een kruipruimte onder zijn stacaravan. Naar alle waarschijnlijkheid heeft Megan hem in koelen bloede doodgeschoten terwijl haar broer naast hem zat! Er is net nog een lichaam gevonden, van een jongen op een vliegveld die...'

Vela kapte haar af. 'De jongen op het vliegveld zal als een losstaand incident worden behandeld. Wat de overige gevallen betreft is de onlangs overleden Michael Kepler de dader. Megan Fitzgerald heeft er absoluut niets mee te maken. Toen ze haar adoptiebroer probeerde over te halen om zich aan te geven, heeft hij haar zelfs ontvoerd. Ze mag van geluk spreken dat ze heeft weten te ontsnappen en het heeft overleefd. Het is haar zelfs gelukt zijn laatste slachtoffer te redden. Als ze iets heeft gezegd wat daarmee in tegenspraak is, dan is dat te wijten aan haar huidige fragiele mentale gesteldheid – de verwarring en de shock. Ze is zwaar getraumatiseerd en moet dringend verzorgd worden. Ik ben hier om erop toe te zien dat ze die zorg krijgt, in een faciliteit die daarvoor is uitgerust.'

'O nee.' Gimble schudde haar hoofd. 'Jij neemt haar niet mee.'

'"Hebt u enig idee wie hem financierde?"' mompelde Dobbs.

'Wat?'

'Dat zei die huishoudster tegen ons,' zei hij. '"Dat soort dingen geef je niet aan. Niet als je wilt blijven leven." Fitzgerald was niet zomaar een psychiater. Hij werkte voor iemand. De persoon aan wie Vela verantwoording aflegt.'

Gimble wendde zich weer tot Vela. 'Wie? De geheime dienst? De CIA?'

Vela zei: 'Kepler voldoet aan het profiel. Beter zelfs dan Megan ooit zal doen. Al die lichamen – de pers wil iemand als Kepler, verwácht iemand als Kepler.'

Beckner zat op een hoek van het bureau. 'Megan Fitzgerald is geestesziek. Als we zouden proberen haar te vervolgen, zou ze nooit een rechtszaal van binnen zien, dat weet jij ook wel. Ze zou geen verantwoording hoeven afleggen voor die moorden. Ze zou verzorgd worden door capabele artsen, en dat is ook het beste voor haar. Wat de pers betreft: voor het publiek moet de zaak worden afgesloten. Kepler zorgt daarvoor. Dit is de beste oplossing om alle belangen te behartigen.'

Gimble snoof gefrustreerd. 'Ik geloof mijn oren niet. Wiens bevelen volgt u op?'

Hij hield het papier omhoog. 'Als ik je kon laten zien van wie de handtekening op dit document is, zou je niet meer met me in discussie gaan.'

'Laat het dan zien.'

'Je weet dat ik dat niet kan doen.'

'Ik kan me hier niet bij neerleggen,' zei Gimble.

'Je hebt een van de meest gezochte seriemoordenaars uit de eenentwintigste eeuw gepakt. Je aanpak zal onderwezen worden in Quantico. Hierdoor kom je misschien wel in aanmerking om mij op een dag op te volgen,' hield Beckner haar voor. 'Verpest dit niet. Dit moment kan je carrière maken of breken.'

Gimble pakte haar badge en haar wapen. 'Agent Begley is gestorven terwijl hij aan deze zaak werkte. Hetzelfde geldt voor een heleboel marshals. Hun gezinnen verdienen het om de waarheid te weten.'

'Als je hier iets van buiten deze kamer bespreekt, zal dat worden gezien als hoogverraad,' zei Vela. 'Maak je carrière niet kapot voor de reputatie van een dode man. Kepler is jullie moordenaar.'

Beckner stond op. 'Je rapporten zijn nagetrokken en afgehandeld. Doe het juiste. En geloof me, dit ís het juiste. Het is groter dan persoonlijke gevoelens over goed of fout.'

'Ik zal me over haar ontfermen,' zei Vela tegen Gimble.

Er ging een alarm af in het kantoor, een hoge toon die werd vergezeld door brandende zwaailichten in het plafond.

'Megan!' riep Gimble, en ze stormde de kamer uit.

148

Gimble

De volgende dag stond Gimble in de regen. De striemende herfstwind sloeg dikke koude druppels in haar gezicht. Haar haar plakte tegen haar hoofd. Het water liep onder haar jas door en doorweekte haar kleding. Ze zou op deze manier een flinke verkoudheid oplopen, maar dat kon haar niet schelen.

Ze keek uit over de uitgestrekte begraafplaats en toen weer naar de drie nieuwe graven die voor haar lagen. Iemand had met graffiti een grote x over de zwartgranieten grafsteen van Michael Kepler gespoten. Ze probeerde hem weg te vegen, maar de verf was al opgedroogd.

Toen er een paraplu boven haar werd gehouden draaide ze zich niet om. 'Voor een politieman ga je niet erg heimelijk te werk,' zei ze.

'Ik dacht al dat je hier zou zijn,' zei Dobbs.

'Ik heb echt geen zin om met je te praten.'

'Je moet met íémand praten.'

'Vela is de zielenknijper – misschien ga ik wel naar hem toe.'

'Succes met zoeken dan.'

Gimble zei: 'Tijdens dat hele gesprek stond je daar alleen maar te staan. Je hebt me niet één keer gesteund.'

Dobbs kwam naast haar onder de paraplu staan. 'Ik werk voor de LAPD en heb leren inschatten wanneer ik wel en niet de strijd moet aangaan. Ik heb ook geleerd dat er het juiste moment is om te vechten. In die kamer waren we met te weinig, en we beschikten niet over alle feiten. Persoonlijk ben ik van mening dat het in deze zaak beter is om ons koest te houden, informatie te verzamelen en het gevecht op een andere dag voort te zetten. Dit loopt niet weg.'

'Jawel hoor,' deelde Gimble hem mee. 'Ze hebben haar vanmorgen meegenomen.'

'Waarheen?'

'Precies.'

'Is ze…?'

Gimble schudde haar hoofd. 'Ze ligt nog in coma. De machines houden haar in leven. Er is geen hersenactiviteit.'

'Het is niet jouw schuld.'

‘Het is allemáál mijn schuld. Ik had Vela niet door – ik heb twee jaar met hem gewerkt en had helemaal niks door. En ik heb die pillen bij haar in de kamer laten liggen.’

‘Wij allemaal,’ zei Dobbs.

Gimble kreeg een wee gevoel in haar maag. ‘Ik probeerde vanmorgen langs te gaan bij Nicole Milligan, maar ze lieten me niet binnen. Ik heb haar verklaring gelezen, en die is al helemaal veranderd. Een heel verhaal over Michael Kepler, dat hij haar heeft ontvoerd en heeft meegesleept naar Windham Hall, dat Nicole hem heeft gedood om zichzelf te redden… helemaal gladgestreken.’

Dobbs zei: ‘Net als met Neace’ verklaring. Ze noemt Michael een slechte jongen, zegt dat de Fitzgeralds hun best hebben gedaan om een beter mens van hem te maken maar dat hij door alles wat er met zijn moeder is gebeurd te erg is beschadigd. Ze verklaart zelfs dat hij heeft geprobeerd haar te doden. Niemand die weet of dat waar is. Hun bankrekening is vast lekker gespekt.’

‘Ik dacht hetzelfde. Sammy zou het kunnen natrekken, maar ik krijg steeds zijn voicemail.’

‘Ik heb hem vanmorgen gezien. Hij vroeg of ik dit aan jou wilde geven.’ Dobbs haalde een papier uit zijn zak en gaf het aan haar.

Gimble vouwde het open en probeerde het zo goed mogelijk af te schermen tegen de regen.

Ik heb een conversatie tussen de sluipschutter en Patchen onderschept:

Onbekende: Je had niet gezegd dat de FBI erbij betrokken zou zijn.
Patchen: Je vroeg er niet naar.
Onbekende: Je hebt ook niets over haar gezegd.
Patchen: ?
Onbekende: Je had me moeten vertellen waar ze toe in staat was.
Patchen: ?
Onbekende: Er zijn hier minstens zes dode marshals, misschien wel meer.

Niet bellen. We spreken elkaar in LA.
– Sammy

‘Ze heeft de persoonlijke voornaamwoorden in haar schriftelijke verklaring omgewisseld,’ zei Gimble.

‘Ze moet de marshals hebben gedood voordat de sluipschutter op haar schoot, en toen heeft ze hem gedood, de enige getuige. Jezus, een meisje dat onder het bloed zat – waarschijnlijk is ze recht op ze afgelopen.' Ze zweeg even. Toen zei ze: 'Ik wil wedden dat ze die agent van de staatspolitie ook heeft vermoord. Winkler.'

'We zullen ons thuis beraden,' zei Dobbs, die over haar schouder meelas. 'We gaan het gevecht een andere keer aan. Vroeg of laat komt dit allemaal naar buiten. We moeten het slim aanpakken en onder de radar blijven.'

Gimble reageerde niet. Ze stak het papier in haar zak.

'Je had er een reden voor om je pistool en je badge te houden,' zei hij.

Gimble voelde het gewicht van haar Glock onder haar schouder. Misschien had hij gelijk. 'Wat zouden ze met haar van plan kunnen zijn?'

Dobbs zei: 'Ik heb een lange vlucht naar Californië voor de boeg. Op weg naar het vliegveld zal ik bij een boekwinkel al Fitzgeralds boeken kopen. Dat leek me een goed begin.'

'Ga je een profiel maken?'

'Zoiets.'

Voor de eerste keer keek ze naar hem op. 'Wil je me bellen en me erover vertellen? Wanneer je iets in elkaar hebt gezet?'

Dobbs glimlachte. 'Prima, maar jij moet ook iets voor mij doen.'

'Wat dan?'

'Met me uit eten gaan.'

'Uit eten? Als in een date?'

'Ja, een date.'

Ze ging zachter praten. 'Je wilt geen date met mij, Dobbs. Ik lig helemaal in de kreukels.'

'Ik ben ook geen lot uit de loterij, maar we moeten toch eten, lijkt me.'

Gimble haalde haar schouders op. 'Oké.'

'Echt?'

'Te makkelijk?'

'Een beetje wel, ja.'

'Ik werk nog steeds voor de FBI. Ik sla een gratis maaltijd mooi niet af.'

'Daarna zullen we haar vinden.'

'Na dat etentje?'

'Uiteindelijk,' zei hij.

'Vechten doen we op een andere dag.'

'Precies.'

Dobbs schoof dichter naar haar toe. Hij voelde de warmte van haar lichaam. De regen rolde over de paraplu en viel als een waterval rondom hun kleine cocon omlaag. Hij boog zich naar haar toe en rook aan haar haar.

Gimble zei zacht: 'Werk je aan een tweede date?'

'Misschien kunnen we beter de regen uit gaan,' zei hij tegen haar.

'Nog niet,' zei ze. 'Laten we nog even zo blijven staan.'

Toen zijn hand de hare vond, trok ze zich niet los. Voor het eerst sinds weken ontspanden haar vingers, en Gimble dacht alleen nog maar aan dat moment.

Epiloog

Megan

'Je hebt het heel goed gedaan, Meg.'

Ik zag Michael eerst niet; mijn zicht was beneveld, wit en werd belemmerd door een dun gordijn van gaasverband. Het materiaal brak open als een oplossende sluier toen mijn ogen zich aanpasten en ik bijkwam uit een diepe slaap. Dat was het moment waarop ik hem zag. Hij zat onderuitgezakt in een stoel links van mijn bed, met zijn benen uitgestrekt en de enkels over elkaar geslagen. Er lag een tijdschrift op zijn schoot – volgens mij *Psychology Today*.

Ik probeerde rechtop te gaan zitten maar werd helemaal duizelig. 'Ho.'

'Dat moet je niet doen. Gun jezelf wat tijd.'

Ik knikte, maar dat was een fout. Het bloed ruiste in mijn hoofd.

Links van me stonden allemaal zoemende apparaten die piepten en sisten en met knipperende lampjes en streepjes op de schermen. Ik voelde me alleen al beroerder door ernaar te kijken. Toen ik me afwendde, staarde ik naar een infuus aan een standaard. Uit de zak liep een dun plastic slangetje naar mijn arm, waar een doorzichtige vloeistof in zat.

'Waar ben ik?'

'In het ziekenhuis van de universiteit.' Dat werd gezegd door dr. Bart, en toen ik mezelf dwong om rechtop te gaan zitten, zag ik hem aan het voeteneinde van mijn bed staan. Hij keek op een klembord. 'Je hebt ons flink laten schrikken, maar volgens mij heb je het ergste wel achter de rug. We hebben je maag moeten leegpompen, maar het meeste hadden we er snel uit. Ik zal geen preek houden. Wel kan ik je garanderen dat er je nog een te wachten staat, en ook dat je gestraft zult worden – huisarrest, geen elektronische apparaten, behalve wat je nodig hebt voor je huiswerk en nog wat dingen. Rose werkt ongetwijfeld aan een lijst Ze is hier over ongeveer een uur. Ze zit vast in het verkeer.'

Michael stond op uit de stoel, kwam naar me toe en pakte mijn hand vast. 'Ik kan je ook geen minuut alleen laten.'

Dr. Bart keek hem boos aan. 'Ze had daar überhaupt niet alleen moeten zijn.'

'Het was gewoon een feestje.'

'Met studenten, drank en duidelijk een ruim assortiment aan drugs,' kaatste hij terug.

'Ze heeft niks gebruikt. Volgens mij heeft iemand iets in haar drinken gedaan.'

'Moet ik me nu beter voelen?'

Ik hoestte. Mijn keel voelde alsof ik glas had doorgeslikt. 'Het doet pijn...'

'Probeer niet te praten,' zei Michael. 'Je moet rusten.'

Hij zag er heel jong uit voor zijn leeftijd. Achttien, negentien, zeker niet ouder dan twintig.

Dr. Bart liep om het voeteneinde van mijn bed heen. 'Je hebt keelpijn omdat we voor de maagspoeling een grote slang door je keel hebben geduwd, die je maag heeft gevuld met een zoutoplossing en alles er weer uit heeft gezogen, waarna er geactiveerde kool in je maag is gepompt om alles wat daar nog in zat te absorberen. Ik had veel zin om te proberen je aan het begin wakker te maken om er zeker van te zijn dat je je de volgende keer twee keer bedenkt voordat je drugs gebruikt.'

Michael kreeg een rood gezicht. 'Zoals ik al zei: ze heeft niets gebruikt.'

'En ik zei tegen jou dat ze daar niet had moeten zijn,' kaatste dr. Bart terug. 'Alle daden hebben consequenties, goede en slechte. We hebben allemaal ons eigen lot in handen.'

Michael wist dat hij geen discussie met hem moest aangaan. Dat wisten we allebei. Hij zei: 'Weten ze wat het was?'

Dr. Bart zette het klembord terug aan het voeteneinde van mijn bed. 'Het lab analyseert het voor me, maar ik heb het rapport nog niet binnen.'

Michael wendde zich tot mij. 'Weet je nog wat je droomde? Je was zo aan het woelen dat de verpleegkundige overwoog je vast te binden aan het bed. Je hebt ook gegild, een paar uur geleden. Ik kon het niet helemaal verstaan.'

'Ik weet het niet meer.'

'Hè verdomme,' mompelde dr. Bart. Hij stond naast een vaas met rozen aan zijn duim te zuigen. 'Er zitten nog doornen aan die rotdingen.'

Hij stak zijn hand uit naar een tafel bij de deur, pakte een schaar met een paars handvat en begon de doornen van de stelen te verwijderen. 'Hoe mooier ze zijn, des te pijnlijker de steek.'

Ik herinnerde me niet wat ik had gedroomd, maar er schoot me iets anders te binnen. Ik keek Michael aan. 'Je hebt Nicki daar toch niet achtergelaten?'

Hij schudde zijn hoofd. 'Mitchell heeft haar thuisgebracht.'

'Praten ze weer met elkaar?'

Hij grijnsde. 'Ze doen wel meer dan praten. Weet je het niet meer?'

'Gisteravond is een beetje wazig.'

Michael keek naar dr. Bart, die zich nog altijd concentreerde op de rozen. Hij ging zachter praten. 'Nadat ze dat joch op het vliegveld hebben gedood, Roy nog wat, hebben ze...'

Mijn ogen schoten open.

Alles was donker.

Pikdonker.

De vochtige, dikke lucht drukte zwaar op me neer. Het was warm, té warm.

Ik hoorde geen enkel geluid. Het enige wat ik hoorde was het geruis van bloed dat door mijn oren gepompt werd en het gestage gebons van mijn hart.

Waar zul jij zijn als je leven ophoudt?

De gedachte kwam bij me op als een fluistering over een reusachtig veld en was alweer verdwenen voor ik de woorden echt kon bevatten of kon vaststellen wie ze had uitgesproken. Dat werd gevolgd door een intense pijn, de misselijkmakende beklemming waarmee de migraine tegelijk met mij ontwaakte en bezit nam van mijn slapen.

Toen ik rechtop probeerde te gaan zitten, besefte ik dat ik dat niet kon – mijn handen en armen waren vastgebonden. Mijn benen ook.

Waarom was het zo donker?

'Hallo?' Ik sprak het woord uit, maar er kwam nauwelijks geluid over mijn lippen. Mijn stembanden wilden niet meewerken; het leek wel of ik ze al dagen, weken, maanden niet had gebruikt.

Ik kon net zo goed in een doodskist liggen als in een reusachtige hal. Dat viel onmogelijk vast te stellen. Ik wachtte tot mijn ogen zich aan het donker hadden aangepast, maar dat gebeurde niet. Het donker was volkomen ondoordringbaar.

Ik kende een plek als deze. Heel goed zelfs, maar daar kon ik niet zijn. De donkere kamer van dr. Bart was samen met het huis afgebrand. Dat had ik met eigen ogen gezien – er was nog slechts een smeulende ruïne over. Dr. Bart was dood; iedereen was dood.

'Megan?'

De stem was iel. De persoon die mijn naam had uitgesproken had dat niet in dezelfde ruimte gedaan als waar ik was, maar door een soort intercom. Mijn naam werd gevolgd door een klik. Toen: 'Blijf stilliggen, alsjeblieft.'

Alsof ik een keus had.

Er gingen lampen boven me aan, onvoorstelbaar fel. Ik kneep mijn ogen dicht en zag alleen nog roze en dansende witte vlekken.

Achter me ging er een zwaar klinkende deur open, en ik voelde een windvlaag.

Ik hoorde het getik van hakken op de tegels, het verplaatste zich naar rechts. Ik probeerde mijn hoofd naar het geluid toe te draaien, maar dat kon ik niet. Er zat een of andere band om mijn voorhoofd die maakte dat ik me niet kon bewegen. 'Wie is daar? Zeg alsjeblieft iets.'

Toen niemand sprak gaf ik mijn ogen opdracht om open te gaan. *Dééd ik ze open.* In combinatie met de migraine was het verblindende licht pijnijker dan een vlijmscherp mes dat in mijn hoornvlies sneed, maar toch deed ik het, en door een waas van steeds meer tranen nam ik het weinige in me op dat ik kon zien.

Een lege, kale kamer.

Zonder ramen.

Aan mijn linkerhand zag ik één enkele stoel. Er stond een rugzak op, die ik herkende. Een rode rugzak van Bosca.

De voetstappen kwamen dichterbij en waren nu vlak achter me. Iemand boog zich dicht over me heen – een schaduw die over me heen kroop toen de persoon sprak.

'Wie heeft het voor het zeggen?'

Ik gaf haar geen antwoord, niet meteen, want het kon niet waar zijn. Toen ik wel antwoordde, tuimelde haar naam van mijn lippen met het gruizige knarsen van glassplinters. 'Dr. ... Rose?'

'Je hebt een tijdje geslapen.'

'U bent dood.'

'O ja?'

Ik moest water hebben. Mijn keel was kurkdroog. 'Waar zijn we?'

Ergens waar het veilig is.

Alleen zei ze dat niet. Toen ik mezelf dwong om te focussen, toen elk woord tot me was doorgedrongen, besefte ik dat ik haar verkeerd had verstaan.

'Op een plek waar we veilig verder kunnen,' zei ze. 'Nou, wie heeft het voor het zeggen?'